W9-BZC-551

MIDDLESEX

Jeffrey Eugenides est né à Grosse-Pointe (Michigan), et vit à New York. *Virgin Suicides* est son premier roman. Il a été adapté au cinéma par Sofia Coppola.

DU MÊME AUTEUR

Les Vierges suicidées
Plon, 1995

Virgin suicides
« J'ai Lu » n° 5493

Jeffrey Eugenides

MIDDLESEX

ROMAN

Traduit de l'anglais (États-Unis)
par Marc Cholodenko

Éditions de l'Olivier

TEXTE INTÉGRAL

TITRE ORIGINAL
Middlesex

ÉDITEUR ORIGINAL
Farrar, Straus and Giroux, 2002

ISBN 978-2-02-066961-0
(ISBN 2-87929-362-6, 1re publication)

Pour Yama, qui est issue d'un groupe génétique entièrement différent.

LIVRE PREMIER

La cuillère en argent

J'ai eu deux naissances. D'abord comme petite fille, à Detroit, par une journée exceptionnellement claire du mois de janvier 1960, puis comme adolescent, au service des urgences d'un hôpital proche de Petoskey, Michigan, en août 1974. Il est possible que certains lecteurs aient eu connaissance de mon cas en lisant l'article publié en 1975 par le Dr. Peter Luce dans le *Journal d'endocrinologie infantile* sous le titre : « L'identité de genre chez les pseudohermaphrodites masculins par déficit en 5-alpha-réductase de type 2. » Ou peut-être avez-vous vu ma photographie au chapitre seize de *Génétique et Hérédité*, un ouvrage aujourd'hui malheureusement bien dépassé. C'est moi, à la page 578, nu, en pied, à côté d'une toise, les yeux masqués par un rectangle noir.

Sur mon certificat de naissance, je porte le nom de Calliope Helen Stephanides. Sur mon permis de conduire le plus récent (établi en République fédérale d'Allemagne) je me prénomme simplement Cal. Je suis un ancien gardien de but de hockey sur gazon, membre de longue date de la Fondation pour la préservation du mainate, Grec orthodoxe peu pratiquant, employé au Département d'État américain quasiment depuis que je suis adulte. Comme Tirésias, j'ai d'abord été l'un, puis l'autre. J'ai été la risée de mes camarades, le cobaye des médecins, l'objet des palpations des spécialistes et des recherches des chercheurs. Une rousse originaire de Grosse Pointe est tombée amoureuse de moi, ignorant ce que j'étais (je ne déplaisais pas non plus à son frère). Un tank m'a mené au cœur d'une bataille de rues ; une piscine m'a métamorphosé en nymphe. J'ai quitté mon corps pour en occuper d'autres – et tout cela avant d'avoir eu seize ans.

Mais maintenant que j'en ai quarante et un, je sens approcher une nouvelle naissance. Après des décennies de négligence, je me prends à songer à des grands-tantes disparues, des grands-pères décédés depuis longtemps, des cousins au cinquième degré inconnus de moi, ou, s'agissant d'une famille au fort degré de consanguinité telle que la mienne, de tout cela à la fois. C'est pourquoi, avant qu'il soit trop tard, je veux consigner une fois pour toutes l'errance mouvementée de ce gène unique à travers le temps. Chante à présent, ô muse, la mutation récessive de mon cinquième chromosome ! Chante son éclosion sur les pentes de l'Olympe, il y a deux siècles et demi de cela, tandis que bêlaient les chèvres et que tombaient les olives. Chante son cheminement à travers neuf générations, son mûrissement secret dans le groupe génétique de la famille Stephanides. Chante aussi la façon dont la providence, sous la forme d'un massacre, lui a fait prendre un nouvel essor, comment, telle une graine, il a traversé les mers jusqu'en Amérique, où il a erré parmi nos pluies acides avant de toucher terre dans le sol fertile de la matrice de ma propre mère, habitante du Middle West.

Pardon s'il m'arrive parfois de me laisser aller à ces accents homériques. Ça aussi, c'est génétique.

Trois mois avant ma naissance, à la fin d'un de nos interminables déjeuners dominicaux, ma grand-mère, Desdemona Stephanides, ordonna à mon frère d'aller chercher sa boîte à vers à soie. Chapitre Onze[1] se dirigeait vers la cuisine pour se resservir une part de gâteau de riz quand elle lui bloqua le passage. Avec ses cinquante-sept ans, sa silhouette courtaude et sa résille intimidante, ma grand-

1. Nom de la procédure désignant la mise en banqueroute d'une personne privée. *(N.d.T.)*

mère était le type idéal de la bloqueuse de passage. Derrière elle dans la cuisine était rassemblé le fort contingent des femmes de la journée, riant et chuchotant. Intrigué, Chapitre Onze se pencha pour voir ce qui se passait, mais Desdemona lui pinça la joue fermement. Ayant ainsi reconquis son attention, elle esquissa dans l'air la forme d'un rectangle et désigna le plafond. Puis, à travers son dentier branlant, elle prononça : « Va chercher pour *yia yia*, poupée *mou.* »

Chapitre Onze savait quoi faire. Il se précipita au salon. À quatre pattes il gravit le grand escalier jusqu'au premier étage. Il courut le long du couloir de part et d'autre duquel donnaient les chambres. Tout au fond se trouvait une porte quasi invisible, recouverte de papier peint telle l'entrée d'un passage secret. Chapitre Onze localisa la minuscule poignée à hauteur de sa tête et, de toutes ses forces, poussa le battant derrière lequel se trouvait un nouvel escalier. Durant un bon moment, mon frère fixa d'un regard hésitant l'obscurité au-dessus de lui avant de monter, très lentement cette fois, jusqu'au grenier où logeaient mes grands-parents.

À pas de loup il passa sous les douze cages à oiseaux tapissées de papier journal détrempé et suspendues aux poutres. Arborant une mine courageuse il s'immergea dans l'odeur aigre des perroquets et l'arôme particulier de mes grands-parents, mélange d'antimite et de haschisch. Il négocia le virage à l'angle du bureau de mon grand-père couvert de piles de livres et longea sa collection de disques de rebetika. Enfin, se cognant contre le canapé en cuir et la table basse circulaire en cuivre, il trouva le lit de mes grands-parents et, en dessous, la boîte à vers à soie.

En bois d'olivier, un peu plus grande qu'une boîte à chaussures, elle avait un couvercle en étain perforé de petits trous d'aération et incrusté de l'icône d'un saint méconnaissable. Le visage du saint était effacé, mais les doigts de sa main droite se dressaient pour bénir un mûrier de petite taille et de couleur violette qui dégageait une terrifiante impression d'assurance. Après avoir considéré un moment cette présence botanique frappante, Chapitre Onze tira la boîte de sous le lit et l'ouvrit. À l'intérieur se trouvaient les deux couronnes de mariage et, lovées comme des serpents, les deux longues tresses, chacune nouée d'un ruban noir qui tombait en poussière. Il toucha une des tresses de son index. À cet instant, un perroquet poussa un cri rauque, faisant sursauter mon frère, et il referma la boîte, la fourra sous son bras et la descendit à Desdemona.

Elle attendait toujours sur le pas de la porte. Lui prenant la boîte des mains, elle rentra dans la cuisine. C'est alors que Chapitre Onze put voir la pièce, où toutes les femmes s'étaient tues. Elles se poussèrent pour laisser passer Desdemona et là, au centre du linoléum, se trouvait ma mère. Tessie Stephanides était assise sur une chaise de cuisine, coincée sous l'immense globe, tendu comme la peau d'un tambour, de son ventre de femme enceinte. Son visage empourpré exprimait à la fois impuissance et bonheur. Desdemona posa la boîte à vers à soie sur la table et souleva le couvercle. Elle glissa la main sous les couronnes de mariage et les tresses et en retira quelque chose que Chapitre Onze n'avait pas vu : une cuillère en argent. Elle noua une ficelle au manche de la cuillère. Puis, se penchant, elle balança la cuillère au-dessus du ventre de ma mère. Et par extension, au-dessus de moi.

Jusqu'alors Desdemona ne s'était jamais trompée. Ses vingt-trois prédictions s'étaient avérées. Elle avait su que Tessie serait Tessie. Elle avait deviné le sexe de mon frère et de tous les enfants de ses amies de l'église. Les seuls enfants dont elle n'avait pas deviné le sexe avaient été les siens : sonder les mystères de sa propre matrice portait malchance à une mère. C'est toutefois sans crainte qu'elle sonda celle de ma mère. Après quelque hésitation, la cuillère oscilla du nord au sud, ce qui signifiait que j'allais être un garçon.

Affalée sur sa chaise, les jambes écartées, ma mère tenta de sourire. Elle ne voulait pas de garçon. Elle en avait déjà un. En fait, elle était si certaine que j'allais être une fille qu'elle m'avait déjà choisi un prénom : Calliope. Mais quand ma grand-mère s'écria en grec : « Un garçon ! » le cri fit le tour de la cuisine, traversa l'entrée et pénétra dans le salon où les hommes étaient en train de parler politique. Et ma mère, l'entendant répété tant de fois, commença à croire qu'il disait peut-être la vérité.

Dès que le cri parvint à mon père, cependant, il se dirigea d'un pas décidé jusqu'à la cuisine pour déclarer à sa mère que cette fois-ci du moins, sa cuillère se trompait. « Et comment le sais-tu ? » lui demanda Desdemona. À quoi il répondit ce qu'auraient répondu de nombreux Américains de sa génération : « C'est scientifique, Ma. »

Depuis qu'ils avaient décidé d'avoir un autre enfant – le restaurant marchait bien et Chapitre Onze avait depuis longtemps quitté les langes – Milton et Tessie étaient convenus qu'ils désiraient une fille. Chapitre Onze venait d'avoir cinq ans. Il avait récemment trouvé un oiseau mort dans le jardin et l'avait rapporté dans la maison pour le montrer à sa mère. Il aimait tirer sur des choses, taper au marteau sur des choses, écrabouiller des choses, et se battre avec son père. Dans une maison si masculine, Tessie avait commencé à se sentir la femme en trop et se voyait, dix ans plus tard, emprisonnée dans un monde d'enjoliveurs et de hernies. Pour ma mère, une fille serait une sorte une contre-insurgée qui aimerait les petits chiens comme elle et la soutiendrait quand elle proposerait d'aller voir Holiday on Ice. Au printemps de l'année 1959, quand on commença à parler de ma conception, ma mère ne pouvait prévoir que bientôt les femmes brûleraient leurs soutiens-gorge par milliers. Les siens étaient rembourrés, raides, ignifugés. Quel que fût l'amour qu'elle portait à son fils, elle savait qu'il y avait certaines choses qu'elle ne pourrait partager qu'avec une fille.

Quand il partait travailler le matin, mon père avait des visions d'une petite fille aux yeux noirs, d'une douceur irrésistible. Elle était assise à côté de lui – surtout quand il était arrêté aux feux rouges –, déversant ses questions dans son oreille aussi patiente qu'omnisciente. « Comment est-ce que ça s'appelle, papa ? – Ça ? C'est le blason des Cadillac. – C'est quoi le blason des Cadillac ? – Eh bien, il y a longtemps, il y a eu un explorateur français qui s'appelait Cadillac, et c'est lui qui a découvert Detroit. Et ce blason était le blason de sa famille, en France. – C'est quoi la France ? – La France est un pays en Europe. – C'est quoi l'Europe ? – C'est un continent, qui est comme une grande étendue de terre, beaucoup, beaucoup plus grande qu'un pays. Mais les Cadillac ne viennent plus d'Europe, *kukla*. Elles viennent d'ici, de notre bonne vieille Amérique. » Le feu passait au vert et il démarrait. Mais mon prototype ne disparaissait pas. Il était là au feu suivant et à celui d'après. Sa compagnie était si agréable que mon père, homme plein d'initiative, décida de voir ce qu'il pourrait faire pour métamorphoser sa vision en réalité.

C'est ainsi que depuis un certain temps, au salon où les hommes parlaient politique, ils parlaient également de la vélocité du sperme. Peter Tatakis, « oncle Pete », comme nous l'appelions, était un membre éminent de la société de conférences qui se réunissait chaque semaine sur nos causeuses noires. Célibataire endurci, il n'avait pas de famille en Amérique et s'était attaché à la nôtre. Tous les dimanches il arrivait dans sa Buick lie-de-vin, grand, son visage buriné surmonté d'une chevelure ondulée dont la vitalité contrastait avec son air triste. Les enfants ne l'intéressaient pas. Admirateur de la série des « Grands Livres » – qu'il avait lue deux fois –, oncle Pete en tenait pour les réflexions sérieuses et l'opéra italien. Il avait une passion, en histoire, pour Edward Gibbon, et, en littérature, pour le journal de Mme de Staël. Il aimait à citer l'opinion de cette femme d'esprit sur la langue allemande, selon laquelle l'allemand était impropre à la conversation du fait qu'il fallait attendre la fin de la phrase pour connaître le verbe, ce qui excluait qu'on l'interrompe. Oncle Pete voulait être médecin mais la « catastrophe » avait mis un terme à ce rêve. Aux États-Unis, il avait fait deux ans d'école de chiropractie et il avait aujourd'hui une petite officine à Birmingham avec un squelette humain qu'il n'avait pas fini de payer. À cette époque, les chiropracteurs avaient encore une réputation un peu suspecte. Les gens ne venaient pas voir oncle Pete pour libérer leur *kundalini*. Il faisait craquer des cous, redressait des colonnes vertébrales et fabriquait des supports de voûtes plantaires avec du caoutchouc mousse. Il n'en était pas moins ce qui se rapprochait le plus du médecin parmi ceux qui fréquentaient la maison en ces dimanches après-midi. Jeune homme, on lui avait enlevé la moitié de l'estomac et après le déjeuner il ne manquait pas de boire un Pepsi-Cola pour faciliter sa digestion. Cette boisson, nous informait-il gravement, tenait son nom de la pepsine, une enzyme de la digestion qui la rendait propre à la chose.

C'est ce genre de savoir qui inspira confiance à mon père quand on en vint à parler du tempo de la reproduction. La tête sur un coussin, en chaussettes, tandis que la stéréo de mes parents diffusait *Madame Butterfly* en sourdine, oncle Pete expliqua qu'on pouvait voir au microscope que le spermatozoïde porteur des chromosomes mâles se déplaçait plus rapidement que ceux qui portaient des chromosomes femelles. Cette affirmation souleva l'hilarité parmi les restaurateurs et les fourreurs assemblés dans notre salon. Mon père, toutefois, adopta la pose de sa sculpture préférée, *Le Penseur*, dont la miniature se trouvait sur la table du téléphone. Bien que le sujet eût été abordé dans l'atmosphère de débat ouvert qui caractérisait ces dimanches d'après repas, il était clair que, nonobstant le ton impersonnel de la discussion, le sperme dont il était question était celui de mon père. Oncle Pete était catégorique : pour engendrer une fille, un couple devait avoir « une relation sexuelle vingt-quatre heures avant l'ovulation ». De cette façon, le fringant spermatozoïde mâle se précipiterait pour mourir. Le spermatozoïde femelle, lent mais plus sûr, arriverait juste à temps pour la descente de l'ovule.

Mon père eut du mal à persuader ma mère de suivre la procédure. Tessie Zizmo était vierge quand elle avait épousé Milton Stephanides à l'âge de vingt-deux ans. Leurs fiançailles, qui coïncidaient avec la Seconde Guerre mondiale, avaient été chastes. Ma mère était fière de la façon dont elle était parvenue à attiser et moucher à la fois la flamme de mon père, le conservant à feu doux pendant toute la durée du cataclysme global. Ce qui ne fut pas difficile, du fait qu'elle était à Detroit et Milton à l'école navale d'Annapolis. Pendant plus d'un an, Tessie fit brûler des cierges à l'église grecque pour son fiancé tandis que Milton contemplait ses photos punaisées au-dessus de sa couchette. Il aimait faire poser Tessie à la manière des magazines de cinéma, de profil, un talon haut posé sur une marche, laissant voir un bout de son bas noir. Ma mère semble étonnamment malléable sur ces vieux clichés, comme si son plus grand plaisir avait été de prendre la pose devant les vérandas et les réverbères de notre humble quartier pour son homme en uniforme.

Elle ne capitula pas avant le Japon. Ensuite, depuis leur nuit de noces (d'après ce que mon frère m'avait confié à l'oreille) mes parents avaient fait l'amour avec autant de régularité que de plaisir. Pour ce qui était d'avoir des enfants, cependant, ma mère avait ses idées à elle. Elle croyait qu'un embryon est sensible à la quantité d'amour avec lequel il a été créé. C'est pourquoi la suggestion de mon père ne lui convenait pas.

« Où est-ce que tu te crois, Milt, aux jeux Olympiques ?

– Nous ne parlions qu'en théorie, répondit mon père.

– Qu'est-ce qu'oncle Pete peut connaître sur la question ?

– Il a lu un article dans le *Scientific American* », dit Milton. Et pour appuyer ses dires : « Il est abonné.

– Écoute, si j'avais mal au dos, j'irais voir oncle Pete.

Si j'avais les pieds plats, comme toi, j'irais aussi. Mais ça ne va pas plus loin.

– Tout a été vérifié. Au microscope. Les spermatozoïdes mâles sont plus rapides.

– Je parie qu'ils sont plus bêtes, aussi.

– Vas-y. Calomnie les spermatozoïdes mâles tant que tu veux. Ne te gêne pas. Nous n'avons pas besoin de spermatozoïde mâle. Ce dont nous avons besoin c'est d'un bon vieux lent spermatozoïde femelle bien fiable.

– Même si c'est vrai, ça n'en est pas moins ridicule. Je ne peux pas faire ça comme une machine, Milt.

– Ça sera plus difficile pour moi que pour toi.

– Je ne veux plus en entendre parler.

– Je croyais que tu voulais une fille.

– C'est vrai.

– Eh bien, dit mon père, c'est de cette façon qu'on pourra en avoir une. »

Tessie écarta la suggestion d'un rire. Mais derrière le sarcasme se cachait une objection morale sérieuse. Toucher à une chose aussi mystérieuse et miraculeuse que la naissance d'un enfant était un acte d'orgueil démesuré. Pour commencer, Tessie ne croyait pas que c'était faisable. Et même si c'était faisable, elle ne croyait pas qu'il fallait essayer de le faire.

Bien sûr, un narrateur dans ma position (pré-fœtale à l'époque) ne peut être complètement sûr de tout cela. Je peux seulement expliquer la manie scientifique qui saisit mon père au cours de ce printemps 59 comme un symptôme de la foi dans le progrès qui infectait tout le monde à l'époque. Rappelez-vous, cela ne faisait que deux ans que le spoutnik avait été lancé. La polio, qui avait tenu mes parents cloîtrés chez eux durant les étés de leur enfance, avait été vaincue par le vaccin Salk. Les gens ne se doutaient pas que les virus sont plus malins que les êtres humains, et pensaient qu'on n'en entendrait bientôt plus parler. Dans cette Amérique optimiste d'après-guerre, dont j'ai attrapé la queue, chacun était maître de son destin; il était donc inévitable que mon père essaie d'être maître du sien.

Quelques jours après avoir dévoilé son plan à Tessie, Milton rentra un soir avec un cadeau. C'était un écrin entouré d'un ruban.

« Pourquoi ? demanda Tessie d'un ton soupçonneux.

– Qu'est-ce que tu veux dire : pourquoi ?

– Ce n'est pas mon anniversaire. Ce n'est pas notre anniversaire de mariage. Alors pourquoi est-ce que tu me fais un cadeau ?

– Est-ce que j'ai besoin d'une raison pour te faire un cadeau ? Vas-y. Ouvre. »

Tessie grimaça du coin de la bouche, peu convaincue. Mais il était difficile d'avoir un écrin entre les mains sans l'ouvrir. Elle finit donc par faire glisser le ruban et ouvrit le coffret d'un coup sec.

À l'intérieur, posé sur du velours noir, se trouvait un thermomètre.

« Un thermomètre, constata ma mère.

– Ce n'est pas n'importe quel thermomètre, lui fit remarquer Milton. J'ai dû aller dans trois pharmacies avant de le trouver.

– Un modèle de luxe, hein ?

– Exactement, dit Milton. C'est ce qu'on appelle un thermomètre basal. Il donne la température au dixième de degré près. Il leva les sourcils. Les thermomètres normaux ne la donnent que tous les deux dixièmes. Celui-ci la donne à chaque dixième. Essaie-le. Mets-le dans la bouche.

– Je n'ai pas de fièvre, dit Tessie.

– Il n'est pas question de fièvre. On l'utilise pour connaître sa température de base. Il est plus précis qu'un thermomètre normal.

– La prochaine fois tu m'offriras un collier. »

Mais Milton persista : « La température de ton corps n'arrête pas de changer, Tess. Tu ne t'en rends peut-être pas compte, mais c'est comme ça. Disons, par exemple – un toussotement –, que tu te trouves en période d'ovulation. À ce moment, ta température monte. De six dixièmes de degré, dans la plupart des cas. Maintenant, poursuivit mon père, s'échauffant, sans remarquer que sa femme fronçait les sourcils, si nous devions employer le système dont nous avons parlé l'autre jour – pour prendre un exemple, juste – ce que tu ferais, d'abord, serait de prendre ta température de base. Elle peut ne pas être de trente-sept degrés. Tout le monde est un peu différent. C'est encore une chose que Pete m'a apprise. De toute façon, une fois que tu aurais établi ta température de base, tu guetterais cette augmentation de six dixièmes de degré. Et c'est alors, si nous devions faire tout ça, c'est alors que nous saurions qu'il est temps, de, tu vois, mélanger le cocktail. »

Ma mère ne dit rien. Elle remit seulement le thermomètre dans l'écrin, le referma, et le rendit à son mari.

« Okay, dit-il. Parfait. Comme tu voudras. On aura peut-être un autre garçon. Le numéro deux. Si c'est ce que tu veux, très bien.

– Je ne suis pas si sûre que nous allons avoir quoi que ce soit pour le moment », répondit ma mère.

Entre-temps, j'attendais en coulisse de faire mon entrée dans le monde. Pas même encore une lueur dans l'œil de mon père (il fixait d'un air sombre l'écrin du thermomètre sur ses genoux). Maintenant ma mère se lève de la causeuse. Elle se dirige vers l'escalier, une main sur le front, et la probabilité que je vienne jamais au monde semble de plus en plus éloignée. Maintenant mon père se lève pour faire sa tournée d'extinction des feux et de fermeture des portes. Tandis qu'il monte l'escalier, l'espoir que je sois renaît. Le tempo ne pouvait être autre si je devais devenir ce que je suis. Retarder l'acte d'une heure change la sélection génétique. Ma conception était encore éloignée de plusieurs semaines, mais mes parents avaient amorcé leur lent processus d'interpénétration. Dans le couloir du premier brûle la veilleuse en forme d'Acropole, cadeau de Jackie Halas, qui possède une boutique de souvenirs. Ma mère est devant sa coiffeuse au moment où mon père entre dans la chambre. De deux doigts, elle fait pénétrer la crème démaquillante avant de l'essuyer avec un Kleenex. Mon père n'avait qu'à dire un mot gentil et elle lui pardonnait. Sinon moi, du moins quelqu'un comme moi aurait pu être conçu cette nuit-là. Un nombre infini d'êtres possibles encombrait le seuil, moi parmi eux mais sans billet garanti, les heures passant lentement, les planètes dans leurs cieux tournant à leur rythme habituel, sans parler des conditions atmosphériques car ma mère, craignant les orages, se fût blottie contre mon père s'il avait plu cette nuit-là. Mais non, le beau temps persistait, tout comme l'entêtement de mes parents. La lumière s'éteignit. Chacun resta dans son coin. Enfin, de ma mère : « Bonne nuit. » Et de mon père : « À demain. » Les moments qui menaient jusqu'à moi se mirent en place ainsi qu'il avait été décrété. Ce qui, je suppose, est la raison pour laquelle j'y pense autant.

Le dimanche suivant, ma mère emmena Desdemona et mon frère à l'église. Mon père ne l'accompagnait jamais, étant devenu apostat à l'âge de huit ans à cause du prix exorbitant des cierges. Tout comme lui, mon grand-père préférait passer ses matinées à travailler sur une traduction en grec moderne des poèmes « restaurés » de Sapho. Au cours des sept années qui suivirent, en dépit de plusieurs attaques, mon grand-père travailla à un petit bureau, rassemblant les fragments légendaires en une imposante mosaïque, ajoutant ici une strophe, là une coda, soudant un anapeste ou un iambe. Le soir il écoutait sa musique de bordel et fumait le narguilé.

En 1959, l'église grecque orthodoxe de l'Assomption se trouvait sur Charlevoix. C'est là que je serais baptisé moins d'une année plus tard et élevé dans la foi orthodoxe. L'Assomption, avec ses archiprêtres tournants, chacun envoyé par le patriarcat de Constantinople, chacun arrivant paré de la barbe de son autorité et des vêtements sacerdotaux de sa sainteté, mais chacun épuisé après un temps – six mois en règle générale – par l'humeur querelleuse de la congrégation, les attaques personnelles sur sa façon de chanter, la nécessité constante de faire taire les paroissiens qui se conduisaient pendant le service comme sur les bancs d'un stade de base-ball et, pour finir, l'effort d'avoir à faire deux fois un sermon hebdomadaire, la première en grec, la seconde en anglais. L'Assomption, avec ses réunions animées, ses fondations défectueuses et son toit qui fuyait, ses festivals ethniques éprouvants, ses classes de catéchisme où notre héritage était brièvement revivifié avant d'aller mourir dans la grande diaspora. Tessie et sa suite avancèrent dans l'allée centrale, le long des cierges plantés dans leurs bacs à sable. Au-dessus d'eux, grand comme un de ces géants qu'on promenait sur les chars à la parade de Thanksgiving, se trouvait le Christ Pantocrator. Il s'incurvait avec la coupole comme l'espace lui-même. Contrairement aux Christs souffrants et terrestres représentés sur les murs de l'église, notre Christ Pantocrator, embrassant toute l'étendue du ciel, était évidemment transcendant, tout-puissant. Il se penchait vers les apôtres au-dessus de l'autel pour leur tendre les quatre parchemins roulés des Évangiles. Et ma mère, qui essaya toute sa vie de croire en Dieu sans jamais vraiment y parvenir, levait les yeux vers lui, cherchant conseil.

Les yeux du Christ Pantocrator tremblotaient dans l'obscurité. Ils semblaient aspirer Tessie vers les hauteurs. À travers les volutes d'encens, les yeux du sauveur brillaient tels des écrans de télévision faisant rapidement défiler des scènes des événements récents...

D'abord il y avait Desdemona la semaine précédente, conseillant sa bru. « Pourquoi tu veux un enfant de plus, Tessie ? » lui avait-elle demandé avec une nonchalance étudiée. Se penchant pour regarder dans le four, cachant l'inquiétude que trahissait son expression (une inquiétude qui ne trouverait pas son explication avant que seize années fussent écoulées), Desdemona chassa l'idée d'un geste de la main. « Plus d'enfants, plus d'ennuis... »

Puis il y avait le Dr. Philobosian, notre vieux médecin de famille. Avec l'autorité que lui conféraient ses diplômes anciennement acquis, le médecin donna son verdict. « Billevesées. Le spermatozoïde mâle plus rapide ? Écoutez. Le premier à voir les spermatozoïdes au microscope était Leeuwenhoek. Savez-vous à quoi ils lui ont fait penser ? À des vers ! »

Puis Desdemona revenait, avec un point de vue différent : « C'est Dieu qui décide ce qu'est un bébé. Pas toi... »

Ces scènes traversaient l'esprit de ma mère durant l'interminable messe dominicale. Les fidèles se levaient et s'asseyaient. Sur le banc devant elle, mes cousins, Socrate, Platon, Aristote et Cléopâtre, n'arrêtaient pas de bouger. Le père Mike émergeait de derrière l'iconostase en balançant son encensoir. Ma mère essayait de prier, mais c'était inutile. Elle survécut à peine jusqu'à l'heure du café.

Depuis qu'elle avait douze ans, ma mère était incapable de commencer sa journée sans l'aide d'au moins deux tasses d'un café exagérément fort, noir comme du goudron, et sans sucre, goût qu'elle avait pris auprès des vieux capitaines de remorqueurs et des célibataires coquets qui emplissaient la pension dans laquelle elle avait grandi. Écolière, haute d'un mètre cinquante-trois, elle prenait le café assise à côté de mécaniciens au bar du coin avant de partir pour la classe. Tandis qu'ils remplissaient leurs feuilles de paris, Tessie terminait ses devoirs. Aujourd'hui, au sous-sol de l'église, elle ordonna à Chapitre Onze d'aller jouer avec les autres enfants pendant qu'elle prenait une tasse de café pour se remettre d'aplomb.

Elle en était à sa seconde tasse quand une voix douce et féminine susurra à son oreille : « Bonjour, Tessie. » C'était son beau-frère, le père Michael Antoniou.

« Salut, père Mike. Beau service, aujourd'hui », dit Tessie, ce qu'elle regretta immédiatement. Le père Mike était le vicaire de l'Assomption. Quand le dernier prêtre était parti, rappelé à Athènes après trois petits mois, la famille avait espéré que le père Mike serait promu. Mais c'est à un autre prêtre étranger, le père Gregorios, que le poste avait été donné. Tante Zo, qui ne perdait pas une occasion de se lamenter sur son mariage, avait dit à table de sa voix de comédienne : « Mon mari, toujours demoiselle d'honneur, jamais mariée. »

Par sa remarque, Tessie n'avait pas eu l'intention de complimenter le père Greg. La situation était d'autant plus délicate que, des années auparavant, Tessie et Michael Antoniou avaient été fiancés. Aujourd'hui elle était mariée à Milton et le père Mike à la sœur de Milton. Tessie était là pour s'éclaircir les idées et prendre un café et déjà la journée échappait à son contrôle.

Le père Mike ne parut pas avoir remarqué la bourde, toutefois. Il souriait, le regard affable au-dessus de la cascade rugissante de sa barbe. Homme d'un tempérament doux, le père Mike avait beaucoup de succès auprès des grenouilles de bénitier. Elles aimaient s'assembler autour de lui, lui offrant des petits gâteaux et baignant dans son essence béatifique. Une partie de cette essence était due au fait que le père Mike se satisfaisait parfaitement de ne mesurer qu'un mètre soixante-trois. Sa petite taille avait quelque chose de charitable, comme s'il avait fait don des centimètres qui lui manquaient. Il semblait avoir pardonné à Tessie d'avoir rompu leurs fiançailles, mais le passé était toujours là dans l'air entre eux, comme le talc qui parfois sortait par bouffées de son col de pasteur.

Tenant avec précaution sa soucoupe et sa tasse de café, le père Mike demanda avec un sourire : « Eh bien Tessie, comment ça va chez toi ? »

Ma mère savait, bien sûr, qu'en tant qu'habitué des dimanches, le père Mike savait tout sur l'histoire du thermomètre. Elle pensa détecter une étincelle de malice dans son regard.

« Tu viens aujourd'hui, dit-elle négligemment, tu verras par toi-même.

– Je m'en réjouis d'avance, répondit le père Mike. Les discussions sont toujours tellement intéressantes chez toi. »

Tessie scruta de nouveau le regard du père Mike, mais n'y vit rien qu'une franche cordialité. Et alors il se passa quelque chose qui détourna complètement son attention du père Mike.

Chapitre Onze était monté sur une chaise pour atteindre le robinet de la fontaine à café. Il essayait de remplir une tasse, mais une fois le robinet ouvert il n'arrivait pas à le fermer. Le café bouillant se répandait sur la table. Il éclaboussa une petite fille qui se tenait non loin. La petite fille fit un saut en arrière. Sa bouche s'ouvrit sans qu'aucun son n'en sorte. En un rien de temps, ma mère s'était précipitée et avait emmené son enfant aux toilettes.

Personne ne se rappelle son nom. Elle ne faisait pas partie de la paroisse. Elle n'était même pas grecque. Elle apparut ce jour-là pour ne jamais reparaître, et semble n'avoir existé que dans le seul but de faire changer d'avis à ma mère. La petite fille tenait son chemisier brûlant loin de sa peau tandis que Tessie apportait des serviettes mouillées. « Ça va, mon petit ? Tu n'es pas brûlée ?

– Il est très maladroit ce garçon, dit la petite fille.

– Ça lui arrive.

– Les garçons peuvent être très turbulents. »

Tessie sourit. « Tu as un sacré vocabulaire. »

Ce compliment arracha un grand sourire à la petite fille. « Turbulent est mon mot favori. Mon frère est très turbulent. Le mois dernier, mon mot favori était "turgescent". Mais on n'a pas beaucoup l'occasion d'employer turgescent. Il n'y a pas beaucoup de choses qui sont turgescentes, si on réfléchit bien.

– Tu as raison, dit Tessie en riant. Mais des turbulents, il y en a partout.

– Je suis parfaitement d'accord avec vous. »

Deux semaines plus tard. Dimanche de Pâques 1959. Notre respect religieux du calendrier julien nous a de nouveau désynchronisés avec le quartier. Deux dimanches auparavant, mon frère avait regardé ses petits voisins qui chassaient les œufs dans les buissons. Il avait vu ses copains décapiter d'un coup de dents les lapins en chocolat et emplir leurs bouches abondamment cariées de poignées de dragées. (Derrière sa fenêtre, mon frère désirait plus que tout croire en un dieu américain qui avait été ressuscité le bon jour.) Ce n'est qu'hier que Chapitre Onze obtint enfin la permission de teindre ses œufs, mais d'une seule couleur : le rouge. Partout dans la maison, les œufs étincellent aux rayons du solstice. Les œufs rouges débordent de coupes posées sur la table de la salle à manger. Ils pendent dans des filets au-dessus des portes. Ils envahissent la tablette de la cheminée et sortent du four en *tsoureki* cruciformes.

Mais maintenant nous sommes en fin d'après-midi ; le déjeuner est terminé. Et mon frère sourit. Car voici venu le moment de la Pâque grecque qu'il préfère à la chasse aux œufs et aux dragées : celui de casser les œufs. Tout le monde se rassemble autour de la table. En se mordant la lèvre, Chapitre Onze choisit un œuf dans la coupe, l'examine, le repose. Il en choisit un autre. « Celui-ci, dit Milton en saisissant un œuf. Celui-ci me paraît bien. Il a l'air solide comme un fourgon de la Brink's. » Milton lève son œuf. Chapitre Onze se prépare à attaquer. Quand soudain ma mère donne une tape dans le dos de mon père.

« Un instant Tessie. Nous sommes occupés à casser les œufs. »

Elle tape plus fort.

« Qu'est-ce qu'il y a ?

– Ma température. » Elle fait une pause. « Elle a monté de six dixièmes. »

Elle a utilisé le thermomètre. Mon père n'en savait rien.

« Maintenant ? murmure mon père. Bon Dieu, Tessie, tu es sûre ?

– Non, je ne suis pas sûre. Tu m'as dit de guetter une hausse de température et je suis en train de te dire qu'elle a monté de six dixièmes de degré. » Puis, à voix plus basse : « En plus ça fait treize jours depuis mes dernières ce que tu sais.

– Papa, implore Chapitre Onze.

– Mi-temps », déclare Milton. Il pose son œuf dans le cendrier. « C'est mon œuf. Personne n'y touche avant mon retour. »

Au premier, dans la chambre des maîtres, mes parents accomplissent l'acte. Le sens des convenances naturel aux enfants me retient d'imaginer la scène en détail. Seulement ceci : la chose faite, comme s'il venait de rajouter de l'essence dans le réservoir, mon père déclare : « Ça devrait suffire. » Il se révèle qu'il a raison. En mai, Tessie apprend qu'elle est enceinte, et l'attente commence.

Six semaines plus tard, j'ai des yeux et des oreilles. Une semaine après, des narines, et même des lèvres. Mes organes génitaux commencent à se former. Les hormones, suivant les indications des chromosomes, inhibent les structures de Müller, favorisent les conduits de Wolf. Mes vingt-trois paires de chromosomes se sont associées et croisées, lançant leur roulette, tandis que mon *papou* pose la main sur le ventre de ma mère et dit : « Le deux porte bonheur ! » Disposés en régiments, mes gènes accomplissent leurs ordres. Tous, à l'exception de deux, une paire de mécréants – ou de révolutionnaires, selon le point de vue – cachés sur le chromosome 5. Ils siphonnent une enzyme, qui arrête la production d'une certaine hormone, ce qui complique ma vie.

Au salon, les hommes ont cessé de parler politique, et parient sur le sexe du bébé de Milt. Mon père est confiant. Vingt-quatre heures après l'acte, la température de ma mère est montée de deux dixièmes supplémentaires, confirmant l'ovulation. Les spermatozoïdes mâles ont abandonné la partie, épuisés. Les spermatozoïdes femelles, en bonnes tortues, ont gagné la course. (C'est alors que Tessie a donné le thermomètre à Milton en lui disant qu'elle ne voulait plus jamais le voir.)

Tout cela mena au jour où Desdemona tint un ustensile

au-dessus du ventre de ma mère. L'échographie n'existant pas à l'époque, on ne connaissait rien de mieux que la cuillère. Desdemona s'accroupit. Le silence se fit dans la cuisine. Les femmes se mordaient la lèvre, observant, attendant. Pendant une minute, la cuillère resta immobile. La main de Desdemona se mit à trembler et, après de longues secondes, tante Lina l'immobilisa. La cuillère pivota ; je donnai un coup de pied ; ma mère poussa un cri. Et alors, lentement, mue par un souffle que personne ne sentit, la cuillère se mit à bouger, à se balancer, d'abord en cercles étroits, mais dont l'orbite devenait progressivement plus elliptique jusqu'à ne plus former qu'une ligne droite allant du four à la banquette. Du nord au sud, en d'autres termes. Desdemona s'écria : « *Koros !* » Et la pièce s'emplit des cris de : « Koros, koros ! »

Cette nuit-là, mon père déclara : « Vingt-trois prédictions d'affilée ça veut dire qu'elle doit se planter. Cette fois-ci, elle se trompe. Fais-moi confiance.

– Ça ne me gêne pas que ce soit un garçon, dit ma mère. Vraiment pas. Tant qu'il est en bonne santé, qu'il a dix doigts et dix orteils.

– Qu'est-ce que c'est que ce "il" ? C'est de ma fille que tu es en train de parler. »

Je naquis une semaine après le nouvel an, le 8 janvier 1960. Dans la salle où il avait attendu avec pour seul soutien des cigares enrubannés de rose, mon père s'écria : « Bingo ! » J'étais une fille. Quarante-huit centimètres. Sept livres cent.

Ce même 8 janvier, mon grand-père eut la première de ses treize attaques. Réveillé par le départ de mes parents pour l'hôpital, il s'était levé et était descendu se faire une tasse de café. Une heure plus tard, Desdemona le trouva étendu sur le sol de la cuisine. Bien que ses facultés mentales fussent intactes, ce matin-là, tandis que je poussais mon premier cri à la maternité, mon papou perdit l'usage de la parole. D'après Desdemona, mon grand-père s'était écroulé juste après avoir renversé sa tasse de café afin de lire l'avenir dans le marc.

Quand il apprit que j'étais une fille, oncle Pete refusa toute félicitation. Ce n'était pas de la magie. « De plus, plaisanta-t-il, c'est Milton qui a fait tout le travail. » Desdemona s'assombrit. Son fils né en Amérique avait eu raison et avec cette défaite, le vieux pays, dans lequel elle essayait toujours de vivre bien qu'il fût distant de six mille quatre cents kilomètres et de trente-huit années, s'éloigna un peu plus. Mon arrivée marquait la fin de son activité de devineresse et le début du long déclin de son mari. Bien que la boîte à vers à soie réapparût de temps à autre, la cuillère ne se trouvait plus parmi les trésors qu'elle contenait.

Je fus extraite, fessée et passée au jet, dans cet ordre. On m'enveloppa dans une couverture et m'exposa en compagnie de six autres nouveau-nés, quatre garçons et deux filles, tous, contrairement à moi, correctement identifiés. Ça n'est pas possible, mais je m'en souviens : des étincelles emplissaient lentement un écran noir.

Quelqu'un m'avait branché les yeux.

Le mariage arrangé

Quand ce récit sera connu, il se peut que je devienne l'hermaphrodite le plus fameux de toute l'histoire. Il y en a eu avant moi. Alexina Barbin a été élevée dans un pensionnat de jeunes filles en France avant de devenir Abel. Elle a laissé une autobiographie que Michel Foucault découvrit dans les archives de l'Assistance publique. (Ses Mémoires, qui se terminent peu avant son suicide, ne sont pas d'un grand intérêt et c'est après les avoir lus, il y a des années de cela, que j'eus l'idée d'écrire les miens.) Gottlieb Göttlich, né en 1798, vécut sous le nom de Marie Rosine jusqu'à l'âge de trente-trois ans. Un beau jour des douleurs abdominales la menèrent à consulter un médecin. En cherchant une hernie, ce dernier trouva des testicules qui n'étaient pas descendus. À partir de ce moment, Marie s'habilla en homme, prit le nom de Gottlieb, et gagna une fortune en faisant la tournée des médecins à travers toute l'Europe.

Du point de vue scientifique, je suis plus intéressant que Gottlieb. Dans la mesure où les hormones affectent la chimie et l'histologie du cerveau, j'ai un cerveau mâle. Mais mon sexe d'élevage est féminin. Celui qui voudrait faire une expérience afin de départager l'influence de la nature et celle de la culture ne pourrait pas mieux trouver que moi. Durant mon séjour en clinique il y a presque trois décennies de cela, le Dr. Luce me fit passer toute une série de tests. J'ai passé le test de rétention visuelle de Benton et le test de structuration visuo-motrice de Bender. Mon QI verbal a été mesuré, et bien d'autres choses encore. Luce alla jusqu'à analyser mon style pour voir si j'écrivais de manière linéaire, masculine ou circulaire, c'est-à-dire féminine.

Je ne sais que ceci : en dépit de l'androgénisation de mon cerveau, il y a une circularité féminine innée dans l'histoire que je dois vous conter. Comme dans toute histoire génétique. Je suis la proposition finale d'une phrase périodique, et cette phrase a débuté il y a longtemps, dans une autre langue, et il vous faut la lire du début à la fin, qui coïncide avec mon début à moi.

Et donc maintenant, étant né, je vais rembobiner le film : ma couverture rose s'envole, mon berceau disparaît tandis que mon cordon ombilical se ressoude, et je crie, aspiré entre les cuisses de ma mère. Elle redevient très grosse. Puis nous retournons un peu plus en arrière au moment où la cuillère cesse de se balancer et où le thermomètre retourne dans son écrin en velours. Le spoutnik suit son sillage jusqu'à son aire de lancement et la polio envahit la terre. On aperçoit brièvement mon père à l'âge de vingt-cinq ans, interprétant un air d'Artie Shaw sur sa clarinette, au téléphone, et le voici à l'église, à l'âge de huit ans, scandalisé par le prix des cierges ; puis mon grand-père casse son premier billet d'un dollar US devant une caisse enregistreuse en 1931. Puis nous ne sommes plus du tout en Amérique ; nous sommes en pleine mer, avec les drôles de bruits que fait la bande-son passant à l'envers. Un vapeur apparaît et sur le pont une chaloupe se balance bizarrement ; mais alors le bateau accoste, poupe en premier, et nous voici de nouveau sur la terre ferme, où le film commence à se dérouler dans le bon sens...

À la fin de l'été 1922, ma grand-mère Desdemona Stephanides ne prédisait pas les naissances mais les morts, particulièrement la sienne. Elle se trouvait dans sa magnanerie, haut sur les pentes du mont Olympe en Asie Mineure, quand l'organe, sans crier gare, sauta un temps. Elle sentit très précisément son cœur s'arrêter et se contracter en boule. Puis, comme elle se raidissait, il se mit à battre à toute vitesse, cognant contre ses côtes. Elle poussa un petit cri de surprise. Ses vingt mille vers à soie, sensibles aux émotions de l'homme, cessèrent de filer leurs cocons. Plissant les yeux dans l'obscurité, ma grand-mère baissa le regard et vit le devant de sa tunique qui voletait indéniablement ; et en une seconde, comme elle prenait conscience de l'insurrection qui s'élevait en elle, Desdemona devint ce qu'elle devait rester jusqu'à la fin de sa vie : une malade emprisonnée dans un corps sain. Néanmoins, incapable de croire à sa propre endurance, en dépit du fait que son cœur commençait déjà à se calmer, elle sortit de la magnanerie pour jeter un dernier regard au monde qu'elle ne devait pas quitter avant que cinquante-huit ans se soient écoulés.

La vue était impressionnante. À trois cents mètres sous elle s'étendait la vieille capitale ottomane de Bursa, tel un damier de trictrac posé sur le feutre vert de la vallée. Les diamants rouges des toits de tuiles étaient enchâssés dans les diamants des murs enduits de chaux. En 1922 la circulation automobile ne bloquait pas les rues. Les remonte-pentes n'avaient pas ouvert leurs tranchées dans les forêts de pins. Les usines métallurgiques et textiles n'encerclaient pas la ville, emplissant l'air de fumée noire. Bursa ressemblait – depuis cette hauteur du moins – à peu de chose près à ce qu'elle avait été durant les six siècles passés, une ville sainte, nécropole des Ottomans et centre du commerce de la soie, ses tranquilles rues en pente plantées de minarets et de cyprès. Les tuiles de la mosquée verte avaient bleui avec le temps, mais c'était à peu près tout. Cependant, Desdemona Stephanides, regardant de haut par-dessus l'épaule des joueurs, vit sur le damier ce qui avait échappé à leur regard.

Pour psychanalyser les palpitations de ma grand-mère : c'étaient les manifestations de sa douleur. Ses parents étaient morts au cours de la guerre récente contre les Turcs. L'armée grecque, encouragée par les Alliés, avait envahi la Turquie occidentale en 1919, réclamant l'ancien territoire grec d'Asie Mineure. Après des années d'isolement dans la montagne, les habitants de Bithynios, le village de ma grand-mère, avaient retrouvé le giron de la *Megala Idea*, la Grande Idée, le rêve de la Grande Grèce. C'étaient maintenant les troupes grecques qui occupaient Bursa. Le drapeau grec flottait sur l'ancien palais ottoman. Les Turcs et leur chef, Mustapha Kemal, s'étaient repliés sur Angora, à l'est. Pour la première fois de leur vie, les Grecs d'Asie Mineure étaient libérés de la domination turque. Ils n'étaient plus des « giaours » (chiens d'infidèles) à qui le port des couleurs vives, le cheval et l'usage de la selle étaient interdits. Plus jamais, ainsi que par les siècles passés, les Ottomans ne viendraient tous les ans rafler les jeunes gens les plus vigoureux pour les enrôler de force dans le corps des janissaires. Maintenant, quand les hommes du village apportaient leur soie au marché de Bursa, c'étaient des Grecs libres, dans une cité grecque libre.

Toutefois Desdemona, avec le deuil de ses parents, demeurait enfermée dans le passé. C'est ainsi que, regardant la cité libérée à ses pieds, elle se sentait flouée par l'incapacité où elle était d'être heureuse comme tout le monde. Des années plus tard, quand, veuve, elle passerait dix ans dans son lit à essayer de mourir avec la plus grande énergie, elle avouerait enfin que ces deux années d'entre-deux-guerres, un demi-siècle plus tôt, avaient été les seules supportables qu'elle eût vécues ; mais alors tous ceux qu'elle avait connus étaient morts et elle ne pouvait le dire qu'à sa télévision.

Durant la plus grande partie de l'heure précédente Desdemona avait essayé d'oublier son pressentiment en travaillant dans la magnanerie. Elle était sortie de la maison par la porte de derrière, avait traversé la tonnelle aux douces senteurs, puis le jardin en terrasse avant de pénétrer dans la hutte basse au toit de chaume. L'odeur âcre des larves qui régnait à l'intérieur ne la gênait pas. La magnanerie était l'oasis puante et personnelle de ma grand-mère. Tout autour d'elle, un firmament de vers à soie d'un blanc velouté étaient suspendus à des branchages de mûrier liés en fagots. Desdemona les regarda tisser leur cocon en balançant la tête comme au rythme d'une musique. Elle en oublia le monde environnant, ses bouleversements et convulsions, son horrible musique moderne (qu'on entendra bientôt chantée). Elle entendait sa mère, Euphrosyne Stephanides, lui révélant ici même des années auparavant les mystères des vers à soie. « Pour avoir une bonne soie, il faut être pure, lui disait-elle. Les vers à soie savent tout. Il suffit de regarder leur soie pour savoir ce que les gens mijotent. » Et ainsi de suite, Euphrosyne Stephanides lui fournissant des exemples à l'appui de ses dires : « Maria Poulos, qui lève sa jupe à tous les passants ? Tu as vu ses cocons ? Une tache pour chaque homme. Regarde la prochaine fois. » Desdemona, qui n'avait alors que onze ou douze ans, croyait tout ce qu'on lui disait, de sorte qu'aujourd'hui, à l'âge de vingt et un ans, elle ne pouvait pas complètement rejeter les contes moraux de sa mère, et examinait les cocons à la recherche d'un indice de son impureté (les rêves qu'elle faisait !). Elle cherchait d'autres choses, aussi, car sa mère prétendait également que les vers à soie réagissaient aux horreurs de l'histoire. Après chaque massacre, même s'il avait eu lieu dans un village à quatre-vingts kilomètres de là, les filaments des vers à soie viraient au rouge sang. « Je les ai vus saigner comme les pieds de Christos Lui-même » ; et sa fille, dix-huit ans plus tard, plissait les yeux dans la pénombre pour voir s'il n'y avait pas des cocons rouges. Elle tira un plateau qu'elle secoua ; elle en tira un autre ; et c'est à ce moment précis qu'elle sentit son cœur s'arrêter, se contracter en boule, et se mettre à lui marteler les côtes. Elle laissa tomber le plateau, vit sa tunique tressauter sous les coups, et comprit que son cœur agissait de son propre chef, qu'elle n'avait pas prise sur lui ni, d'ailleurs, sur quoi que ce fût.

C'est ainsi que ma *yia yia*, souffrant du premier de ses maux imaginaires, contemplait Bursa, comme si elle pouvait y déceler la confirmation visible de sa crainte invisible. Et c'est alors que celle-ci parvint de l'intérieur de la maison, sous forme de son : son frère, Eleutherios (« Lefty ») Stephanides, s'était mis à chanter. En un anglais exécrable et dépourvu de sens :

« *Tous les matins, et tous les soirs, qu'est-ce qu'on se marre* », chantait Lefty, debout devant le miroir de leur chambre ainsi qu'il faisait tous les après-midi à peu près à la même heure, ajustant le col en celluloïd neuf à sa chemise blanche neuve, pressant une noix de brillantine (au parfum de citron vert) dans sa paume et en lissant sa nouvelle coupe de cheveux à la Rudolph Valentino. Et poursuivant : « *Et entre-temps, dans l'intervalle, qu'est-ce qu'on se marre.* » Les paroles n'avaient pas de sens pour lui, mais la mélodie lui suffisait. Elle lui suggérait la frivolité de l'ère du jazz, les cocktails au gin, les filles qui fumaient; elle l'incitait à plaquer ses cheveux en arrière avec panache... tandis que, dans le jardin, Desdemona, en l'entendant, réagissait différemment. La chanson lui rappelait les bars louches que son frère fréquentait en ville, ces fumeries de haschisch où on jouait du rebetika et de la musique américaine et où il y avait des femmes faciles qui chantaient... alors que Lefty passait son costume à rayures neuf et pliait la pochette rouge qui allait avec sa cravate rouge... et elle se sentait toute drôle à l'intérieur, l'estomac particulièrement, qui était agité d'émotions compliquées, tristesse, colère, et quelque chose d'autre qu'elle était incapable de nommer et qui la faisait souffrir plus que tout. « *Le loyer n'est pas payé, chérie, nous n'avons pas de voiture* », chantait Lefty de sa douce voix de ténor dont je devais hériter; et sous la musique Desdemona entendait de nouveau la voix de sa mère, les derniers mots prononcés par Euphrosyne Stephanides avant qu'elle meure d'une blessure par balle : « Occupe-toi de Lefty. Jure-le-moi. Trouve-lui une femme ! »... et Desdemona, à travers ses larmes, répondant : « Je te le jure. Je te le jure ! »... Ces voix parlant toutes à la fois dans la tête de Desdemona comme elle regagnait la maison. Elle traversa la petite cuisine où mitonnait un dîner (pour une personne) et se dirigea à grands pas droit dans la chambre qu'elle partageait avec son frère. Il continuait à chanter – « *Pas beaucoup de blé, mais, ma bien aimée* » – mettant ses boutons de manchettes, se faisant la raie ; mais il leva alors les yeux, vit sa sœur – « *Qu'est-ce qu'on* » – et maintenant pianissimo – « *se marre* » – et se tut.

Pendant un instant, le miroir refléta deux visages. À l'âge de vingt et un ans, bien avant qu'elle ne porte un dentier branlant et ne se soit imposé l'invalidité, ma grand-mère était une sorte de beauté. Elle portait sa chevelure noire en longues tresses relevées sous son foulard. Ces tresses n'étaient pas délicates comme celles d'une petite fille, mais lourdes et féminines, avec un pouvoir propre, comme la queue d'un castor. Les années, les saisons et les variations climatiques avaient pénétré dans ces tresses ; et quand elle les défaisait le soir elles lui tombaient jusqu'à la taille. À présent, des rubans de soie noire les entouraient, les rendant plus imposantes encore, si vous aviez l'occasion de les voir, ce qui n'était pas donné à beaucoup. Ce qui s'offrait à la vue de tous était le visage de Desdemona : ses grands yeux tristes, son teint pâle, comme éclairé à la bougie. Il me faut également mentionner, avec l'ombre du pincement de cœur éprouvé par qui fut jadis une fille plate, la voluptueuse silhouette de Desdemona. Son corps était pour elle une gêne constante. Il ne cessait de s'annoncer de manière incontrôlable. À l'église quand elle s'agenouillait, dans le jardin quand elle battait les tapis, sous le pêcher quand elle cueillait les fruits, les élaborations féminines de Desdemona échappaient à la contrainte de ses vêtements austères. Mais au-dessus de son corps, son visage encadré par le foulard demeurait à l'écart, l'air légèrement scandalisé par les mouvements dont se montraient capables ses seins et ses hanches.

Eleutherios était plus grand et mince. Sur les photos de l'époque, il ressemble aux personnages interlopes qu'il idolâtrait, les voleurs et les joueurs moustachus et sveltes qui hantaient les bars des quais d'Athènes et de Constantinople. Son nez était aquilin, ses yeux vifs, tout son visage évoquant l'oiseau de proie. Quand il souriait, toutefois, on voyait la douceur dans ses yeux, qui trahissait le fait que Lefty, loin d'être un gangster, était l'enfant choyé et studieux de parents aisés.

Cet après-midi de l'été 1922, Desdemona ne regardait pas le visage de son frère. Ses yeux inspectaient la veste, les cheveux brillants, le pantalon rayé, tandis qu'elle essayait de comprendre ce qui lui était arrivé au cours des derniers mois.

Lefty était plus jeune d'un an que Desdemona et elle se demandait souvent comment elle avait survécu sans lui à ses douze premiers mois. Car, d'aussi loin qu'elle se souvienne, il avait toujours été de l'autre côté de la couverture en poil de chèvre qui séparait leurs lits. Derrière le *kelimi*, il donnait des spectacles d'ombres, évoquant de ses mains la silhouette de Karaghiozis, le bossu malin qui ne cessait de se jouer des Turcs. Dans l'obscurité, il inventait des vers et chantait des chansons, et l'une des raisons qui lui faisaient détester son nouveau répertoire américain était qu'il ne l'interprétait que pour lui-même. Desdemona avait toujours aimé son frère comme seule une sœur qui a grandi à la montagne peut aimer son frère : il était son seul divertissement, son meilleur ami et confident, celui qui découvrait avec elle les raccourcis et les cellules d'ermites. Très vite, elle avait vécu en telle symbiose avec lui qu'il lui était arrivé d'oublier qu'ils étaient deux êtres différents. Enfants, ils avaient parcouru les pentes en terrasses telle une créature à deux têtes et quatre jambes. Elle était habituée à voir leurs silhouettes siamoises se dresser contre le mur blanchi à la chaux de la maison, le soir, et chaque fois qu'elle rencontrait son ombre solitaire, elle avait l'impression qu'il lui manquait une moitié.

La paix semblait avoir tout changé. Lefty avait profité des nouvelles libertés. Le mois dernier, il était descendu pas moins de dix-sept fois à Bursa. Trois fois il avait passé la nuit à l'auberge du Cocon, en face de la mosquée du sultan Ouhan. Un matin il était parti, portant bottines, bas de laine, culottes, *doulamas* et gilet, et le soir suivant il était revenu vêtu d'un costume rayé, une écharpe en soie autour du cou tel un chanteur d'opéra, coiffé d'un feutre noir. Il y avait d'autres changements. Il avait commencé à apprendre le français dans un petit manuel couleur prune. Il avait pris des attitudes affectées, les mains dans les poches faisant tinter sa monnaie ou le chapeau rejeté en arrière, par exemple. Quand Desdemona faisait la lessive, elle trouvait des bouts de papier dans les poches de Lefty, couverts de chiffres. Ses vêtements sentaient le musc, le tabac, et parfois le parfum.

À cet instant, dans le miroir, le rapprochement de leurs visages ne pouvait cacher leur séparation croissante. Et ma grand-mère, dont la mélancolie propre à sa constitution avait fini par provoquer une véritable tempête cardiaque, regarda son frère, comme elle avait jadis regardé son ombre, et sentit que quelque chose manquait.

« Où est-ce que tu vas si bien habillé ?

– Où tu crois ? Au Koza Han. Vendre les cocons.

– Tu y es allé hier.

– C'est la saison. »

À l'aide d'un peigne en écaille Lefty se faisait la raie à droite, rajoutant de la brillantine sur une mèche bouclée qui refusait de rester plaquée.

Desdemona s'approcha. Elle prit le tube de brillantine qu'elle renifla. Ce n'était pas le parfum de ses vêtements.

« Qu'est-ce que tu fais d'autre en ville ?

– Rien.

– Parfois tu y passes la nuit.

– C'est loin. Quand j'arrive, il est déjà tard.

– Qu'est-ce que tu fumes dans ces bars ?

– Ce qui se trouve dans le narguilé. Ce sont des questions qu'on ne pose pas.

– Si père et mère savaient que tu fumes et que tu bois comme ça... » Elle ne termina pas sa phrase.

« Ils ne le savent pas, non ? demanda Lefty. Donc je suis tranquille. » Son ton léger n'était pas convaincant. Lefty faisait mine de s'être remis de la mort de leurs parents, mais Desdemona n'était pas dupe. Elle adressa un sourire mécontent à son frère et, sans commentaire, tendit le poing. Automatiquement, tout en continuant à s'admirer dans le miroir, Lefty ferma lui aussi la main. Ils comptèrent : un, deux, trois... partez !

« La pierre écrase le serpent. J'ai gagné, déclara Desdemona. Dis-moi alors.

– Te dire quoi ?

– Dis-moi ce qui est si intéressant à Bursa. »

Lefty peigna de nouveau ses cheveux en arrière et se fit la raie à gauche. Il tourna la tête d'un côté puis de l'autre tout en se regardant. « Qu'est-ce qui est le mieux ? À droite ou à gauche ?

– Laisse-moi voir. »

Desdemona leva délicatement la main – et lui ébouriffa les cheveux.

« Hé !

– Qu'est-ce que tu cherches à Bursa ?

– Laisse-moi tranquille !

– Dis-moi !

– Tu veux savoir ? » demanda Lefty, exaspéré. « Qu'est-ce que tu crois que je vais chercher ? » Sa voix vibrait d'une violence contenue. « Je cherche une femme. »

Desdemona porta les mains à son ventre, se tapota le cœur. Elle fit deux pas en arrière et de ce point de vue considéra de nouveau son frère. L'idée que Lefty, qui partageait ses yeux et ses sourcils, qui dormait dans le lit à côté du sien, pouvait avoir un tel désir n'était encore jamais venu à l'esprit de Desdemona. Bien que physiquement adulte, le corps de Desdemona était encore étranger à sa propriétaire. La nuit, dans leur chambre, elle avait vu son frère dormir écrasé contre son matelas de corde comme s'il luttait avec. Enfant, elle l'avait surpris à se frotter innocemment contre un poteau. Mais ces indices étaient demeurés lettre morte pour elle. « Qu'est-ce que tu fais ? » lui avait-elle demandé. Lefty, sept ou huit ans alors, pressé contre le poteau, faisant monter et descendre son bassin. D'une voix calme et posée, il avait répondu : « J'essaye d'avoir cette sensation.

– Quelle sensation ?

– Tu sais – grognant et soufflant, allant et venant – cette *sensation*. »

Mais elle ne savait pas. Cela se passait bien des années avant le jour où Desdemona, alors qu'elle coupait des concombres, s'appuierait contre le coin de la table de la cuisine et, sans s'en apercevoir, se presserait un peu plus fort, après quoi elle se trouverait prendre cette position, coin de la table entre les cuisses, tous les jours. Maintenant, quand elle préparait les repas de son frère, elle renouait parfois ses anciennes relations avec le coin de la table, mais elle n'en avait pas conscience. C'était son corps qui agissait, avec la ruse et le silence de tous les corps de par le monde.

Les voyages de son frère en ville, c'était différent. Il savait ce qu'il cherchait, apparemment ; il communiquait pleinement avec son corps. Son esprit et son corps étaient devenus une seule entité, pensant une seule pensée, mus par une seule obsession, et pour la première fois Desdemona n'arrivait pas à lire cette pensée. Tout ce qu'elle savait c'est qu'elle n'avait rien à voir avec elle.

Cela la rendait folle. Aussi un peu jalouse, je pense. N'était-elle pas sa meilleure amie ? Ne s'étaient-ils pas toujours tout appris ? Ne faisait-elle pas tout pour lui – la cuisine, la couture et toutes les tâches ménagères qu'accomplissait leur mère ? N'était-ce pas elle qui s'était occupée seule des vers à soie pour que lui, son petit frère intelligent, puisse apprendre le grec ancien avec le curé ? N'était-ce pas elle qui avait déclaré : « Occupe-toi de tes livres, je m'occuperai de la magnanerie. Tu n'auras qu'à aller vendre les cocons au marché. » Et quand il s'était mis à traîner en ville, s'était-elle plainte ? Avait-elle parlé des bouts de papier, ou de ses yeux rougis, ou de l'odeur musquée et parfumée de ses vêtements ? Desdemona soupçonnait que son rêveur de frère s'était mis à fumer du haschisch. Là où on jouait du rebetika, il y avait toujours du haschisch. Lefty réagissait à la mort de ses parents de la seule manière qui lui était possible, en disparaissant dans un nuage de fumée de hasch aux accents de la musique la plus triste du monde. Desdemona comprenait tout cela et c'est pourquoi elle n'avait rien dit. Mais maintenant elle voyait que son frère essayait d'échapper à la douleur d'une façon qu'elle n'avait pas envisagée ; et elle ne se contentait plus de se taire.

« Tu cherches une femme ? avait-elle demandé d'une voix incrédule. Quel genre de femme ? Une Turque ? »

Lefty ne dit rien. Après sa sortie, il s'était remis à se peigner.

« Peut-être que tu cherches une femme de harem. C'est ça ? Tu crois que je ne sais pas qu'il existe des filles faciles, des *poutanes* ? Eh bien si. Je ne suis pas si bête. Ça te plaît une grosse qui agite son ventre sous ton nez ? Avec un diamant dans le nombril ? Tu veux une fille comme ça ? Laisse-moi te dire une chose. Tu sais pourquoi ces filles turques se couvrent le visage ? Tu crois que c'est à cause de la religion ? Non. C'est parce que sinon elles feraient peur ! »

Et maintenant elle criait. « Honte à toi, Eleutherios ! Qu'est-ce qui te prend ? Pourquoi tu ne choisis pas une fille du village ? »

C'est alors que Lefty, qui était maintenant occupé à brosser sa veste, attira l'attention de sa sœur sur un point qu'elle avait négligé. « Tu n'as peut-être pas remarqué, dit-il, mais il n'y a pas de filles dans ce village. »

Ce qui, de fait, était le cas. Bithynios n'avait jamais été un grand village, mais en 1922 il était plus petit que jamais. Les gens avaient commencé à partir en 1913, quand le phylloxera avait détruit la vigne. Ils avaient continué à partir durant la guerre des Balkans. La cousine de Lefty et Desdemona, Sourmelina, était partie pour l'Amérique et vivait maintenant dans un endroit appelé

Detroit. Bâti sur une pente douce, Bithynios n'était pas un nid d'aigle. C'était un groupe, sinon élégant, du moins harmonieux, de maisons en stuc jaune coiffées de toits rouges. Les plus imposantes, au nombre de deux, avaient des *çikma*, des baies vitrées suspendues au-dessus de la rue. Les plus pauvres, nombreuses, étaient essentiellement des cuisines. Puis venaient les maisons telles que celle de Desdemona et de Lefty, qui possédaient un salon bourré de meubles, deux chambres, une cuisine et des toilettes à la mode européenne dans le jardin. Il n'y avait pas de commerces à Bithynios, ni de poste ou de banque, rien qu'une église et une taverne. Pour faire les courses, il fallait aller à Bursa d'abord à pied puis en empruntant le tramway tiré par des chevaux.

En 1922 il y avait à peine cent habitants dans le village. Moins de la moitié étaient des femmes. Parmi les quarante-sept femmes, vingt et une étaient des vieilles dames. Vingt autres étaient des femmes mariées d'âge mûr. Trois étaient des jeunes mères, chacune avec une petite fille dans les langes. Une était la sœur de Lefty. Ce qui laissait deux filles à marier. Que Desdemona s'empressa alors de nommer.

« Qu'est-ce que tu racontes il n'y a pas de filles ? Et Lucille Kafkalis ? C'est une gentille fille. Ou Victoria Pappas ?

– Lucille sent mauvais, répondit Lefty en toute bonne foi. Elle se lave peut-être une fois par an. Le jour de sa fête. Et Victoria ? » Il se passa un doigt sur la lèvre supérieure. « Victoria a une moustache plus grosse que la mienne. Je ne veux pas partager mon rasoir avec ma femme. » Sur ce il posa sa brosse et passa sa veste. « Ne m'attends pas », dit-il, et il sortit.

« Va ! cria Desdemona. Ça m'est égal. Mais n'oublie pas. Quand ton épouse turque enlèvera son masque, ne reviens pas en courant au village ! »

Mais Lefty avait disparu. Le bruit de ses pas décr
Desdemona sentit le mystérieux poison couler à nouv

dans ses veines. Elle l'ignora. « Je n'aime pas manger seule ! » cria-t-elle, à personne.

Le vent de la vallée avait forci, comme tous les après-midi. Il entrait par les fenêtres ouvertes. Il faisait cliqueter le loquet du coffre où elle rangeait son linge, et les grains du vieux chapelet de son père posé dessus. Desdemona le prit. Elle se mit à laisser couler les grains un par un entre ses doigts, exactement comme faisait son père, et le père de celui-ci avant lui, et le père de ce dernier avant lui, quand l'anxiété les prenait, accomplissant un rite légué de génération en génération, précis, codifié, complet. Comme les grains cliquetaient les uns contre les autres, Desdemona s'y abandonna. Qu'est-ce qui arrivait à Dieu ? Pourquoi avait-Il pris ses parents, la laissant s'inquiéter pour son frère ? Qu'est-ce qu'elle devait faire de lui ? « Il fume, il boit, et maintenant, pire encore ! Et comment est-ce qu'il trouve l'argent pour toutes ces bêtises ? En vendant mes cocons, voilà comment ! » À chacun des grains glissant entre ses doigts, elle enregistrait un nouveau grief et s'en libérait. Desdemona, avec ses yeux tristes, son visage d'enfant obligé de grandir trop vite, égrenait ses soucis sur son chapelet comme tous les Stephanides hommes avant et après elle (jusqu'à moi, si je compte comme homme).

Elle passa la tête à la fenêtre, entendit le vent qui bruissait dans les pins et le bouleau blanc. Elle continua à compter ses grains et, peu à peu, ils remplirent leur fonction. Elle se sentit mieux. Elle décida de continuer à vivre sa vie. Lefty ne rentrerait pas ce soir. Et alors ? Qui avait besoin de lui, de toute façon ? Ça serait plus facile pour elle s'il ne rentrait plus jamais. Mais elle devait à sa mère de veiller à ce qu'il n'attrape pas une maladie honteuse ou, pire, qu'il ne parte pas avec une Turque. Les grains continuaient à couler, un par un, entre les doigts de Desdemona. Mais elle ne comptait plus ses soucis. Ils évoquaient maintenant à son esprit les images d'un magazine caché dans le vieux bureau de leur père. Un grain pour une chevelure. Un autre pour un négligé en soie, le suivant pour un soutien-gorge noir. Ma grand-mère avait commencé à arranger un mariage.

Penant ce temps, Lefty, chargé d'un sac de cocons, descendait la montagne. Quand il arriva en ville, il prit Kapali Carsi Caddesi, tourna à Borsa Sokak et bientôt il passait sous le porche du Koza Han. Là, autour de la fontaine bleu-vert, des centaines de sacs raides débordaient de cocons de vers à soie à hauteur de taille. Partout, des hommes étaient occupés soit à vendre, soit à acheter. Ils criaient depuis que la cloche avait sonné ce matin à dix heures et leur voix était enrouée. « Bon prix ! Bonne qualité ! » Lefty se fraya un chemin le long de l'étroit sentier entre les cocons, son sac à la main. Il ne s'était jamais intéressé au métier familial. À la différence de sa sœur, il était incapable de juger de la qualité d'un cocon en le sentant ou en le palpant. S'il apportait les cocons au marché c'est parce que les femmes n'y étaient pas admises. La presse et la bousculade le rendaient nerveux. Il se prit à songer combien il serait agréable que tout le monde s'arrête de s'agiter un instant pour admirer la luminosité des cocons dans la lumière du soir ; mais évidemment personne ne le faisait. Ils continuaient à hurler et à se brandir des cocons sous le nez, à mentir et à marchander. Le père de Lefty adorait la saison du marché au Koza Han, mais son fils n'avait pas hérité la fibre mercantile.

Près du portique couvert, Lefty vit un marchand qu'il connaissait. Il lui présenta son sac. Le marchand plongea le bras dedans et en sortit un cocon. Il le trempa dans un bol d'eau et l'examina. Puis il le trempa dans une coupe de vin.

« Je veux en faire de l'organsin. Ils ne sont pas assez résistants. »

Lefty ne le crut pas. La soie de Desdemona était toujours la meilleure. Il savait qu'il était censé crier, prendre un air offensé, faire mine d'aller voir ailleurs. Mais il s'y était pris trop tard ; la cloche annonçant la fermeture allait bientôt sonner. Son père lui avait toujours dit qu'il ne fallait pas apporter les cocons en fin de journée, ce qui obligeait à vendre au rabais. La peau de Lefty le démangeait sous son costume neuf. Il avait hâte que la transaction soit terminée. Il éprouvait de la honte : honte pour la race humaine, son avidité, son goût de l'escroquerie. Sans protester il accepta le prix proposé par l'homme. Le marché conclu, il s'empressa de quitter le Koza Han pour s'occuper des affaires plus sérieuses qui l'amenaient en ville.

Ce n'était pas ce que croyait Desdemona. Regardez bien : Lefty, le feutre crânement incliné, parcourt les rues en pente de Bursa. Quand il passe devant un kiosque, cependant, il n'entre pas. Le propriétaire l'appelle, mais Lefty se contente de lui répondre d'un signe de la main. Dans la rue suivante, il passe devant une fenêtre derrière les volets de laquelle des voix féminines l'invitent à entrer, mais il n'y prête pas attention, suivant le méandre des rues le long des échoppes des marchands de fruits et des restaurants jusqu'à ce qu'il arrive à une autre rue où il pénètre dans une église. Plus précisément : une ancienne mosquée au minaret abattu et aux inscriptions coraniques recouvertes d'une couche de plâtre sur laquelle, en ce moment même, on est en train de peindre des saints. Lefty donne une pièce à la vieille vendeuse de cierges, en allume un, le plante dans le sable. Il s'assied au fond. Et de la même façon que ma mère pria plus tard pour être éclairée quant au dilemme de ma conception, Lefty Stephanides, mon grand-oncle (entre autres choses), lève les yeux sur le Christ Pantocrator inachevé au plafond. Sa prière commence comme d'habitude par les mots qu'il a appris enfant : « *Kyrie eleison, Kyrie eleison, je ne suis pas digne de me tenir devant ton trône* », mais bientôt elle dévie, se faisant personnelle, avec ces mots : « *Je ne sais pas pourquoi de telles envies me prennent, ce n'est pas naturel* »... puis elle devient un peu accusatrice : « *C'est toi qui m'as fait ainsi, je n'ai pas demandé à penser de telles* »... mais elle retrouve l'humilité avec : « *Donne-moi la force, Christos, ne me laisse pas être comme je suis, si elle savait...* » les paupières pressées fort, les mains roulant le bord du feutre, les paroles s'élevant avec l'encens vers le christ en chantier.

Il pria cinq minutes. Puis sortit, se coiffa de son feutre, et fit sonner les pièces dans ses poches. Il remonta les rues en pente et, cette fois-ci (le cœur soulagé), s'arrêta à tous les endroits auxquels il avait résisté à l'aller. Il entra dans un kiosque pour boire un café et fumer une cigarette. Il pénétra dans un café pour prendre un verre d'ouzo. Les joueurs de trictrac crièrent : « Hé, Valentino, tu joues ? » Il finit, à force de prières, par accepter de jouer, une partie, une seule, qu'il perdit, ce qui l'obligea à jouer quitte ou double. (Les chiffres que Desdemona trouvait dans les poches de Lefty étaient les montants de ses dettes de jeu.) Le temps passa. L'ouzo continua à couler. Les musiciens arrivèrent et le rebetika commença. On chanta des chansons dans lesquelles il était question de désir, de mort, de prison, et de la vie des mauvais garçons. « *Dans la fumerie de hasch près de la mer où j'allais chaque jour*, reprenait Lefty en chœur. *Tous les matins, aux premiers rayons du soleil, chasser le blues / Je rencontrai deux filles de joie assises près de la mer / Elles étaient très défoncées mais elles avaient grand air.* » Entre-temps on rechargeait le narguilé. À minuit, Lefty se retrouva flottant dans la rue.

Une allée descend, tourne, se transforme en impasse. Une porte s'ouvre. Un visage souriant l'accueille. Lefty se retrouve assis sur un canapé en compagnie de trois soldats grecs, contemplant les sept femmes grasses et parfumées qui partagent deux canapés face à lui. (Un phono joue le succès qu'on entend partout : « *Tous les matins, tous les soirs...* ») Et maintenant sa récente prière est totalement oubliée parce que, comme dit la mère maquerelle : « Qui tu veux, mon chou. » Les yeux de Lefty glissent sur la Circassienne aux yeux bleus, et l'Arménienne qui mange une pêche de manière suggestive, et la Mongole à la frange ; ils finissent par se fixer sur une fille silencieuse assise au bout du canapé, une fille aux yeux tristes, à la peau lumineuse et aux tresses noires. (« Il y a un fourreau pour chaque épée », dit la mère maquerelle en turc, provoquant l'hilarité des prostituées.) Sans avoir conscience de ce qui l'attire, Lefty se lève, lisse les plis de sa veste, tend la main vers celle de son choix... et ce n'est pas avant qu'elle l'ait précédé dans l'escalier qu'une voix dans sa tête lui dit à quel point cette fille ressemble à... et son profil n'est-il pas pareil à... mais maintenant ils sont dans la chambre aux draps douteux, à la lampe à huile couleur de sang, aux odeurs d'eau de rose et de pieds. Dans l'ivresse de ses jeunes sens, Lefty ne prête pas attention aux similitudes de plus en plus nombreuses que la fille découvre en même temps que son corps. Ses yeux voient bien les seins plantureux, la taille fine, les cheveux qui tombent en cascade jusqu'au coccyx sans défense ; mais Lefty ne fait pas le rapprochement. La fille lui prépare un narguilé. Bientôt il part à la dérive, ignorant la voix dans sa tête. Dans le songe des heures qui suivent, il oublie qui il est et avec qui il est. Les membres de la prostituée deviennent ceux d'une autre femme. Deux ou trois fois, il prononce un nom, mais alors il est trop défoncé pour en avoir conscience. Ce n'est que plus tard, quand elle le raccompagne à la porte, que la fille le ramène à la réalité. « À propos, mon nom c'est Irini. Il n'y a pas de Desdemona ici. »

Le lendemain matin, il se réveilla à l'auberge du Cocon, bourrelé de remords. Il quitta la ville et prit le chemin de Bithynios. Ses poches (vides) ne faisaient aucun bruit. La gueule de bois, fiévreux, Lefty se dit que sa sœur avait raison : il était temps de se marier. Il épouserait Lucille, ou Victoria. Il aurait des enfants, cesserait d'aller à Bursa et petit à petit il changerait ; il vieillirait ; tout ce qu'il ressentait à présent serait réduit à l'état de souvenir, puis à néant. Il hocha la tête ; il rajusta son chapeau.

Pendant ce temps, à Bithynios, Desdemona était en train de donner aux deux débutantes susmentionnées des cours de rattrapage. Tandis que Lefty dormait encore à l'auberge du Cocon, elle invita Lucille Kafkalis et Victoria Pappas à venir chez elle. Pour elles, qui étaient encore plus jeunes que Desdemona et vivaient toujours chez leurs parents, celle-ci était parée du prestige de la maîtresse de maison. Elles enviaient et admiraient à la fois sa beauté. Flattées par l'attention qu'elle leur témoigna, elles se confièrent à elle ; et quand elle commença à leur donner des conseils, elles écoutèrent. Elle dit à Lucille de se laver plus souvent et lui suggéra de se mettre du vinaigre sous les aisselles en guise d'anti-transpirant. Elle envoya Victoria chez une Turque qui la débarrassa de ses poils superflus. La semaine suivante, Desdemona leur enseigna tout ce qu'elle avait appris du seul magazine féminin qu'elle eût jamais vu, un catalogue en lambeaux intitulé *Lingerie parisienne*. Il avait appartenu à son père. Il comprenait trente-trois pages de photographies montrant des modèles portant soutiens-gorge, corsets, porte-jarretelles et bas. La nuit, quand tout le monde dormait, son père le tirait du tiroir inférieur de son bureau. Aujourd'hui Desdemona étudiait le catalogue en secret, mémorisant les photos afin de pouvoir les recréer plus tard.

Elle demanda à Lucille et Victoria de venir la voir tous les après-midi. Elles entraient en roulant des hanches ainsi qu'elle leur avait appris à le faire et passaient par la tonnelle où Lefty aimait à lire. Chaque fois elles avaient une robe différente. Elles changeaient également de coiffure, de démarche, de bijoux et de façon d'être. Sous la direction de Desdemona, les deux filles ternes se multiplièrent en une petite ville de femmes, chacune avec son rire particulier, une pierre favorite, un air préféré qu'elle fredonnait. Quand deux semaines eurent passé, Desdemona alla voir son frère sous sa tonnelle et lui demanda : « Qu'est-ce que tu fais là ? Pourquoi n'es-tu pas à Bursa ? Je croyais que depuis le temps tu te serais trouvé une gentille Turque à épouser. Ou est-ce qu'elles ont toutes de la moustache comme Victoria ?

– C'est amusant que tu en parles, répondit Lefty. Tu as remarqué ? Vicky n'a plus de moustache. Et tu sais quoi aussi – se levant alors, souriant : même Lucille commence à sentir bon. Chaque fois qu'elle vient, ça sent la fleur. (Il mentait, bien sûr. Ni l'une ni l'autre ne possédait à ses yeux ni à son nez plus de charmes que par le passé. Son enthousiasme n'était que sa façon à lui de se rendre à l'inévitable : un mariage arrangé, un foyer, des enfants – le désastre complet.) Il s'approcha de Desdemona. « Tu avais raison, dit-il. Les plus belles filles du monde sont ici même, dans ce village. »

Elle leva sur lui un regard timide. « Tu crois ?

– Parfois on ne remarque pas ce qu'on a sous le nez. »

Tandis qu'ils se regardaient, le ventre de Desdemona se remit à faire des siennes. Et pour vous expliquer la chose il me faut vous raconter une autre histoire. En 1968, dans son discours à la convention annuelle de la Société pour l'étude scientifique de la sexualité, dont il était président, le Dr. Luce introduisit le concept de « périphescence ». Le mot en lui-même ne signifie rien ; Luce l'avait inventé afin d'éviter toute association étymologique. L'état de périphescence, toutefois, est bien connu. Il désigne le premier accès de fièvre menant à l'accouplement. Elle provoque le vertige, l'exaltation, des fourmillements dans la poitrine, l'envie de grimper à un balcon le long d'une corde constituée par les cheveux de la bien-aimée. La périphescence définit le bienheureux état de dépendance où on sniffe l'objet aimé pendant des heures. (Elle dure, expliqua Luce, jusqu'à deux ans – jamais plus.) Les Anciens auraient attribué l'état de Desdemona à Éros. Aujourd'hui les experts l'expliquent par la chimie du cerveau et les lois de l'évolution. Cependant, je dois insister : pour Desdemona la périphescence se manifestait comme un flot de chaleur qui montait de son abdomen à sa poitrine. Elle se répandait tel le feu d'une liqueur finlandaise à la menthe titrant 90°. Deux glandes, situées dans son cou, la pompèrent, jusqu'à son visage, qui prit feu. Puis la chaleur eut d'autres idées et commença à se répandre dans des endroits où une fille comme Desdemona ne lui permettait pas d'aller, et elle détourna le regard, laissant derrière elle la périphescence, et la brise montant de la vallée la refroidit. « Je parlerai aux parents des filles, dit-elle, tâchant de prendre le ton de sa mère. Et après il faudra aller leur faire la cour. »

La nuit suivante, la lune, tel le futur drapeau de la Turquie, était en croissant. À Bursa, les troupes grecques, après s'être empiffrées et soûlées aux dépens de la population, criblèrent de balles une nouvelle mosquée. À Angora, Mustafa Kemal fit imprimer dans le journal qu'il prendrait le thé à Chankaya alors qu'en réalité, il était parti pour son quartier général de campagne. Avec ses hommes, il prit le dernier raki qu'il boirait avant la fin des combats. Sous le couvert de la nuit, les troupes turques firent route non pas au nord en direction d'Eskisehir, ainsi que tout le monde s'y attendait, mais vers la ville bien fortifiée d'Afyon au sud. À Eskisehir, les troupes turques allumèrent des feux de camp afin de tromper l'ennemi quant à leur nombre. Une force réduite fit diversion au nord en direction de Bursa. Et, tandis que s'opéraient ces déploiements, Lefty Stephanides passa le seuil de sa maison et se dirigea vers celle où vivait Victoria Pappas, tenant en main deux petits bouquets.

C'était un événement de l'importance d'une naissance ou d'une mort. Chacun des presque cent habitants de Bithynios avait entendu parler de l'imminence des visites de Lefty, et les veuves, les femmes mariées, et les jeunes mères, tout comme les vieux, attendaient de voir laquelle des filles il allait choisir. Du fait de la diminution de la population, les rituels de cour avaient quasiment pris fin. Le défaut de possibilités romantiques avait créé un cercle vicieux. Personne à aimer : pas d'amour. Pas d'amour : pas de bébés. Pas de bébés : personne à aimer.

Victoria Pappas se tenait moitié dans la lumière, moitié

dans l'ombre, qui se projetait sur son corps exactement comme dans la photographie de la page 8 de *Lingerie parisienne*. Desdemona (habilleuse, régisseuse et metteuse en scène tout à la fois) avait relevé les cheveux de Victoria, faisant tomber des frisettes sur son front et l'abjurant de garder son gros nez caché dans l'ombre. Parfumée, épilée, la peau gorgée d'émollients, les yeux cernés de khôl, Victoria s'offrit au regard scrutateur de Lefty. Elle sentit la chaleur de son regard, perçut sa respiration lourde, l'entendit qui essayait de parler à deux reprises – petits couinements issus d'une gorge sèche – puis elle entendit ses pas qui s'avançaient vers elle et elle se tourna, arborant l'expression que Desdemona lui avait apprise ; mais elle était si distraite par l'effort qu'elle faisait pour avancer les lèvres comme le mannequin de lingerie française qu'elle ne prit pas conscience que les pas ne s'approchaient pas mais s'éloignaient ; et elle se tourna pour découvrir que Lefty Stephanides, le seul célibataire libre du village, était parti...

... Entre-temps, Desdemona ouvrait le coffre contenant son trousseau. Elle en sortit son corset. Sa mère le lui avait donné des années auparavant en prévision de sa nuit de noces, disant : « J'espère que tu le rempliras un jour. » Face au miroir de la chambre, Desdemona tint devant elle ce vêtement étrange et compliqué. Ses chaussettes, puis ses sous-vêtements gris, tombèrent. Sa jupe à taille haute, la tunique qui lui montait jusqu'au cou, disparurent. Elle enleva son fichu et défit ses cheveux qui tombèrent sur ses épaules nues. Le corset était en soie blanche. En le passant, Desdemona eut l'impression de tisser son propre cocon, dans l'attente de sa métamorphose.

Mais quand son regard revint au miroir, elle se reprit. C'était inutile. Elle ne se marierait jamais. Lefty rentrerait ce soir après avoir fait son choix, après quoi son épouse viendrait vivre avec eux à la maison. Desdemona resterait à sa place, faisant cliqueter les grains de son chapelet et devenant encore plus vieille qu'elle ne se sentait aujourd'hui. Un chien hurla. Un passant trébucha sur un tas de bois et jura. Et ma grand-mère pleura en silence parce qu'elle allait passer le reste de ses jours à compter des soucis qui ne disparaîtraient jamais...

... Tandis que Lucille Kafkalis se tenait exactement à l'endroit prévu, moitié dans l'ombre moitié dans la lumière, portant un chapeau blanc orné de cerises en verre, une mantille sur ses épaules nues, une robe vert vif décolletée et des talons hauts dans lesquels elle restait immobile de peur de tomber. Sa grosse mère arriva en se dandinant, criant, un large sourire aux lèvres : « Le voilà ! Il n'a même pas tenu une minute avec Victoria ! »...

... Déjà il sentait l'odeur de vinaigre. Lefty venait de passer la porte basse de la maison Kafkalis. Le père de Lucille l'accueillit, puis il dit : « Nous vous laissons seuls. Pour que vous fassiez connaissance. » Les parents sortirent. La pièce était sombre. Lefty se tourna... et laissa tomber le second bouquet.

Ce que Desdemona n'avait pas prévu : son frère, lui aussi, avait feuilleté *Lingerie parisienne*. En fait, il l'avait fait de sa douzième à sa quatorzième année, âge auquel il avait découvert le véritable trésor : dix photos format carte postale, cachées dans une vieille valise, montrant « Shermine, la fille du jardin des délices », une femme de vingt-cinq ans à l'air ennuyé et à la silhouette en forme de poire qui prenait toutes sortes de poses sur les coussins à glands d'un sérail en carton-pâte. Sa découverte, dans la poche destinée aux articles de toilette, avait été pareille à celle de la lampe pour Aladin. Elle était apparue dans un panache de poussière brillante uniquement parée d'une paire de pantoufles digne des Mille et Une Nuits et d'une large ceinture (flash) ; alanguie sur une peau de tigre, jouant avec un cimeterre (flash) ; et se baignant, dans l'ombre projetée d'un treillis, dans un hammam en marbre. Ces dix photos sépia étaient à l'origine de la fascination que Lefty éprouvait pour la ville. Mais il n'avait jamais complètement oublié ses premières amours de *Lingerie parisienne* qu'il pouvait évoquer à volonté dans son souvenir. Quand il avait vu Victoria Pappas dans la pose de la page 8, ce qui avait le plus frappé Lefty avait été la distance entre elle et l'idéal de son adolescence. Il essaya de s'imaginer marié à elle, vivant avec elle, mais dans chacune des images qui lui venaient à l'esprit, manquait la présence d'une femme qu'il aurait aimée et connue mieux que toute autre. C'est ainsi qu'il avait fui Victoria Pappas pour descendre la rue et trouver Lucille Kafkalis, tout aussi décevante dans sa tentative d'égaler la page 22...

... Et voilà que l'événement s'accomplit. Desdemona, en pleurs, enlève le corset, le replie et le remet dans son coffre à trousseau. Elle se jette sur le lit, le lit de Lefty, pour continuer à pleurer. L'oreiller sent sa brillantine au citron vert et elle s'en emplit les narines tout en sanglotant...

... jusqu'à ce que, succombant aux opiats des pleurs, elle s'endorme. Elle rêve le rêve qu'elle fait régulièrement depuis quelque temps. Dans le rêve tout est comme par le passé. Elle et Lefty sont redevenus enfants (sauf qu'ils ont des corps d'adultes). Ils sont couchés dans le même lit (sauf que c'est le lit de leurs parents). Ils bougent dans leur sommeil (et la façon dont ils bougent est extrêmement agréable, et le lit est mouillé)... moment auquel Desdemona se réveille, comme d'habitude. Son visage est brûlant. Elle éprouve une bizarre sensation dans le ventre, très bas, et elle pourrait presque donner un nom à cette sensation...

Tandis que je suis assis là dans mon fauteuil, à penser les pensées d'E. O. Wilson. Était-ce l'amour ou la reproduction ? Le hasard ou le destin ? Un crime ou l'œuvre de la nature ? Peut-être le gène contenait-il un surpasseur, assurant son expression, qui expliquerait les larmes de Desdemona et le goût de Lefty pour les prostituées ; ni la tendresse, ni la sympathie ; rien que le besoin pour cette nouvelle chose d'entrer dans le monde et par conséquent dans le jeu truqué du cœur. Mais je suis incapable d'expliquer cela, pas plus que ne l'auraient pu Lefty ou Desdemona, pas plus qu'aucun de nous, lorsqu'il tombe amoureux, ne peut séparer l'hormonal de ce qui est ressenti comme divin, et peut-être n'est-ce qu'un altruisme solidement chevillé en nous afin de préserver l'espèce qui me fait tenir à l'idée de Dieu. Je ne suis sûr de rien. J'essaye de remonter dans mon esprit au temps d'avant la génétique, avant que chacun ait pris l'habitude de dire à propos de tout : « C'est génétique. » Le temps d'avant notre liberté actuelle, et tellement plus libre ! Desdemona n'avait aucune idée de ce qui se passait. Elle ne considérait pas son intimité comme un vaste code informatique, réduit à des 1 et des 0, une infinité de séquences, dont n'importe laquelle peut contenir un bug. Maintenant nous savons que nous portons partout avec nous cette carte de nous-mêmes. Alors même que nous attendons sur le trottoir que le feu passe au vert, elle dicte notre destinée. Elle dessine sur notre visage les mêmes rides et les mêmes taches de vieillesse que celles de nos parents. Elle nous fait inhaler les manières d'être familiales, à nulles autres pareilles. Des gènes si profondément enfouis qu'ils contrôlent les muscles de nos yeux, si bien que deux sœurs clignent des paupières de la même façon et que des jumeaux dribblent à l'unisson. Je me surprends parfois, quand je suis nerveux, à jouer avec le cartilage de mon nez exactement de la même façon que mon frère. Nos gorges et nos larynx, formés d'après les mêmes instructions, expulsent l'air en notes et décibels similaires. Et cela peut aussi bien s'appliquer au passé, de sorte que quand je parle, Desdemona, elle aussi, parle. Elle écrit ces mots en ce moment même. Desdemona, qui n'avait aucune idée de l'armée qu'elle abritait, exécutant ses millions d'ordres, ni de l'unique soldat désobéissant qui partit en fausse perm...

... Courant comme Lefty pour échapper à Lucille Kafkalis et retrouver sa sœur. Elle entendit ses pas pressés comme elle refermait la ceinture de sa jupe. Elle s'essuya les yeux de son mouchoir et s'efforça de sourire tandis qu'il passait la porte.

« Alors, laquelle as-tu choisie ? »

Lefty se tut, inspectant sa sœur. Il n'avait pas partagé une chambre avec elle depuis qu'il était né pour rien. Il vit immédiatement qu'elle avait pleuré. Ses cheveux défaits couvraient la plus grande partie de son visage, mais les yeux qui le fixaient la trahissaient. « Aucune », répondit-il.

Ce qui provoqua en Desdemona une joie immense. Mais elle dit : « Qu'est-ce qui te prend ? Il faut que tu choisisses.

– Ces filles ont l'air de putes.

– Lefty !

– C'est vrai.

– Tu ne veux pas les épouser ?

– Non.

– Tu es obligé. » Elle tendit le poing. « Si je gagne, tu épouses Lucille. »

Lefty, incapable de résister à un défi, ferma la main à son tour. « Un, deux, trois... partez !

– La hache casse la pierre, dit Lefty. J'ai gagné.

– Encore une fois, dit Desdemona. Cette fois-ci, si je gagne, tu épouses Vicky. Un, deux, trois...

– Le serpent avale la hache. Encore gagné ! Adieu Vicky.

– Alors qui vas-tu épouser ?

– Je ne sais pas – prenant ses mains et baissant les yeux sur elle. Toi peut-être ?

– Dommage que je sois ta sœur.

– Tu n'es pas seulement ma sœur. Tu es ma cousine au troisième degré, aussi. Les cousins au troisième degré peuvent se marier.

– Tu es fou, Lefty.

– Ça serait plus facile. On n'aurait pas à changer de meubles. »

C'était une plaisanterie et ce n'en était pas une. Desdemona et Lefty s'étreignirent. Ils commencèrent par le faire comme d'habitude, mais après dix secondes, l'étreinte commença à changer ; certaines positions des mains et caresses des doigts ne témoignaient pas d'une tendresse fraternelle, et ces choses constituaient un langage particulier, annonçaient un message complètement nouveau dans la chambre silencieuse. Lefty se mit à faire valser Desdemona, à la mode européenne ; ainsi ils sortirent, traversèrent le jardin, entrèrent dans la magnanerie, puis retournèrent sous la tonnelle, et elle riait en se couvrant la bouche de la main. « Tu es bon danseur, cousin », dit-elle, et son cœur bondit à nouveau, lui faisant penser qu'elle pourrait mourir à l'instant même dans les bras de Lefty, ce qui, évidemment, n'arriva pas ; ils continuèrent à valser. Et n'oublions pas où ils dansaient, à Bithynios, ce village de montagne où les cousins épousaient parfois des cousines au troisième degré et où tout le monde était parent d'une manière ou d'une autre ; de sorte que tandis qu'ils dansaient, ils commencèrent à se serrer l'un contre l'autre, cessèrent de plaisanter et dansèrent alors tout simplement ensemble, comme un homme et une femme, en des circonstances solitaires et pressantes, peuvent parfois faire.

Et au beau milieu de cela, avant que rien n'ait été dit ni aucune décision prise (avant que l'incendie ne la prenne pour eux), juste alors, à mi-valse, ils entendirent des explosions au loin et regardèrent dans la vallée et découvrirent, à la lumière de l'incendie, l'armée grecque en pleine retraite.

UNE PROPOSITION INCONVENANTE

Descendant de Grecs d'Asie Mineure, né en Amérique, aujourd'hui je vis en Europe. Plus précisément à Berlin, dans le quartier de Schöneberg. Le service des Affaires étrangères est divisé en deux parties, le corps diplomatique et le département culturel. L'ambassadeur et ses assistants conduisent la politique étrangère, installés dans la nouvelle ambassade récemment ouverte et extensivement protégée sur Neustädistsche Kirchstrasse. Notre département (chargé des conférences, des lectures et des concerts) se trouve dans la boîte en béton aux vives couleurs de l'Amerika Haus.

Ce matin je me suis rendu à mon travail en métro comme d'habitude. J'ai pris le U-Bahn à Kleistpark jusqu'à Berliner Strasse puis j'ai changé pour descendre à Zoologischer Garten. Les stations de l'ancien Berlin-Ouest ont défilé les unes après les autres. La plupart ont été refaites dans les années soixante-dix et ont les couleurs des cuisines de banlieue de mon enfance : avocat, cannelle, jaune tournesol. À Spichernstrasse, la rame s'est arrêtée pour procéder à l'habituel échange de passagers. Sur le quai, un musicien des rues jouait à l'accordéon une mélodie slave larmoyante. Mes derbys à bouts golf fleuris reluisants, les cheveux encore humides, je parcourais les pages de la *Frankfurter Allgemeine* quand elle est entrée avec son impensable vélo.

Par le passé la nationalité d'une personne était visible sur son visage. L'immigration a mis fin à cela. On pouvait encore définir la nationalité grâce aux chaussures. La globalisation y a mis fin également. Ces bébés phoques finnois, ces godillots allemands – on n'en voit plus beaucoup. Rien que des Nike chaussant les pieds basques, hollandais ou sibériens.

La bicyclette était asiatique, de genre, du moins. Ses cheveux noirs étaient en désordre. Elle portait un coupe-vent vert olive court, un fuseau noir évasé et une paire de Campers marron qui ressemblaient à des chaussures de bowling. Il y avait un étui d'appareil photo dans le panier de sa bicyclette.

J'avais l'idée qu'elle était américaine. C'était un vélo rétro. Chrome et turquoise, il avait des garde-boue larges comme des pare-chocs de Chevrolet, des pneus épais comme ceux d'une brouette, et paraissait peser au moins cinquante kilos. Une fantaisie d'expatriée, ce vélo. J'allais l'utiliser comme prétexte pour engager la conversation quand la rame s'arrêta de nouveau. La cycliste leva les yeux. Ses cheveux découvrirent son beau visage encapuchonné et, pendant un instant, nos regards se croisèrent. La placidité de son expression ainsi que la finesse de sa peau conféraient à son visage l'apparence d'un masque derrière lequel se trouvaient des yeux humains, vivants. Ces yeux me quittèrent brusquement tandis qu'elle saisissait le guidon de son vélo pour sortir et se diriger vers les ascenseurs. Le U-Bahn reprit sa course, mais je ne lisais plus. Je restai assis à ma place, dans un état de voluptueuse agitation, jusqu'à mon arrêt. Puis je sortis en titubant.

Déboutonnant ma veste, je pris un cigare dans la poche intérieure. D'une poche encore plus petite, je sortis un coupe-cigare et des allumettes. Bien que l'heure de l'après-dîner fût encore très éloignée, j'allumai le cigare – un Davidoff grand cru n° 3 – et restai là à fumer, tâchant de me calmer. Les cigares, les costumes croisés – tout ça c'est un peu trop. J'en suis bien conscient. Mais j'en ai besoin. Ils me réconfortent. Après ce que j'ai subi, la surcompensation est dans l'ordre des choses. Dans mon costume sur mesure, ma chemise à carreaux, je fumai mon cigare de moyen calibre jusqu'à ce que le feu s'apaise dans mes veines.

Une chose qu'il faut que vous compreniez : je ne suis pas le moins du monde androgyne. Le syndrome du défaut de 5-alpha-réductase ne compromet pas la biosynthèse normale et l'action périphérique de la testostérone *in utero*, au stade néonatal, ni à la puberté. En d'autres termes, je fonctionne en société comme un homme. J'utilise les toilettes pour hommes. Jamais les urinoirs, toujours les cabinets. Dans mon gymnase, je vais jusqu'à me doucher, même si c'est discrètement. Je possède toutes les caractéristiques secondaires d'un homme normal, une exceptée : mon incapacité à synthétiser la dihydrotestostérone m'a immunisé contre la calvitie. J'ai vécu plus de la moitié de ma vie en tant que mâle, et maintenant tout me vient naturellement. Quand Calliope refait surface, elle le fait comme un défaut d'élocution enfantin. Soudain la voilà qui rejette ses cheveux en arrière, ou se regarde les ongles. C'est un peu comme d'être possédé. Callie se dresse en moi, portant ma peau comme un peignoir trop grand. Elle passe ses petites mains dans les manches trop larges de mes bras. Elle glisse ses pieds menus dans le pantalon de mes jambes. Je sens sa démarche de fillette prendre possession de moi, et ce mouvement évoque une sorte d'émotion, une sympathie désolée et papoteuse pour les filles que je vois rentrer de l'école. Cela se poursuit pendant quelques pas. Les cheveux de Calliope me chatouillent l'arrière-gorge. Je la sens qui tâte ma poitrine – une de ses habitudes nerveuses – pour voir si quelque chose se passe là. Le fluide épais du désespoir adolescent qui coule dans ses veines déborde de nouveau dans les miennes. Mais alors, tout aussi soudainement, elle disparaît, rapetissant et se dissolvant en moi, et quand je me tourne pour me regarder dans une vitrine, il y a ceci : un homme de quarante et un ans aux cheveux ondulés mi-longs, portant une fine moustache et un bouc. Une sorte de mousquetaire moderne.

Mais j'en ai assez dit sur moi pour l'instant. Il faut que je revienne au moment où les explosions m'ont interrompu hier. Après tout, ni Cal ni Calliope n'auraient pu exister sans ce qui va se passer.

« Je te l'avais dit, s'écria Desdemona de toute la force de ses poumons. Je t'avais dit que toute cette chance nous porterait malheur ! C'est comme ça qu'ils nous libèrent ? Il n'y a que les Grecs pour être aussi stupides ! »

Le matin suivant la valse, voyez-vous, les prédictions de Desdemona s'étaient avérées. La *Megale Idea* avait pris fin. Les Turcs s'étaient emparés d'Afyon. L'armée grecque, vaincue, fuyait en direction de la mer. Elle mettait le feu à tout ce qu'elle rencontrait sur son chemin. Desdemona et Lefty, dans la lumière de l'aube, contemplaient la dévastation. De la fumée noire s'élevait sur des kilomètres dans la vallée. Chaque village, chaque champ, chaque arbre était en flammes.

« On ne peut pas rester ici, dit Lefty. Les Turcs vont vouloir se venger.

– Depuis quand ont-ils besoin d'un prétexte ?

– On va aller en Amérique. On pourra habiter avec Sourmelina.

– On ne sera pas bien en Amérique, déclara Desdemona en secouant la tête. Il ne faut pas croire ce qu'écrit Lina. Elle exagère.

– Tant qu'on sera ensemble tout ira bien. »

Il la regarda, comme il avait fait le soir précédent, et Desdemona rougit. Il essaya de lui prendre la taille, mais elle l'arrêta. « Regarde. »

En contrebas, la fumée s'était momentanément dissipée. Ils voyaient les routes maintenant, encombrées de réfugiés : un flot de carrioles, de charrettes, de buffles, de mules et de gens qui se pressaient de quitter la ville.

« Où est-ce qu'on peut prendre un bateau ? À Constantinople ?

– On va aller à Smyrne, dit Lefty. Tout le monde dit que c'est plus sûr par Smyrne. » Desdemona demeura silencieuse un moment, tâchant de prendre la mesure de cette nouvelle réalité. Dans les maisons voisines, on entendait les gens qui maudissaient les Grecs, les Turcs, et commençaient à faire leurs bagages. Soudain, d'un ton résolu : « Je vais emporter ma boîte à vers à soie. Et des œufs. Pour qu'on puisse se faire un peu d'argent. »

Lefty lui saisit le coude et lui secoua le bras. « Ils n'élèvent pas les vers à soie en Amérique.

– Ils portent des vêtements, non ? Ou est-ce qu'ils se promènent tout nus ? S'ils portent des vêtements, il leur faut de la soie. Et ils pourront me l'acheter.

– Okay, tout ce que tu veux. Grouille-toi, c'est tout. »

Eleutherios et Desdemona Stephanides quittèrent Bithynios le 31 août 1922. Ils partirent à pied, emportant dans deux valises des vêtements, des affaires de toilette, le cahier où Desdemona consignait ses rêves, son chapelet, et deux des livres en grec ancien de Lefty. Sous le bras, Desdemona portait aussi sa boîte à vers à soie contenant quelques centaines d'œufs enveloppés dans un tissu blanc. Les bouts de papier qui se trouvaient dans les poches de Lefty ne consignaient plus ses dettes de jeu mais des adresses à Athènes ou Astoria. En une semaine, les quelque cent habitants de Bithynios firent leurs bagages et partirent pour la Grèce, la plupart en destination de l'Amérique. (Une diaspora qui aurait dû empêcher mon existence, mais ne le fit pas.)

Avant de partir, Desdemona alla dans le jardin et se signa du pouce, à la mode orthodoxe. Elle fit ses adieux : à l'odeur de poudre et de pourri de la magnanerie et aux mûriers alignés le long du mur, aux marches qu'elle n'aurait plus jamais à gravir et à cette impression de vivre au-dessus du monde, aussi. Elle entra dans la magnanerie pour regarder une dernière fois ses vers à soie. Ils s'étaient tous arrêtés de filer. Elle cueillit un cocon à une brindille de mûrier et la mit dans la poche de sa tunique.

Le 6 septembre 1922 le général Hajienestis, commandant en chef de l'armée grecque en Asie Mineure, se réveilla avec l'impression que ses jambes étaient en verre. Craignant de sortir du lit, il renvoya son barbier, renonçant à se faire raser. Dans l'après-midi, il refusa de descendre à terre déguster son habituel citron glacé sur les quais de Smyrne. Il restait allongé sur le dos, immobile et alerte, commandant à ses subalternes, allant et venant avec des dépêches du front, de ne pas claquer la porte et de marcher doucement. Ce jour était l'un des plus lucides et productifs du général. Quand l'armée turque avait attaqué Afyon deux semaines auparavant, Hajienestis croyait qu'il était mort et que les ondulations de lumière qui se reflétaient sur les murs de sa cabine étaient le feu d'artifice du paradis.

À deux heures de l'après-midi, son commandant en second pénétra dans la cabine sur la pointe des pieds et murmura : « Mon général, j'attends vos ordres pour la contre-attaque.

– Vous entendez comme elles grincent ?

– Mon général ?

– Mes jambes. Mes minces jambes vitrées.

– Mon général, je suis conscient que le général a des problèmes avec ses jambes, mais je lui ferai respectueusement remarquer – un peu plus fort qu'un murmure maintenant – que ce n'est pas le moment de se concentrer sur de telles questions.

– Vous croyez que c'est une plaisanterie, n'est-ce pas ? Mais si vos jambes étaient en verre, vous comprendriez. Je ne peux pas aller à terre. C'est exactement ce que Kemal cherche à faire ! M'obliger à me lever pour que mes jambes tombent en morceaux.

– Voici les dernières dépêches, mon général. » Son commandant en second tint une feuille de papier devant le visage de Hajienestis. « La cavalerie turque a été aperçue à cent soixante kilomètres à l'est de Smyrne, lut-il. La population de réfugiés se monte maintenant à cent quatre-vingt mille. Trente mille de plus qu'hier.

– Je ne savais pas que c'était comme ça la mort. Je me sens proche de vous. Je suis parti. Je suis dans l'Hadès, et pourtant je vous vois encore. Écoutez-moi. La mort n'est pas la fin. Voilà ce que j'ai découvert. Nous demeurons, nous persistons. Les morts voient que je suis l'un d'eux. Ils sont tout autour de moi. Vous ne les voyez pas, mais ils sont là. Les mères avec leurs enfants, les vieilles – tout le monde est là. Dites au cuisinier de m'apporter mon déjeuner. »

Le fameux port était plein de bateaux. Les navires marchands étaient amarrés à un long quai à côté de barges et de caïques en bois. Plus loin, les vaisseaux de guerre alliés étaient ancrés en rade. Leur vue, pour les citoyens grecs et arméniens de Smyrne, était rassurante et chaque fois que circulait une rumeur – hier un journal arménien avait publié que les Alliés, désireux de se faire pardonner d'avoir soutenu l'invasion grecque, projetaient de livrer la ville aux Turcs – les Smyrniotes regardaient les destroyers français et les cuirassés anglais, prêts à défendre les intérêts commerciaux européens à Smyrne, et leurs peurs s'apaisaient.

C'est précisément dans le but de se rassurer que le Dr. Nishan Philobosian était parti pour le port cet après-midi-là. Il embrassa sa femme, Toukhie, et ses filles, Rose et Anita ; il donna une tape dans le dos de ses fils, Karekin et Stepan, et leur dit, feignant le sérieux et désignant l'échiquier : « Ne touchez pas aux pièces. » Il vérifia d'une pression de l'épaule qu'il avait bien verrouillé la porte d'entrée derrière lui et s'engagea dans la rue Suyane, le long des boutiques fermées et des fenêtres aux volets clos du quartier arménien. Il s'arrêta devant la boulangerie de Berberian, se demandant si Charles Berberian avait emmené sa famille ou s'ils se cachaient au premier comme les Philobosian. Depuis cinq jours qu'ils étaient calfeutrés, le Dr. Philobosian et ses fils jouaient interminablement aux échecs, Rose et Anita feuilletant des *Photoplay* qu'il leur avait rapportés d'une récente visite dans la banlieue américaine de Paradis, Toukhie cuisinant jour et nuit parce que la nourriture était le seul dérivatif à l'anxiété. Il n'y avait sur la porte de la boulangerie qu'un écriteau marqué RÉOUVERTURE PROCHAINE et un portrait – qui arracha une grimace à Philobosian – de Kemal, le chef turc à l'expression résolue avec son bonnet d'astrakan et son col de fourrure, ses yeux bleus perçants sous les sabres croisés de ses sourcils. Le Dr. Philobosian se détourna et poursuivit sa route, passant en revue tous les arguments contre le fait d'afficher ainsi le portrait de Kemal. D'abord – ainsi qu'il le disait à sa femme depuis une semaine – les Européens ne laisseraient jamais les Turcs entrer en ville. Ensuite, s'ils le faisaient, la présence des vaisseaux de guerre dans le port empêcherait les Turcs de se livrer au pillage. Même durant les massacres de 1915 les Arméniens de Smyrne avaient été à l'abri. Et finalement – pour sa propre famille, du moins – il y avait la lettre qu'il s'apprêtait à aller chercher à son bureau. Raisonnant ainsi, il poursuivit sa descente, atteignant le quartier européen. Ici les maisons étaient plus prospères. Des deux côtés de la rue des villas à un étage aux balcons fleuris et hauts murs défendus par des tessons de bouteille. Le Dr. Philobosian n'avait jamais été reçu dans ces villas, mais il y entrait souvent pour soigner les jeunes Levantines qui y habitaient ; des filles de dix-huit ou dix-neuf ans qui l'attendaient, languissamment étendues sur leurs lits de repos parmi une profusion d'arbres fruitiers dans les « palais d'eau » des cours ; des filles dont le besoin désespéré de se trouver un mari européen leur conférait une liberté scandaleuse, qui donnait à Smyrne la réputation d'être exceptionnellement accueillante aux officiers, et responsable de la fièvre qui empourprait leurs visages ainsi que de la nature des maux dont elles se plaignaient, qui allaient de foulures attrapées sur les pistes de danse jusqu'à des rougeurs plus intimes localisées plus haut. Toutes affections pour lesquelles elles ne montraient nulle honte, ouvrant leurs peignoirs de soie en déclarant : « C'est tout rouge, docteur. Faites quelque chose. Je dois être au *Casin* à onze heures. » Ces filles aujourd'hui disparues, emmenées par leurs parents après les premiers combats des semaines précédentes, à Paris ou à Londres – où la saison commençait –, les maisons silencieuses tandis que le Dr. Philobosian passait, l'inquiétude le quittant progressivement à la pensée de tous ces peignoirs défaits. Mais alors il franchit l'angle, se retrouva sur le quai, et il reprit conscience de la situation.

D'un bout à l'autre du port des soldats grecs, épuisés, cadavériques, sales, se traînaient en direction du point d'embarquement à Chesme, au sud-ouest de la ville, dans l'attente de l'évacuation. Leurs uniformes en lambeaux étaient noirs de la fumée des incendies qu'ils avaient allumés au cours de leur retraite. Rien qu'une semaine auparavant les élégantes terrasses des cafés étaient pleines d'officiers de la marine et de diplomates ; maintenant le quai était un véritable camp de réfugiés. Les premiers étaient arrivés avec leurs tapis et leurs fauteuils, des radios, des pianos mécaniques, des lampadaires, des armoires qu'ils avaient installés en plein air. Les plus récents arrivants n'avaient avec eux qu'un sac ou une valise. Parmi la confusion, les dockers allaient et venaient, chargeant du tabac, des figues, de l'encens, de la soie et du mohair dans les bateaux. On vidait les entrepôts avant l'arrivée des Turcs.

Le Dr. Philobosian avisa un réfugié qui cherchait des os de poulet et des pelures de pomme de terre dans un tas d'ordures. C'était un jeune homme vêtu d'un costume sale mais de bonne coupe. Même de loin, l'œil exercé du Dr. Philobosian remarqua la blessure à la main du jeune homme et la pâleur due à la malnutrition. Mais quand il leva les yeux, le médecin ne vit sur son visage que l'expression vide commune à tous les réfugiés qui grouillaient sur les quais. Néanmoins il fixa cette vacuité et demanda d'une voix forte : « Vous êtes malade ?

– Ça fait trois jours que je n'ai pas mangé », répondit le jeune homme.

Le docteur soupira. « Venez avec moi. »

Empruntant des rues de traverse, il mena le réfugié à son cabinet. Il le fit entrer discrètement et sortit gaze, antiseptique et bande d'une armoire métallique avant d'cxaminer sa main.

Il était blessé au pouce, auquel l'ongle manquait.

« Qu'est-ce qui vous est arrivé ?

– D'abord les Grecs ont débarqué, dit-il. Puis les Turcs sont revenus. Ma main était sur leur passage. »

Le Dr. Philobosian nettoya la plaie sans rien dire. « Je vais être obligé de vous donner un chèque, docteur, dit le jeune homme. J'espère que ça ne vous gêne pas. Je n'ai pas beaucoup d'argent sur moi en ce moment. »

Le Dr. Philobosian mit la main à la poche. « Moi j'en ai un peu. Prenez. »

Le réfugié hésita un instant. « Merci, docteur. Je vous le rendrai dès que je serai arrivé aux États-Unis. Donnez-moi votre adresse je vous prie.

– Faites attention à ce que vous buvez », se contenta de répondre le Dr. Philobosian. Faites bouillir de l'eau, si possible. Si Dieu veut, des bateaux arriveront bientôt.

Le réfugié hocha la tête. « Vous êtes arménien, docteur ?

– Oui.

– Et vous ne partez pas ?

– C'est à Smyrne que je vis.

– Bonne chance, alors. Et que Dieu vous bénisse.

– Vous aussi. » Et sur ces mots, le Dr. Philobosian le raccompagna jusqu'à sa porte. Il le regarda s'éloigner. C'est sans espoir, pensa-t-il. Il sera mort dans une semaine. Sinon du typhus, de quelque chose d'autre. Mais ce n'était pas son problème. Plongeant la main à l'intérieur d'une machine à écrire, il sortit une épaisse liasse de billets de derrière le ruban. Il fouilla dans des tiroirs parmi ses diplômes à la recherche d'une lettre écrite à la machine en caractères passés. « Je certifie par la présente que Nishan Philobosian, docteur en médecine, a soigné le 3 avril 1919 Mustapha Kemal Pacha d'une diverticulite. Le Dr. Philobosian est respectueusement recommandé par Kemal Pacha à l'estime, la confiance et la protection de toute personne à qui il présentera cette lettre. » Le porteur de cette lettre la plia et la fourra dans sa poche.

À cet instant, le réfugié achète du pain dans une boulangerie sur le quai, où, alors qu'il s'éloigne, cachant la miche tiède sous sa veste crasseuse, la lumière du soleil réfléchie sur l'eau éclaire son visage et révèle son identité : le nez aquilin, l'expression d'oiseau de proie, la douceur faisant surface dans les yeux bruns.

Pour la première fois depuis son arrivée à Smyrne, Lefty Stephanides souriait. De ses précédentes expéditions, il n'avait rapporté qu'une pêche pourrie et six olives, qu'il avait encouragé Desdemona à avaler pour se emplir l'estomac. Maintenant, chargé du *sureki* aux grains de sésame, il se frayait un chemin dans la foule. Il longea des salons en plein air où les familles étaient rassemblées autour de radios muettes, et enjamba des corps dont il espérait qu'ils dormaient. Il n'était pas seulement encouragé par ce qui venait de se passer. Ce matin même la rumeur s'était répandue que la Grèce envoyait une flotte pour évacuer les réfugiés. Lefty balaya du regard la surface de la mer Égée. C'était la première fois qu'il voyait la mer, ayant vécu vingt ans dans les montagnes. Quelque part de l'autre côté se trouvaient l'Amérique et leur cousine Sourmelina. Il huma l'air marin, le pain chaud, l'antiseptique, et alors il la vit – Desdemona, assise sur la valise là où il l'avait quittée – et se sentit encore plus heureux.

Lefty était incapable de se rappeler quand il avait commencé à penser à sa sœur. Tout d'abord il avait été simplement curieux de voir à quoi ressemblaient de vrais seins de femme. Peu importait qu'ils fussent ceux de sa sœur. Il essayait d'*oublier* que c'étaient ceux de sa sœur. Derrière le kelimi qui séparait leurs lits, il voyait la silhouette de Desdemona quand elle se déshabillait. C'était juste un corps ; ç'aurait pu être n'importe lequel, du moins Lefty aimait-il à le croire. « Qu'est-ce que tu fais ? demandait Desdemona tandis qu'elle se déshabillait. Pourquoi est-ce que tu es si silencieux ?

– Je lis.
– Qu'est-ce que tu lis ?
– La Bible.
– C'est ça. Tu ne lis jamais la Bible. »

Bientôt il se retrouva à s'imaginer sa sœur une fois la lumière éteinte. Elle avait envahi ses fantasmes, mais Lefty résista. Il se mit à aller en ville, à la recherche de femmes nues auxquelles il ne fût pas apparenté.

Mais depuis la nuit de leur valse, il avait cessé de résister. Parce que les doigts de Desdemona lui avaient envoyé des signaux, parce que leurs parents étaient morts et leur village détruit, parce que personne à Smyrne ne savait qui ils étaient et parce qu'elle était si belle en ce moment, assise sur sa valise.

Et Desdemona ? Que ressentait-elle ? La peur avant tout, et l'inquiétude, ponctuées par des explosions d'une joie inconnue jusqu'alors. Jamais auparavant elle n'avait posé la tête sur l'épaule d'un homme, assise sur un char à bœufs. Elle n'avait jamais dormi en cuillère, encerclée par les bras d'un homme ; elle n'avait jamais senti un homme avoir une érection contre son dos tandis qu'il essayait de parler comme si de rien n'était. « Plus que quatre-vingt-dix kilomètres, avait déclaré Lefty un soir tandis qu'ils s'acheminaient péniblement vers Smyrne. Peut-être que demain on aura de la chance et que quelqu'un nous prendra. Et quand on arrivera à Smyrne, on prendra un bateau pour Athènes – sa voix tendue, bizarre, plus haute de quelques tons que la normale – et d'Athènes nous prendrons un bateau pour l'Amérique. Ça te semble bien ? Moi ça me semble bien.

Qu'est-ce que je suis en train de faire ? pensait Desdemona. C'est mon frère ! Elle regarda les autres réfugiés sur le quai, s'attendant à les voir secouer l'index en disant : « Honte à toi ! » Mais ils ne leur montraient que des visages sans vie, des yeux vides. Personne ne savait. Personne ne s'en souciait. Puis elle entendit la voix excitée de son frère, comme il lui mettait le pain sous le nez. « Regarde. La manne du ciel. »

Desdemona leva les yeux sur lui. Sa bouche s'emplit de salive tandis que Lefty rompait le *chureki* en deux. Mais son visage demeura triste. « Je ne vois pas les bateaux arriver », dit-elle.

« Ils arrivent. Ne t'inquiète pas. Mange. » Lefty s'assit à côté d'elle sur la valise. Leurs épaules se touchèrent. Desdemona s'écarta.

« Qu'est-ce qu'il y a ?

– Rien.

– Chaque fois que je m'assieds tu te pousses. » Il regarda Desdemona d'un air étonné, mais alors son expression s'adoucit et il passa le bras sur ses épaules. Elle se raidit.

« Okay, comme tu veux. » Il se leva.

« Où vas-tu ?

– Chercher de quoi manger.

– Ne pars pas, supplia Desdemona. Excuse-moi. Je n'aime pas rester seule ici. »

Mais il était parti, furieux. Il quitta le quai et erra dans les rues en marmonnant. Il en voulait à Desdemona de l'avoir repoussé et il s'en voulait de lui en vouloir, parce qu'il savait qu'elle avait raison. Mais il ne resta pas longtemps en colère. Ce n'était pas dans sa nature. Il était fatigué, moitié affamé, il avait mal à la gorge, à la main, mais malgré tout cela Lefty avait encore vingt ans, il quittait son foyer pour la première fois et il était sensible à toute cette nouveauté qui l'entourait. Quand on quittait les quais, on pouvait presque oublier ce qui s'y passait. En ville, il y avait des boutiques de luxe et des bars élégants qui demeuraient ouverts. Il descendit la rue de France et se retrouva devant le sporting club. En dépit des événements, deux consuls étrangers jouaient au tennis sur un des courts en gazon. Dans la lumière qui baissait ils se déplaçaient en fouettant la balle tandis qu'un boy à la peau sombre en veste blanche les attendait au bord du court avec un plateau sur lequel étaient posés deux verres de gin tonic. Lefty poursuivit son chemin. Il arriva à une place au centre de laquelle se trouvait une fontaine où il se lava le visage. La brise se leva, apportant une odeur de jasmin d'aussi loin que Bournabat. Et tandis que Lefty s'arrête pour la humer, j'aimerais profiter de l'occasion pour évoquer – à des fins purement élégiaques et rien que le temps d'un paragraphe – cette ville qui disparut une fois pour toutes en 1922.

Smyrne se perpétue jusqu'à nos jours dans quelques chansons de rebetika et une strophe de *La Terre vaine* :

> *M. Eugenides, le marchand de Smyrne*
> *Pas rasé, la poche pleine de raisins secs*
> *CAF London : documents à vue*
> *M'invita en un français familier*
> *À un déjeuner à l'hôtel de Cannon Street*
> *Suivi par un week-end au Métropole.*

Tout ce que vous avez besoin de connaître sur Smyrne se trouve dans ces lignes. Le marchand est riche, et Smyrne l'était aussi. Sa proposition est séduisante, et Smyrne, la ville la plus cosmopolite de tout le Proche-Orient, l'était aussi. Parmi les fondateurs qu'on lui prête se trouvaient, d'abord, les Amazones (ce qui s'accorde bien à mon thème) et ensuite Tantale lui-même. Homère naquit là, et Aristote Onassis. À Smyrne l'Est et l'Ouest, l'opéra et la *politakia*, le violon et le *zourna*, le piano et le *daouli* se mêlaient aussi délicatement que le miel et les pétales de rose dans la pâtisserie locale.

Lefty se remit en marche et parvint bientôt au *Casin* de Smyrne. Des palmiers en pots flanquaient une entrée imposante, mais les portes étaient grandes ouvertes. Personne ne l'arrêta. Il n'y avait personne en vue. Il suivit un tapis rouge jusqu'au premier étage et la salle de jeu. Les tables de jeu de dés étaient inoccupées. Il n'y avait personne à la roulette. Dans le coin le plus éloigné, toutefois, un groupe d'hommes jouaient aux cartes. Ils jetèrent un coup d'œil à Lefty puis se remirent à leur jeu, ignorant ses vêtements sales. C'est alors qu'il prit conscience que les joueurs n'étaient pas des habitués de l'endroit ; c'étaient des réfugiés comme lui. Chacun d'eux s'était aventuré ici dans l'espoir de gagner l'argent du voyage. Lefty s'approcha. Un joueur lui demanda : « Vous jouez ?

– Je joue. »

Il ne connaissait pas les règles. Il n'avait jamais joué au poker, rien qu'au trictrac, et la première demi-heure, il perdit sans discontinuer. Cependant, Lefty commença à comprendre la différence entre une suite et une couleur et peu à peu la balance des paiements autour de la table se mit à changer. « Trois pareils », dit Lefty, montrant trois as, et les hommes se mirent à grommeler. Ils ne le quittèrent plus des yeux quand il donnait, prenant sa maladresse pour le tour de main d'un professionnel. Lefty commençait à s'amuser et après avoir ramassé un pot important il s'écria : « Ouzo pour tout le monde ! » Mais comme il ne se passait rien, il regarda de nouveau autour de lui et vit à quel point le casino était désert, ce qui lui rappela l'importance des enjeux. Leurs vies. Ils jouaient leurs vies, et alors, tandis qu'il examinait ses partenaires, voyait la sueur emperler leur front, sentait leur haleine fétide, Lefty Stephanides, montrant bien plus de sagesse que quatre décennies plus tard quand il jouerait aux nombres à Detroit, se leva et dit : « J'arrête. »

Ils faillirent le tuer. Les poches de Lefty étaient bourrées d'argent et les autres déclarèrent fermement qu'il ne pouvait s'en aller avant de leur avoir donné la chance de regagner une partie de ce qu'ils avaient perdu. Il se pencha pour se gratter la jambe et dit : « Je peux m'en aller quand je veux. » L'un des joueurs l'attrapa aux revers et Lefty ajouta : « Mais je n'ai pas envie de m'en aller tout de suite. » Il s'assit, se grattant l'autre jambe, et commença à perdre. Quand tout son argent eut disparu, Lefty se leva de nouveau et dit, furieux et dégoûté : « Je peux m'en aller maintenant ? » Les hommes lui répondirent en riant que cela ne posait aucun problème tandis qu'ils procédaient à une nouvelle donne. Lefty s'éloigna d'un pas raide, l'air abattu. Dans l'entrée du casino, entre les palmiers en pots, il se pencha pour tirer l'argent qu'il avait glissé dans ses chaussettes.

« Regarde ce que j'ai trouvé, dit-il à Desdemona en lui montrant sa liasse de billets. Quelqu'un a dû les laisser tomber. Maintenant on peut prendre le bateau. »

Desdemona poussa un grand cri et le serra dans ses bras. Elle l'embrassa droit sur les lèvres. Puis elle recula, rougissant et se tourna vers la mer. « Écoute, dit-elle. Les Anglais jouent encore. »

Elle parlait de l'orchestre de l'*Iron Duke*. Tous les soirs, il accompagnait le dîner des officiers. Des bribes de Vivaldi et de Brahms glissaient sur la surface de l'eau. À l'heure du cognac, le major Arthur Maxwell, du corps des marines de Sa Majesté et ses subordonnés se passaient les jumelles afin d'observer la situation à terre.

« Plutôt bondé, non ?

– On dirait Victoria Station le soir de Noël, sir.

– Regardez-moi ces pauvres bougres. Abandonnés à eux-mêmes. Quel tohu-bohu quand ils apprendront le départ du préfet grec.

– Est-ce que nous allons évacuer des réfugiés, sir ?

– Nos ordres sont de protéger les biens et les citoyens britanniques.

– Mais, sir, si les Turcs arrivent et qu'il y a un massacre...

– Nous ne pourrons rien y faire, Phillips. J'ai passé des années au Proche-Orient. S'il y a une chose que j'y ai apprise, c'est que nous ne pouvons rien faire pour ces gens. Rien du tout ! Les Turcs sont les meilleurs du lot. Les Arméniens pour moi sont pareils aux juifs. Ils manquent de moralité et de caractère. Quant aux Grecs, eh bien, regardez-les. Ils ont mis le feu à tout le pays et ils se précipitent ici en criant au secours. Bon cigare, non ?

– Excellent, sir.

– Tabac de Smyrne. Le meilleur du monde. J'en ai les

larmes aux yeux, Phillips, de penser à tout ce tabac entassé dans ces entrepôts.

– Peut-être pourrions-nous envoyer un détachement au secours du tabac, sir ?

– Est-ce que je perçois une note de sarcasme, Phillips ?

– Très légère, sir, très légère.

– Grand Dieu, Phillips, je ne suis pas sans cœur. J'aimerais pouvoir aider ces gens. Mais c'est impossible. Ce n'est pas notre guerre.

– Êtes-vous sûr de cela, sir ?

– Qu'est-ce que vous voulez dire ?

– Nous aurions pu soutenir les forces grecques. C'est nous qui les avons poussées.

– Ils n'attendaient que ça ! Venizelos et sa bande. Je crois que vous ne mesurez pas la complexité de la situation. Nous avons des intérêts ici en Turquie. Nous devons agir avec la plus grande prudence. Nous ne pouvons pas nous laisser attirer dans ces luttes byzantines.

– Je vois, sir. Un peu plus de cognac, sir ?

– Oui, merci.

– C'est une belle ville, pourtant, n'est-ce pas ?

– Très. Vous n'ignorez pas ce que Strabon a dit de Smyrne, n'est-ce pas ? Pour lui c'était la plus belle ville de toute l'Asie. C'était au temps d'Auguste. Et elle l'est restée jusqu'à ce jour. Regardez-la bien, Phillips. Regardez-la bien.

Le 7 septembre 1922, tous les Grecs de Smyrne, Lefty Stephanides compris, portent un fez afin de passer pour turcs. Le dernier soldat grec est évacué à Chesme. L'armée turque n'est qu'à cinq kilomètres de là – et pas un bateau n'arrive d'Athènes pour évacuer les réfugiés.

Lefty, pourvu de son argent et de son fez, se fraie un passage dans la foule coiffée de rouge qui encombre le quai. Il traverse la voie de tramway et monte en ville. Il trouve une agence de voyages. À l'intérieur, un employé est penché sur une liste de passagers. Lefty brandit ses gains et dit : « Deux places pour Athènes ! »

La tête ne se relève pas. « Pont ou cabine ?
– Pont.
– Mille cinq cents drachmes.
– Non, pas en cabine, dit Lefty, le pont sera très bien.
– C'est le pont.
– Mille cinq cents ? Je n'ai pas mille cinq cents drachmes. C'était cinq cents hier.
– C'était hier. »

Le 8 septembre 1922, le général Hajienestis, dans sa cabine, s'assied dans son lit, se frotte d'abord la jambe droite puis la gauche, les tapote des jointures, et se lève. Il monte sur le pont, marchant avec beaucoup de dignité, tout à fait comme il le fera lorsqu'il se rendra devant le peloton d'exécution qui le fusillera pour avoir perdu la guerre.

Sur les quais le gouverneur civil grec, Aristide Sterghiades, monte dans une vedette. La foule le conspue, secouant le poing. Le général Hajienestis contemple la scène avec calme. La foule obscurcit le front de mer, là où il aimait tant s'asseoir. Il ne voit que la marquise du cinéma où il a assisté à la projection, dix jours auparavant, du *Tango de la mort*. Il sent brièvement – il est possible que ce soit une hallucination de plus – l'odeur de jasmin de Bournabat. Il respire l'air parfumé. La vedette arrive au bateau et Sterghiades, le visage blafard, monte à bord.

Et c'est alors que le général donne son premier ordre depuis des semaines : « Levez l'ancre. Machines arrière. En avant toute. »

Sur le quai, Lefty et Desdemona regardèrent la flotte grecque qui s'en allait. La foule avança jusqu'au bord, leva ses quatre cent mille mains, et cria. Puis elle se tut. Pas une bouche ne s'ouvrit une fois qu'ils eurent compris que leur propre pays les avait abandonnés, que Smyrne n'avait plus de gouvernement, qu'il n'y avait rien entre eux et les Turcs.

(Et vous ai-je dit qu'en été des paniers de pétales de

rose étaient disposés le long des rues de Smyrne ? Et que tout le monde à Smyrne parlait français, italien, grec, turc, anglais et néerlandais ? Et vous ai-je parlé des fameuses figues, apportées à dos de chameau et déversées en tas énormes dans la poussière, les femmes crasseuses les trempant dans l'eau de mer et les enfants déféquant accroupis derrière les monceaux de fruits juteux ? Vous ai-je raconté comment la puanteur de ces femmes se mêlait aux senteurs plus agréables des amandiers, du mimosa, du laurier et des pêches et que tout le monde était masqué pour mardi gras où on festoyait sur le pont des frégates ? Je tiens à mentionner ces choses car toutes avaient lieu dans une ville qui n'était pas exactement un endroit, qui ne faisait partie d'aucun pays parce qu'elle était tous les pays à la fois, et parce qu'aujourd'hui si vous y allez vous verrez des buildings, des boulevards amnésiques, des ateliers de clandestins, un quartier général de l'OTAN et un panneau annonçant Izmir...)

Cinq voitures, ornées de branches d'olivier, surgissent aux portes de la ville. La cavalerie galope entre elles. Les voitures passent en trombe le long du bazar couvert, à travers la foule qui les acclame dans le quartier turc où à chaque lampadaire, porte et fenêtre flotte un tissu rouge. Selon la loi ottomane, les Turcs doivent occuper le point culminant de la ville ; le convoi se trouve donc maintenant sur les hauteurs, s'apprêtant à redescendre. Bientôt les cinq voitures traversent les quartiers désertés dont les maisons ont été abandonnées ou dont les habitants demeurent cachés. Anita Philobosian s'approche de la fenêtre pour voir passer les belles voitures couvertes de feuillage, qui la fascinent au point qu'elle commence à ouvrir les volets avant que sa mère ne la tire en arrière... et il y a d'autres visages pressés contre les lames ; de derrière leurs cachettes, du haut de leurs greniers, Arméniens, Bulgares et Grecs tâchent d'apercevoir le conquérant et de deviner ses intentions ; mais les voitures vont trop vite, et le soleil qui frappe les sabres brandis des cavaliers éblouissent les regards, puis les voitures ont disparu, elles sont arrivées sur les quais, où les chevaux chargent dans la foule des réfugiés qui se dispersent en hurlant.

Sur la banquette arrière du dernier véhicule Mustafa Kemal est assis. Il est amaigri par les combats. Ses yeux bleus lancent des éclairs. Il n'a pas bu un verre d'alcool depuis deux semaines. (La « diverticulite » pour laquelle le Dr. Philobosian a soigné le pacha n'était qu'une couverture. Kemal, champion de l'européanisation et de la sécularisation de l'État, demeurera fidèle à ces principes jusqu'à la fin et mourra d'une cirrhose du foie à l'âge de cinquante-sept ans.)

En passant il se tourne vers la foule tandis qu'une jeune femme assise sur une valise se lève. Des yeux bleus percent des yeux bruns. Deux secondes. Pas même trois. Puis Kemal détourne le regard ; le convoi a disparu.

Et maintenant c'est une question de vent. Une heure du matin, le 13 septembre 1922. C'est la septième nuit que Lefty et Desdemona passent en ville. L'odeur du kérosène a remplacé le parfum du jasmin. Autour du quartier arménien, des barricades ont été érigées. Les troupes turques bloquent les issues des quais. Mais le vent continue à souffler dans la mauvaise direction. Aux alentours de minuit, cependant, il tourne. Il se met à souffler au sud-ouest, c'est-à-dire des hauteurs turques en direction du port.

Dans l'obscurité, on assemble les torches. Trois soldats turcs se trouvent dans l'échoppe d'un tailleur. Leurs torches illuminent des rouleaux de tissu et les costumes pendus à leurs cintres. Puis, comme la lumière augmente, le tailleur devient visible. Il est assis à sa machine à coudre, le pied droit encore sur la pédale. La lumière se fait plus forte encore pour éclairer son visage, les orbites vides, la barbe arrachée par plaques sanglantes.

De toute part le feu fait rage dans le quartier arménien. Telles un million de lucioles, les étincelles volent à travers la ville sombre, déposant leur germe de feu partout où elles se posent. Dans sa maison de la rue Suyane, le Dr. Philobosian suspend un tapis mouillé au balcon, puis se hâte de retourner dans l'obscurité et ferme les volets. Mais les flammes pénètrent dans la pièce, l'éclairant par pans : les yeux terrifiés de Toukhie ; le front d'Anita, ceint d'un bandeau argent comme Clara Bow dans *Photoplay* ; le cou de Rose ; les cheveux noirs des têtes baissées de Stepan et de Karekin.

À la lueur de l'incendie, le Dr. Philobosian lit pour la cinquième fois de la soirée : « "est respectueusement recommandé... à l'estime, la confiance et la protection..." vous entendez ? "*protection...*" »

De l'autre côté de la rue, Mrs. Bidzikian chante les trois premières notes de l'air de la Reine de la nuit de *La Flûte enchantée*. La mélodie fait un tel contraste avec les bruits – de portes enfoncées, de hurlements, de pleurs – qu'ils lèvent tous les yeux. Mrs. Bidzikian répète l'*ut*, l'*ut* bémol et le contre-*ut* deux fois de plus, comme si elle s'exerçait, puis sa voix atteint une note qu'aucun d'eux n'a jamais entendue, et ils se rendent compte que Mrs. Bidzikian ne chantait pas du tout.

« Rose, donne-moi ma trousse.

– Nishan, non, objecte son épouse. S'ils te voient sortir, ils sauront que nous sommes cachés ici.

– Personne ne verra rien. »

D'abord Desdemona prit les flammes pour des lumières reflétées sur la coque des bateaux. Des coups de pinceau orange tremblotaient au-dessus de la ligne de flottaison de l'USS *Litchfield* et du vapeur *Pierre-Loti*. Puis l'eau devint plus lumineuse encore, comme si un banc de poissons phosphorescents était entré dans le port.

La tête de Lefty était posée sur son épaule. Elle appela : « Lefty. Lefty ? » Il dormait. Elle embrassa le sommet de son crâne. C'est alors que les sirènes se firent entendre.

Elle ne voit pas un feu mais plusieurs. Il y a vingt points orange sur la colline au-dessus d'elle. Et ils persistent étrangement, ces feux. Dès que les pompiers en éteignent un, un autre éclate ailleurs. Ils éclatent dans des charrettes de foin et des poubelles ; ils suivent des traînées de kérosène au milieu des rues ; ils prennent les tournants ; ils entrent par des portes défoncées. L'un d'eux entre dans la boulangerie de Berberian, ne faisant qu'une bouchée des râteliers à pain et des plateaux à pâtisserie. Il emprunte l'escalier où, à mi-volée, il rencontre Charles Berberian en personne, qui tente de l'étouffer avec une couverture. Mais le feu l'évite et s'engouffre dans l'appartement. Il glisse sur un tapis oriental, se dirige résolument vers la véranda de derrière, bondit avec agilité jusqu'à une corde à linge sur laquelle il progresse en équilibre jusqu'à la maison suivante. Il entre par la fenêtre et s'arrête, comme surpris par sa bonne fortune : parce que tout ce qui se trouve dans cette maison est fait pour brûler, aussi – le canapé en damas avec ses longues franges, les tables basses en acajou et les abat-jour en chintz. La chaleur fait tomber le papier peint par laies ; et cela se passe non seulement dans cet appartement mais dans dix ou quinze autres, puis vingt ou vingt-cinq, chaque maison mettant le feu à sa voisine jusqu'à ce que des pâtés entiers se transforment en brasiers. L'odeur dégagée par la combustion des choses qui ne sont pas combustibles flotte sur toute la ville : cirage, mort aux rats, pâte dentifrice, cordes à piano, bandages herniaires, berceaux, massues de gymnastique. Et les cheveux ainsi que la peau. Les cheveux et la peau, maintenant. Sur le quai, Lefty et Desdemona se tiennent debout avec les autres, avec des gens trop surpris pour réagir, ou à moitié endormis, ou souffrant du typhus ou du choléra, ou anesthésiés par l'épuisement. Et alors, soudain, tous les feux de la colline forment un seul grand mur de feu qui s'étend sur toute la longueur de la ville et – c'est inévitable maintenant – se met à descendre dans leur direction.

(Et maintenant je me rappelle autre chose : mon père, Milton Stephanides, en peignoir et pantoufles, se penchant pour allumer le feu un matin de Noël. Rien qu'une fois par an le besoin de se débarrasser d'une montagne de papiers d'emballage et de cartons a raison des objections de Desdemona touchant l'utilisation de notre cheminée. « Ma, la prévenait Milton, je vais brûler ces cochonneries maintenant. » Sur quoi Desdemona s'exclamait : « *Mana !* » et prenait sa canne. Devant l'âtre, mon père tirait une longue allumette de la boîte hexagonale. Mais Desdemona était déjà en route vers le havre de la cuisine, où le four était électrique. « Votre yia yia n'aime pas le feu », nous disait notre père. Et, frottant l'allumette, il la tenait sous un papier couvert d'elfes et de pères Noël tandis que les flammes bondissaient et nous, enfants américains ignorants, nous amusions comme des fous à jeter du papier, des boîtes et des rubans dans le brasier.)

Le Dr. Philobosian sortit dans la rue, regarda à droite puis à gauche, et courut jusqu'à la porte d'en face qu'il franchit sans s'arrêter. Il monta au premier étage, où il vit le sommet du crâne de Mrs. Bidzikian assise dans le salon. Il courut à elle, lui disant de ne pas s'inquiéter, que c'était le Dr. Philobosian son voisin. Mrs. Bidzikian sembla hocher de la tête, mais sa tête ne reprit pas sa position. Le Dr. Philobosian s'agenouilla à côté d'elle. Il toucha son cou et sentit son pouls qui battait faiblement. Avec précaution il la souleva de son fauteuil et l'allongea par terre. Alors il entendit des pas dans l'escalier. Il courut se cacher derrière les rideaux juste comme les soldats faisaient irruption.

Pendant quinze minutes, ils pillèrent l'appartement, prenant tout ce que la première bande avait laissé. Ils vidèrent les tiroirs et éventrèrent les canapés à la recherche de bijoux ou d'argent. Après leur départ, le Dr. Philobosian attendit encore cinq bonnes minutes avant de quitter sa cachette. Le pouls de Mrs. Bidzikian s'était arrêté. Il posa son mouchoir sur son visage et fit le signe de croix sur son corps. Puis il saisit sa trousse et redescendit en hâte l'escalier.

La chaleur précède le feu. Les figues entassées sur le quai, qu'on n'a pas pu embarquer à temps, commencent à cuire, faisant des bulles et laissant échapper leur jus. L'odeur sucrée se mêle à celle de la fumée. Desdemona et Lefty se tiennent aussi près que possible de l'eau, comme tout le monde. Il n'y a pas d'issue possible. Les soldats turcs restent près des barricades. Les gens prient, agitent les bras en direction des vaisseaux ancrés dans le port. Des projecteurs balaient l'eau, éclairant des gens qui nagent, se noient.

« Nous allons mourir, Lefty.

– Non. Nous allons partir d'ici. » Mais Lefty ne croit pas ce qu'il dit. Tandis qu'il regarde les flammes au loin il est sûr, lui aussi, qu'ils vont mourir. Et cette certitude le pousse à dire une chose qu'il n'aurait jamais dite sinon, une chose qu'il n'aurait jamais même pensée. « Nous allons partir d'ici. Et ensuite tu vas m'épouser.

– Nous n'aurions jamais dû nous en aller. Nous aurions dû rester à Bithynios. »

Comme le feu approche, les portes du consulat de France s'ouvrent. Un détachement de fusiliers marins forme une haie jusqu'au port. On amène le drapeau tricolore. Des gens sortent du consulat, des hommes en costume crème et des femmes coiffées de chapeaux de paille, marchant bras dessus bras dessous jusqu'à une vedette. Par-dessus les fusils croisés des fusiliers marins Lefty voit le visage fraîchement poudré des femmes, les cigares allumés aux lèvres des hommes. Une femme tient un petit caniche sous son bras. Une autre trébuche, cassant son talon, et son mari la réconforte. Après le départ de la vedette, un fonctionnaire se tourne vers la foule.

« Seuls les citoyens français seront évacués. Nous allons procéder immédiatement à la délivrance des visas. »

Quand ils entendent frapper, ils sursautent. Stepan regarde par la fenêtre. « Ça doit être père.

– Va. Ouvre-lui. Vite ! » dit Toukhie.

Karekin descend l'escalier quatre à quatre. Devant la porte, il s'arrête, se reprend, et la déverrouille calmement. Alors il y a un faible sifflement, suivi par un bruit de déchirure. Le bruit semble sans aucun rapport avec lui jusqu'à ce que soudain un bouton de chemise saute et aille frapper la porte. Karekin baisse les yeux tandis qu'au même moment sa bouche s'emplit d'un liquide chaud. Il se sent soulevé de terre, la sensation lui rappelant son père le faisant sauter en l'air quand il était petit, et il dit : « Papa, mon bouton », avant de se trouver assez haut pour voir la baïonnette en acier qui perce son sternum. Le reflet des flammes descend le canon du fusil, sur la mire, le percuteur, jusqu'au visage extatique du soldat.

Le feu fonçait sur la foule pressée sur le quai. Le toit du consulat américain s'embrasa. Les flammes escaladèrent le cinéma, roussissant la marquise. Mais Lefty, qui avait senti sa chance, ne lâchait pas prise.

« Personne ne saura, dit-il. Qui pourrait ? Il ne reste plus que nous deux.

– Ce n'est pas bien. »

Des toits s'écroulaient, des gens hurlaient, tandis que Lefty approchait les lèvres de l'oreille de sa sœur : « Tu m'as promis de me trouver une gentille Grecque. Eh bien. C'est toi. »

D'un côté un homme sauta à l'eau, tentant de se noyer ; de l'autre une femme était en train d'accoucher, cachée derrière le manteau de son mari. « *Kaymaste ! Kaymaste !* » criait-on de partout. « Nous brûlons ! Nous brûlons ! » Desdemona désigna le feu, tout. « C'est trop tard, Lefty. Ça n'a plus d'importance maintenant.

– Mais si on vit ? Tu m'épouserais ?

Un hochement de tête. Pas plus. Et Lefty disparut, courant vers les flammes.

Sur un écran noir, on voit, à travers des jumelles, les réfugiés se rapprocher puis s'éloigner. Ils hurlent silencieusement. Ils tendent des bras implorants.

– Ces pauvres hères vont cuire tout vifs.
– Permission de secourir un nageur, sir.
– Négatif, Phillips. Si nous en prenons un nous devrons les prendre tous.
– C'est une jeune fille, sir.
– Quel âge ?
– Environ dix ou onze ans. »

Le major Arthur Maxwell abaisse ses jumelles. Un nœud de muscles triangulaire apparaît sur sa mâchoire puis disparaît.

« Regardez-la, sir.
– Nous ne pouvons pas nous laisser aller aux sentiments ici, Phillips. Il y a des choses plus importantes qui sont en jeu.
– Regardez-la, sir. »

Les ailes du nez du major Maxwell palpitent tandis qu'il regarde le capitaine Phillips. Puis, se donnant une claque sur la cuisse, il s'approche du bastingage.

Le projecteur balaie l'eau, éclairant son propre cercle de vision. Sous le rayon de lumière, la surface de l'eau ressemble à une sorte de bouillon dépourvu de couleur, parsemé d'objets divers : une orange brillante ; un feutre d'homme bordé d'excréments ; des bouts de papier évoquant des lettres déchirées. Et alors, parmi cette matière inerte, elle apparaît, agrippée à la corde lancée du bateau, une petite fille vêtue d'une robe rose que l'eau fait virer au rouge, les cheveux collés à son petit crâne. Ses yeux levés ne demandent rien. De temps à autre ses pieds battent l'eau, comme des nageoires.

Une salve tirée depuis le rivage frappe l'eau autour d'elle. Elle l'ignore.

« Éteignez le projecteur. »

La lumière disparaît et le feu cesse. Le major Maxwell regarde sa montre. « Il est maintenant 21 h 15. Je vais dans ma cabine, Phillips. J'y resterai jusqu'à sept heures. Si, entre-temps, un réfugié est recueilli à bord, je n'en saurai rien. Est-ce compris ?
– Compris, sir. »

Il ne vint pas à l'esprit du Dr. Philobosian que le corps aux membres tordus qu'il enjamba dans la rue était celui de son fils cadet. Il remarqua seulement que la porte d'entrée était ouverte. Dans le hall, il s'arrêta pour tendre l'oreille. Il n'y avait que le silence. Lentement, tenant toujours sa trousse à la main, il monta l'escalier. Toutes les lampes étaient allumées. Le salon était brillamment éclairé. Toukhie l'attendait, assise sur le canapé. Sa tête était renversée, comme si elle riait, l'angle ouvrant la blessure de sorte que la trachée sectionnée luisait. Stepan était assis affalé à la table de la salle à manger, sa main droite, qui tenait la lettre de recommandation, clouée au bois par un couteau à viande. Le Dr. Philobosian fit un pas et glissa, puis remarqua une traînée de sang dans le couloir. Il la suivit jusqu'à sa chambre où il trouva ses deux filles. Toutes deux étaient nues, allongées sur le dos. Trois des quatre seins avaient été coupés. La main de Rose était tendue vers sa sœur comme si elle voulait redresser le ruban argent sur son front.

La file était longue et avançait lentement. Lefty eut le temps de revoir son vocabulaire. Il révisa sa grammaire, jetant de rapides coups d'œil au volume. Il étudia la « Leçon n° 1 : Les salutations d'usage », et quand il se trouva devant le fonctionnaire assis à la table, il était prêt.

« Nom ?

– Eleutherios Stephanides.

– Lieu de naissance ?

– Paris. »

Le fonctionnaire leva les yeux. « Passeport.

– Tout a été détruit dans l'incendie ! J'ai perdu tous mes papiers ! » Lefty expulsa l'air en avançant les lèvres, comme il avait vu faire aux Français. « Regardez comment je suis habillé. J'ai perdu tous mes bons costumes. »

Le fonctionnaire eut un sourire entendu et tamponna les papiers. « Au suivant.

– J'ai ma femme avec moi.

– Je suppose qu'elle aussi est née à Paris.
– Bien sûr.
– Son nom ?
– Desdemona.
– Desdemona Stephanides ?
– C'est ça. Comme moi. »

Quand il revint avec les visas, Desdemona n'était pas seule. Il y avait un homme assis à côté d'elle sur la valise. « Il voulait se jeter à l'eau. Je l'ai rattrapé juste à temps. » Hébété, couvert de sang, un pansement brillant à la main, l'homme ne cessait de répéter : « Ils ne savaient pas lire. Ils étaient illettrés ! » Lefty essaya de voir d'où venait le sang, mais il ne trouva pas la blessure. Il défit le ruban argent et le jeta au loin. « Ils n'ont pas pu lire ma lettre », dit l'homme, regardant Lefty, qui reconnut son visage.

« Encore vous ? dit le fonctionnaire français.
– Mon cousin », dit Lefty dans son français exécrable. L'homme tamponna le visa et le lui tendit.

Une vedette les emmena au bateau. Lefty tenait le Dr. Philobosian qui menaçait toujours de se jeter à l'eau. Desdemona ouvrit sa boîte à vers à soie et défit le linge blanc pour vérifier l'état de ses œufs. Dans l'eau hideuse, des corps flottaient. Certains étaient vivants, ils criaient. Un projecteur révéla un garçon à mi-hauteur sur la chaîne d'ancre d'un bateau de guerre. Des marins lui jetèrent de l'huile et il glissa dans l'eau.

Sur le pont du *Jean-Bart*, les trois nouveaux citoyens français regardèrent la ville brûler de part en part. L'incendie allait durer trois jours, visible à quatre-vingts kilomètres à la ronde. En mer, des marins prendraient la fumée pour une immense chaîne de montagnes. Dans le pays vers lequel ils se dirigeaient, l'Amérique, l'incendie de Smyrne fit la première page des journaux pendant un jour ou deux, avant d'être remplacé par l'affaire Halls-Mills (le corps de Mr. Halls, un pasteur protestant, avait été trouvé dans la chambre de Miss Mills, jolie personne qui chantait dans le chœur qu'il dirigeait) et le début du championnat national de base-ball. L'amiral Mark Bristol de l'US Navy, soucieux des bonnes relations entre la Turquie et les États-Unis, câbla une déclaration destinée à la presse dans laquelle il disait entre autres : « Il est impossible d'estimer le nombre des morts dus aux meurtres, à l'incendie ou aux exécutions, mais le total n'excède probablement pas deux mille. » Le consul américain, George Horton, avançait d'autres chiffres. Sur les 400 000 chrétiens ottomans habitant Smyrne avant l'incendie, 190 000 étaient portés disparus le 1er octobre. Horton réduisit le chiffre de moitié, estimant les morts à 100 000.

Les ancres sortirent de l'eau. Le pont vibra sous les pieds des passagers tandis que le contre-torpilleur faisait machine arrière. Desdemona et Lefty regardèrent l'Asie Mineure s'éloigner.

Comme ils longeaient l'*Iron Duke*, son orchestre attaqua une valse.

La route de la soie

D'après une vieille légende chinoise, un jour de l'an 2640 av. J.-C., la princesse Si Ling-chi était assise sous un mûrier quand un cocon de ver à soie tomba dans sa tasse de thé. Elle l'en retira, et remarqua que le cocon avait commencé à se défaire dans le liquide chaud. Elle tendit l'extrémité libre à sa servante et lui ordonna de s'en aller. La servante quitta la chambre de la princesse, traversa la cour du palais, passa ses portes, sortit de la Cité interdite et fit un kilomètre dans la campagne avant que le cocon soit entièrement dévidé. (À l'Ouest, la légende devait se transformer lentement durant trois millénaires, jusqu'à devenir l'histoire d'un physicien et d'une pomme. Cependant, le sens est le même : les grandes découvertes, qu'elles fussent de la gravité ou de la soie, tombent toujours du ciel sur des gens qui paressent sous un arbre.)

J'ai un peu l'impression d'être cette princesse chinoise, dont la découverte fournit son gagne-pain à Desdemona. Comme elle je déroule mon histoire, et plus le fil s'allonge, moins il reste à raconter. Remontez le filament et vous retrouverez le cocon alors qu'il ne forme qu'un petit nœud, une première boucle hésitante. Et en suivant le fil de mon histoire là où je l'ai laissée, je vois le *Jean-Bart* arriver à quai dans le port d'Athènes. Je vois mes grands-parents de nouveau à terre, se préparant à un autre voyage. Des passeports sont confiés à des mains, des vaccins administrés à des bras. Un autre vaisseau se matérialise devant le quai, le *Giulia*. Une corne de brume retentit.

Et regardez : sur le pont du *Giulia* quelque chose d'autre se déroule. Quelque chose de multicolore qui se dévide au-dessus des eaux du Pirée.

À l'époque les passagers partant pour l'Amérique avaient coutume de monter sur le pont avec une pelote de coton. Ceux qui restaient à quai gardaient en main l'extrémité du fil. Tandis que le *Giulia* s'éloignait au son de sa corne de brume, une centaine de fils de coton se tendaient au-dessus de l'eau. Les gens criaient leurs adieux, agitaient frénétiquement les bras, tenaient à bout de bras des bébés pour qu'ils voient une dernière fois ceux dont ils ne garderaient pas le souvenir. Les hélices bouillonnaient ; les mouchoirs voletaient, et, sur le pont, les pelotes de coton se mirent à se dévider. Rouge, jaune, bleu, vert, elles se déroulaient, d'abord lentement, un tour toutes les dix secondes, puis de plus en plus vite à mesure que le bateau prenait de la vitesse. Les passagers tenaient leur fil aussi longtemps que possible, conservant le contact avec les visages qui se faisaient de moins en moins discernables. Mais finalement, une par une, les pelotes arrivèrent à leur fin. Les fils de coton s'envolèrent, s'élevant dans la brise.

C'est depuis deux endroits séparés du pont du *Giulia* que Lefty et Desdemona – que je peux enfin appeler mes grands-parents – regardèrent le tapis multicolore disparaître dans les airs. Desdemona se tenait entre deux manches à air qui ressemblaient à des tubas géants. Au milieu du navire, Lefty s'était mêlé à une bande de célibataires. Au cours des trois dernières heures ils ne s'étaient pas vus. Ce matin, ils avaient bu un café ensemble dans un établissement près du port après quoi, tels des espions professionnels, ils avaient pris chacun leur valise – Desdemona gardant sa boîte à vers à soie – et des directions différentes. Ma grand-mère avait de faux papiers. Son passeport, que l'administration grecque lui avait accordé à condition de quitter le pays immédiatement, portait le nom de jeune fille de sa mère, Aristos, au lieu de Stephanides. C'est ce passeport qu'elle avait présenté avec sa carte d'embarquement au sommet de la passerelle du *Giulia*. Puis elle était allée à l'arrière, comme prévu, pour le départ.

Lorsque le bateau vira à l'ouest, à la sortie du chenal, et prit sa vitesse de croisière, il fit de nouveau retentir sa sirène. Dirndls, fichus et basques battaient dans la brise. Quelques chapeaux s'envolèrent, suscitant cris et rires. Le filet de coton multicolore qui dérivait dans le ciel était à peine visible maintenant. Les passagers ne le quittèrent pas des yeux jusqu'à ce qu'il disparaisse. Desdemona fut une des premières à descendre. Lefty traîna sur le pont pendant une demi-heure supplémentaire. Cela, aussi, faisait partie du plan.

Pendant le premier jour, ils ne se parlèrent pas. Ils montaient sur le pont pour les heures de repas et faisaient la queue séparément. Après avoir mangé, Lefty allait fumer avec les hommes près du bastingage tandis que Desdemona s'asseyait sur le pont avec les femmes et les enfants à l'abri du vent. « Il y a quelqu'un qui t'attend à l'arrivée ? demandaient les femmes. Un fiancé ?

– Non. Juste ma cousine à Detroit. »

« Tu voyages tout seul ? demandaient les hommes à Lefty.

– Exact. Libre comme l'air. »

La nuit, ils rejoignaient leurs compartiments. Chacun sur sa toile de sac rembourrée de varech, un gilet de sauvetage en guise d'oreiller, ils essayaient de dormir, de s'habituer au mouvement du bateau, et de supporter les odeurs. Les passagers avaient apporté toutes sortes d'épices et de sucreries, des sardines en boîte, du poulpe à la sauce au vin, des gigots piqués de clous de girofle. À cette époque, l'odeur des gens trahissait leur nationalité. Allongée sur le dos, les yeux clos, Desdemona détectait l'arôme d'oignon d'une Hongroise sur sa droite, et l'odeur de viande crue d'une Arménienne à sa gauche, lesquelles, de leur côté, étaient renseignées sur la nationalité de Desdemona par son odeur d'ail et de yaourt. Lefty, quant à lui, était confronté en plus à des désagréments auditifs. D'un côté se trouvait un homme du nom de Callas qui ronflait comme une corne de brume miniature ; de l'autre, le Dr. Philobosian pleurait dans son sommeil. Depuis son départ de Smyrne, le docteur était ravagé par la douleur. Défait, des cernes bleus sous les yeux, il restait lové en chien de fusil sur sa couchette, enveloppé dans son manteau. Il ne mangeait presque pas. Il refusait de monter prendre l'air sur le pont. Les rares fois où il le fit, ce fut pour menacer de se jeter par-dessus bord.

À Athènes, le Dr. Philobosian leur avait demandé de le laisser. Il refusait de penser à l'avenir et déclara qu'il n'avait plus de famille nulle part. « Ma famille a disparu. On l'a assassinée.

– Pauvre homme, disait Desdemona. Il ne veut plus vivre.

– Nous devons l'aider, insistait Lefty. Il m'a donné de l'argent. Il m'a soigné la main. Il a été le seul à se soucier de nous. Nous allons l'emmener avec nous. » Tandis qu'ils attendaient le mandat envoyé par leur cousine, Lefty tenta de consoler le docteur et finit par le convaincre de venir avec eux à Detroit. « Tant que c'est loin, dit le Dr. Philobosian, ça me convient. » Mais à bord il ne parlait que de se tuer.

La traversée devait durer de douze à quinze jours. Lefty et Desdemona avaient tout prévu. Le deuxième jour, tout de suite après le dîner, Lefty fit un tour du bateau. Il se fraya un chemin parmi les corps allongés dans l'entrepont. Après avoir longé la passerelle menant au poste de pilotage et la cargaison supplémentaire de cageots d'olives de Ketama, d'huile d'olive et d'éponges de Kos, il poursuivit vers l'avant, faisant glisser sa main le long des bâches vertes des canots de sauvetage, jusqu'à ce qu'il arrive devant la chaîne qui séparait l'entrepont des troisième classe. Au sommet de sa carrière, le *Giulia* avait fait partie de la ligne austro-hongroise. Fier de son confort moderne (« *umina electrica, ventilatie et confortu cel mai mare* ») il faisait la liaison Trieste-New York une fois par mois. Maintenant, seules les première classe avaient la lumière électrique, et encore, pas tout le temps. Les bastingages étaient rouillés. La fumée des cheminées avait souillé le drapeau grec. L'odeur du bâtiment évoquait la vieille serpillière et un long passé de nausées. Lefty n'avait pas encore le pied marin. Il ne cessait de se heurter au bastingage. Il demeura près de la chaîne pendant le temps nécessaire, puis passa à bâbord et retourna vers la poupe. Desdemona, comme prévu, était seule près du bastingage. En passant, Lefty lui adressa un sourire et un salut de la tête. Elle répondit de la même manière, avec froideur, et se tourna de nouveau en direction de la mer.

Le troisième jour, Lefty fit une nouvelle promenade après-dîner. Il alla à l'avant, passa à bâbord, et repartit vers la poupe. Il adressa à Desdemona un nouveau sourire et un nouveau salut de la tête. Cette fois-ci, Desdemona lui rendit son sourire. Quand il retrouva ses compagnons, il leur demanda si quelqu'un connaissait le nom de cette jeune femme qui voyageait seule.

Le quatrième jour de la traversée, Lefty s'arrêta et se présenta.

« Jusqu'à présent il a fait beau.

– J'espère que ça durera.

– Vous voyagez seule ?

– Oui.

– Moi aussi. Où allez-vous en Amérique ?

– À Detroit.

– Quelle coïncidence ! Moi aussi je vais à Detroit. »

Ils bavardèrent encore quelques minutes. Puis Desdemona prit congé et descendit.

La rumeur de leur idylle commençante fit bientôt le tour du bateau. Pour passer le temps, tout le monde parla bientôt du grand jeune homme grec à l'allure élégante qui était tombé amoureux de la sombre beauté qu'on ne voyait jamais sans sa boîte en bois d'olivier sculpté. « Ils voyagent seuls tous les deux, disait-on. Et tous les deux ont de la famille à Detroit.

– Je ne pense pas qu'ils soient faits l'un pour l'autre.

– Et pourquoi ça ?

– Il lui est socialement supérieur. Ça ne marchera jamais.

– Il a l'air de la trouver à son goût, pourtant.

– Il est sur un bateau en plein milieu de l'océan ! Qu'est-ce qu'il a d'autre à faire ? »

Le cinquième jour, Lefty et Desdemona se promenèrent ensemble sur le pont. Le sixième jour, il lui offrit le bras et elle le prit.

« C'est moi qui les ai présentés ! » se vanta un homme. Les filles de la ville faisaient la moue. « Elle porte des tresses. Elle a l'air d'une paysanne. »

Mon grand-père était mieux considéré dans l'ensemble. On disait que c'était un marchand de soie smyrniote qui avait perdu sa fortune dans l'incendie. C'était le fils adultérin que le roi Constantin avait eu d'une maîtresse française. Il avait espionné pour le Kaiser durant la Grande Guerre. Lefty laissait dire. La traversée de l'océan fut pour lui l'occasion de se réinventer. Il se drapait d'une mauvaise couverture comme d'une cape. Conscient que tout ce qui arriverait à partir de maintenant deviendrait la vérité, que tout ce qu'il semblait être deviendrait ce qu'il était – c'était déjà, pour tout dire, un Américain –, il attendait l'arrivée de Desdemona sur le pont. Lorsqu'elle apparaissait, il ajustait sa cape, prenait congé de ses compagnons d'un signe de tête, et allait lui présenter ses hommages.

« Il en pince !

– Je ne crois pas. Un type comme ça, il s'amuse, c'est tout. Cette fille ferait bien de faire attention ou elle se retrouvera chargée d'autre chose que de sa boîte. »

Cette cour simulée ravissait mes grands-parents. Quand il y avait des gens à portée de voix, ils engageaient une conversation telle que peuvent en avoir deux personnes qui se rencontrent pour la deuxième ou troisième fois, s'inventant des passés. « Vous avez des frères ou sœurs ? demandait Lefty.

– J'avais un frère, répondait Desdemona d'un air mélancolique. Il s'est enfui avec une Turque. Mon père l'a renié.

– Quelle sévérité. Pour moi l'amour peut transgresser tous les interdits. Qu'en pensez-vous ? »

Quand ils étaient seuls, ils se disaient : « Je crois que ça marche. Personne ne se doute de rien. »

Chaque fois que Lefty rencontrait Desdemona sur le pont, il faisait comme s'il la connaissait à peine. Il allait à elle, bavardait, commentait la beauté du coucher de soleil et ensuite, galant, passait à la beauté de son visage. Desdemona jouait son rôle, elle aussi. Elle avait commencé par garder ses distances. Elle retirait son bras quand il faisait une plaisanterie qu'elle jugeait déplacée. Elle lui confia que sa mère l'avait prévenue contre les hommes de son espèce. Ils passèrent la traversée à jouer le flirt et, peu à peu, se mirent à y croire. Ils inventaient des souvenirs, improvisaient un destin. (Pourquoi ? Pourquoi prirent-ils toute cette peine ? N'auraient-ils pas pu dire qu'ils étaient déjà fiancés ? Ou que leur mariage avait été arrangé des années auparavant ? Bien sûr. Mais ce n'étaient pas les autres voyageurs qu'ils essayaient de tromper : c'était eux-mêmes.)

Le voyage rendit la chose plus aisée. La traversée de l'océan parmi un demi-millier d'étrangers leur conférait un anonymat dans lequel mes grands-parents purent se recréer. Partout sur le *Giulia* soufflait l'esprit d'auto-transformation. Le regard au loin, des éleveurs de tabac s'imaginaient en pilotes de course, des teinturiers en rois de Wall Street, des vendeuses en danseuses de *Ziegfeld Follies*. L'eau grise s'étendait dans toutes les directions. L'Europe et l'Asie Mineure étaient mortes derrière eux. Devant eux se trouvait l'Amérique et de nouveaux horizons.

Au huitième jour de la traversée, Lefty Stephanides, en grand seigneur, un genou à terre, devant six cent soixante-trois passagers de l'entrepont, demanda sa main à Desdemona Aristos, assise sur un taquet. Les jeunes femmes retinrent leur souffle. Les hommes mariés donnèrent du coude aux célibataires : « Regardez. Vous allez apprendre quelque chose. » Ma grand-mère, faisant preuve de dons de comédienne qui n'étaient pas sans rapport avec son hypocondrie, parut d'abord aussi surprise que ravie ; puis elle hésita, se reprenant, et opposa un demi-refus prudent ; enfin, alors que les applaudissements avaient déjà commencé, étourdie de bonheur, elle accepta.

La cérémonie eut lieu sur le pont. En guise de robe de mariage, Desdemona avait emprunté un châle en soie dont elle s'était couvert la tête. Le capitaine Kontoulis prêta à Lefty une cravate pleine de taches de gras. « Gardez votre veste boutonnée et ça ne se verra pas », dit-il. En guise de *stephana*, mes grands-parents furent couronnés de cordage. Comme il n'y avait pas de fleurs le *koumbaros*, un nommé Pelos, qui faisait office de garçon d'honneur, fit passer la couronne de chanvre du roi sur la tête de la reine, celle de la reine sur celle du roi, puis les remit à leur place initiale.

Les mariés dansèrent la danse d'Isaïe. Hanche contre hanche, se tenant les mains, bras croisés, Desdemona et Lefty firent le tour du capitaine, une fois, deux fois, puis encore une fois, tissant le cocon de leur vie commune. Pas de filiation patrilinéaire ici. Nous autres Grecs nous marions en cercle, pour bien nous pénétrer des faits matrimoniaux essentiels : pour être heureux il faut trouver la variété dans la répétition ; pour aller de l'avant il faut revenir au point de départ.

Dans le cas de mes grands-parents, le cercle fonctionnait plutôt ainsi : comme ils faisaient leur premier tour, Lefty et Desdemona étaient encore frère et sœur. Au deuxième tour, ils étaient fiancés, au troisième, mari et femme.

Le soir du mariage de mes grands-parents, le soleil se coucha droit face à la proue du navire, désignant la direction de New York. La lune se leva, projetant une bande argentée sur la mer. Commençant sa tournée vespérale, le capitaine Kontoulis descendit du poste de pilotage et alla vers l'avant. Le vent s'était levé. La mer était grosse. Le pont tanguait, mais le capitaine Kontoulis ne trébucha pas une fois, et put même allumer l'une de ces cigarettes indonésiennes qu'il affectionnait, abaissant la visière galonnée de sa casquette pour couper le vent. Vêtu de son uniforme pas terriblement propre, chaussé de bottes crétoises, le capitaine Kontoulis surveillait les baladeuses, les transats empilés, les chaloupes. Le *Giulia* était seul sur le vaste océan, les écoutilles fermées contre les paquets de mer qui passaient par-dessus bord. Les ponts étaient vides, hormis deux passagers de première classe, des hommes d'affaires américains qui prenaient un digestif, les jambes sous une couverture. « D'après ce que j'ai entendu, Tilden ne joue pas seulement au tennis avec ses protégés, si vous voyez ce que je veux dire. – Vous plaisantez. – Il leur donne des cours particuliers. » Le capitaine Kontoulis, sans rien comprendre, les salua d'un signe de tête.

À l'intérieur de l'une des chaloupes de sauvetage, Desdemona disait : « Ne regarde pas. » Elle était allongée sur le dos. Il n'y avait pas de couverture en poil de chèvre entre eux, et Lefty se couvrit les yeux de ses mains, regardant entre ses doigts. Un trou d'épingle dans la bâche laissait passer la lumière de la lune, qui s'écoulait lentement dans la chaloupe. Lefty avait vu Desdemona se déshabiller bien des fois, mais elle n'était généralement pas plus qu'une ombre. Elle n'avait jamais levé les jambes pour enlever ses chaussures. Il regarda et, comme elle faisait glisser sa jupe sur ses cuisses et sa tunique par-dessus sa tête, il fut frappé de voir combien elle était différente, dans la lumière de la lune, dans une chaloupe. Elle *resplendissait*. Elle dégageait une lueur blanche. Il cligna des yeux derrière ses mains. La lumière de la lune s'intensifiait ; elle couvrait son cou, elle atteignit ses yeux jusqu'à ce qu'il comprenne : Desdemona portait un corset. Elle n'avait pas emporté que sa boîte à vers à soie : le linge blanc qui entourait ses œufs n'était autre que le corset de mariée de Desdemona. Elle avait pensé ne jamais le porter, mais il était là. Les bonnets pointaient en direction du toit en toile. Les baleines serraient sa taille. Les basques laissaient pendre des jarretelles qui n'étaient attachées à rien car ma grand-mère ne possédait pas de bas. Dans la chaloupe, le corset absorbait toute la lumière de la lune, plongeant dans l'ombre le visage, la tête et les bras de Desdemona. On aurait dit une Victoire ailée, posée sur le dos dans la paille d'un chariot en route pour le musée d'un conquérant. Il ne manquait que les ailes.

Lefty enleva ses chaussures et ses chaussettes, provoquant une averse de grains de sable. Quand il enleva ses sous-vêtements, la chaloupe s'emplit d'une odeur de champignon. Il eut honte, mais Desdemona ne parut rien remarquer.

Elle était occupée par ses propres sentiments contradictoires. Le corset, bien sûr, lui rappelait sa mère, et soudain la conscience de la faute qu'ils étaient en train de commettre l'assaillit. Jusqu'alors elle n'y avait pas pensé, la tourmente des derniers jours ne lui en avait pas laissé l'occasion.

Lefty lui aussi était en proie à un conflit intérieur. Bien que la pensée de Desdemona l'ait torturé depuis longtemps, il était content de ne pas pouvoir voir son visage. Pendant des mois, Lefty avait couché avec des prostituées qui ressemblaient à Desdemona, mais maintenant il lui était plus facile de penser à elle comme à une étrangère.

Le corset semblait posséder des mains à lui. L'une d'elles la caressait doucement entre les cuisses. Deux autres s'étaient emparées de ses seins. Une, deux, trois mains l'étreignaient. Et, vêtue ainsi, Desdemona se considérait avec des yeux neufs – sa taille fine, ses cuisses rebondies ; elle se sentait belle, désirable, surtout : autre qu'elle-même. Elle leva les pieds, posa les mollets sur les dames de nage. Elle écarta les jambes. Elle ouvrit les bras à Lefty, qui se tortillait, se cognant les genoux et les coudes, délogeant des avirons, manquant de faire partir une fusée éclairante, jusqu'à ce qu'enfin, se pâmant, il s'enfonce en elle. Pour la première fois Desdemona connut le goût de sa bouche, et le seul moment où elle se comporta en sœur durant tout le temps qu'ils firent l'amour fut celui où, se dégageant pour respirer elle dit : « Vilain garçon. Tu l'as déjà fait. – Pas comme ça, pas comme ça... », répondit Lefty.

Et j'ai eu tort, je reprends ce que j'ai dit. Sous Desdemona, battant la mesure contre les planches et la soulevant : une paire d'ailes.

« Lefty ! Desdemona alors, essoufflée. Je crois que je l'ai sentie.

– Quoi ?

– Tu sais. Cette *sensation.* »

« Les jeunes mariés, dit le capitaine Kontoulis en regardant la chaloupe qui tanguait. Oh, retrouver la jeunesse. »

Après que la princesse Si Ling-chi – c'est ainsi que je me représente la vélocipédiste aperçue dans le U-Bahn l'autre jour ; je n'arrête pas de penser à elle sans savoir pourquoi, je la cherche tous les matins –, après que la princesse Si Ling-chi eut découvert la soie, sa nation en conserva le secret pendant cent quatre-vingt-dix ans. Quiconque tentait de faire sortir des œufs de ver à soie de Chine était puni de mort. Ma famille n'aurait peut-être jamais élevé des vers à soie sans l'empereur Justinien qui, selon Procope, persuada deux missionnaires de faire une tentative. En 550 ap. J.-C., les missionnaires sortirent des œufs de Chine dans la version d'alors du préservatif avalé : un bâton creux. Ils emportèrent également des graines de mûrier. C'est ainsi que Byzance devint le centre de la sériciculture. Les mûriers se mirent à couvrir les collines de Turquie. Les vers à soie mangeaient les feuilles. Mille quatre cents ans après, ce sont les descendants de ces premiers œufs volés qui se trouvaient dans la boîte que ma grand-mère avait emportée sur le *Giulia*.

Je suis le descendant d'un passager clandestin, moi

aussi. À leur insu, mes grands-parents portaient chacun un gène qui avait muté sur le cinquième chromosome. La mutation n'était pas récente. D'après de Dr. Luce, le gène apparut pour la première fois aux alentours de l'année 1750, dans l'organisme d'une certaine Penelope Evangelatos, ma grand-mère à la puissance neuf. Elle le passa à son fils Petras, qui le passa à ses deux filles, qui le passèrent à trois de leurs cinq enfants, et ainsi de suite. Étant récessif, il se manifestait de manière intermittente. L'hérédité sporadique, les généticiens appellent ça. Un trait qui se fait oublier pendant des décennies pour réapparaître quand plus personne n'y pense. C'est ainsi qu'il se retrouva à Bithynios. De temps à autre naissait un hermaphrodite, une fille en apparence qui, en grandissant, se révélait autre.

Pendant les six nuits qui suivirent, dans des conditions météorologiques variées, mes grands-parents se retrouvèrent dans la chaloupe de sauvetage. Le jour Desdemona était prise de remords, elle restait assise sur le pont à se demander si elle et Lefty étaient responsables de toute cette histoire, mais la nuit elle se sentait seule et ne pensait qu'à s'échapper de la cabine ; c'est ainsi qu'elle retournait en catimini à la chaloupe et à son jeune époux.

La lune de miel se déroula à l'envers. Au lieu de faire connaissance l'un avec l'autre, de découvrir goûts et dégoûts, points chatouilleux et bêtes noires, Desdemona et Lefty essayèrent de se défamiliariser l'un avec l'autre. Dans l'esprit de la supercherie qui les avait menés au mariage, ils continuèrent à s'inventer des histoires, des frères et sœurs aux noms plausibles, des cousins dotés de défauts de caractère, des beaux-frères et belles-sœurs affublés de tics. L'un après l'autre ils se récitaient des généalogies homériques, pleines de falsifications et d'emprunts à la réalité, et parfois ils se chamaillaient à propos de tel ou tel oncle ou tante préféré et devaient négocier comme des directeurs de casting ; peu à peu, comme passaient les nuits, ces parents fictionnels se mirent à cristalliser dans leur esprit. Ils se posaient des colles à propos de parentés obscures, Lefty demandant : « À qui est marié ton cousin au second degré, Yannis ? » Et Desdemona répondant : « C'est facile. Athena, celle qui boite. » (Et ai-je tort de penser que mon obsession pour les liens de parenté a commencé là dans la chaloupe ? Ma mère ne me cuisinait-elle pas à propos d'oncles, de tantes et de cousins, elle aussi ? Elle ne le faisait jamais avec mon frère parce qu'il était chargé des pelles à neige et des tracteurs, tandis que j'étais censée fournir la glu féminine qui cimente les familles, écrire des mots de remerciement et me souvenir des anniversaires et des jours de fête de tout le monde. Écoutez : j'ai entendu sortir de la bouche de ma mère la généalogie suivante : « C'est ta cousine Melia. C'est la fille de Stathis, le beau-frère de Lucille, la sœur d'oncle Mike. Tu connais Stathis le facteur, qui n'est pas très rapide ? Melia est son troisième enfant, après ses fils Mike et Johnny. Tu devrais la connaître. Melia ! C'est ta belle-cousine par alliance ! »)

Et me voilà maintenant à vous déballer tout ça, sécrétant consciencieusement la glu féminine, mais aussi avec une douleur sourde dans la poitrine, parce que je me rends compte que les généalogies ne nous apprennent rien. Tessie savait qui était apparenté à qui mais elle n'avait aucune idée de qui était son propre mari ou de ce que ses beaux-frères et sœurs étaient les uns par rapport aux autres ; tout cela n'était qu'une fiction créée dans la chaloupe où mes grands-parents inventèrent leurs vies.

Sexuellement les choses étaient simples pour eux. Le Dr. Peter Luce, le grand sexologue, est capable de citer des statistiques étonnantes selon lesquelles les pratiques bucco-génitales n'existaient pas entre couples mariés avant 1950. La sexualité de mes grands-parents était agréable mais invariable. Chaque soir Desdemona se déshabillait, ne gardant que son corset, et Lefty manipulait ses boucles et crochets à la recherche de la combinaison secrète qui le déverrouillerait. Le corset était tout l'aphrodisiaque dont ils avaient besoin et il demeura pour mon grand-père l'unique emblème érotique de sa vie. Le corset fit de Desdemona une nouvelle femme. Comme je l'ai dit, Lefty avait déjà vu sa sœur nue, mais le corset avait l'étrange pouvoir de la faire paraître encore plus nue ; il en faisait une créature intouchable et caparaçonnée, dotée d'un intérieur tendre qu'il lui fallait conquérir. Quand les gorges de la serrure cliquetaient, il s'ouvrait d'un coup ; Lefty (se cognant les genoux) rampait sur Desdemona et c'est à peine s'ils bougeaient, la houle le faisant pour eux.

La périphescence coïncida chez eux à une période d'accouplement moins passionnée. À tout moment le sexe pouvait faire place au confort douillet de l'habitude. Ainsi, après avoir fait l'amour, ils restaient allongés à regarder le ciel qui défilait au-dessus d'eux et passaient aux choses sérieuses. « Peut-être que le mari de Lina peut me donner du travail. Il a sa propre affaire, non ?

– Je ne sais pas ce qu'il fait. Lina ne me répond jamais franchement.

– Après qu'on aura économisé, je pourrai ouvrir un casino. Des tables de jeu, un bar, peut-être un spectacle. Et des palmiers en pots partout.

– Tu devrais aller à l'université. Devenir professeur comme père et mère voulaient. Et il faut qu'on fasse une magnanerie, rappelle-toi.

– Oublie les vers. Je te parle de roulette, de rebetika, d'alcool et de danse. Peut-être que je vendrai du hasch en plus.

– On ne te laissera pas fumer du hasch en Amérique.

– Et pourquoi ça ? »

Et Desdemona déclara péremptoirement :

« Ça n'est pas le genre de ce pays. »

Ils passèrent le restant de leur lune de miel sur le pont, à apprendre comment faire pour ne pas rester du mauvais côté d'Ellis Island. Ce n'était plus si facile. L'Association pour la restriction de l'immigration avait été créée en

1894. Martelant un exemplaire de *L'Origine des espèces* à la tribune du Sénat, Henry Cabot Lodge avait déclaré que l'afflux de peuples inférieurs en provenance de l'Europe du Sud et de l'Est menaçait « le tissu même de notre race ». La loi d'immigration de 1917 recensait trente-trois sortes d'indésirables et le moyen d'échapper à ces catégories était le sujet préféré des passagers massés sur le pont du *Giulia* en cette année 1922. On bachotait nerveusement : les illettrés apprenaient à faire semblant de lire ; les bigames à déclarer qu'ils n'avaient qu'une femme ; les anarchistes à nier avoir jamais lu Proudhon ; les cardiaques à simuler la vigueur ; les épileptiques à passer leurs crises sous silence ; et les porteurs de maladies héréditaires à omettre de les mentionner. Mes grands-parents, ignorant leur mutation génétique, se concentrèrent sur les disqualifications les plus flagrantes. Parmi les catégories tombant sous le coup de la loi : « Les personnes ayant été condamnées pour un crime ou des agissements immoraux », au nombre desquels figuraient les « relations incestueuses ».

Ils évitaient les passagers qui semblaient souffrir de trachome ou de favus. Quiconque toussait était fui comme la peste. De temps à autre, pour se rassurer, Lefty sortait le certificat qui annonçait :

ELEUTHERIOS STEPHANIDES
A ÉTÉ VACCINÉ ET
ÉPOUILLÉ
ET DÉCLARÉ EXEMPT DE TOUTE VERMINE
À CE JOUR
23 SEPT 1922
DÉSINFECTION MARITIME DU PIRÉE

Sachant lire et écrire, mariés à une seule personne (bien que de mêmes parents), démocrates, mentalement équilibrés, et officiellement épouillés, mes grands-parents ne voyaient pas pourquoi ils auraient des problèmes. Chacun avait les vingt-cinq dollars exigés. Ils avaient également une répondante : leur cousine Sourmelina. L'année précédente, la loi de quota avait réduit le nombre d'immigrants en provenance d'Europe du Sud et de l'Est de 783 000 à 155 000. Il était quasiment impossible d'entrer dans le pays sans un répondant ou une recommandation professionnelle étourdissante. Pour favoriser leur chance, Lefty laissa de côté son manuel de français et se mit à apprendre par cœur quatre versets du Nouveau Testament dans la traduction de la Bible King James. Le *Giulia* était plein de gens qui connaissaient l'examen d'anglais. À chaque nationalité était attribué un passage des Écritures. Pour les Grecs, c'était Matthieu 19 :12 : « "Car il y a des eunuques qui sont nés ainsi du sein de leur mère ; et il y a des eunuques qui ont été faits eunuques par les hommes, et il y a des eunuques qui se sont faits eux-mêmes eunuques pour l'amour du Royaume des Cieux."

– Des eunuques ? s'écria Desdemona. Qui t'a raconté ça ?

– C'est un passage de la Bible.

– Quelle Bible ? Pas la Bible grecque. Va demander à quelqu'un d'autre ce qu'il y a dans cet examen. »

Mais Lefty lui montra les caractères grecs en haut de la fiche et l'anglais au-dessous. Il répéta le passage mot à mot, le lui faisant apprendre, qu'elle le comprît ou non.

« On n'avait pas assez d'eunuques en Turquie ? Maintenant il faut qu'on en parle à Ellis Island ?

– Les Américains accueillent tout le monde, plaisanta Lefty. Même les eunuques.

– Puisqu'ils sont si accueillants, ils devraient nous laisser parler grec », marmonna Desdemona.

L'été abandonnait l'océan. Un soir, dans la chaloupe, il fit trop froid pour chercher la combinaison du corset. Au lieu de quoi ils se blottirent sous les couvertures.

« Est-ce que Sourmelina nous attend à New York ? demanda Desdemona.

– Non. Il faudra prendre le train pour Detroit.

– Pourquoi elle ne nous attend pas ?

– C'est trop loin.

– C'est aussi bien. Elle aurait été en retard de toute façon. »

Le vent qui soufflait sans cesse faisait battre les coins de la bâche. Du givre s'était déposé sur les plats-bords de la chaloupe. Ils voyaient le sommet de la cheminée du *Giulia,* tandis que la fumée elle-même n'était pas discernable autrement que comme un bout de ciel nocturne dépourvu d'étoiles. (Ils l'ignoraient, mais cette cheminée rayée et inclinée leur parlait déjà de leur nouveau foyer ; elle leur parlait en murmurant de la rivière Rouge et de l'usine Uniroyal, des Sept Sœurs et des Deux Frères, mais ils n'écoutaient pas ; ils tordirent le nez et retournèrent au fond de la chaloupe pour éviter la fumée.)

Et si l'odeur de l'industrie n'a pas insisté pour pénétrer dès maintenant dans mon histoire, si Desdemona et Lefty, qui grandirent sur une montagne embaumant le pin et ne s'habitueraient jamais à l'air pollué de Detroit, ne s'étaient pas réfugiés au fond de la chaloupe, ils auraient pu détecter une nouvelle odeur qui arrivait avec la brise marine : une odeur humide de boue et d'écorce mouillée. La terre. New York. L'Amérique.

« Qu'est-ce qu'on va raconter à Sourmelina ?

– Elle comprendra.

– Elle ne dira rien ?

– Il y a certaines choses qu'elle préfère que son mari ignore d'elle.

– Tu veux parler d'Helen ?

– Je n'ai rien dit », répliqua Lefty.

Après cela ils s'endormirent, se réveillant avec le soleil, et un visage penché au-dessus d'eux.

« Vous avez bien dormi ? demanda le capitaine Kontoulis. Vous voulez une couverture ?

– Je suis désolé, dit Lefty. Nous ne le ferons plus, capitaine.

– Vous n'en aurez pas l'occasion », dit le capitaine, et pour appuyer ses dires, il enleva complètement la bâche qui recouvrait la chaloupe. Desdemona et Lefty se dressèrent sur leur séant. Au loin, éclairé par le soleil levant,

New York découpait sa silhouette contre le ciel. Ce n'était pas une forme de ville – ni dômes ni minarets – et il leur fallut une minute pour comprendre à quoi correspondaient ces grandes formes géométriques. Le brouillard s'élevait de la baie en volutes. Un million de fenêtres roses scintillaient. Plus près, couronnée de ses propres rayons de soleil et vêtue comme une Grecque de l'Antiquité, la statue de la Liberté les accueillait.

« Qu'est-ce que vous dites de ça ? demanda le capitaine Kontoulis.

– J'ai vu assez de torches pour le restant de mes jours », dit Lefty.

Mais Desdemona, pour une fois, fut plus optimiste : « Au moins c'est une femme, dit-elle. Peut-être qu'ici les gens ne s'entretueront pas tous les jours. »

LIVRE DEUXIÈME

Le melting-pot de l'anglais selon Henry Ford

Quiconque bâtit une usine bâtit un temple.
Calvin Coolidge

Detroit a toujours été fait de roues. Bien avant les Trois Grandes et son surnom de Motor City ; avant les usines automobiles et les trains de marchandises et le rose chimique de ses ciels nocturnes ; avant qu'aucun couple ait flirté dans une Thunderbird ou se fût peloté dans un modèle T; bien avant le jour où le jeune Henry Ford abattit le mur de son atelier parce qu'en concevant son quadricycle il avait pensé à tout sauf qu'il faudrait le sortir de là ; et près d'un siècle avant la froide nuit de mars 1896 où, derrière son gouvernail, Charles King fit prendre St. Antoine, Jefferson et Woodward Avenue à sa voiture sans chevaux (dont le moteur à deux temps rendit bientôt l'âme) ; bien, bien avant cela, quand la ville n'était qu'un bout de terrain volé aux Indiens sur le détroit dont elle tire son nom, un fort disputé par les Anglais et les Français jusqu'à ce qu'après les avoir épuisés, il est tombé aux mains des Américains ; jadis, donc, avant les voitures et les croisements en trèfle, Detroit était fait de roues.

J'ai neuf ans et je tiens la grosse patte moite de mon père. Nous sommes à la fenêtre du dernier étage de l'hôtel Ponchartrain. Je suis descendue en centre-ville pour notre déjeuner annuel. Je porte une minijupe et des collants fuchsia. Un sac en cuir blanc pend à mon épaule au bout d'une longue courroie.

La fenêtre embuée est sale. Nous sommes très haut. Dans une minute je commanderai des scampi.

La raison pour laquelle la main de mon père est moite : il a la phobie des hauteurs. Deux jours auparavant, quand il me proposa de m'emmener où je voudrais, je m'écriai de ma petite voix flûtée : « En haut du Pontch ! » Au sommet de la ville, en compagnie des hommes d'affaires et des agents de change, c'est là que je voulais être. Et Milton a tenu parole. Réfrénant ses battements de cœur, il a laissé le maître d'hôtel nous donner une table près de la fenêtre ; de sorte que maintenant nous y voilà – tandis qu'un serveur en smoking tire ma chaise – et mon père, trop effrayé pour s'asseoir, préfère me donner une leçon d'histoire.

Pourquoi étudie-t-on l'histoire ? Pour comprendre le présent ou pour l'éviter ? Milton, dont le teint olivâtre pâlit d'un ton, se contente de dire : « Regarde. Tu vois la roue ? »

Et maintenant je plisse les yeux. Sans me préoccuper d'éviter la formation des pattes-d'oie, je dirige le regard au-delà du centre-ville, sur les rues que mon père m'indique (sans regarder). Et la voilà : le demi-enjoliveur de City Plaza, d'où rayonnent Bagley, Washintgon, Woodward, Boadway et Madison.

C'est tout ce qui reste du fameux plan Woodward. Dressé en 1807 par le juge éponyme et grand buveur. (Deux années plus tôt, en 1805, la ville avait été entièrement détruite par un incendie, les maisons en bois et les fermes à la périphérie du hameau fondé par Cadillac en 1701 envolées en fumée en moins de trois heures. Et, en 1969, mes yeux de lynx me permettent de lire les traces de cet incendie sur le drapeau de la ville qui flotte à sept cents mètres de là au-dessus de Grand Circus Park : *Speramus meliora ; resurget cineribus.* « Nous espérons des temps meilleurs ; elle renaîtra de ses cendres. »)

Le juge Woodward voyait en la nouvelle Detroit une Arcadie urbaine d'hexagones imbriqués les uns dans les autres. Chacune des roues devait être séparée et cependant unie, à l'image du fédéralisme de la jeune nation, tout en étant classiquement symétrique, en accord avec l'esthétique de Jefferson. Ce rêve ne se réalisa jamais. La planification est bonne pour les grandes villes, pour Paris, Londres et Rome, pour les villes vouées, jusqu'à un certain point, à la culture. Detroit était une ville américaine et de ce fait vouée à l'argent, et c'est ainsi que la vision dut faire place à la fonction. Depuis 1818 la ville s'était étendue le long de la rivière, un entrepôt après l'autre, une usine après l'autre. Les roues du juge Woodward avaient été comprimées, coupées en deux, réduites aux rectangles habituels.

Ou vu d'une autre manière (d'un restaurant en plein ciel) : les roues n'avaient pas du tout disparu, elles avaient seulement changé de forme. En 1900 Detroit était la première ville au monde pour la fabrication des voitures à cheval et des wagons. En 1922, quand mes grands-parents arrivèrent, Detroit fabriquait d'autres choses qui tournaient : des moteurs pour bateaux, des bicyclettes, des cigares roulés à la main. Et, oui, finalement : des voitures.

Tout cela était visible du train. Tout en longeant les berges de la rivière de Detroit, Lefty et Desdemona regardaient leur nouveau foyer prendre forme. Ils virent les terres cultivées laisser place à des parcelles entourées de clôtures et à des rues pavées. Le ciel était progressivement obscurci par la fumée. Les bâtiments passaient à toute vitesse, entrepôts en brique annonçant en Bookman blanc pragmatique : WRIGHT AND KAY CO... J. H. BLACK & SONS... DETROIT STOVE WORKS. Sur l'eau, des péniches basses, couleur de goudron, se traînaient et les gens surgissaient brusquement du pavé, ouvriers en salopettes noircies, employés de bureau les pouces dans les bretelles, suivis par les annonces des restaurants et des pensions : Ici on sert de la bière Stroh sans alcool... Vous êtes ici chez vous... Repas 15 cents...

... Comme ces visions toutes neuves s'imprimaient sur la rétine de mes grands-parents, elles se confondaient dans leur mémoire avec les images du jour précédent. Ellis Island, sortant de l'eau tel un palais des Doges. La salle des bagages où les valises s'empilaient jusqu'au plafond. Leur troupeau avait été mené au premier étage où se trouvait le bureau de l'enregistrement. Chacun portant épinglé sur son vêtement le numéro correspondant à celui porté sur le manifeste du *Giulia*, ils étaient passés en file devant des inspecteurs qui regardaient à l'intérieur de leurs yeux et de leurs oreilles, leur frottaient le cuir chevelu et leur retournaient les paupières avec un tire-bouton. Un médecin, remarquant une inflammation sous les paupières du Dr. Philobosian, avait mis fin à l'examen en traçant à la craie un X sur son manteau. On le fit sortir de la file. Mes grands-parents ne l'avaient pas revu. « Il a dû attraper quelque chose sur le bateau, dit Desdemona. Ou ses yeux étaient rougis d'avoir trop pleuré. » Entre-temps, la craie poursuivait son œuvre. Elle marquait E sur le ventre d'une femme enceinte. Elle griffonnait un Co sur le cœur déficient d'un vieillard. Elle diagnostiquait le C de la conjonctivite, le F du favus, et le T du trachome. Mais, quelqu'entraînés qu'ils fussent, les yeux des médecins étaient incapables de détecter une mutation récessive cachée sur un cinquième chromosome. Les doigts ne pouvaient le tâter. Les tire-boutons ne pouvaient le mettre en lumière...

Maintenant, dans le train, mes grands-parents ne portaient plus leurs numéros de manifeste mais leurs cartes de destination : « Au contrôleur : prière de montrer au porteur à quelle gare changer de train et à quelle gare descendre, la personne ne parlant pas anglais. Le porteur se rend à : gare de Grand Turk, Detroit. » Ils étaient assis côte à côte à des places non réservées. Lefty était tourné vers la fenêtre, tout excité par ce qu'il voyait. Desdemona gardait les yeux baissés sur sa boîte à vers à soie, les joues rouges de la honte et de la colère qu'elle n'avait cessé de ressentir durant les dernières trente-six heures.

« C'est la dernière fois qu'on me coupe les cheveux, dit-elle.

– Tu es très bien comme ça, dit Lefty, sans regarder. Tu ressembles à une *Amerikanida*.

– Je ne veux pas ressembler à une Amerikanida. »

Dans l'espace des concessions d'Ellis Island, Lefty avait persuadé Desdemona de faire un tour sous la tente de la YWCA. Elle était entrée drapée dans son châle, la tête couverte de son fichu et en était sortie quinze minutes plus tard en robe fourreau et coiffée d'un chapeau mou en forme de pot de chambre. La rage enflammait son visage sous la poudre qu'on venait d'y appliquer. Pour parfaire leur œuvre, les dames de la YWCA avaient coupé les tresses d'immigrante de Desdemona.

De manière obsessionnelle, comme on agrandit un trou au fond d'une poche, elle passait la main sous le chapeau mou pour la trentième ou quarantième fois afin de tâter son crâne dénudé. « Je ne me ferai plus jamais couper les cheveux », répéta-t-elle. (Elle tint parole. Depuis ce jour, Desdemona se laissa pousser les cheveux comme Lady Godiva, retenant leur masse énorme dans un filet et les lavant tous les vendredis. Ce n'est qu'après la mort de Lefty qu'elle les coupa et les donna à Sophie Sassoon, qui les vendit cent cinquante dollars à une fabricante de perruques, qui en fit cinq postiches, dont l'un, prétendait-elle, fut acheté plus tard par Betty Ford, de sorte qu'elle eut l'occasion de voir à la télévision, aux funérailles de Richard Nixon, les cheveux de ma grand-mère sur la tête de l'épouse de l'ex-président.)

Mais ma grand-mère avait une autre raison d'être malheureuse. Elle ouvrit sa boîte à vers à soie. À l'intérieur, il n'y avait que ses deux tresses, encore entourées des rubans de deuil. Après être parvenue à acheminer ses œufs depuis Bithynios jusqu'à Ellis Island, elle avait été obligée de les jeter. Les œufs de vers à soie étaient sur la liste des parasites.

Lefty demeurait collé à la vitre. Depuis Hoboken il avait admiré la vue : les tramways électriques faisant gravir à des visages roses les collines d'Albany ; les usines scintillant tels des volcans dans la nuit de Buffalo. Lorsqu'à l'aube il avait été réveillé par l'arrêt du train dans une gare, il avait pris les colonnes d'une banque pour celles du Parthénon, et s'était cru de retour à Athènes.

Maintenant la rivière de Detroit filait sous ses yeux et la ville s'élevait devant lui. Lefty regarda les voitures garées tels des scarabées géants le long des trottoirs. Des cheminées se dressaient partout, canons bombardant l'atmosphère. Il y en avait en brique rouge et d'autres couleur de l'argent, alignées en régiments ou seules, fumant d'un air songeur, une forêt de cheminées qui obscurcissait la lumière et alors, soudain, la firent complètement disparaître. Tout devint noir : ils étaient entrés en gare.

La gare de Grand Turk, aujourd'hui une ruine de dimensions spectaculaires, était le résultat des efforts de la ville pour dépasser New York. Sa base était un musée néoclassique monumental, auquel ne manquaient ni les colonnes corinthiennes ni l'entablement sculpté. Sur ce temple s'élevait un immeuble de bureaux de treize étages. Lefty, qui avait pu observer toutes les manières dont la Grèce avait été transmise à l'Amérique, arrivait maintenant au point où la transmission s'arrêtait : l'avenir. Il descendit à sa rencontre. Desdemona, qui n'avait pas le choix, suivit.

Mais imaginez un peu, à l'époque ! Grand Turk ! Les téléphones qui sonnaient à tout va – c'était encore un bruit relativement inhabituel – dans une centaine de bureaux de transporteurs ; et les marchandises envoyées à l'est et à l'ouest ; les voyageurs qui arrivaient et s'en allaient, prenant un café dans Palm Court ou se faisant cirer les souliers, les derbys à bouts golf fleuris de la banque, les bouts droits des pièces détachées, les richelieus bicolores du trafic d'alcool. Grand Turk, avec ses voûtes recouvertes de carreaux multicolores, ses lustres, ses sols en pierre de Cornouailles. Il y avait un salon de coiffure à six fauteuils, où les potentats locaux étaient momifiés dans des serviettes chaudes ; et des baignoires à louer ; et des rangées d'ascenseurs avec des lanternes en marbre translucide en forme d'œuf.

Laissant Desdemona derrière une colonne, Lefty chercha dans la foule la cousine qui les attendait. Sourmelina Zizmo, née Papadiamondopoulos, était la cousine de mes grands-parents et par là même ma cousine germaine au deuxième degré. C'était pour moi une vieille originale. Sourmelina à la cendre de cigarette précaire. Sourmelina à l'eau de bain indigo. Sourmelina aux brunches de la Société théosophique. Elle portait des gants en satin qui lui montaient jusqu'aux coudes et maternait une longue file de teckels puants aux yeux larmoyants. Les tabourets de pied qui peuplaient sa maison permettaient aux créatures à courtes pattes d'accéder aux canapés et aux méridiennes. En 1922, toutefois, Sourmelina n'avait que vingt-huit ans. La distinguer parmi cette foule à Grand Turk m'est aussi difficile que d'identifier les invités dans l'album de mariage de mes parents, où tous les visages portent le masque de la jeunesse. Le problème de Lefty était différent. Il allait et venait dans le hall à la recherche de la cousine avec qui il avait grandi, une fille au nez fin et au sourire tragique de masque de théâtre. Le soleil pénétrait de biais par les lucarnes du plafond. Il plissait les yeux, dévisageant les passantes, jusqu'à ce qu'elle finisse par l'appeler : « Par ici, cousin. Tu ne me reconnais pas ? Je suis celle qui est irrésistible.

– Lina, c'est toi.

– Je ne suis plus au village. »

Depuis les cinq années qu'elle avait quitté la Turquie, Sourmelina était parvenue à effacer à peu près tout ce qu'elle avait de grec, depuis les cheveux, qu'elle avait teints en châtain tirant sur le rouge et qu'elle portait à la garçonne, jusqu'à son accent, qui avait migré suffisamment à l'ouest pour avoir une consonance vaguement « européenne », en passant par ses lectures (*Collier's*, *Harper's*), ses plats préférés (homard thermidor, beurre de cacahouète), et ses vêtements. Elle portait une robe courte verte à la mode ces années-là, effrangée à l'ourlet. Ses chaussures étaient en satin du même vert avec des sequins au bout et une fine lanière à la cheville. Elle avait un boa de plumes noires sur les épaules et sur la tête un chapeau cloche qui caressait de ses pendants en onyx ses sourcils épilés.

Durant les quelques secondes qui suivirent, elle laissa Lefty apprécier pleinement sa silhouette américaine, mais Lina demeurait encore à l'intérieur (sous la cloche) et bientôt son enthousiasme grec déborda. Elle ouvrit grands les bras. « Embrasse-moi, cousin. »

Ils s'étreignirent. Lina pressa une joue fardée contre son cou. Puis elle se dégagea pour l'examiner et, partant d'un grand rire, posa la main sur le nez de Lefty. « C'est toujours toi. Je reconnaîtrais ce nez n'importe où. » Son rire poursuivit sa course naturelle tandis que ses épaules tressautaient, puis elle passa au sujet suivant. « Alors, où est-elle ? Où est ton épouse ? Tu ne m'as même pas dit son nom dans ton télégramme. Elle se cache ?

– Elle est... aux toilettes.

– Ça doit être une beauté. Tu t'es marié bien vite. Qu'est-ce que tu as fait d'abord, tu t'es présenté ou tu l'as demandée en mariage ?

– Je crois que je l'ai demandée en mariage.

– À quoi est-ce qu'elle ressemble ?

– Elle ressemble... à toi.

– Oh, chéri, elle n'est certainement pas aussi bien. »

Sourmelina porta son fume-cigarette à ses lèvres et tira une bouffée tout en considérant la foule. « Pauvre Desdemona ! Son frère tombe amoureux et la laisse à New York. Comment va-t-elle ?

– Très bien.

– Pourquoi est-ce qu'elle n'est pas venue avec toi ? Elle n'est quand même pas jalouse de ta jeune épouse ?

– Non, absolument pas. »

Elle lui serra le bras. « On a lu les nouvelles de l'incendie dans les journaux. *Horrible !* J'ai été tellement inquiète jusqu'à ce que je reçoive ta lettre. Ce sont les Turcs qui ont mis le feu. Je le sais. Bien sûr mon mari n'est pas d'accord avec moi.

– Non ?

– Une suggestion, puisque tu vas habiter avec nous : ne parle pas de politique avec mon mari.

– Très bien.

– Et le village ? s'enquit Sourmelina.

– Tout le monde a quitté l'*horeo*, Lina. Il n'y a plus rien là-bas maintenant.

– Si je ne détestais pas cet endroit, peut-être que je verserais deux larmes.

– Lina, il y a quelque chose qu'il faut que je t'explique... »

Mais Sourmelina regardait ailleurs, son pied battant un rythme impatient. « Peut-être qu'elle est tombée dans le trou.

– ... Quelque chose à propos de Desdemona et de moi.

– Oui ?

– ... Ma femme... Desdemona...

– J'avais raison ? Elles ne s'entendent pas ?

– Non... Desdemona... ma femme...

– Oui ?

– La même personne. » Il fit le signal convenu. Desdemona sortit de derrière la colonne.

« Bonjour Lina, dit ma grand-mère. Nous sommes mariés. Ne le dis à personne. »

Et c'est ainsi que la chose fut connue, pour l'avant-dernière fois. Lâchée par ma yia yia, sous la coupole sonore de Grand Turk, en direction des yeux de Sourmelina couverts par sa cloche. La confession voltigea un instant dans l'air avant d'être emportée avec la fumée qui s'élevait de sa cigarette. Desdemona prit le bras de son mari.

Mes grands-parents avaient toutes les raisons de penser que Sourmelina ne trahirait pas leur secret. Elle était venue en Amérique avec un secret à elle, un secret qui serait gardé par notre famille jusqu'à ce que Sourmelina meure en 1979, sur quoi, comme tous les secrets, il fut déclassifié, de sorte qu'on commença à parler des « petites amies de Sourmelina ». Un secret gardé, en d'autres termes, seulement dans l'acception la plus lâche du verbe, de sorte que maintenant – tandis que je me prépare à divulguer l'information moi-même – je ne ressens qu'un léger pincement de culpabilité filiale.

Le secret de Sourmelina (selon l'expression de tante Zo) : « Lina était de ces femmes dont on a donné le nom à une île. »

Jeune fille, à l'horeo, Sourmelina avait été surprise dans des situations compromettantes avec quelques amies féminines. « Pas beaucoup, me dit-elle elle-même, bien des années plus tard, deux ou trois. Les gens croient que si tu aimes les filles, tu les aimes toutes. J'ai toujours été difficile. Et ce n'était pas difficile de l'être, vu le choix qu'il y avait. » Pendant un temps, elle avait lutté contre sa nature. « J'allais à l'église. Ça n'a servi à rien. À cette époque c'était le meilleur endroit pour faire des rencontres. L'église ! On était toutes là en train de prier pour être différentes. » Quand Sourmelina fut surprise non pas avec une autre fille mais avec une femme, mère de deux enfants, le scandale éclata. Les parents de Sourmelina essayèrent de lui arranger un mariage, mais ne trouvèrent pas preneur. Les maris étaient déjà assez durs à trouver comme ça à Bithynios sans qu'il fût nécessaire d'y ajouter le handicap d'une épouse déficiente et peu intéressée par la chose.

Son père avait alors fait ce que faisaient alors les pères de filles grecques immariables : il avait écrit en Amérique. Les États-Unis abondaient en dollars, en bagarreurs, en manteaux de raton laveur, en bijoux, en diamants – et en immigrants célibataires et esseulés. À l'aide d'une photo de la future et d'une dot considérable, son père en avait trouvé un.

Jimmy Zizmo (raccourci de Zisimopoulos) était arrivé en Amérique en 1907 à l'âge de trente ans. La famille ne savait pas grand-chose de lui, sinon que c'était un sacré marchandeur. Dans sa correspondance avec le père de Sourmelina, Zizmo avait négocié le montant de la dot en véritable avocat, allant jusqu'à exiger un chèque avant le jour du mariage. La photographie que reçut Sourmelina montrait un bel homme moustachu de grande taille, tenant un pistolet dans une main et une bouteille d'alcool dans l'autre. Quand elle descendit du train à Grand Turk deux mois plus tard, toutefois, le petit homme qui l'accueillit était glabre, et son visage, à l'expression amère, était tanné comme celui d'un travailleur agricole. Un tel contraste eût déçu une épouse normale, mais pour Sourmelina cela ne faisait aucune différence.

Sourmelina avait écrit de nombreuses lettres où elle détaillait sa nouvelle vie en Amérique, évoquant surtout les nouvelles modes, ou son Aeriola Jr., la radio qu'elle passait des heures à écouter chaque jour, les écouteurs sur les oreilles, manipulant le sélecteur, s'arrêtant souvent pour enlever la poussière de carbone qui s'accumulait sur le cristal. Elle ne parlait jamais de ce qui avait trait à ce que Desdemona appelait « le lit », et ses cousins étaient obligés de lire entre les lignes de ces aérogrammes, tâchant de voir, dans la description d'une promenade dominicale en voiture à Belle Isle, si le visage du conducteur était joyeux ou frustré ; ou déduisant d'un passage sur la nouvelle coupe de Sourmelina – appelée « cootie garage » – si Zizmo était autorisé à la décoiffer.

Cette même Sourmelina, chargée de ses secrets bien à elle, considérait maintenant ses nouveaux co-conspirateurs. « Mariés ? Vous voulez dire comme les mariés qui couchent ensemble ?

– Oui », parvint à articuler Lefty.

Sourmelina remarqua sa cendre pour la première fois, et la fit tomber. « C'est bien ma veine. Il suffit que je quitte le village pour qu'il s'y passe des choses intéressantes. »

Mais Desdemona ne pouvait supporter pareille ironie. Elle saisit la main de Sourmelina et proféra d'un ton suppliant : « Tu dois promettre de ne jamais rien dire. Nous vivrons, nous mourrons, et ça sera la fin de l'histoire.

– Je ne dirai rien.

– On ne doit même pas savoir que nous sommes cousins.

– Je n'en parlerai à personne.
– Et ton mari ?
– Il pense que je suis allée chercher mon cousin et sa jeune épouse.
– Tu ne lui diras rien ?
– Ça sera facile. Lina rit. Il ne m'écoute pas. »

Sourmelina insista pour qu'un porteur achemine les valises jusqu'à la voiture, une Packard noir et marron. Elle lui donna un pourboire et s'assit derrière le volant, attirant les regards. Une femme au volant était encore un objet de scandale en 1922. Après avoir posé son fume-cigarette sur le tableau de bord, elle tira le starter, attendit les cinq secondes indispensables, et appuya sur le démarreur. Le capot en étain s'ébroua. Les sièges en cuir se mirent à vibrer et Desdemona s'empara du bras de son époux. Sourmelina enleva ses talons hauts pour conduire pieds nus. Elle passa la première et, sans se soucier des voitures qui pouvaient arriver, s'engagea d'une embardée dans Michigan Avenue en direction de Cadillac Square. Les yeux de mes grands-parents devenaient vitreux de toute l'activité qu'ils découvraient, les tramways grondant, les cloches sonnant, et les véhicules qui venaient soudain grossir le flot monochrome pour le quitter tout aussi brutalement. À cette époque le centre de Detroit était plein de femmes qui faisaient leurs courses et d'hommes d'affaires qui vaquaient à leurs affaires. Devant le grand magasin Hudson, les gens se pressaient sur dix rangs, se bousculant pour emprunter les portes à tambour, la dernière invention en date. Lina leur désignait les endroits les plus remarquables : le Café Frontenac... le Family Theatre et les énormes enseignes au néon : Ralston... Wait & Bond Blackstone Mild Cigar 10c. Au-dessus de leurs têtes, un petit garçon de dix mètres de haut étalait du Beurre Meadow Gold sur une tartine longue de trois mètres. Une rangée de lampes à huile géantes annonçait des soldes pour le 31 octobre au-dessus de l'entrée d'un immeuble. Ce n'était que tourbillon et brouhaha ; Desdemona, adossée à la banquette arrière, souffrait déjà de l'anxiété que les commodités de la vie moderne ne cesseraient de générer en elle au cours des années : les voitures surtout, mais les grille-pain, aussi, les arroseurs automatiques et les escaliers roulants, tandis que Lefty, souriant de toutes ses dents, hochait la tête. Les gratte-ciel s'élevaient dans tous les coins, ainsi que les cinémas et les hôtels. Les années vingt virent la construction de quasiment tous les grands immeubles de Detroit, le Penobscot et le second building Buhl avec sa façade colorée comme une ceinture indienne, le New Union Trust, la Cadillac Tower, le Fisher avec son toit doré. Pour mes grands-parents, Detroit ressemblait à un gigantesque Koza Han pendant la saison des cocons. Ce qu'ils ne voyaient pas c'étaient les ouvriers qui dormaient dans la rue à cause du manque de logements, et le ghetto juste à l'est, un quartier de trente pâtés sur trente, compris entre Leland, Macomb, Hastings et Brush Street, grouillant des Noirs de la ville, qui n'avaient pas le droit de vivre ailleurs. Ils ne voyaient pas, en bref, les graines de la destruction de la ville – sa seconde destruction – parce qu'ils en faisaient partie, aussi, tous ces gens venant de partout pour profiter de la promesse faite par Henry Ford de gagner cinq dollars par jour.

L'East Side de Detroit était un quartier tranquille de maisons familiales, ombragées par des ormes gigantesques. La maison de Hurlbut Street devant laquelle Lina s'arrêta était une bâtisse modeste à un étage, en brique marron. Assis sur leur siège, mes grands-parents la contemplèrent, bouche bée, incapables de bouger, jusqu'à ce que la porte d'entrée s'ouvre soudain et que quelqu'un en sorte.

Jimmy Zizmo était tant de choses que je ne sais par où commencer. Herboriste amateur, militant contre le vote des femmes, chasseur de gros gibier, ancien taulard, trafiquant de drogue, buveur d'eau – faites votre choix. Il avait quarante-cinq ans, à peu près deux fois plus que sa femme. Debout sur la véranda mal éclairée, il portait un complet bon marché et une chemise à col pointu qui avait perdu presque tout son apprêt. Ses cheveux noirs frisés lui donnaient l'air farouche du célibataire qu'il avait été si longtemps et cette impression était renforcée par son visage, qui était froissé comme un lit défait. L'arc de ses sourcils, toutefois, était aussi séduisant que celui d'une danseuse indienne, ses cils si épais qu'il aurait pu porter du mascara. Mais ma grand-mère ne remarqua rien de tout cela. Elle était fixée sur quelque chose d'autre.

« Il est arabe ? demanda Desdemona dès qu'elle fut seule dans la cuisine avec sa cousine. C'est pour ça que tu ne nous parlais pas de lui dans tes lettres ?

– Il n'est pas arabe. Il est de la mer Noire.

– Voilà le *sala*, Zizmo expliquait entre-temps à Lefty en lui faisant faire le tour du propriétaire.

– Un Pontin ! laissa échapper Desdemona d'un ton horrifié, tout en examinant le réfrigérateur. Il n'est pas musulman, au moins ?

– Tous les habitants du Pont ne se sont pas convertis, se moqua Lina. Qu'est-ce que tu crois, qu'il suffit qu'un Grec se baigne dans la mer Noire pour qu'il devienne musulman ?

– Mais est-ce qu'il a du sang turc ? Elle baissa la voix. C'est pour ça qu'il est si brun ?

– Je n'en sais rien et je m'en fiche.

– Restez autant que vous voudrez – Zizmo précédait Lefty dans l'escalier – mais il y a quelques règles que doivent respecter les invités. D'abord je suis végétarien. Si ta femme veut cuire de la viande, elle ne devra pas utiliser les mêmes poêles et les mêmes assiettes que nous. Et pas de whisky. Tu bois ?

– Ça m'arrive.

– Pas d'alcool. Si tu veux boire, va dans un speakeasy. Je ne veux pas d'ennuis avec la police. Bon, pour le loyer. Vous venez de vous marier ?

– Oui.

– Quel genre de dot tu as eu ?

– Dot ?

– Oui. Combien ? »

« Mais tu savais qu'il était si vieux, murmurait Desdemona tout en inspectant le four.

– Au moins ce n'est pas mon frère.

– Tais-toi. Ne plaisante même pas là-dessus. »

« Je n'ai pas eu de dot, répondit Lefty. Nous nous sommes rencontrés sur le bateau.

– Pas de dot ! Zizmo s'arrêta à mi-volée pour se tourner vers Lefty, éberlué. Alors pourquoi est-ce que tu t'es marié ?

– Nous sommes tombés amoureux », dit Lefty. Il n'en avait jamais parlé à un inconnu et il en ressentait bonheur et peur à la fois.

« Si on ne te paye pas, ne te marie pas, dit Zizmo. C'est pour ça que j'ai attendu si longtemps. Je ne voulais pas baisser mon prix. » Il fit un clin d'œil.

« Lina nous a dit que tu avais ta propre affaire maintenant, dit Lefty, manifestant un intérêt soudain, tout en suivant Zizmo dans la salle de bains. Quel genre d'affaire est-ce ?

– Moi ? je fais de l'importation.

– Je ne sais pas de quoi, répondit Sourmelina dans la cuisine. De l'importation. Tout ce que je sais c'est qu'il ramène de l'argent à la maison.

– Mais comment est-ce que tu as pu épouser quelqu'un dont tu ne savais rien ?

– Pour quitter ce pays, Des, j'aurais épousé un infirme.

– J'ai une certaine expérience de l'importation, réussit à caser Lefty tandis que Zizmo lui montrait comment fonctionnait la plomberie. À Bursa. Dans l'industrie de la soie.

– Votre part du loyer est de vingt dollars. » Zizmo ne releva pas l'allusion. Il tira la chasse, libérant une trombe d'eau.

« Pour moi, poursuivait Lina, en ce qui concerne les maris, plus ils sont vieux mieux c'est. » Elle ouvrit la porte du garde-manger. « Un jeune mari serait tout le temps après moi. Ça serait insupportable.

– Honte à toi, Lina. » Mais Desdemona riait maintenant, malgré elle. C'était merveilleux de revoir sa vieille cousine, une parcelle de Bithynios encore intacte. Le garde-manger sombre, plein de figues, d'amandes, de noisettes, de halva et d'abricots secs la réconforta, aussi.

« Mais où est-ce que je trouverai l'argent ? finit par lâcher Lefty comme ils redescendaient. Je n'ai plus d'argent. Où est-ce que je peux travailler ?

– Ça n'est pas un problème. » Zizmo écarta ledit problème d'un geste de la main. « Je parlerai à quelques personnes. » Ils repassèrent par le sala. Zizmo s'arrêta et regarda par terre. « Tu ne m'as pas complimenté sur ma peau de zèbre.

– Elle est très belle.

– Je l'ai rapportée d'Afrique. Tué moi-même.

– Tu as été en Afrique ?

– J'ai été partout. »

Desdemona et Lefty s'installèrent dans une chambre juste au-dessus de celle de Zizmo et Lina, et les premières nuits ma grand-mère sortit du lit pour coller son oreille au plancher. « Rien, constatait-elle. Je te l'avais dit.

– Reviens au lit, la grondait Lefty. C'est leur affaire.

– Quelle affaire ? C'est ce que je te dis. Ils n'ont pas d'affaire. »

Tandis que dans la chambre au-dessous, Zizmo parlait des nouveaux occupants. « Quel romantique ! Il rencontre une fille sur le bateau et il l'épouse. Sans dot.

– Il y a des gens qui se marient par amour.

– Le mariage est fait pour tenir la maison et avoir des enfants. Justement...

– Je t'en prie, Jimmy, pas ce soir.

– Quand alors ? Cinq ans que nous sommes mariés et toujours pas d'enfants. Tu es toujours malade, fatiguée, ceci, cela. Tu as pris ton huile de ricin ?

– Oui.

– Et ton magnésium ?

– Oui.

– Bien. Il faut qu'on réduise notre bile. Si la mère a

trop de bile, l'enfant manquera d'énergie et sera désobéissant.

– Bonne nuit, *kyrie*.

– Bonne nuit, *kyria*. »

Avant la fin de la semaine, toutes les questions que mes grands-parents se posaient sur le mariage de Sourmelina avaient trouvé leurs réponses. Vu son âge, Jimmy Zizmo traitait sa jeune épouse plus comme une fille que comme une femme. Il ne cessait de lui dire ce qu'elle pouvait et ne pouvait pas faire, hurlant sur le prix et les décolletés de ses robes, lui disant d'aller au lit, de se lever, de parler, de se taire. Il ne lui donnait les clés de la voiture qu'à force de cajoleries et de baisers. Il était obsédé par la santé de sa femme autant que par la sienne propre et certaines de leurs plus grosses disputes étaient dues au fait qu'il lui demandait des précisions sur ses selles. Pour les relations sexuelles, il y en avait eu, mais pas récemment. Les cinq derniers mois, Lina s'était plainte de maux imaginaires, préférant ingurgiter les potions de son mari plutôt que d'avoir à subir ses assauts amoureux. Zizmo, quant à lui, nourrissait de vagues croyances yogiques quant au bénéfice de la rétention séminale et était ainsi disposé à attendre que sa femme retrouve sa vitalité. La ségrégation sexuelle régnait dans la maison, comme dans celles de la *patridha*, le pays, les hommes au sala, les femmes à la cuisine. Deux sphères aux intérêts, aux devoirs et même – ainsi que pourraient dire les tenants de l'évolution biologique – aux structures de pensée distinctes. Lefty et Desdemona, qui avaient l'habitude de vivre dans leur maison à eux, furent obligés de s'adapter aux habitudes de leur nouveau propriétaire. De plus, Lefty avait besoin d'un travail.

À cette époque beaucoup de constructeurs automobiles fournissaient du travail. Il y avait Chalmers, Metzger, Brush, Columbia, et Flanders. Il y avait Hupp, Paige, Hudson, Krit, Saxon, Liberty, Rickenbaker, et Dodge. Mais Jimmy Zizmo avait des relations chez Ford.

« Je suis leur fournisseur, déclara-t-il.
– De quoi ?
– De différents carburants. »

Ils étaient de nouveau dans la Packard, vibrant sur ses pneus étroits. Il bruinait. Lefty avait du mal à voir à travers le pare-brise embué. Peu à peu, comme ils progressaient sur Michigan Avenue, il prit conscience qu'un monolithe se dressait au loin, un bâtiment qui faisait penser à un orgue d'église gigantesque, dont les tuyaux s'élançaient dans le ciel.

Il y avait aussi une odeur : la même que celle qui remonterait la rivière, des années plus tard, pour me trouver dans mon lit, ou dans les buts sur le terrain de hockey. Tout comme mon nez identiquement busqué, le nez de mon grand-père se mit en état d'alerte. Ses narines palpitèrent. Il respira un grand coup. Tout d'abord il fut capable de reconnaître l'odeur, qui appartenait au royaume organique du fumier et des œufs pourris. Mais après quelques secondes les propriétés chimiques de l'odeur lui brûlèrent les narines et il se couvrit le nez de son mouchoir.

Zizmo rit. « Ne t'en fais pas. Tu t'y habitueras.
– Non. Jamais.
– Tu veux connaître le secret ?
– Quoi ?
– Ne respire pas. »

Quand ils arrivèrent à l'usine, Zizmo l'emmena au service du personnel.

« Depuis combien de temps habite-t-il Detroit ? demanda le directeur.
– Six mois.
– Vous pouvez le prouver ? »

Zizmo parlait maintenant à voix basse. « Je pourrais vous apporter les documents nécessaires chez vous.

Le directeur du personnel tourna la tête à droite, puis à gauche. « Old Log Cabin ?
– Rien que du meilleur. »

Le chef avança la lèvre inférieure tout en examinant mon grand-père. « Comment est son anglais ?

– Pas aussi bon que le mien. Mais il apprend vite.

– Il va falloir qu'il passe l'examen comme tout le monde. Sinon il ne rentre pas.

– D'accord. Maintenant, si vous voulez bien m'écrire votre adresse personnelle, nous pourrons prévoir une livraison. Est-ce que lundi soir, disons aux environs de huit heures trente, vous conviendrait ?

– Entrez par-derrière. »

Le court passage de mon grand-père chez Ford est la seule fois qu'un Stephanides travailla dans l'industrie automobile. Au lieu de voitures, nous devions devenir des fabricants de hamburgers et de salades grecques, des industriels du *spanikopita* et du sandwich au fromage grillé, des technocrates du gâteau de riz et de la tarte à la crème et à la banane. Notre chaîne d'assemblage était le gril ; nos machines la fontaine à soda. Cependant, ces vingt-cinq semaines nous lièrent personnellement à ce formidable complexe massif et effrayant que nous voyions depuis l'autoroute, ce Vésuve contrôlé de poutrelles de convoiement, de tubes, d'échelles, de passerelles, de feu et de fumée qui n'était désigné, comme une peste ou un monarque, que par un nom de couleur : la Rouge.

Le premier jour de son travail, Lefty entra dans la cuisine, se pavanant dans sa combinaison toute neuve comme un mannequin sur un podium. Il ouvrit les bras et claqua des doigts, esquissant quelques pas de danse dans ses gros godillots, et Desdemona rit et ferma la porte de la cuisine pour ne pas réveiller Lina. Lefty prit son petit déjeuner, prunes et yaourt, en lisant un journal grec vieux de quelques jours. Desdemona empaqueta son déjeuner grec : feta, olives et pain dans un contenant nouveau et américain : un sac en papier brun. À la porte de la cuisine donnant sur l'extérieur, quand il se tourna pour l'embrasser, elle recula, craignant d'être vue. Mais alors elle se rappela qu'ils étaient mariés maintenant. Ils habitaient un endroit appelé Michigan, où il semblait qu'il n'y avait qu'une couleur disponible pour les oiseaux, et où personne ne les connaissait. Desdemona fit un pas à la rencontre des lèvres de son mari. Leur premier baiser dans l'immense étendue américaine, sur la véranda de derrière, près d'un cerisier qui perdait ses feuilles. Il y eut en elle un bref flamboiement de bonheur qui subsista, faisant pleuvoir ses étincelles, jusqu'à ce que Lefty disparaisse au coin de la maison.

La bonne humeur de mon grand-père l'accompagna jusqu'à l'arrêt du trolley. Il y avait déjà d'autres ouvriers qui attendaient en fumant des cigarettes et en échangeant des plaisanteries. Lefty remarqua qu'ils portaient tous une boîte spécialement conçue pour contenir leurs repas et il eut honte de son sac, qu'il cacha derrière son dos. Le trolley se manifesta d'abord par un bourdonnement dans ses semelles. Puis il apparut contre le soleil levant, tel le char d'Apollon, à la différence qu'il était électrifié. À l'intérieur, les hommes se tenaient par groupes linguistiques. Les visages frottés montraient encore des traces de suie à l'intérieur des oreilles, d'un noir profond. Le trolley repartit. Bientôt l'humeur joviale se dissipa et les langues se turent. Près du centre-ville, quelques Noirs montèrent sur les marchepieds, s'agrippant au toit.

Et alors la Rouge apparut contre le ciel, s'élevant hors de la fumée qu'elle générait. Tout d'abord seuls furent visibles les sommets des huit cheminées principales. Chacune donnait naissance à son propre nuage sombre. En s'élevant les nuages se mêlaient pour former un voile unique qui flottait au-dessus du paysage, projetant une ombre qui courait le long de la voie du trolley ; et Lefty comprit que le silence des hommes était provoqué par l'apparition de cette ombre, de son arrivée inéluctable tous les matins. À son approche, les hommes tournèrent le dos de sorte que Lefty fut seul à voir la lumière quitter le ciel tandis que l'ombre enveloppait le trolley et que les visages des hommes devenaient gris et que l'un des *mavros* debout sur le marchepied crachait du sang par terre. Puis ce fut à l'odeur de pénétrer dans la voiture, d'abord les œufs et le purin, supportables, puis l'insupportable infection chimique, et Lefty regarda les autres pour voir s'ils réagissaient, mais ils ne laissèrent rien paraître, bien qu'ils continuassent à respirer. Les portes s'ouvrirent et tous descendirent. À travers la fumée, Lefty vit d'autres trolleys débarquant d'autres ouvriers, des centaines et des centaines de silhouettes grises, traînant les pieds sur les pavés de la cour en direction des portes de l'usine. Des camions passaient, et Lefty se laissa entraîner dans le flot de l'équipe montante, cinquante, soixante, soixante-dix mille hommes fumant rapidement leur dernière cigarette ou plaçant leurs derniers mots – car tandis qu'ils approchaient de l'usine ils s'étaient remis à parler, pas parce qu'ils avaient quelque chose à dire mais parce qu'au-delà de ces portes il était interdit de parler. Le bâtiment principal, une forteresse de brique sombre, était haut de six étages, les cheminées de seize. Deux poutrelles de convoiement en sortaient, coiffées de châteaux d'eau. Ils étaient reliés à des plates-formes d'observation et à des raffineries plantées de cheminées moins impressionnantes. On aurait dit un bosquet, comme si les huit cheminées principales de la Rouge avaient semé leurs graines au vent et que dix ou vingt ou cinquante troncs plus petits poussaient dans le sol stérile autour de l'usine. Lefty voyait les rails maintenant, les énormes silos le long de la rivière, la boîte à épices géante de charbon, de coke et de minerai de fer, et les passerelles qui se déployaient au-dessus de sa tête telles des araignées géantes. Avant qu'il ne soit happé par la porte, il aperçut un train de marchandises et un bout de la rivière que les explorateurs français avaient nommée d'après sa couleur rougeâtre, avant que la diminution de son débit ne la fasse virer à l'orange ou qu'elle ne prenne feu.

Un fait historique : les hommes cessèrent d'être humains en 1913. C'est l'année où Henry Ford mit ses voitures sur des rouleaux et fit adopter à ses ouvriers la cadence du travail à la chaîne. Au début, les ouvriers se révoltèrent. Ils partaient en masses, incapables d'accoutumer leur corps au nouveau rythme de l'époque. Depuis lors, toutefois, l'adaptation est devenue héréditaire : nous en avons tous hérité jusqu'à un certain point, de sorte que nous nous branchons sans y penser à des manettes et des télécommandes, accomplissant des centaines de sortes de mouvements répétitifs.

Mais en 1922 on n'avait pas encore pris l'habitude d'être une machine.

Mon grand-père apprit ce qu'il devait faire en dix-sept minutes. L'idée de génie de cette nouvelle méthode de production était de diviser le travail en tâches ne nécessitant aucune qualification. Ainsi on pouvait embaucher n'importe qui. Et virer n'importe qui. Le contremaître montra à Lefty comment prendre un palier sur le convoyeur, le meuler sur un tour, et le replacer. Il chronométra les tentatives du nouvel employé. Puis, avec un signe de tête, il laissa Lefty à son poste. À sa gauche se tenait un nommé Wierzbicki ; à sa droite, un nommé O'Malley. Pendant un instant ils sont trois hommes, attendant ensemble. Puis le sifflet retentit.

Toutes les quatorze secondes Wierzbicki fraise un palier et Stephanides meule un palier et O'Malley fixe un palier à un arbre à cames. Cet arbre à cames s'éloigne sur un convoyeur qui vire, à travers son nuage de poussière métallique et ses émanations acides, jusqu'à ce qu'un autre ouvrier à cinquante mètres de là saisisse l'arbre à cames, l'ajustant au bloc-moteur (vingt secondes). Simultanément, d'autres hommes décrochent des pièces arrivant sur des convoyeurs adjacents – le carburateur, le collecteur d'admission – et les ajustent au bloc-moteur. Au-dessus de leurs têtes courbées, d'énormes axes font tomber des poings à force de vapeur. Personne ne dit un mot. Wierzbicki fraise un palier et Stephanides meule un palier et O'Malley fixe un palier à un arbre à cames. L'arbre à cames prend son virage jusqu'à ce qu'une main le décroche et le fixe au bloc-moteur, qui prend un air de plus en plus excentrique avec ses multiples efflorescences de tuyaux et son plumage de pales de radiateur. Wierzbicki fraise un palier et Stephanides meule un palier et O'Malley fixe un palier à un arbre à cames. Tandis que d'autres ouvriers vissent le filtre à air (dix-sept secondes), fixent le démarreur (vingt-six secondes) et placent le volant. Alors le moteur est achevé et le dernier homme le lance dans les airs...

Sauf qu'il n'y a pas de dernier homme. Il y a d'autres hommes plus bas qui tirent le moteur, tandis qu'un châssis arrive à sa rencontre. Ces hommes fixent le moteur à la transmission (vingt-cinq secondes). Wierzbicki fraise un palier et Stephanides meule un palier et O'Malley fixe un palier à un arbre à cames. Mon grand-père ne voit que le palier devant lui, ses mains qui le décrochent, le meulent et le raccrochent tandis qu'un autre apparaît. En suivant en sens inverse le trajet du convoyeur au-dessus de sa tête, on arrive aux hommes qui découpent les paliers à l'emporte-pièce et approvisionnent les fourneaux en lingots ; on arrive à la fonderie où les Noirs travaillent, protégés par des lunettes contre la luminosité et la chaleur infernales. Ils chargent du minerai de fer dans le haut fourneau et versent l'acier en fusion dans des matrices à l'aide de louches. Ils versent juste à la bonne vitesse – trop vite et les moules explosent ; trop lentement et l'acier durcit. Ils ne peuvent pas s'arrêter même pour enlever les éclaboussures de métal qui leur brûlent les bras. Parfois le contremaître le fait ; parfois il ne le fait pas. La Fonderie est le cœur de la Rouge, son noyau en fusion, mais la Chaîne remonte plus loin. Elle s'étend au-dehors jusqu'aux collines de charbon et de coke ; elle descend jusqu'à la rivière où les péniches accostent pour décharger le minerai, point à partir duquel la Chaîne se confond avec la rivière, serpentant à travers la forêt jusqu'à ce qu'elle atteigne sa source, qui est la terre elle-même, le calcaire et le grès qui la composent ; puis la Chaîne repart dans l'autre sens, remontant depuis les substrats pour emprunter le cours de la rivière puis les péniches et finalement les grues, pelles et fourneaux où elle devient acier en fusion et est déversée dans des moules, pour refroidir et durcir sous forme de pièces – les embrayages, les arbres de transmission et les réservoirs du modèle T de 1922. Wierzbicki fraise un palier et Stephanides meule un palier et O'Malley fixe un palier à un arbre à cames. Au-dessus et derrière, à angles divers, des ouvriers versent du sable dans des matrices, ou percent des trous d'écoulement dans des moules ou placent des boîtes à moules dans le cubilot. La Chaîne n'est pas une chaîne unique mais plusieurs, divergeant et se croisant. D'autres ouvriers découpent à l'emporte-pièce des pièces de carrosserie (cinquante secondes), les emboutissent (quarante-deux secondes), et les soudent (une minute quinze secondes). Wierzbicki fraise un palier et Stephanides meule un palier et O'Malley fixe un palier à un arbre à cames. L'arbre à cames reprend son vol jusqu'à ce qu'un homme le décroche, le fixe au bloc-moteur, dont l'aspect excentrique s'est maintenant agrémenté de bougies. Et alors le moteur est achevé. Un homme le laisse tomber dans un châssis qui arrive à sa rencontre, tandis que trois autres ouvriers retirent une carrosserie du four, où sa peinture a pris un brillant dans lequel ils peuvent se voir, et ils se reconnaissent, momentanément, avant de laisser tomber la carrosserie sur le châssis qui s'avance à sa rencontre. Un homme saute derrière le volant (trois secondes), actionne le démarreur (deux secondes) et sort l'automobile.

Le jour, pas un mot ; la nuit, des centaines. Tous les soirs à l'heure de la sortie mon grand-père épuisé quittait l'usine et se rendait d'un pas lourd jusqu'au bâtiment adjacent qui abritait l'école d'anglais Ford. Il s'asseyait à un pupitre avec son cahier devant lui. Il avait l'impression que le pupitre se déplaçait en vibrant à la vitesse de deux kilomètres à l'heure de la chaîne. Il regardait l'alphabet anglais disposé en frise sur les murs de la classe. Autour de lui, des hommes étaient assis en rangs, devant des cahiers identiques. Les cheveux raides de sueur séchée, les yeux rougis par la poussière de métal, ils récitaient avec la docilité d'enfants de chœur :

« À la maison les employés doivent se laver abondamment à l'eau et au savon. »

« L'honnêteté commence par la propreté. »

« Ne crachez pas par terre. »

« Ceux qui progressent le plus sont les plus propres. »

Parfois les leçons d'anglais se poursuivaient au travail. Une semaine, après que le contremaître les eut catéchisés à propos de l'amélioration de la productivité, Lefty accéléra le travail, meulant un palier en douze secondes au lieu de quatorze. Quand il revint des toilettes, il trouva le mot « RAT » écrit sur le côté de son tour. La courroie était coupée. Avant qu'il ait pu trouver une nouvelle courroie dans le coffre à outillage, la sirène retentit. La chaîne s'était arrêtée.

« Qu'est-ce que tu fabriques ? lui cria le contremaître. Chaque fois qu'on arrête la chaîne, on perd de l'argent. Si ça se reproduit, tu es viré. Compris ?

– Oui monsieur.

– Okay ! On redémarre ! »

Et la chaîne se remit en marche. Après le départ du contremaître, O'Malley regarda autour de lui et se pencha pour murmurer : « N'essaie pas de jouer les rois de la vitesse. Tu piges ? Ça nous oblige tous à travailler plus vite. »

Desdemona restait à la maison et faisait la cuisine. Sans vers à soie à soigner ni mûres à cueillir, sans voisines avec qui bavarder ni chèvres à traire, ma grand-mère occupait son temps à cuisiner. Tandis que Lefty meulait des paliers sans trêve, Desdemona bâtissait *pastitsio*, moussaka et *galactoboureko*. Elle saupoudrait de farine la table de la cuisine et, à l'aide d'un manche à balai désinfecté à l'eau de Javel, roulait des feuilles de pâte fine comme du papier. Les feuilles sortaient de sa chaîne, l'une après l'autre. Elles emplissaient la cuisine. Elles jonchaient le salon, dont elle avait recouvert les meubles de draps. Desdemona allait d'un bout à l'autre de la chaîne, ajoutant noix, beurre, miel, épinards, fromage, rajoutant une couche de pâte, puis de beurre, avant de forger les mélanges assemblés dans le four. À la Rouge, les ouvriers s'évanouissaient de chaleur et d'épuisement, tandis que sur Hurlbut ma grand-mère faisait double poste. Elle se levait le matin pour faire le petit déjeuner et empaqueter le déjeuner de son mari, puis elle mettait un gigot d'agneau à mariner dans du vin avec de l'ail. L'après-midi, elle faisait des saucisses au fenouil qu'elle suspendait aux tuyaux de la chaudière dans la cave. À trois heures elle commençait à préparer le dîner, et ce n'est que lorsqu'il était sur le feu qu'elle faisait une pause, s'asseyant à la table de la cuisine pour consulter dans son manuel d'oniromancie le sens des rêves qu'elle avait faits dans la nuit. Il n'y avait jamais moins de trois plats qui mijotaient sur la cuisinière. De temps à autre Jimmy Zizmo amenait quelques associés, des malabars à têtes énormes sur lesquelles étaient vissés des feutres. Desdemona leur servait des repas à toutes heures du jour. Puis ils repartaient en ville. Desdemona nettoyait derrière eux.

La seule chose qu'elle refusait de faire, c'était les courses. Elle se perdait dans les magasins américains. Les produits la déprimaient. Bien des années plus tard, quand elle voyait un hamburger dans notre cuisine, elle s'en emparait pour déclarer avec mépris : « Ce n'est rien. On donne ça à manger aux chèvres. » Pour elle, faire le marché en Amérique c'était éprouver la saveur perdue des pêches, des figues et des châtaignes de Bursa. Déjà, au cours de ses premiers mois en Amérique, Desdemona souffrait de la « nostalgie incurable du pays ». C'est donc Lefty qui, après son travail à l'usine et ses cours d'anglais, rapportait à la maison l'agneau et les légumes, les épices et le miel.

Ils vécurent ainsi... un... trois... cinq mois. Ils endurèrent leur premier hiver au Michigan. Une nuit de janvier, juste après une heure, Desdemona Stephanides endormie, coiffée de son chapeau détesté, cadeau d'une œuvre de charité, pour se protéger du vent qui passait à travers les murs. Un radiateur soupirant, cognant. À la lueur d'une bougie, Lefty termine ses devoirs, cahier sur les genoux, crayon en main. Un bruit provenant du mur. Il lève les yeux et voit deux yeux rouges qui luisent dans un trou de la plinthe. Il écrit R-A-T avant de jeter son crayon à l'animal. Desdemona continue à dormir. Il caresse ses cheveux. Il dit, en anglais : « Bonjour, chérie. » Le nouveau pays et sa langue ont aidé à repousser le passé encore un peu plus loin. Chaque nuit, la forme endormie à ses côtés est moins sa sœur et plus sa femme. La prescription s'écoule, jour après jour, tout souvenir du crime disparaissant. (Mais si les hommes oublient, les cellules se souviennent. Le corps, cet éléphant...)

Vint le printemps de 1923. Pour mon grand-père, accoutumé aux conjugaisons variées du grec ancien, l'anglais, malgré son incohérence, avait été relativement facile à maîtriser. Une fois qu'il eut avalé une bonne portion du vocabulaire, il se mit à goûter les ingrédients familiers, l'assaisonnement grec des racines, préfixes et suffixes. Une petite pièce était prévue pour fêter la fin des études de l'école d'anglais Ford. Étant parmi les meilleurs élèves, Lefty fut invité à y participer.

« Quel genre de pièce ? demanda Desdemona.

– Je ne peux pas te dire. C'est une surprise. Mais il va falloir que tu me fasses des vêtements.

– Quel genre ?

– Comme ceux de la patridha. »

C'était un mercredi soir. Lefty et Zizmo étaient dans la sala quand soudain Lina entra pour écouter l'émission de Ronnie Ronnette. Zizmo lui lança un regard désapprobateur, mais elle se réfugia derrière ses écouteurs.

« Elle se prend pour une de ces Amerikanidhes, dit Zizmo à Lefty. Regarde. Tu vois ? Elle croise même les jambes.

– On est en Amérique, dit Lefty. Nous sommes tous des Amerikanidhes maintenant.

– On n'est pas en Amérique, riposta Zizmo. On est chez moi. On ne vit pas comme les Amerikanidhes ici. Ta femme me comprend. Est-ce que tu la vois dans la sala en train de montrer ses jambes en écoutant la radio ? »

On frappa à la porte. Zizmo, qui éprouvait une aversion inexplicable pour les visiteurs inattendus, bondit sur ses pieds et glissa la main sous sa veste. Il fit signe à Lefty de ne pas bouger. Linda enleva ses écouteurs. On frappa de nouveau. « Kyrie, dit Lina, s'ils voulaient te tuer, est-ce qu'ils frapperaient ?

– Qui va tuer ? demanda Desdemona, arrivée en hâte de sa cuisine.

– C'est une façon de parler », dit Lina, qui en savait plus sur les activités d'importation de son époux qu'elle n'en avait laissé paraître. Elle alla à la porte qu'elle ouvrit.

Deux hommes se tenaient sur le paillasson. Ils portaient des costumes gris, des cravates rayées, des chaussures noires. Ils avaient des favoris courts. Ils tenaient à la main des mallettes identiques. En enlevant leurs chapeaux, ils révélèrent des cheveux du même châtain, soigneusement séparés par une raie au milieu. Zizmo retira la main de sa veste.

« Nous appartenons au service social de l'entreprise Ford, dit le plus grand. Mr. Stephanides est-il à la maison ?

– Oui ? dit Lefty.

– Mr. Stephanides, laissez-moi vous expliquer la raison de notre présence.

– La direction estime, enchaîna le plus petit, que cinq dollars par jour entre les mains de certains hommes peuvent constituer un handicap énorme sur les voies de la droiture et de l'honnêteté et faire d'eux une menace pour la société en général.

– Il a donc été décidé par Mr. Ford – reprit alors le plus grand – que cet argent ne peut être alloué à qui ne saurait en faire usage en toute conscience et avec retenue.

– Également – de nouveau le petit – que si un homme

semble avoir les qualités requises mais qu'il en vient à faiblir, l'entreprise est en droit de le priver de sa part des bénéfices jusqu'à ce qu'il se soit réhabilité. Pouvons-nous entrer ?

Une fois à l'intérieur, ils se séparèrent. Le grand sortit un bloc de sa mallette. « Je vais vous poser quelques questions, si vous voulez bien. Buvez-vous, Mr. Stephanides ?

– Non. » Zizmo répondit pour lui.

« Et qui êtes-vous, si je puis me permettre ?

– M'appelle Zizmo.

– Vous êtes en pension ici ?

– Je suis chez moi.

– Ce sont donc Mr. et Mrs. Stephanides qui sont pensionnaires ?

– C'est ça.

– Ça ne va pas. Ça ne va pas, dit le grand. Nous encourageons nos employés à souscrire un emprunt-logement.

– Il y travaille », dit Zizmo.

Entre-temps, le petit était entré dans la cuisine. Il soulevait les couvercles, ouvrait la porte du four, scrutait le contenu de la poubelle. Desdemona allait s'y opposer, mais Lina la retint d'un regard. (Et remarquez comment le nez de Desdemona s'est mis à bouger. Depuis deux jours, son odorat est incroyablement fin. Les aliments commencent à avoir une drôle d'odeur pour elle, la feta sent les chaussettes sales, les olives la crotte de chèvre.)

« Vous vous baignez souvent, Mr. Stephanides ? demanda le grand.

– Tous les jours, monsieur.

– Vous vous brossez les dents souvent ?

– Tous les jours, monsieur.

– Avec quoi ?

– De la poudre. »

Maintenant le petit était en train de monter les escaliers. Il envahit la chambre de mes grands-parents et inspecta les draps. Il entra dans la salle de bains et examina le siège des toilettes.

« À partir de maintenant, utilisez ceci, dit le grand. C'est un dentifrice. Voilà une brosse à dents neuve. »

Déconcerté, mon grand-père saisit les objets. « Nous venons de Bursa, expliqua-t-il. C'est une grande ville.

– Brossez le long des gencives. De bas en haut pour le bas et de haut en bas pour le haut. Deux minutes matin et soir. Voyons voir. Essayez.

– Nous sommes des gens civilisés.

– Dois-je comprendre que vous refusez de vous conformer aux instructions d'hygiène ?

– Écoutez-moi, dit Zizmo. Les Grecs ont construit le Parthénon et les Égyptiens ont construit les pyramides à une époque où les Anglo-Saxons étaient encore vêtus de peaux de bêtes. »

Le grand regarda Zizmo et nota quelque chose sur son bloc.

« Comme ça ? » demanda mon grand-père. Avec une grimace hideuse, il fit aller et venir la brosse dans sa bouche sèche.

« C'est cela. Parfait. »

Le petit réapparut alors. Il ouvrit son bloc et commença : « Premier point : poubelle de la cuisine dépourvue de couvercle. Deuxième point : mouche sur la table de la cuisine.. Troisième point : trop d'ail dans la cuisine. Provoque l'indigestion. »

(Et maintenant Desdemona localise le coupable : les cheveux du petit. L'odeur de la brillantine lui donne la nausée.)

« C'est très généreux à vous de venir vous intéresser à la santé de vos employés, dit Zizmo. Il ne faudrait pas que quelqu'un tombe malade, n'est-ce pas ? Ça pourrait ralentir la production.

– Je vais faire semblant de ne pas avoir entendu, dit le grand, puisque vous n'êtes pas un employé de l'entreprise Ford. Toutefois, se retournant vers mon grand-père, je dois vous dire, Mr. Stephanides, que dans mon rapport, je mentionnerai vos relations sociales. Je recommanderai que vous et Mrs. Stephanides vous installiez dans votre propre foyer dès que la chose sera financièrement possible.

– Et puis-je vous demander quelle est votre profession, monsieur ? voulut savoir le petit.

– Je suis dans le transport, dit Zizmo.

– Très gentil à vous, messieurs, d'être passés, intervint Lina. Mais si vous voulez bien nous excuser, nous allions nous mettre à table. Nous devons aller à l'église ce soir. Et, bien sûr, Lefty doit être couché à neuf heures pour se reposer. Il aime être frais et dispos au réveil.

– C'est bien. Très bien. »

Ensemble ils mirent leurs chapeaux et s'en allèrent.

Et c'est ainsi que nous en arrivons aux semaines précédant le spectacle de fin d'études. À Desdemona cousant un gilet *palikari*, le brodant de fils rouge, blanc et bleu. À Lefty quittant le travail un vendredi soir et traversant Miller Road pour aller toucher sa paye au fourgon blindé. À Lefty encore, le soir du spectacle, prenant le tramway jusqu'à Cadillac Square et entrant chez Gold's. Jimmy Zizmo l'y rejoint pour l'aider à choisir un costume.

« C'est presque l'été. Pourquoi pas quelque chose de couleur crème ? Avec une cravate en soie jaune ?

– Non. Le professeur d'anglais nous a dit, du bleu ou du gris seulement.

– Ils veulent faire de toi un protestant. Résiste !

– Je vais prendre le costume bleu, s'il vous plaît, merci », dit Lefty dans son meilleur anglais.

(Et ici, aussi, le propriétaire de la boutique semble devoir un service à Zizmo. Il leur fait une remise de vingt pour cent.)

Entre-temps, sur Hurlbut, le père Stylianopoulos, le prêtre de l'église grecque orthodoxe de l'Assomption, est enfin venu bénir la maison. Desdemona, nerveuse, le regarde boire le verre de Metaxa qu'elle lui a offert. Quand elle et Lefty étaient devenus membres de sa congrégation, le vieux prêtre leur avait demandé, pour la forme, s'ils avaient eu un mariage orthodoxe. Desdemona avait répondu par l'affirmative. Elle avait grandi dans la croyance que les prêtres savaient si on disait ou non la vérité, mais le père Stylianopoulos s'était contenté de hocher la tête et d'écrire leurs noms sur le registre de la paroisse. Maintenant il pose son verre. Il se lève pour réciter la bénédiction, aspergeant le seuil d'eau bénite. Avant qu'il ait terminé, cependant, le nez de Desdemona se met de nouveau à se manifester. Elle sent ce que le prêtre a mangé au déjeuner. Elle détecte l'odeur de ses aisselles tandis qu'il fait le signe de croix. À la porte, en le reconduisant, elle retient son souffle. « Merci, mon père. Merci. » Stylianopoulos va son chemin. Mais c'est peine perdue. Dès qu'elle se remet à respirer, elle sent l'engrais des parterres de fleurs et le chou que fait cuire Mrs. Czeslawski à côté et ce dont elle jurerait qu'il s'agit d'un pot de moutarde ouvert quelque part, toutes ces odeurs l'assaillant, tandis qu'elle pose la main sur son ventre.

Juste à ce moment la porte de la chambre s'ouvre brutalement. Sourmelina sort. Poudre et rouge couvrent un côté de son visage ; l'autre côté, nu, est vert. « Tu sens quelque chose ? demande-t-elle.

– Oui. Je sens tout.

– Oh mon Dieu.

– Qu'est-ce qu'il y a ?

– Je n'aurais jamais cru que ça m'arriverait. À toi peut-être. Mais pas à moi. »

Et maintenant nous nous trouvons dans le bâtiment de l'armurerie de la garde légère de Detroit, plus tard ce soir-là, à sept heures. Les deux mille personnes qui composent le public s'installent tandis que la lumière faiblit. Des hommes d'affaires importants se saluent en se serrant la main. Jimmy Zizmo, vêtu d'un nouveau complet crème agrémenté d'une cravate en soie jaune, croise les jambes, balançant une chaussure bicolore. Lina et Desdemona se tiennent par la main, conjointes en une mystérieuse union.

Le rideau s'ouvre sur des ho ! et des applaudissements

dispersés. Une toile peinte montre un vapeur, deux énormes cheminées, et un bout de pont et de bastingage. Une passerelle mène jusqu'à l'autre point de convergence de la scène : un immense chaudron gris sur lequel on peut lire CREUSET DE L'ÉCOLE D'ANGLAIS FORD. Les premiers accents d'un air du folklore européen se font entendre. Soudain une figure solitaire apparaît sur la passerelle. Vêtu d'un costume balkanique composé d'un gilet, de pantalons bouffants et de hautes bottes en cuir, l'immigrant porte son bien dans un baluchon suspendu au bout d'un bâton. Il jette autour de lui des regards inquiets puis descend dans le creuset.

« Quelle propagande », murmure Zizmo.

Lina lui fait chut.

Maintenant la SYRIE descend dans le creuset. Puis l'ITALIE. La POLOGNE. La NORVÈGE. La PALESTINE. Et enfin la GRÈCE.

« Regarde, c'est Lefty ! »

Vêtu du palikari, le gilet brodé, de la chemise à manches bouffantes, ou *poukamiso*, et de la jupe plissée, la *foustanella*, mon grand-père enjambe la passerelle. Il s'arrête un instant pour regarder le public, mais les projecteurs l'éblouissent. Il ne voit pas ma grand-mère qui le regarde, grosse de son secret. L'ALLEMAGNE lui tape dans le dos. « *Macht Schnell*. Excusez-moi. Allez vite. »

Au premier rang, Henry Ford, qui prend plaisir au spectacle, marque son approbation par des hochements de tête. Mrs. Ford essaie de lui murmurer quelque chose à l'oreille, mais il la fait taire d'un geste de la main. Ses yeux bleus de mouette vont d'un visage à l'autre tandis que les professeurs d'anglais apparaissent sur scène. Ils portent de longues cuillères, qu'ils plongent dans le creuset. Les lumières virent au rouge et dansent tandis que les professeurs touillent. La vapeur envahit la scène.

À l'intérieur du chaudron, pressés les uns contre les autres, les hommes se débarrassent de leurs costumes d'immigrants pour revêtir leurs complets. Les membres s'emmêlent, les pieds écrasent les pieds. Lefty dit : « Pardonnez-moi, excusez-moi », il se sent américain des pieds à la tête tandis qu'il enfile son pantalon et sa veste en laine peignée bleue. Dans sa bouche : trente-deux dents brossées à la mode américaine. Ses aisselles : abondamment aspergées de déodorant américain. Et maintenant les cuillères descendent du ciel, les hommes sont mélangés...

... tandis que deux hommes, un petit et un grand, attendent dans la coulisse, un bout de papier à la main...

... et dans la salle la stupéfaction se lit sur le visage de ma grand-mère...

... et le creuset déborde. La lumière rouge des projecteurs s'intensifie. L'orchestre attaque « Yankee Doodle ». Un par un, les diplômés de l'école d'anglais Ford sortent du chaudron, vêtus de costumes bleus et gris, agitant des drapeaux américains, sous un tonnerre d'applaudissements.

Le rideau venait à peine de tomber quand les hommes du service social s'approchèrent.

« J'ai été reçu à l'examen, leur dit mon grand-père. Quatre-vingt-treize sur cent ! Et demain j'ouvre un compte d'épargne.

– Voilà qui est bien, dit le grand.

– Mais malheureusement, c'est trop tard », dit le petit. Il sortit une fiche de sa poche, d'un rose bien connu à Detroit.

« Nous avons fait des recherches sur votre propriétaire. Ce soi-disant Jimmy Zizmo. Il a un casier judiciaire.

– Je ne sais rien, dit mon grand-père. Je suis sûr que c'est une erreur. C'est un homme bien. Il travaille dur.

– Je suis désolé, Mr. Stephanides. Mais vous comprendrez que Mr. Ford ne peut pas garder des ouvriers qui ont de telles relations. Inutile de vous présenter à l'usine lundi prochain. »

Comme mon grand-père tâchait d'avaler cette nouvelle, le petit se pencha. « J'espère que cela vous servira de leçon. Les mauvaises fréquentations peuvent vous couler. Vous avez l'air d'un gars comme il faut, Mr. Stephanides. Vraiment. Nous vous souhaitons bonne chance à l'avenir. »

Quelques minutes plus tard, Lefty rejoignit son épouse. Il fut surpris quand, devant tout le monde, elle le serra dans ses bras, refusant de relâcher son étreinte.

« Tu as aimé le spectacle ?

– Ce n'est pas ça.

– Qu'est-ce qu'il y a ? »

Desdemona fixa son mari dans les yeux. Mais c'est Sourmelina qui fournit l'explication. « Ta femme et moi, déclara-t-elle dans un anglais sans ambages, on est en cloque. »

MINOTAURES

Ce qui est une chose qui ne me concernera jamais beaucoup. Comme la plupart des hermaphrodites, mais pas tous, loin de là, je ne peux pas avoir d'enfants. C'est une des raisons pour lesquelles je ne me suis jamais marié. C'est une des raisons, la honte mise à part, pour lesquelles j'ai décidé d'entrer aux Affaires étrangères. Je n'ai jamais voulu me fixer quelque part. Au début de ma vie de mâle, ma mère et moi avons quitté le Michigan et depuis je ne cesse de déménager. Dans un an ou deux je quitterai Berlin, pour être affecté ailleurs. Je serai triste de partir. Cette ville, autrefois divisée, me rappelle moi-même. Ma lutte pour la réunification, pour la *Einheit*. Venant d'une ville toujours coupée en deux par la haine raciale, je me sens plein d'espoir ici à Berlin.

Un mot sur ma honte. Je ne m'y suis pas résigné. Je fais de mon mieux pour la surmonter. Le mouvement Intersex désire mettre un terme aux opérations de reconfiguration génitale sur les nourrissons. Le premier pas dans cette lutte consiste à convaincre le monde – et les endocrinologues en particulier – que les organes génitaux hermaphrodites ne sont pas malades. Un enfant sur deux mille naît avec des organes génitaux ambigus. Aux États-Unis, qui ont une population de deux cent soixante-quinze millions d'habitants, il y a donc cent trente-sept mille intersexués qui vivent aujourd'hui.

Mais nous autres hermaphrodites sommes des gens comme tout le monde. Et il se trouve que je ne suis pas politisé. Je n'aime pas les groupes. Bien que j'appartienne à la Société Intersex d'Amérique du Nord, je n'ai jamais pris part à ses manifestations. Je vis ma propre vie et je soigne mes propres blessures. Ce n'est pas la meilleure façon de vivre. Mais c'est comme ça que je suis.

L'hermaphrodite le plus célèbre de toute l'histoire? Moi? Ça m'a fait du bien d'écrire cela, mais j'ai du chemin à faire. Au bureau, je ne dis rien, seuls quelques amis savent. Aux cocktails, quand je me trouve à côté de l'ex-ambassadeur (lui aussi originaire de Detroit), nous parlons des Tigers. Seules quelques personnes à Berlin connaissent mon secret. J'en parle plus volontiers qu'avant, mais je ne suis pas du tout cohérent. Certains soirs je le dis à des gens que je viens de rencontrer. Il y a des personnes à qui je n'en parlerai jamais.

Particulièrement les femmes par lesquelles je suis attiré. Quand je rencontre quelqu'un qui me plaît et à qui j'ai l'impression de plaire, je bats en retraite. Il y a beaucoup de soirs à Berlin où, enhardi par un bon rioja, j'oublie ma condition et me laisse aller à l'espoir. Le costume sur mesure tombe. La chemise anglaise aussi. Ma condition physique ne peut manquer d'impressionner les filles. (Sous l'armure de mes costumes croisés, il y en a une autre, de muscles travaillés au gymnase.) Mais l'ultime protection, mes amples et discrets caleçons, je ne l'enlève pas. Jamais. Je pars, trouvant un prétexte. Je pars et je ne les rappelle jamais. Tout comme un mec.

Et bientôt je replonge. J'essaie une nouvelle fois, calé dans les starting-blocks. J'ai revu ma vélocipédiste ce matin. Cette fois-ci j'ai appris son nom : Julie. Julie Kikuchi. Native de Californie du Nord, diplômée de la Rhode Island School of Design, et venue à Berlin grâce à une bourse du Kunstlerhaus Bethanien. Mais, plus important, pour le moment : mon rendez-vous de vendredi soir.

Ce n'est qu'un premier rendez-vous. Il ne se passera rien. Aucune raison de faire état de mes particularités, de ma longue errance dans le labyrinthe, loin des regards. Et de l'amour, aussi.

La fécondation simultanée avait eu lieu aux premières heures du matin du 24 mars 1923 dans des chambres séparées, et superposées, après une soirée au théâtre. Mon grand-père, ignorant qu'il allait bientôt être licencié, s'était fendu de quatre billets pour *Le Minotaure*, qui se jouait au Family. Au début, Desdemona avait refusé d'y aller. Elle était contre le théâtre en général, les variétés en particulier, mais à la fin, incapable de résister au thème hellénique, elle avait mis une paire de bas neufs, une robe et un manteau noirs, et s'était aventurée avec les autres sur le trottoir jusqu'à la terrifiante Packard.

Quand le rideau du Family Theater se leva, mes parents s'attendaient à voir toute l'histoire. Comment Minos, roi de Crète, ayant omis de sacrifier un taureau blanc à Poséidon, celui-ci, furieux, inspira à la femme de Minos, Pasiphaé, la passion amoureuse pour le taureau. Comment l'enfant de cette union, Astérius, naquit avec une tête de taureau sur un corps humain. Puis Dédale, le labyrinthe, etc. Dès que les feux de la rampe s'allumèrent, toutefois, il devint évident que la pièce avait pris de grandes libertés avec la tradition. Parce que maintenant les girls bondissaient sur scène. Vêtues de corsages en lamé argent laissant les bras et le dos nu et de jupes transparentes, elles dansaient en récitant des strophes en désaccord avec le son inquiétant et aigrelet des flûtes. Le Minotaure fit son entrée, un acteur portant une tête de taureau en papier mâché. Ignorant toute psychologie classique, l'acteur jouait son personnage à moitié humain comme un vrai monstre de cinéma. Il grogna, les timbales grondèrent, les girls hurlèrent et s'enfuirent. Le Minotaure se lança à leur poursuite, les attrapa évidemment, toutes, et les dévora sauvagement, une par une, avant de traîner leurs corps pâles et sans défense dans les profondeurs du labyrinthe. Et le rideau tomba.

Assise au dix-huitième rang, ma grand-mère émit sa critique : « C'est comme les tableaux dans les musées, dit-elle. Juste un prétexte pour montrer des gens sans vêtements. »

Elle insista pour partir avant le deuxième acte. De retour, nos quatre amateurs de théâtre se préparèrent comme d'habitude. Desdemona lava ses bas, alluma la veilleuse dans le couloir. Zizmo but un verre de jus de papaye pour faciliter sa digestion. Lefty pendit soigneusement son costume, pinçant les plis de son pantalon, tandis que Sourmelina se démaquillait et se mettait au lit. Tous quatre, se déplaçant dans leur orbite individuelle, firent comme si la pièce n'avait eu aucun effet sur eux. Mais maintenant Jimmy Zizmo éteignait la lumière de la chambre. Maintenant il entrait dans son lit à une place – pour le trouver occupé ! Sourmelina, rêvant de girls, avait traversé dans son sommeil la carpette séparant leurs couches. Tout en murmurant des strophes, elle chevaucha la doublure de son mari. (« Tu vois ? dit Zizmo dans l'obscurité. Plus de bile. C'est l'huile de ricin. ») Au-dessus, Desdemona aurait entendu quelque chose si elle n'avait pas fait semblant de dormir. Malgré elle, elle aussi avait été excitée par la pièce. Les cuisses musclées et brutales du Minotaure. L'attitude suggestive de ses victimes. Honteuse de son état, elle n'en laissa rien paraître. Elle éteignit la lampe. Elle souhaita bonne nuit à son mari. Elle bâilla (théâtralement, aussi) et lui tourna le dos. Tandis que Lefty se glissait discrètement par-derrière.

Arrêtez l'action. Une nuit capitale que celle-ci, pour les intéressés (moi compris). Je veux noter les positions (Lefty dorsale, Lina couchée) et les circonstances (l'amnésie nocturne) et la cause directe (une pièce sur un monstre hybride). Les parents sont censés transmettre leurs caractéristiques physiques à leurs enfants, mais je pense que toutes sortes de choses sont transmises elles aussi : motifs, scénarios, jusqu'aux destins. N'allais-je pas moi aussi m'approcher furtivement d'une fille qui ferait semblant de dormir ? Et n'y aurait-il pas également une pièce de théâtre qui jouerait un rôle, et quelqu'un qui mourrait sur scène ?

Laissant de côté ces questions de généalogie, j'en reviens aux faits biographiques. Comme les écolières d'un même dortoir, Desdemona et Lina avaient les mêmes cycles menstruels. Cette nuit-là était le quatorzième jour. Il n'y eut pas de thermomètre pour vérifier le fait, mais quelques semaines plus tard les symptômes de nausée et d'hypersensibilité olfactive s'en chargèrent. « C'est un homme qui a appelé ça vomissements matinaux, parce qu'il n'était pas là dans la journée », déclara Lina. La nausée n'avait pas d'horaires ; elle ne possédait pas de montre. Elles vomissaient l'après-midi, au milieu de la nuit. La grossesse était un bateau dans la tempête et elles ne pouvaient pas descendre. Elles s'attachèrent donc aux mâts de leurs lits et étalèrent les bourrasques. Tout ce avec quoi elles entraient en contact, les draps, les oreillers, l'air lui-même, se mit à se retourner contre elles. L'haleine de leurs maris devint intolérable, et quand elles n'étaient pas trop malades pour bouger, elles agitaient les bras pour leur signifier de ne pas s'approcher.

La grossesse rendit les maris plus modestes. Après un premier accès de fierté masculine, ils reconnurent rapidement le rôle mineur que la nature leur avait assigné dans le drame de la reproduction et adoptèrent une attitude de réserve déconcertée propre aux catalyseurs qu'ils étaient d'une explosion qu'ils étaient incapables d'expliquer. Tandis que leurs épouses souffraient héroïquement dans leurs chambres, Zizmo et Lefty écoutaient de la musique dans la sala ou allaient dans un café de Greektown où personne ne serait gêné par leur odeur. Ils jouaient au trictrac et parlaient politique, et personne ne parlait de femmes parce qu'au café tout le monde était célibataire, quel que soit son âge ou le nombre d'enfants qu'il avait donnés à une femme qui préférait leur compagnie à la sienne. On parlait toujours de la même chose : des Turcs et de leur brutalité, de Venizelos et de ses erreurs, du roi

Constantin et de son retour, et du crime impuni de l'incendie de Smyrne.

« Et est-ce qu'il y a quelqu'un pour s'en préoccuper ? Personne !

– C'est comme ce que Béranger a dit à Clemenceau : "Qui tient le pétrole tient le monde."

– Ces maudits Turcs ! Tous des assassins et des violeurs !

– Ils ont profané Hagia Sophia et maintenant ils ont détruit Smyrne ! »

Mais alors Zizmo prit la parole : « Arrêtez de bougonner. La guerre est la faute des Grecs.

– Quoi !

– Qui a envahi qui ? demanda Zizmo.

– Les Turcs. En 1453.

– Les Grecs ne sont même pas capables de diriger leur propre pays. Pourquoi en voudraient-ils un autre ? »

Alors les hommes se levèrent, les chaises tombèrent par terre. « Qui diable es-tu, Zizmo ? Maudit Pontien ! Pro-Turc !

– Je suis pour la vérité, cria Zizmo. Il n'y a pas de preuves que ce sont les Turcs qui ont mis le feu. Ce sont les Grecs qui l'ont fait pour en accuser les Turcs. »

Lefty sépara les hommes, évitant une bagarre. Après quoi Zizmo garda pour lui ses opinions politiques. Il but son café d'un air morose, lisant un assortiment de magazines ou de brochures spéculant sur les voyages dans l'espace et les civilisations anciennes. Il mâcha ses zestes de citron et dit à Lefty de faire de même. Ils se lièrent de la camaraderie de hasard des hommes qui se trouvent aux approches d'une naissance. Comme tous les futurs pères, ils se mirent à penser à l'argent.

Mon grand-père n'avait jamais dit à Jimmy pourquoi il avait été licencié par Ford, mais Zizmo n'était pas sans avoir son idée. C'est ainsi que quelques semaines plus tard, il le dédommagea comme il pouvait.

« Fais comme si on partait pour une promenade en bagnole.

– Okay.

– Si on se fait arrêter, ne dis rien.

– Okay.

– C'est un meilleur boulot que la Rouge. Crois-moi. Cinq dollars par jour ça n'est rien. Et ici tu peux manger tout l'ail que tu veux. »

Ils sont dans la Packard, longeant Electric Park. Il y a du brouillard et il est tard – tout juste passé trois heures du matin. Pour être honnête, le parc d'attractions devrait être fermé à cette heure mais, pour mes besoins, ce soir Electric Park est ouvert toute la nuit, et le brouillard se dissipe soudain, juste pour que mon grand-père puisse voir par la vitre un scenic railway descendre les rails à toute vitesse. Rien qu'un instant de symbolisme facile, puis il me faut me plier aux règles strictes du réalisme, savoir : ils ne voient rien. Le brouillard de printemps bouillonne au-dessus des parapets du nouveau pont de Belle Isle. Les globes jaunes des réverbères luisent, auréolés de brume.

« Beaucoup de circulation pour l'heure qu'il est, s'étonne Lefty.

– Oui, dit Zizmo. C'est très fréquenté la nuit. »

Le pont les porte doucement au-dessus de la rivière et les repose de l'autre côté. Belle Isle une île en forme de paramécie au milieu de la rivière Detroit est à moins de sept cents mètres de la frontière canadienne. De jour, le parc est plein de pique-niqueurs et de promeneurs. Ses rives boueuses sont encombrées de pêcheurs. Des groupes religieux se rassemblent sous des tentes. L'obscurité venue, toutefois, une atmosphère de morale relâchée propre aux zones franches envahit l'île. Les amoureux se garent dans des coins discrets. Des voitures passent le pont dans des buts peu clairs. Zizmo traverse les ténèbres, longeant les pavillons octogonaux et le monument aux héros de la guerre de Sécession, et s'engage dans la forêt où jadis les Ottawa dressaient leur camp d'été. Le brouillard balaye le pare-brise. Les bouleaux laissent tomber leurs parchemins sous un ciel d'un noir d'encre.

Inconnu dans la plupart des voitures des années vingt : le rétroviseur. « Prends le volant », n'arrête pas de dire Zizmo, et il se tourne pour voir s'ils ne sont pas suivis. C'est ainsi que, s'échangeant le volant, ils progressent le long de Central Avenue et du Strand, faisant trois fois le tour de l'île jusqu'à ce que Zizmo soit satisfait. À l'extrémité nord-est, il s'arrête, face au Canada.

« Pourquoi est-ce qu'on s'arrête ?

– Tu vas voir. »

Zizmo fait trois appels de phares. Il sort de la voiture. Lefty l'imite. Ils attendent dans l'obscurité, parmi les bruits de la rivière, le clapotis des vagues, la sirène de brume des cargos. Puis vient un autre bruit : un lointain bourdonnement. « Tu as un bureau ? demande mon grand-père. Un entrepôt ? – Voilà mon bureau. » Zizmo agite la main dans l'air. Il désigne la Packard. « Et voilà mon entrepôt. » Le bourdonnement se rapproche maintenant ; Lefty tâche de voir à travers le brouillard. « J'ai travaillé dans les chemins de fer. » Zizmo sort un abricot sec de sa poche et le mange. « Dans l'Utah. Je me suis esquinté le dos. Après j'ai réfléchi. » Mais le bourdonnement est tout proche ; Zizmo ouvre le coffre. Et maintenant, dans le brouillard, un hors-bord apparaît, un esquif élancé avec deux hommes à bord. Ils coupent le moteur et le bateau glisse dans les herbes. Zizmo tend une enveloppe à l'un des hommes. L'autre lève la bâche recouvrant la poupe. À la lueur de la lune, soigneusement empilées, luisent douze caisses en bois.

« Maintenant j'ai ma compagnie de chemin de fer à moi, dit Zizmo. Commence à décharger. »

C'est ainsi que fut révélée la nature précise de l'affaire d'import de Zizmo. Il ne faisait pas dans les abricots de Syrie, le halva de Turquie, ni le miel du Liban. Par le Saint-Laurent, il faisait venir du whisky Hiram Walker's d'Ontario, de la bière du Québec, et du rhum de la Barbade. Bien que lui-même n'en bût jamais, il gagnait sa vie en achetant et en vendant de l'alcool. « Si ces *Amerikani* sont tous des poivrots, qu'est-ce que je peux y faire ? se justifia-t-il en redémarrant quelques minutes plus tard.

– Tu aurais dû me le dire ! s'exclama Lefty, furieux. Si on se fait prendre je n'aurai pas mon passeport. Ils me renverront en Grèce.

– Quel choix as-tu ? Tu as un meilleur boulot ? Et n'oublie pas. Toi et moi on va bientôt être pères. »

C'est ainsi que commença la vie criminelle de mon grand-père. Les huit mois suivants, il travailla pour Zizmo, suivant ses horaires inhabituels, se levant au milieu de la nuit et dînant à l'aube. Il adopta l'argot des contrebandiers, multipliant par quatre son vocabulaire. Il apprit à appeler l'alcool « gnôle », « goutte », « raide », « tord-boyaux ». Il désignait les débits de boissons du nom d'« abreuvoirs », « estancots », « troquets », « tapis ». Il apprit où se trouvaient tous les speakeasies de la ville, les dépôts mortuaires qui emplissaient les corps de gin au lieu de bain de natron, les églises qui offraient quelque chose de plus que du vin de messe, et les coiffeurs dont les bocaux contenaient du « jaja ». Lefty se familiarisa avec les rives de la rivière Detroit, ses îlots cachés et ses appontements secrets. Il était capable d'identifier les hors-bord de la police à quatre cents mètres de distance. La contrebande de l'alcool était un métier délicat, contrôlé en majorité par le Purple Gang et la Mafia. Dans leur grande bonté, ils fermaient les yeux sur la contrebande amateur – les allers-retours dans la journée au Canada, les chalutiers qui pêchaient de nuit. Les femmes prenaient le ferry pour Windsor avec des flacons de quatre litres et demi cachés sous leurs jupes. Tant que ces activités ne nuisaient pas aux leurs, les gangs les toléraient. Mais Zizmo dépassait de beaucoup les limites.

Ils faisaient cinq à six voyages par semaine. Le coffre de la Packard pouvait loger quatre caisses d'alcool, sa spacieuse banquette arrière, masquée par des rideaux, huit de plus. Zizmo ne respectait ni règles ni territoires.

« Dès que la Prohibition a été votée, je suis allé consulter une carte à la bibliothèque, dit-il, expliquant comment il était entré dans le business. Ils étaient là, le Canada et le Michigan, nez à nez. Alors j'ai pris un billet pour Detroit. Quand je suis arrivé, j'étais fauché. J'ai été voir un marieur dans Greektown. Pourquoi je laisse Lina conduire cette voiture ? Parce que c'est elle qui l'a payée. » Il eut un sourire de satisfaction, mais il poursuivit ses pensées et son visage s'assombrit. « Je ne suis pas pour que les femmes conduisent, remarque. Et voilà qu'elles votent maintenant ! marmonna-t-il dans sa barbe. Tu te rappelles cette pièce qu'on a vue ? Toutes les femmes sont comme ça. Si on leur en donnait l'occasion, elles forniqueraient toutes avec un taureau.

– Ce ne sont que des histoires, Jimmy, dit Lefty. Il ne faut pas les prendre de manière littérale.

– Pourquoi pas ? poursuivit Zizmo. Les femmes ne sont pas comme nous. Elles ont une nature charnelle. La meilleure chose à faire avec elles est de les enfermer dans un labyrinthe.

– De quoi est-ce que tu parles ? »

Zizmo sourit. « De la grossesse. »

C'était comme un labyrinthe. Desdemona ne cessait de se tourner de-ci de-là, sur le côté gauche, sur le côté droit, cherchant une position confortable. Sans quitter son lit, elle errait dans les couloirs sombres de la grossesse, trébuchant sur les os des femmes qui étaient passées par là avant elle. Pour commencer, sa mère, Euphrosine (à laquelle elle s'était soudain mise à ressembler), ses grands-mères, ses grands-tantes, et toutes les femmes avant elle jusqu'à Ève, sur les entrailles de laquelle le sort avait été jeté. Desdemona s'ouvrait à la connaissance physique de ces femmes, partageait leur douleur et leurs soupirs, leur crainte et leur instinct de protection, leur indignation, leur attente. Comme elles, elle portait la main à son ventre, supportant le monde ; elle ressentait omnipotence et fierté ; et alors un muscle de son dos se contracta.

Je vous donne maintenant toute la grossesse en accéléré. Desdemona, à huit semaines, est allongée sur le dos, les draps remontés jusque sous les aisselles. Le passage du jour à la nuit et de la nuit au jour fait vaciller la lumière provenant de la fenêtre. Son corps est agité de soubresauts ; elle est sur le côté, le ventre ; les draps changent de forme. Une couverture en laine apparaît et disparaît. Des plateaux volent jusqu'au chevet puis se dématérialisent d'un seul coup avant de revenir. Mais tout du long de la folle danse des objets inanimés, la continuité du corps de Desdemona changeant de position demeure au centre. Ses seins gonflent. Ses aréoles s'assombrissent. À quatorze semaines son visage commence à s'arrondir, de sorte que pour la première fois je peux reconnaître la yia yia de mon enfance. À vingt semaines, une ligne mystérieuse commence à se dessiner à partir de son nombril. Son ventre gonfle comme un ballon. À trente semaines, sa peau devient plus fine et ses cheveux plus épais. Son teint, d'abord pâle de nausée, le devient moins, jusqu'à ce qu'enfin : l'éclat. Plus elle grossit, moins elle bouge. Elle cesse de s'allonger sur le ventre. Immobile, elle enfle en direction de la caméra. L'effet stroboscopique de la fenêtre se poursuit. À trente-six semaines, elle s'emmitoufle dans les draps. Les draps montent et descendent, révélant son visage, épuisé, euphorique, résigné, impatient. Ses yeux s'ouvrent. Elle crie.

Lina se mit à porter des bas à varices. Craignant la mauvaise haleine, elle avait une boîte de pastilles de menthe à son chevet. Elle se pesait tous les matins, se mordant la lèvre inférieure. Elle était satisfaite de ses nouvelles formes généreuses, mais en craignait les conséquences. « Mes seins ne seront plus jamais comme avant. Je le sais. Après ça, ils pendront. Comme dans le *National Geographic.* » La grossesse lui donnait trop l'impression d'être un animal. C'était gênant d'être si manifestement colonisée. Son visage la brûlait au cours des poussées hormonales. Elle transpirait ; son maquillage coulait. Pour elle, c'était comme de régresser à des stades antérieurs du développement, être liée à des formes inférieures de la vie. Elle pensait aux reines des abeilles vomissant leurs œufs. Elle pensait au colley des voisins quand il avait creusé son trou dans le jardin au printemps dernier.

Son seul mode d'évasion était la radio. Qu'elle fût au lit, sur le canapé, dans la baignoire, elle ne quittait pas ses écouteurs. L'été elle emporta son Aeriola Jr. dans le jardin pour l'écouter sous le cerisier. En emplissant sa tête de musique elle s'échappait de son corps.

Un beau matin du troisième trimestre d'octobre, un taxi s'arrêta devant le 3467 Hurlbut Street et un homme mince et élancé en sortit. Il vérifia l'adresse sur un bout de papier, prit ses affaires – parapluie et valise – et paya le chauffeur. Il enleva son chapeau et regarda à l'intérieur, comme si des instructions étaient écrites sur la bande de cuir. Puis il remit le chapeau et gravit l'escalier menant à la véranda.

Desdemona et Lina entendirent le coup. Elles se retrouvèrent devant la porte. Quand elles l'ouvrirent, le regard de l'homme alla d'un ventre à l'autre.

« J'arrive juste à temps », dit-il.

C'était le Dr. Philobosian. L'œil clair, rasé de près, remis de sa douleur. « J'avais gardé votre adresse. » Elles l'invitèrent à entrer et il leur raconta son histoire. Il avait effectivement contracté le favus sur le *Giulia*. Mais son diplôme l'avait sauvé ; l'Amérique avait besoin de médecins. Le Dr. Philobosian était resté un mois à l'hôpital d'Ellis Island, après quoi, avec le patronage de l'Agence arménienne, il avait été admis aux États-Unis. Ces onze derniers mois il avait vécu à New York, dans le Lower East Side. « Je polissais des verres pour un optométriste. » Il avait récemment pu retirer des fonds de Turquie et il était venu dans le Midwest. « Je vais ouvrir un cabinet ici. Il y a déjà trop de médecins à New York. »

Le docteur resta à dîner. La condition délicate des femmes ne les dispensait pas des devoirs domestiques. Sur leurs jambes gonflées, elles apportèrent des plats d'agneau au riz, d'okra à la sauce tomate, de salade grecque, de gâteau de riz. Ensuite, Desdemona fit du café grec, le servant dans de petites tasses avec la mousse brune, la *lakia*, sur le dessus. Le Dr. Philobosian fit remarquer aux maris : « Une chance sur cent. Vous êtes sûrs que c'est arrivé la même nuit ?

– Oui, répondit Sourmelina, fumant à table. Ça devait être la pleine lune.

– Il faut généralement cinq à six mois pour qu'une femme tombe enceinte, poursuivit le docteur. Vous mettre enceintes toutes les deux la même nuit – une chance sur cent !

– Une sur cent ? » Zizmo regarda Sourmelina assise en face de lui, qui détourna le regard.

« Une sur cent au plus, assura le docteur.

– C'est la faute du Minotaure, plaisanta Lefty.

– Ne parle pas de cette pièce, le tança Desdemona.

– Pourquoi est-ce que tu me regardes comme ça ? demanda Lina.

– Je ne peux pas te regarder ? » répliqua son mari.

Sourmelina laissa échapper un soupir exaspéré et s'essuya la bouche avec sa serviette. Il y eut un silence gêné. Le Dr. Philobosian, se versant un autre verre de vin, s'y engouffra.

« La naissance est un sujet fascinant. Prenez les difformités, par exemple. On croyait jadis qu'elles étaient causées par l'imagination maternelle. Au cours de l'acte conjugal, ce à quoi pensait la mère ou ce qu'elle regardait affecterait l'enfant. Il y a une histoire chez Damascène d'une femme qui avait une image de saint Jean Baptiste au-dessus de son lit, vêtu de sa traditionnelle tunique en poil de chameau. Dans l'égarement de la passion, la pauvre femme jeta le regard sur le portrait. Neuf mois plus tard, son bébé naquit – poilu comme un ours ! » Le docteur rit, ravi, et but une gorgée supplémentaire.

« Ça ne peut pas arriver, n'est-ce pas ? » s'enquit Desdemona, soudain inquiète.

Le Dr. Philobosian était lancé. « Il y a aussi l'histoire

de la femme qui avait touché un crapaud pendant qu'elle faisait l'amour. Son bébé est né avec des yeux globuleux, le corps couvert de verrues.

– C'est dans un livre que vous avez lu ? » La voix de Desdemona était tendue.

« Les *Monstres et Merveilles* de Paré en est plein. L'Église elle aussi s'en est mêlée. Dans ses *Sacrements embryologiques*, Cangiamilla recommande le baptême intra-utérin. Supposez que vous craigniez de porter un enfant monstrueux. Eh bien, il existait un remède à ça. Vous emplissiez simplement une seringue d'eau bénite et vous baptisiez l'enfant avant sa naissance.

– Ne t'inquiète pas, Desdemona, dit Lefty, voyant combien elle paraissait inquiète. Les médecins ne pensent plus comme ça.

– Bien sûr que non, répondit le Dr. Philobosian. Ces balivernes datent du Moyen Âge. Nous savons maintenant que la plupart des difformités de naissance sont causées par la consanguinité des parents.

– La quoi ? demanda Desdemona.

– Les mariages au sein d'une même famille. »

Desdemona devint blanche.

« Ça provoque toutes sortes de problèmes. L'imbécillité. L'hémophilie. Regardez les Romanov. Regardez toutes les familles royales. Tous des mutants. »

« Je ne me rappelle pas à quoi je pensais ce soir-là, dit Desdemona tandis qu'elle faisait la vaisselle.

– Moi si. La troisième à partir de la droite. La rousse.

– J'avais les yeux fermés.

– Alors ne t'inquiète pas. »

Desdemona ouvrit le robinet pour couvrir leurs voix. « Et cette autre chose ? la con... la con...

– La consanguinité ?

– Oui. Comment on sait si le bébé l'a ?

– On ne sait pas avant la naissance.

– Mana !

– Pourquoi est-ce que tu crois que l'Église interdit aux

frères et sœurs de se marier ? Même les cousins germains doivent obtenir la permission de l'évêque.

– Je croyais que c'était parce que... » Elle se tut, n'ayant pas de réponse.

« Ne t'inquiète pas, dit Lina. Ces médecins exagèrent. Si le mariage dans les familles était si mauvais que ça, on aurait tous six bras et pas de jambes. »

Mais Desdemona s'inquiétait. Elle pensa à Bithynios, tâchant de se rappeler combien d'enfants étaient nés avec quelque chose qui clochait. Melia Salakas avait une fille à qui il manquait un bout au milieu du visage. Son frère, Yiorgos, avait eu huit ans toute sa vie. Y avait-il des bébés avec des tuniques de poils ? Des bébés grenouilles ? Desdemona se rappela sa mère racontant des histoires à propos de bébés bizarres nés dans le village. Il y en avait toutes les deux ou trois générations, des bébés qui étaient malades d'une manière ou d'une autre, Desdemona ne se rappelait pas exactement laquelle – sa mère avait été vague. De temps à autre, ces bébés faisaient leur apparition, et ils avaient tous des fins tragiques : ils se tuaient, ils s'enfuyaient pour travailler dans un cirque, on les revoyait bien plus tard à Bursa, mendiant ou se prostituant. Allongée seule la nuit dans son lit, tandis que Lefty était au travail, Desdemona tâchait de se rappeler les détails de ces histoires, mais elles étaient trop anciennes et maintenant Euphrosyne Stephanides était morte et il n'y avait personne à qui poser la question. Elle pensa à la nuit où elle était tombée enceinte et essaya de reconstituer les événements. Elle se tourna sur le côté. Elle remplaça Lefty par un oreiller, le pressant contre son dos. Elle regarda autour d'elle. Il n'y avait pas de tableaux au mur. Elle n'avait pas touché de crapaud. « Qu'est-ce que j'ai vu ? se demanda-t-elle. Rien que le mur. »

Mais elle n'était pas la seule à être tourmentée par l'inquiétude. À la diable maintenant, et malgré le démenti officiel qui pèse contre la véracité ce que je vais vous dire – car, de tous les acteurs de mon Épidaure du Middle West, celui qui est le mieux caché derrière son masque est Jimmy Zizmo –, je vais maintenant essayer de vous faire entrevoir les émotions qui l'habitèrent durant ce dernier trimestre. Était-il exalté à l'idée de devenir père ? Rapportait-il à la maison des racines nutritives et concoctait-il des tisanes homéopathiques ? Non, il ne l'était pas, il ne le faisait pas. Après le dîner en compagnie du Dr. Philobosian, Jimmy Zizmo commença à changer. Peut-être était-ce ce que le docteur avait dit à propos des grossesses simultanées. Une chance sur cent. Peut-être était-ce cette information qui était responsable de la mauvaise humeur croissante de Zizmo, de ses regards suspicieux à sa femme enceinte. Peut-être doutait-il qu'il fût possible qu'un seul acte sexuel après cinq mois d'abstinence puisse avoir pour effet une grossesse réussie. Zizmo examinait-il sa jeune femme et se sentait-il vieux ? Cocu ?

À la fin de l'automne de l'année 1923, les minotaures hantaient la famille. À Desdemona, ils apparaissaient sous la forme d'enfants qui n'arrêtaient pas de saigner ou qui étaient couverts de poils. Le monstre de Zizmo était le fameux monstre aux yeux verts. Il le fixait dans l'obscurité de la rivière tandis qu'il attendait sur la berge une cargaison d'alcool. Il bondissait du bas-côté de la route pour le regarder à travers le pare-brise de la Packard. Il se tournait dans le lit quand il rentrait avant l'aube : un monstre aux yeux verts couché aux côtés de sa jeune femme aussi jeune qu'impénétrable, mais alors Zizmo clignait des paupières et le monstre disparaissait.

Alors qu'elles en étaient à leur huitième mois de grossesse, la première neige se mit à tomber. Lefty et Zizmo portaient des gants et des cache-nez quand ils attendaient sur la rive de Belle Isle. Néanmoins, le fait qu'ils fussent sur une île n'empêchait pas mon grand-père de trembler. Deux fois le mois passé ils avaient été près de se faire prendre par la police. Malade de jalousie, Zizmo s'était montré négligent, oubliant de fixer des rendez-vous, choisissant à la va-vite des points de débarquement. Pire, le Purple Gang raffermissait son emprise sur la contrebande. La confrontation était inévitable.

Entre-temps, sur Hurlbut, une cuillère se balançait. Sourmelina, les jambes bandées, était allongée dans son boudoir tandis que Desdemona procédait à la première des nombreuses prédictions qui prendraient fin avec moi.

« Dis-moi que c'est une fille.

– Tu n'as pas besoin d'une fille. Les filles donnent trop de soucis. On doit s'inquiéter des garçons qu'elles fréquentent. On doit constituer une dot et trouver un mari...

– Il n'y a pas de dots en Amérique, Desdemona. »

La cuillère se mit à bouger.

« Si c'est un garçon, je te tue.

– Avec une fille tu te disputeras.

– Avec une fille je peux parler.

– Tu pourras aimer un garçon. »

L'arc de cercle de la cuillère prit de l'ampleur.

« C'est... c'est...

– Quoi ?

– Commence à économiser.

– Oui ?

– Ferme les fenêtres.

– Vraiment ? C'est sûr ?

– Prépare-toi à te battre.

– Tu veux dire que c'est...

– Oui. Une fille. Absolument.

– Oh, Dieu merci. »

... Et un cagibi est débarrassé. Et les murs sont peints en blanc pour en faire une nursery. Deux berceaux identiques arrivent de chez Hudson's. Ma grand-mère les installe dans la nursery, puis tend une couverture entre eux au cas où son enfant serait un fils. Dans le couloir, elle s'arrête devant la veilleuse pour prier le Tout-Puissant. « Je T'en prie fais que mon bébé ne soit pas hémophile comme ils disent. Lefty et moi on ne savait pas ce qu'on faisait. Je T'en prie, je jure de ne jamais avoir un autre enfant. Juste celui-là. »

Trente-trois semaines. Trente-quatre. Dans les piscines utérines, les bébés exécutent des demi-sauts périlleux arrière, tête la première. Mais Sourmelina et Desdemona, qui avaient été si bien synchronisées durant leurs grossesses, différent sur la fin. Le 17 décembre, alors qu'elle écoutait une pièce à la radio, Sourmelina enleva ses écouteurs et annonça que les douleurs commençaient. Trois heures plus tard, le Dr. Philobosian mit au monde une fille, ainsi que l'avait prédit Desdemona. Le bébé ne pesait que deux kilos huit et dut rester en couveuse pendant une semaine. « Tu vois ? dit Lina à Desdemona, qui regardait le bébé derrière la vitre. Le Dr. Phil avait tort. Regarde. Ses cheveux sont noirs. Pas roux. »

Ce fut à Jimmy Zizmo de s'approcher ensuite de la couveuse. Il enleva son chapeau et se pencha très près, plissant les yeux. Et fit-il la grimace ? Le teint pâle du bébé confirma-t-il ses doutes ? Ou lui donna-t-il une réponse ? Quant à la raison pour laquelle une femme se plaint d'avoir la migraine ? Ou quant à la guérison bienvenue qui prouverait sa paternité ? (Quels que fussent ses doutes, l'enfant était bien de lui. Le teint de Sourmelina avait pris le dessus. La génétique, un jeu de dés, absolument.)

Je ne sais que cela : peu après que Zizmo eut vu sa fille, il mit en œuvre son ultime plan. Une semaine plus tard, il dit à Lefty : « Prépare-toi. On a du boulot cette nuit. »

Et maintenant les belles maisons donnant sur le lac resplendissent des illuminations de Noël. La grande pelouse recouverte de neige de Rose Terrace, la résidence de la famille Dodge, s'enorgueillit d'un sapin de Noël de douze mètres de haut, apporté en camion de la péninsule de Bruce. Des elfes font la course autour du sapin au volant de conduites intérieures Dodge miniatures. Le père Noël est conduit par un renne coiffé d'une casquette de chauffeur. (Rudolph n'a pas été encore créé, c'est pourquoi le nez du renne est noir.) Devant les grilles de la propriété, passe une Packard noir et marron. Le conducteur regarde droit devant lui. Le passager admire l'énorme bâtisse.

Jimmy Zizmo conduit lentement à cause des chaînes aux pneus. Ils sont arrivés par E. Jefferson, ont longé Electric Park et passé le pont de Belle Isle. Ils ont poursuivi à travers l'East Side de Detroit, suivant Jefferson Avenue. (Et maintenant nous y voici, à mon petit coin de la forêt : Grosse Pointe. Voilà la maison des Stark, où Clementine et moi nous « exercerons » au baiser l'été précédant la sixième. Et voilà l'école de filles Baker & Inglis, au sommet de sa colline face au lac.) Mon grand-père sait parfaitement que Zizmo n'est pas venu à Grosse Pointe pour regarder les belles maisons. Avec inquiétude, il attend de voir ce que Zizmo a en tête. Non loin de Rose Terrace la route rejoint la rive du lac, noir, vide et gelé. Près du bord, la glace s'entasse en gros blocs. Zizmo suit la rive jusqu'à ce qu'il arrive à un terre-plein devant lequel les bateaux accostent l'été. Il s'y gare.

« On va rouler sur la glace ? demande mon grand-père.

– C'est le chemin le plus court pour aller au Canada en ce moment.

– Tu es sûr qu'elle tiendra ? »

En réponse à la question de mon grand-père, Zizmo se contente d'ouvrir sa portière : pour sauter plus vite. Lefty l'imite. Les roues avant de la Packard heurtent la glace. On dirait que le lac tout entier bouge. Suit un son aigu, comme quand les dents mordent un glaçon. Après quelques secondes, il s'arrête. Les roues arrière entrent à leur tour en contact avec la surface gelée. La glace s'immobilise.

Mon grand-père, qui n'avait pas prié depuis Bursa, éprouve l'envie irrésistible de faire une nouvelle tentative. Le lac St. Clair est contrôlé par le Purple Gang. Il n'y a pas d'arbres derrière lesquels se cacher, pas de routes de traverse par où s'enfuir. Il se mord le pouce auquel il manque l'ongle.

Sans lune, ils ne voient que ce que les phares éclairent : quatre mètres de surface granulée, d'un bleu de glace, striée de traces de pneus. La neige s'élève en tourbillons devant eux. Zizmo essuie le pare-brise embué avec sa manche. « Fais attention à la glace sombre.

– Pourquoi ?

– Ça veut dire qu'elle est mince. »

Peu après la première plaque sombre apparaît. Sur les hauts-fonds, le mouvement de l'eau attaque la glace. Zizmo l'évite. Bientôt une autre tache apparaît et il doit changer de direction. À droite. À gauche. À droite. La Packard avance en serpentant, suivant les traces des autres contrebandiers. De temps à autre une glacière bloque leur passage, et ils doivent faire demi-tour. À droite, à gauche, en arrière, en avant, ils progressent dans l'obscurité sur la glace polie comme du marbre. Zizmo se penche sur le volant, les yeux fixés sur le point où l'obscurité commence. Mon grand-père tient sa portière ouverte, tendant l'oreille aux bruits de la glace...

... mais maintenant, par-dessus le bruit du moteur, un autre bruit se fait entendre. De l'autre côté de la ville cette même nuit ma grand-mère fait un cauchemar. Elle est dans une chaloupe de sauvetage à bord du *Giulia*. Le capitaine Kontoulis, agenouillé entre ses jambes, lui enlève son corset de mariée. Il le délace et l'ouvre tout en tirant sur une cigarette aux clous de girofle. Desdemona, gênée par sa soudaine nudité, baisse les yeux pour voir ce qui fascine tant le capitaine : un gros câble de bateau disparaît à l'intérieur de son corps. « Ho hisse ! » crie le capitaine Kontoulis et Lefty apparaît, l'air soucieux. Il saisit l'extrémité du câble et se met à tirer. Et alors :

La douleur. Une douleur rêvée, réelle et non réelle, juste une salve de neurones. Au plus profond de Desdemona, un ballon d'eau explose. La chaleur se répand le long de ses cuisses tandis que le sang emplit la chaloupe. Lefty tire un grand coup sur le câble, puis un autre. Desdemona laisse échapper un cri, la chaloupe tangue, et alors on entend comme un bruit de bouchon qui saute et elle a l'impression d'être déchirée en deux, et là, au bout du câble, se trouve son enfant, un petit nœud de muscles, couleur d'ecchymose, et elle cherche des yeux les bras qu'elle ne trouve pas, et elle cherche des yeux les jambes qu'elle ne trouve pas, et alors la petite tête se dresse et elle regarde le visage de son bébé, rien qu'un croissant de dents s'ouvrant et se fermant, pas d'yeux, pas de bouche, rien que des dents, qui claquent...

Desdemona se réveille d'un coup. Il lui faut un moment avant de s'apercevoir que son lit réel est entièrement trempé. Elle a perdu les eaux...

... tandis que sur la glace les phares de la Packard éclairent plus brillamment à chaque accélération, recevant plus de courant de la batterie. Ils sont dans le chenal maintenant, équidistant des deux rives. Le ciel est au-dessus d'eux un immense bol noir, percé de feux célestes. Ils ne se rappellent plus le trajet qu'ils ont emprunté maintenant, combien de tournants ils ont pris, où se trouve la glace dangereuse. Le terrain est couvert de traces de pneus menant dans toutes les directions possibles. Ils longent les carcasses de vieilles guimbardes, l'avant pris dans la glace, les portières criblées d'impacts de balles. Il y a des essieux par terre, et des enjoliveurs, et quelques roues de secours. Dans l'obscurité et la tourmente de neige, les yeux de mon grand-père lui jouent des tours. Par deux fois, il croit voir une phalange de voitures approcher. Les voitures jouent avec eux, apparaissant devant eux, de côté, derrière, arrivant et disparaissant si rapidement qu'il n'est pas sûr de les avoir même vues. Et une autre odeur s'élève maintenant dans la Packard, couvrant celle du cuir et du whisky, une odeur puissante et métallique, plus forte que le déodorant de mon grand-père : la peur. C'est alors que Zizmo, d'une voix calme, dit : « Je me suis toujours demandé. Pourquoi tu ne dis à personne que Lina est ta cousine ? »

La question, tombant du ciel, prend de court mon grand-père.

« Ça n'est pas un secret.

– Non ? dit Zizmo. Je ne t'en ai jamais entendu parler.

– Là d'où nous venons, nous sommes tous cousins », tâche de plaisanter Lefty. Puis : « C'est encore loin ?

– De l'autre côté du chenal. On est toujours du côté américain.

– Comment est-ce que tu vas les trouver ?

– On les trouvera. Tu veux que j'accélère ? » Sans attendre la réponse, Zizmo appuie sur l'accélérateur.

« Ça va. Doucement.

– Il y a autre chose que je voulais savoir, dit Zizmo en accélérant.

– Jimmy, fais gaffe.

– Pourquoi est-ce que Lina a dû quitter le village pour se marier ?

– Tu vas trop vite. Je n'ai pas le temps de voir la glace.

– Réponds-moi.

– Pourquoi elle est partie ? Il n'y avait personne à épouser. Elle voulait venir en Amérique.

– C'est ça qu'elle voulait ? » Il accélère encore.

« Jimmy. Ralentis ! »

Mais Zizmo écrase la pédale au plancher. Et crie : « C'est toi !

– De quoi est-ce que tu parles ?

– C'est toi ! » rugit de nouveau Zizmo, et maintenant le moteur gémit, la glace défile en sifflant sous la voiture. « Qui est-ce ? » exige-t-il de savoir. « Dis-moi ! Qui est-ce ? »...

... Mais avant que mon grand-père puisse répondre, un autre souvenir fait son apparition, gîtant sur l'étendue glacée. C'est un soir de dimanche de mon enfance et mon père m'emmène au cinéma au yacht-club de Detroit. Nous montons les escaliers recouverts d'un tapis rouge, passant devant des trophées de course en argent et le portrait à l'huile du pilote d'hydroglisseur Gar Wood. Au premier, nous pénétrons dans l'auditorium. Des chaises pliantes en bois sont disposées devant l'écran. Et maintenant les lumières ont été éteintes et le projecteur bruyant jette devant lui un rayon de lumière, révélant un million de grains de poussière en suspension dans l'air.

Pour mon père, la seule façon d'instiller en moi le sens de mon héritage était de m'emmener voir des versions des anciens mythes grecs doublées en italien. C'est ainsi que chaque semaine, nous voyions Hercule tuer le lion de Némée, ou voler la ceinture des Amazones (« Sacrée ceinture, hein, Callie ? ») ou être inexplicablement jeté dans des fosses à serpents sans support textuel. Mais notre préféré était le Minotaure...

Sur l'écran apparaît un acteur coiffé d'une perruque. « Voilà Thésée, explique Milton. Il a une pelote de fil que sa copine lui a donnée, tu vois ? Et il s'en sert pour retrouver son chemin dans le labyrinthe. »

Maintenant Thésée pénètre dans le labyrinthe. Sa torche éclaire ses murs de pierre en carton. Des os et des crânes jonchent son chemin. Des taches de sang obscurcissent le faux rocher. Sans quitter l'écran des yeux, je tends la main. Mon père prend un bonbon au butterscotch dans la poche de son blazer. En me le donnant, il murmure : « Voilà le Minotaure ! » Et je frémis de peur et de ravissement.

Classique pour moi alors, le triste sort de la créature. Astérius, né monstrueux, malgré lui. Fruit empoisonné d'une trahison, objet de honte tenu caché ; je ne comprends rien de tout ça à huit ans. Je suis pour Thésée...

... tandis que ma grand-mère, en 1923, se prépare à affronter la créature cachée dans ses entrailles. Se tenant le ventre, elle est assise sur la banquette arrière du taxi, cependant que Lina, à côté du chauffeur, lui dit de se dépêcher. Desdemona souffle comme un coureur, et Lina dit : « Je ne t'en veux même pas de m'avoir réveillée. De toute façon je devais aller à l'hôpital ce matin. Ils me laissent emmener mon bébé. » Mais Desdemona n'écoute pas. Elle ouvre la valise qu'elle avait préparée, cherchant parmi chemise de nuit et pantoufles son chapelet. Ambré comme du miel congelé, craquelé par la chaleur, il lui a fait traverser sans encombre des massacres, un exode, et une ville en flammes et elle fait glisser les grains tandis que le taxi fonce dans un bruit de ferraille par les rues sombres, tâchant de prendre les contractions de vitesse...

... tandis que Zizmo fonce sur le glace. L'aiguille du compteur tourne. Le moteur gronde. Les chaînes font lever des gerbes de neige. La Packard avance à toute allure dans l'obscurité, glissant sur des plaques, chassant de l'arrière. « Est-ce que c'était votre plan ? crie-t-il. Que Lina épouse un citoyen américain pour qu'elle te fasse venir ?

– De quoi est-ce que tu parles ? » Mon grand-père tâche de le raisonner. « Quand toi et Lina vous êtes mariés, je ne savais même pas que j'irais un jour en Amérique. S'il te plaît, ralentis.

– Quel était le plan ? Trouver un mari et s'installer chez lui ? »

L'effet immanquable de tous les films de Minotaure. Le monstre arrive toujours du côté où on l'attend le moins. De la même façon, sur le lac St. Clair, mon grand-père cherchait le Purple Gang, quand en réalité le monstre est juste à côté de lui, au volant de la voiture. Dans le vent s'engouffrant par la portière ouverte, les cheveux frisés de Zizmo flottent comme une crinière. Sa tête est baissée, ses narines palpitent. Ses yeux lancent des éclairs.

« Qui est-ce !

– Jimmy ! Fais demi-tour ! La glace ! Tu ne fais pas attention à la glace !

– Je ne m'arrêterai pas avant que tu m'aies répondu.

– Il n'y a rien à répondre. Lina est une bonne fille. Une bonne épouse. Je le jure ! »

Mais la Packard poursuit sa course folle. Mon grand-père se colle contre son siège.

« Et le bébé, Jimmy ? Pense à ta fille.

– Qui a dit que c'était la mienne ?

– Bien sûr que c'est la tienne.

– Je n'aurais jamais dû épouser cette fille. »

Lefty n'a pas le temps de discuter. Sans plus répondre aux questions, il saute par la portière. Le vent le frappe comme s'il était solide, le repoussant contre le pare-chocs arrière. Il voit son cache-nez, au ralenti, s'enrouler autour de la roue arrière de la Packard. Il le sent qui se resserre comme un nœud coulant, mais alors son cou est libéré de l'écharpe, et le temps reprend sa course habituelle tandis que Lefty est projeté loin de l'auto. Il se protège le visage en heurtant la glace, glissant sur une grande distance. Quand il relève la tête, il voit la Packard qui continue son chemin. Il est impossible de savoir si Zizmo essaie de virer, de freiner. Lefty se redresse, rien de cassé, et regarde la voiture s'enfoncer à toute allure dans l'obscurité... soixante mètres... quatre-vingts... cent... jusqu'à ce que soudain un autre bruit se fasse entendre. Un grand craquement couvre le rugissement du moteur, suivi par un scintillement qui se propage au niveau du sol, alors que la Packard atteint une plaque sombre sur le lac gelé.

Tout comme la glace, la vie craque, elle aussi. Les personnalités. Les identités. Jimmy Zizmo, penché sur le volant de la Packard, a déjà changé au-delà de toute compréhension. C'est ici que la piste s'arrête. Je peux vous mener jusque-là et pas plus loin. Peut-être était-ce une crise de jalousie. Ou peut-être examinait-il les alternatives qui se présentaient à lui. Comparant une dot aux dépenses qu'entraîne une famille. Supposant qu'il ne pouvait pas durer toujours, ce boom de la Prohibition.

Et il y a encore une possibilité : peut-être jouait-il la comédie.

Mais il ne reste plus de temps pour de pareilles ruminations. Parce que la glace est en train de hurler. Les roues avant de Zizmo percent la croûte. La Packard, aussi gracieusement qu'un éléphant qui fait le poirier, sombre par l'avant. Il y a un instant où les phares illuminent la glace et l'eau en dessous, comme une piscine, mais alors le capot coule à son tour et, dans une averse d'étincelles, tout devient noir.

Au Women's Hospital, il fallut six heures à Desdemona pour accoucher. Le Dr. Philobosian mit au monde le bébé, dont le sexe fut révélé de la manière habituelle, en écartant les jambes et en regardant. « Félicitations. Un fils. »

Desdemona, soulagée, s'écria : « Il n'a de poils que sur la tête. »

Lefty arriva à l'hôpital peu après. Il était revenu à pied jusqu'à la rive où il avait été pris en stop par un camion de laitier. Il était maintenant à la vitre de la nursery, les aisselles sentant encore la peur, la joue droite égratignée par sa chute sur la glace et la lèvre inférieure gonflée. C'est ce matin, par le plus grand des hasards, que le bébé de Lina avait pris assez de poids pour pouvoir quitter la couveuse. Les infirmières soulevèrent les deux enfants. Le garçon fut prénommé Miltiade comme le grand général athénien, mais serait connu sous le nom de Milton, comme le grand poète anglais. La fille, qui grandirait sans père, fut nommée Theodora, comme la scandaleuse impératrice de Byzance qu'admirait Sourmelina. Elle aussi aurait plus tard un surnom américain.

Mais il y a quelque chose que je voudrais encore dire à propos de ces bébés. Quelque chose d'impossible à voir à l'œil nu. Approchez-vous. Plus près. Voilà :

Une mutation chacun.

Mariage sur lit de glace

Les obsèques de Jimmy Zizmo eurent lieu treize jours plus tard par autorisation de l'évêque de Chicago. Pendant presque deux semaines la famille resta cloîtrée chez elle, polluée par la mort, accueillant le visiteur occasionnel qui venait faire ses condoléances. Les miroirs étaient voilés de tissus noirs. Des portières de même couleur recouvraient les portes. Comme il ne faut pas faire preuve de vanité en présence de la mort, Lefty cessa de se raser et le jour des obsèques il avait quasiment une barbe.

C'est l'incapacité où fut la police de retrouver le corps qui causa le retard. Le jour suivant l'accident, deux inspecteurs s'étaient rendus sur place. La glace s'était reformée durant la nuit et il était tombé quelques centimètres de neige. Les inspecteurs allèrent et vinrent, cherchant des traces de pneus, mais abandonnèrent au bout d'une demi-heure. Ils acceptèrent la version de Lefty selon laquelle Zizmo était allé pêcher et avait peut-être bu. Un inspecteur assura à Lefty que les corps réapparaissaient souvent au printemps, remarquablement conservés par l'eau glacée.

La famille n'en continua pas moins de pleurer son mort. Le père Stylianopoulos soumit l'affaire à l'évêque, qui autorisa les funérailles orthodoxes, à la condition que le corps fût enterré selon les rites au cas où il serait retrouvé un jour. Lefty s'occupa de tout. Il choisit un cercueil, acheta une concession, commanda une pierre tombale, et paya les annonces de décès dans les journaux. À cette époque, les immigrants grecs commençaient à utiliser les dépôts mortuaires, mais Sourmelina insista pour que les visites eussent lieu à la maison. Pendant plus d'une semaine les parents et amis défilèrent dans la sala obscurcie, où les stores avaient été tirés et l'odeur des fleurs alourdissait l'air. Les associés louches de Zizmo vinrent également, tout comme les gérants des speakeasies qu'il fournissait et quelques amis de Lina. Après avoir présenté leurs condoléances à la veuve, ils allaient à l'autre bout du salon se tenir devant le cercueil ouvert. À l'intérieur, posée sur un coussin, se trouvait une photographie encadrée de Jimmy Zizmo. Elle le représentait de trois quarts, levant les yeux vers la lueur céleste de l'éclairage du studio. Sourmelina avait coupé le ruban unissant leurs couronnes de mariage et mis celle de son mari dans le cercueil, aussi.

La peine que lui causa la mort de son mari excéda de beaucoup l'affection qu'elle lui avait portée de son vivant. Dix heures par jour elle chantait des mélopées funèbres au-dessus du cercueil vide, récitant la *mirologhia*. Dans le plus pur style des pleureuses de village, Sourmelina faisait monter au ciel des airs déchirants dans lesquels elle pleurait la mort de son mari et lui reprochait de l'avoir abandonnée. Une fois qu'elle en avait terminé avec Zizmo, elle invectivait Dieu pour l'avoir pris si tôt, et s'apitoyait sur le sort de sa fille nouveau-née. « C'est ta faute ! pleurait-elle. Quelle raison avais-tu de mourir ? Tu m'as laissée veuve ! Tu as laissé ta fille à la rue ! » Elle berçait le bébé tout en chantant sa mélopée funèbre et de temps à autre la tenait en l'air pour que Zizmo et Dieu puissent voir ce qu'ils avaient fait. Les immigrantes plus âgées, entendant la colère de Lina, se rappelaient leur enfance en Grèce, les funérailles de leurs grands-parents ou de leurs parents, et chacun s'accordait à dire qu'un tel témoignage de douleur garantirait à l'âme de Zizmo la paix éternelle.

Suivant les lois de l'Église, les funérailles se firent un jour de semaine. Le père Stylianopoulos, coiffé d'un haut *kalimafkion* et portant une grande croix pectorale, vint à dix heures du matin. Après la prière, Sourmelina apporta au prêtre une bougie allumée sur une assiette. Elle la souffla, la fumée s'éleva et se dispersa, et le père Stylianopoulos brisa la bougie en deux. Après quoi, on se forma en procession et on se mit en marche pour l'église. Lefty avait loué une limousine pour la journée, et ouvrit la porte à sa femme et sa cousine. Quand il entra à son tour, il fit un signe de la main à celui qui avait été choisi pour rester sur le pas de la porte afin d'empêcher l'esprit de Zizmo de rentrer dans la maison. Cet homme était Peter Tatakis, le futur chiropracteur. Suivant la tradition, oncle Pete garderait la porte pendant plus de deux heures, jusqu'à la fin du service funèbre.

La cérémonie suivait toute la liturgie, excepté la fin où on demande aux fidèles de donner le dernier baiser au mort. Au lieu de quoi, Sourmelina passa devant le cercueil et embrassa la couronne de mariage, suivie par Desdemona et Lefty. L'église de l'Assomption, qui à cette époque était installée dans une petite boutique de Hart Street, était occupée à moins d'un quart. Jimmy et Lina n'allaient pas régulièrement à l'église. L'assistance était en grande partie composée de veuves âgées pour qui les funérailles étaient une sorte de divertissement. Enfin le cercueil fut porté à l'extérieur pour la photo. Les participants se groupèrent autour, l'humble église de Hart Street faisant office de fond. Le père Stylianopoulos prit place à la tête du cercueil qui fut rouvert afin de montrer la photo de Jimmy Zizmo posée contre le satin. On brandit les drapeaux grec et américain de chaque côté du cercueil. Personne ne sourit pour le flash. Ensuite, la procession funèbre se mit en marche pour le cimetière de Forest Lawn sur Van Dyke, où le cercueil fut entreposé en attendant le printemps et l'éventualité de la matérialisation du corps avec la fonte des glaces.

Bien que tous les rites nécessaires eussent été exécutés, la famille savait que l'âme de Jimmy Zizmo n'était pas en paix. Après la mort, les âmes orthodoxes ne s'envolent pas droit au Ciel. Elles préfèrent rester sur terre pour embêter les vivants. Durant les quarante jours qui suivirent, chaque fois que ma grand-mère égarait son manuel d'oniromancie ou son chapelet, elle en rendait responsable l'esprit de Zizmo. Il hantait la maison, faisant tourner le lait et volant le savon de la salle de bains. Alors que la période de deuil touchait à sa fin, Desdemona et Sourmelina firent le *kolyvo*. C'était comme un gâteau de mariage, composé de trois parties égales d'une blancheur éblouissante. Il était surmonté d'une barrière qui protégeait des sapins en gélatine verte. Il y avait un étang en gelée bleue, et le nom de Zizmo était écrit en dragées argent. Le quarantième jour suivant les funérailles, une seconde cérémonie eut lieu à l'église, après laquelle tout le monde se retrouva à Hurlbut Street. On se rassembla autour du kolyvo, qui était saupoudré du sucre en poudre de la vie éternelle et contenait les graines immortelles de la grenade. Dès qu'ils eurent mangé le gâteau, tous le sentirent : l'âme de Jimmy Zizmo quittait la terre et entrait au paradis, où il ne pouvait plus les importuner.

Au plus fort des festivités, Sourmelina fit scandale en revenant de sa chambre vêtue d'une robe orange.

« Qu'est-ce que tu fais ? murmura Desdemona. Une veuve porte le noir toute sa vie.

– Quarante jours suffiront », dit Lina, qui se remit à manger.

Ce n'est qu'alors que les bébés purent être baptisés. Le samedi suivant, Desdemona, animée d'émotions contradictoires, regarda les parrains des enfants les tenir au-dessus des fonts baptismaux de l'Assomption. En pénétrant dans l'église, ma grand-mère avait ressenti une fierté immense. On se pressait tout autour d'elle, tâchant d'apercevoir son bébé, qui avait le pouvoir miraculeux de transformer les plus vieilles femmes en jeunes mères. Au cours de la cérémonie, le père Stylianopoulos coupa une mèche des cheveux de Milton et la laissa tomber dans l'eau. Il traça à l'huile le signe de croix sur le front du bébé avant de le submerger. Mais tandis que Milton était lavé du péché originel, Desdemona n'oubliait pas son iniquité. En silence, elle répéta son vœu de ne plus jamais avoir d'enfants.

« Lina, commença-t-elle quelques jours plus tard, en rougissant.

– Quoi ?

– Rien.

– Pas rien. Quelque chose. Quoi ?

– Je me demandais. Comment est-ce que tu... si tu ne veux pas... » Et elle lâcha le morceau : « Comment est-ce que tu fais pour ne pas tomber enceinte ? »

Lina laissa échapper un rire sonore. « Voilà quelque chose dont je n'ai plus à m'inquiéter.

– Mais sais-tu comment ? Est-ce qu'il y a un moyen ?

– Ma mère disait toujours que tant que tu allaites tu ne peux pas tomber enceinte. Je ne sais pas si c'est vrai, mais c'est ce qu'elle disait.

– Mais après ça ?

– C'est simple. Ne couche pas avec ton mari. »

Pour l'instant, c'était possible. Depuis la naissance du bébé, mes grands-parents ne faisaient plus l'amour. Desdemona était debout la moitié de la nuit, occupée à allaiter. Elle était continuellement épuisée. De plus, son périnée s'était déchiré pendant l'accouchement et ne s'était pas encore refermé. Lefty s'abstint poliment d'engager toute joute amoureuse, mais après le deuxième mois, il se mit à venir de son côté du lit. Desdemona le repoussa aussi longtemps qu'elle put. « C'est trop tôt, disait-elle. Nous ne voulons pas un autre enfant.

– Pourquoi pas ? Milton a besoin d'un frère.

– Tu me fais mal.

– Je ferai attention. Viens ici.

– Non, je t'en prie, pas ce soir.

– Quoi ? Tu deviens comme Sourmelina ? Une fois par an suffit ?

– Tais-toi. Tu vas réveiller le bébé.

– Je m'en fiche de réveiller le bébé.

– Ne crie pas. Tiens. Je suis prête. »

Mais cinq minutes plus tard. « Qu'est-ce qu'il y a ?

– Rien.

– Ne me dis pas rien. J'ai l'impression d'être avec une statue.

– Oh, Lefty ! » Et elle éclata en sanglots.

Lefty la consola et s'excusa, mais tandis qu'il se tournait pour s'endormir, il se sentit enfermé dans la solitude de la paternité. La naissance de son fils signifiait pour Eleutherios Stephanides l'amoindrissement aux yeux de sa femme, et comme il enfouissait son visage dans l'oreiller, il comprit pourquoi tous les maris se plaignaient de vivre chez eux comme des pensionnaires. Il ressentit une jalousie folle à l'égard de son fils, dont les cris étaient le seul son que Desdemona semblait entendre, dont le petit corps était l'objet d'interminables soins et caresses, et qui avait remplacé son propre père dans l'affection de Desdemona à l'aide d'un subterfuge digne de la mythologie : un dieu prenant la forme d'un petit cochon pour pouvoir sucer les seins d'une femme. Les semaines et les mois qui suivirent, Lefty observa depuis la Sibérie de son côté du lit l'histoire d'amour qui prospérait entre la mère et l'enfant. Il vit sa femme frotter son visage contre celui du bébé en roucoulant ; il s'étonna de ne la voir marquer aucun dégoût pour les diverses déjections de l'enfant, de la tendresse avec laquelle elle nettoyait et poudrait le derrière du bébé, étalant le talc en cercles et même un jour, au scandale de Lefty, ouvrant les petites fesses pour déposer sur le bouton de rose en leur milieu une goutte de vaseline.

À partir de ce moment, les rapports entre mes grands-parents qui, jusqu'à la naissance de Milton, avaient été marqués par une intimité et une égalité exceptionnelles pour l'époque, se mirent à changer. Alors que Lefty commençait à se sentir rejeté, il se vengea en retournant à la tradition. Il cessa d'appeler sa femme kukla, autrement dit « poupée », et se mit à l'appeler *kyria*, « madame ». Il réintroduisit la ségrégation sexuelle dans la maison, réservant la sala à ses compagnons et bannissant Desdemona à la cuisine. Il se mit à donner des ordres. « Kyria, mon dîner. » Ou : « Kyria, apporte les verres ! » En cela il agissait comme ses contemporains et personne n'y vit rien d'extraordinaire, excepté Sourmelina. Mais même elle ne pouvait complètement se libérer des chaînes du village, et quand Lefty amenait ses amis à la maison pour fumer le cigare et chanter des chansons des brigands de l'Olympe, elle se retirait dans sa chambre.

Isolé dans la paternité, Lefty Stephanides se concentra sur la recherche de moyens moins dangereux de gagner sa vie. Il écrivit aux éditions Atlantis à New York pour leur proposer ses services de traducteur, mais ne reçut en réponse qu'une lettre le remerciant de son intérêt, accompagnée d'un catalogue. Il donna le catalogue à Desdemona, qui commanda un nouveau manuel d'oniromancie. Vêtu de son costume bleu de protestant, Lefty fit le tour des universités et des lycées à la recherche d'un poste de professeur de grec. Mais il y avait peu de places, et toutes étaient occupées. Mon grand-père n'avait pas les diplômes nécessaires ; il n'avait pas même été à l'université. Bien qu'il parlât couramment un anglais quelque peu excentrique, il l'écrivait médiocrement, tout au plus. Avec une femme et un enfant à entretenir, il n'était pas question de retourner à l'école. En dépit de ces obstacles ou peut-être à cause d'eux, au cours des quarante jours de deuil, Lefty s'était fait un bureau dans le salon et était retourné à ses recherches. Obstinément, dans le seul but de penser à autre chose, il passait des heures à traduire Homère et Mimnerme de Colophon en anglais. Il écrivait à l'encre émeraude, avec un stylo, dans de magnifiques cahiers fabriqués à Milan, bien trop coûteux. Le soir, d'autres jeunes immigrés venaient, apportant du whisky de contrebande et tous buvaient en jouant au trictrac. Parfois Desdemona sentait l'odeur familière, musquée et sucrée, qui passait sous la porte.

Dans la journée, s'il en avait assez de rester enfermé, Lefty se coiffait de son nouveau feutre, qu'il portait bas sur le front, et sortait pour réfléchir. Il allait jusqu'à Waterworks Park, étonné que les Américains aient bâti un tel palais pour abriter des filtres et des prises d'eau. Il descendait jusqu'à la rivière et s'arrêtait au milieu des bateaux en cale sèche. Au cours de l'une de ses promenades, il passa devant un immeuble démoli. La façade avait été abattue, révélant les appartements à la manière d'une maison de poupée. Lefty regarda les cuisines et les salles de bains suspendues dans l'air, carrelées de vives couleurs qui lui rappelèrent les tombes des sultans et il lui vint une idée.

Le lendemain matin il descendit dans la cave et se mit au travail. Il dépendit les saucissons épicés de Desdemona des tuyaux de chauffage. Il balaya les toiles d'araignée et mit un tapis sur le sol en terre battue. Il descendit la peau de zèbre de Zizmo qu'il accrocha au mur. Devant l'évier, il fit un petit bar avec des planches de chantier et le recouvrit de carreaux de récupération : arabesques bleu et blanc, damiers napolitains, dragons rouges héraldiques, et Pewabic locaux, couleur de terre. En guise de tables, il disposa des bobines de câbles qu'il recouvrit de nappes. Il cacha les tuyaux avec des draps de lit. Il loua une machine à sous à ses relations de contrebande et leur commanda de la bière et du whisky pour une semaine. Et par une froide soirée de février 1924, il ouvrit son bar.

La Zebra Room était un établissement de quartier aux horaires irréguliers. Quand il était ouvert, Lefty mettait une icône de St. George à la fenêtre du salon. Les clients entraient par-derrière, frappant un coup long et deux brefs suivis de deux longs, à la porte du sous-sol. Puis ils quittaient l'Amérique du travail en usine et des contremaîtres tyranniques pour pénétrer dans une grotte arcadienne où était dispensé l'oubli. Mon grand-père installa le Victrola dans un coin. Il posa des *koulouria* au sésame sur le bar. Il accueillait les clients avec l'exubérance qu'ils attendaient d'un étranger et il flirtait avec les dames. Derrière le bar luisait un vitrail de bouteilles d'alcool : les bleus du gin anglais, les rouges profonds du bordeaux et du madère, les bruns fauves du scotch et du bourbon. Un plafonnier se balançait au bout de sa chaîne, mouchetant de sa lumière la peau de zèbre et donnant aux clients l'impression qu'ils étaient encore plus ivres qu'en réalité. De temps à autre un homme se levait de sa chaise et se mettait à se trémousser et à claquer des doigts au rythme de la musique étrangère, tandis que ses compagnons s'esclaffaient.

Dans ce speakeasy en sous-sol, mon grand-père acquit les attributs du barman qu'il demeurerait le restant de ses jours. Il mit toutes ses capacités intellectuelles au service de l'art des mélanges. Il apprit à servir aux heures d'affluence à la manière d'un homme-orchestre, versant les whiskies de la main droite tandis qu'il emplissait des chopes de bière de la gauche, tout en disposant les dessous de verre avec son coude et en pompant le tonnelet avec son pied. Pendant quatorze à quinze heures par jour il travaillait dans ce trou somptueusement décoré sans jamais cesser de bouger. S'il ne versait pas à boire, il regarnissait les plateaux à koulouria. S'il ne roulait pas un nouveau tonnelet de bière, il disposait des œufs durs dans un présentoir en fil de laiton. Il tenait son corps occupé pour que son esprit n'ait pas l'occasion de penser : à la froideur croissante de sa vie, à la façon dont leur crime les poursuivait. Lefty avait rêvé d'ouvrir un casino, et la Zebra Room serait ce qui s'en approcherait le plus. Il n'y avait ni jeu ni palmiers en pots, mais il y avait la rebetika et, bien des soirs, du haschisch. Ce n'est qu'en 1958, après avoir quitté le bar d'une autre Zebra Room, que mon grand-père aurait le loisir de se rappeler les rêves de roulette de sa jeunesse. Quand, tâchant de rattraper le temps perdu, il se ruinerait, et finirait par se taire dans ma vie pour toujours.

Desdemona et Sourmelina restaient en haut, élevant les enfants. Pratiquement, cela signifiait que Desdemona les levait, les nourrissait, les débarbouillait et changeait leurs langes avant de les amener à Sourmelina, qui alors était occupée à recevoir des visites, sentant encore les tranches de concombre qu'elle se mettait le soir sur les paupières. À la vue de Theodora, Sourmelina ouvrait les bras et s'exclamait d'une voix chantante : « *Chrysto fili !* » – arrachant des bras de Desdemona sa fille adorée et couvrant son visage de baisers. Le restant de la matinée, en buvant du café, Sourmelina s'amusait à mettre du khôl sur les cils de Tessie. Quand s'élevaient les odeurs, elle rendait le bébé, disant : « Il est arrivé quelque chose. »

Sourmelina pensait que l'âme n'entrait pas dans le corps d'un enfant avant que celui-ci se mette à parler. Elle laissait Desdemona se préoccuper des érythèmes fessiers et des toux, du mal aux oreilles et des saignements de nez. Chaque fois qu'il y avait des invités à déjeuner le dimanche, toutefois, Sourmelina les accueillait avec le bébé sur son trente et un épinglé à l'épaule, l'accessoire parfait. Sourmelina n'était pas bonne avec les bébés mais formidable avec les adolescentes. Elle était là pour votre premier coup de cœur et votre premier chagrin, vos robes de bal et vos tentatives pour maîtriser des états d'âme sophistiqués tels que l'anomie. C'est ainsi que durant leurs premières années, Milton et Theodora grandirent ensemble à la manière traditionnelle des Stephanides. De même que jadis un kelimi avait séparé un frère et une sœur, maintenant une couverture en laine séparait des cousins germains. De même que jadis une ombre double avait gravi en bondissant les flancs de la montagne, maintenant une ombre pareillement conjointe se déplaçait sur la véranda arrière de la maison d'Hurlbut.

Ils grandirent. À un an, ils partageaient la même eau de bain. À deux ans, les mêmes crayons de couleur. À trois ans, Milton était assis aux commandes de l'avion dont Theodora lançait l'hélice. Mais l'East Side de Detroit n'était pas un petit village. Il y avait des tas de gosses avec qui jouer. Et quand ils eurent quatre ans, Milton renonça à la compagnie de sa cousine, préférant jouer avec les petits voisins. Theodora s'en fichait. Elle avait maintenant une autre cousine avec qui jouer.

Desdemona avait fait tout ce qui était en son pouvoir pour tenir sa promesse de ne jamais avoir un autre enfant. Elle avait allaité Milton jusqu'à l'âge de trois ans. Elle avait continué à repousser les avances de Lefty. Mais il était impossible de le faire chaque nuit. Il y avait des moments où la culpabilité qu'elle éprouvait d'avoir épousé Lefty entrait en conflit avec la culpabilité qu'elle éprouvait de ne pas le satisfaire. Il y avait des moments où le besoin de Lefty paraissait si désespéré, si pitoyable, qu'elle ne pouvait résister à lui céder. Et il y avait des moments où elle aussi avait besoin d'être réconfortée et soulagée physiquement. Cela n'arrivait que quelques fois par an, plus souvent durant les mois d'été. Parfois, Desdemona buvait trop à un déjeuner de fête, et alors cela arrivait aussi. Et par une chaude nuit de juillet 1927, cela arriva, et le résultat fut une fille : Zoë Helen Stephanides, ma tante Zo.

Du moment où elle apprit qu'elle était enceinte, ma grand-mère fut de nouveau assaillie par la crainte que son enfant souffre d'un horrible défaut de naissance. Dans l'Église orthodoxe, même les enfants dont les parrains et marraines étaient proches parents n'avaient pas le droit de se marier, cela revenant à commettre un inceste spirituel. Qu'était-ce comparé à cela ? C'était bien pire ! Ainsi Desdemona souffrait le martyre, incapable de fermer l'œil tandis que le nouveau bébé grandissait dans son ventre. Le fait qu'elle avait promis à la Panaghia, la Très Sainte Vierge, qu'elle n'aurait plus jamais d'enfant ne faisait que confirmer Desdemona dans la certitude que la main de la justice allait s'abattre lourdement sur sa tête. Mais encore une fois ses craintes furent vaines. Le printemps suivant, le 27 avril 1928, Zoë Stephanides naquit, gros bébé en pleine santé, avec la tête carrée de sa grand-mère, de puissants poumons, et rien qui clochait.

Milton s'intéressait peu à sa nouvelle sœur. Il préférait tirer au lance-pierre avec ses copains. Theodora était à l'opposé. Elle était folle de Zoë. Elle portait le nouveau bébé avec elle comme si c'était une nouvelle poupée.

Leur amitié de toute une vie, qui passerait par bien des épreuves, commença le premier jour, quand Theodora décida qu'elle était la mère de Zoë.

Avec l'arrivée d'un autre bébé, la maison de Hurlbut devint soudain trop petite. Sourmelina décida de déménager. Elle trouva un travail chez un fleuriste, laissant à Lefty et Desdemona le soin de payer les mensualités de l'emprunt-logement. À l'automne de cette même année, Sourmelina et Theodora s'installèrent à la pension O'Toole, juste derrière Hurlbut sur Cadillac Boulevard. L'arrière des deux maisons se faisant face, Lina et Theodora étaient assez proches pour se rendre visite presque tous les jours.

Le mercredi 24 octobre 1929, sur Wall Street à New York, des hommes vêtus de costumes admirablement coupés se mirent à sauter par les fenêtres des fameux gratte-ciel de la ville. Leur geste désespéré, qui rappelait le comportement des lemmings, semblait bien loin de Hurlbut Street, mais peu à peu le nuage sombre se déplaça, progressant en sens opposé au vent, jusqu'à ce qu'il atteigne le Middle West. La Dépression se fit sentir à Lefty par le nombre croissant de tabourets de bar inoccupés. Après avoir tourné à plein pendant quasiment six ans, son petit commerce connut des périodes de ralentissement, des soirs où le bar n'était occupé qu'aux deux tiers, ou seulement à moitié. Rien ne détournait les alcooliques stoïques de leur devoir. Malgré la conspiration internationale des banques (révélée par les émissions de radio du père Coughlin), ces fidèles se présentaient à l'appel chaque fois que St. George galopait à la fenêtre. En mars 1930 il n'y avait plus que la moitié des clients pour frapper le spondée suivi du dactyle qui ouvrait la porte du sous-sol. Les affaires reprirent en été. « Ne t'en fais pas, dit Lefty à Desdemona, le président Herbert Hoover s'occupe du problème. Le pire est passé. » Les dix-huit mois suivants s'écoulèrent cahin-caha mais, quand arriva 1932, il n'y avait plus que quelques clients pour fréquenter le bar quotidiennement. Lefty rallongea le crédit, pratiqua des rabais sur certains alcools, mais rien n'y fit. Bientôt il ne put plus payer ses fournisseurs. Un jour, deux hommes vinrent reprendre la machine à sous.

« C'était terrible. Terrible ! » s'écriait encore Desdemona quand elle évoquait ces années cinquante ans plus tard. Durant toute mon enfance, la moindre allusion à la Dépression déclenchait chez ma yia yia le cycle complet des pleurs et grincements de dents. (Même le jour où fut évoquée la « dépression nerveuse ».) Elle s'affalait dans son fauteuil, se pressant le visage à deux mains comme le personnage du *Cri* de Munch – et ensuite faisait comme ça : « Mana ! La dépression ! Si terrible tu ne peux croire ! Tout le monde il n'a pas de travail. Je me rappelle les manifestations pour la faim, tous les gens marchent dans la rue, un million de gens, un après l'autre, pour aller dire à Mr. Henry Ford d'ouvrir l'usine. Puis nous avons dans la rue un soir un bruit terrible. Les gens ils tuent des rats, plam plam plam, avec des bâtons pour aller manger les rats. Oh mon Dieu ! Et Lefty il ne travaille pas à l'usine alors. Il a seulement, tu sais, le speakeasy, où les gens ils viennent boire. Mais dans la Dépression il y avait une autre période terrible, l'économie très mauvaise, et personne il n'a de l'argent pour boire. Ils peuvent pas manger, comment ils peuvent boire ? Alors bientôt papou et yia yia ils n'ont pas d'argent. Et *alors* – la main sur le cœur – alors ils me font aller travailler pour ces mavros. Des Noirs ! Oh mon Dieu ! »

C'est arrivé comme ça. Un soir, mon grand-père entra dans son lit et constata que ma grand-mère n'y était pas seule. Milton, qui avait alors huit ans, était blotti contre son flanc. De l'autre côté se trouvait Zoë, qui n'avait que quatre ans. Lefty, épuisé par une dure journée de travail, contempla le spectacle de cette ménagerie. Il adorait regarder ses enfants dormir. Malgré les problèmes que connaissait son couple, il ne pouvait pas en faire porter la responsabilité à son fils et à sa fille. En même temps, il les voyait rarement. Afin de gagner suffisamment d'argent il devait ouvrir le speakeasy seize, parfois dix-huit heures par jour. Il travaillait sept jours sur sept. Pour nourrir sa famille il était obligé de vivre loin d'elle. Le matin, quand il était là, ses enfants le traitaient comme un parent familier, un oncle peut-être, mais pas un père.

Et puis il y avait le problème des clientes. Servir à boire nuit et jour, dans une grotte faiblement éclairée, offrait de nombreuses occasions de rencontrer des femmes qui buvaient entre amies ou même seules. Mon grand-père avait trente ans en 1932. Il avait forci et il était devenu un homme ; il était charmant, jovial, toujours bien habillé – et encore à son mieux. Si en haut sa femme avait trop peur pour faire l'amour, en bas dans la Zebra Room les femmes lançaient à Lefty des regards provocants. Tandis que mon grand-père regardait les trois corps endormis dans le lit, son esprit contenait toutes ces choses à la fois : de l'amour pour ses enfants, de l'amour pour sa femme, mêlé de frustration, et l'excitation juvénile provoquée par les clientes. Il approcha son visage de celui de Zoë. Ses cheveux étaient encore mouillés du bain, ils sentaient bon. Il éprouvait la joie d'un père tout en demeurant un homme de son côté. Lefty savait que toutes ces choses dans sa tête ne pouvaient faire bon ménage. Et c'est ainsi qu'après avoir joui de la beauté de ses enfants, il les prit dans ses bras pour les ramener dans leur chambre. Il s'allongea près de sa femme endormie. Doucement, il se mit à la caresser, glissant la main sous sa chemise de nuit. Et soudain les yeux de Desdemona s'ouvrirent.

« Qu'est-ce que tu fais !

– Qu'est-ce que tu crois que je fais ?

– Je suis en train de dormir.

– Je suis en train de te réveiller.

– Honte à toi. »

Ma grand-mère le repoussa. Et Lefty céda. Furieux, il regagna son côté. Il y eut un long silence avant qu'il parle.

« Je n'obtiens rien de toi. Je travaille tout le temps et je n'obtiens rien.

– Tu crois que je ne travaille pas ? J'ai deux enfants à élever.

– Si tu étais une épouse normale, ça vaudrait la peine pour moi de travailler tout le temps.

– Si tu étais un mari normal, tu m'aiderais avec les enfants.

– Comment je peux t'aider ? Tu ne comprends même pas ce qu'il faut faire pour gagner de l'argent dans ce pays. Tu crois que je m'amuse en bas.

– Tu passes des disques, tu bois. J'entends la musique dans la cuisine.

– C'est mon boulot. C'est pour ça que les gens viennent. Et s'ils ne viennent pas, on ne peut pas payer nos factures. Tout repose sur moi. C'est ça que tu ne peux pas comprendre. Je travaille jour et nuit et quand je vais au lit je ne peux même pas dormir. Il n'y a pas de place pour moi !

– Milton a fait un cauchemar.

– Je fais un cauchemar tous les jours. »

Il alluma la lampe, et à sa lumière, Desdemona vit le visage de son mari déformé par une méchanceté qu'elle n'y avait jamais vue. Ce n'était plus le visage de Lefty, plus celui de son frère ou de son mari. C'était le visage de quelqu'un de nouveau, un étranger avec lequel elle vivait.

Et ce nouveau visage terrifiant énonça un ultimatum :

« Demain matin, cracha Lefty, tu vas aller chercher du travail. »

Le lendemain, quand Lina vint déjeuner, Desdemona lui demanda de lui lire le journal.

« Comment est-ce que je peux travailler ? Je ne sais même pas l'anglais.

– Tu en sais un peu.

– On aurait dû aller en Grèce. En Grèce, un mari ne ferait jamais chercher du travail à sa femme.

– Ne t'inquiète pas, dit Lina, s'emparant du quotidien.

Il n'y en a pas. » Les petites annonces du *Detroit Times* en 1932, destinées à une population de quatre millions de lecteurs, ne comprenaient pas plus d'une colonne. Sourmelina plissa les yeux, cherchant quelque chose d'approprié.

« Serveuse, lut Lina.

– Non.

– Pourquoi pas ?

– Les hommes flirteraient avec moi.

– Tu n'aimes pas flirter ?

– Lis, dit Desdemona.

– Teinturière », dit Lina

Ma grand-mère fronça les sourcils. « Qu'est-ce que c'est que ça ?

– Je ne sais pas.

– Comme de teindre du tissu ?

– Peut-être.

– Continue, dit Desdemona.

– Cigarière, poursuivit Lina.

– Je n'aime pas la fumée.

– Domestique.

– Lina, s'il te plaît. Je ne peux pas faire la domestique de quelqu'un d'autre.

– Ouvrière qualifiée dans la soie.

– Quoi ?

– Ouvrière qualifiée dans la soie. C'est tout ce que ça dit. Et une adresse.

– Ouvrière qualifiée dans la soie ? Je suis une ouvrière qualifiée dans la soie. Je sais tout de la soie.

– Alors félicitations, tu as un boulot. S'il n'est pas déjà pris avant que tu arrives. »

Une heure plus tard, habillée pour la chasse au travail, ma grand-mère quitta la maison à contrecœur. Sourmelina avait essayé de la persuader d'emprunter une robe décolletée. « Porte ça et personne ne remarquera ton anglais », avait-elle dit. Mais Desdemona se dirigea vers l'arrêt du tramway, vêtue de l'une de ses robes habituelles, grise à pois bruns. Les bruns de ses chaussures, de son chapeau et de son sac étaient presque assortis.

Bien qu'elle les préférât aux automobiles, Desdemona n'aimait pas non plus les tramways. Elle avait du mal à distinguer les lignes. Ces machines mystérieusement et nerveusement propulsées prenaient toujours des directions inattendues qui l'emmenaient dans des quartiers inconnus de la ville. Quand le premier tramway s'arrêta, elle cria au contrôleur : « Centre-ville ? » Il acquiesça. Elle monta, abaissa un siège, et sortit de son sac l'adresse que Lina avait écrite. Elle la montra au contrôleur.

« Hastings Street ? C'est là que vous allez ?

– Oui. Hastings Street.

– Descendez à Gratiot. Puis prenez le tram qui va au centre-ville et descendez à Hastings. »

Desdemona fut soulagée en entendant le nom de Gratiot. Avec Lefty, elle prenait la ligne de Gratiot pour aller à Greektown. Maintenant, elle comprenait. *Alors ils font de la soie à Detroit ?* demanda-t-elle d'un air triomphal à son mari absent. *En voilà une nouvelle.* Le tramway prit de la vitesse. Les devantures de Mack Avenue défilaient, dont certaines étaient fermées, les vitrines passées au blanc. Desdemona pressa son visage contre la vitre, mais maintenant qu'elle était seule, elle avait encore quelques mots à dire à Lefty. *Si les policiers d'Ellis Island ne m'avaient pas pris mes vers à soie j'aurais pu faire une magnanerie dans le jardin. Je n'aurais pas à travailler. On pourrait faire beaucoup d'argent. Je te l'avais dit.* Les vêtements des passagers, encore très formels à l'époque, n'en montraient pas moins des traces d'usure : chapeaux qui n'avaient pas été rafraîchis chez le chapelier depuis des mois, ourlets et poignets élimés, cravates et revers tachés de graisse. Sur le trottoir, un homme tenait une pancarte sur laquelle il avait peint à la main : JE VEUX UN EMPLOI PAS LA CHARITÉ QUI M'AIDERA À TROUVER DU TRAVAIL 7 ANS À DETROIT PAS D'ARGENT LICENCIÉ EXCELLENTES RÉFÉ-

RENCES. *Regarde ce pauvre homme. Mana! On dirait un réfugié. On pourrait aussi bien être à Smyrne. Quelle est la différence?* Le tramway progressait, l'éloignant de ses repères habituels, le marchand de fruits et légumes, le cinéma, les bouches d'incendie et les kiosques à journaux de son quartier. Ses yeux de villageoise, qui faisaient sans problème la différence entre deux arbres ou deux buissons, devenaient vitreux devant les panneaux de signalisation, les lettres en caractères romains dépourvues de signification qui changeaient sans cesse et les affiches publicitaires en lambeaux montrant des visages américains lépreux, des visages sans yeux, ou sans bouche, ou sans rien qu'un nez. Quand elle reconnut la diagonale de Gratiot, elle se leva et lança un retentissant : « Putaindemerde ! » Elle n'avait aucune idée de ce que ce mot signifiait. Elle avait entendu Sourmelina l'employer chaque fois qu'elle ratait son arrêt. Comme d'habitude, il fut efficace. Le conducteur freina et les passagers se poussèrent en hâte pour la laisser passer. Ils parurent surpris quand elle les remercia en souriant.

Elle dit au contrôleur du tramway de Gratiot : « S'il vous plaît, je veux Hastings Street.

– Hastings ? Vous êtes sûre ? »

Elle lui montra l'adresse et répéta plus fort : « *Hastings Street.*

– Okay. Je vous dirai. »

Le tramway se dirigeait vers Greektown. Desdemona se regarda dans la vitre et rajusta son chapeau. Depuis ses grossesses, elle avait pris du poids, sa taille s'était épaissie, mais elle avait conservé sa peau éclatante et ses cheveux épais et brillants ; c'était toujours une femme séduisante. Elle reporta son attention sur le paysage qui défilait devant ses yeux. Qu'est-ce que ma grand-mère aurait pu voir dans les rues de Detroit en 1932 ? Elle aurait vu des hommes coiffés de casquettes avachies vendant des pommes au coin des rues. Elle aurait vu des cigarières prenant l'air devant des fabriques aux murs aveugles, le visage brun de la poussière de tabac. Elle aurait vu des ouvriers distribuant des tracts appelant à la syndicalisation, suivis de détectives de chez Pinkerton. Dans les ruelles, elle aurait pu voir des briseurs de grève occupés à tabasser les mêmes distributeurs de tracts. Elle aurait vu des policiers à pied ou à cheval, dont soixante pour cent avaient adhéré en secret à l'ordre protestant de la Légion noire, qui avait ses méthodes à lui pour se débarrasser des Noirs, des communistes et des catholiques. « Voyons, Cal – j'entends la voix de ma mère – tu n'as rien de positif à dire ? » Okay, d'accord. Detroit en 1932 était surnommée la Ville verte. Il y avait plus d'arbres au kilomètre carré que dans toute autre ville du pays. Sans oublier les grands magasins, Kern's et Hudson's. Sur Woodward Avenue, les magnats de l'automobile avaient fait construire le magnifique Detroit Institute of Arts où, à la minute même où Desdemona se dirigeait vers son employeur potentiel, un artiste mexicain nommé Diego Rivera travaillait sur sa nouvelle commande : une peinture murale illustrant la nouvelle mythologie de l'industrie automobile. Assis sur une chaise pliante installée sur un échafaudage, il esquissait le grand œuvre : les quatre races androgynes de l'humanité sur les panneaux supérieurs, contemplant à leurs pieds la chaîne de la rivière Rouge, où peinaient des ouvriers aux corps harmonisés par l'effort. D'autres panneaux plus petits montraient la « cellule germinale » d'un enfant enveloppé dans le bulbe d'une plante, les miracles et les périls de la médecine, les fruits et graines du Michigan ; et tout en haut dans un coin Henry Ford lui-même, le visage gris et fermé, faisant ses comptes.

Le tramway passa McDougal, Jos. Campau et Chene, et alors, avec un petit frisson, il franchit Hastings Street. À ce moment, chaque passager, tous étaient blancs, exécuta un geste propitiatoire. Les hommes vérifièrent que leurs portefeuilles étaient bien en place, les femmes que leurs sacs étaient fermés. Le conducteur tira le levier qui verrouillait la porte arrière. Desdemona, remarquant le manège, regarda au-dehors et comprit que le tramway venait de pénétrer dans le ghetto de Black Bottom.

Il n'y avait ni barrage ni fils de fer barbelés. Le tramway ne fit pas même une pause avant de traverser la barrière invisible, mais en l'espace d'un pâté de maisons le monde avait changé. La lumière semblait différente, grisée par le filtre du linge mis à sécher sur des cordes. L'obscurité des portes et des immeubles sans électricité débordait dans les rues, et le nuage noir de la pauvreté qui planait sur le quartier focalisait l'attention sur la clarté d'objets abandonnés et dépourvus d'ombre. Brique rouge d'un porche à moitié écroulé, tas d'ordures et d'os de jambon, pneus usagés, ailes de moulin multicolores écrasées et abandonnées dans la poussière depuis la fête foraine de l'année précédente, une vieille chaussure. Le silence de ruines ne dura qu'un instant avant que Black Bottom ne fasse irruption de toutes ses ruelles et portes. *Regarde tous ces gens ! Il y en a tant !* Soudain des enfants couraient le long du tramway, agitant les mains et criant. Ils se lançaient des défis, sautant au milieu de la voie. D'autres montaient à l'arrière. Desdemona porta la main à sa gorge. *Pourquoi ont-ils tant d'enfants ? Qu'est-ce qui ne va pas chez ces gens ? Les femmes mavros devraient allaiter plus longtemps. Quelqu'un devrait le leur dire.* Elle voyait maintenant dans les ruelles des hommes qui se lavaient aux bouches d'incendie. Des femmes à demi nues se trémoussaient sur des vérandas en étage. Desdemona, à la fois terrorisée et stupéfaite, regardait tous ces visages aux fenêtres, tous ces corps qui emplissaient les rues, près d'un million de personnes entassées sur vingt-cinq pâtés de maisons. Depuis la Première Guerre mondiale, quand E. I. Weiss, directeur des usines Packard, avait fait venir, selon ses propres termes, la première « cargaison de nègres », c'est à Black Bottom qu'il avait été décidé de les parquer. Toutes sortes de métiers s'y côtoyaient maintenant, ouvriers des fonderies et avocats, femmes de chambre et menuisiers, médecins et truands, mais la plupart, puisque nous étions en 1932, étaient au chômage. Pourtant il ne cessait d'en venir chaque année, chaque mois, à la recherche de travail dans le Nord. Ils dormaient sur tous les canapés de toutes les maisons. Ils construisaient des cabanes dans les jardins. Ils campaient sur les toits. (Cet état de choses ne pouvait pas durer, bien sûr. Au cours du temps, Black Bottom, malgré toutes les tentatives des Blancs pour le contenir – et du fait des lois inexorables de la pauvreté et du racisme –, devait lentement s'étendre, rue par rue, quartier par quartier, jusqu'à ce que le prétendu ghetto devienne la ville entière elle-même, et qu'en 1970, dans le Detroit de l'administration Coleman, sans assiette d'impôt, déserté par les Blancs et capitale du crime, les Noirs puissent finir par habiter où ils voulaient...)

Mais à l'époque, en 1932, il était en train de se passer quelque chose d'étrange. Le tramway ralentissait. Au milieu de Black Bottom, il s'arrêtait et – fait sans précédent ! – ouvrait ses portes. Les passagers, inquiets, remuèrent sur leurs sièges. Le contrôleur donna une tape sur l'épaule de Desdemona. « Nous y voilà, ma petite dame. Hastings.

– Hastings Street ? » Elle ne le croyait pas. Elle lui montra de nouveau l'adresse. Il lui désigna la porte.

« Fabrique de soie ici ? demanda-t-elle au contrôleur.

– Peux pas vous dire. Pas mon quartier. »

C'est ainsi que ma grand-mère descendit sur Hastings Street. Le tramway repartit, tandis que ses passagers suivaient des yeux cette femme tombée à la mer. Elle se mit à marcher. Accrochée à son sac, elle se hâtait comme si elle savait où elle allait. Elle gardait les yeux fixés droit devant elle. Des enfants sautaient à la corde sur le trottoir. À la fenêtre d'un second étage, un homme déchira un bout de papier et cria : « À partir de maintenant tu peux m'envoyer mon courrier à Paris, facteur ! » Les vérandas étaient pleines de meubles, de vieux canapés et de fauteuils, de gens jouant aux échecs, se disputant, parlant avec les mains, et éclatant de rire. *Ils n'arrêtent pas de rire, ces mavros. Ils rient, ils rient, comme si tout était drôle. Qu'est-ce qu'il y a de si drôle, dis-moi ? Et qu'est-ce qui – oh mon Dieu ! – un homme en train de faire ses besoins dans la rue ! Je ne veux pas voir ça.* Elle passa devant le jardin d'un artiste récupérateur : les Sept Merveilles du monde en capsules de bouteille. Un vieil ivrogne coiffé d'un sombrero se déplaçait au ralenti, suçant ses mâchoires édentées, la main tendue. *Mais comment font-ils ? Ils n'ont pas de plomberie. Pas d'égouts, terrible, terrible.* Elle passa devant l'échoppe d'un coiffeur où les hommes se faisaient raidir les cheveux, coiffés de charlottes de bain comme des femmes. De l'autre côté de la rue, de jeunes hommes lui criaient :

« Beauté, tu as tellement de courbes que tu fais valser les voitures dans le décor !

– Garde-moi un peu de crème de ton mille-feuille ! »

Elle se hâta, poursuivie par des rires. De plus en plus loin, passant des rues dont elle ignorait le nom. L'odeur d'une cuisine inconnue flottait maintenant dans l'air : poissons pêchés dans la rivière proche, pieds de porc, bouillie de maïs, saucisses frites, haricots noirs. Mais il y avait aussi bien des maisons où rien ne mijotait, où personne ne riait ni même ne parlait, des pièces sombres pleines de visages lugubres et de chiens chapardeurs. C'est d'une pareille véranda que quelqu'un finit par lui adresser la parole. Une femme, Dieu merci.

« Perdue ? »

Ses traits étaient doux, finement ciselés. « Je cherche fabrique. Fabrique de soie.

– Pas de fabriques par ici. S'il y en avait, elles seraient fermées. »

Desdemona lui montra son adresse.

La femme lui désigna le trottoir opposé. « Vous y êtes. »

Et en se retournant, que vit Desdemona ? Vit-elle un bâtiment en brique brune connu jusqu'à récemment sous le nom de McPherson Hall ? Un endroit qu'on louait pour les réunions politiques, les mariages ou, plus rarement, pour des numéros de voyance extralucide ? Remarqua-t-elle les ajouts ornementaux autour de l'entrée, les urnes romaines déversant des fruits, le marbre bigarré ? Ou ses yeux se fixèrent-ils plutôt sur les deux jeunes Noirs au garde-à-vous devant la porte ? Remarqua-t-elle leurs costumes impeccables, l'un du bleu clair de la partie immergée des mappemondes, l'autre du lavande pâle des pastilles French ? Certainement elle ne peut avoir manqué d'être frappée par leur attitude martiale, leurs chaussures reluisantes, leurs cravates aux couleurs éclatantes. Elle doit avoir ressenti le contraste entre l'air assuré des jeunes hommes et celui du quartier opprimé, mais quels qu'aient été ses sentiments d'alors, sa réaction complexe s'est résumée pour moi en un unique choc.

Les fez. Ils portaient des fez. Le couvre-chef mou en feutre bordeaux des ex-tourmenteurs de mes grands-parents. Les chapeaux qui tiraient leur nom de la ville du Maroc d'où provenait la teinture couleur de sang, et qui, sur la tête des soldats, avaient chassé mes grands-parents hors de Turquie, maculant la terre d'un sombre rouge bordeaux. Elle les retrouvait maintenant à Detroit, sur la tête de deux beaux jeunes Noirs. (Et le fez réapparaîtra dans mon histoire, à un enterrement, mais la coïncidence, qui ne peut advenir que dans la réalité, est trop belle pour que je la dévoile tout de suite.)

D'une démarche hésitante, Desdemona traversa la rue. Elle dit aux hommes qu'elle venait pour la petite annonce. L'un d'eux hocha la tête. « Il faut passer par-derrière », dit-il. Poliment, il la précéda dans une ruelle et une cour bien balayée. Alors, sur un signe discret, la porte de derrière s'ouvrit d'un coup et Desdemona eut son second choc. Deux femmes en tchador apparurent. Pour ma grand-mère c'étaient deux dévotes de Bursa, hormis la couleur de leurs vêtements. Ils n'étaient pas noirs. Ils étaient blancs. Les tchadors les couvraient du menton jusqu'aux chevilles. Des foulards blancs leur couvraient les cheveux. Elles n'avaient pas de voile, mais, alors qu'elles approchaient, Desdemona vit qu'elles étaient chaussées de grosses chaussures marron d'écolières.

Fez, tchadors, et puis cela : une mosquée. L'intérieur du McPherson Hall avait été redécoré dans le style mauresque. Précédée des deux gardiennes, elle foula un sol en carreaux noirs et blancs, longeant d'épais rideaux à franges qui empêchaient la lumière de pénétrer. Nul bruit, hormis le bruissement des vêtements et ce qui, de loin, semblait être celui d'une voix qui parlait ou priait. Finalement, elles la firent entrer dans un bureau où une femme était occupée à accrocher un tableau.

« Je suis sœur Wanda, dit la femme, sans se retourner. Capitaine suprême, temple n° 1. » Son tchador était différent, agrémenté de passepoils et d'épaulettes. Le tableau qu'elle était en train d'accrocher représentait une soucoupe volante planant au-dessus de New York. Elle tirait des rayons de lumière.

« Vous venez pour le travail ?

– Oui. Je suis ouvrière spécialisée dans la soie. Beaucoup d'expérience. J'élève la soie, je fais magnaneries, je tisse... »

Sœur Wanda se retourna d'un bloc. Elle scruta le visage de Desdemona. « On a un problème. Qu'est-ce que vous êtes ?

– Je suis grecque.

– Grecque, hum. C'est un genre de blanc, non ? Vous êtes née en Grèce ?

– Non. En Turquie. Nous venons de Turquie. Mon mari et je, aussi.

– Turquie ! Pourquoi vous ne l'avez pas dit ? La Turquie est un pays musulman. Vous êtes musulmane ?

– Non, grecque. Église grecque.

– Mais vous êtes née en Turquie ?

– *Ne*.

– Quoi ?

– Oui.

– Et votre famille vient de Turquie ?

– Oui.

– Alors vous êtes probablement un peu mêlée, non? Vous n'êtes pas complètement blanche ? »

Desdemona hésita.

« Voyez, j'essaie de voir comment on peut s'arranger, poursuivit sœur Wanda. Le pasteur Fard, qui nous vient de la ville sainte de La Mecque, il nous dit toujours qu'on ne peut se fier qu'à nous-mêmes. On ne peut plus se fier à l'homme blanc. On doit s'en tirer tout seuls, vous pigez ? » Elle baissa la voix. « Le problème, c'est qu'il n'y a que des propres à rien qui viennent pour la petite annonce. Les gens disent qu'ils s'y connaissent, mais ils savent que dalle. Tout ce qu'ils veulent c'est être embauchés et virés. Toucher un jour de paye. » Elle plissa les paupières. « C'est ça votre idée ?

– Non. Je veux seulement embauche. Pas virement.

– Mais vous êtes quoi ? Grecque, turque ou quoi ? »

De nouveau Desdemona hésita. Elle pensa à ses enfants. Elle s'imagina rentrant à la maison les mains vides. Puis elle avala un grand coup. « Tout le monde mêlé. Turcs, Grecs, même chose.

– Voilà ce que je voulais entendre. » Sœur Wanda fit un large sourire. « Le pasteur Fard, il est mêlé lui aussi. Je vais vous montrer de quoi on a besoin. »

Derrière elle, Desdemona traversa un long couloir aux murs lambrissés, un standard, puis un autre couloir encore plus sombre. Tout au fond, de lourds rideaux fermaient le vestibule principal. Deux jeunes gardes se tenaient en faction. « Si vous travaillez pour nous, deux trois choses que vous devez savoir. N'allez jamais, jamais, de l'autre côté de ces rideaux. De l'autre côté il y a le grand temple où le pasteur Fard fait ses prêches. Vous restez de ce côté dans le quartier des femmes. Vaut mieux vous couvrir la tête aussi. Ce chapeau laisse voir vos oreilles, qui sont une tentation. »

Desdemona toucha involontairement ses oreilles, jetant un œil sur les gardes par-dessus son épaule. Ils demeurèrent impassibles. Elle se retourna pour suivre la capitaine suprême.

« Je vais vous montrer ce qu'on prépare, dit sœur Wanda. On a tout. Ce qui nous manque c'est un petit... vous voyez... savoir-faire. » Elle s'engagea dans l'escalier, suivie de Desdemona.

(C'est un long escalier, de trois étages, et les genoux de sœur Wanda la font souffrir, il leur faudra donc un moment pour arriver en haut. Laissons-les monter pendant que je vous explique dans quoi s'était fourrée ma grand-mère.)

« Au cours de l'été 1930, un marchand ambulant d'aspect engageant mais vaguement mystérieux fit son apparition dans le ghetto noir de Detroit. » (C'est une citation du livre de C. Eric Lincoln : *Les Musulmans noirs d'Amérique*.) « On le disait arabe, bien que nul ne fût sûr de sa race et de sa nationalité. Il fut bien reçu par les Africains-Américains assoiffés de culture, désireux de lui acheter les soies et les objets d'artisanat dont il prétendait qu'ils étaient portés par les Noirs dans leurs pays d'origine de l'autre côté de l'océan... Ses clients étaient tellement avides d'en savoir plus sur leur propre passé et le pays dont ils provenaient, que le marchand ambulant se mit bientôt à tenir des réunions de maison en maison dans toute la communauté.

« Au début, le Prophète, ainsi qu'il finit par être appelé, limitait son enseignement au récit de ses expériences à l'étranger, à l'interdiction de certaines nourritures et à des conseils touchant l'amélioration de la santé de ses auditeurs. Il était bon, chaleureux, modeste et patient.

« Après avoir éveillé l'intérêt de son hôte » (nous passons maintenant à *Un homme original*, de Claude Andrew Clegg II) « [le marchand ambulant] récitait son baratin sur l'histoire et l'avenir des Africains-Américains. La tactique était efficace, et il l'améliora progressivement jusqu'à tenir de véritables conférences dans des lieux privés. Plus tard, il se transporta dans des lieux publics et sa Nation de l'islam se mit à prendre forme dans un Detroit frappé par la misère. »

Le marchand avait bien des noms. Parfois il se nommait Mr. Farrad Mohammad, ou Mr. F. Mohammad Ali. En d'autres occasions, il se faisait appeler Fred Dodd, Pr. Ford, Wallace Ford, W. D. Ford, Walli Farrad, Wardell Fard, ou W. D. Fard. Ses origines étaient tout aussi nombreuses. On disait que c'était un Jamaïcain dont le père était un musulman de Syrie. Selon une rumeur persistante c'était un Arabe de Palestine qui avait fomenté des émeutes raciales en Inde, en Afrique du Sud, et à Londres, avant de venir à Detroit. On racontait que ses riches parents appartenaient à la tribu des Quraych, celle-là même d'où était issu le Prophète, tandis que, selon le FBI, Fard était né soit en Nouvelle-Zélande soit à Portland, Oregon, de parents hawaïens ou britanniques ou polynésiens.

Une chose est certaine : en 1932, Fard avait fondé le temple n° 1 à Detroit. C'est l'escalier de service de ce temple que Desdemona était en train de gravir.

« Nous vendons la soie ici même, expliqua sœur Wanda. Nous faisons les vêtements nous-mêmes avec les propres dessins du pasteur Fard. D'après les vêtements que nos ancêtres portaient en Afrique. Avant on commandait le tissu et on cousait les vêtements. Mais avec la Dépression, le tissu est de plus en plus difficile à trouver. Alors le pasteur Fard a eu une révélation. Il est venu me voir un matin et il m'a dit comme ça : "Il nous faut maîtriser la sériciculture." C'est comme ça qu'il parle. Vous le trouvez éloquent ? Moi je dis que cet homme pourrait persuader un chien de ne pas manger de viande. »

Tout en gravissant les marches, Desdemona commençait à se faire une idée de la situation. Les beaux costumes des hommes au-dehors. La décoration au-dedans. Sœur Wanda atteignit le palier – « Ici, notre école professionnelle » – et elle ouvrit toute grande la porte. Desdemona entra et les vit.

Vingt-trois adolescentes, en tchador de couleur vive, la tête couverte, étaient occupées à coudre. Elles ne levèrent pas même les yeux de leur ouvrage quand la capitaine Suprême fit entrer l'inconnue. Tête baissée, la bouche pleine d'épingles, grosses chaussures recouvertes par leurs ourlets actionnant d'invisibles pédales, elles poursuivirent la production. « Voilà notre École d'arts ménagers et de culture générale pour jeunes filles musulmanes. Vous voyez comme elles sont sages et travailleuses ? Si vous ne leur parlez pas, elles ne diront pas un mot. "Islam" ça veut dire soumission. Vous savez ça ? Mais revenons-en à notre petite annonce. On commence à manquer de tissu. On dirait que personne ne travaille plus. »

Elle fit traverser la pièce à Desdemona. Sur le sol se trouvait une caisse en bois pleine de terre.

« Donc ce qu'on a fait, on a commandé ces vers à soie à une entreprise. Vous savez ? Par la poste, vous connaissez ? On en attend d'autres. Le problème c'est qu'ils n'ont pas l'air de se plaire à Detroit. Je les comprends. Ils n'arrêtent pas de crever et alors ? Oh là là ! quelle puanteur ! Mon doux Jés... » Elle se reprit. « Rien qu'une façon de parler. J'ai été élevée dans la religion sanctifiée. Dites, comment vous avez dit que vous vous appeliez ?

– Desdemona.

– Dites, Des, avant de devenir capitaine suprême, j'étais coiffeuse. Je suis pas une péquenaude, vous pigez ? J'ai pas la main verte. Faut me donner un coup de main. À quoi ils ressemblent ces vers à soie ? Comment on les fait, vous savez fabriquer de la soie ?

– C'est travail dur.

– Ça nous fait pas peur.

– Ça prend de l'argent.

– On en a plein. »

Desdemona saisit un ver racorni, à demi mort. Elle se mit à lui dire des mots doux en grec.

« Écoutez maintenant, petites sœurs », dit sœur Wanda, et, d'un seul mouvement, toutes cessèrent de coudre, croisèrent les mains sur leurs genoux, et levèrent sur elle un regard attentif. « Cette nouvelle dame va nous apprendre à faire de la soie. C'est une mulâtre comme le pasteur Fard et elle va nous redonner le savoir perdu de nos ancêtres. Pour qu'on puisse se débrouiller par nous-mêmes. »

Vingt-trois paires d'yeux se fixèrent sur Desdemona. Elle prit son courage à deux mains. Elle traduisit mentalement ce qu'elle voulait dire en anglais et se le dit deux fois avant de parler. « Pour faire bonne soie, prononça-t-elle alors, commençant sa leçon aux étudiantes de l'École d'arts ménagers et de culture générale pour jeunes filles musulmanes, il faut être pure.

– On essaye, Des. Loué soit Allah. On essaye. »

CHARLATANERIE

C'est ainsi que ma grand-mère travailla pour la Nation de l'islam. Comme une femme de ménage de Grosse Pointe, elle entrait et sortait par la porte de service. Au lieu d'un chapeau, elle portait un foulard pour cacher ses oreilles irrésistibles. Elle n'élevait jamais la voix au-dessus du murmure. Elle ne posait jamais de questions, ne se plaignait jamais. Ayant grandi sous la domination étrangère, elle ne se sentait pas dépaysée. Les fez, les tapis de prière, les croissants : c'était un peu comme aller chez elle.

Pour les habitants de Black Bottom c'était comme aller sur une autre planète. Les portes du temple, à l'inverse de la plupart des entrées américaines, accueillaient les Noirs et rejetaient les Blancs. Les tableaux qui avaient décoré le grand hall – paysages illuminés par les manifestations de la Volonté divine, scènes de massacres d'Indiens – avaient été relégués dans la cave. À leur place se trouvaient des illustrations de l'histoire africaine : un prince et une princesse se promenant le long d'une rivière cristalline ; un conclave de savants noirs débattant sur un forum.

Les gens venaient au temple n° 1 entendre les conférences de Fard. Ils venaient aussi faire leurs courses. Dans l'ancien vestiaire, sœur Wanda exposait les vêtements dont le prophète disait qu'ils étaient « comme ceux que les Noirs portaient dans leur pays natal ». Elle faisait chatoyer les tissus iridescents sous la lumière tandis que les fidèles faisaient la queue pour payer. Les femmes échangeaient les uniformes de femmes de chambre de l'asservissement pour les tchadors blancs de l'émancipation. Les hommes remplaçaient les bleus de travail de l'oppression par les costumes en soie de la dignité. La caisse du temple débordait. En ces temps de disette, la mosquée prospérait. Ford fermait des usines mais, au 3408 Hastings Street, Fard tournait à plein régime.

Desdemona ne voyait pas grand-chose de tout cela à son second étage. Elle passait la matinée à enseigner dans la salle de classe et l'après-midi dans la pièce où était entreposé le tissu. Un matin elle apporta sa boîte à vers. Elle la fit passer, racontant l'histoire de ses voyages, comment son grand-père l'avait sculptée dans du bois d'olivier et comment elle avait réchappé à un incendie, et elle parvint à raconter tout cela sans rien dire de désobligeant sur les coreligionnaires de ses élèves. En fait, les filles étaient si gentilles qu'elles rappelaient à Desdemona l'époque où Grecs et Turcs faisaient bon ménage.

Néanmoins, les Noirs étaient encore nouveaux pour ma yia yia. Plusieurs choses la choquèrent : « À l'intérieur de la main, informa-t-elle son mari, les mavros sont blancs comme nous. » Ou encore : « Tu sais comment les mavros se rasent ? Avec de la poudre ! Je l'ai vu à la devanture du coiffeur. » Desdemona était épouvantée par l'état des rues de Black Bottom. « Personne ne balaie. Il y a des ordures devant les portes et personne ne les enlève. Terrible. » Mais au temple, les choses étaient différentes. Les hommes travaillaient dur et ne buvaient pas. Les filles étaient propres et modestes.

« Ce Mr. Fard fait quelque chose de bien, dit-elle au cours du déjeuner dominical.

– Je t'en prie, répliqua Sourmelina, nous avons laissé le voile en Turquie. »

Mais Desdemona secoua la tête : « Ces Américaines feraient bien de mettre un voile ou deux. »

Le Prophète lui-même demeurait voilé à Desdemona. Fard était tel un dieu : présent partout et visible nulle part. Sa lumière persistait dans les yeux de ceux qui sortaient de ses conférences. Il s'exprimait en édictant des règles alimentaires, dans lesquelles les plantes africaines, comme l'igname et le manioc, avaient la première place, et proscrivait la consommation de porc. De temps à autre, Desdemona voyait la voiture de Fard – un coupé Chrysler flambant neuf – garée devant le temple. Elle était toujours impeccablement lavée et lustrée ; même le chrome de la calandre était poli. Mais elle ne voyait jamais Fard au volant.

« Comment peux-tu le voir s'il est Dieu ? » lui demanda Lefty d'un ton ironique un soir qu'ils se mettaient au lit. Desdemona s'allongea en souriant, comme si sa première paye hebdomadaire cachée sous le matelas la chatouillait. « Il faudrait que j'aie une vision », répondit-elle.

Son premier projet au temple n° 1 fut de transformer les cabinets extérieurs en magnanerie. Pour cela, elle fit appel au Fruit de l'islam, la branche militaire de la Nation. Les jeunes hommes sortirent la chaise percée en bois de la cabane branlante. Ils comblèrent la fosse septique de terre et enlevèrent tous les vieux calendriers ornés de pin-up punaisés aux murs, détournant les yeux tandis qu'ils jetaient à la poubelle les images choquantes. Ils installèrent des étagères et firent des trous de ventilation au plafond. Malgré leurs efforts, la mauvaise odeur persista. « Attendez, leur dit Desdemona. Ça n'est rien comparé aux vers à soie. »

À l'étage, les étudiantes de l'École d'arts ménagers et de culture générale tissaient des châssis. Desdemona tenta de sauver la première livraison de vers à soie. Elle les conserva au chaud sous des ampoules électriques et leur chanta des chansons grecques, mais ils ne se laissèrent pas prendre. En sortant de leurs œufs noirs, ils détectèrent l'air sec et confiné et le soleil artificiel des ampoules, et se mirent à se racornir. « Il y en a d'autres qui arrivent, dit sœur Wanda, ignorant ce contretemps. Ça ne va pas tarder. »

Les jours passaient. Desdemona commença à s'accoutumer aux paumes blanches des Noirs. Elle s'habitua à emprunter la porte de service et à ne pas parler avant d'y être invitée. Quand elle ne donnait pas de cours, elle attendait dans la pièce de la Soie.

La pièce de la Soie : une description s'impose. (Il arriva tant de choses dans cet espace de quatre mètres sur six : Dieu parla ; ma grand-mère renia sa race ; la Création lui fut expliquée ; et ça n'est qu'un début.) C'était une petite pièce au plafond bas, avec une table de tailleur à une extrémité. Des rouleaux de soie étaient entreposés contre les murs, du sol au plafond, faisant de l'endroit une sorte d'écrin. Le tissu commençant à manquer, sœur Wanda n'avait pas lésiné sur le stock.

Parfois on aurait dit que la soie dansait. Animé par des courants d'air à l'origine mystérieuse, le tissu battait et flottait dans toute la pièce. Desdemona le rattrapait pour le réenrouler.

Et un beau jour, au milieu d'un pas de deux fantomatique mené par une soie verte – elle entendit une voix.

« JE SUIS NÉ DANS LA CITÉ SAINTE DE LA MECQUE, LE 17 FÉVRIER 1877. »

Elle crut d'abord que quelqu'un était entré dans la pièce. Mais, se retournant, elle ne vit personne.

« MON PÈRE S'APPELAIT ALPHONSO, C'ÉTAIT UN HOMME COULEUR D'ÉBÈNE APPARTENANT À LA TRIBU DE SHABAZZ. LE NOM DE MA MÈRE ÉTAIT BABY GEE. C'ÉTAIT UNE BLANCHE, UNE DÉMONE. »

Une quoi ? Desdemona n'entendait pas bien. Ou n'arrivait pas à localiser la voix. On aurait dit maintenant qu'elle sortait du plancher. « MON PÈRE LA CONNUT DANS LES COLLINES D'EXTRÊME-ORIENT. IL VIT LES POSSIBILITÉS QU'ELLE RECELAIT. IL LA GUIDA DANS LES VOIES DE LA RECTITUDE ET ELLE DEVINT UNE SAINTE MUSULMANE. »

Ce n'est pas ce que disait la voix qui intriguait Desdemona – elle ne comprenait pas ce qu'elle disait. C'est le son de la voix, une basse profonde qui faisait vibrer son sternum. Elle fit glisser son foulard pour mieux entendre. Et quand la voix se remit à parler, elle chercha sa source parmi les rouleaux de soie. « POURQUOI MON PÈRE ÉPOUSA-T-IL UNE DÉMONE BLANCHE ? PARCE QU'IL SAVAIT QUE SON FILS ÉTAIT DESTINÉ À FAIRE CONNAÎTRE LA BONNE PAROLE AUX MEMBRES ÉGARÉS DE LA TRIBU DE SHABAZZ. » Deux, trois, quatre rouleaux et elle la trouva : une grille de chauffage. Et la voix était plus forte maintenant. « AINSI IL PENSA QUE MOI, SON FILS, JE DEVAIS AVOIR UNE COULEUR QUI ME PERMETTRAIT D'ENSEIGNER LA JUSTICE ET LA DROITURE TANT AUX NOIRS QU'AUX BLANCS. C'EST POURQUOI JE SUIS UN MULÂTRE COMME MOUSA AVANT MOI, QUI DONNA LES COMMANDEMENTS AU JUIFS. »

Des profondeurs du bâtiment s'élevait la voix du prophète. Elle prenait sa source deux étages plus bas. Elle s'infiltrait par la trappe de la scène de laquelle, à l'époque des congrès de débitants de tabac, une girl apparaissait, seulement vêtue d'un ruban de cigare. La voix se répercutait dans l'étroit espace menant à la coulisse où elle pénétrait dans un conduit de chaleur et circulait dans tout le bâtiment, de plus en plus déformée et réverbérée, jusqu'à ce qu'elle émerge avec chaleur de la grille devant laquelle Desdemona était maintenant accroupie. « MON ÉDUCATION, TOUT COMME LE SANG ROYAL QUI COULE DANS MES VEINES, AURAIT PU M'INCITER À RECHERCHER LE POUVOIR. MAIS J'AI ENTENDU MON ONCLE PLEURER, MES FRÈRES. J'AI ENTENDU MON ONCLE PLEURER EN AMÉRIQUE. »

Elle détectait maintenant un léger accent. Elle attendit que la voix se fasse entendre de nouveau, mais il n'y avait plus que le silence. Une odeur de chaudière lui soufflait au visage. Elle se pencha plus près, tendant l'oreille. Mais la voix qui lui parvint était celle de sœur

Wanda qui l'appelait sur le palier. « Hou-hou ! Des ! Nous sommes prêtes. »

Elle se releva à contrecœur.

Ma grand-mère est la seule Blanche qui entendit jamais les sermons de W. D. Fard, et elle comprenait moins de la moitié de ce qu'il disait. Cela était dû à la mauvaise acoustique des conduits de chauffage, sa connaissance imparfaite de l'anglais, et au fait qu'elle ne cessait de relever la tête pour s'assurer que personne n'approchait. Desdemona savait qu'il lui était interdit d'écouter les conférences de Fard. Elle ne voulait pour rien au monde risquer de perdre son nouveau travail. Mais elle n'avait pas d'autre endroit où aller.

Chaque jour, à une heure, la grille se mettait à gronder. D'abord elle entendait les gens qui entraient dans l'auditorium. Puis venaient des psalmodies. Elle plaça des rouleaux supplémentaires devant la grille pour étouffer le son. Elle installa sa chaise à l'autre extrémité de la pièce. Mais rien n'y fit.

« PEUT-ÊTRE VOUS RAPPELEZ-VOUS QU'AU COURS DE MA DERNIÈRE CONFÉRENCE JE VOUS AI PARLÉ DE LA DÉPORTATION DE LA LUNE ?

– Non, dit Desdemona.

– IL Y A SOIXANTE BILLIONS D'ANNÉES UN DIEU SAVANT CREUSA UN TROU DANS LA TERRE, LE REMPLIT DE DYNAMITE ET FIT SAUTER LA TERRE EN DEUX. LA PLUS PETITE DES DEUX PARTIES DEVINT LA LUNE. VOUS VOUS RAPPELEZ CELA ? »

Ma grand-mère plaqua ses paumes contre ses oreilles ; le refus se lisait sur son visage. Mais à travers ses lèvres une question s'échappa : « Quelqu'un a fait sauter la terre ? Qui ?

– AUJOURD'HUI JE VEUX VOUS PARLER D'UN AUTRE DIEU SAVANT. UN SAVANT MAUVAIS. DU NOM DE YACOUB. »

Et maintenant ses doigts s'ouvraient, laissant la voix parvenir jusqu'à ses oreilles...

« YACOUB VIVAIT IL Y A HUIT MILLE QUATRE CENTS ANS DANS L'ACTUEL CYCLE HISTORIQUE DE VINGT-CINQ MILLE ANS. CE YACOUB POSSÉDAIT UN CRÂNE EXCEPTIONNELLEMENT VOLUMINEUX. UN HOMME INTELLIGENT. UN HOMME BRILLANT. L'UN DES PREMIERS ÉRUDITS DE LA NATION DE L'ISLAM. C'ÉTAIT UN HOMME QUI AVAIT DÉCOUVERT LES SECRETS DU MAGNÉTISME À L'ÂGE DE SIX ANS. IL JOUAIT AVEC DEUX MORCEAUX D'ACIER ET IL LES TINT ENSEMBLE ET DÉCOUVRIT CETTE FORMULE SCIENTIFIQUE : LE MAGNÉTISME. »

Comme un aimant, elle aussi, la voix agissait sur Desdemona. Maintenant elle attirait ses mains à ses côtés. Elle l'attirait en avant sur sa chaise.

« MAIS YACOUB NE SE CONTENTA PAS DU MAGNÉTISME. DANS CE GRAND CRÂNE IL Y AVAIT D'AUTRES IDÉES. C'EST AINSI QU'UN BEAU JOUR YACOUB SE DIT QU'IL POUVAIT CRÉER UNE RACE COMPLÈTEMENT DIFFÉRENTE DE LA RACE ORIGINELLE – GÉNÉTIQUEMENT DIFFÉRENTE – CETTE RACE POURRAIT DOMINER LA NATION NOIRE GRÂCE À LA CHARLATANERIE. »

... Et comme elle n'entendait pas encore assez bien, elle se rapprocha. Elle déplaça les rouleaux de soie et s'agenouilla devant la grille tandis que Fard poursuivait son explication :

« TOUT HOMME NOIR EST FAIT DE DEUX GAMÈTES : UN GAMÈTE NOIR ET UN GAMÈTE BRUN. ET YACOUB CONVAINQUIT CINQUANTE-NEUF MILLE NEUF CENT QUATRE-VINGT-DIX-NEUF MUSULMANS D'ÉMIGRER DANS L'ÎLE DE PELAN. L'ÎLE DE PELAN EST DANS LA MER ÉGÉE. ON LA TROUVE AUJOURD'HUI SUR LES CARTES D'EUROPE SOUS UN FAUX NOM. SUR CETTE ÎLE YACOUB FIT VENIR SES CINQUANTE-NEUF MILLE NEUF CENT QUATRE-VINGT-DIX-

NEUF MUSULMANS. ET LÀ IL COMMENÇA À OPÉRER SA GREFFE. »

Elle entendait d'autres bruits maintenant. Les pas de Fard allant et venant sur scène. Les chaises qui grinçaient sous le poids des auditeurs qui se penchaient en avant afin de ne pas perdre une parole.

« DANS SES LABORATOIRES DE L'ÎLE DE PELAN, YACOUB EMPÊCHAIT TOUS LES NOIRS DE SE REPRODUIRE. QUAND UNE NOIRE DONNAIT NAISSANCE À UN ENFANT, CET ENFANT ÉTAIT TUÉ. YACOUB NE LAISSAIT EN VIE QUE LES BÉBÉS BRUNS. IL NE LAISSAIT S'ACCOUPLER QUE LES SUJETS DE COULEUR BRUNE.

– Terrible, commenta Desdemona. Terrible ce Yacoub.

– VOUS AVEZ ENTENDU PARLER DE LA THÉORIE DARWINIENNE DE LA SÉLECTION NATURELLE ? YACOUB, LUI, PRATIQUAIT LA SÉLECTION CONTRE NATURE. GRÂCE À SES GREFFES SCIENTIFIQUES, YACOUB OBTINT LES PREMIERS HOMMES JAUNES ET LES PREMIERS HOMMES ROUGES. MAIS IL NE S'ARRÊTA PAS LÀ. IL CONTINUA EN ACCOUPLANT LES REJETONS À PEAU CLAIRE DE CES HOMMES. AU COURS DES NOMBREUSES ANNÉES QUI SUIVIRENT IL CHANGEA GÉNÉTIQUEMENT L'HOMME NOIR, UNE GÉNÉRATION APRÈS L'AUTRE, LE RENDANT PLUS PÂLE ET PLUS FAIBLE, DILUANT SA DROITURE ET SA MORALITÉ, LE MENANT DANS LES VOIES DU MAL. ET ALORS, MES FRÈRES, UN BEAU JOUR YACOUB ACHEVA SON ŒUVRE. ET QUEL FUT LE FRUIT DE SA MALICE ? JE VOUS L'AI DÉJÀ DIT : LES CHATS NE FONT PAS DES CHIENS. YACOUB AVAIT CRÉÉ L'HOMME BLANC ! FRUIT DU MENSONGE. FRUIT DE L'HOMICIDE. UNE RACE DE DÉMONS AUX YEUX BLEUS. »

À l'extérieur, les étudiantes de l'École d'arts ménagers et de culture générale installaient les châssis destinés à recevoir les vers à soie. Elles travaillaient en silence, rêvant à différentes choses. Ruby James pensait à John 2X, qui était si beau ce matin, se demandant si un jour ils se marieraient. Darlene Wood commençait à en avoir assez parce que tous les frères avaient été débarrassés de leurs noms d'esclaves et que le pasteur Fard ne s'était pas encore occupé des filles et qu'elle était toujours Darlene Wood. Lily Hale ne pensait quasiment qu'à ses boucles, cachées sous son foulard, et au moment où elle passerait la tête à la fenêtre de sa chambre comme pour voir le temps qu'il faisait pour que Lubbock T. Hass, qui habitait à côté, puisse la voir. Betty Smith pensait : *Loué soit Allah Loué soit Allah Loué soit Allah*. Millie Little avait envie d'un chewing-gum.

Tandis qu'au second, le visage rougi par l'air chaud, Desdemona résistait à ce nouveau tournant dans la narration. « Des démons, tous les Blancs ? » Elle émit un grognement d'incrédulité. Elle se releva, s'époussetant. « Ça suffit. Je n'écoute plus ce fou. Je travaille. Ils me payent. C'est tout. »

Mais le lendemain matin, elle était de retour au temple. À une heure, la voix se remit à parler, et de nouveau ma grand-mère y prêta l'oreille.

« MAINTENANT FAISONS UNE COMPARAISON PHYSIOLOGIQUE ENTRE LA RACE BLANCHE ET LES HOMMES ORIGINELS. LES OS BLANCS, D'UN POINT DE VUE ANATOMIQUE, SONT PLUS FRAGILES. LE SANG BLANC EST MOINS ÉPAIS. LES BLANCS POSSÈDENT À PEU PRÈS UN TIERS DE LA FORCE PHYSIQUE DES NOIRS. QUI PEUT NIER CELA ? QUE NOUS SUGGÈRE CE QUE NOS YEUX NOUS MONTRENT ? »

Elle contestait la voix. Elle ridiculisait les affirmations de Fard. Mais à mesure que les jours passaient, ma grand-mère se retrouva à dérouler de la soie devant la grille de chauffage pour se protéger les genoux. Elle se penchait, mettant l'oreille à la grille, le front touchant quasiment le sol. « Ça n'est qu'un charlatan, disait-elle. Il n'y a que l'argent qui l'intéresse. » Mais elle ne bougeait pas. Peu après, le système de chauffage grondait les dernières révélations.

Qu'est-ce qui arrivait à Desdemona ? Réceptive comme elle l'était à la voix de basse des prêtres, tombait-elle sous l'influence de l'organe désincarné de Fard ? Ou était-ce qu'après dix ans passés en ville, elle devenait enfin une habitante de Detroit, savoir, voyait-elle tout en termes de Blanc et Noir ?

Il y a une dernière possibilité. Serait-ce que la culpabilité de ma grand-mère, cette terreur boueuse qui telle la malaria venait régulièrement la submerger – que cet incurable virus l'ait rendue sensible au charme de Fard ? Tourmentée qu'elle était par son péché, trouvait-elle du poids aux accusations de Fard ? Prenait-elle ces accusations raciales pour elle-même ?

« Tu crois qu'il y a quelque chose qui cloche avec les enfants ? demanda-t-elle à Lefty.

– Rien ne cloche avec les enfants. Ils vont très bien.

– Comment le sais-tu ?

– Regarde-les.

– Qu'est-ce qui ne va pas avec nous ? Comment avons-nous pu faire ce que nous avons fait ?

– Tout va bien avec nous.

– Non, Lefty. Nous » – elle se mit à pleurer – « nous ne sommes pas bons.

– Les enfants vont très bien. Nous sommes heureux. Tout ça c'est du passé. »

Mais Desdemona se jeta sur le lit. « Pourquoi est-ce que je t'ai écouté ? sanglota-t-elle. Pourquoi est-ce que je ne me suis pas jetée à l'eau comme tout le monde ! »

Mon grand-père essaya de la prendre dans ses bras, mais elle le repoussa. « Ne me touche pas !

– Des, je t'en prie...

– J'aurais préféré mourir dans l'incendie ! Je te jure ! J'aurais préféré mourir à Smyrne ! »

Elle se mit à surveiller de près ses enfants. Jusqu'alors, une alerte exceptée – Milton avait failli mourir d'une mastoïdite à l'âge de cinq ans –, tous deux avaient été en parfaite santé. Quand ils se coupaient, leur sang coagulait. Milton avait de bonnes notes à l'école, Zoë d'excellentes. Mais rien de cela ne rassurait Desdemona. Elle attendait que quelque chose arrive, une maladie, une anormalité, craignant d'être punie pour son crime de la manière la plus abominable qui soit : non dans son âme, mais dans le corps de ses enfants.

Je sens la manière dont la maison changea dans les derniers mois de l'année 1932. Un froid qui traversait ses murs en brique brune, envahissant ses pièces et éteignant la veilleuse allumée dans le couloir. Un vent glacé qui soulevait les pages du manuel d'oniromancie de Desdemona, qu'elle consultait de plus en plus fréquemment à mesure que les cauchemars la visitaient. Des cauchemars où des gamètes bouillonnaient, se séparaient. D'écume blanche prenant forme de créatures hideuses. Maintenant elle fuyait le sexe même en été, même après trois verres bus un jour de fête. Bientôt, Lefty abandonna la partie. Mes grands-parents, jadis inséparables, s'étaient éloignés l'un de l'autre. Quand Desdemona partait pour le temple n° 1 le matin, Lefty dormait, ayant tenu le speakeasy toute la nuit. Il disparaissait au sous-sol avant son retour.

À la suite de ce vent froid, qui n'avait cessé de souffler durant l'été indien de l'année 1932, je descends les marches du sous-sol pour trouver mon grand-père, un matin, occupé à mettre des photographies dans des enveloppes en papier marron. Privé de l'affection de son épouse, Lefty Stephanides se concentrait sur son travail. Son affaire, toutefois, avait connu certains changements. Réagissant à la raréfaction des clients du speakeasy, mon grand-père s'était diversifié.

Nous sommes un mardi, il est tout juste huit heures. Desdemona est partie travailler. Et à la fenêtre donnant sur la rue, une main dérobe à la vue des passants l'icône de St. George. Le long du trottoir, une vieille Daimler s'arrête. Lefty sort précipitamment et ouvre la portière arrière.

Les nouveaux associés de mon grand-père : sur le siège avant est assise Mabel Reese, vingt-six ans, originaire du Kentucky, du rouge aux joues, les cheveux sentant encore l'odeur de brûlé laissée par le fer à friser. « À Panducah, est-elle en train de dire au conducteur, il y a un sourd qui a un appareil photo. Il se promène le long de la rivière et il prend des photos sensas.

– Moi aussi, répond le conducteur. Mais les miennes font de l'argent. » Maurice Plantagenet, sa chambre Kodak posée sur la banquette arrière à côté de Lefty, sourit à Mabel et quitte Jefferson Avenue. Les années précédant la Dépression n'avaient pas été favorables aux penchants artistiques de Plantagenet. Comme ils se dirigent vers Belle Isle, il leur donne un cours sur l'histoire de la photographie, son invention par Nicéphore Niepce, et la gloire que Daguerre en tira. Il décrit la première photographie jamais prise d'un être humain, une rue de Paris si longuement exposée qu'aucun des passants ne l'impressionna excepté une silhouette solitaire qui s'était arrêtée pour se faire cirer les chaussures. « Moi aussi je veux entrer dans l'histoire. Mais je ne pense pas que ce soit vraiment la bonne voie. »

Sur Belle Isle, Plantagenet engage la Daimler dans Central Avenue. Cependant, plutôt que de se diriger vers le Strand, il prend une petite route en terre qui s'arrête bientôt. Il se gare et tout le monde descend. Plantagenet cherche la bonne lumière pour son appareil tandis que Lefty s'occupe de l'automobile. Avec son mouchoir, il frotte les enjoliveurs à rayons et les phares ; il fait tomber la boue du marchepied à coups de talon, nettoie les vitres et le pare-brise. Plantagenet dit : « Le maestro est prêt. »

Mabel Reese enlève son manteau. En dessous elle est seulement vêtue d'une gaine et d'un porte-jarretelles. « Où je me mets ?

– Allonge-toi sur le capot.

– Comme ça ?

– Ouais. Face contre le capot. Maintenant ouvre les jambes juste un peu.

– Comme ça ?

– Ouais. Maintenant regarde-moi. Okay, souris. Comme si j'étais ton petit ami. »

C'est ainsi que cela se passait toutes les semaines. Plantagenet prenait les photographies. Mon grand-père fournissait les modèles. Les filles n'étaient pas difficiles à trouver. Il en venait tous les soirs au speakeasy. Elles avaient besoin d'argent comme tout le monde. Plantagenet vendait les photos à un distributeur en ville et donnait un pourcentage à Lefty. La formule était classique : femmes en dessous dans une voiture. Les modèles légèrement vêtus se lovaient sur la banquette arrière, ou dénudaient leurs seins sur le siège passager, ou réparaient des pneus crevés en se penchant en avant. Généralement il y avait une seule fille, mais parfois il y en avait deux. Plantagenet jouait sur toutes les harmonies, entre la courbe d'un derrière et celle d'un pare-chocs, entre les plis d'une gaine et ceux d'un siège en cuir, entre un enjoliveur et un sourire enjôleur. C'était l'idée de mon grand-père. Se rappelant le vieux trésor caché de son père : « Shermine, la fille du jardin des délices », il avait eu l'inspiration de mettre un idéal ancien au goût du jour. L'époque des harems était révolue. Place à celle de la banquette arrière ! Ils faisaient de M. Tout-le-monde un sultan de la route. Les photographies de Plantagenet suggéraient des pique-niques dans des endroits retirés. Les filles faisaient la sieste sur les marchepieds, ou plongeaient dans le coffre à la recherche d'un cric. Au milieu de la Dépression, alors que les gens n'avaient pas d'argent pour manger, les hommes en trouvaient pour les érotiques automobiles de Plantagenet. Les photographies assuraient à Lefty un revenu supplémentaire stable. Il se mit à économiser, en fait, ce qui plus tard lui permit de saisir sa chance.

De temps à autre dans un marché aux puces, ou un recueil, je tombe sur une photo de Plantagenet, généralement datée à tort des années vingt à cause de la Daimler. Vendues pendant la Dépression pour cinq cents, elles vont chercher maintenant dans les six cents dollars. Le « travail artistique » de Plantagenet est oublié mais ses études érotiques de femmes et d'automobiles demeurent populaires. Il est entré dans l'histoire par son œuvre du dimanche, alors qu'à ses yeux, il ne faisait que se compromettre. En fouillant dans les bacs, je regarde ses femmes, leurs dessous sophistiqués, leurs sourires divers. Je fixe ces visages que fixait mon grand-père, jadis, et je me demande : pourquoi Lefty a-t-il cessé de chercher le visage de sa sœur pour se mettre à la recherche d'autres, de blondes aux lèvres minces, de pépées aux croupes provocantes ? Son intérêt pour ces modèles était-il uniquement pécuniaire ? Est-ce que le vent froid qui soufflait dans la maison l'avait poussé à rechercher ailleurs la chaleur ? Ou est-ce que la culpabilité avait commencé à l'infecter, lui aussi, de sorte qu'il se retrouvait avec ces Mabel, Lucie et Dolores afin d'oublier ce qu'il avait fait ?

Incapable de répondre à ces questions, je retourne au temple n° 1, où les nouveaux convertis consultent leur boussole. En forme de larmes, blanches avec des chiffres noirs, les boussoles sont ornées en leur centre d'un dessin de la pierre noire de la Kaaba. Encore peu au fait des exigences de leur nouvelle foi, ces hommes prient n'importe quand. Mais au moins ils ont ces boussoles, achetées à la même bonne sœur qui vend les vêtements. Les hommes tournent pas à pas sur eux-mêmes jusqu'à ce que l'aiguille de la boussole s'arrête sur 34, le chiffre de Detroit. Ils consultent la flèche de la couronne pour trouver la direction de La Mecque.

« PASSONS MAINTENANT À LA CRANIOMÉTRIE. QU'EST-CE QUE LA CRANIOMÉTRIE ? C'EST LA MESURE SCIENTIFIQUE DU CERVEAU, DE CE QUE LES MÉDECINS APPELLENT "LA MATIÈRE GRISE". LE CERVEAU DU BLANC MOYEN PÈSE CENT SOIXANTE-DIX GRAMMES. LE CERVEAU

DU NOIR MOYEN PÈSE DEUX CENT DOUZE GRAMMES. » Fard n'a pas le feu d'un prêcheur baptiste, le don qui soulève les foules, mais pour son public de chrétiens mécontents (et d'une croyante orthodoxe) c'est en réalité un avantage. Ses auditeurs sont fatigués des transes, des cris et des fronts en sueur, des respirations haletantes. Ils sont fatigués de cette religion d'esclaves, à l'aide de laquelle le Blanc persuade le Noir que la servitude est sainte.

« MAIS IL Y A UNE CHOSE EN QUOI LA RACE BLANCHE SURPASSAIT LES HOMMES ORIGINELS. DE PAR SON DESTIN, ET DE PAR SA PROPRE PROGRAMMATION GÉNÉTIQUE, LA RACE BLANCHE EXCELLAIT EN CHARLATANERIE. FAUT-IL QUE JE VOUS LE DISE ? CELA, VOUS LE SAVEZ DÉJÀ. GRÂCE À LA CHARLATANERIE LES EUROPÉENS FIRENT VENIR LES HOMMES ORIGINELS DE LA MECQUE ET D'AUTRES ENDROITS D'EXTRÊME-ORIENT. EN 1555 UN NÉGRIER NOMMÉ JOHN HAWKINS AMENA LES PREMIERS MEMBRES DE LA TRIBU DE SHABAZZ SUR LES RIVES DE CE PAYS. 1555. LE NOM DU NAVIRE ? *JÉSUS*. CECI EST DANS LES LIVRES D'HISTOIRE. VOUS POUVEZ LE TROUVER À LA BIBLIOTHÈQUE DE DETROIT.

« QU'EST-IL ARRIVÉ À LA PREMIÈRE GÉNÉRATION DES HOMMES ORIGINELS EN AMÉRIQUE ? L'HOMME BLANC LES A TUÉS. IL LES A TUÉS POUR QUE LEURS ENFANTS GRANDISSENT DANS L'IGNORANCE DE LEUR PROPRE PEUPLE, DE LEURS ORIGINES. LES DESCENDANTS DE CES ENFANTS, LES DESCENDANTS DE CES PAUVRES ORPHELINS – VOILÀ CE QUE VOUS ÊTES. VOUS ICI DANS CETTE SALLE. ET TOUS LES SOI-DISANT NÈGRES DANS LES GHETTOS D'AMÉRIQUE. JE SUIS VENU ICI VOUS DIRE QUI VOUS ÊTES. VOUS ÊTES LES MEMBRES ÉGARÉS DE LA TRIBU DE SHABAZZ. »

Et la vue des rues de Black Bottom n'arrangeait pas les choses. Desdemona comprenait maintenant pourquoi il y avait tant d'ordures : la ville n'assurait pas le ramassage. Les propriétaires blancs laissaient leurs immeubles tomber en ruine tout en continuant à augmenter les loyers. Un jour Desdemona vit une vendeuse blanche refuser de prendre l'argent d'une cliente noire. « Posez-le sur le comptoir », dit-elle. *Elle ne voulait pas toucher sa main !* Et en cette époque qui ignorait la culpabilité, la tête farcie des théories de Fard, ma grand-mère commença à comprendre ce qu'il voulait dire. Il y avait des démons aux yeux bleus partout dans la ville. Les Grecs, eux aussi, avaient un dicton qui disait : « Barbe rousse et yeux bleus annoncent le diable. » Les yeux de ma grand-mère étaient marron, mais cela ne la consolait pas. Si quelqu'un était le diable, c'était elle. Il n'y avait rien qu'elle pût faire pour changer l'état des choses. Mais elle pouvait s'assurer qu'elles ne se reproduiraient pas. Elle alla voir le Dr. Philobosian.

« C'est une mesure extrême, Desdemona, lui dit le médecin.

– Je veux être sûre.

– Mais vous êtes encore jeune.

– Non, Dr. Phil, je ne suis pas jeune, répondit ma grand-mère d'une voix lasse. J'ai huit mille quatre cents ans. »

Le 21 novembre 1932, le *Detroit Times* titrait : « Un sacrifice humain ». L'article suivait : « Cent adeptes d'une secte, dont le chef noir est en prison pour avoir perpétré un sacrifice humain sur un autel de fortune chez lui, ont été arrêtés aujourd'hui pour être questionnés par la police. Le roi autoproclamé de l'Ordre de l'islam est Robert Harris, 44 ans, habitant 1429 Dubois Avenue. La victime, qu'il reconnaît avoir assommée à coups d'essieu de voiture avant de la poignarder au cœur à l'aide d'un couteau en argent, était un Noir de 40 ans, James J. Smith, qui louait une chambre dans la maison de Harris. » Ce Harris, qu'on appela le « tueur vaudou », avait traîné autour du temple n° 1. Il est possible qu'il ait lu les « Leçons aux musulmans perdus et retrouvés n° 1 et n° 2 », où l'on peut lire : « TOUS LES MUSULMANS TUERONT LE DIABLE PARCE QU'ILS SAVENT QUE C'EST UN SERPENT ET AUSSI QUE SI ON LE LAISSAIT VIVRE, IL PIQUERAIT QUELQU'UN D'AUTRE. » Harris avait alors fondé son ordre à lui. Il était parti à la recherche d'un diable (blanc) mais, la chose étant peu facile à trouver dans le quartier, il s'était rabattu sur un diable plus accessible.

Trois jours plus tard, Fard fut arrêté. Au cours de l'interrogatoire, il répéta à plusieurs reprises qu'il n'avait jamais ordonné à quiconque de sacrifier un être humain. Il prétendit être l'« être humain suprême sur terre ». (C'est du moins ce qu'il affirma au cours de son premier interrogatoire. Après sa seconde arrestation, quelques mois plus tard, il « reconnut », selon la police, que la Nation de l'islam n'était qu'une « escroquerie ». Il avait inventé prophéties et cosmologies « pour prendre tout l'argent qu'il pouvait ».) Quelle que fût la vérité, le résultat fut le suivant : en échange de l'oubli des accusations portées contre lui, Fard acceptait de quitter Detroit une fois pour toutes.

Et nous en arrivons au mois de mai 1933. Et à Desdemona faisant ses adieux aux étudiantes de l'École d'arts ménagers et de culture générale pour jeunes filles musulmanes. Les foulards encadrent des visages baignés de larmes. À la queue leu leu, les filles viennent embrasser Desdemona sur les deux joues. (Elles manqueront à ma grand-mère. Elle les aimait beaucoup.) « Ma mère me disait quand ça va mal les vers peuvent pas tisser, dit-elle. Font mauvaise soie. Font mauvais cocons. » Les filles acceptent cette vérité et scrutent les vers nouvellement éclos à la recherche d'indices de désespoir.

Dans la pièce de la Soie, toutes les étagères sont vides. Fard Muhammad a passé les pouvoirs à un nouveau chef. Frère Karriem, ex-Elijah Poole, est maintenant Elijah

Muhammad, pasteur suprême de la Nation de l'islam. Elijah Muhammad a une vision différente de l'avenir économique de la Nation. À partir de maintenant ce sera l'immobilier, pas le prêt-à-porter.

Et maintenant Desdemona descend l'escalier. Elle arrive au rez-de-chaussée et se retourne pour regarder le hall. Pour la première fois, les Fruits de l'islam ne montent pas la garde à l'entrée. Les rideaux sont ouverts. Desdemona sait qu'elle devrait emprunter la porte de service, mais maintenant elle n'a rien à perdre, et elle s'aventure donc dans la direction opposée. Elle pousse la porte à deux battants et s'introduit dans le saint des saints.

Les quinze premières secondes, elle reste immobile, tandis que l'idée qu'elle s'était faite laisse place à la réalité. Elle imaginait une coupole immense, un tapis oriental bariolé, mais la pièce n'est qu'un simple auditorium. Une petite scène au fond, des chaises pliantes posées contre les murs. Elle contemple tout cela en silence. Et alors, de nouveau, s'élève une voix :

« Salut, Desdemona. »

Sur la scène vide, le Prophète, le Mahdi, Fard Muhammad, se tient derrière le podium. C'est à peine plus qu'une silhouette, mince et élégante, portant un feutre qui cache son visage.

« Tu ne devrais pas être ici, dit-il. Mais je suppose que ça ne fait rien pour aujourd'hui. »

Desdemona, le cœur dans la gorge, parvient à demander : « Comment vous connaître mon nom ?

– Tu n'as pas entendu ? Je sais tout. »

Quand elle lui parvenait par le conduit de chauffage, la voix profonde de Fard Muhammad faisait vibrer son plexus solaire. Maintenant, elle pénètre son corps tout entier. Le grondement descend le long de ses bras et lui chatouille les doigts.

« Comment va Lefty ? »

La question fait chanceler Desdemona. Elle reste sans voix. Elle pense à beaucoup de choses à la fois, d'abord :

comment Fard peut-il connaître le nom de son mari, l'a-t-elle dit à sœur Wanda ?... et ensuite : s'il est vrai qu'il sait tout, alors le reste aussi doit être vrai, les démons aux yeux bleus et le mauvais savant et l'avion mère qui viendra du Japon détruire le monde et emporter les musulmans. La peur la saisit, tandis qu'elle se rappelle quelque chose, se demande où elle a déjà entendu cette voix...

Maintenant Fard Muhammad contourne le podium et quitte la scène. Il s'approche de Desdemona tout en continuant à faire étalage de son omniscience.

« Il s'occupe toujours du speakeasy ? Ces jours-là sont comptés. Lefty ferait bien de trouver autre chose à faire. » Le feutre incliné de côté, le costume boutonné, le visage dans l'ombre, le Mahdi s'approche. Elle voudrait fuir, mais elle s'en trouve incapable. « Et comment vont les enfants ? demande Fard. Milton doit avoir quoi maintenant, huit ans ? »

Il n'est plus qu'à trois mètres. Tandis que le cœur de Desdemona bat follement, Fard Muhammad enlève son chapeau pour révéler son visage. Et le prophète sourit.

Vous avez sûrement deviné maintenant. C'est bien ça : Jimmy Zizmo.

« Mana !

– Salut, Desdemona.

– Toi !

– Qui d'autre ? »

Elle le regarde, les yeux ronds. « On croyait toi mort, Jimmy. Dans la voiture. Dans le lac.

– Jimmy est bien mort.

– Mais tu es Jimmy ? » Cela dit, Desdemona prend conscience de ce que cela implique et se met à le tancer : « Pourquoi tu quittes femme et enfant ? Qu'est-ce qui te prend ?

– Je ne suis responsable que de mon peuple.

– Quel peuple ? Les mavros ?

– Le peuple originel. » Elle ne sait pas s'il est sérieux ou non.

« Pourquoi toi pas aimer les Blancs ? Pourquoi toi les appeler démons ?

– Regarde l'évidence. Cette ville. Ce pays. Tu n'es pas d'accord ?

– Il y a des démons partout.

– Dans cette maison sur Hurlbut, particulièrement ? »

Il y a un silence, après lequel Desdemona demande prudemment : « Comment tu veux dire ? »

Fard, ou Zizmo, sourit de nouveau. « Beaucoup de choses cachées m'ont été révélées.

– Quoi est caché ?

– Ma soi-disant épouse Sourmelina est une femme aux goûts, disons, contre nature. Et toi et Lefty ? Tu crois que vous m'avez trompé ?

– S'il te plaît, Jimmy.

– Ne m'appelle pas comme ça. Ça n'est pas mon nom.

– Quoi tu veux dire ? Tu es mon beau-frère.

– Tu ne me connais pas ! crie-t-il. Tu ne m'as jamais connu. » Puis, se reprenant : « Tu n'as jamais su qui j'étais ni d'où je venais. » Sur ces mots, le Mahdi quitte ma grand-mère, traverse le hall, franchit la porte à deux battants, et sort de leurs vies.

Cet ultime épisode, Desdemona ne le vit pas. Mais il est bien documenté. D'abord, Fard Muhammad serra la main des Fruits de l'islam. Les jeunes hommes refoulèrent leurs larmes et il leur dit adieu. Puis il traversa la foule assemblée devant le temple n° 1 jusqu'à son coupé Chrysler garé le long du trottoir. Il monta sur le marchepied. Ensuite toutes les personnes présentes affirmeraient que le Madhi ne les avait pas quittées des yeux. Les femmes ne retenaient plus leurs larmes, maintenant, le suppliant de ne pas partir. Fard Muhammad ôta son chapeau et le tint contre sa poitrine. Il embrassa la foule d'un regard de bonté et déclara : « Ne vous inquiétez pas. Je suis avec vous. » Il leva son chapeau en un geste qui engloba tout le quartier, le ghetto aux vérandas écroulées, aux rues en terre, au linge inconsolable. « Je reviendrai bientôt vous sortir de cet enfer. » Puis Fard Muhammad monta dans la Chrysler, mit le contact et, avec un dernier sourire rassurant, il prit la route.

Fard Muhammad ne reparut plus jamais à Detroit. Il entra en occultation comme le douzième imam des chiites. Un rapport le localise sur un paquebot voguant vers Londres en 1934. D'après les journaux de Detroit en 1959, W. D. Fard était un « agent nazi d'origine turque » qui travailla pour Hitler durant la Seconde Guerre mondiale. Une théorie soutient que la police ou le FBI serait responsable de sa mort. Tout est possible. Fard Muhammad, mon grand-père maternel, retourna au nulle part d'où il était venu.

Quant à Desdemona, sa rencontre avec Fard peut avoir contribué à la décision drastique qu'elle prit à la même époque. Peu après la disparition du Prophète, ma grand-mère se soumit à une opération encore guère courante. Le chirurgien pratiqua deux incisions sous le nombril. Ouvrant la peau et les muscles pour découvrir les trompes de Fallope, il les noua toutes deux, et il n'y eut plus d'enfants.

SÉRÉNADE POUR CLARINETTE

Nous prîmes rendez-vous. J'allai chercher Julie à son studio de Kreutzberg. Je voulais voir son travail, mais elle refusa. Et nous allâmes donc dîner dans un endroit appelé Austria.

L'Austria ressemble à un relais de chasse. Les murs sont couverts de trophées de cerfs. Ces bois ont l'air ridiculement petits, comme s'ils avaient été portés par des animaux qu'on pourrait tuer à mains nues. Le restaurant est sombre, chaleureux, boisé et confortable. Je n'apprécierais pas qui ne l'apprécierait pas. Julie l'apprécia.

« Puisque tu ne me montres pas ton travail, dis-je comme nous nous asseyions, est-ce que tu peux au moins me dire en quoi il consiste ?

– Photographie.

– Tu ne veux probablement pas me dire de quoi.

– Buvons d'abord un verre. »

Julie Kikuchi a trente-six ans. On lui en donnerait vingt-six. Elle n'est pas grande sans être petite. Elle est directe sans être grossière. Elle était en analyse mais elle a arrêté. Suite à un accident d'ascenseur, elle a de l'arthrite dans la main droite, qui la fait souffrir quand elle tient un appareil pendant longtemps. « J'ai besoin d'un assistant, me dit-elle. Ou d'une nouvelle main. » Ses ongles ne sont pas particulièrement propres. En fait ce sont les ongles les plus sales que j'aie jamais vus sur une si jolie personne et qui sent si bon.

Les seins ont sur moi le même effet que sur quiconque possède mon taux de testostérone.

Je traduisis le menu pour Julie et nous passâmes la commande. Les plats de bœuf bouilli, les bols de sauce et de chou rouge, les knödels gros comme des balles de base-ball arrivèrent. Nous parlâmes de Berlin et des différences entre les pays européens. Julie me raconta qu'elle s'était retrouvée coincée avec son petit ami dans le jardin botanique de Barcelone après la fermeture. Ça y est, pensai-je, le premier ex-petit ami entre en scène. Bientôt les autres suivraient. Ils se mettraient en cercle autour de la table, révélant leurs déficiences, avouant leurs dépendances, la traîtrise de leurs cœurs. Après quoi ce serait à moi de présenter ma galerie d'éclopées. Et c'est là que mes premiers rendez-vous se trompent en général. Je n'ai pas de données suffisantes. Je n'en ai pas la quantité qu'un homme de mon âge est censé posséder. Les femmes le sentent et un regard étrange et inquisiteur apparaît dans leurs yeux. Et déjà je bats en retraite, avant que le dessert ait été servi...

Mais cela n'arriva pas avec Julie. Le petit ami apparut à Barcelone et disparut ensuite. Aucun ne suivit. Ce n'est sûrement pas parce qu'il n'y en avait pas. C'était parce que Julie ne chasse pas le mari. Elle n'avait donc pas besoin de me faire passer l'entretien d'embauche.

Julie Kikuchi me plaît. Elle me plaît beaucoup.

Et donc je me pose les questions habituelles. Que veut-elle de ? Comment réagirait-elle si ? Devrais-je lui dire que ? Non. Trop tôt. On ne s'est même pas embrassés. Et déjà je dois me concentrer sur une autre histoire d'amour.

Nous ouvrons sur un soir d'été en 1944. Theodora Zizmo, que tout le monde appelle maintenant Tessie, se vernit les ongles des pieds. Elle est assise sur une méridienne dans la pension O'Toole, les pieds sur un coussin, un coussin de coton entre chaque orteil. La pièce est pleine de fleurs fanées et des diverses cochonneries de sa mère : pots de maquillage sans couvercle, un bas dépareillé, livres de théosophie, une boîte de chocolats, sans couvercle non plus, pleine de papiers d'argent et de quelques chocolats négligés, portant des traces de dents. Le coin de Tessie est plus rangé. Crayons et stylos se tiennent droit dans des gobelets. Entre des presse-livres en cuivre, bustes miniatures de Shakespeare, se trouvent les romans qu'elle achète dans les brocantes privées.

Les pieds de vingt ans de Tessie Zizmo : taille trente-sept et demi, blancs, veinés de bleu, les ongles rouges se déployant en éventail comme les soleils sur la queue d'un paon. Elle les passe en revue d'un œil sévère, juste comme un moucheron, attiré par la lotion qui parfume ses jambes, vient s'engluer sur l'ongle de son gros orteil. « Oh, mince, dit Tessie. Sacrées bestioles. » Elle se remet au travail, retirant le moucheron, appliquant de nouveau le vernis.

Par cette soirée du milieu de la Seconde Guerre mondiale, une sérénade est sur le point de commencer. C'est une question de minutes. Si vous écoutez attentivement, vous entendrez une fenêtre qui s'ouvre, une anche neuve qu'on place dans le bec d'un bois. La musique par laquelle tout a commencé et de laquelle, pourrait-on dire, mon existence tout entière dépendait, est près de se faire entendre. Mais avant qu'elle ne prenne son essor, laissez-moi vous expliquer un peu ce qui s'est passé ces onze dernières années.

D'abord, la Prohibition a pris fin. En 1933, par ratification de tous les États, le vingt et unième amendement a rejeté le dix-huitième. À la convention de l'American Legion à Detroit, Julius Stroh a enlevé la bonde d'une barrique dorée de bière de Bohème Stroh. Le président Roosevelt a été photographié en train de siroter un cocktail à la Maison-Blanche. Et sur Hurlbut Street, mon grand-père, Lefty Stephanides, a décroché la peau de zèbre, démantelé son speakeasy souterrain, et émergé une fois de plus à l'air libre.

Avec l'argent des érotiques automobiles qu'il a économisé, il a fait le premier versement pour l'achat d'un bâtiment sur Pingree Street, tout près de West Grand Boulevard. La Zebra Room en surface était un bar &

grill, au milieu d'un quartier commerçant animé. Les commerces adjacents étaient encore là dans mon enfance. Je me les rappelle vaguement : l'optométriste A. A. Laurie, avec son enseigne en néon en forme de lunettes ; New York Clothes, le magasin de vêtements dans la vitrine duquel je vis mes premiers mannequins nus, dansant un tango torride. Puis il y avait les viandes premier choix, le poisson frais d'Hagermoser, et la coupe impeccable du coiffeur. Au coin se trouvait notre petite entreprise : un bâtiment étroit de plain-pied, avec une tête de zèbre en bois surplombant le trottoir. La nuit un néon clignotant rouge suivait le contour de la tête.

La clientèle était principalement composée d'ouvriers de l'industrie automobile. Ils venaient après le travail. Ils venaient, assez souvent, *avant* le travail. Lefty ouvrait le bar à huit heures du matin, et à huit heures et demie les tabourets étaient tous occupés par des hommes qui s'assommaient avant d'aller s'atteler à la chaîne. Tandis qu'ils s'emplissaient de bière, Lefty apprenait ce qui se passait en ville. En 1935 ses clients avaient célébré la fondation des Ouvriers unis de l'automobile. Deux ans plus tard, ils maudissaient les gardes armés de Ford qui avaient tabassé leur chef, Walter Reuther, au cours de la « bataille de l'Autopont ». Mon grand-père ne prenait pas parti dans ces discussions. Son boulot était d'écouter, acquiescer, verser, sourire. Il ne dit rien en 1943 quand les propos de bar se mirent à prendre une vilaine tournure. Un dimanche d'août, une bagarre éclata entre Noirs et Blancs sur Belle Isle. « Des nègres ont violé une femme blanche, dit un client. Maintenant tous ces nègres vont payer. Attendez un peu. » Lundi matin, une émeute raciale éclatait. Mais quand un groupe entra, se vantant d'avoir battu un Noir à mort, mon grand-père refusa de les servir.

« Pourquoi tu ne retournes pas dans ton pays ? hurla l'un d'eux, furieux.

– C'est ici mon pays », dit Lefty, et pour le prouver, il

fit une chose très américaine : il sortit un pistolet de sous le comptoir.

Ces conflits sont de l'histoire ancienne aujourd'hui alors que Tessie se vernit les ongles des pieds, éclipsés par un conflit de bien plus grande importance. En 1944 toutes les usines d'automobiles de Detroit ont été rééquipées. À Willow Run, ce sont des B-52 qui sortent de la chaîne au lieu de berlines Ford. Chez Chrysler, on fait des tanks. Les industriels ont enfin trouvé le remède à la crise économique : la guerre. La ville de l'automobile, Motor Town, qu'on n'appelle pas encore Motown, devient pendant un temps l'Arsenal de la démocratie. Et dans la pension de Cadillac Boulevard, Tessie Zizmo se vernit les ongles des pieds et entend une clarinette.

Le grand succès d'Artie Shaw, « Begin the Beguine », flotte dans l'air humide. Il immobilise les écureuils sur les fils téléphoniques, qui dressent la tête pour écouter. Il agite les feuilles des pommiers et fait tourner sur lui-même le coq d'une girouette. Avec son tempo rapide et sa mélodie tourbillonnante, « Begin the Beguine » s'élève au-dessus des jardins et des meubles en rotin, des clôtures envahies par les ronces et des balancelles ; il saute la palissade du jardin de la pension O'Toole, évitant les activités récréatives des pensionnaires majoritairement mâles – quelques maillets de croquet abandonnés – puis il escalade le lierre le long de la façade, le long des fenêtres où les célibataires font la sieste, se grattent la barbe, ou, pour ce qui est de Mr. Danelikov, formulent des problèmes d'échecs ; il s'élève encore plus haut, le meilleur et le plus populaire des enregistrements d'Artie Shaw, datant de 1939, qu'on entend encore sur toutes les radios de la ville, une musique si fraîche et vivante qu'elle semble être garante de la pureté de la cause américaine et du triomphe final des Alliés ; mais maintenant la voilà qui entre par la fenêtre de Theodora tandis qu'elle évente ses orteils pour sécher le vernis. Et, en l'entendant, ma mère se tourne vers la fenêtre et sourit.

La source de la musique n'était autre qu'un Orphée

gominé qui vivait juste derrière chez elle. Milton Stephanides, étudiant âgé de vingt ans, debout à sa propre fenêtre, jouait de la clarinette. Il portait un uniforme de boy-scout. Menton levé, coudes écartés, le genou droit battant la mesure à l'intérieur d'un pantalon kaki, il lançait son chant d'amour dans le jour d'été avec une ardeur qui s'était totalement éteinte quand je découvris cet instrument à vent couvert de moisissures dans notre grenier vingt-cinq ans plus tard. Milton avait été troisième clarinette dans l'orchestre du lycée de Southeastern. En concert, il était obligé de jouer Schubert, Beethoven et Mozart, mais maintenant qu'il avait quitté le lycée, il était libre de jouer ce qu'il aimait, qui était le swing. Il avait emprunté son style à Artie Shaw. Il copiait la manière de se tenir, exubérante et déséquilibrée, comme par le souffle de sa propre musique. Ce soir-là, à sa fenêtre, il faisait exécuter à son instrument les plongeons et les cercles précis et calligraphiés de Shaw. Son regard se portait dans le prolongement du tube noir et luisant, fixant la maison à deux jardins de là, et particulièrement le visage pâle, timide, exotique et myope à la fenêtre du second étage. Des branches et des lignes téléphoniques lui barraient la vue, mais il apercevait sa longue chevelure brune qui brillait comme sa clarinette.

Elle n'agita pas la main. Elle ne laissa paraître en rien – excepté le sourire – qu'elle l'avait entendu. Dans les jardins adjacents, les gens poursuivaient leurs occupations, ignorant la sérénade. Ils arrosaient des pelouses ou versaient du grain dans des mangeoires à oiseaux ; les enfants chassaient les papillons. Quand Milton eut terminé, il abaissa son instrument et se pencha à la fenêtre avec un grand sourire. Puis il recommença, depuis le début.

Au rez-de-chaussée Desdemona, qui recevait, entendit la clarinette de son fils et, comme en contrepoint, émit un long soupir. Depuis quarante-cinq minutes, Gus et Georgia Vasilakis, ainsi que leur fille Gaia, étaient assis dans le salon. C'était un dimanche après-midi. Sur la table basse, un plat de gelée rose renvoyait la lumière des verres de vin étincelants que buvaient les adultes. Gaia faisait durer un verre de ginger ale tiède. Il y avait une boîte de petits gâteaux secs ouverte sur la table.

« Qu'est-ce que tu penses de ça, Gaia ? la taquina son père. Milton a les pieds plats. C'est rédhibitoire pour toi ?

– Papaaa, dit Gaia, gênée.

– Mieux vaut avoir les pieds plats que les pieds devant, dit Lefty.

– Très juste, acquiesça Georgia Vasilakis. Vous avez de la chance qu'ils ne prennent pas Milton. Je ne pense pas que ce soit du tout un déshonneur. Je ne sais pas ce que je ferais si je devais envoyer un fils à la guerre. »

De temps à autre durant cette conversation, Desdemona avait tapoté le genou de Gaia Vasilakis en disant : « Miltie il vient. Bientôt. » Elle l'avait dit depuis l'arrivée de leurs invités tous les dimanches depuis un mois et demi, et pas seulement à Gaia Vasilakis. Elle l'avait dit à Jeanie Diamond, que ses parents avaient amenée dimanche dernier, et elle l'avait dit à Vicky Logathetis, qui était là la semaine précédente.

Desdemona venait juste d'avoir quarante-trois ans et, à la manière des femmes de sa génération, elle était en fait une vieille femme. Le gris s'était infiltré dans ses cheveux. Elle s'était mise à porter des lunettes sans monture qui grossissaient légèrement ses yeux, accusant l'air de perpétuelle consternation qu'elle avait toujours eu. Sa tendance à se faire du souci (que le swing à l'étage avait récemment aggravé) lui avait redonné des palpitations cardiaques. Elles étaient maintenant quotidiennes. À l'intérieur de ce cercle de souci, toutefois, Desdemona demeurait en constante activité, toujours cuisinant, faisant le ménage, gâtant ses enfants et les enfants des autres, toujours hurlant à pleins poumons, pleine de bruit et de vie.

Malgré les verres correcteurs de ma grand-mère, le monde demeurait flou. Elle ne comprenait pas pourquoi on se battait. À Smyrne, les Japonais avaient été les seuls à envoyer des bateaux au secours des réfugiés. Ma grand-mère leur en gardait une gratitude éternelle. Quand on évoquait l'attaque traîtresse de Pearl Harbor, elle répondait : « Ne me parlez pas d'une île au milieu de l'océan. Ce pays n'est pas assez grand, il leur faut aussi les îles ? » Le sexe de la statue de la Liberté n'y changeait rien. C'était la même chose ici que partout ailleurs : les hommes et leurs guerres. Heureusement, Milton avait été réformé. Au lieu d'aller à la guerre, il allait aux cours du soir et donnait un coup de main au bar dans la journée. Le seul uniforme qu'il portait était celui des boy-scouts, où il était chef de patrouille. De temps à autre il emmenait ses scouts camper dans le nord.

Cinq minutes ayant passé, et Milton ne s'étant toujours pas matérialisé, Desdemona s'excusa et monta l'escalier. Elle s'arrêta devant la porte de la chambre de Milton, fronçant les sourcils à la musique qui en sortait. Puis, sans frapper, elle entra.

Devant la fenêtre, clarinette érigée, Milton jouait, inconscient de ce qui l'entourait. Il se déhanchait de manière indécente et ses lèvres étaient aussi luisantes que ses cheveux. Desdemona traversa la pièce d'un pas vif et claqua la fenêtre.

« Viens, Miltie, ordonna-t-elle. Gaia est en bas.

– Je m'entraîne.

– Tu t'entraînes plus tard. » Elle regardait, les yeux à demi fermés, la pension O'Toole de l'autre côté du jardin. À la fenêtre du second étage, elle crut voir une tête se baisser vivement, mais elle n'en était pas sûre.

« Pourquoi tu joues toujours devant la fenêtre ?

– Je m'échauffe. »

Desdemona s'inquiéta. « Qu'est-ce que tu veux dire tu t'échauffes ?

– Jouer me donne chaud. »

Elle laissa échapper un grognement. « Viens. Gaia t'a apporté des petits gâteaux. »

Depuis déjà un certain temps ma grand-mère soupçonnait l'intimité croissante entre Milton et Tessie. Elle remarquait l'attention que Milton portait à Tessie chaque fois que celle-ci venait dîner avec Sourmelina. Dans leur enfance et leur adolescence, Zoë avait toujours été la meilleure amie et partenaire de jeux de Tessie. Mais maintenant c'était avec Milton que Tessie s'asseyait sur la balancelle. Desdemona avait demandé à Zoë : « Pourquoi tu sors plus avec Tessie ? » Et Zoë, d'un ton légèrement amer, avait répondu : « Elle est occupée. »

C'est ce qui avait provoqué le retour des palpitations cardiaques de ma grand-mère. Après tout ce qu'elle avait fait pour racheter son crime, après qu'elle eut transformé son mariage en un désert arctique et se fut fait ligaturer les trompes, elle découvrait que la consanguinité n'en avait pas fini avec elle. C'est ainsi que, horrifiée, ma grand-mère avait repris une activité à laquelle elle s'était déjà essayée, avec un succès incontestablement mitigé, celle de marieuse.

D'un dimanche l'autre, comme à Bithynios, les filles à marier défilaient à Hurlbut. À la seule différence que cette fois-ci ce n'étaient pas les mêmes deux filles qui se démultipliaient. À Detroit, Desdemona avait le choix. Il y avait des filles avec des voix de crécelle ou de doux alto, des dodues et des minces, des filles-enfants qui portaient des accroche-cœurs et des filles qui étaient vieilles avant l'heure et travaillaient comme secrétaires dans des compagnies d'assurances. Il y avait Sophie Georgopoulos, qui avait une démarche bizarre depuis qu'elle avait posé un pied sur des charbons ardents alors qu'elle campait, et il y avait Matilda Livanos, suprêmement ennuyée comme le sont les beautés, qui n'avait marqué aucun intérêt pour Milton et ne s'était même pas lavé les cheveux. Semaine après semaine, aidées ou forcées par leurs parents, elles venaient, et semaine après semaine Milton Stephanides s'excusait pour monter dans sa chambre jouer de la clarinette à la fenêtre.

Aujourd'hui, avec Desdemona en serre-file, il descendait voir Gaia Vasilakis. Elle était assise entre ses parents sur le canapé vert écume trop rembourré, vêtue d'une robe blanche à crinoline et volants et manches gigots. Ses socquettes blanches elles aussi avaient des volants. Elles rappelèrent à Milton le couvercle tapissé de dentelle de la poubelle de la salle de bains.

« Dis donc, ça en fait des badges, dit Gus Vasilakis.

– Il ne lui en manquait plus qu'un pour devenir aigle, dit Lefty.

– Lequel ?

– La natation, dit Milton. Je nage comme un fer à repasser.

– Moi non plus je ne nage pas très bien, dit Gaia, en souriant.

– Prends un petit gâteau, Miltie », le pressa Desdemona.

Milton baissa les yeux sur la boîte en fer-blanc et prit un petit gâteau.

« C'est Gaia qui les a faits, dit Desdemona. Comment tu aimes ? »

Milton mâcha, d'un air méditatif. Après un moment, il fit le salut scout. « Je ne peux pas mentir, dit-il. Ce petit gâteau est couci-couça. »

Y a-t-il une chose plus incroyable que l'histoire d'amour de vos propres parents ? Quelque chose de plus difficile à saisir que le fait que ces deux joueurs qui ont fait leur temps, qui se trouvent sur la liste des invalides, furent un jour sur la ligne de départ ? Il est impossible d'imaginer mon père, qui, pour moi, était surtout excité par la baisse des taux d'intérêt, souffrant la passion aiguë de la chair propre à l'adolescence. Milton allongé sur son lit, rêvant de ma mère tout comme moi-même, plus tard, je rêverais de l'Obscur Objet. Milton écrivant des lettres d'amour et même, après avoir lu « À sa prude maîtresse » d'Andrew Marvell aux cours du soir, des *poèmes* d'amour. Milton adaptant la métaphysique élisabéthaine aux rimes à l'Edgar Bergen :

T'es aussi épatante, Tessie Zizmo
Qu'un chapeau sur un cachalot
Le tour de la terre je le ferais mille fois
Que j'trouverais jamais une nana comme toi

Même si je le revois avec les yeux indulgents d'une fille, je dois l'avouer : mon père n'a jamais été beau. À l'âge de dix-huit ans, il était maigre à faire peur. Son visage était marbré de taches. Sous ses yeux mornes, des poches sombres s'étaient déjà formées. Il avait le menton fuyant, le nez trop grand, ses cheveux gominés faisaient une masse brillante pareille à un flan moulé. Milton, toutefois, n'était conscient d'aucun de ces défauts. Il était doué d'une assurance sans faille qui le protégeait comme un coquillage des assauts du monde.

L'attrait physique de Theodora était plus évident. Elle avait hérité la beauté de Sourmelina à plus petite échelle. Elle mesurait un mètre cinquante-cinq, avait la taille fine, une poitrine menue et un long cou de cygne supportait son joli visage en forme de cœur. Si Sourmelina avait toujours été une Américaine de type européen, une sorte de Marlene Dietrich, alors Tessie était la fille totalement américanisée qu'aurait pu avoir Dietrich. Elle avait une apparence normale, à la limite du commun, jusqu'au léger interstice entre les deux dents de devant et son nez en trompette. Les traits sautent souvent une génération. J'ai l'air beaucoup plus grec que ma mère. Tessie était devenue un produit du Sud. Elle disait des trucs comme « mince » et « flûte ». Comme elle travaillait tous les jours chez le fleuriste, Lina laissait Tessie à la garde d'un assortiment de femmes dont la plupart étaient des Irlando-Écossaises du Kentucky, et c'est ainsi que Tessie avait attrapé leur nasillement. Comparés aux traits puissants et masculins de Zoë, ceux de Tessie étaient « typiquement américains », et c'est certainement ce qui attira en partie mon père.

Le salaire de Sourmelina n'était pas élevé. Mère et fille étaient obligées de faire attention. Chez les fripiers, le choix de Sourmelina se portait sur les vêtements des girls de Las Vegas. Le goût de Tessie était plus classique. Elle raccommodait jupes en laine et chemisiers ; elle débarrassait les pulls de leurs petites boules et donnait, à vigoureux coups de brosse, une seconde jeunesse à des souliers bicolores. Mais la vague odeur des boutiques de seconde main ne quittait jamais complètement ses vêtements. (Il collerait à moi des années plus tard quand je partirais.) Cette odeur était en harmonie avec son état d'orpheline pauvre.

Jimmy Zizmo : tout ce qui restait de lui était ce qu'il avait laissé sur le corps de Tessie. Son ossature était délicate comme la sienne, ses cheveux, bien que soyeux, étaient noirs comme les siens. Quand elle ne les lavait pas assez souvent, ils devenaient huileux et en sentant son oreiller elle pensait : « Peut-être que c'était ça l'odeur de mon père. » En hiver elle souffrait d'engelures contre lesquelles Zizmo prenait de la vitamine C. Mais Tessie était pâle et attrapait facilement des coups de soleil.

D'aussi loin que Milton se souvienne, Tessie était dans la maison, vêtue des vêtements raides et compassés qui amusaient tant sa mère. « Regardez-nous toutes les deux, disait Lina. On se croirait dans un restaurant chinois : poules à la sauce aigre-douce. » Tessie n'aimait pas que sa mère parle ainsi. Elle ne se trouvait pas aigre ; seulement comme il faut. Elle aurait aimé que sa mère soit plus comme il faut, de son côté. Quand Lina buvait trop, c'était Tessie qui la ramenait à la maison, la déshabillait et la mettait au lit. Lina étant exhibitionniste, Tessie était devenue voyeuse. Lina parlant haut et fort, Tessie était silencieuse. Elle jouait aussi d'un instrument : l'accordéon. Il était dans sa boîte sous le lit. De temps à autre elle s'en harnachait, et l'énorme instrument asthmatique paraissait presque aussi grand qu'elle tandis qu'elle en jouait avec application, mal, et toujours avec un brin de la tristesse qui caractérise les fêtes foraines.

Enfants, Milton et Tessie avaient partagé la même chambre et la même baignoire, mais c'était il y a longtemps. Jusqu'à récemment, pour Milton, Tessie était une cousine un peu guindée. Chaque fois qu'un de ses amis exprimait de l'intérêt pour elle, il le décourageait. « C'est du miel pour le frigidaire », disait-il, ainsi qu'Artie Shaw aurait pu faire. « Les bonbons froids restent collés. »

Mais un beau jour, Milton revint du magasin de musique avec des anches neuves. Il pendit son manteau et son chapeau dans l'entrée, sortit les anches et fit une boule du sac en papier qui les contenait. En entrant dans le salon il tenta de marquer un panier. La boule de papier traversa les airs, frappa le rebord de la corbeille, et rebondit. C'est alors qu'une voix se fit entendre : « Tu ferais bien de t'en tenir à la musique. »

Milton regarda pour voir qui c'était. Il vit qui c'était. Mais qui c'était n'était plus qui ç'avait été.

Theodora était allongée sur le canapé, un livre à la main. Elle portait une robe printanière à fleurs rouges. Ses pieds étaient nus et c'est alors que Milton les vit : les ongles rouges. Milton n'avait jamais pensé que Theodora fût le genre de fille qui se vernit les ongles des pieds. Les ongles rouges lui donnaient l'air d'une femme tandis que pour le reste – les bras minces et pâles, le cou fragile – elle demeurait une petite fille. « Je surveille le rôti, expliqua-t-elle.

– Où est maman ?

– Elle est sortie.

– Elle est sortie ? Elle ne sort jamais.

– Aujourd'hui si.

– Où est ma sœur ?

– En classe. » Tessie regarda l'étui noir qu'il avait à la main. « C'est ta clarinette ?

– Ouais.

– Joue-moi quelque chose. »

Milton posa l'étui sur le canapé. Tout en l'ouvrant et en sortant sa clarinette, il demeurait conscient de la nudité des jambes de Tessie. Il emboucha le bec et se dégourdit les doigts en les faisant jouer sur les clés. Et alors, pris d'une impulsion incontrôlable, il se pencha, appliquant l'extrémité de la clarinette contre le genou nu de Tessie, et souffla une longue note.

Elle poussa un cri aigu et retira son genou.

« C'était un *ré* bémol, dit Milton. Tu veux entendre un *ré* dièse ? »

Tessie avait encore la main sur son genou bourdonnant. La vibration de la clarinette avait remonté tout le long de sa cuisse. Elle se sentait toute drôle, comme si elle allait rire, mais elle ne rit pas. Elle regardait son cousin, pensant : « Voyez-vous ça. Quel sourire. Il a encore des boutons et il se prend pour le centre du monde. D'où lui vient cette confiance ? »

« D'accord, finit-elle par répondre.

– Okay, dit Milton. *Ré* dièse. Allons-y. »

Ce premier jour ce furent les genoux de Tessie. Le dimanche suivant, Milton arriva par-derrière et joua de la clarinette contre la nuque de Tessie. Le son était étouffé. De fines mèches de ses cheveux s'envolèrent. Tessie hurla, mais pas longtemps. « Ouaaais », dit Milton.

Et c'est ainsi que tout commença. Il joua « Begin the Beguine » contre la clavicule de Tessie. Il joua « Moonface » contre ses joues. La clarinette collée contre les ongles de pied vernis qui l'avaient tant ébloui, il joua « It Goes to Your Feet ». Sans se l'avouer, Milton et Tessie se mirent à rechercher des lieux discrets, et là, relevant légèrement sa jupe, ou enlevant une chaussette, ou, un jour qu'il n'y avait personne à la maison, soulevant son chemisier pour exposer ses reins, Tessie laissait Milton presser sa clarinette contre sa peau pour emplir son corps de musique. Au début, cela ne faisait que la chatouiller. Mais au bout d'un certain temps, les notes se propagèrent plus profondément. Elle sentait les vibrations pénétrer ses muscles en vagues palpitantes, jusqu'à ce qu'elles lui secouent les os et fassent bourdonner ses organes.

Milton jouait avec les mêmes doigts qu'il utilisait pour le salut scout, mais ses pensées étaient loin d'être pures. Penché sur Tessie, respirant fort, tremblant de concentration, il imprimait à son instrument des mouvements circulaires comme un charmeur de serpents. Et Tessie était un cobra, fascinée, domptée, ravie par le son. Finalement, un après-midi qu'ils étaient tout seuls, Tessie, sa cousine si comme il faut, s'allongea sur le dos. Elle se couvrit le visage d'un bras. « Où dois-je jouer ? » chuchota Milton, la bouche trop sèche pour jouer quoi que ce soit. Tessie défit un bouton de son chemisier et d'une voix étranglée, prononça : « Mon ventre.

– Je ne connais pas de chanson sur le ventre, risqua Milton.

– Mes côtes, alors.

– Je ne connais pas de chansons sur les côtes.

– Mon sternum ?

– Personne n'a jamais écrit de chanson à propos du sternum, Tess. »

Elle défit d'autres boutons, les yeux clos. Et presque dans un murmure : « Et ça ?

– Celle-là je la connais », dit Milton.

Quand il ne pouvait pas jouer contre la peau de Tessie, Milton ouvrait la fenêtre de sa chambre et lui donnait la sérénade de loin. Parfois il appelait la pension et demandait à Mrs. O'Toole s'il pouvait parler à Theodora. « Minute », disait Mrs. O'Toole, et elle criait : « Téléphone pour Zizmo ! » Milton entendait le bruit des pas dévalant l'escalier puis la voix de Tessie qui disait allô. Et il se mettait à jouer dans le téléphone.

(Des années plus tard, ma mère se rappelait l'époque où elle était courtisée à la clarinette. « Ton père ne jouait pas très bien. Deux ou trois morceaux, pas plus. – Qu'est-ce que tu racontes ? protestait Milton. J'avais tout un répertoire. » Il se mettait à siffloter « Begin the Beguine » en gazouillant pour imiter le vibrato de la clarinette, bougeant les doigts sur un instrument imaginaire. « Pourquoi est-ce que tu ne me donnes plus la sérénade ? » demandait Tessie. Mais Milton avait autre chose à l'esprit : « Qu'est-ce qui est arrivé à ma vieille clarinette ? » Et alors Tessie : « Comment veux-tu que je sache ? Tu crois que je sais où se trouve tout ce qu'il y a dans la maison ? – Elle est à la cave ? – Peut-être que je l'ai jetée ! – Tu l'as jetée ! Pourquoi est-ce que tu as fait ça ! – Qu'est-ce que tu veux en faire, Milton, t'y remettre ? Tu ne savais pas en jouer déjà à l'époque. »)

Il y a une fin à toutes les sérénades. Mais en 1944 la musique ne s'arrêtait jamais. Quand arriva le mois de juin, c'était parfois une autre sorte d'air qui sortait de l'écouteur à la pension O'Toole : « Kyrie eleison, Kyrie eleison. » Une voix douce, presque aussi féminine que celle de Tessie, roucoulait au téléphone à quelques rues de là. Cela durait au moins une minute. Puis Michael Antoniou demandait : « Comment tu as trouvé ?

– Formid, disait ma mère.

– Vraiment ?

– Exactement comme à l'église. Je m'y serais crue. »

Ce qui m'amène à la dernière complication de cette année fertile en intrigues. Inquiète de ce que trafiquaient Milton et Tessie, ma grand-mère n'essayait pas seulement de marier Milton à quelqu'un d'autre. Cet été-là elle avait aussi trouvé un mari à Tessie.

Michael Antoniou – père Mike, ainsi qu'on l'appellerait dans notre famille – étudiait à l'époque au séminaire orthodoxe de la Sainte-Croix à Pomfret, Connecticut. Revenu passer les vacances d'été, il avait témoigné beaucoup d'intérêt à Tessie. En 1933, l'église de l'Assomption avait quitté le magasin de Hart Street. Maintenant la congrégation avait une véritable église, sur Vernor Highway, presque au coin de Beniteau. C'était un bâtiment de brique jaune coiffé de trois dômes gris tourterelle et pourvu d'un sous-sol pour les réunions. À l'heure du café, Michael Antoniou dépeignait à Tessie la vie de séminariste et lui révélait les arcanes de l'orthodoxie grecque. Il lui apprit que les moines du mont Athos, dans leur soif de chasteté, n'avaient pas seulement exclu les femmes de leur île mais les femelles de toutes les autres espèces également. Il n'y avait pas d'oiseaux femelles sur le mont Athos, pas de serpents femelles, pas de chiennes ni de chattes. « Un peu trop strict pour moi, disait Michael Antoniou, avec un sourire entendu à Tessie. Je veux seulement être un prêtre de paroisse. Marié avec des enfants. » Ma mère ne fut pas surprise qu'il s'intéresse à elle. Elle-même étant petite, elle était habituée à se faire inviter à danser par des types petits. Elle n'aimait pas être choisie pour sa taille, mais Michael Antoniou était insistant. Et il était possible qu'il ne la courtise pas uniquement parce qu'elle était la seule fille qui fût plus petite que lui. Il était possible qu'il ait lu le besoin dans les yeux de Tessie, son désir désespéré de croire qu'il y avait quelque chose au lieu de rien.

Desdemona sauta sur l'occasion. « Mickey bon garçon grec, gentil garçon, dit-elle à Tessie. Et va être prêtre ! » Et à Michael Antoniou : « Tessie est petite mais elle est forte. Combien d'assiettes vous croyez qu'elle peut porter, père Mike ? – Je ne suis pas père encore, Mrs. Stephanides. – S'il vous plaît, combien ? – Six ? – Vous pensez c'est tout ? Six ? » Et, levant les deux mains : « Dix ! Dix assiettes Tessie peut porter. Jamais rien casser. »

Elle se mit à inviter Michael Antoniou aux déjeuners dominicaux. La présence du séminariste inhibait Tessie, qui ne montait plus au premier prendre ses cours particuliers de swing. Milton, que cette situation rendait maussade, lançait des piques à travers la table. « Je présume que ça doit être beaucoup plus difficile d'être prêtre ici en Amérique.

– Que voulez-vous dire ? demanda Michael Antoniou.

– Je veux juste dire qu'au pays les gens ne sont pas trop éduqués, dit Milton. Ils croient tout ce que les prêtres leur racontent. Ici c'est différent. On va au lycée apprendre à réfléchir par soi-même.

– L'Église ne veut pas que les gens ne réfléchissent pas, répliqua Michael sans se froisser. L'Église croit que réfléchir mène jusqu'à un certain point. Là où la réflexion s'arrête, la révélation commence.

– *Chrysostomos !* s'exclama Desdemona. Père Mike, vous avez une bouche d'or. »

Mais Milton insista : « Moi je dis que la où la réflexion s'arrête, c'est la stupidité qui commence.

– C'est comme ça que vivent les gens, Milt – de nouveau Michael Antoniou, toujours avec gentillesse, douceur –, en racontant des histoires. Quelle est la première chose qu'un gosse demande quand il apprend à parler ? "Raconte-moi une histoire." C'est ainsi que nous comprenons qui nous sommes, d'où nous venons. Juste des histoires, Milt ? Pas juste. Les histoires sont tout. Et quelle est l'histoire que l'Église a à raconter ? C'est facile. C'est la plus belle histoire jamais racontée. »

Ma mère, en écoutant ce débat, ne pouvait manquer de remarquer les contrastes criants entre ses deux soupirants. D'un côté, la foi ; de l'autre, le scepticisme. D'un côté, la bonté ; de l'autre, l'hostilité. Un jeune homme petit, certes, mais agréable à regarder contre un collégien décharné et boutonneux avec des cernes sous les yeux comme un loup affamé. Michael Antoniou n'avait pas même essayé d'embrasser Tessie tandis que Milton l'avait dévoyée avec un instrument à vent. *Ré* bémol et *do* dièse qui la léchaient comme autant de langues de feu, ici derrière le genou, là-haut dans le cou, juste sous le nombril... l'inventaire la remplissait de honte. Plus tard cet après-midi-là, Milton la coinça. « J'ai une nouvelle chanson pour toi, Tess. Je l'ai apprise aujourd'hui. » Mais Tessie lui dit : « Va-t'en. – Pourquoi ? Qu'est-ce qu'il y a ? – C'est... C'est... » Elle chercha ce qu'elle pourrait lui opposer de plus rédhibitoire. « C'est pas agréable ! Ce n'est pas ce que tu disais la semaine dernière. » Milton agitant la clarinette, ajustant la anche avec un clin d'œil, jusqu'à ce que Tessie, finalement : « Je ne veux plus ! Tu as compris ! Laisse-moi tranquille ! »

Tous les samedis jusqu'à la fin de l'été, Michael Antoniou alla chercher Tessie à la pension O'Toole. Tandis qu'ils marchaient, il lui prenait son sac et le balançait par la courroie, comme si c'était un encensoir. « Ça n'est pas si facile, lui disait-il. Si on ne le balance pas assez fort, la chaîne s'emmêle et les braises tombent. » Ma mère tâchait d'ignorer la gêne qu'elle éprouvait à marcher aux côtés d'un homme qui balançait un sac à main. Au drugstore, il se coinçait une serviette en papier sous le menton pour manger sa glace. Au lieu de se jeter la cerise dans la bouche, comme aurait fait Milton, il la lui offrait toujours. Plus tard, en la raccompagnant, il lui serrait la main et plongeait dans ses yeux un regard limpide. « Merci pour cet agréable après-midi. À demain, à l'église. » Puis il s'éloignait, les mains croisées derrière le dos. Il s'exerçait à marcher comme un prêtre, aussi.

Alors Tessie montait dans sa chambre. Elle s'allongeait sur sa méridienne pour lire. Un après-midi, incapable de se concentrer, elle interrompit sa lecture et posa le livre sur son visage. Juste alors, au-dehors, une clarinette se mit à jouer. Tessie écouta un moment, sans bouger. Finalement sa main s'éleva pour soulever le livre. Elle n'y parvint jamais, toutefois. La main hésita dans l'air, comme si elle dirigeait la musique, puis, raisonnable, résignée, désespérée, elle ferma violemment la fenêtre.

« Bravo ! » Desdemona cria dans le micro du téléphone quelques jours plus tard. Puis, tenant le combiné contre sa poitrine. « Mickey Antoniou vient de demander en mariage à Tessie ! Ils sont fiancés ! Ils vont se marier dès que Mickey il finit le séminaire.

– Cache ta joie, dit Zoë à son frère.

– Ta gueule.

– Ne t'en prends pas à moi, dit-elle, sans se douter de ce que lui réservait l'avenir. Ce n'est pas moi qui l'épouse. Il faudrait me tuer d'abord.

– Si elle veut épouser un prêtre, dit Milton, qu'elle épouse un prêtre. Qu'elle aille au diable. » Il devint tout rouge, bondit de sa chaise et fila au premier.

Mais pourquoi ma mère agit-elle ainsi ? Elle ne put jamais l'expliquer. Les raisons pour lesquelles les gens épousent les gens qu'ils épousent ne sont pas toujours évidentes pour les intéressés. Je ne peux donc que spéculer. Peut-être ma mère, qui avait grandi sans père, essayait-elle d'en épouser un. Peut-être que le fait d'épouser un prêtre était une chose de plus dans la longue liste des choses qu'elle fit pour essayer de croire en Dieu. Il est également possible que la décision de Tessie ait été dictée par le bon sens. Un jour elle avait demandé à Milton ce qu'il comptait faire de sa vie. « Je pensais peut-être reprendre le bar de papa. » Au sommet de toutes les autres oppositions, il y avait peut-être celle-ci : barman-prêtre.

Il est difficile d'imaginer mon père en train de pleurer, le cœur brisé. Il est impossible de l'imaginer refusant de manger. Impossible, également, de l'imaginer appelant sans cesse la pension jusqu'à ce qu'enfin Mrs. O'Toole lui dise : « Écoute, mon petit. Elle veut pas te parler. Pigé ? – Ouais (Milton avalant avec difficulté), pigé. – La mer est pleine de poissons. » Impossible d'imaginer aucune de ces choses, mais ce sont pourtant celles-là qui sont arrivées.

Peut-être la métaphore maritime de Mrs. O'Toole lui donna-t-elle une idée. Une semaine après les fiançailles de Tessie, par un mardi matin brumeux, Milton remisa pour toujours sa clarinette et alla à Cadillac Square troquer son uniforme de boy-scout pour un autre.

« Voilà, je l'ai fait, annonça-t-il à ses parents ce soir-là au dîner. Je me suis engagé.

– Dans l'armée ! s'exclama Desdemona, horrifiée. Pourquoi, mon chou ?

– La guerre est presque terminée, dit Lefty. Hitler est foutu.

Je ne sais pas pour Hitler. Mon problème, c'est Hirohito. Je me suis engagé dans la marine. Pas dans l'armée.

– Et tes pieds ? s'écria Desdemona.

– Ils ne m'en ont pas parlé. »

Mon grand-père, qui avait laissé passer les sérénades de clarinette comme il laissait passer tout le reste, sans en ignorer la signification mais sans être convaincu pour autant de la nécessité de s'en mêler, fixait maintenant son fils d'un regard furieux. « Tu es un jeune homme très stupide, tu sais ça ? Tu crois que c'est un jeu ?

– Non, sir.

– C'est une guerre. Tu crois que c'est un amusement, la guerre ? Une bonne blague qu'on fait à ses parents ?

– Non, sir.

– Tu verras quelle sorte de bonne blague c'est.

– La marine ! » Entre-temps Desdemona poursuivait ses lamentations. « Et si ton bateau coule ?

– J'aimerais que tu réfléchisses, Milton. » Lefty secoua la tête. « Tu vas rendre ta mère malade d'inquiétude.

– Ne vous inquiétez pas pour moi. »

À la vue de son fils se superposait maintenant une vision douloureuse pour Lefty : lui-même vingt ans auparavant, plein d'un optimisme idiot et suffisant. Il n'y avait rien à faire contre l'angoisse qui l'étreignait sinon s'écrier avec colère : « Très bien. Entre dans la marine. Mais tu sais ce que tu as oublié, monsieur le scout qui a failli devenir aigle ? » Il désigna la poitrine de Milton. « Tu as oublié que tu n'as jamais eu le badge de natation. »

Nouvelles du monde

J'attendis trois jours avant de rappeler Julie. Il était dix heures du soir et elle était encore en train de travailler dans son studio. Elle n'avait pas dîné, et je suggérai qu'on aille manger quelque chose. Je dis que je venais la chercher. Cette fois-ci, elle me laissa entrer. Son studio était dans un désordre effrayant, mais après avoir fait quelques pas, j'oubliai tout ça. Mon attention fut arrêtée par ce que je vis sur les murs. Cinq ou six grands tirages d'essai étaient punaisés, tous représentant le paysage industriel d'une usine chimique. Julie l'avait photographiée depuis une grue, de sorte qu'on avait l'impression de flotter juste au-dessus des tuyaux serpentant et des cheminées.

« Okay, ça suffit, dit-elle en me poussant vers la porte.

– Attends, dis-je. J'adore les usines. Je suis de Detroit. Pour moi c'est comme une photo d'Ansel Adams.

– Eh bien tu l'as vue, dit-elle, me chassant d'un geste des deux mains, contente, gênée, souriante, butée.

– J'ai une photo de Bernd et Hilla Becher dans mon salon, me rengorgeai-je.

– Tu as une photo de Bernd et Hilla Becher ? » Elle arrêta de me pousser.

« C'est une vieille cimenterie.

– Okay, d'accord, dit Julie, amadouée. Je vais te dire ce que celles-ci représentent. C'est l'usine I. G. Farben. » Elle fit la grimace. « J'ai peur que ce soit un peu bateau pour une Américaine.

– L'industrie de l'Holocauste tu veux dire ?

– Je n'ai jamais lu le livre, mais ouais.

– Si tu as toujours photographié des usines, je pense que c'est différent, répliquai-je. Dans ce cas, tu ne prends pas le train en marche. Si ton sujet c'est les usines, impossible que tu n'aies *pas* fait I. G. Farben.

– Tu crois que ça va ? »

Je désignai les tirages d'essai. « Elles sont formidables. »

Il y eut un silence, nous nous regardâmes, et sans réfléchir je me penchai et posai un léger baiser sur ses lèvres.

Ensuite, elle ouvrit les yeux tout grands. « J'ai cru que tu étais gay quand on s'est rencontrés.

– Ça doit être le costume.

– Mon radar m'a lâchée. » Julie secouait la tête. « Je suis toujours sur mes gardes, du fait que je suis la dernière étape.

– La dernière quoi ?

– Tu n'as jamais entendu parler de ça ? Les Asiatiques sont la dernière étape. Quand un gars n'ose pas sauter le pas, il sort avec une Asiatique parce que leurs corps sont presque des corps de garçons.

– Tu n'as pas un corps de garçon », dis-je.

Mes paroles la gênèrent. Elle détourna le regard.

« Tu as été courtisée par beaucoup de cryptogays ? » lui demandai-je.

– Deux fois au lycée, trois fois à l'université », répondit Julie.

Il n'y avait pas d'autre réponse à ça, si ce n'est de l'embrasser à nouveau.

Pour reprendre l'histoire de mes parents, je dois évoquer un souvenir très embarrassant pour un Grec-Américain : Michael Dukakis sur son tank. Vous vous rappelez ça ? L'image qui suffit à annihiler nos espoirs de voir un Grec à la Maison-Blanche : Dukakis, coiffé d'un casque trop grand, à la tourelle d'un Walker Bulldog M41. S'appliquant à avoir l'air d'un président mais ne réussissant qu'à avoir l'air d'un petit garçon dans un parc d'attractions. (Chaque fois qu'un Grec s'approche du bureau ovale quelque chose déconne. D'abord ce fut Agnew avec l'évasion fiscale et ensuite Dukakis avec le tank.) Avant que Dukakis ne grimpe sur ce blindé, avant qu'il ne troque son beau costume pour un treillis, nous étions tous – je parle pour mes compatriotes grecs-américains, qu'ils le veuillent ou non – fous de bonheur. Cet homme était le candidat démocrate à l'élection présidentielle ! Il était originaire du Massachusetts, comme les Kennedy ! Il avait une religion encore plus bizarre que le catholicisme mais cela ne gênait personne. Nous étions en 1988. Peut-être le moment était-il venu où n'importe qui – ou du moins pas les mêmes vieux quelques-uns – pouvait être président. Regardez les banderoles de la convention démocrate ! Voyez les autocollants sur toutes les Volvo. « Dukakis ». Un nom comportant plus de deux voyelles pour un candidat à la présidentielle ! La dernière fois qu'une chose pareille était arrivée c'était Eisenhower (qui, lui, faisait bonne figure sur un tank). En général, les Américains aiment que leurs présidents n'aient pas plus de deux voyelles. Truman. Johnson. Nixon. Clinton. S'ils ont plus de deux voyelles (Reagan), ils ne peuvent pas avoir plus de deux syllabes. Le *nec plus ultra*, c'est une syllabe et une voyelle : Bush. Ils en ont redemandé. Pourquoi Mario Cuomo a-t-il renoncé à se présenter ? À quelle conclusion est-il parvenu après s'être retiré pour réfléchir à la question ? Contrairement à Michael Dukakis, un intellectuel du Massachusetts, Mario Cuomo était un New-Yorkais, un homme de terrain. Cuomo savait qu'il ne gagnerait jamais. Trop libéral pour l'époque, certes, mais aussi trop de voyelles.

Sur son tank, Michael Dukakis se dirigeait droit vers une foule de photographes et le crépuscule politique. Quelque douloureuse que soit cette image, je l'évoque pour une raison. Plus que tout, c'est à cela que ressemblait mon père fraîchement engagé, le matelot de deuxième classe Milton Stephanides, ballotté dans une péniche de débarquement au large des côtes de Californie à l'automne 1944. Comme pour Dukakis on voyait surtout son casque. Comme pour Dukakis on aurait dit que c'était sa mère qui lui avait ajusté sa mentonnière. Comme pour Dukakis, l'expression de Milton trahissait la prise de conscience naissante d'avoir commis une erreur. Milton, lui non plus, ne pouvait descendre en marche. Lui aussi se dirigeait vers l'extinction. La seule différence était l'absence de photographes parce que c'était le milieu de la nuit.

Un mois après être entré dans la marine, Milton se trouva affecté à la base navale Coronado à San Diego. Il faisait partie des forces amphibies, dont le boulot consistait à transporter les troupes en Extrême-Orient et à soutenir leur débarquement. C'était le boulot de Milton – par chance jusqu'alors seulement à l'entraînement – de mettre les péniches de débarquement à l'eau. Pendant plus d'un mois, six jours par semaine, dix heures par jour, il avait fait descendre les péniches pleines d'hommes le long de la coque du transport de troupes par toutes sortes de temps.

Quand il ne faisait pas descendre des péniches de débarquement, il était dans l'une d'elles. Deux ou trois nuits par semaine, ils devaient s'entraîner au débarquement de nuit. Ça n'était pas du gâteau. La côte autour de Coronado était traîtresse. Les pilotes inexpérimentés avaient du mal à s'orienter sur les balises à diffraction qui signalaient les plages, et échouaient souvent les bateaux sur les rochers.

Si le casque de Milton obscurcissait sa vision, il lui offrait une image plutôt claire de l'avenir. Le casque était aussi lourd qu'une boule de bowling. Il était aussi épais que le capot d'une voiture. On se le mettait sur la tête, comme un chapeau, mais il n'avait rien d'un chapeau. En contact avec le crâne, un casque transmettait certaines images directement au cerveau. Celles-ci représentaient les objets que le casque était conçu pour arrêter. Les balles, par exemple. Et les éclats d'obus. Le casque isolait l'esprit afin qu'il pût contempler à loisir ces idées essentielles.

Et si vous êtes quelqu'un comme mon père, vous commencez à penser aux moyens d'échapper à de telles réalités. Après une semaine de classes, Milton prit conscience qu'il avait commis une erreur terrible en s'engageant dans la marine. Il n'était pas possible que le combat fût beaucoup plus dangereux que l'entraînement destiné à s'y préparer. Toutes les nuits il y avait un blessé. Les types étaient jetés contre les bateaux par les vagues. Les types tombaient et passaient sous la coque. La semaine précédente, un gosse d'Omaha s'était noyé.

Pendant la journée ils s'entraînaient, jouant au football sur la plage chaussés de rangers pour se muscler les jambes, et la nuit ils partaient en manœuvres. Épuisé, malade, Milton était pressé comme une sardine, alourdi par un énorme paquetage. Il avait toujours voulu être américain et maintenant il voyait à quoi ressemblaient ses compatriotes. Il était obligé de supporter les manifestations de leur libido de péquenots et leurs conversations de débiles. Pendant des heures, ils restaient les uns contre les autres dans les péniches, se faisant tremper et ballotter en tous sens. Ils se couchaient à trois ou quatre heures du matin. Puis le soleil se levait et il était temps de tout recommencer.

Pourquoi s'était-il engagé ? Pour se venger, pour fuir. Il voulait se venger de Tessie et il voulait l'oublier. Ni pour l'un ni pour l'autre ça n'avait marché. L'ennui de la vie militaire, les corvées interminablement répétées, les queues pour manger, pour aller aux toilettes, pour se raser, ne faisaient rien pour le distraire de son sort. Le fait de poireauter toute la journée ramenait à son esprit les pensées mêmes qu'il voulait éviter, de la marque d'une clarinette, comme un cercle de feu, imprimée sur la cuisse de Tessie. Ou de Vandenbrock, le gosse d'Omaha qui s'était noyé : son visage contusionné, l'eau s'écoulant à travers les dents cassées.

Tout autour de Milton, les gars dans le bateau commençaient à avoir le mal de mer. Dix minutes dans la houle et les marins, pliés en deux, régurgitaient le ragoût de bœuf et la purée lyophilisée du dîner du soir. Cela ne provoquait aucun commentaire. Le vomi, d'une drôle de couleur bleue dans la lumière de la lune, allait et venait en clapotant sur les rangers selon un mouvement propre, indépendant de celui de la mer. Milton levait le nez, tâchant d'attraper un peu d'air frais.

La péniche tanguait et roulait. Elle retombait violemment du haut des vagues, le choc faisait trembler la coque. Ils approchaient de la plage où commençait le ressac. Les hommes réajustaient leur paquetage et se préparaient à l'assaut imaginaire, et le matelot Stephanides abandonna la solitude de son casque.

« Je l'ai vu à la bibliothèque, disait le marin à côté de lui à un autre. Sur le tableau d'affichage.

– Quel genre de test ?

– Un genre d'examen d'entrée. Pour Annapolis.

– Ouais, c'est ça, ils vont laisser entrer deux gars comme nous à Annapolis.

– Le problème n'est pas qu'ils nous admettent ou non. Ce qui compte c'est que ceux qui passent l'examen sont exemptés d'exercice.

– C'est quoi cette histoire de test ? » demanda Milton.

Le marin regarda autour de lui pour voir si quelqu'un d'autre avait entendu. « N'en parle pas. Si on s'inscrit tous, ça ne marchera pas.

– C'est quand ? »

Mais avant que le marin puisse répondre il y eut un grand bruit de grincement : ils avaient de nouveau touché les rochers. Le brusque arrêt précipita tout le monde en avant. Des casques s'entrechoquèrent ; des nez se brisèrent. Les marins tombèrent les uns sur les autres et l'écoutille avant se détacha. L'eau se déversait dans l'embarcation maintenant et le lieutenant hurlait. Milton, comme tous les autres, se précipita dans la confusion – les rochers noirs, le courant sous-marin, les bouteilles de bière mexicaine, les crabes surpris.

À Detroit, également dans le noir, ma mère était au cinéma. Maintenant que Michael Antoniou, son fiancé, était retourné à Sainte-Croix, elle avait ses samedis libres. Sur l'écran de l'Esquire, des chiffres défilèrent... 5... 4... 3 et les actualités commencèrent. Des trompettes bouchées sonnèrent. Le commentateur se mit à donner des nouvelles de la guerre. Comme c'était le même depuis le début des hostilités, Tessie avait l'impression de le connaître ; il faisait presque partie de la famille. Semaine après semaine il l'avait informée des victoires des Anglais commandés par Monty sur les tanks de Rommel qu'ils avaient chassés d'Afrique, de la libération de l'Algérie par nos petits gars et du débarquement en Sicile. Tout en mangeant du pop-corn, Tessie avait regardé la guerre se dérouler au fil des mois et des années. Les actualités suivaient un itinéraire. D'abord elles s'étaient concentrées sur l'Europe. Il y avait des tanks qui traversaient de petits villages et des Françaises qui agitaient leurs mouchoirs aux balcons. Les Françaises n'avaient pas l'air de sortir d'une guerre ; elles portaient de jolies jupes à volants, des socquettes blanches et des foulards en soie. Aucun des hommes ne portait le béret, ce qui surprit Tessie. Elle avait toujours voulu aller en Europe, pas tellement en Grèce, surtout en France et en Italie. Sur ces bandes d'actualités, ce que Tessie remarquait n'était pas tant les bâtiments détruits par les bombes que les terrasses des cafés, les fontaines, les petits chiens urbains qui trottinaient sagement.

Deux samedis auparavant, elle avait vu Anvers et Bruxelles libérés par les Alliés. Maintenant, comme l'attention se tournait vers le Japon, le décor changeait. Les palmiers surgissaient dans les bandes d'actualités, et les îles tropicales. Cet après-midi-là la date s'inscrivit sur l'écran : « Octobre 1944 » et le commentateur commenta : *Tandis que les troupes américaines se préparent pour l'invasion finale du Pacifique, le général Douglas*

MacArthur, qui met tout en œuvre pour tenir sa promesse : « Je reviendrai », passe les troupes en revue. Le film montrait des marins au garde-à-vous sur un pont, ou plaçant des obus dans la culasse des canons, ou chahutant sur une plage, faisant de grands signes à ceux qui étaient restés au pays. Et là parmi les spectateurs, ma mère se prit à faire une chose folle. Elle chercha le visage de Milton.

C'était son cousin issu de germains après tout. Rien de plus naturel qu'elle s'inquiète pour lui. Ils avaient aussi connu, non pas l'amour, mais quelque chose de plus immature, une sorte de coup de cœur, de béguin. Rien de comparable à ce qui se passait avec Michael. Tessie se redressa dans son fauteuil. Elle posa son sac bien droit sur ses genoux. Elle se tint comme une jeune dame qui va bientôt se marier. Mais après la fin des actualités et le début du film, elle oublia d'être une adulte. Elle se laissa glisser contre son dossier et posa les pieds sur celui de devant.

Peut-être n'était-ce pas un très bon film ce jour-là, ou peut-être qu'elle avait vu trop de films dernièrement – c'était le huitième jour d'affilée qu'elle allait au cinéma – mais quelle que fût la raison, Tessie était incapable de se concentrer. Elle ne cessait de penser que si quelque chose arrivait à Milton, s'il était blessé ou, ce qu'à Dieu ne plaise, s'il ne revenait pas, elle en serait d'une certaine manière responsable. Elle ne lui avait pas dit de s'engager dans la marine. S'il lui avait demandé conseil, elle lui aurait dit de ne pas le faire. Mais elle savait qu'il l'avait fait à cause d'elle. C'était un peu comme dans *Into the Sands* avec Claude Barron, qu'elle avait vu quinze jours auparavant. Dans le film, Claude Barron s'engage dans la Légion étrangère parce que Rita Carrol épouse un autre type. L'autre type se révèle être un tricheur et un buveur, et Rita Carrol le quitte et va dans le désert où Claude Barron se bat contre les Arabes. Quand elle arrive, il est à l'hôpital, blessé, pas vraiment dans un hôpital mais juste sous une tente, et elle lui dit qu'elle l'aime et Claude Barron dit : « J'ai été dans le désert pour t'oublier. Mais le sable était de la couleur de tes cheveux. Le ciel était de la couleur de tes yeux. Il n'y a nulle part où je pouvais aller qui ne soit pas toi. » Et alors il meurt. Tessie avait pleuré des torrents de larmes. Son mascara avait coulé et taché le col de sa blouse.

Si on suivait l'entraînement de nuit et allait aux matinées du samedi, sautait dans la mer et se laissait glisser dans des fauteuils de cinéma, on s'inquiétait et regrettait, espérait et essayait d'oublier – néanmoins, pour être absolument honnête, ce que tout le monde faisait surtout pendant la guerre, c'était d'écrire des lettres. À l'appui de ma croyance que la vie est moins intéressante que ce qu'on peut écrire sur elle, les membres de ma famille semblent avoir passé la plupart de leur temps cette année-là à correspondre. De Sainte-Croix, Michael Antoniou écrivait deux fois par semaine à sa fiancée. Ses lettres arrivaient dans des enveloppes bleu pâle, frappées de la tête du patriarche Benjamin dans le coin supérieur gauche, et sur le papier à l'intérieur, son écriture, comme sa voix, était féminine et nette. « Très probablement après mon ordination, on nous enverra quelque part en Grèce. Il y aura beaucoup à faire pour rebâtir maintenant que les nazis sont partis. »

À son bureau sous les Shakespeare presse-livres, Tessie répondait fidèlement, sinon tout à fait sincèrement. La plupart de ses activités ne semblaient pas assez vertueuses pour être rapportées à un fiancé séminariste. C'est ainsi qu'elle se mit à s'inventer une vie plus appropriée. « Ce matin Zo et moi sommes allées proposer nos services à la Croix-Rouge, écrivait ma mère qui avait passé toute la journée au Fox en mangeant des bonbons. On nous a fait découper de vieux draps pour en faire des bandes. Tu devrais voir l'ampoule que j'ai au pouce. Elle est énorme. » Elle n'avait pas commencé si fort. Au début, Tessie faisait un compte rendu fidèle de ses journées. Mais dans une de ces lettres, Michael Antoniou avait écrit : « Le cinéma est parfait pour se divertir, mais nous sommes en guerre et je me demande si c'est la meilleure façon de passer ton temps. » Après cela, Tessie s'était mise à inventer. Elle justifiait sa conduite en se disant que c'était sa dernière année de liberté. L'été prochain, elle serait l'épouse d'un prêtre, quelque part en Grèce. Pour atténuer sa malhonnêteté, elle se déniait tout mérite, vantant sans cesse Zoë. « Elle travaille six jours par semaine mais le dimanche elle se lève tôt pour emmener Mrs. Tsontakis à l'église – la pauvre a quatre-vingt-treize ans et a le plus grand mal à marcher. C'est tout Zoë. Elle ne pense qu'aux autres. »

Entre-temps, Desdemona et Milton, eux aussi, s'écrivaient. Avant de partir pour la guerre, mon père avait promis à sa mère qu'il apprendrait à écrire le grec. Allongé sur sa couchette, si moulu qu'il pouvait à peine bouger, Milton, à l'aide d'un dictionnaire grec-anglais, élaborait les comptes rendus de sa vie de marin. Malgré tous ses efforts, cependant, quand ses lettres arrivaient à Hurlbut Street quelque chose avait été perdu en cours de route.

« Qu'est-ce que c'est que ça ? » demanda Desdemona à son mari, lui tendant une lettre qui ressemblait à un gruyère. Telles des souris, les censeurs grignotaient les lettres de Milton avant que Desdemona puisse les digérer. Ils rognaient toute mention d'« invasion », toute référence à « San Diego » ou « Coronado ». Ils avalaient carrément des paragraphes entiers décrivant la base navale, les destroyers et les sous-marins à quai. Le grec des censeurs étant encore pire que celui de Milton, ils faisaient souvent des erreurs, coupant les signes d'affection tels que x et o.

Malgré les trous dans ses missives (syntaxiques et matériels), ma grand-mère comprenait le danger de la situation. Dans les sigmas et les deltas maladroits de son fils, elle voyait les signes de son inquiétude grandissante. Sous les erreurs grammaticales, elle détectait l'intonation apeurée de sa voix. Le papier lui-même l'effrayait du fait qu'il avait déjà l'air criblé de balles.

En Californie, le matelot Stephanides faisait de son mieux pour éviter les blessures. Un mercredi matin, il se rendit à la bibliothèque de la base pour passer l'examen d'entrée de l'Académie navale. Durant les cinq heures qui suivirent, chaque fois qu'il levait le nez de sa feuille, il voyait ses compagnons faire de la gymnastique sous le soleil brûlant. Il ne pouvait s'empêcher de sourire. Pendant que ses potes cuisaient, Milton était assis sous un ventilateur à écrire une démonstration. Pendant qu'ils étaient obligés de courir d'un bout à l'autre du terrain de football en sable, Milton lisait un paragraphe d'un certain Carlyle et répondait aux questions qui suivaient. Et ce soir, quand ils se feraient rosser contre les rochers, il dormirait à poings fermés sur sa couchette.

Au début de l'année 1945, tout le monde cherchait à se faire exempter. Ma mère évitait la Croix-Rouge en allant au cinéma. Mon père se faisait dispenser d'exercice en passant un examen. Ma grand-mère, quant à elle, cherchait à se faire exempter de rien moins que du paradis.

Le dimanche suivant, elle arriva à l'Assomption avant le début de la messe. Entrant dans une niche, elle s'approcha d'une icône de saint Christophe et lui proposa un marché. « Je t'en prie, saint Christophe – Desdemona porta le bout de ses doigts à ses lèvres et toucha le front du saint –, si Miltie revient sain et sauf, je lui ferai promettre de réparer l'église de Bithynios. » Elle leva les yeux sur saint Christophe, le martyr d'Asie Mineure. « Si les Turcs l'ont détruite, Miltie la reconstruira. Si elle n'a besoin que d'être repeinte, il la peindra. » Saint Christophe était un géant. Un bâton en main, il traversait une rivière. Sur son dos se trouvait l'Enfant Jésus, le bébé le plus lourd de l'histoire parce qu'il tenait le monde dans ses mains. Quel saint eût été plus approprié pour protéger son propre fils, en péril en mer ? Dans l'ombre de la niche, Desdemona priait. Elle bougeait les lèvres, formulant ses conditions. « J'aimerais aussi, si possible, saint

Christophe, que Miltie puisse être exempté d'entraînement. Il me dit que c'est très dangereux. Il m'écrit en grec, maintenant, aussi, saint Christophe. Pas excellent mais passable. Je lui fais aussi promettre de mettre dans l'église de nouveaux bancs. Pas en acajou mais bien quand même. Aussi, si vous voulez, des tapis. » Elle se tut, fermant les paupières. Elle se signa à de nombreuses reprises, attendant une réponse. Et alors sa colonne vertébrale se redressa soudain. Elle ouvrit les yeux, hocha la tête, sourit. Elle porta le bout de ses doigts à ses lèvres et toucha l'image du saint, puis elle se dépêcha de rentrer pour écrire la bonne nouvelle à Milton.

« Ouais, génial, dit mon père en recevant la lettre. Saint Christophe à la rescousse. » Il glissa la lettre dans son dictionnaire grec-anglais et alla jeter les deux dans l'incinérateur derrière le baraquement. (Ce fut la fin des leçons de grec de mon père. Bien qu'il continuât à parler grec tant que ses parents vécurent, Milton ne parvint jamais à l'écrire, et en vieillissant il se mit à oublier jusqu'aux mots les plus simples. À la fin, il ne pouvait pas en dire beaucoup plus que Chapitre Onze ou moi, ce qui était quasiment rien.)

La réaction sarcastique de Milton était compréhensible, vu les circonstances. Le jour précédent, son lieutenant lui avait attribué une autre affectation. La nouvelle, comme toutes les mauvaises nouvelles, n'avait pas été perçue tout d'abord. C'était comme si les mots du lieutenant, les syllabes qu'il avait adressées à Milton, avaient été caviardés par les gars du contre-espionnage. Milton avait salué et il était sorti. Il s'était dirigé vers la plage, toujours insouciant, la mauvaise nouvelle agissant avec une sorte de discrétion, lui offrant encore quelques secondes de paix et d'illusion. Il regarda le soleil se coucher. Il contempla une Suisse neutre d'otaries sur les rochers. Il enleva ses rangers pour sentir le sable sous ses pieds, comme si le monde était un endroit où il ne faisait que commencer à vivre plutôt qu'un lieu qu'il devait bientôt quitter. Mais alors les fissures apparurent. Une ouverture au sommet de son crâne, par laquelle la mauvaise nouvelle se déversa avec un sifflement ; une faiblesse dans les genoux, qui flanchèrent, et soudain Milton ne pouvait plus l'ignorer.

Trente-huit secondes. Telle était la nouvelle. « Stephanides, à partir de maintenant vous êtes signaleur. Présentez-vous au bâtiment B à sept heures demain matin. Rompez. » Voilà ce que le lieutenant avait dit. Rien que ça. Ce n'était pas vraiment une surprise. Comme l'invasion approchait, les signaleurs avaient été victimes d'une soudaine épidémie de blessures. Des signaleurs s'étaient coupé des doigts en épluchant les patates. Des signaleurs s'étaient tiré dans le pied en nettoyant leur arme. Au cours des exercices de nuit, les signaleurs se jetaient sans hésiter sur les rochers.

Trente-huit secondes étaient l'espérance de vie d'un signaleur. Quand viendrait l'heure du débarquement, le matelot Stephanides se tiendrait à la proue du bateau. À l'aide d'un projecteur, il enverrait des messages en morse. La lumière serait vive, clairement visible des positions ennemies à terre. C'était ce à quoi il était en train de penser, pieds nus sur la plage. Il pensait qu'il ne reprendrait jamais le bar de son père. Il pensait qu'il ne reverrait jamais Tessie. Au lieu de cela, dans quelques semaines, il s'exposerait au feu de l'ennemi, une puissante lumière en main. Pendant un bref moment, du moins.

Non compris dans les nouvelles du monde : un plan du transport de troupes AKA de mon père quittant la base navale Coronado, en direction de l'ouest. À l'Esquire, les pieds à bonne distance du sol poisseux, Tessie Zizmo regarde des flèches blanches qui traversent le Pacifique. *La douzième flotte va de l'avant dans la conquête du Pacifique*, dit le commentateur. *Destination finale : le Japon.* Une flèche prend son départ d'Australie, traversant la Nouvelle-Guinée en direction des Philippines. Une autre flèche file depuis les îles Salomon et une autre des Mariannes. C'est la première fois que Tessie entend parler de ces endroits. Mais la flèche poursuit sa trajectoire en direction d'autres îles dont elle n'a jamais entendu parler – Iwo Jima, Okinawa –, chacune plantée du drapeau japonais. Les flèches convergent des trois directions vers le Japon, qui n'est lui-même qu'un tas d'îles. Tandis que Tessie termine son cours accéléré de géographie, l'écran s'anime d'images réelles. Une main actionne une cloche d'alarme ; des marins sautent de leurs couchettes, montent la coursive quatre à quatre, prennent leur poste de combat. Et le voilà – Milton – qui court sur le pont ! Tessie reconnaît sa poitrine maigre, ses yeux de raton laveur. Elle oublie le sol et pose les pieds par terre. Sur l'écran, les canons du destroyer font feu sans bruit et, à un demi-monde de là, dans le décor élégant d'un vieux cinéma, Tessie Zizmo ressent le recul. Le cinéma est à moitié plein, de jeunes femmes comme elle pour la plupart. Elles aussi grignotent des confiseries pour des raisons affectives ; elles aussi scrutent l'image granuleuse à la recherche des visages de leurs fiancés. L'air sent les Tootsie Pops, le parfum et la cigarette que l'ouvreuse fume dans l'entrée. La plupart du temps, la guerre est un événement abstrait, qui se passe autre part. Ce n'est qu'ici, coincée entre le dessin animé et le grand film, qu'elle devient concrète. Peut-être que l'estompement de l'identité, l'effet de foule, joue sur Tessie, inspirant le même genre d'hystérie que Frank Sinatra. Quelle qu'en soit la raison, dans l'anonymat du cinéma, Tessie Zizmo se laisse aller à se rappeler des choses qu'elle a tenté d'oublier : une clarinette progressant avec précaution le long de sa cuisse telle une force d'invasion, traçant une flèche en direction de son propre empire, empire qu'elle est en train d'abandonner, elle s'en rend compte alors, à celui qu'il ne faut pas. Tandis que le rayon tremblotant du projecteur troue l'obscurité au-dessus de sa tête, Tessie s'avoue qu'elle ne veut pas épouser Michael Antoniou. Elle ne veut pas être la femme d'un prêtre et aller vivre en Grèce. Alors qu'elle regarde Milton sur l'écran, ses yeux s'emplissent de larmes et elle dit tout haut : « Il n'y a nulle part où je pouvais aller qui ne soit pas toi. »

Et tandis qu'on lui fait chut, le marin sur l'écran s'approche de la caméra – et Tessie se rend compte que ce n'est pas Milton. Mais ça n'a pas d'importance. Elle a vu ce qu'elle a vu. Elle se lève et quitte la salle.

À Hurlbut Street ce même après-midi, Desdemona était au lit. Elle y était depuis trois jours, depuis que le facteur avait apporté une autre lettre de Milton. La lettre n'était pas en grec mais en anglais et Lefty dut lui traduire :

Chers parents,

C'est la dernière lettre que je pourrai vous envoyer. (Excuse-moi de ne pas écrire dans ta langue maternelle, ma, mais je suis assez occupé en ce moment.) Les autorités ne me laisseront pas en dire beaucoup sur ce qui se passe, mais je voulais juste vous envoyer ce mot pour vous dire de ne pas vous inquiéter pour moi. Là où je vais il n'y a pas de danger. Maintiens le bar en bonne forme, pa. Cette guerre finira un jour et je veux entrer dans l'affaire familiale. Dites à Zo de ne pas mettre les pieds dans ma chambre.

Je vous embrasse,
Milt

Contrairement aux précédentes, celle-ci arriva intacte. Pas le moindre trou nulle part. Tout d'abord Desdemona s'en réjouit jusqu'à ce qu'elle prenne consciente de ce que cela impliquait. Plus besoin de secret. L'invasion avait déjà commencé.

C'est alors que Desdemona se leva de la table de la cuisine et, avec un air de désolation triomphante, fit une déclaration solennelle.

« Dieu nous a donné le châtiment que nous méritions », dit-elle.

Elle alla au salon où elle redressa un coussin du canapé en passant, et monta à sa chambre. Là elle s'était mise en chemise de nuit, bien qu'il ne fût que dix heures du matin. Et alors, pour la première fois depuis qu'elle avait été enceinte de Zoë et pour la dernière fois avant d'y entrer pour toujours, ma grand-mère se mit au lit.

Trois jours elle était restée là, ne se levant que pour aller aux toilettes. Mon grand-père avait essayé de l'en faire sortir sans succès. Quand il partit au travail ce matin-là, il lui avait monté une assiette de flageolets à la sauce tomate et du pain.

Elle était encore intacte quand on frappa à la porte d'entrée. Desdemona se contenta de se couvrir le visage d'un oreiller. Malgré cela, elle entendit qu'on continuait à frapper. Un peu plus tard, la porte s'ouvrit, et enfin des pas montèrent l'escalier et entrèrent dans sa chambre.

« Tante Des ? » dit Tessie.

Desdemona ne bougea pas.

« J'ai quelque chose à te dire, poursuivit Tessie. Je voulais que tu sois la première à l'apprendre. »

La forme alitée demeura inerte. Cependant, il y avait quelque chose de vigilant dans le corps de Desdemona qui disait à Tessie qu'elle était éveillée et qu'elle écoutait. Tessie prit une grande inspiration et annonça : « Je vais annuler le mariage. »

Il y eut un silence. Lentement Desdemona souleva l'oreiller qui recouvrait son visage. Elle prit ses lunettes sur la table de chevet, les chaussa, et se redressa dans son lit. « Tu ne veux pas épouser Mickey ?

– Non.

– Mickey est un bon garçon grec.

– Je sais. Mais je ne l'aime pas. J'aime Milton. »

Tessie s'attendait que Desdemona soit choquée ou scandalisée, mais à sa surprise ma grand-mère parut avoir à peine entendu sa confession. « Tu ne le sais pas, mais Milton m'a demandée en mariage il y a quelque temps. J'ai dit non. Maintenant je vais lui écrire pour lui dire oui. »

Desdemona eut un léger haussement d'épaules. « Tu

peux écrire ce que tu veux, chérie mou. Miltie il ne recevra pas.

– Ça n'est pas illégal ou quoi que ce soit. Même les cousins germains peuvent se marier. Nous ne sommes que cousins issus de germains. Milton a vérifié. »

De nouveau Desdemona haussa les épaules. Épuisée par les soucis, abandonnée par saint Christophe, elle cessa de combattre une éventualité qui *a priori* n'était pas vouée au malheur. « Si toi et Miltie vous voulez vous marier, vous avez ma bénédiction », dit-elle. Puis, sa bénédiction donnée, elle s'adossa de nouveau aux oreillers et ferma les yeux sur la douleur de vivre. « Et que Dieu t'accorde de n'avoir jamais un enfant qui meure dans la mer. »

Dans ma famille les repas de funérailles ont toujours pourvu les tables de mariage. Ma grand-mère avait accepté d'épouser mon grand-père parce qu'elle n'avait jamais pensé qu'elle verrait le jour de son mariage. Et ma grand-mère bénit le mariage de mes parents, après avoir vigoureusement comploté contre, seulement parce qu'elle ne pensait pas que Milton survivrait à la fin de la semaine.

En mer, mon père était du même avis. Debout à la proue du transport de troupes, il fixait au-delà de l'eau sa fin qui approchait rapidement. Il n'était pas tenté de prier ni de régler ses comptes avec Dieu. Il percevait l'infini devant lui, mais ne tentait pas de lui conférer la chaleur humaine de ses vœux. L'infini était aussi vaste et froid que l'océan qui s'étendait tout autour du bateau, et, dans tout ce vide, ce que Milton ressentait avec le plus d'acuité c'était la réalité de son esprit bourdonnant. Quelque part au-delà de l'eau se trouvait la balle qui mettrait fin à ses jours. Peut-être était-elle déjà dans le fusil japonais qui la tirerait ; peut-être était-elle dans une bande de munitions. Il avait vingt et un ans, la peau huileuse, la pomme d'Adam proéminente. Il lui vint à l'esprit qu'il avait été idiot de s'engager à cause d'une

s il se reprocha cette pensée, parce que ce
e une fille : c'était Theodora. Comme son
ssait à l'esprit de Milton, un marin lui tapa

« Qui nais à Washington ? »

Il tendit à mon père une mutation, à effet immédiat. Il devait se présenter à l'Académie navale d'Annapolis. À l'examen, Milton avait eu quatre-vingt-dix-huit.

Tout drame grec a besoin d'un *deus ex machina*. Le mien prit la forme d'une sellette qui enleva mon père du pont du transport de troupes AKA et le transporta dans les airs pour le déposer sur le pont d'un destroyer qui retournait aux États-Unis. De San Francisco, un élégant wagon Pullman le conduisit à Annapolis, où il fut enrôlé comme élève officier.

« Je t'ai dit saint Christophe il te sort de la guerre, exulta Desdemona quand il appela pour annoncer la nouvelle.

– Tu avais bien raison.

– Maintenant tu dois réparer l'église.

– Quoi ?

– L'église. Tu dois la réparer.

– Bien sûr, bien sûr », dit l'élève officier Stephanides, et peut-être même qu'il en avait l'intention. Il était si content d'être en vie et d'avoir récupéré son avenir. Mais il y eut toujours quelque chose pour retarder le voyage à Bithynios. Un an plus tard, il était marié ; puis il fut père. La guerre prit fin. Après être sorti d'Annapolis il fit la guerre de Corée. Il finit par retourner à Detroit et entrer dans l'affaire familiale. De temps à autre Desdemona rappelait à son fils son obligation envers saint Christophe, mais mon père trouvait toujours une excuse. Sa procrastination allait avoir des effets désastreux, si vous croyez à ce genre de chose, ce qui, certains jours où le vieux sang grec bouillonne en moi, peut être mon cas.

Mes parents se marièrent en juin 1946. Faisant preuve d'une belle générosité, Michael Antoniou assista à la cérémonie. En prêtre qu'il était maintenant, il se comporta avec dignité et bienveillance, mais, passé la deuxième heure de la réception, il devint évident qu'il était anéanti. Il but trop de champagne au dîner et, quand l'orchestre se mit à jouer, il partit à la recherche de ce qu'il y avait de mieux après la mariée : la demoiselle d'honneur, Zoë Stephanides.

Zoë le toisa du haut de ses trente centimètres supplémentaires. Il l'invita à danser. Avant qu'elle ait pris conscience de quoi que ce soit, ils étaient sur la piste.

« Tessie m'a parlé de toi dans ses lettres, dit Michael Antoniou.

– Ce n'était pas trop négatif, j'espère.

– Tout au contraire. Elle me disait que tu étais une excellente chrétienne. »

Sa longue soutane cachait ses petits pieds, et Zoë avait du mal à le suivre. Non loin, Tessie dansait avec Milton vêtu de son uniforme blanc. Comme les couples se croisaient, Zoë fit mine de fusiller Tessie du regard et articula muettement : « Je vais te tuer. » Mais alors Milton fit virer Tessie, et les deux rivaux se retrouvèrent face à face.

« Salut, Mike, dit Milton d'un ton cordial.

– Père Mike maintenant, rectifia le prétendant vaincu.

– Tu as été promu, hein ? Félicitations. Je suppose que je peux te confier ma sœur sans inquiétude. »

Il s'éloigna avec Tessie qui lança derrière elle un regard d'excuse. Zoë, qui savait combien son frère pouvait être agaçant, eut pitié du père Mike. Elle suggéra qu'ils aillent goûter au gâteau de mariage.

Ex ovo omnia

Récapitulons : Sourmelina Zizmo (née Papadiamondopoulis) n'était pas seulement ma tante à la mode de Bretagne. Elle était également ma grand-mère. Mon père était le neveu de sa mère (et de son père). En plus d'être mes grands-parents, Desdemona et Lefty étaient ma grand-tante et mon grand-oncle. Mes parents étaient mes cousins au second degré et Chapitre Onze était mon cousin au troisième degré aussi bien que mon frère. L'arbre généalogique des Stephanides, représenté dans l'ouvrage du Dr. Luce *La Transmission autosomale récessive*, entre dans des détails dont je ne pense pas qu'ils vous intéresseraient. Je ne me suis concentré que sur les dernières transmissions du gène. Et maintenant nous y sommes presque. En l'honneur de Miss Barrie, mon professeur de latin de quatrième, j'aimerais attirer votre attention sur la citation ci-dessus : *Ex ovo omnia*. Me levant (ainsi que nous faisions chaque fois que Miss Barrie entrait dans la salle de classe), je l'entends demander : « Les enfants ? Y a-t-il l'une de vous qui peut traduire ce petit fragment et m'en dire la provenance ? »

Je lève la main.

« Miss Stephanides, qui est originaire de la patrie d'Homère, va commencer.

– C'est d'Ovide. *Les Métamorphoses*. L'histoire de la Création.

– Renversant. Et pouvez-vous nous le traduire ?

– Tout sort d'un œuf.

– Vous avez entendu ça les enfants ? Cette salle de

classe, vos gentilles bobines, et même ce bon vieux Cicéron sur mon bureau – tout cela est sorti d'un œuf ! »

Parmi les mystères révélés à ses commensaux par le Dr. Philobosian au cours des années il y avait (outre les monstrueux effets de l'imagination maternelle) la théorie de la préformation. Au dix-septième siècle, les préformationnistes, avec leurs noms de montagnes russes – Spallazani, Swammerdam, Leeuwenhoek –, pensaient que l'humanité tout entière existait en miniature depuis la Création, soit dans la semence d'Adam ou les ovaires d'Ève, chaque être logé comme une poupée russe dans celui qui le précède. Tout avait commencé quand Jan Swammerdam avait utilisé son scalpel pour enlever les couches extérieures d'un certain insecte. Quelle espèce ? Eh bien... un membre du phylum Arthropoda. Un mot latin ? Okay : *Bombyx mori*. L'insecte utilisé par Swammerdam en 1650 n'était autre qu'un ver à soie. Devant un parterre de savants, Swammerdam enleva la peau de l'insecte, révélant ce qui semblait être un modèle miniature du futur papillon, du proboscis aux antennes en passant par les ailes repliées. La théorie de la préformation était née.

De la même manière, j'aime à imaginer mon frère et moi, flottant ensemble depuis la naissance du monde sur notre radeau d'œufs. Chacun à l'intérieur d'une membrane transparente, chacun programmé pour l'heure de sa naissance (dans mon cas il y en avait deux). Voilà Chapitre Onze, toujours aussi gris et chauve à vingt cinq ans, de sorte qu'il fait un homoncule parfait. Sa boîte crânienne très développée indique un don futur pour les mathématiques et la mécanique. Sa pâleur maladive annonce la maladie de Krohn qu'il devait contracter. À côté de lui, me voilà, sa sœur future, dont le visage constitue déjà une énigme, passant comme une décalcomanie lenticulaire d'une image à l'autre : la jolie fille aux yeux noirs que j'étais, et l'homme sévère, au nez aquilin et au profil de médaille que je suis aujourd'hui. Et c'est ainsi que nous dérivâmes, tous deux, depuis le commencement des temps, attendant le signal pour entrer en scène et regardant défiler le spectacle.

Par exemple : Milton Stephanides le jour de sa sortie d'Annapolis en 1949. Sa casquette blanche volant dans les airs. Lui et Tessie étaient cantonnés à Pearl Harbor, où ils étaient logés de manière spartiate et où ma mère, à l'âge de vingt-cinq ans, attrapa un terrible coup de soleil après lequel on ne la revit plus jamais en maillot de bain. En 1951, ils furent transférés à Norfolk, Virginie, époque à laquelle le sac de Chapitre Onze se mit à vibrer à côté du mien. Il demeura toutefois dans les parages pour observer la guerre de Corée, où l'enseigne de vaisseau de deuxième classe Stephanides servait sur un chasseur de sous-marins. Nous vîmes le caractère de Milton se former au cours de ces années, et acquérir le solide bon sens de notre futur père. La marine américaine était responsable de la précision avec laquelle Milton Stephanides se faisait toujours la raie, de l'habitude qu'il avait de frotter la boucle de sa ceinture avec la manche de sa chemise, de ses « à vos ordres » et « paré » et de la manie qu'il avait de nous faire synchroniser nos montres sur l'heure du centre commercial. Sous l'aigle et les faisceaux de sa casquette, Milton Stephanides avait oublié sa clarinette. La marine lui donna le goût de la navigation et l'aversion pour les files d'attente. Son anticommunisme et sa méfiance à l'égard des Russes étaient en train de prendre forme. Ses escales en Afrique et en Asie du Sud-Est forgeaient déjà ses croyances en l'inégalité des races. Le snobisme de ses officiers supérieurs lui inspirait la haine des libéraux et des produits des grandes universités de la côte Est en même temps qu'il tombait amoureux de leur façon de s'habiller. Le goût des chaussures bicolores et des shorts en seersucker s'insinuait en lui. Nous savions tout cela de notre père avant de naître, puis nous l'oubliâmes et dûmes le réapprendre. Lorsque la guerre de Corée prit fin en 1953, Milton était de nouveau cantonné à Norfolk. Et en mars 1954, tandis que mon père songeait à son avenir, Chapitre Onze, avec un petit signe d'adieu à mon attention, leva les bras et se lança dans le toboggan qui débouchait sur le monde.

Et j'étais tout seul.

Les événements des années précédant ma naissance : le père Mike qui, au mariage de mes parents, avait transféré ses sentiments pour ma mère sur Zoë, la poursuivit avec obstination durant les deux ans et demi qui suivirent. Zoë n'était pas chaude pour épouser quelqu'un d'aussi religieux et d'aussi petit. Le père Mike la demanda trois fois en mariage et elle refusa trois fois, attendant la venue d'un prétendant plus conforme à ses goûts. Mais il ne vint pas. Finalement, voyant qu'elle n'avait pas d'autre choix (et tancée par Desdemona qui pensait toujours que c'était une chose merveilleuse que d'épouser un prêtre), Zoë céda. En 1949, elle épousa le père Mike et bientôt ils allèrent vivre en Grèce. Là elle devait donner naissance à quatre enfants, mes cousins, et habiter huit années durant.

À Detroit en 1950, le ghetto de Black Bottom fut rasé pour laisser place à une autoroute. La Nation de l'islam, dont le quartier général était le temple n° 2 à Chicago, eut un nouveau chef nommé Malcolm X. Durant l'hiver 1954, Desdemona commença à parler de se retirer un jour en Floride. « Ils ont une ville en Floride vous savez comment elle s'appelle ? New Smyrna Beach ! » En 1956, le dernier tramway s'arrêta de circuler à Detroit et l'usine Packard ferma. Et cette même année, Milton Stephanides, lassé de la vie militaire, quitta la marine et rentra chez lui poursuivre un vieux rêve.

« Fais autre chose », déclara Lefty Stephanides à son fils. Ils buvaient un café dans la Zebra Room. « Tu as fait l'Académie navale pour devenir barman ?

– Je ne veux pas être barman. Je veux avoir un restaurant. Toute une chaîne. Ici c'est parfait pour commencer. »

Lefty secoua la tête. Il se laissa aller en arrière dans son fauteuil et ouvrit les bras, embrassant tout le bar. « Ce n'est pas un endroit pour commencer quoi que ce soit », dit-il.

Il n'avait pas tort. En dépit de l'assiduité qu'avait montrée mon grand-père à remplir les verres et à frotter le comptoir, le bar avait perdu son lustre. La peau de zèbre au mur avait séché et s'était craquelée. La fumée de cigarette avait assombri les diamants du plafond en zinc. Au cours des années la Zebra Room avait absorbé les exhalaisons de ses clients, les ouvriers de l'industrie automobile. Elle sentait leur bière et leur tonique capillaire, leur misère de pointeurs, leur épuisement nerveux, leur syndicalisme. Le quartier lui aussi changeait. Quand mon grand-père avait ouvert le bar en 1933, il était habité par des petits-bourgeois blancs. Maintenant il devenait plus pauvre et à majorité noire. Ainsi fonctionnait invariablement la chaîne de cause à effet à Detroit : dès que la première famille noire s'installait, ses voisins blancs mettaient leurs maisons en vente. L'excès de l'offre par rapport à la demande faisait tomber les prix, ce qui permettait aux pauvres de s'installer, et avec la pauvreté venait le crime, et avec le crime arrivait un nombre supplémentaire de camions de déménagement.

« Ça marche moins bien, dit Lefty. Si tu veux ouvrir un bar, essaie Greektown. Ou Birmingham. »

Mon père écarta ces objections d'un revers de la main. « Peut-être que ça marche moins bien pour les bars, dit-il. C'est parce qu'il y en a trop dans le coin. Trop de concurrence. Ce dont ce quartier a besoin c'est d'un petit restaurant correct. »

Hot Dogs Hercule™, qui au sommet de sa prospérité s'enorgueillirait de soixante-six franchises dans le Michigan, l'Ohio et la Floride du Sud – chacune reconnaissable aux « colonnes d'Hercule » qui flanquaient son entrée –, vit le jour par une matinée neigeuse de février 1956 quand mon père arriva à la Zebra Room pour commencer les rénovations. La première chose qu'il fit fut d'enlever les stores vénitiens pendouillant aux fenêtres pour laisser entrer la lumière. Il repeignit les murs en blanc. Avec l'argent du prêt accordé aux GI pour monter leur affaire, il fit transformer le bar en comptoir de restaurant et installer une petite cuisine. Les ouvriers posèrent des banquettes en vinyle le long du mur et recouvrirent les vieux tabourets de bar avec la peau de zèbre de Zizmo. Un matin deux livreurs apportèrent un juke-box. Et tandis que les marteaux cognaient et que la sciure emplissait l'air, Milton se familiarisa avec les documents que Lefty fourrait dans une boîte à cigares à côté de la caisse.

« Qu'est-ce que c'est que ça ? demanda-t-il à son père. Tu as trois assurances pour le bar ?

– On n'est jamais trop assuré, répondit Lefty. Parfois les compagnies ne payent pas. Mieux vaut être sûr.

– Sûr ? Chacune des polices est pour un montant supérieur à ce que vaut cet endroit. On paye tout ça. C'est du gâchis. »

Jusqu'alors, Lefty avait laissé son fils faire tout ce qu'il voulait. Mais il tint ferme. « Écoute-moi, Milton. Tu n'as jamais connu d'incendie. Tu ne sais pas comment ça se passe. Parfois dans l'incendie, la compagnie d'assurances brûle elle aussi. Et alors qu'est-ce que tu fais ?

– Mais trois...

– Il nous en faut trois, insista Lefty.

– Laisse-le tranquille, dit Tessie à Milton ce soir-là. Tes parents en ont vu de toutes les couleurs.

– Bien sûr. Mais c'est nous qui devrons payer ces primes. » Néanmoins, il en fit comme sa femme avait dit et conserva les trois polices.

La Zebra Room de mon enfance telle que je me la rappelle : pleine de fleurs artificielles, tulipes jaunes, roses rouges, arbres nains portant des pommes en cire. Des marguerites en plastique poussaient dans des théières ; des jonquilles sortaient de vaches en céramique. Des photos d'Artie Shaw et de Bing Crosby ornaient les murs, à côté de pancartes peintes à la main où on lisait : DEMANDEZ LES COCKTAILS MAISON ! et NOTRE PAIN PERDU EST LE MEILLEUR DE LA VILLE ! Il y avait des photos de Milton posant la cerise finale sur un milk-shake ou embrassant un bébé comme un maire. Il y avait des photographies de véritables maires, Miriani et

Cavanaugh. Le grand joueur de base-ball Al Kaline, qui s'arrêtait sur le chemin de son entraînement au Tiger Stadium, avait autographié sa photo : « À mon pote Milt, ses œufs sont super. » Après l'incendie de l'église orthodoxe de Flint, Milton s'appropria un des vitraux rescapés qu'il accrocha au mur au-dessus des banquettes. Des bidons d'huile d'olive Athena ornaient la fenêtre à côté d'un buste de Donizetti. C'était un fatras sans pareil : des lampes de grands-mères voisinaient avec des reproductions du Greco ; des cornes de taureau pendaient au cou d'une statuette d'Aphrodite. Au-dessus de la machine à café un assortiment de figurines paradaient sur l'étagère : Paul Bunyan et la vache Mabel, Mickey Mouse, Zeus et Felix le chat.

Mon grand-père, essayant de se rendre utile, arriva un jour avec une pile de cinquante assiettes.

« J'ai déjà commandé des assiettes, dit Milton. À un fournisseur en gros. Ils nous font dix pour cent de réduction.

– Tu n'en veux pas alors ? » Lefty eut l'air déçu. « Okay. Je les remporte.

– Hé, pa, pourquoi tu ne prends pas un jour de congé ? Je peux me débrouiller tout seul.

– Tu n'as pas besoin d'aide ?

– Rentre à la maison. Fais-toi faire à déjeuner par ma. »

Lefty s'exécuta. Mais, comme il roulait sur West Grand Boulevard, se sentant inutile, il passa devant le magasin de matériel médical Rubsamen – une boutique aux vitrines sales avec une enseigne au néon qui clignotait même de jour – et se sentit repris par une vieille tentation.

Le lundi suivant, Milton ouvrit le nouveau restaurant. Il l'ouvrit à six heures du matin, avec deux employés récemment engagés, Eleni Papanikolas, vêtue d'un uniforme de serveuse acheté avec son propre argent, et son mari, Jimmy, cuistot. « N'oublie pas, Eleni, que tu travailles surtout pour les pourboires, lui dit Milton pour la stimuler. Alors souris.

– À qui ? » demanda Eleni. Car malgré les œillets rouges qui ornaient chaque table, malgré les menus, les boîtes d'allumettes et les napperons zébrés, la Zebra Room elle-même était vide.

« Fais ta maligne », dit Milton avec un grand sourire. Il n'était pas touché par la repartie d'Eleni. Il avait réussi. Il avait trouvé un besoin et l'avait comblé.

Pour gagner du temps, je vous propose maintenant un montage rapide. Nous voyons Milton accueillir ses premiers clients. Nous voyons Eleni leur servir des œufs brouillés. Nous voyons Milton et Eleni qui attendent en se mordant les lèvres. Mais maintenant les clients sourient et hochent la tête ! Eleni se précipite pour leur resservir du café. Ensuite Milton, vêtu autrement, accueille d'autres clients ; et Jimmy le cuistot casse les œufs d'une main ; et Lefty regarde hors cadre à gauche : « Et deux babies deux ! » crie Milton, faisant étalage de son nouveau jargon. « Blanc sec, 68, sans glace ! » Gros plan sur la caisse qui s'ouvre et se ferme ; les mains de Milton comptant les billets ; Lefty mettant son chapeau et sortant discrètement. Puis encore des œufs ; des œufs qu'on casse, qu'on fait frire, qu'on retourne, qu'on bat ; des œufs arrivant en caisses par la porte de service et sortant sur des assiettes par le passe-plat ; des tas mousseux d'œufs brouillés en Technicolor jaune vif ; et la caisse qui s'ouvre brutalement de nouveau ; et l'argent qui s'entasse. Jusqu'à ce que, finalement, nous voyions Milton et Tessie, dans leurs plus beaux habits, visiter une grande maison sur les pas d'un agent immobilier.

Le quartier d'Indian Village n'était qu'à douze rues de Hurlbut, mais c'était un monde complètement différent. Les quatre belles rues : Burns, Iroquois, Seminole et Adams (même dans l'Indian Village l'homme blanc s'était approprié la moitié des noms), étaient bordées de maisons majestueuses de style éclectique. Le géorgien en brique rouge s'élevait à côté du tudor, qui cédait la place au provincial français. Les maisons d'Indian Village avaient de grands jardins, de vastes allées, des belvédères élégamment oxydés, des nains de jardin (dont les jours étaient comptés) et des systèmes d'alarme (dont la popularité était naissante). C'est en silence, cependant, que mon grand-père fit le tour de l'impressionnante maison de son fils. « Qu'est-ce que tu penses de la taille du salon ? lui demanda Milton. Tiens, assieds-toi. Mets-toi à l'aise. Tessie et moi voulons que toi et ma vous sentiez chez vous ici. Maintenant que tu es à la retraite...

– Qu'est-ce que tu veux dire à la retraite ?

– Okay, en semi-retraite. Maintenant que tu peux lever un peu le pied, tu vas pouvoir faire tout ce que tu as toujours voulu faire. Voilà la bibliothèque. Si tu veux venir travailler sur tes traductions, tu peux le faire ici. Regarde cette table. Elle te semble assez grande ? Et les étagères sont encastrées dans le mur. »

Évincé des opérations quotidiennes à la Zebra Room, mon grand-père commença à passer ses journées à rouler en ville. Il allait à la bibliothèque municipale lire les journaux étrangers. Ensuite, il allait jouer au trictrac dans un café de Greektown. À cinquante-quatre ans, Lefty Stephanides était encore en bonne forme. Il marchait cinq kilomètres par jour. Il se surveillait et avait beaucoup moins de ventre que son fils. Toutefois, le temps opérait ses inévitables ravages. Lefty devait porter des lunettes à double foyer maintenant. Il avait un peu d'hygroma dans l'épaule. Ses vêtements étaient passés de mode, de sorte qu'il avait l'air d'un figurant dans un film de gangsters. Un jour, se regardant sans complaisance dans le miroir de la salle de bains, Lefty se rendit compte qu'il était devenu un de ces hommes âgés qui se plaquaient les cheveux en arrière en hommage à une époque dont personne ne se rappelait. Déprimé par cette révélation, Lefty rassembla ses livres. Il se dirigea vers Seminole avec l'intention de s'installer dans la bibliothèque, mais arrivé à destination, il poursuivit son chemin. Une lueur farouche dans le regard, il prit la direction du magasin de matériel médical Rubsamen.

Une fois qu'on a visité le monde parallèle, on n'oublie jamais le chemin. On est toujours capable de repérer la lumière rouge à la fenêtre ou le verre de champagne sur la porte qui n'ouvre pas avant minuit. Cela faisait des années qu'en passant devant Rubsamen mon grand-père avait remarqué les bandages herniaires, les minerves et les béquilles qui ne changeaient jamais de place dans la vitrine. Il avait vu les visages désespérés, illuminés par un fol espoir, des Noirs qui entraient et sortaient sans jamais rien acheter. Mon grand-père avait reconnu ce désespoir et savait que maintenant, dans sa retraite forcée, c'était là qu'il lui fallait aller. Le néon de Rubsamen clignotait derrière les yeux de Lefty tandis qu'il fonçait en direction du West Side. Une odeur imaginaire de jasmin emplissait ses narines alors qu'il appuyait sur l'accélérateur. Son sang bouillait d'une excitation ancienne, une accélération du pouls qu'il n'avait pas connue depuis qu'il descendait la montagne pour aller explorer les ruelles de Bursa. Il se gara le long du trottoir et s'engouffra à l'intérieur. Il dépassa les clients étonnés de voir un Blanc, les flacons géants d'aspirine, les emplâtres contre les cors et les laxatifs et alla droit au guichet de l'officine.

« Qu'est-ce que je peux pour votre service ? » demanda le pharmacien.

– Vingt-deux, dit Lefty.

– Très bien. »

Tâchant de retrouver l'atmosphère dramatique de la période où il jouait à Bursa, mon grand-père commença par jouer à la loterie du West Side. Il commença petit. Des mises de deux ou trois dollars. Après quelques semaines, pour récupérer ses pertes, il monta jusqu'à dix. Chaque jour il perdait une partie des bénéfices du restaurant. Un jour il gagna et joua quitte ou double sur le coup suivant, qu'il perdit. Au milieu des bouillottes et des poires à lavement, il plaçait ses paris. Entouré de sirops pour la toux et de pommades pour les révulsifs, il se mit à jouer un « gig », trois numéros à la fois. Comme à Bursa, ses poches se remplirent de bouts de papier. Il consignait les numéros qu'il avait joués avec la date afin de ne pas les rejouer. Il joua la date de naissance de Milton, la date de naissance de Desdemona, la date du jour de l'indépendance de la Grèce moins le dernier chiffre, l'année de l'incendie de Smyrne. Desdemona, qui trouvait les papiers en faisant la lessive, pensait qu'ils concernaient le nouveau restaurant. « Mon mari, le milliardaire », disait-elle, rêvant de Floride.

Pour la première fois de sa vie, Lefty consulta le manuel d'oniromancie de Desdemona, dans l'espoir de calculer un numéro gagnant sur le boulier de son inconscient. Il tâcha de se rappeler les nombres entiers qui apparaissaient dans ses rêves. Beaucoup des Noirs qui fréquentaient Rubsamen remarquèrent son intérêt pour le manuel d'oniromancie et, après qu'il eut gagné deux semaines d'affilée, on se passa le mot. Les Noirs de Detroit se mirent à acheter des manuels d'oniromancie, unique contribution des Grecs à la culture africaine-américaine (excepté le port de médailles en or). Les Éditions Atlantis traduisirent le manuel en anglais et le distribuèrent dans les principales villes du pays. Pendant une brève période, les vieilles dames noires partagèrent les superstitions de ma grand-mère, croyant qu'un lapin qui court apporte de l'argent ou qu'un oiseau noir sur une ligne de téléphone annonce une mort.

« Tu portes l'argent à la banque ? demandait Milton, en voyant son père vider la caisse.

– Oui, à la banque. » Et Lefty allait effectivement à la banque. Il allait retirer de l'argent de son compte d'épargne afin de poursuivre son assaut réglé contre les neuf cent quatre-vingt-dix-neuf permutations possibles d'une variable à trois chiffres. Chaque fois qu'il perdait, il était désespéré. Il voulait arrêter. Il voulait aller se confesser à Desdemona. Le seul antidote à ce sentiment, toutefois, était l'espoir de gagner le lendemain. Il est possible qu'un soupçon d'autodestruction ait joué un rôle dans l'attitude de mon grand-père. Rongé par la culpabilité du survivant, il s'abandonnait aux forces aveugles de l'univers, cherchant à se punir d'être encore en vie. Mais, surtout, le jeu comblait le vide de ses journées.

Moi seul, depuis la loge particulière de mon œuf primordial, voyais ce qui se passait. Milton était trop occupé à diriger le restaurant pour s'apercevoir de quoi que ce soit. Tessie était trop occupée à élever Chapitre Onze pour s'apercevoir de quoi que ce soit. (Le dimanche il s'était mis à parier sur les parties de trictrac qui se déroulaient dans le salon.) Sourmelina aurait pu remarquer quelque chose, mais elle n'apparut pas souvent chez nous pendant ces années. En 1953, à une réunion de la Société théosophique, tante Lina avait fait la connaissance d'une certaine Mrs. Evelyn Watson. Mrs. Watson passait la moitié de l'année à Santa Fe, Nouveau-Mexique, où elle et son défunt mari – qui était mort d'une morsure de serpent à sonnette une nuit que, en état d'ébriété, il ramassait du prosopis pour allumer le barbecue – avaient acheté une maison en pisé. (Mrs. Watson était entrée à la Société théosophique dans l'espoir de contacter son mari mais avait bientôt cessé de communiquer avec l'au-delà pour se consacrer à des tête-à-tête plus charnels avec Sourmelina.) Avec une soudaineté surprenante, tante Lina avait quitté son travail chez le fleuriste pour s'installer dans le Sud-Ouest avec Mrs. Watson. Depuis lors, à chaque Noël, elle envoyait à mes parents une boîte contenant une bouteille de sauce épicée, un cactus en fleur et une photographie d'elle et Mrs. Watson devant un monument national. (Il subsiste une photo montrant le couple dans une grotte sacrée anasazi à Bandelier, Mrs. Watson aussi ridée que Georgia O'Keeffe tandis que Lina, coiffée d'un colossal chapeau de paille, descend l'échelle menant à la kiva.)

Quant à Desdemona, la seconde moitié des années cinquante fut pour elle une période tout à fait inhabituelle de bonheur. Son fils était rentré sain et sauf d'une autre guerre. (Saint Christophe avait tenu parole durant l'« opération de police » en Corée et Milton n'avait pas même essuyé un coup de feu.) La grossesse de sa bru avait provoqué l'anxiété habituelle, certes, mais Chapitre Onze était né normal. Le restaurant marchait bien. Chaque semaine, parents et amis se retrouvaient dans la nouvelle maison de Milton à Indian Village pour le déjeuner dominical. Un après-midi Desdemona reçut la brochure de l'office du tourisme de New Smyrna Beach. Ça ne ressemblait pas du tout à Smyrne, mais au moins il y avait du soleil et des étals de fruits.

Entre-temps, mon grand-père se sentait en veine. Ayant joué au moins un numéro chaque jour depuis un peu plus de deux années, il avait maintenant misé sur tous les numéros allant de 1 à 740. Il n'y avait plus que 159 numéros avant d'atteindre 999 ! Alors il les aurait tous joués ! Et puis ? Ensuite : recommencer. Les caissiers donnaient des liasses de billets à Lefty que celui-ci donnait au pharmacien derrière son guichet. Il joua le 741, le 742 et le 743. Il joua le 744, 745 et 746. Et puis un beau matin le caissier informa Lefty qu'il n'y avait pas suffisamment de liquidités sur son compte pour qu'il puisse faire un retrait. Le caissier lui montra son solde : 13,26 dollars. Mon grand-père remercia le caissier. Il traversa le hall de la banque en rajustant sa cravate. Il fut pris d'un vertige. La fièvre du jeu qu'il avait couvée pendant vingt-six mois se déclara, faisant courir sur sa peau une dernière vague de chaleur, et soudain il dégoulinait de sueur. S'épongeant le front, Lefty quitta la banque et entra dans une vieillesse impécunieuse.

Le cri déchirant que poussa ma grand-mère quand elle apprit le désastre ne peut être rendu en caractères d'imprimerie. Le hurlement dura interminablement tandis qu'elle s'arrachait les cheveux, déchirait ses vêtements et s'écroulait par terre. « COMMENT ON VA MANGER ! » se lamentait Desdemona, errant d'un pas chancelant à travers la cuisine. « OÙ ON VA VIVRE ! » Elle ouvrit les bras, en appelant à Dieu, puis se frappa la poitrine et finalement saisit sa manche gauche qu'elle arracha. « QUEL GENRE DE MARI TU ES POUR FAIRE ÇA À TA FEMME QUI A FAIT LA CUISINE ET LA LESSIVE POUR TOI ET A ÉLEVÉ TES ENFANTS ET NE S'EST JAMAIS PLAINTE ! » Elle arrachait maintenant sa manche droite. « JE NE T'AVAIS PAS DIT DE NE PAS JOUER ? JE NE TE L'AVAIS PAS DIT ? » Elle s'attaquait maintenant à la robe elle-même. Elle prit l'ourlet à deux mains tandis que sortaient de sa gorge les antiques hululements des femmes du Moyen-Orient. « OULOULOULOULOULOULOU ! OULOULOULOULOULOULOU ! » Éberlué, mon grand-père regarda sa femme d'ordinaire si réservée mettre en pièces sa jupe, puis sa ceinture, puis son corsage et enfin son col. Avec un ultime crissement, la robe se sépara en deux et Desdemona s'allongea sur le linoléum, exposant au monde la misère de ses sous-vêtements, son soutien-gorge surchargé, son triste caleçon et la gaine dont elle était occupée à faire sauter les pressions alors que son désarroi touchait à son apogée. Mais enfin elle s'arrêta. Avant d'être complètement nue, Desdemona battit en retraite, comme soulagée. Elle enleva son filet, ses cheveux tombèrent pour la couvrir et elle ferma les yeux, épuisée. L'instant suivant, elle déclarait, d'un ton parfaitement normal : « Maintenant il va falloir qu'on aille vivre chez Milton. »

Trois semaines plus tard, en octobre 1958, mes grands-parents quittèrent Hurlbut, un an avant d'avoir fini de payer l'emprunt-logement. Au cours d'un beau week-end de l'été indien, mon père et mon grand-père déshonoré sortirent les meubles pour les exposer à la vente, le canapé et les fauteuils vert écume, qui avaient l'air tout neufs sous leurs housses en plastique, la table de cuisine, les étagères. Les lampes furent disposées sur l'herbe, à côté des vieux manuels de boy-scout de Milton, des poupées et des chaussures de claquettes de Zoë, d'une photographie encadrée du patriarche Athenagoras, et d'un placard entier de costumes de Lefty, que ma grand-mère l'obligea à vendre pour le punir. Les cheveux de nouveau sagement rangés dans leur filet, ma grand-mère allait et venait sur la pelouse, submergée par un désespoir trop profond pour les larmes. Elle examinait chaque objet, poussant un grand soupir avant d'y fixer une étiquette, et réprimandait son mari quand il essayait de porter des choses trop lourdes pour lui. « Tu te prends pour un jeune homme ? Laisse ça à Milton. Tu es un vieil homme. » Elle tenait sous son bras la boîte à vers à soie, qui n'était pas à vendre. Quand elle vit le portrait du patriarche, elle poussa un cri d'horreur. « Tu trouves qu'on n'a pas eu assez de malchance comme ça ? Tu veux vendre le patriarche en plus ? »

Elle le rapporta à l'intérieur. Jusqu'à la fin de la journée, elle resta dans la cuisine, incapable de supporter la vue de la horde disparate des charognards fouillant dans ses biens. Il y avait des antiquaires du dimanche qui venaient de banlieue avec leurs chiens, des familles nécessiteuses qui attachaient des chaises sur le toit de leurs voitures cabossées, des couples d'hommes qui retournaient tous les objets à la recherche de marques de fabrique. Desdemona n'eût pas éprouvé plus de honte si elle avait été elle-même mise en vente, nue sur le canapé vert, une étiquette attachée à l'orteil. Quand tout eut été vendu ou donné, Milton chargea le reste des possessions de mes grands-parents dans un camion de location avec lequel il parcourut les douze rues qui le séparaient de Seminole.

Pour plus d'intimité, mes grands-parents s'installèrent dans le grenier. Au risque de se blesser, mon père et Jimmy Papanikolas hissèrent le lit démonté de mes grands-parents, l'ottomane en cuir, la table basse en cuivre et les disques de rebetika de Lefty par l'escalier secret derrière la porte recouverte de papier peint. Dans l'espoir d'amadouer sa femme, mon grand-père rapporta le premier des nombreux perroquets que mes grands-parents devaient posséder par la suite et peu à peu, au-dessus de nos têtes, Desdemona et Lefty installèrent ensemble leur avant-dernière demeure. Les neuf années qui suivirent, Desdemona se plaignit de l'exiguïté de l'endroit et des douleurs dans les jambes que lui occasionnait la descente de l'escalier ; mais chaque fois que mon père lui proposa de s'installer au premier, elle refusa. Pour moi, le grenier lui plaisait parce que le vertige qu'elle y éprouvait lui rappelait l'Olympe. La lucarne offrait une vue imprenable non sur les tombes des sultans mais sur l'usine Edison, et quand elle la laissait ouverte, le vent s'y engouffrait comme à Bithynios. Dans leur grenier, Desdemona et Lefty revenaient à leur point de départ.

Ainsi que mon histoire.

Parce que maintenant Chapitre Onze, mon frère âgé de cinq ans, et Jimmy Papanikolas tiennent chacun un œuf rouge en main. Teintés de la couleur du sang du Christ, d'autres œufs emplissent une coupe sur la table de la salle à manger. Des œufs rouges sont alignés sur la tablette de la cheminée. Ils pendent dans des filets au-dessus des portes.

Zeus fit sortir d'un œuf tous les êtres vivants. *Ex ovo omnia*. Le blanc s'éleva pour devenir le ciel, le jaune forma la terre. Et à l'occasion de la Pâque grecque, on joue encore à casser l'œuf. Jimmy Papanikolas tient l'œuf contre lequel Chapitre Onze cogne le sien. Il n'y a jamais qu'un seul œuf qui casse. « J'ai gagné ! » crie Chapitre Onze. Maintenant Milton choisit un œuf dans la coupe. « Celui-ci me paraît bien. Il a l'air solide comme un fourgon de la Brink's. » Il le tient en l'air. Chapitre Onze se prépare à l'attaquer. Mais avant que quoi que ce soit ait eu le temps de se produire, ma mère donne une tape dans le dos de mon père. Elle a un thermomètre dans la bouche.

Tandis qu'on débarrasse la table, mes parents montent dans leur chambre main dans la main. Tandis que Desdemona casse son œuf contre celui de Lefty, mes parents se défont du strict minimum de vêtements. Tandis que Sourmelina, de retour du Mexique pour les vacances, joue à l'œuf avec Mrs. Watson, mon père laisse échapper un petit grognement, roule sur le côté, et déclare : « Ça devrait suffire. »

Le silence se fait dans la chambre. À l'intérieur de ma mère, un million de spermatozoïdes remontent le courant, mâles en tête. Ils sont porteurs non seulement d'instructions touchant la couleur des yeux, la taille, la forme du nez, la production d'enzymes, la résistance aux microbes, mais aussi d'une histoire. Contre un fond noir, ils nagent, long fil de soie blanc se dévidant. Le fil commença à se dérouler deux cent cinquante ans auparavant, quand les dieux de la biologie, pour leur distraction, jouèrent avec un gène sur le cinquième chromosome d'un bébé. Le bébé passa la mutation à son fils, qui le passa à ses deux filles, qui le passèrent à trois de leurs enfants (mes arrière-arrière-arrière etc.) jusqu'à ce qu'il arrive dans le corps de mes grands-parents. Le gène descendit une montagne et laissa derrière lui un village. Se trouva pris dans une ville en flammes à laquelle il échappa en parlant un mauvais français. Traversant l'océan, il feignit une rencontre, fit le tour du pont d'un bateau, et l'amour dans une chaloupe de sauvetage. Il se fit couper les tresses. Il prit un train pour Detroit et emménagea dans une maison sur Hurlbut ; il consulta des manuels d'oniromancie et ouvrit un speakeasy en sous-sol ; il trouva un travail au temple n° 1... et c'est alors que le gène passa dans d'autres corps... Il entra dans les scouts et se vernit les ongles des pieds en rouge ; il joua « Beguin the Beguine » à la fenêtre qui donnait sur la cour ; il partit pour la guerre et resta au pays en regardant les actualités au cinéma ; il passa un examen d'entrée ; posa comme dans les magazines ; fut condamné à mort et fit un marché avec saint Christophe ; il sortit avec un futur prêtre et rompit ses fiançailles ; il fut sauvé par une sellette... toujours filant de l'avant, plus que quelques virages maintenant, Annapolis et un chasseur de sous-marins... jusqu'à ce que les dieux de la biologie découvrent que leur heure était arrivée, que c'était cela qu'ils attendaient, et tandis qu'une cuillère se balançait et qu'une yia yia s'inquiétait, mon destin se mit en place... le 20 mars 1954, Chapitre Onze arriva et les dieux de la biologie secouèrent la tête, non, désolé... Mais il restait encore du temps, tout était en place, le wagon descendait à toute vitesse la pente du scenic railway et il était maintenant impossible de l'arrêter, mon père avait des visions de petites filles et ma mère priait un Christ Pantocrator auquel elle ne croyait pas totalement, jusqu'à ce qu'enfin – à cette minute même ! – le jour de la Pâque grecque de l'année 1959 –, la chose soit sur le point d'arriver. Le gène est sur le point de rencontrer son jumeau.

Tandis que les spermatozoïdes rencontrent l'ovule, je ressens une secousse. Il y a un grand bruit, un bang supersonique alors que mon monde se brise. Je me sens changer, perdre déjà des bouts de mon omniscience prénatale, dégringoler en direction de l'ardoise vide de la personnalité. (Avec les lambeaux du savoir universel qui me restent, je vois mon grand-père, Lefty Stephanides, la nuit de ma naissance à neuf mois de là, renversant une tasse sur une soucoupe. Je vois le marc de café tandis que la douleur explose dans sa tempe et qu'il s'écroule.) De nouveau le spermatozoïde cogne contre ma capsule ; et je prends conscience que je ne peux plus reculer. Le bail de mon formidable petit appartement touche à sa fin et je suis expulsé. Je brandis donc un poing (typiquement masculin) et me mets à frapper les parois de ma coquille jusqu'à ce qu'elle se brise. Puis, glissant comme un jaune d'œuf, je plonge tête la première dans le monde.

« Désolée, petite fille, me dit ma mère, touchant son ventre et me parlant déjà. J'aurais voulu que ce soit plus romantique.

– Tu veux du romantisme ? dit mon père. Où est ma clarinette ? »

[illegible]

regards qu'une cuillère se [illegible] sur [illegible]
s'approchant mon cousin, sa nuit de Noël. [illegible]
[illegible] arrive et les deux de la [illegible]
[illegible] une [illegible]
temps [illegible]
vitesse la [illegible]
[illegible]
[illegible]
[illegible]
[illegible]
[illegible]
[illegible]

Depuis que les [illegible]
[illegible] un grand [illegible] un long
[illegible]
[illegible]
[illegible]
[illegible]
[illegible]
[illegible]
[illegible]
la [illegible]
[illegible]
[illegible] il ne peut plus [illegible]
[illegible]
[illegible]
[illegible]
[illegible]
[illegible] dans [illegible]

Depuis [illegible]
[illegible]
[illegible]

— [illegible]
[illegible]

LIVRE TROISIÈME

Cinéma amateur

Mes yeux, enfin branchés, virent ce qui suit : le médecin me passant à une infirmière ; le visage triomphant de ma mère, grand comme le mont Rushmore, tandis qu'elle me regarde me diriger vers mon premier bain. (J'ai dit que c'était impossible, mais je me le rappelle quand même.) D'autres choses également, matérielles et immatérielles : l'éclat implacable de la lumière scialytique ; des chaussures blanches qui couinent sur un sol blanc ; une mouche contaminant de la gaze ; et tout autour de moi, le long des couloirs de l'hôpital, des drames individuels qui se préparent. Je percevais le bonheur des couples tenant leur premier bébé et la fermeté d'âme des catholiques acceptant leur neuvième. Je ressentais la déception d'une jeune mère constatant l'apparition du menton fuyant de son mari sur le visage de sa nouveau-née et la terreur d'un jeune père calculant le prix des études de ses triplés. Aux étages supérieurs, dans des chambres sans fleurs, des femmes se remettaient d'hystérectomies et de mastectomies. Des adolescentes dont les kystes de l'ovaire s'étaient rompus somnolaient sous l'effet de la morphine. Dès le début il était autour de moi, le poids de la souffrance féminine, avec ses justifications bibliques et ses éclipses.

L'infirmière qui me nettoya s'appelait Rosalie. C'était une jolie femme au visage long, originaire des monts du Tennessee. Après avoir aspiré le mucus de mes narines, elle me fit une piqûre de vitamine K pour coaguler mon sang. Les unions consanguines sont courantes dans les

Appalaches, ainsi que les difformités génétiques, mais Rosalie ne remarqua rien de spécial. Ce qui l'inquiétait c'était la rougeur sur ma joue, qu'elle prit pour une tache de vin. En réalité, c'était du placenta, qui partit au lavage. Rosalie me rapporta au Dr. Philobosian pour qu'il fasse un examen anatomique. Elle me posa sur la table en me tenant d'une main pour plus de sûreté. Elle avait remarqué que les mains du médecin tremblaient pendant l'accouchement.

En 1960, le Dr. Nishan Philobosian avait soixante-quatorze ans. Il avait une tête de chameau, penchée en avant, avec toute l'activité dans les joues. Son crâne chauve était nimbé de cheveux blancs comme les poils qui bouchaient ses grandes oreilles telles des boules de coton. Ses lunettes de chirurgie étaient doublées de loupes rectangulaires.

Il commença par mon cou, cherchant le goitre du crétinisme. Il compta mes doigts et mes orteils. Il inspecta mon palais ; il constata sans surprise mon réflexe de Moro. Il vérifia que j'avais bien mon coccyx. Puis, me remettant sur le dos, il saisit mes jambes recourbées et les ouvrit.

Que vit-il ? La moule bien nette des organes génitaux féminins. La région enflammée, gonflée d'hormones. Ce côté babouin de tous les bébés. Le Dr. Philobosian aurait dû ouvrir les lèvres pour en voir plus, mais il ne le fit pas. Parce que juste à cet instant Rosalie (pour qui ce moment faisait également partie de son destin) lui toucha accidentellement le bras. Le Dr. Phil leva les yeux. Des yeux d'Arménien presbyte rencontrèrent des yeux d'Appalachienne quadragénaire. Le contact se prolongea puis se rompit. Je n'avais que cinq minutes et déjà les thèmes de ma vie – le hasard et le sexe – s'annonçaient. Rosalie rosit. « Magnifique, dit le Dr. Philobosian, parlant de moi mais regardant son assistante. Une petite fille magnifique en pleine santé. »

Sur Seminole, les réjouissances provoquées par la naissance furent tempérées par la perspective de la mort.

Desdemona avait trouvé Lefty sur le sol de la cuisine, allongé près de sa tasse de café retournée. Elle s'agenouilla à côté de lui et pressa son oreille contre sa poitrine. N'entendant pas son cœur, elle cria son nom. Sa plainte rebondit sur les surfaces dures de la cuisine : le toaster, le four, le réfrigérateur. Finalement elle s'écroula sur son torse. Dans le silence qui suivit, toutefois, Desdemona sentit une émotion étrange s'élever en elle. Elle s'étendait dans l'espace entre panique et deuil. C'était comme un gaz qui la gonflait. Bientôt ses yeux s'ouvrirent d'un coup tandis qu'elle reconnaissait l'émotion : c'était le bonheur. Les larmes coulaient sur son visage, déjà elle réprimandait Dieu pour lui avoir pris son mari, mais de l'autre côté de ces émotions convenables se trouvait un soulagement inconvenant. Le pire était arrivé. C'était ça : la pire chose. Pour la première fois de sa vie, ma grand-mère n'avait rien à redouter.

Les émotions, d'après mon expérience, ne sont pas recouvertes par de simples mots. Je ne crois pas en la « tristesse », la « joie », ou le « regret ». Peut-être la meilleure preuve de la nature patriarcale du langage est le fait qu'il simplifie les sentiments. J'aimerais avoir à ma disposition des émotions hybrides compliquées, des constructions germaniques comme, par exemple : « Le bonheur qui accompagne le désastre. » Ou : « La déception de coucher avec son fantasme. » J'aimerais montrer comment « La conscience de la mort suscitée par des parents vieillissants » est liée à « La haine des miroirs qui commence à l'âge mûr ». J'aimerais avoir un mot pour « La tristesse inspirée par les mauvais restaurants » comme pour « L'excitation d'entrer dans une chambre avec minibar ». Je n'ai jamais eu les mots qu'il faut pour décrire ma vie, et maintenant que je suis entré dans mon histoire, j'en ai besoin plus que jamais. Je ne peux plus me contenter de regarder les choses à distance. À partir de maintenant, tout ce que je vais vous dire est coloré par l'expérience subjective de celui qui prend part aux événements. C'est là que mon histoire se scinde, se divise, subit une méiose. Déjà les mots sont plus lourds, maintenant que j'en fais partie. Je parle de pansements et de cotons trempés, de l'odeur de moisi des cinémas, et de tous ces foutus chats avec leurs litières puantes, de la pluie dans les rues quand la poussière monte et que les vieux Italiens rentrent leurs chaises pliantes. Jusqu'à maintenant ce n'était pas mon monde. Mais nous y sommes, enfin.

Le bonheur qui accompagne le désastre ne posséda pas longtemps Desdemona. Quelques secondes plus tard elle posa de nouveau la tête sur la poitrine de son mari – et entendit un faible battement ! Lefty fut transporté en hâte à l'hôpital. Deux jours plus tard il reprit conscience. Son esprit était clair, sa mémoire intacte. Mais quand il essaya de demander si le bébé était un garçon ou une fille, il découvrit qu'il était incapable de parler.

D'après Julie Kikuchi, la beauté a toujours quelque chose de monstrueux. Hier, tandis que nous mangions un strudel en buvant un café au café Einstein, elle essaya de me le prouver. « Regarde ce mannequin, me dit-elle en me montrant la page d'un magazine de mode. Regarde ses oreilles. Ce sont celles d'une Martienne. » Elle se mit à tourner rapidement les pages. « Ou regarde la bouche de celle-là. Tu pourrais y mettre la tête. » J'essayais de me faire servir un autre cappuccino. Les serveuses en uniforme autrichien m'ignoraient, comme elles ignorent tout le monde, et au-dehors, les tilleuls pleuraient des gouttes de pluie.

« Et Jackie O ? dit Julie, poursuivant sa démonstration. Ses yeux étaient si écartés qu'on aurait dit qu'ils étaient sur ses tempes. Elle ressemblait à un requin-marteau. »

C'est une façon d'introduire la description de ma personne. Les photos de Calliope bébé montrent une variété de traits frisant le monstrueux. Mes parents, lorsqu'ils me regardaient dans mon berceau, s'arrêtaient à chacun d'eux. (Je pense parfois que c'est l'aspect frappant, légèrement dérangeant de mon visage qui a détourné l'attention des complications qui se trouvaient plus bas.) Imaginez mon berceau comme un diorama dans un musée. Appuyez sur un bouton et mes oreilles s'illuminent comme deux trompettes dorées. Appuyez sur un autre et mon menton en galoche apparaît. Un autre, et les pommettes hautes, altières, sortent de l'ombre. Jusque-là l'effet n'est pas prometteur. D'après les oreilles, le menton et les pommettes je pourrais être un bébé Kafka. Mais le bouton suivant éclaire ma bouche et les choses commencent à s'améliorer. La bouche est petite mais bien dessinée, embrassable, musicale. Puis, au milieu de la carte, vient le nez. Il n'a rien du nez que vous voyez dans les sculptures grecques de l'époque classique. Voilà un nez qui vient d'Asie Mineure, comme la soie, de l'Est. Plus précisément du Moyen-Orient. Le nez du bébé diorama forme déjà, si vous y regardez bien, une arabesque. Oreilles, nez, bouche, menton – maintenant les yeux. Non seulement ils sont très écartés (comme ceux de Jackie O), mais ils sont grands. Trop grands pour le visage d'un bébé. Des yeux comme ceux de ma grand-mère. Des yeux aussi grands et tristes que dans un portrait de Keane. Des yeux bordés de longs cils noirs dont ma mère ne pouvait croire qu'ils s'étaient formés à l'intérieur d'elle. Comment son corps avait-il pu travailler si en détail ? La couleur de la peau autour de ces yeux : olive pâle. Les cheveux : noir de jais. Maintenant pressez tous les boutons à la fois. Vous me voyez ? Tout entière ? Probablement pas. Personne ne l'a jamais vraiment fait.

Bébé, et même petite fille, j'avais une beauté bizarre, extravagante. Il n'y avait pas un trait qui soit beau en soi et pourtant, il émergeait de l'ensemble quelque chose de captivant. Une harmonie accidentelle. Une inconstance, aussi, comme si derrière ma surface visible il y en avait une autre, qui se ravisait.

Desdemona ne s'intéressait pas à mon physique. Elle

était préoccupée par l'état de mon âme. Au mois de mars, elle déclara à mon père : « Le bébé il a deux mois. Pourquoi tu ne la baptises pas encore ? – Je ne veux pas qu'elle soit baptisée, répondit Milton. Tout ça c'est des balivernes. – Livernes tu dis ? » Desdemona pointait maintenant sur lui un index menaçant. « Tu crois que la sainte tradition que l'Église garde pendant deux mille années est des livernes ? » Elle invoqua alors la Panaghia, l'appelant par tous ses noms : « Très sainte, immaculée, pleine de grâce et bénie entre toutes, mère de Dieu bienheureuse et toujours vierge, tu entends ce que dit mon fils Milton ? » Mon père tenant bon, Desdemona sortit son arme secrète. Elle commença à s'éventer.

À quiconque n'en a pas été témoin, il est difficile de décrire les véritables tempêtes que représentaient les coups d'éventail de ma grand-mère. Refusant de poursuivre la discussion elle se rendit sur la véranda. Elle s'assit dans un fauteuil en osier près de la fenêtre. La lumière d'hiver, venant de côté, rougissait l'aile translucide de son nez. Elle saisit son éventail en carton. Il était marqué à l'endroit de ces mots « Les atrocités turques ». En dessous, en caractères plus petits, les détails étaient exposés : le pogrom de 1955 à Istanbul au cours duquel 15 Grecs avaient été tués, 200 Grecques violées, 4 348 magasins pillés, 59 églises orthodoxes détruites, et même les tombes des patriarches avaient été profanées. Desdemona possédait six éventails d'atrocités. Elle en faisait collection. Chaque année, elle envoyait sa contribution au patriarcat de Constantinople et quelques semaines plus tard un nouvel éventail arrivait, porteur de nouvelles atrocités et même, pour l'un d'eux, de la photographie du patriarche Athenagoras dans les ruines d'une cathédrale pillée. S'il n'apparaissait pas sur l'éventail de ce jour, le crime le plus récent n'en était pas moins dénoncé. Il n'avait pas été commis par les Turcs mais par son propre fils, un Grec, qui refusait de donner à sa fille un baptême orthodoxe. Pour s'éventer, Desdemona ne se contentait pas de bouger le poignet, l'agitation provenait de l'intérieur. Elle prenait son origine dans l'endroit situé entre l'estomac et le foie où elle m'avait jadis expliqué que résidait le Saint-Esprit. Elle émergeait d'un lieu plus profond que celui où était enfoui son propre crime. Milton tenta de trouver refuge derrière son journal, mais l'air déplacé par l'éventail faisait bouger les pages. Les coups de l'éventail de Desdemona étaient ressentis par toute la maison ; ils faisaient tourbillonner des moutons de poussière dans l'escalier ; ils agitaient les stores ; et, bien sûr, comme nous étions en hiver, ils faisaient frissonner tout le monde. Au bout d'un moment on aurait dit que la maison tout entière souffrait d'hyperventilation. L'air déplacé par l'éventail poursuivit Milton jusque dans son Oldsmobile, dont le radiateur se mit à émettre un léger sifflement.

En plus de jouer de l'éventail, ma grand-mère en appela à l'esprit de famille. Le père Mike, son beau-fils et mon oncle, était alors revenu de Grèce et servait – en qualité d'assistant – à l'église grecque orthodoxe de l'Assomption.

« Je t'en prie, Miltie, dit Desdemona. Pense au père Mike. On ne lui donne jamais des choses importantes à faire à l'église. Tu crois que si sa propre nièce elle n'est pas baptisée ça va faire bonne impression ? Pense à ta sœur, Miltie. Pauvre Zoë ! Ils n'ont pas beaucoup d'argent. »

Finalement, faiblissant, mon père demanda à ma mère : « Qu'est-ce que ça coûte un baptême aujourd'hui ?

– C'est gratuit. »

Milton haussa les sourcils. Mais après un moment de réflexion il hocha la tête, conforté dans ses soupçons. « Pas bête. L'entrée est gratuite et après tu dois payer toute ta vie. »

En 1960, la congrégation grecque orthodoxe avait un nouveau lieu de prières. L'Assomption avait quitté Vernor Highway pour Charlevoix. L'érection de l'église de Charlevoix avait été un événement de grande importance. Si, après d'humbles débuts dans un magasin de Hart

Street, elle avait trouvé un domicile respectable mais qui n'avait rien de splendide près de Beniteau, l'heure était venue pour l'Assomption de se bâtir une église de grand style. Beaucoup d'entreprises firent des offres, mais on décida en fin de compte de confier la construction à « quelqu'un de la communauté », et ce quelqu'un fut Bart Skiotis.

Un motif double présidait à la construction de la nouvelle église : il s'agissait de faire revivre l'ancienne splendeur de Byzance et d'afficher la prospérité de la communauté grecque. On ne lésina pas sur les moyens. Un peintre d'icônes fut importé de Crète, qui resta plus d'un an, dormant sur un mince matelas dans le bâtiment inachevé. C'était un traditionaliste, qui ni mangeait ni viande ni nourriture sucrée et ne buvait pas d'alcool afin de purifier son âme pour recevoir l'inspiration divine. Même son pinceau, en poils de queue d'écureuil, était conforme. Notre Hagia Sophia de l'East Side, non loin de l'autoroute Ford, mit deux ans à s'élever. Il n'y avait qu'un problème. Contrairement au peintre d'icônes, Bart Skiotis n'avait pas travaillé avec un cœur pur. Il se révéla qu'il avait utilisé des matériaux de mauvaise qualité pour mettre la différence dans sa poche. Les fondations étaient mal faites et il ne fallut pas longtemps pour que des fissures commencent à se ramifier sur les murs, balafrant les icônes. Le plafond fuyait, aussi.

Dans le bâtiment non conforme aux normes de l'église de Charlevoix, littéralement sur des bases branlantes, je fus baptisée dans la foi orthodoxe ; une foi qui avait existé bien avant que le protestantisme ait rien contre quoi protester et avant que le catholicisme ne se qualifie de catholique ; une foi qui remontait aux débuts de la chrétienté, alors qu'elle était grecque et non latine, et qui, sans un Thomas d'Aquin pour l'accorder à la raison, était restée enveloppée dans les brumes de la tradition et du mystère d'où elle était issue. Mon parrain, Jimmy Papanikolas, me prit des bras de mon père. Il me présenta au père Mike. Souriant, exultant de se trouver pour une fois sous les feux de la rampe, le père Mike me coupa une mèche de cheveux qu'il jeta dans les fonts baptismaux. (C'est cette partie du rituel, pensai-je plus tard, qui expliquait pourquoi la surface de l'eau avait cet aspect duveteux. Les cheveux de bébé, stimulés par l'eau porteuse de vie, avaient pris racine et poussé au cours des années.) Mais le père Mike était maintenant prêt pour la trempette. « La servante de Dieu, Calliope Helen, est baptisée au nom du Père, amen... » Et il m'immergea pour la première fois. Dans l'Église orthodoxe, nous ne nous contentons pas de l'immersion partielle ; pas d'aspersion, pas de tamponnement du front pour nous. Afin d'être rené, il faut d'abord être enseveli, et je me retrouvai donc sous l'eau. Ma famille assista à la scène, ma mère prise d'inquiétude (et si j'inhalais ?), mon frère jetant discrètement un cent dans l'eau, ma grand-mère immobilisant son éventail pour la première fois depuis des semaines. Le père Mike me sortit – « et du Fils, amen » – et me replongea. Cette fois-ci j'ouvris les yeux. La pièce de Chapitre Onze, en chute libre, brillait dans l'obscurité. Elle sombra au fond où, remarquai-je alors, se trouvaient beaucoup de choses : d'autres pièces, par exemple, des épingles à cheveux, un vieux sparadrap. Dans l'eau bénite verte et trouble, je me sentais en paix. Tout était silencieux. Mon cou me chatouillait à l'endroit où jadis les hommes avaient des ouïes. J'étais vaguement consciente que ces débuts recelaient les signes précurseurs de ma vie à venir. Ma famille était autour de moi ; j'étais dans les mains de Dieu. Mais j'étais dans mon propre élément, distinct, aussi, immergée dans des sensations rares, porteuse d'un message de l'évolution. Cette conscience me traversa brièvement l'esprit avant que le père Mike me ramène à l'air libre – « et du Saint-Esprit, amen... ». Encore une trempette. Je replongeai puis retrouvai l'air et la lumière. Les trois immersions avaient pris du temps. L'eau n'était pas seulement trouble, elle était chaude. La troisième fois que je réapparus j'étais effectivement renée : en fontaine. D'entre mes jambes de chérubin, un flot de liquide cristallin jaillit dans l'air. Dans la lumière tombant de la coupole, son scintillement jaune attira l'attention générale. Le jet formait un arc de cercle. Propulsé par la pression d'une vessie pleine, il passa par-dessus le bord des fonts baptismaux. Et avant que mon *nouno* ait eu le temps de réagir, il alla frapper le père Mike en pleine face.

Rires réprimés dans les bancs, quelques hoquets d'horreur de vieilles dames, puis le silence. Déshonoré par l'immersion partielle que je lui avais fait subir, et se tamponnant le front comme un protestant, le père Mike termina la cérémonie. Trempant le bout des doigts dans le chrême, il m'oignit, faisant le signe de la croix sur les endroits idoines, d'abord le front, puis les yeux, les narines, la bouche, les oreilles, la poitrine, les mains, et les pieds. Chaque fois il déclara : « Le sceau du don du Saint-Esprit. » Enfin il me donna ma première communion (à une exception près : le père Mike ne me pardonna pas mon péché).

« La bonne petite fille, exulta mon père sur le chemin du retour. Elle a pissé sur un prêtre.

– C'était un accident, insista Tessie, pas encore revenue de sa honte. Pauvre père Mike ! Il ne s'en remettra jamais.

– C'était un sacré jet », s'émerveilla Chapitre Onze.

Dans la confusion, personne ne se posa de questions quant au mécanisme qui avait provoqué le scandale.

Desdemona considérait le baptême que j'avais renvoyé à son beau-fils comme un mauvais présage. Déjà potentiellement responsable de l'attaque de son mari, j'avais maintenant commis un sacrilège à la première occasion que m'avait fournie la liturgie. En plus, je l'avais humiliée en étant née fille. « Peut-être que tu devrais te reconvertir dans les prévisions météorologiques », la plaisanta Sourmelina. Mon père en remit : « Ta cuillère t'a filé un mauvais tuyau. » La vérité est qu'à cette époque, Desdemona luttait contre des pressions assimilationnistes auxquelles elle était incapable de résister. Bien que depuis quarante ans elle eût vécu en éternelle exilée, en visiteuse de passage en Amérique, quelques éléments de son pays d'adoption étaient passés sous la porte verrouillée à double tour de sa désapprobation. Quand Lefty était rentré de l'hôpital, mon père lui avait installé une télévision dans le grenier. C'était une petite Zenith noir et blanc, qui avait tendance à se brouiller. Milton l'avait posée sur une table de chevet avant de redescendre. La télévision demeura là, à émettre son rayonnement et ses borborygmes. Lefty redressa ses oreillers pour la regarder. Desdemona essayait de se consacrer aux tâches ménagères mais se retrouva à regarder l'écran par-dessus son épaule de plus en plus souvent. Elle n'aimait toujours pas les voitures. Elle se bouchait les oreilles chaque fois qu'on passait l'aspirateur. Mais la télé, c'était différent. Ma grand-mère l'adopta immédiatement. Ce fut la première et unique chose venant d'Amérique qu'elle approuva. Parfois elle oubliait de l'éteindre et se réveillait à deux heures du matin aux accents de la « Bannière étoilée » marquant la fin des programmes.

La télévision remplaçait le bruit de la conversation qui faisait défaut à la vie de mes grands-parents. Desdemona regardait toute la journée, scandalisée par les histoires d'amour de *C'est ainsi que va le monde*. Elle aimait particulièrement les publicités pour les détergents, tout ce qui figurait bulles frotteuses et mousse vengeresse.

La vie à Seminole contribuait à l'impérialisme culturel. Le dimanche, au lieu de servir du Metaxa, Milton faisait des cocktails à ses invités. « Des boissons qui portent des noms de personnes, se plaignait Desdemona à son mari muet. Tom Collins. Harvey Wall Bang. Et ça se boit ! Et ils écoutent de la musique sur la, comment tu dis, la hi-fi. Milton il met cette musique, et ils boivent Tom Collins et parfois ils dansent, l'un sur l'autre, les hommes avec les femmes. Comme la lutte. »

Qu'étais-je pour Desdemona sinon un indice supplémentaire de la fin de tout ? Elle essayait de ne pas me regarder. Elle se cachait derrière ses éventails. Puis un jour Tessie dut sortir et Desdemona fut obligée de me garder. Avec circonspection, elle pénétra dans ma chambre. Une sexagénaire drapée de noir se pencha pour examiner un bébé emmailloté de rose. Peut-être quelque chose dans mon expression déclencha-t-il l'alarme. Peut-être faisait-elle déjà les rapprochements qu'elle ferait plus tard, entre les bébés du village et ce bébé suburbain, entre les contes de bonnes femmes et la nouvelle endocrinologie... Mais peut-être pas. Parce que, tandis qu'elle jetait un regard soupçonneux par-dessus le bord de mon berceau, elle vit mon visage – et le sang parla. L'expression inquiète de Desdemona plana au-dessus de la mienne, tout aussi perplexe. Ses yeux tristes fixèrent mes grandes orbites tout aussi noires. Nous nous ressemblions en tout. Elle me prit donc dans ses bras et je fis ce que les petits-enfants sont censés faire : j'effaçai les années qui nous séparaient. Je redonnai à Desdemona sa peau d'origine.

À partir de ce moment, je fus sa préférée. Au milieu de la matinée, elle relayait ma mère en m'emportant dans son grenier. Alors Lefty avait retrouvé la plus grande partie de ses forces. Bien qu'il fût incapable de parler, mon grand-père faisait toujours preuve de sa vitalité. Il se levait tôt le matin, se lavait, se rasait et mettait une cravate pour traduire du dialecte attique pendant deux heures avant le petit déjeuner. Il n'espérait plus se faire publier mais il continuait parce que l'exercice lui plaisait et faisait travailler son esprit. Il gardait continuellement près de lui une petite ardoise qui lui permettait de communiquer avec son entourage. Ses messages mêlaient les mots et des hiéroglyphes personnels. Conscient du fait que lui et sa femme étaient un fardeau pour mes parents, il ne cessait de se rendre utile, procédant à des réparations, aidant au ménage, faisant des courses. Tous les après-midi il effectuait une promenade de cinq kilomètres, quel que soit le temps, dont il revenait en pleine forme, souriant de toutes ses dents en or. Le soir il écoutait ses disques de rebetika dans le grenier et fumait son narguilé. Chaque fois que Chapitre Onze demandait ce qu'il y avait dedans, Lefty écrivait sur son ardoise : « De la boue turque. » Mes parents crurent toujours que c'était un mélange de tabac parfumé. Où Lefty trouvait son hasch demeure un mystère. Au cours de ses promenades, probablement. Il avait toujours beaucoup de contacts grecs et libanais en ville.

De dix heures à midi chaque jour mes grands-parents s'occupaient de moi. Desdemona me donnait mes biberons et changeait mes couches. Elle me peignait avec ses doigts. Quand je faisais des colères, Lefty me promenait dans la chambre. Comme il ne pouvait pas me parler, il me berçait beaucoup en me fredonnant des airs et en posant son grand nez busqué contre le mien, minuscule et latent. Mon grand-père était une sorte de mime digne et non grimé et ce n'est pas avant d'avoir atteint l'âge de cinq ans que je remarquai qu'il n'était pas absolument normal. Quand il se fatiguait de me faire des grimaces, il allait devant la lucarne où, ensemble, des deux extrémités opposées de la vie, nous contemplions notre quartier feuillu.

Bientôt je marchai. Animée par des cadeaux empaquetés de couleurs vives, j'entrais en gambadant dans les cadres des films amateurs de mon père. Sur ces premiers Noëls en celluloïd, j'ai l'air aussi attifée qu'une infante. Trop longtemps en mal de fille, Tessie exagérait un peu de ce côté. Jupes roses, manchettes en dentelle, grands nœuds dans les cheveux. Je n'aimais pas les vêtements, ou le sapin de Noël qui piquait, et on me voit généralement en train d'éclater en sanglots...

Ou c'était peut-être le cinéma de mon père. La caméra de Milton était équipée d'une batterie de projecteurs impitoyables. L'éclairage de ces films leur confère un air d'interrogatoires de la gestapo. Nous montrons tous nos cadeaux en rentrant les épaules, comme si nous venions de nous faire pincer par la douane. En plus de leur éclairage aveuglant, les films de mon père avaient une autre particularité bizarre : il apparaissait toujours dedans, comme Hitchcock. La seule façon de voir combien il restait de film dans la caméra consistait à lire le compteur qui se trouvait à l'intérieur de l'objectif. Au milieu d'un Noël ou d'un anniversaire, il y a toujours un moment où l'œil de Milton emplit l'écran. De sorte qu'aujourd'hui, tandis que j'essaie d'esquisser brièvement mes premières années, ce qui revient avec le plus de clarté, c'est cela : le globe brun de l'œil d'ours endormi de mon père. Une touche postmoderne dans notre cinéma de famille, désignant l'artifice, attirant l'attention sur la mécanique. (Et me transmettant son esthétique.) L'œil de Milton nous regardait. Il cillait. Un œil grand comme celui du Christ Pantocrator à l'église, la cornée un peu injectée de sang, les cils luxuriants, la peau en dessous tachée de café et pochée. Cet œil nous considérait pendant dix bonnes secondes. Finalement la caméra se détournait. Nous voyions le plafond, les éclairages, le plancher, puis, de nouveau, nous : les Stephanides.

Tout d'abord, Lefty. Toujours fringant, malgré les séquelles de son attaque, vêtu d'une chemise blanche amidonnée et de pantalons écossais, il écrit sur son ardoise, qu'il montre : *Christos Anesti.* Desdemona est assise en face de lui, avec son dentier qui lui donne l'air d'une tortue prête à mordre. Ma mère, dans ce film marqué « Pâques 62 », est à deux ans de la quarantaine. Les pattes-d'oie au coin de ses yeux sont la raison (avec les projecteurs) du fait qu'elle se les cache de la main. Dans ce geste, je vois le sentiment que j'ai toujours partagé pour Tessie, toutes deux n'étant jamais plus heureuses que lorsque nous ne sommes pas observées et que nous observons les autres. Derrière sa main, je vois les traces du roman qu'elle a lu jusqu'à tard dans la nuit. Tous les grands mots qu'elle a dû regarder dans le dictionnaire emplissent sa tête fatiguée, attendant de refaire surface dans les lettres qu'elle m'écrit aujourd'hui. Sa main est aussi un refus, sa seule façon de rendre la pareille à son mari qui a commencé à se détacher d'elle. (Milton rentrait tous les soirs ; il ne buvait ni ne courait les femmes mais, préoccupé par son travail, il s'était mis à donner un peu plus de lui-même chaque jour au restaurant, de sorte que l'homme qui nous revenait semblait de moins en moins présent, sorte de robot qui découpait les dindes et filmait les fêtes mais qui n'était pas vraiment là.) Finalement, bien sûr, la main levée de ma mère est une sorte d'avertissement, un prédécesseur de la boîte noire.

Chapitre Onze, vautré sur le tapis, engouffre des bonbons. Petit-fils de deux anciens éleveurs de vers à soie (avec leur ardoise et leur chapelet), il n'a jamais eu à travailler dans la magnanerie. Il n'a jamais été à Koza Han. L'environnement l'a déjà marqué de son empreinte. Il a l'air tyrannique et égoïste des enfants américains...

Et maintenant deux chiens bondissent dans le cadre. Rufus et Willis, nos deux boxers. Rufus renifle ma couche-culotte et, avec un timing comique parfait, s'assied sur moi. Plus tard il mordra quelqu'un et les deux chiens seront donnés. Ma mère apparaît, chassant Rufus... et me revoilà. Je me lève et trottine en direction de la caméra, souriant, m'essayant à un signe de la main...

Je connais bien ce film. « Pâques 62 » est le film que le Dr. Luce a persuadé mes parents de lui donner. C'était le film qu'il projetait chaque année à ses étudiants de la faculté de médecine de Cornell. C'est la séquence de trente-cinq secondes qui, insistait-il, prouvait que l'identité de genre se forme au tout début de la vie. C'est le film que le Dr. Luce m'a montré, pour me dire qui j'étais. Et qui était-ce ? Regardez l'écran. Ma mère me tend un poupon. Je prends le poupon et le presse contre ma poitrine. Portant un biberon miniature à ses lèvres, je lui offre du lait.

Ma petite enfance passa, en films et ailleurs. Je fus élevée comme une fille et n'avait aucun doute là-dessus. Ma mère me donnait mon bain et m'apprit à me nettoyer. D'après tout ce qui arriva ensuite, je dirais que ces instructions touchant l'hygiène féminine étaient au mieux rudimentaires. Je ne me rappelle aucune allusion directe à mon appareil génital. Tout cela demeurait dans une zone d'intimité et de fragilité, où ma mère ne me frottait jamais trop fort. (L'appareil sexuel de Chapitre Onze était appelé le « pitzi ». Mais pour ce que j'avais là il n'y avait pas de mot.) Mon père était encore plus dégoûté. Les rares fois qu'il me langeait ou me donnait un bain, Milton détournait soigneusement les yeux. « Tu l'as lavée partout ? », lui demandait ma mère, parlant comme toujours de manière indirecte. « Pas tout à fait partout. C'est ton rayon. »

Cela n'aurait pas fait de différence de toute façon. Le syndrome du déficit en 5 alpha-réductase est un habile faux-monnayeur. Jusqu'à ce que j'atteigne la puberté et que les androgènes affluent dans mon sang, les différences qui me séparaient des autres petites filles étaient difficiles à détecter. Mon pédiatre ne remarqua jamais rien d'anormal. Et lorsque j'avais cinq ans ma mère m'emmenait déjà chez le Dr. Phil – le Dr. Phil avec sa vue basse et ses examens superficiels.

Le 8 janvier 1967, j'atteignis ma septième année. 1967 marqua la fin de beaucoup de choses à Detroit, mais parmi elles il y avait les films de mon père. « Le 7e anniversaire de Callie » fut le dernier des super-8 de Milton. Le décor était notre salle à manger, agrémentée de ballons. Sur ma tête est perché l'habituel chapeau conique. Chapitre Onze, âgé de douze ans, n'est pas à table avec les autres enfants, mais se tient debout contre le mur, buvant du punch. La différence d'âge fit que mon frère et moi ne fûmes jamais proches. Quand j'étais un bébé Chapitre Onze était un enfant, quand j'étais enfant, c'était un adolescent et quand j'entrai dans l'adolescence c'était un adulte. À l'âge de douze ans, mon frère n'aimait rien tant que de couper des balles de golf en deux pour voir ce qu'il y avait à l'intérieur. Généralement, la vivisection pratiquée sur les Wilson et les Spalding révélait des noyaux de bandes élastiques roulées en boules extrêmement serrées. Mais parfois il y avait des surprises. En fait, si vous regardez de très près mon frère dans ce film, vous remarquerez une chose étrange : son visage, ses bras, sa chemise et son pantalon sont couverts de milliers de petits points blancs.

Juste avant le début de mon anniversaire, Chapitre Onze était dans son laboratoire en sous-sol, occupé à scier une Titleist nouvellement chipée, dont la publicité vantait le « centre liquide ». La balle était fermement maintenue dans un étau. Quand il atteignit le centre de la Titleist, il y eut un grand bruit comparable à celui que fait le bouchon d'une bouteille de champagne en sautant, suivi d'une bouffée de fumée. Le centre de la balle était vide. Chapitre Onze se sentit floué. Mais quand il émergea du sous-sol, nous vîmes tous les petits points...

De retour à l'anniversaire, mon gâteau arrive avec sept bougies. Les lèvres silencieuses de ma mère me disent de faire un vœu. Quel vœu fis-je à l'âge de sept ans ? Je ne m'en souviens pas. Dans le film je me penche et, éolienne, souffle les bougies. Un instant après, elles se rallument. Je les souffle de nouveau. Même chose. Et alors Chapitre Onze rit, enfin amusé. C'est ainsi que s'achevèrent nos films amateurs, sur une farce pour mon anniversaire. Sur des bougies aux vies multiples.

La question demeure : pourquoi fut-ce le dernier film de Milton ? Peut-on avancer comme explication l'émoussement habituel de l'enthousiasme parental pour la conservation de leurs enfants sur pellicule ? Le fait que Milton prit des centaines de photographies de Chapitre Onze bébé et pas plus de vingt et quelques de moi ? Pour répondre à ces questions, il me faut passer derrière la caméra et voir les choses avec les yeux de mon père.

La raison pour laquelle Milton s'éloignait de nous : après dix ans d'activité, le restaurant ne faisait plus de bénéfices. Derrière la vitrine (par-dessus les bidons d'huile d'olive Athena) mon père observait les changements qui se faisaient de jour en jour dans Pingree Street. Les Blancs qui vivaient en face, de bons clients jadis, avaient déménagé. Maintenant la maison appartenait à un homme de couleur qui s'appelait Morrison. Il venait acheter des cigarettes. Il commandait un café, qu'il se faisait resservir un million de fois, et fumait. Jamais il ne mangeait. Il ne paraissait pas avoir de travail. Parfois d'autres personnes venaient s'installer chez lui, une jeune femme, peut-être la fille de Morrison, avec ses gosses. Puis ils disparurent et il n'y eut de nouveau plus que Morrison. Il y avait une bâche goudronnée sur son toit, avec des briques autour, pour boucher un trou.

Juste au bout de la rue un bar de nuit avait ouvert. Ses clients urinaient sur le pas de la porte du restaurant en sortant. Les putes avaient commencé à travailler sur la 12e Rue. Le teinturier blanc installé à une rue de là avait été victime d'un hold-up et sévèrement battu. A. A. Laurie, l'opticien qui occupait la boutique à côté, décrocha un beau jour son tableau d'examen tandis que des ouvriers enlevaient les lunettes en néon suspendues au-dessus de la devanture. Il ouvrait un nouveau magasin dans Southfield.

Mon père avait envisagé de faire de même.

« Tout le quartier s'en va à vau-l'eau, avait déclaré Jimmy Fioretos un dimanche après le déjeuner. Tire-toi tant que ça en vaut la peine. »

Et ensuite Gus Panos, qui avait subi une trachéotomie et parlait par un trou dans son cou, sifflant comme un soufflet. « Jimmy a raison... ssss... Tu devrais t'installer à... ssss... Bloomfield Hills. »

Oncle Pete n'était pas d'accord et avait fait son discours habituel sur l'intégration et la nécessité d'aider le président Johnson dans sa guerre à la pauvreté.

Quelques semaines plus tard, Milton avait fait évaluer le restaurant et il eut un choc : la Zebra Room valait moins que quand Lefty l'avait achetée en 1933. Milton avait trop attendu pour la vendre. Il ne valait plus la peine de se tirer.

C'est ainsi que la Zebra Room demeura au coin de Pingree et Dexter, la musique swing diffusée par le juke-box devenant de plus en plus démodée, les célébrités et vedettes du sport affichées sur les murs de moins en moins reconnaissables. Les samedis, mon grand-père m'emmenait souvent faire une promenade en voiture. Nous allions à Belle Isle voir les chevreuils puis nous arrêtions pour déjeuner dans le restaurant familial. Nous nous asseyions dans un compartiment, servis par Milton, qui faisait comme si nous étions des clients. Mon père prenait la commande de Lefty et clignait de l'œil. « Et pour la petite dame ?

– Je ne suis pas la petite dame !

– Non ? »

Je commandais comme d'habitude un cheeseburger, un milk-shake et une tarte au citron meringuée. Milton prenait dans la caisse une poignée de pièces de vingt-cinq cents pour que je les mette dans le juke-box. Tout en choisissant des chansons, je cherchais des yeux mon copain. La plupart du temps il était installé au coin, entouré d'autres jeunes hommes. Parfois il pérorait debout sur une chaise cassée ou un parpaing. Il agitait toujours un bras en l'air. Mais s'il m'apercevait, son poing s'ouvrait, et il me faisait un grand signe.

Il s'appelait Marius Wyxzewixard Challouehliczilczese Grimes. Je n'avais pas le droit de lui parler. Milton jugeait que c'était un provocateur, un avis partagé par de nombreux clients, blancs et noirs. Je l'aimais bien, pourtant. Il m'appelait sa « petite reine du Nil ». Il disait que je ressemblais à Cléopâtre. « Cléopâtre était grecque, disait-il. Tu savais ça ? – Non. – Si, c'est vrai. C'était une Ptolémée. Une grande famille à l'époque. C'étaient des Égyptiens grecs. J'ai un peu de sang égyptien moi aussi. Toi et moi nous sommes probablement parents. » S'il était debout sur sa chaise cassée, attendant que l'attroupement se forme, il me parlait. Mais s'il y avait du monde, il était trop occupé.

Marius Wyxzewixard Challouehliczilczese Grimes portait le nom d'un nationaliste éthiopien, contemporain de Fard Muhammad, en fait, dans les années trente. Marius, enfant, était asthmatique. Il avait passé la plus grande partie de son enfance enfermé, lisant les livres trouvés dans la bibliothèque éclectique de sa mère. Adolescent, il avait été le souffre-douleur de ses camarades (il portait des lunettes et respirait par la bouche). Quant je fis sa connaissance, Marius W. C. Grimes entrait dans l'âge adulte. Il travaillait dans un magasin de disques et étudiait le droit à l'université de Detroit, le soir. Quelque chose était en train de se passer dans le pays, dans les quartiers noirs particulièrement, qui menait à l'ascension de frères tels que Marius sur les estrades improvisées. Il était soudain cool de savoir des trucs, de s'étendre sur les causes de la guerre civile en Espagne. Che Guevara était asthmatique lui aussi. Et Marius portait un béret. Un béret noir paramilitaire avec des lunettes noires et un petit insigne. Avec son béret et ses lunettes, Marius, à son coin de rue, éveillait la conscience de passants. « Zebra Room » – il pointait un doigt osseux –, « des Blancs. » Puis le doigt descendait la rue : « Magasin de télé, des Blancs. Alimentation, des Blancs. Banque... » Les frères regardaient autour d'eux... « Vous avez pigé. Pas de banque. On ne prête pas aux Noirs. » Marius voulait devenir avocat de l'assistance judiciaire. Dès qu'il aurait son diplôme, il allait attaquer la ville de Deadborn pour discrimination au logement. Il était troisième de sa classe. Mais ce jour-là il faisait humide, son asthme le reprenait, et Marius se sentait mal et déprimé quand j'arrivai en patins.

« Salut, Marius. »

Il ne répondit pas, indice que son moral était au plus bas. Mais il me fit un signe de tête, ce qui me donna le courage de poursuivre.

« Pourquoi tu n'as pas une autre chaise ?

– Tu n'aimes pas ma chaise ?

– Elle est toute cassée.

– Cette chaise est ancienne. Ce qui signifie qu'elle est censée être cassée.

– Pas aussi cassée que ça. »

Mais Marius fixait la Zebra Room de l'autre côté de la rue.

« Je voudrais te demander quelque chose, petite Cleo.

– Quoi ?

– Comment se fait-il qu'il y ait toujours au moins trois gros agents de la prétendue paix assis au comptoir du restaurant de ton père ?

– Je ne sais pas.

– Tu ne sais pas ? Okay, je vais te le dire. Il paye pour être protégé. Ton vieux aime bien avoir des flics pas loin parce qu'il a peur de nous autres Noirs.

– Non, dis-je, soudain sur la défensive.

– Tu ne penses pas ?

– Non.

– D'accord, petite reine. Tu dois avoir raison. »

Mais l'accusation de Marius me dérangea. Je me mis à surveiller mon père de plus près. Je remarquai qu'il verrouillait toujours les portières quand il passait dans le quartier noir. Je l'entendis qui disait au salon le dimanche : « Ils ne s'occupent pas de leurs maisons. Ils laissent tout aller à vau-l'eau. » La semaine suivante, quand Lefty m'emmena au restaurant, j'étais plus consciente que jamais des larges dos des policiers assis au comptoir. Je les entendis plaisanter avec mon père. « Hey, Milt, tu ferais bien de commencer à mettre de la cuisine noire à ton menu.

– Tu crois – mon père, jovial – peut-être du chou frisé. »

Je sortis discrètement à la recherche de Marius. Il était à son endroit habituel, mais assis à lire un livre.

« J'ai un examen demain, m'apprit-il. Il faut que j'étudie.

– Moi je suis en CE1, dis-je.

– En CE1. Je croyais que tu étais au moins en sixième. »

Je lui fis mon sourire le plus charmeur.

« Ça doit être ton sang Ptolémée. Ne t'approche pas des Romains, okay ?

– Quoi ?

– Rien, ma petite reine. Je plaisante. » Il riait maintenant, ce qu'il ne faisait pas souvent. Son visage s'éclaira.

Et soudain mon père cria mon nom. « Callie !

– Quoi ?

– Viens ici tout de suite ! »

Marius se leva gauchement de sa chaise. « Nous parlions juste, dit-il. Elle est drôlement intelligente votre petite fille.

– Ne l'approchez pas. Vous m'entendez ?

– Papa ! » protestai-je, consternée, gênée pour mon ami.

Mais la voix de Marius était douce. « C'est cool, petite Cleo. J'ai cet examen et tout. Va voir ton papa. »

Mon père ne me lâcha pas de toute la journée. « Tu ne dois jamais jamais parler à des étrangers comme ça. Qu'est-ce qui te prend ?

– Ce n'est pas un étranger. Il s'appelle Marius Wyxzewixard Challouehliczilczese Grimes.

– Tu m'as compris ? Tu ne t'approches pas de gens comme ça. »

Par la suite Milton demanda à mon grand-père de ne plus m'emmener au restaurant. Mais j'allais revenir, dans quelques mois, de mon propre chef.

Opa !

Elles croient toutes que c'est une façon surannée et bien élevée de faire la cour. La lenteur de mes avances. La fréquence mesurée de mes incursions. (J'ai appris à faire le premier pas, mais pas le second.) J'invitai Julie Kikuchi à partir en week-end. En Poméranie. L'idée était d'aller en voiture à Usedom, une île dans la Baltique, passer deux jours dans une vieille station balnéaire jadis fréquentée par Guillaume II. J'insistai sur le fait que nous aurions chacun notre chambre.

Puisque c'était le week-end, j'essayai de m'habiller décontracté. Ce n'est pas facile pour moi. Je portais un col roulé en poil de chameau, un blazer en tweed et un jean. Et une paire de mocassins faits à la main par Edward Green. Ce modèle particulier s'appelle le Dundee. On dirait des chaussures habillées jusqu'à ce qu'on remarque la semelle en Vibram. Il y a une double épaisseur de cuir. La Dundee est une chaussure étudiée pour se promener dans les grandes propriétés, patauger dans la boue en cravate, avec vos épagneuls sur vos talons. Je dus attendre ces chaussures quatre mois. Il est écrit sur la boîte : « Edward Green : bottiers pour les personnes rares. » C'est exactement moi. Une personne rare.

J'allai chercher Julie dans une Mercedes de location, un diesel bruyant. Elle avait enregistré quelques cassettes pour le voyage et avait apporté de quoi lire : *The Guardian* et les deux derniers numéros de *Parkett*. Nous prîmes les routes étroites et bordées d'arbres qui mènent au nord-est. Nous traversâmes des villages aux maisons coiffées de chaume. Le terrain devint de plus en plus marécageux, des criques firent leur apparition, et bientôt nous traversâmes le pont menant à l'île.

Irai-je droit au but ? Non, lentement, tranquillement, c'est comme ça qu'il faut procéder. Laissez-moi d'abord vous préciser que nous sommes en octobre ici en Allemagne. Bien qu'il fît frais, la plage d'Herringsdorf était parsemée d'une certaine quantité de nudistes à tout crin. Hommes en majorité, ils étaient allongés tels des morses sur leurs serviettes ou rassemblés en groupes bruyants autour des *Strandkörbe*, les petites tentes de plage à rayures.

Depuis la promenade élégante entourée de pins et de bouleaux, je regardai ces naturistes en me demandant ce que je me suis toujours demandé : à quoi ça ressemble de se sentir libre comme ça ? Je veux dire, mon corps est tellement mieux que les leurs. C'est moi qui ai des biceps bien dessinés, des pectoraux saillants, des fessiers en acier. Mais je ne pourrais jamais me balader en public comme ça.

« Pas exactement la couverture de *Soleil et Santé*, constata Julie.

– Après un certain âge, les gens devraient garder leurs vêtements », dis-je, ou quelque chose du même genre. Quand je doute, j'ai recours à des déclarations légèrement rétrogrades ou qui ont un petit air anglais. Je ne pensais pas à ce que je disais. J'avais soudain complètement oublié les nudistes. Parce que je regardais Julie maintenant. Elle avait remonté ses lunettes style Allemagne de l'Est sur le haut de son crâne pour pouvoir prendre des photos des nudistes. Le vent de la Baltique faisait voler ses cheveux. « Tes sourcils sont comme de petites chenilles », dis-je. « Flatteur », dit Julie, toujours occupée à photographier. Je n'ajoutai rien. Ainsi qu'on fait au retour du soleil après l'hiver, je demeurai immobile sous la tiède lumière du possible, du confort ressenti en la compagnie de cette petite personne bizarrement féroce à la chevelure d'encre et au joli corps discret.

Cependant, cette nuit, et la suivante, nous dormîmes chacun dans notre chambre.

Mon père m'interdit de parler avec Marius Grimes en avril, un mois humide et froid dans le Michigan. En mai, le temps se réchauffa ; juin fut chaud et juillet encore plus. Dans le jardin de notre maison sur Seminole, je me faisais asperger par l'arroseur, vêtue de mon maillot de bain, un deux-pièces, tandis que Chapitre Onze ramassait des pissenlits pour faire de l'alcool de pissenlit.

Au cours de cet été, tandis que la température montait, Milton essaya de s'attaquer à son problème. Son intention de départ avait été d'ouvrir non pas un restaurant mais une chaîne. Il se rendait compte maintenant que le premier maillon de cette chaîne, la Zebra Room, était un maillon faible, et il était dans le doute et la confusion. Pour la première fois de sa vie Milton Stephanides se trouvait confronté à une issue qu'il n'avait jamais envisagée : l'échec. Qu'allait-il faire avec le restaurant ? Devait-il le vendre pour des prunes ? Et ensuite ? (Pour le moment il décida de fermer les lundi et mardi afin d'économiser sur les salaires.)

Mon père et ma mère ne parlaient pas du restaurant devant nous et passaient au grec quand ils en parlaient avec nos grands-parents. Chapitre Onze et moi en étions réduits à deviner ce qui se passait au ton d'une conversation qui n'avait pas de sens pour nous et, pour être franc, nous n'y prêtions pas beaucoup attention. Nous savions seulement que Milton se trouvait à la maison pendant la journée. Milton, que nous avions rarement vu dans la lumière du jour jusqu'à présent, se trouvait soudain dans le jardin, occupé à lire le journal. Nous découvrîmes à quoi ressemblaient les jambes de notre père en short. Nous découvrîmes à quoi il ressemblait quand il ne se rasait pas. Les deux premiers jours son visage prenait un aspect de papier de verre ainsi qu'il faisait toujours pendant le week-end. Mais maintenant, au lieu de me prendre la main pour la frotter contre sa joue jusqu'à ce que je hurle, Milton n'avait plus le cœur à me tourmenter. Il se contentait de rester assis dans le patio tandis que la barbe, comme une tache, comme une moisissure, s'étendait.

Inconsciemment, Milton suivait la coutume grecque qui consistait à ne pas se raser après un deuil familial. Seulement, dans le cas présent, ce qui avait pris fin n'était pas une vie mais une façon de vivre. La barbe grossissait encore son visage déjà arrondi. Il ne l'entretenait pas beaucoup. Et parce qu'il ne disait pas un mot de ses ennuis, sa barbe se mit à exprimer silencieusement tout ce qu'il ne se permettait pas de dire. Ses nœuds et ses tortillons trahissaient l'état de plus en plus embrouillé de ses pensées. Son odeur aigre exhalait les cétones du stress. À mesure que l'été avançait, sa barbe devint hirsute, et il se fit évident que Milton pensait à Pingree Street ; il se laissait aller tout comme Pingree Street allait à vau-l'eau.

Lefty tenta de réconforter son fils. « Sois courageux », écrivit-il. Avec un sourire, il recopia l'épitaphe des combattants des Thermopyles : « Passant, va dire à Sparte que nous sommes morts pour obéir à ses lois. » Mais Milton jeta un regard vague à la citation. L'attaque de son père l'avait convaincu que Lefty n'était plus ce qu'il avait été. Muet, trimballant avec lui sa pitoyable ardoise, perdu dans la restauration de Sapho, Lefty avait commencé à paraître vieux aux yeux de son fils. Milton se surprit à éprouver de l'impatience à son égard ou à ne pas lui prêter attention. « Pressentiment de la mort suscitée par le vieillissement des membres de la famille », voilà ce que ressentait Milton à voir son père avachi à son bureau, la lèvre inférieure tombante, tandis qu'il scrutait une langue morte.

En dépit des précautions, des bribes d'informations nous parvenaient. La menace qui pesait de plus en plus sur nos finances apparaissait sous la forme d'une ride en zigzag, pareille à un éclair, qui s'imprimait au-dessus de l'arête du nez de ma mère chaque fois que je demandais quelque chose de cher dans un magasin de jouets. Il y avait de moins en moins de viande au menu. Milton rationnait l'électricité. Si Chapitre Onze laissait une lumière allumée plus d'une minute, il se trouvait soudain dans l'obscurité totale. Et une voix dans le noir : « Qu'est-ce que je t'ai dit à propos des kilowatts ! » Pendant un moment nous vécûmes avec une unique ampoule, que Milton transportait de pièce en pièce. « Comme ça je sais ce qu'on dépense en électricité », disait-il, vissant l'ampoule dans le plafonnier de la salle à manger afin que nous puissions dîner. « Je ne vois pas ce que je mange », se plaignait Tessie. « Qu'est-ce que tu veux dire ? demandait Milton. C'est ce qu'on appelle *l'ambiance.* » Après le dessert, Milton sortait un mouchoir de sa poche, dévissait l'ampoule brûlante, et, la faisant sauter tel un jongleur négligent, l'emportait au salon. Nous attendions dans l'obscurité tandis qu'il allait à tâtons, se cognant dans les meubles. Finalement nous percevions une vague lueur lointaine et Milton s'écriait gaiement : « C'est prêt ! »

Il faisait bonne figure. Il nettoyait au jet le trottoir devant le restaurant dont les vitres demeuraient impeccables. Il continuait à accueillir les clients d'un jovial : « Comment ça va ? » ou d'un « *Yahsou,* patriote ! » Mais la musique swing et les photos des joueurs de base-ball de jadis ne parvenaient pas à arrêter le temps dans la Zebra Room. Nous n'étions plus en 1949 mais en 1967. Plus précisément, la nuit du dimanche 23 juillet 1967. Et il y avait quelque chose qui faisait une bosse sous l'oreiller de mon père.

Considérez la chambre de mes parents : meublée entièrement en copies de Early American, elle les met en contact (à prix bradés) avec les mythes fondateurs de la nation. Remarquez, par exemple, la tête de lit en placage, « pur cerisier », ainsi que Milton aime à dire, tout comme le petit arbre qu'abattit George Washington. Dirigez votre attention sur le papier peint avec son motif guerre d'Indépendance représentant le fameux trio composé par le tambour, le fifre et le vieillard éclopé ; tout au long de mes années de jeunesse, ces personnages sanglants paradèrent autour de la chambre de mes parents, disparaissant ici derrière une coiffeuse « Monticello », là derrière un miroir « Mount Vernon », ou parfois n'ayant nulle part où aller et se retrouvant coupés en deux par un placard.

Âgés maintenant de quarante-trois ans, mes parents, en cette nuit historique, dorment à poings fermés. Les ronflements de Milton font trembler le lit ainsi que le mur mitoyen à ma chambre, où moi aussi je suis en train de dormir dans un lit d'adulte. Et quelque chose d'autre tremble sous l'oreiller de Milton, situation potentiellement dangereuse vu la nature de l'objet. Sous l'oreiller de mon père se trouve l'automatique calibre 45 qu'il a rapporté de la guerre.

La première des règles de la dramaturgie telle qu'édictée par Tchekhov est à peu près celle-ci : « S'il y a un fusil au mur dans l'acte I scène 1, le fusil doit tirer dans l'acte III, scène 2. » Je ne peux m'empêcher de penser à ce précepte narratif tandis que je considère le pistolet sous l'oreiller de mon père. Il est là. Je ne peux plus l'enlever maintenant que j'en ai parlé. (Il y était réellement cette nuit-là.) Et il y a des balles dans le chargeur et le cran de sûreté est levé...

Detroit, dans la chaleur étouffante de l'été 1967, se prépare à l'émeute raciale. Watts avait explosé deux étés auparavant. Des émeutes avaient récemment éclaté à Newark. En réaction à l'effervescence nationale, la police de Detroit, uniquement composée de Blancs, a opéré des descentes dans les bars des quartiers noirs. L'idée est de frapper préventivement les points les plus chauds. Généralement, la police gare ses paniers à salade dans des ruelles transversales et embarque discrètement les clients. Mais ce soir-là, pour des raisons qui resteront à jamais inexpliquées, trois véhicules de la police s'arrêtent devant Economy Printing Co., au numéro 9125 de la 12e Rue – à trois rues de Pingree –, et se garent le long du trottoir. Vous pourriez penser qu'à cinq heures du matin cela n'a guère d'importance, mais ce serait faire erreur. Parce que, en 1967, la 12e Rue de Detroit est ouverte toute la nuit.

Par exemple, comme la police arrive, il y a des filles alignées sur le trottoir, des filles en minijupe, cuissardes et corsage échancré dans le dos. (Parmi les balayures de la mer que Milton nettoie au jet chaque matin se trouvent les méduses mortes des préservatifs et de temps à autre le bernard-l'ermite d'un talon aiguille.) Les filles attendent sur le trottoir tandis que les voitures passent au ralenti. Cadillac en camaïeu de verts, Coronado rouge feu, Lincoln à grosse bouche ronronnante, toutes à l'état neuf. Les chromes reluisent. Les enjoliveurs rayonnent. Pas la moindre trace de rouille. (Ce qui étonne toujours Milton, la contradiction entre la perfection de leurs automobiles et le délabrement de leurs maisons.) Mais maintenant les voitures rutilantes ralentissent. Les vitres se baissent et les filles se penchent pour parler aux conducteurs. On échange des cris, des minijupes déjà minuscules se relèvent, et parfois apparaît un sein ou un geste obscène, les filles bossent, riant, suffisamment fort à cinq heures du matin, pour ne pas sentir les démangeaisons entre leurs cuisses et les traces laissées par le passage des hommes dont aucune quantité de parfum ne peut les débarrasser. Pas facile de rester propre dans la rue, et à cette heure chacune de ces jeunes femmes dégage aux endroits qui comptent une odeur de fromage très avancé... Elles sont insensibilisées aussi au souvenir de bébés laissés à la maison, de nourrissons de six mois allongés dans de vieux berceaux, qui sucent des tétines et ont du mal à respirer, insensibilisées au goût de sperme qui demeure dans leur bouche mêlé à celui des chewing-gums à la menthe, la plupart de ces filles n'ayant pas plus de dix-huit ans sur ce trottoir de la 12e Rue, leur premier lieu de travail, le meilleur que le pays ait à leur offrir en guise de vocation. Où vont-elles à partir de là ? Elles sont insensibilisées à cela, aussi, excepté une ou deux qui rêvent d'être choristes ou d'ouvrir un salon de coiffure... mais tout cela fait partie de ce qui arriva cette nuit-là, qui est sur le point d'arriver (les policiers sortent de leurs voitures maintenant, ils enfoncent la porte du bar clandestin)... tandis qu'une fenêtre s'ouvre et que quelqu'un hurle : « Les flics ! La porte de derrière ! » sur le trottoir, les filles reconnaissent les flics parce qu'elles sont obligées de leur faire ça gratuitement. Mais il y a quelque chose de différent cette nuit-là, quelque chose est en train de se passer... les filles ne disparaissent pas comme d'habitude à l'arrivée des flics. Elles restent là à regarder tandis que les clients du bar clandestin sortent menottés et quelques-unes se mettent même à grommeler... et maintenant d'autres portes s'ouvrent et des voitures s'arrêtent et soudain tout le monde est dans la rue... des gens sortent à flots d'autres bars clandestins et de maisons et de coins de rue et ça se sent dans l'air, la façon dont l'air, on ne sait comment, a compté les coups, et comment à ce moment de juillet 1967 le volume des exactions a atteint un point où l'impératif se propage depuis Watts et Newark à la 12ᵉ Rue de Detroit, tandis qu'une fille crie : « Bas les pattes, enculésdefilsdeputesdeflics ! »... et alors il y a d'autres cris, et une bousculade et une bouteille rate de peu un policier et fait éclater la vitre d'une voiture de patrouille... et de retour sur Seminole mon père dort sur un pistolet qui vient juste de reprendre du service, parce que les émeutes ont commencé...

À 6 h 23, le téléphone Princess sonna à mon chevet et je décrochai. C'était Jimmy Fioretos, qui, dans l'affolement, prit ma voix pour celle de la mère. « Tessie, dis à Milt de venir au restaurant. Il y a une émeute !

– Résidence Stephanides, répliquai-je poliment, comme on m'avait appris. Callie à l'appareil.

– Callie ? Bon Dieu, mon chou passe-moi ton père.

– Une minute s'il vous plaît. » Je reposai le combiné rose, entrai dans la chambre de mes parents, et secouai mon père.

« C'est Mr. Fioretos.

– Jimmy ? Bon Dieu, qu'est-ce qu'il veut ? » Il leva la tête et sur sa joue apparut l'empreinte du canon d'un pistolet.

« Il dit qu'il y a une émeute. »

Alors mon père bondit hors du lit. Comme s'il pesait toujours soixante-dix kilos au lieu de quatre-vingt-cinq, Milton décrivit en l'air un arc de cercle et atterrit sur ses pieds tel un gymnaste, totalement inconscient de sa nudité et de son érection matinale activée par le rêve. (C'est ainsi que les émeutes de Detroit seront toujours liées dans mon esprit avec ma première vision des organes génitaux mâles en érection. Pire encore, c'étaient ceux de mon père, et pire que tout, il avait un pistolet à la main. Parfois un cigare n'est pas un cigare.) Tessie était debout maintenant, elle aussi, criant à Milton de ne pas y aller, et Milton sautait sur un pied, essayant d'enfiler son pantalon ; et bien vite tout le monde mit son grain de sel.

« Je te dis que ça arrive ! hurla Desdemona à Milton tandis qu'il dévalait l'escalier. Tu répares l'église pour saint Christophe ? non !

– Laisse faire la police, Milt », supplia Tessie.

Et Chapitre Onze : « Quand est-ce que tu reviens, papa ? Tu as promis de m'emmener au cinéma aujourd'hui. »

Et moi, les yeux encore fermés très fort pour effacer ce que j'avais vu : « Je crois que je vais retourner au lit. »

La seule personne qui ne dit rien fut Lefty, parce que, dans la confusion il n'arriva pas à trouver son ardoise.

À demi vêtu, chaussé mais sans chaussettes, en pantalon mais sans caleçon, Milton Stephanides conduisait à tombeau ouvert sa Delta 88 dans les rues éclairées par l'aube. Jusqu'à Woodward, tout paraissait normal. Les rues étaient vides. Tout le monde dormait. En tournant sur West Grand Boulevard, toutefois, il vit une colonne de fumée qui s'élevait dans l'air. Contrairement à toutes les colonnes de fumée s'élevant des cheminées de la ville, celle-ci ne se dispersait pas dans le brouillard ambiant. Elle stagnait à faible hauteur au-dessus du sol telle une tornade vengeresse. Elle bouillonnait tout en conservant sa forme terrifiante, alimentée par ce qu'elle consumait. L'Odsmobile se dirigeait droit dessus. Soudain des gens apparurent. Des gens qui couraient. Des gens qui portaient des choses. Des gens qui riaient et regardaient par-dessus leur épaule tandis que d'autres leur faisaient de la main signe de s'arrêter. Des sirènes hurlaient. Une voiture de police passa à toute vitesse. Le conducteur lui fit signe de faire demi-tour, mais Milton n'obtempéra pas.

Et c'était bizarre, parce que c'étaient ses rues. Milton les connaissait depuis qu'il était né. Là sur Lincoln il y avait jadis un étal de fruits. Lefty s'y arrêtait avec Milton pour acheter des cantaloups, il lui apprenait comment les choisir en cherchant les minuscules trous faits par les abeilles. Sur Turnbull c'était là qu'habitait Mrs. Tsatsarakis. *Elle me demandait toujours de lui remonter des choses de la cave. Elle ne pouvait plus monter les escaliers*, pensa Milton. Au coin de Sterling et Commonwealth se trouvait le vieux temple maçonnique où un samedi après-midi, trente-cinq ans auparavant, Milton avait participé à un concours d'orthographe. Un concours d'orthographe ! Deux douzaines de gosses endimanchés se concentrant pour écrire « prestidigitation ». Il y avait des choses comme ça dans ce quartier. Des concours d'orthographe ! Maintenant les gosses de dix ans couraient dans les rues, des briques dans les mains. Ils les jetaient dans les devantures des magasins, riant et sautant, pensant que c'était une sorte de jeu, un genre de vacances.

Milton quitta des yeux les enfants qui dansaient et vit la colonne de fumée juste devant lui qui bloquait la rue. Il y eut une seconde ou deux où il aurait pu faire demi-tour. Mais il ne le fit pas. Il poursuivit tout droit. La figurine qui ornait le capot de l'Oldsmobile fut la première à disparaître, puis ce fut le tour des pare-chocs avant et du toit. Les feux arrière luirent un moment puis s'éteignirent.

Dans toutes les scènes de poursuite que nous avions vues, le héros grimpait toujours sur le toit. En réalistes stricts que nous étions, nous objections : « Pourquoi ils montent toujours ? Regardez. Il va monter en haut de la tour. Vous voyez ? Je vous l'avais dit. » Mais Hollywood en savait plus sur la nature humaine que nous ne le soupçonnions. Parce que, confrontée au danger, Tessie nous emmena, Chapitre Onze et moi, au grenier. Peut-être était-ce un vestige de notre passé arboricole ; nous cherchions à échapper au danger par le haut. Ou peut-être ma mère se sentait-elle plus en sécurité à cause de la porte qui se fondait dans le papier peint. Quelle que fût la raison, nous emportâmes une valise de vivres et demeurâmes dans le grenier pendant trois jours, regardant la ville brûler sur la petite télé noir et blanc de nos grands-parents. En robe d'intérieur et sandales, Desdemona tenait son éventail en carton contre sa poitrine, se protégeant du spectacle de la vie qui se répétait. « Oh mon Dieu ! C'est comme Smyrne ! Regardez les mavros ! Comme les Turcs ils sont en train de tout brûler ! »

Il était difficile de contester la comparaison. À Smyrne, les habitants avaient emporté leurs meubles sur les quais ; et sur l'écran de la télévision maintenant les gens portaient des meubles eux aussi. Des hommes sortaient des canapés tout neufs des magasins. Des réfrigérateurs naviguaient le long des avenues, tout comme les cuisinières et les lave-vaisselle. Et exactement comme à Smyrne tout le monde paraissait avoir emporté tous ses vêtements. Des femmes étaient en vison malgré la chaleur de juillet. Des hommes essayaient des costumes tout en courant. « Smyrne ! Smyrne ! Smyrne ! » ne cessait de se lamenter Desdemona, et j'en avais déjà tant entendu à propos de Smyrne depuis que j'étais née que je scrutais l'écran pour voir comme ç'avait été. Mais je ne comprenais pas. Certes, des immeubles brûlaient, des corps gisaient dans les rues, mais l'humeur n'était pas au désespoir. Je n'avais jamais vu des gens aussi heureux de toute ma vie. Des hommes jouaient des instruments pris dans une boutique. D'autres hommes sortaient des bouteilles de whisky par une vitrine brisée et les passaient à la ronde. Cela ressemblait plus à une fête de quartier qu'à une émeute.

Jusqu'à cette nuit-là, nos sentiments concernant nos concitoyens noirs pourraient être résumés par ce que dit Tessie après avoir vu Sidney Poitier jouer dans *To Sir with Love*, qui était sorti un mois avant les émeutes. Elle avait dit : « Vous voyez, ils parlent tout à fait normalement quand ils veulent. » C'était cela notre sentiment. (Et je le partageais, je ne le nie pas, car nous sommes tous les enfants de nos parents.) Nous étions prêts à accepter les Noirs. Nous n'avions pas de préjugés contre eux. Nous voulions les intégrer dans notre société *si seulement ils agissaient normalement*.

En soutenant la Grande Société de Johnson, en applaudissant à *To Sir with Love*, nos voisins et parents exprimaient clairement leur opinion bien intentionnée selon laquelle les Noirs étaient capables d'être exactement comme les Blancs – mais alors qu'est-ce que c'était que ça ? se demandaient-ils en regardant les images diffusées par la télévision. Qu'est-ce que ces jeunes hommes faisaient à transporter des canapés ? Sidney Poitier prendrait-il un canapé ou un gros appareil ménager dans un magasin sans payer ? Danserait-il comme ça devant une maison en flammes ? « Aucun respect pour la propriété privée ! » s'écria Mr. Benz, qui habitait à côté. Et sa femme Phyllis : « Où est-ce qu'ils vont vivre s'ils brûlent leur propre quartier ? » Seule tante Zo semblait comprendre leur point de vue : « Je ne sais pas. Si je trouvais un manteau de vison dans la rue, je le prendrais peut-être.
– Zoë ! » Le père Mike était choqué. « C'est du vol !
– Oh, qu'est-ce qui ne l'est pas, quand on y réfléchit. Ce pays tout entier a été volé. »

Pendant trois jours et deux nuits nous attendîmes dans

le grenier des nouvelles de Milton. Le téléphone ne marchait plus et quand ma mère appelait le restaurant, elle tombait sur la voix enregistrée d'une opératrice.

Pendant trois jours personne ne quitta le grenier hormis Tessie, qui descendait chercher des vivres dans nos placards de plus en plus vides. Nous regardions le chiffre des morts qui augmentait chaque jour.

Jour 1 : Morts – 15. Blessés – 500. Magasins pillés – 1 000. Incendies – 800.

Jour 2 : Morts – 27. Blessés – 700. Magasins pillés – 1 500. Incendies – 1 000.

Jour 3 : Morts – 36. Blessés – 1 000. Magasins pillés – 1 700. Incendies – 1 163.

Pendant trois jours, nous scrutâmes les photographies des victimes qui apparaissaient sur l'écran. Mrs. Sharon Stone, frappée par la balle d'un tireur isolé alors que sa voiture était arrêtée à un feu rouge. Carl E. Smith, pompier, tué par un tireur isolé tandis qu'il luttait contre un incendie.

Pendant trois jours, nous assistâmes aux atermoiements des hommes politiques : le gouverneur républicain, George Romney, demandant au président Johnson d'envoyer des troupes fédérales ; et Johnson, un démocrate, disant qu'il « n'était pas habilité » à le faire. (Les élections avaient lieu à l'automne. Plus la situation empirait, pire serait le score de Romney. C'est ainsi qu'avant d'envoyer les paras, le président Johnson envoya Cyrus Vance pour évaluer la situation. Près de vingt-quatre heures s'écoulèrent avant l'arrivée de l'armée. Entretemps la garde nationale inexpérimentée tirait à qui mieux mieux.)

Pendant trois jours, nous ne nous lavâmes ni ne nous brossâmes les dents. Pendant trois jours, tous nos rituels habituels furent suspendus, tandis que des rituels à demi oubliés, comme la prière, refirent leur apparition. Desdemona priait en grec sur son lit, avec nous tout autour d'elle, et Tessie essayait comme d'habitude de chasser ses doutes et de croire sincèrement. La veilleuse ne fonctionnait plus à l'huile mais à l'électricité.

Pendant trois jours, nous ne reçûmes aucun signe de Milton. Je me mis à détecter, sur le visage de Tessie, quand elle remontait de ses expéditions au rez-de-chaussée, en plus des traces de larmes, de légères preuves de culpabilité. La mort stimule toujours en nous l'esprit pratique. C'est ainsi que, lorsqu'elle se trouvait au rez-de-chaussée, en plus de chercher de quoi manger, Tessie fouillait le bureau de Milton. Elle avait lu son contrat d'assurance-vie. Elle avait regardé ce qu'il y avait dans leur compte d'épargne. Dans le miroir de la salle de bains, elle s'étudiait pour savoir si à son âge elle pourrait attirer un nouveau mari. « Il fallait que je pense à vous, m'avoua-t-elle bien des années plus tard. Je me demandais ce que nous ferions si votre père ne revenait pas. »

Vivre en Amérique, jusqu'à récemment, signifiait être loin de la guerre. Les guerres avaient lieu dans les jungles du Sud-Est asiatique. Elles avaient lieu dans les déserts du Moyen-Orient. Elles avaient lieu, comme dans la chanson, *là-bas*. Mais alors pourquoi, comme je jetais un coup d'œil par la lucarne, le matin de notre seconde nuit dans le grenier, vis-je un tank qui passait devant notre pelouse ? Un tank vert de l'armée, tout seul dans les longues ombres du matin, ses énormes chenilles cliquetant sur l'asphalte. Un véhicule militaire blindé qui ne rencontrait pas d'autre obstacle qu'un patin à roulettes abandonné. Le tank passa devant les maisons cossues, les pignons et tourelles, les portes cochères. Il s'arrêta brièvement au stop. La tourelle regarda des deux côtés, comme un apprenti conducteur, puis le tank alla son chemin.

Ce qu'il était advenu : tard dans la nuit de lundi, le président Johnson, cédant enfin à la demande du gouverneur Romney, avait engagé les troupes fédérales. Le général John L. Throckmorton avait établi le QG de la 101e division aéroportée à Southeastern High, l'ancienne école de mes parents. Bien que les émeutes les plus violentes aient lieu dans le West Side, le général Throckmorton avait choisi de déployer ses paras dans l'East Side, qualifiant sa décison de « commodité opérationnelle ». Tôt dans la matinée de mardi, les paras intervenaient afin de rétablir l'ordre.

Personne d'autre n'était éveillé pour voir passer le tank. Mes grands-parents sommeillaient dans leur lit. Tessie et Chapitre Onze étaient lovés sur un matelas pneumatique posé par terre. Même les perroquets se tenaient tranquilles. Je me rappelle avoir regardé le visage de mon frère qui dépassait de son sac de couchage dont la doublure était ornée de chasseurs tirant sur des canards. Cette toile de fond masculine ne faisait que rehausser le défaut de qualités héroïques de Chapitre Onze. Qui allait venir en aide à mon père ? Sur qui pouvait-il compter ? Sur Chapitre Onze avec ses lunettes aux verres épais comme des bouteilles de Coca ? Sur Lefty avec son ardoise et ses soixante ans et quelques ? Ce que je fis ensuite n'avait pas de rapport, je pense, avec mes chromosomes et n'était pas lié au haut niveau de testostérone de mon plasma sanguin. Je fis ce que toute fille aimante élevée aux films d'Hercule aurait fait. À cet instant, je décidai d'aller chercher mon père, de le sauver, si nécessaire, ou du moins de lui dire de rentrer à la maison.

Tout en me signant à la manière orthodoxe, je descendis silencieusement l'escalier du grenier et refermai la porte derrière moi. Dans ma chambre, je chaussai mes baskets et me coiffai de la casquette d'aviateur Amelia Earhart. Sans réveiller personne je sortis par la grande porte, courus à ma bicyclette garée sur le côté de la maison et me mis à pédaler. Après avoir passé deux rues, j'aperçus le tank : il s'était arrêté à un feu rouge. Les soldats étaient occupés à étudier une carte, à la recherche du meilleur trajet pour rejoindre l'émeute. Ils ne remarquèrent pas la petite fille coiffée de sa casquette d'aviateur qui arrivait sur sa bicyclette. Il faisait encore nuit. Les oiseaux commençaient à chanter. Une odeur estivale de pelouses et de paillis emplissait l'air, et soudain je perdis mon sang-froid. Plus je m'approchais du tank, plus il paraissait gros. J'avais peur et je ne songeais qu'à rentrer à la maison. Mais le feu devint vert et le tank fit un bond en avant. Debout sur mes pédales, je me lançai à sa poursuite.

De l'autre côté de la ville, dans la Zebra Room plongée dans l'obscurité, mon père essayait de rester éveillé. Barricadé derrière la caisse, tenant le revolver d'une main et un sandwich au jambon de l'autre, Milton regardait par la fenêtre, tâchant de voir ce qui se passait dans la rue. Au cours des deux dernières nuits blanches les cernes sous les yeux de Milton s'étaient assombris régulièrement à chacune des tasses de café qu'il buvait. Ses paupières étaient en berne, mais son front était moite de la transpiration causée par l'anxiété et la vigilance. Son estomac lui faisait mal. Il avait terriblement envie d'aller aux toilettes mais il n'osait pas.

Au-dehors, ils remettaient ça : les tireurs. Il était presque cinq heures. Tous les soirs, le soleil couchant, comme l'anneau d'un store, tirait l'obscurité sur le quartier. Les tireurs revenaient de là où ils disparaissaient pendant la journée. Ils prenaient position. Aux fenêtres des hôtels condamnés, aux escaliers de secours et aux balcons, de derrière les voitures garées devant les maisons, ils pointaient les canons de leurs armes diverses. Si vous y regardiez de près, si vous étiez assez courageux ou inconscient pour passer la tête à la fenêtre à ce moment de la nuit, vous pouviez voir à la lumière de la lune – cet autre anneau, qui montait – des centaines d'armes luisantes, pointées sur la rue, dans laquelle les soldats maintenant avançaient.

L'intérieur du restaurant n'était éclairé que par le rougeoiement du juke-box. C'était un Disco-Matic en chrome, plastique et verre coloré placé à côté de la porte d'entrée. Il y avait une petite fenêtre par laquelle on pouvait voir le robot changer les disques. Le long des arêtes transparentes s'élevaient des traînées de bulles sombres. Des bulles représentant l'effervescence de la vie américaine, de notre optimisme d'après-guerre, de nos boissons pétillantes, impériales et gazeuses. Des bulles pleines de l'air chaud de la démocratie américaine, s'élevant des galettes de vinyle entassées à l'intérieur. « Mama Don't Allow It » de Bunny Berigan, ou « Stardust » de Tommy Dorsey et son orchestre. Mais pas ce soir-là. Ce soir-là Milton avait débranché le juke-box afin de pouvoir entendre les bruits provoqués par une tentative d'effraction.

Les images qui encombraient les murs du restaurant n'avaient rien remarqué de ce qui se passait au-dehors. Al Kaline rayonnait toujours dans son cadre. Paul Bunyan et Babe le bœuf bleu poursuivaient leur chemin sous le plat du jour. Le menu lui-même continuait à proposer œufs, pommes de terre sautées et sept sortes de tartes. Jusque-là rien n'était arrivé. Ce qui était miraculeux. Accroupi derrière la vitrine le jour précédent, Milton avait vu les pilleurs s'introduire dans chacun des magasins de la rue. Ils pillaient le traiteur juif, emportant tout excepté le pain azyme et les bougies rituelles. Faisant montre d'un goût sûr, ils dépouillaient la boutique de chaussures de Joel Moskowitz de ses modèles de luxe, délaissant les souliers orthopédiques et les marques bon marché. Tout ce qui restait dans le magasin d'appareils ménagers de Dyer, d'après ce que Milton pouvait en voir, était le rayonnage de sacs d'aspirateur. Qu'emporteraient-ils s'ils pillaient le restaurant ? Prendraient-ils le vitrail, que Milton lui-même avait pris ? S'intéresseraient-ils à la photo de Ty Cobb qui montrait les dents en glissant, pieds en avant, sur la deuxième base ? Peut-être arracheraient-ils les peaux de zèbre des tabourets de bar ? Ils aimaient tout ce qui était africain, non ? N'était-ce pas la nouvelle mode, ou l'ancienne mode qui était redevenue nouvelle ? Il voulait bien leur laisser les foutues peaux de zèbre. Il allait les mettre en vitrine en signe de paix.

Mais alors Milton entendit quelque chose. C'était la poignée de la porte ? Il tendit l'oreille. Ces dernières heures il s'était mis à entendre des choses. Ses yeux, eux aussi, lui jouaient des tours. Il s'accroupit derrière le comptoir, plissant les yeux dans l'obscurité. Ses oreilles faisaient de l'écho à la manière des coquillages. Il entendit la fusillade au loin et le hurlement des sirènes. Il entendit le murmure du réfrigérateur et le tic-tac de la pendule. À quoi s'ajoutait le flux de son sang grondant dans sa tête. Mais aucun son ne provenait de la porte.

Milton se détendit. Il prit une nouvelle bouchée du sandwich. Doucement, pour essayer, il posa la tête sur le comptoir. *Juste une minute*. Quand il ferma les yeux, le plaisir fut immédiat. Puis la poignée de la porte cliqueta de nouveau, et Milton sursauta. Il secoua la tête, tâchant de se réveiller. Il posa le sandwich et sortit de derrière le comptoir sur la pointe des pieds, le revolver à la main.

Il n'avait pas l'intention de s'en servir. Il ne s'agissait que d'effrayer le pillard. Au cas où ça ne marcherait pas, Milton était prêt à partir. L'Oldsmobile était garée derrière. Il pouvait être chez lui en dix minutes. La poignée se fit de nouveau entendre. Et sans réfléchir, Milton s'avança vers la porte vitrée et cria : « J'ai un revolver ! »

Sauf que ce n'était pas le revolver. C'était le sandwich ! Milton menaçait le pillard avec deux tranches de pain toasté, une tranche de jambon et de la moutarde forte. Néanmoins, du fait qu'il faisait sombre, cela marcha. Le pillard leva les mains.

C'était Morrison, le voisin d'en face.

Milton dévisagea Morrison. Morrison le dévisagea en retour. Puis mon père dit – c'est ce que disent les Blancs en pareille situation : « Je peux vous aider ? »

Morrison plissa les yeux, interloqué. « Qu'est-ce que vous faites là ? Vous êtes fou ? C'est pas sûr pour les Blancs ici. » Un coup de feu se fit entendre. Morrison se colla contre la vitre. « C'est sûr pour personne.

– Il faut bien que je défende ce qui m'appartient.

– Votre vie ne vous appartient pas ? » Morrison leva les sourcils afin d'indiquer la logique incontestable de cette assertion. Puis il abandonna toute expression de supériorité et toussa. « Écoutez, chef, puisque vous êtes là, peut-être que vous pouvez m'aider. » Il montra quelques pièces qu'il avait dans la main. « Je suis venu chercher des cigarettes. »

Le menton de Milton tomba, lui gonflant le cou, et ses sourcils accusèrent la forme oblique de l'incrédulité. D'une voix sèche il déclara : « Ça serait l'occasion idéale d'arrêter de fumer. »

Un autre coup de feu retentit, cette fois-ci plus près. Morrison sursauta, puis sourit. « Sûr que c'est mauvais pour ma santé. Et que ça l'est de plus en plus. » Son sourire s'élargit. « Ça sera mon dernier paquet, dit-il, je le jure devant Dieu. » Il glissa les pièces dans la fente de la boîte aux lettres. « Des Parliament. » Milton considéra un instant les pièces et alla chercher les cigarettes.

« Vous avez des allumettes ? » demanda Morrison.

Milton les glissa dans la fente à la suite du paquet. Comme il le faisait, ses nerfs ébranlés, l'odeur du feu, et l'audace de cet homme qui bravait les balles pour un paquet de cigarettes, tout cela devint trop pour Milton. Soudain il agitait les bras, désignant tout et criant : « Mais qu'est-ce qui ne va pas avec vous autres ? »

Morrison ne mit qu'une seconde à répondre : « Ce qui ne va pas, dit-il, c'est vous. » Puis il disparut.

« Ce qui ne va pas c'est vous. » Combien de fois ai-je entendu cela dans mon enfance ? prononcé par Milton avec ce qu'il croyait être l'accent noir, prononcé chaque fois qu'un intellectuel libéral parlait des « démunis de la culture » ou du « sous-prolétariat » avec la certitude que cette phrase, qui lui avait été adressée alors que les Noirs eux-mêmes brûlaient une bonne partie de notre chère ville, était la preuve de sa propre absurdité. Au fil des ans, Milton l'utilisait comme un bouclier contre toute opinion contraire, et elle finit par devenir une sorte de mantra, l'explication de la dégénérescence du monde, applicable non seulement aux Américains d'origine africaine mais aux féministes et aux homosexuels ; et bien sûr il aimait l'utiliser à notre intention, chaque fois que nous étions en retard pour le dîner ou que nous étions habillés d'une façon que Tessie n'approuvait pas.

« Ce qui ne va pas avec nous c'est vous ! » Les paroles de Morrison résonnèrent dans la rue, mais Milton n'avait pas le temps d'y réfléchir. Parce que juste à ce moment, tel le Godzilla grinçant des dessins animés japonais, le premier tank apparut. Des soldats avançaient de part et d'autre, pas des flics, des soldats de la garde nationale, camouflés, casqués, tenant nerveusement des fusils munis de leurs baïonnettes. Levant ces fusils en direction de tous les fusils abaissés vers eux. Il y eut un moment de silence relatif, suffisant pour que Milton entende le claquement de la porte moustiquaire de Morrison de l'autre côté de la rue. Puis il y eut une détonation, comme celle d'un pistolet d'enfant, et soudain la rue fut illuminée d'un millier d'éclairs...

Je les entendis, moi aussi, à quatre cents mètres de là. Suivant le tank à distance respectueuse, j'avais pédalé depuis l'Indian Village dans l'East Side jusqu'à l'ouest. J'essayais de me repérer au mieux, mais je n'avais que sept ans et demi, et ne connaissais pas beaucoup de noms de rues. Tandis que je traversais le centre ville, je reconnus *L'Esprit de Detroit*, la statue de Marshall Fredericks qui était devant la mairie. Quelques années auparavant, un plaisantin avait peint en rouge des traces de pas menant de celle-ci à la statue d'une femme nue, de l'autre côté de Woodward, devant la Banque nationale de Detroit. Les traces étaient encore vaguement visibles. Le tank tourna dans Bush Street et je le suivis, passant Monroe et les lumières de Greektown. En temps normal c'était l'heure où les Grecs de la génération de mon grand-père arrivaient dans les cafés pour y passer la journée à jouer au trictrac, mais au matin du 25 juillet 1967, la rue était vide. Mon tank en avait retrouvé d'autres et ils se dirigeaient maintenant en file vers le nord-est. Bientôt le centre-ville disparut et je ne sus plus où je me trouvais. Aérodynamiquement penchée sur mon guidon, je pédalais furieusement dans l'épaisse fumée d'huile vomie par la colonne en mouvement...

... tandis que, sur Pingree Street, Milton est tapi derrière le rempart formé par les bidons d'huile d'olive. Les balles sortent de toutes les fenêtres de la rue, de la salle de billard de Frank, du Crow Bar, du clocher de l'église épiscopale africaine, si nombreuses qu'elles brouillent l'atmosphère comme de la pluie, donnant l'impression que la lumière de l'unique réverbère encore en activité tremblote. Des balles qui frappent les blindages et ricochent sur les briques et tatouent les voitures. Des balles qui fauchent les jambes de la boîte aux lettres des postes, qui tombe sur le côté comme un homme ivre. Des balles qui oblitèrent les vitres du cabinet vétérinaire et percent les murs pour atteindre les cages des animaux. Le berger allemand qui n'a pas arrêté d'aboyer depuis trois jours et deux nuits se tait enfin. Un chat se tord dans l'air, laissant échapper un hurlement, ses yeux verts étincelants s'éteignant comme une lampe. C'est maintenant une vraie bataille qui se déroule, un déluge de feu, un petit bout de Viêt-nam transposé sur le sol natal. Mais en l'occurrence les Viêt-congs sont allongés sur des matelas Douxrêve. Ils sont assis sur des chaises de camping et boivent de l'alcool de malt, c'est une armée de volontaires qui fait face aux engagés dans les rues.

Il est impossible de savoir qui étaient tous ces tireurs. Mais il est facile de comprendre pourquoi la police les qualifia de tireurs isolés. Il est facile de comprendre pourquoi le maire Jerome Cavanaugh les qualifia de tireurs isolés, et George Romney aussi. Un tireur isolé, comme son nom l'indique, agit seul. Un tireur isolé est lâche et traître, il tue à distance, invisible. Il était commode de les qualifier de tireurs isolés car s'ils n'étaient pas des tireurs isolés, alors qu'étaient-ils ? Le gouverneur ne le dit pas ; les journaux ne le dirent pas ; l'histoire ne le dit toujours pas, mais moi, qui assistai à tout sur ma bicyclette, je l'ai vu clairement : à Detroit, en juillet

1967, ce qui eut lieu n'était rien d'autre qu'un soulèvement populaire.

La Deuxième Révolution américaine.

Et maintenant les soldats de la garde nationale répliquent. Au début de l'émeute, la police, en général, agit avec modération. Elle se retira, ne cherchant qu'à contenir le désordre. De la même manière, les paras de la 82e et de la 101e aéroportée sont des vétérans aguerris qui savent utiliser la force appropriée. Mais la garde nationale, c'est une autre histoire. Guerriers du dimanche, on les sort de chez eux pour les jeter dans la bataille. Ils sont inexpérimentés, effrayés. Ils avancent en canardant tout ce qu'ils voient. Parfois ils font passer leurs tanks sur les pelouses des maisons. Ils démolissent les vérandas et font tomber les murs. Le tank qui se trouve devant la Zebra Room s'est arrêté momentanément. Dix soldats environ l'entourent, visant un tireur isolé qui se trouve au troisième étage de l'escalier de secours de l'hôtel Beaumont. Le tireur fait feu ; les gardes nationaux répondent et l'homme tombe, ses jambes pendant dans le vide. Juste après, un autre éclair apparaît de l'autre côté de la rue. Milton lève les yeux et voit Morrison debout dans son salon qui allume une cigarette. Il allume une Parliament avec les allumettes zébrées. « Non ! hurle Milton. Non ! »... Et Morrison, s'il entend, pense que ce n'est qu'une diatribe de plus contre la fumée, mais, voyons les choses en face, il n'entend pas. Il allume seulement sa cigarette et, deux secondes plus tard, une balle lui traverse le front et il s'écroule en tas. Et les soldats reprennent leur progression.

La rue est de nouveau vide, silencieuse. Les mitrailleuses et les tanks commencent à hacher la rue suivante, ou la rue d'après. Milton est debout devant sa porte, regardant la fenêtre vide où se tenait Morrison. Et il prend conscience que le restaurant est sauvé. Les soldats sont venus et sont repartis. L'émeute est terminée...

... Sauf que maintenant quelqu'un d'autre avance dans la rue. Tandis que les tanks disparaissent dans Pingree, une nouvelle silhouette approche de la direction opposée. Quelqu'un qui habite le quartier tourne à l'angle et se dirige vers la Zebra Room...

... suivant la file des tanks, je ne pense plus à épater mon frère. Un tel volume de feu m'a prise complètement par surprise. J'ai regardé bien des fois le livre de photos-souvenirs de la Seconde Guerre mondiale de mon père ; j'ai vu le Viêt-nam à la télévision ; j'ai ingurgité un nombre incalculable de films sur la Rome antique ou les batailles du Moyen Âge. Mais rien de tout cela ne m'a préparée pour la guerre dans ma ville natale. Les rues que nous parcourons sont bordées d'ormes en feuilles. Il y a des voitures garées le long des trottoirs. Nous dépassons des pelouses et des meubles de jardin, des mangeoires et des baignoires pour les oiseaux. Tandis que je lève les yeux sur le dais des ormes, le ciel commence juste à s'éclaircir. Les oiseaux se promènent sur les branches, et les écureuils aussi. Il y a un cerf-volant coincé dans un arbre. À la branche d'un autre, il y a une paire de tennis nouées par les lacets qui pend. Juste sous les chaussures, je vois un panneau. Il est tout troué par les balles mais je parviens à y lire : Pingree. Tout d'un coup je reconnais où je suis. Voilà le boucher ! Et le magasin de vêtements. Je suis si contente de les voir que pendant un instant je ne prends pas conscience que les deux magasins sont en flammes. Laissant partir les tanks, je monte sur le trottoir et m'arrête derrière un arbre. Je descends de ma bicyclette et cherche à voir le restaurant de l'autre côté de la rue. La tête de zèbre est intacte. Le restaurant n'est pas en flammes. À cet instant, toutefois, la silhouette qui approchait de la Zebra Room entre dans mon champ de vision. À trente mètres de là je le vois qui brandit une bouteille. Il met le feu au chiffon qui pend au goulot et d'un geste pas si terrible que ça jette le cocktail Molotov dans la vitrine de la Zebra Room. Et tandis que les flammes s'élèvent à l'intérieur du restaurant, l'incendiaire s'écrie d'une voix extatique :

« *Opa*, fils de pute ! »

Je ne l'ai vu que de dos. Il ne faisait pas encore complètement jour. Il y a de la fumée qui sort des immeubles adjacents. Toutefois, dans la lumière de l'incendie, je crus reconnaître le béret noir de mon ami Marius Wyxzewixard Challouehliczilczese Grimes avant que la silhouette ne décampe.

« Opa ! » Mon père a entendu le cri bien connu des serveurs grecs, et avant qu'il puisse se rendre compte de rien le restaurant flambe comme un amuse-gueule. La Zebra Room est devenue un *saganaki* ! Comme les banquettes prennent feu, Milton se précipite derrière le comptoir pour saisir l'extincteur. Il tient l'embout du tuyau, comme un presse-citron entouré d'étamine, au-dessus des flammes, et se prépare à appuyer...

... quand soudain il s'arrête. Et maintenant je reconnais une expression familière sur le visage de mon père, une expression qu'il avait si souvent à table, le regard perdu d'un homme qui ne pouvait jamais s'empêcher de penser au travail. Le succès dépend de l'adaptation aux situations nouvelles. Et quelle situation était plus nouvelle que celle-là ? Les flammes montaient aux murs ; la photo de Jimmy Dorset était en train de se racornir. Et Milton se posait quelques questions pertinentes. Par exemple : comment continuer à tenir un restaurant dans ce quartier ? Et : d'après vous quels seront demain matin les prix d'un marché immobilier déjà déprimé ? La plus importante de toutes : en quoi était-ce un crime ? Était-ce lui qui avait déclenché l'émeute ? Était-ce lui qui avait lancé le cocktail Molotov ? Comme Tessie, l'esprit de Milton était en train de fouiller le tiroir du bas de son bureau, particulièrement une grosse enveloppe contenant les trois assurances contre l'incendie souscrites auprès de trois compagnies différentes. Il les vit de l'œil de son esprit ; il lut le montant des indemnités qu'il additionna. La somme totale : 500 000 dollars, le rendit aveugle à tout le reste. Un demi-million ! Milton promena autour de lui un regard que l'avidité égarait. La pancarte du pain perdu était en flammes. Les tabourets recouverts de peau de zèbre faisaient une rangée de torches. Et, frénétique, il se précipita vers l'Oldsmobile...

... où il me rencontra.

« Callie ! Qu'est-ce que tu fous ici ?

– Je suis venue t'aider.

– Qu'est-ce qui t'a pris ! » hurla Milton. Mais malgré le ton de colère de sa voix il était à genoux, me serrant contre lui. J'entourai son cou de mes bras.

« Le restaurant est en train de brûler, papa.

– Je sais. »

Je me mis à pleurer.

« Tout va bien, me dit mon père en me portant jusqu'à la voiture. On rentre à la maison. Tout est fini. »

Alors était-ce une émeute ou un soulèvement populaire ? Laissez-moi répondre à cette question par d'autres questions. Après l'émeute, a-t-on trouvé, ou non, des caches d'armes dans tout le quartier ? Et ces armes étaient-elles, ou non, des AK-47 et des mitrailleuses ? Et pourquoi le général Throckmorton déploya-t-il ses tanks dans l'East Side, à des kilomètres de l'émeute ? Était-ce le genre de mesure qu'on prend pour soumettre une bande de tireurs désorganisée ? Ou cette mesure était-elle plus en rapport avec la stratégie ? Cela ressemblait-il à l'établissement d'une ligne de front au cours d'une guerre ? Croyez ce que bon vous semble. J'avais sept ans, j'ai suivi un tank dans la bataille et j'ai vu ce que j'ai vu. Il se révéla que lorsqu'elle finit par éclater la révolution ne fut pas télévisée. À la télé on se contenta de la qualifier d'émeute.

Le matin suivant, comme la fumée se dissipait, on put de nouveau voir le drapeau de la ville. Vous vous rappelez le symbole qu'il porte ? Un phénix renaissant de ses cendres. Et les mots en dessous : *Speramus meliora ; resurget cineribus*. « Nous espérons des temps meilleurs ; elle renaîtra de ses cendres. »

Quelque honte que j'éprouve à le dire, les émeutes furent la meilleure chose qui nous soit jamais arrivée. D'un jour à l'autre notre statut passa de celui d'une famille tentant désespérément de rester dans la classe moyenne à celui d'une famille espérant se glisser dans la classe supérieure ou du moins dans les couches supérieures de la classe moyenne. L'assurance ne se montait pas exactement à la somme que Milton avait prévue. Deux des compagnies refusèrent de payer la totalité de la prime, alléguant les clauses d'indemnité double. Elles ne payèrent qu'un quart. Toutefois, la somme globale dépassait de beaucoup la valeur de la Zebra Room et elle permit à mes parents de procéder à quelques changements dans notre vie.

De tous mes souvenirs d'enfance, aucun ne possède le caractère magique, purement onirique, de la soirée où nous entendîmes un klaxon et, regardant par la fenêtre, découvrîmes qu'un vaisseau spatial avait atterri dans notre allée.

Il s'était posé sans bruit à côté du break de ma mère. Les phares firent un appel, les feux arrière produisirent une lueur rouge. Pendant trente secondes, il ne se passa rien d'autre. Mais alors la vitre du vaisseau spatial se rétracta lentement pour révéler, au lieu d'un Martien, Milton. Il s'était rasé la barbe.

« Allez chercher votre mère, nous cria-t-il avec un grand sourire. On va faire une petite promenade. »

Pas un vaisseau spatial alors, mais pas loin : une

Cadillac Fleetwood modèle 1967, la voiture la plus intergalactique que Detroit ait jamais produite. (La conquête de la Lune n'était qu'à une année de là.) Elle était aussi noire que l'espace lui-même et profilée comme une fusée posée sur le côté. Le long capot se terminait en pointe, et de là le vaisseau se déployait en une magnifique forme élancée d'une perfection inquiétante. La calandre argentée avait l'air d'avoir été conçue pour filtrer la poussière d'étoiles. Des baguettes en chrome, tels des tuyaux, menaient des clignotants coniques jaunes contre les flancs arrondis de la voiture, jusqu'à l'arrière, où le véhicule s'évasait en ailerons de jet et en boosters de fusée.

À l'intérieur, la Cadillac était aussi moelleusement moquettée et doucement éclairée que le bar du Ritz. Les accoudoirs étaient équipés de cendriers et d'un allume-cigare. Les sièges en cuir noir dégageaient une odeur puissante et nouvelle. On avait l'impression d'entrer dans un portefeuille.

Nous ne démarrâmes pas tout de suite. Nous restâmes là, comme s'il suffisait d'être assis dans la voiture, comme si maintenant qu'elle était à nous, nous pouvions oublier notre salon et passer les soirées dans l'allée. Milton mit le moteur en marche. Restant au point mort, il nous fit la démonstration de toutes les merveilles que recelait le joyau. Il ouvrit et ferma les vitres en appuyant sur un bouton. Il verrouilla les portières en appuyant sur un autre. Il fit avancer le siège avant, puis l'inclina jusqu'à ce que je puisse voir les pellicules sur ses épaules. Lorsqu'il démarra nous étions tous un peu étourdis. Nous nous dirigeâmes vers Seminole, le long des maisons de nos voisins, disant déjà adieu à l'Indian Village. Lorsque nous nous préparâmes à tourner, le clignotant sembla égrener les secondes qui nous séparaient de notre décollage.

La Fleetwood 67 était la première Cadillac de mon père, mais bien d'autres devaient venir. Milton en changea pratiquement tous les ans durant les sept années qui suivirent ; ainsi il m'est possible de dresser le diagramme de ma vie en relation avec les styles de sa longue file de Cadillac. Quand les ailerons arrière disparurent, j'avais neuf ans ; quand arrivèrent les antennes radio, j'en avais onze. Ma vie émotionnelle est en accord avec le design, aussi. Dans les années soixante, quand les Cadillac arboraient l'assurance du futurisme, j'étais tout aussi confiante en l'avenir. Dans les années soixante-dix, avec la pénurie d'essence, toutefois, époque à laquelle le constructeur sortit la malencontreuse Seville – une voiture dont on aurait dit qu'il lui manquait l'arrière – moi aussi je me sentais difforme. Dites-moi une année et je vous dirai quelle voiture nous avions. 1970 : l'Eldorado couleur Coca-Cola. 1971 : la berline rouge DeVille. 1972 : la Fleetwood dorée avec le pare-soleil du passager qui s'ouvrait sur un miroir de dressing room de starlette (dans lequel Tessie vérifiait son maquillage et moi mes premières imperfections de teint). 1973 : la longue Fleetwood noire au toit bombé que les conducteurs des autres voitures laissaient passer, croyant se trouver devant un cortège funèbre. 1974 : la Florida Special jaune canari à deux portes avec un plafond en vinyle blanc, un toit ouvrant et des sièges en cuir brun, que ma mère conduit toujours, presque trente ans après.

Mais en 1967 c'était la Fleetwood de l'ère de l'espace. Une fois que nous eûmes atteint la vitesse requise, Milton dit : « Okay. Maintenant regardez. » Il abaissa une commande sous le tableau de bord. Il y eut un sifflement, comme celui que fait un ballon en se gonflant. Lentement, comme emportés sur un tapis volant, tous quatre nous élevâmes dans les hauteurs de l'habitacle.

« C'est ce qu'on appelle la suspension pneumatique. Tout nouveau. Chouette, non ?

– C'est une sorte de système de suspension hydraulique ? s'enquit Chapitre Onze.

– Je crois.

– Peut-être que je n'aurai plus besoin de coussin quand je conduis », dit Tessie.

Pendant un temps, personne ne parla. Nous nous dirigions vers la sortie est de Detroit, flottant littéralement dans l'air.

Ce qui m'amène à la seconde partie de notre ascension. Peu après les émeutes, comme beaucoup d'autres habitants blancs de Detroit, mes parents se mirent à la recherche d'une maison en banlieue. La banlieue qu'ils convoitaient se trouvait dans le quartier élégant des magnats de l'automobile au nord du fleuve : Grosse Pointe.

Ce fut beaucoup plus difficile qu'ils ne l'imaginaient. Alors qu'ils parcouraient les cinq Grosses Pointes (le Parc, la Ville, les Fermes, les Bois, les Berges), mes parents virent À VENDRE sur de nombreuses pelouses. Mais une fois les formulaires remplis, ils découvraient que les maisons étaient soudain retirées du marché ou étaient vendues ou avaient doublé de prix.

Après deux mois de recherches, Milton en était à son dernier agent, une Miss Jane Marsh de l'agence Great Lakes. Il ne lui restait plus qu'elle – et des soupçons croissants.

« Cette propriété est assez excentrique, dit Miss March à Milton un après-midi de septembre tandis qu'elle le précède dans l'allée. Celui qui l'achètera doit avoir un peu d'imagination. » Elle ouvre la porte d'entrée et s'efface. « Mais elle a un beau pedigree. Elle a été construite par Hudson Clark. » Elle attend la réaction. « De l'école de la Prairie ? »

Milton acquiesce, méfiant. Il regarde de droite et de gauche. La photo que Miss March lui a montrée à l'agence ne lui a pas beaucoup plu. Une sorte de boîte. Trop moderne.

« Je ne suis pas sûr que ma femme apprécie ce style, Miss Marsh.

– J'ai peur que nous n'ayons rien de plus *traditionnel* à vous offrir pour le moment. »

Elle le conduit le long d'un couloir dénudé et blanc puis lui fait descendre quelques marches. Et maintenant, comme ils pénètrent dans le salon en contrebas, Miss

Marsh elle aussi se met à regarder de droite et de gauche. Exhibant, en un sourire poli, des gencives supérieures de lapin, elle examine le teint de Milton, ses cheveux, ses chaussures. Elle jette un nouveau coup d'œil à son formulaire.

« Stephanides. Quel genre de nom est-ce ?

– C'est grec.

– Grec. Comme c'est intéressant. »

Encore un coup de gencives tandis que Miss Marsh marque quelque chose sur son bloc-notes. Puis la visite reprend. « Salon en contrebas. Serre jouxtant le coin salle à manger. Et, comme vous pouvez voir, la maison ne manque pas de fenêtres.

– C'*est* une fenêtre, Miss Marsh. » Milton s'approche de la vitre et examine le jardin. Pendant ce temps, à quelques pas derrière, Miss Marsh examine Milton.

« Puis-je vous demander dans quelles affaires vous êtes, Mr. Stephanides ?

– La restauration. »

Un nouveau trait de stylo sur le bloc-notes. « Puis-je vous dire quelles églises nous avons dans la région ? Quelle est votre religion ?

– Je n'en ai pas. Ma femme emmène les gosses à l'église grecque.

– Elle est grecque elle aussi ?

– Elle est de Detroit. Nous sommes tous les deux de l'East Side.

– Et il vous faut de la place pour vos deux enfants, c'est cela ?

– Oui madame. Et il y a nos parents qui vivent avec nous, aussi.

– Oh, je vois. » Et maintenant les gencives roses disparaissent tandis que Miss Marsh commence à faire l'addition. *Voyons voir. Méditerranéens du Sud. Un point. Pas de profession libérale. Un point. Religion ? Église grecque. C'est un genre d'Église catholique, non ? Ça fait donc un autre point. Et ses parents habitent avec lui !*

Deux points de plus. Ce qui fait – cinq ! Oh, ça n'ira pas. Ça n'ira pas du tout.

Pour expliquer l'arithmétique de Miss Marsh : à cette époque, les agents immobiliers de Grosse Pointe évaluaient les clients potentiels selon ce qui s'appelait le système des points. (Milton n'était pas le seul à s'inquiéter de l'avenir de son quartier.) Personne n'en parlait ouvertement. Les agences évoquaient seulement des « compatibilités de voisinage » et vendaient aux « gens qu'il faut ». Maintenant que la fuite des Blancs avait commencé, le système des points était plus important que jamais.

Discrètement, Miss Marsh trace maintenant un petit « 5 » à côté de « Stephanides » et l'entoure d'un cercle. Tout en faisant cela, cependant, elle ressent quelque chose. Une sorte de regret. Le système des points, elle ne l'a pas inventé après tout. Il était appliqué bien avant qu'elle n'arrive de Wichita, où son père est boucher. Mais elle n'y peut rien. Oui, Miss Marsh est désolée. *Je veux dire, vraiment. Regardez-moi cette maison ! Qui va l'acheter sinon un Italien ou un Grec. Je n'arriverai jamais à la vendre. Jamais !*

Son client est toujours devant la fenêtre.

« Je comprends parfaitement votre préférence pour quelque chose de plus "ancien temps", Mr. Stephanides. Nous en avons parfois. Il suffit d'être patient. J'ai votre numéro de téléphone. Je vous ferai savoir si quelque chose arrive sur le marché. »

Milton ne l'entend pas. Il est absorbé par la vue. La maison possède une toiture en terrasse, plus un patio à l'arrière. Et il y a deux autres bâtiments, plus petits, au-delà.

« Parlez-moi de cet Hudson Clark, demande-t-il maintenant.

– Clark ? Eh bien, pour être franche, c'est une figure mineure.

– L'école de la Prairie, hein ?

– Hudson Clark n'était pas Frank Lloyd Wright, si c'est ce que vous voulez dire.

– C'est quoi ces dépendances que je vois là-bas ?

– Dépendances est un bien grand mot, Mr. Stephanides. Il y a une cabine de bain. Plutôt décrépie, j'en ai peur. Je ne suis pas sûre que la plomberie marche. Derrière il y a la maison d'amis. Qui a besoin de beaucoup de réparations elle aussi.

– Une cabine de bain ? Ça change les choses. » Milton se détourne de la fenêtre. Il commence à faire le tour de la maison, la considérant d'un œil nouveau : les murs Stonehenge, les carrelages à la Klimt, les espaces ouverts. Tout est géométrique, à angle droit. La lumière pénètre à flots par les nombreuses lucarnes. « Maintenant que j'y suis, dit Milton, je comprends un peu l'idée. On ne se rend pas compte sur la photo.

– Vraiment, Mr. Stephanides, pour une famille comme la vôtre, avec des enfants jeunes, je ne suis pas sûre que ce soit tout à fait... »

Mais avant qu'elle ait pu terminer sa phrase, Milton lève les mains en signe de reddition. « Vous n'avez pas besoin de m'en montrer plus. Bâtiments décrépis ou pas, je la prends. »

Il y a une pause. Miss Marsh sourit de ses gencives à impériale. « C'est merveilleux, Mr. Stephanides, dit-elle sans enthousiasme. Bien sûr, il faudra que l'emprunt soit approuvé. »

Mais maintenant c'est au tour de Milton de sourire. Quelque désavouée que soit sa réalité, le système des points n'est pas un secret. Harry Karras a tenté sans succès d'acheter une maison à Grosse Pointe l'année précédente. Même chose pour Pete Savidis. Mais personne ne dira à Milton Stephanides où il doit habiter. Ni Miss Marsh, ni une bande d'agents immobiliers snobinards.

« Ne vous inquiétez pas de ça, dit mon père, savourant cet instant. Je paierai cash. »

Notre père avait sauté la barrière du système des points,

il avait réussi à nous trouver une maison à Grosse Pointe. Ce fut la seule fois de sa vie qu'il paya sans délai. Mais que dire des autres barrières ? Que dire du fait que les agents immobiliers ne lui avaient montré que les maisons les moins convoitées, dans les secteurs les plus proches de Detroit ? des maisons que personne d'autre ne voulait ? Et que dire de son incapacité à voir autre chose que la munificence dont il avait fait preuve, et du fait qu'il avait acheté la maison sans consulter ma mère ? Eh bien, à ces problèmes, il n'y avait pas de solution.

Le jour du déménagement nous partîmes dans deux voitures. Tessie, refoulant ses larmes, emmena Lefty et Desdemona dans le break familial. Milton nous conduisit, Chapitre Onze et moi, dans la nouvelle Fleetwood. Le long de Jefferson, des traces des émeutes subsistaient, ainsi que mes questions sans réponse. Assise à l'arrière, je lançai à mon père : « Et l'affaire du thé à Boston ? Les colons ont volé tout ce thé pour le jeter à la mer. C'était la même chose qu'une émeute.

– Pas du tout, répondit Milton. Qu'est-ce qu'ils vous apprennent à l'école ? Les Américains se sont révoltés contre un autre pays qui les opprimait.

– Mais ce n'était pas un autre pays, papa. C'était le même pays. Les États-Unis n'existaient pas à l'époque.

– Laisse-moi te poser une question. Où était George III quand ils ont jeté tout ce thé dans le port ? Il était à Boston ? Il était en Amérique ? Non. Il était tout là-bas en Angleterre, en train de manger des scones. »

L'implacable Cadillac noire poursuivait son chemin, nous emportant, mon père, mon frère et moi, loin de la ville ravagée par la guerre. Nous traversâmes un étroit canal qui, telles des douves, séparait Detroit de Grosse Pointe. Et alors, avant que nous ayons eu le temps de nous apercevoir du changement, nous fûmes à la maison sur Middlesex Boulevard.

Ce fut les arbres que je remarquai en premier. Deux énormes saules pleureurs, mammouths laineux, de part et d'autre de la propriété. Leurs lambrusques surplombaient l'allée telles les brochettes d'éponges d'une station de lavage automatique. Au-dessus il y avait le soleil d'automne. Traversant les feuilles des saules, il les colorait d'un vert phosphorescent. C'était comme si, dans la masse d'ombre fraîche, un fanal avait été allumé ; et cette impression fut encore renforcée par la vue de la maison.

Middlesex ! Vécut-on jamais dans maison si étrange ? Aussi science-fiction ? Aussi futuriste et vieillotte à la fois ? Une maison qui ressemblait au communisme, meilleure en théorie qu'en réalité ? Les murs jaune pâle étaient constitués de blocs de pierre octogonaux bordés d'une frise de séquoia. Sur la façade, les fenêtres étaient en verre dépoli. Hudson Clark (que Milton ne cesserait de citer dans les années à venir, en dépit du fait que son nom ne disait rien à personne) avait conçu Middlesex en harmonie avec l'environnement. En l'occurrence cela signifiait les deux saules pleureurs et le mûrier qui poussait contre la façade. Oubliant où il était (une banlieue conservatrice) et ce qu'il y avait de l'autre côté de ces arbres (les Turnbull et les Pickett), Clark suivit les principes de Frank Lloyd Wright, bannissant la verticale victorienne au profit de l'horizontale des plaines du Middle West, ouvrant les espaces intérieurs et y faisant entrer l'influence japonaise. Middlesex était un manifeste théorique dédaignant tout esprit pratique. Par exemple : Hudson Clark ne croyait pas en les portes. Le concept de porte, de cette chose qui ouvrait d'un côté ou de l'autre, était démodé. Ainsi nous n'avions pas de portes. À la place, nous avions de longues barrières en forme d'accordéon, faites en sisal, actionnées par une pompe pneumatique installée en sous-sol. Le concept d'escalier dans son acception traditionnelle était également une chose dont le monde n'avait plus besoin. L'escalier représentait une vision téléologique de l'univers, d'une chose menant à une autre, alors qu'aujourd'hui tout le monde savait qu'une chose ne menait pas à une autre mais souvent nulle part. Ainsi de nos escaliers. Oh, ils finissaient par monter. Ils menaient quiconque faisait preuve d'une opiniâtreté suffisante au premier étage, mais en chemin ils le faisaient passer dans bien d'autres endroits également. Il y avait un palier, par exemple, où pendait un mobile. Les murs de l'escalier étaient percés de regards et d'alvéoles. En montant, on pouvait voir les jambes de la personne qui empruntait le couloir au-dessus ou regarder en contrebas dans le salon.

« Où sont les placards ? demanda Tessie dès l'entrée.

– Les placards ?

– La cuisine est à un million de kilomètres de la pièce principale, Milt. Chaque fois que tu veux manger un morceau tu dois te taper toute la longueur de la maison.

– Ça nous fera de l'exercice.

– Et comment je vais trouver des rideaux pour ces fenêtres ? On ne fait pas de rideaux aussi grands. Tout le monde peut voir à l'intérieur !

– Mais nous on peut voir à l'extérieur. »

C'est alors qu'on entendit un hurlement à l'autre extrémité de la maison :

« Mana ! »

Étourdiment, Desdemona avait appuyé sur un bouton. « Qu'est-ce que c'est que cette porte, criait-elle alors que nous accourions. Elle bouge toute seule !

– Hé, cool, dit Chapitre Onze. Essaie, Cal. Passe ta tête dans l'ouverture. Ouais, comme ça...

– Ne jouez pas avec cette porte, les enfants.

– Je teste juste la pression.

– Aïe !

– Qu'est-ce que je vous avais dit ? Vous n'avez rien dans la cervelle. Maintenant sors ta sœur de là.

– J'essaie. Le bouton ne marche pas.

– Qu'est-ce que tu veux dire il ne marche pas ?

– Oh, c'est merveilleux, Milt. Pas de placards, et maintenant on doit appeler les pompiers pour sortir Callie de la porte.

– Elle n'est pas conçue pour qu'on y passe le cou.

– Mana !

– Tu peux respirer, ma chérie ?

– Ouais, mais ça fait mal.

– C'est comme ce type qui est resté coincé dans les grottes de Carlsbad. On l'a nourri pendant quarante jours et à la fin il est mort.

– Arrête de gigoter, Callie. Tu ne fais que...

– Je ne gigote pas...

– Je vois la culotte de Callie. Je vois la culotte de Callie !

– Arrête immédiatement.

– Tiens, Tessie, prends la jambe de Callie. Okay, à trois. Un... deux... et trois ! »

Nous nous installâmes, avec nos diverses appréhensions. Après l'incident de la porte pneumatique, Desdemona eut la prémonition que cette maison ultramoderne (qui était en fait quasiment aussi vieille qu'elle) serait la dernière qu'elle habiterait. Elle emporta ce qui restait de ses possessions et de celles de Lefty dans la maison d'amis – la table basse en cuivre, la boîte à vers à soie, le portrait du patriarche Athenagoras – mais elle ne s'habitua jamais à la lucarne, qui était comme un trou dans le toit, ni au robinet du lavabo qui s'actionnait avec une pédale, ni à la boîte qui parlait dans le mur. (Chaque pièce de Middlesex était équipée d'un interphone. À l'époque où ils avaient été installés, dans les années quarante – plus de trente ans après la construction de la maison, qui datait de 1909 –, les interphones devaient sans doute fonctionner. Mais en 1967, quand vous vouliez communiquer avec la cuisine, vous vous retrouviez dans la chambre des maîtres. Les micros distordant les voix, il fallait tendre l'oreille pour comprendre, c'était comme de déchiffrer les premiers mots d'un enfant.)

Chapitre Onze s'introduisit dans le système pneumatique du sous-sol et passait des heures à faire voyager une balle de ping-pong par toute la maison à travers un réseau de tuyaux d'aspirateur. Tessie ne cessait de se plaindre du manque de placards et de la répartition des pièces, mais peu à peu, grâce à la légère claustrophobie dont elle souffrait, elle se mit à apprécier les murs de verre de Middlesex.

C'est Lefty qui les nettoyait. Se rendant utile comme toujours, il se chargea de la tâche sisyphienne qui consistait à faire étinceler toutes ces surfaces modernistes. Avec la même concentration qu'il consacrait à l'aoriste des verbes du grec ancien – un temps si plein de lassitude qu'il désignait des actions qui pouvaient n'avoir jamais été accomplies –, Lefty nettoyait maintenant les immenses baies vitrées, les vitres embuées de la serre, les portes coulissantes qui ouvraient sur la cour, et même les lucarnes. Tandis qu'il aspergeait la nouvelle maison de produit nettoyant, Chapitre Onze et moi l'explorions. Les explorions, devrais-je dire. Le cube jaune pastel méditatif qui faisait face à la rue abritait les pièces principales. Derrière se trouvait une cour avec un bassin vide et un cornouiller fragile qui se penchait en vain pour voir son reflet. Prenant son départ de la cuisine, un tunnel blanc translucide, quelque chose comme les tubes qui mènent les équipes de football jusqu'au terrain, longeait le côté ouest de cette cour. Ce tunnel conduisait à une petite dépendance au toit bombé – sorte d'énorme igloo – entourée d'une véranda couverte. À l'intérieur se trouvait un bassin (qui se chauffait alors, s'apprêtant à jouer son rôle dans ma vie). Derrière la cabine de bain se trouvait encore une autre cour, pavée de pierre noire et lisse. Du côté est, faisant pendant au tunnel, se trouvait un portique recouvert d'étroites poutres en fer. Le portique menait à la maison d'amis, où aucun invité ne séjourna jamais : il n'y eut que Desdemona, pour une courte période avec son mari et pour une longue période seule.

Mais plus important pour un gosse : Middlesex possédait un tas de rebords de la largeur d'une basket sur lesquels marcher en équilibre. Elle possédait des embrasures de fenêtre profondes en béton qu'on pouvait facilement transformer en forts. Elle possédait des terrasses et des passerelles. Chapitre Onze et moi escaladions Middlesex dans tous les sens. Lefty nettoyait une fenêtre et, cinq minutes plus tard, mon frère et moi arrivions, nous appuyant sur le verre et laissant nos empreintes. Et en les voyant, notre grand-père, ce géant muet, qui dans une autre vie aurait pu être professeur mais dans celle-ci tenait un seau et une serpillière, se contentait de sourire et relavait la fenêtre.

Même s'il ne m'adressait jamais un mot, j'adorais mon chaplinesque papou. Son mutisme me semblait être du raffinement. Il allait avec ses vêtements élégants, ses chaussures à bouts tressés, le brillant de ses cheveux. Et cependant il n'était pas du tout rigide mais plutôt joueur, comique même. Quand il m'emmenait me promener en voiture Lefty faisait souvent semblant de s'endormir au volant. Soudain ses yeux se fermaient et il s'affaissait sur le côté. La voiture continuait à rouler, sans pilote, infléchissant sa course vers le trottoir. Je riais, hurlais, me tirais les cheveux, battais des pieds. Au dernier moment, Lefty se réveillait en sursaut pour prendre le volant et éviter le désastre.

Nous n'avions pas besoin de nous parler. Nous nous comprenions sans parler. Mais alors une chose terrible arriva.

C'est un samedi matin quelques semaines après notre installation à Middlesex. Lefty m'emmène me promener à pied dans le quartier. L'idée est de descendre jusqu'au lac. Main dans la main nous traversons notre nouvelle pelouse. La menue monnaie sonne dans la poche de son pantalon, juste sous le niveau de mes épaules. Je fais courir mes doigts le long de son pouce, fascinée par l'ongle manquant, dont Lefty m'a toujours dit qu'il lui avait été arraché d'un coup de dent par un singe au zoo.

Maintenant nous arrivons au trottoir. L'homme qui a fait les trottoirs à Grosse Pointe a laissé son nom dans le ciment : J. P. Steiger. Il y a aussi une fissure, où les fourmis se font la guerre. Maintenant nous traversons la bande d'herbe entre le trottoir et la rue. Et maintenant nous sommes au bord de la chaussée.

J'avance d'un pas sur la chaussée. Lefty n'avance pas

d'un pas. Il fait une grande enjambée de quinze centimètres dans la rue. Sans lâcher sa main, je me mets à rire de sa maladresse. Lefty rit, lui aussi. Mais il ne me regarde pas. Il regarde droit devant lui. Et, levant les yeux, je me mets soudain à voir des choses concernant mon grand-père que je devrais être trop jeune pour voir. Je vois la peur dans ses yeux, et l'étonnement, et, plus surprenant que tout, le fait que le problème d'un adulte prend le dessus sur notre promenade. Il a le soleil dans les yeux. Ses pupilles se contractent. Nous demeurons au bord du trottoir, dans sa poussière et ses feuilles. Cinq secondes. Dix secondes. Assez longtemps pour que Lefty se retrouve face à face avec l'évidence que ses capacités sont diminuées et que je sente d'un coup que les miennes sont en train de croître.

Ce que personne ne savait : Lefty avait eu une nouvelle attaque la semaine précédente. Déjà incapable de parler, il souffrait maintenant de désorientation spatiale. Les meubles avançaient et reculaient à la manière mécanique de ceux des maisons hantées des fêtes foraines. Tels des blagueurs, les sièges s'offraient pour se retirer au dernier moment. Les fiches de l'échiquier du trictrac ondulaient comme des touches d'un piano mécanique. Lefty n'en fit part à personne.

Parce qu'il ne pouvait plus conduire, Lefty commença à se promener à pied avec moi. (C'était ainsi que nous étions arrivés à ce trottoir, ce trottoir qu'il n'éviterait pas en se réveillant à temps.) Nous poursuivîmes notre chemin le long de Middlesex, le vieux gentleman étranger et silencieux et sa petite-fille maigrichonne, une fille qui parlait pour deux, qui babillait avec tant de facilité que son père, l'ancien clarinettiste, disait en plaisantant qu'elle avait appris à reprendre souffle sans s'interrompre. Je m'habituais à Grosse Pointe, aux mères élégantes qui portaient des foulards en soie et à la maison sombre, ensevelie sous les cyprès où habitait l'unique famille juive (qui elle aussi avait payé cash). Tandis que mon grand-père s'habituait à une réalité bien plus terrifiante.

Tenant ma main pour ne pas perdre l'équilibre, tandis que dans sa vision périphérique les arbres et les buissons étaient animés d'étranges glissements, Lefty envisageait la possibilité que la conscience ne soit qu'un accident biologique. Bien qu'il n'ait jamais été religieux, il se rendait compte maintenant qu'il avait toujours cru à l'âme, à la puissance d'une personnalité qui survivait à la mort. Mais comme son esprit continuait à vaciller, à court-circuiter, il finit par parvenir à la froide conclusion, si peu en accord avec la gaieté de sa jeunesse, que le cerveau n'était qu'un organe comme un autre et que quand il défaillirait, lui-même ne serait plus.

Une petite fille de sept ans ne peut pas se promener tout le temps avec son grand-père. J'étais la nouvelle dans le quartier et je voulais me faire des amies. De notre toiture en terrasse, j'apercevais de temps à autre une fille d'environ mon âge qui habitait dans la maison derrière la nôtre. Le soir, elle sortait sur un petit balcon et arrachait leurs pétales aux fleurs qui se trouvaient dans la jardinière. Lorsqu'elle était d'humeur plus remuante, elle exécutait des pirouettes languides, comme aux accents de ma boîte à musique, que j'emportais toujours sur le toit pour me tenir compagnie. Elle avait de long cheveux blond-blanc avec une frange, et comme je ne la voyais jamais de jour, je décidai qu'elle était albinos.

Mais je me trompais, parce qu'un après-midi, elle fut là, sous le soleil, recevant de mes mains une balle qui était tombée chez nous. Elle s'appelait Clementine Stark. Elle n'était pas albinos, seulement très pâle, et allergique à des choses difficiles à éviter (l'herbe, la poussière dans les maisons). Son père était sur le point d'avoir une crise cardiaque, et mes souvenirs d'elle sont maintenant colorés du badigeon bleu du malheur qui ne l'avait pas tout à fait atteinte à ce moment-là. Elle se tenait jambes nues parmi les herbes qui poussaient en jungle entre nos deux maisons. Sa peau commençait déjà à réagir aux brins d'herbe collés à la balle, dont l'état détrempé fut soudain expliqué par le labrador adipeux qui fit alors une apparition bondissante.

Clementine Stark avait un lit à baldaquin amarré tel un radeau impérial au bout du tapis bleu de mer de sa chambre. Elle avait une collection d'insectes d'apparence venimeuse. Elle avait un an de plus que moi, c'est-à-dire qu'elle avait l'expérience du monde et elle avait été à Cracovie, qui se trouvait en Pologne. À cause de ses allergies, Clementine sortait peu. Ce qui fait que nous passions la plupart du temps à l'intérieur et qu'elle m'apprit à embrasser.

Quand je racontais ma vie au Dr. Luce, il était toujours intéressé par la partie concernant Clementine Stark. Luce se souciait peu des grands-parents incestueux, des boîtes à vers à soie et des sérénades de clarinette. Je le comprends, d'une certaine façon. Je l'approuve même.

Clementine Stark m'invita chez elle. Sans même la comparer à Middlesex, sa maison était une bâtisse formidable aux airs moyenâgeux, une forteresse en pierre grise, dont la laideur était sauvée par l'unique extravagance – concession à la princesse – d'une tour pointue sur laquelle flottait un étendard lavande. À l'intérieur, il y avait des tapisseries sur les murs, une armure avec quelque chose écrit en français sur la visière, et, en collant noir, la mère élancée de Clementine. Elle était en train de faire sa gymnastique.

« Je te présente Callie, dit Clementine. Elle est venue jouer avec moi. »

Je fis un grand sourire et ébauchai une sorte de révérence. (Je faisais mon entrée dans la bonne société, après tout.) Mais la mère de Clementine ne prit pas même la peine de tourner la tête.

« Nous venons d'arriver, dis-je. Nous habitons la maison qui est derrière la vôtre. »

Alors elle fronça les sourcils. Je crus avoir dit quelque chose qu'il ne fallait pas – ma première faute d'étiquette à Grosse Pointe. Mrs. Stark dit : « Pourquoi vous ne montez pas, les filles ? »

Ce que nous fîmes. Dans sa chambre, Clementine enfourcha son cheval de bois. Au cours des trois minutes qui suivirent elle chevaucha sans prononcer un mot. Puis elle mit brusquement pied à terre. « J'avais une tortue, mais elle s'est échappée.

– Ah oui ?

– Ma mère a dit qu'elle survivrait si elle arrivait à sortir de la maison.

– Elle est probablement morte », dis-je.

Clementine accepta l'hypothèse avec courage. Elle s'approcha pour comparer nos bras. « Regarde, j'ai des taches de rousseur en forme de Grande Ourse », annonça-t-elle. Nous nous tînmes côte à côte devant le miroir en pied, en faisant des grimaces. Clementine avait le bord des paupières enflammé. Elle bâilla. Elle se frotta le nez de la paume. Puis elle demanda : « Tu veux t'entraîner à embrasser ? »

Je ne savais que répondre. Je savais déjà embrasser, non ? Y avait-il quelque chose de plus à apprendre ? Mais tandis que ces questions me traversaient l'esprit, Clementine avait commencé la leçon. Elle vint se mettre face à moi. Le visage grave, elle mit le bras autour de mon cou.

Je ne dispose pas des effets spéciaux nécessaires, mais ce que j'aimerais que vous vous imaginiez c'est le visage blanc de Clementine qui s'approche du mien, ses yeux somnolents qui se ferment, ses lèvres sucrées par les médicaments qui s'avancent, et tous les autres bruits du monde qui font silence – le froissement de nos robes, sa mère qui compte ses levers de jambe au rez-de-chaussée, l'avion qui dessine un point d'exclamation dans le ciel –, silence absolu, tandis que les lèvres très cultivées de Clementine rencontrent les miennes.

Et alors, quelque part en dessous de tout cela, mon cœur qui réagit.

Pas un coup exactement. Pas même un soubresaut. Mais une sorte de bruit de succion, comme ferait un batracien s'arrachant d'un bond à la boue du rivage. Mon cœur, cet amphibien, se trouvait alors entre deux éléments : l'un, l'excitation ; l'autre, la peur. Je tentai de me concentrer. Je tentai de tenir mon rôle. Mais Clementine était en avance sur moi. Elle bougeait la tête de droite et de gauche comme font les actrices dans les films. Je me mis à faire de même, mais du coin de la bouche elle me reprit : « C'est toi l'homme. » Je cessai donc. Je demeurai raide, les bras le long du corps. Finalement Clementine se recula. Elle me fixa d'un regard neutre, puis elle réagit : « Pas mal pour une première fois. »

« Manmann, m'écriai-je en rentrant ce soir-là. Je me suis fait une copine ! » Je fis mon rapport à Tessie, lui parlai de Clementine, des vieux tapis aux murs, de la jolie mère qui faisait sa gym, n'omettant que la leçon de baiser. Dès le début, je sus que ce que je ressentais pour Clementine Stark avait quelque chose d'inconvenant, quelque chose que je devais cacher à ma mère, sans pour autant être capable de le formuler. Je ne reliais pas ce sentiment au sexe. Je ne savais pas que le sexe existait. « Je peux l'inviter ?

– Bien sûr, dit Tessie, soulagée de voir que ma solitude avait pris fin.

– Je parie qu'elle n'a jamais vu une maison comme la nôtre. »

Et maintenant c'est une journée froide et grise d'octobre, une semaine plus tard environ. De l'arrière d'une maison jaune, deux filles émergent, jouant les geishas. Nous avons relevé nos cheveux et fiché dedans des baguettes. Nous portons des sandales et des châles en soie. Nous portons des parapluies qui font office d'ombrelles. Je connais des bouts de « The Flower Drum Song » que je chante tandis que nous traversons la cour et montons les marches de la cabine de bain. Nous entrons, sans remarquer une forme sombre dans le coin. L'eau est d'un turquoise vif et bouillonnant. Les peignoirs de soie tombent à terre. Deux flamants gloussant, l'un à la peau claire, l'autre olive pâle, tâtent l'eau d'un orteil. « Elle est trop chaude. – C'est comme ça qu'elle doit être. – Toi d'abord. – Non, toi. – Okay. » Et nous y voilà toutes les deux. L'odeur de séquoia et d'eucalyptus. L'odeur de savon au santal. Les cheveux de Clementine collés à son crâne. Je suis en train d'examiner ma voûte plantaire, essayant de comprendre ce que signifie qu'elle s'est « affaissée », quand je vois Clementine qui arrive vers moi. Son visage émerge de la vapeur. Je pense que nous allons nous embrasser de nouveau mais elle noue les jambes autour de ma taille. Elle rit comme une folle, une main sur la bouche. Ses yeux s'agrandissent et elle me souffle à l'oreille : « Détends-toi. » Elle hulule comme un singe et m'attire à elle. Je tombe entre ses jambes, je tombe sur elle, nous coulons... et puis nous nous emmêlons, tournoyons dans l'eau, moi sur elle, puis elle, puis moi, et, gloussant et poussant des cris d'oiseau. La vapeur nous enveloppe, nous cache ; la lumière scintille sur l'eau agitée ; et nous continuons à tourner de sorte qu'il arrive un moment où je ne sais plus quelles mains sont les miennes, quelles jambes. Nous ne nous embrassons pas. Le jeu est beaucoup moins sérieux, plus libre, mais nous nous agrippons, cherchant à ne pas laisser s'échapper nos corps glissants, nos genoux se cognent, nos ventres claquent l'un contre l'autre, nos hanches glissent. Diverses suavités immergées du corps de Clementine me donnent des informations cruciales sur le mien, informations que j'emmagasine mais dont je ne comprendrai le sens que des années plus tard. Combien de temps tournoyons-nous ? Je n'en ai pas la moindre idée. Mais à un moment nous nous fatiguons. Clementine s'affale sur le rebord, moi sur elle. Je me mets sur les genoux pour prendre mes repères et me fige, eau chaude ou pas. Car juste là, assis dans le coin de la pièce – se trouve mon grand-père ! Je le vois l'espace d'une seconde, penché de côté – est-ce qu'il rit ? est-ce qu'il est en colère ? – et alors la vapeur monte de nouveau et le dérobe à ma vue.

Je suis trop stupéfaite pour pouvoir faire un geste ou dire une parole. Depuis combien de temps est-il là ?

Qu'a-t-il vu ? « On faisait juste du ballet aquatique », Clementine déclare sans conviction. Le rideau de vapeur s'ouvre à nouveau. Lefty n'a pas bougé. Il est exactement dans la même position, tête penchée sur le côté. Il est aussi pâle que Clementine. Pendant une seconde, je me dis qu'il fait semblant de dormir, comme quand on jouait dans la voiture, mais alors je comprends qu'il ne jouera plus jamais à rien...

Et ensuite tous les interphones de la maison hurlent. Je crie à Tessie dans la cuisine, qui crie à Milton dans le bureau, qui crie à Desdemona dans la maison d'amis. « Viens vite ! Il est arrivé quelque chose à papou ! » Et encore d'autres cris et une ambulance, gyrophare allumé, et ma mère qui dit à Clementine qu'il est temps pour elle de rentrer.

Plus tard ce soir-là : le projecteur illumine deux pièces de notre nouvelle maison sur Middlesex. Dans un cercle de lumière, une vieille femme se signe et prie, tandis que dans l'autre une petite fille de sept ans prie elle aussi, prie pour ses péchés, car il était clair pour moi que j'étais responsable. C'était ce que j'avais fait... ce qu'avait vu Lefty... Et je promets de ne plus jamais faire une chose pareille et je demande : *Je Vous en prie faites que papou ne meure pas* et je jure : *C'est la faute de Clementine. Elle m'a forcée.*

(Et maintenant c'est au tour du cœur de Mr. Stark. Ses artères obstruées par ce qui ressemble à du foie gras, il se grippe un beau jour. Le père de Clementine s'affaisse sous la douche. Au rez-de-chaussée, prise d'un pressentiment, Mrs. Stark s'interrompt dans ses exercices ; et trois semaines plus tard elle vend la maison et emmène sa fille. Je ne revis jamais Clementine...)

Lefty se remit et sortit de l'hôpital. Mais ce n'était qu'un répit dans la lente et irrémédiable dissolution de son esprit. Au cours des trois ans qui suivirent, le disque dur de sa mémoire se mit à s'effacer lentement, en commençant par les informations les plus récentes et procédant à rebours. D'abord Lefty oublia les choses à court terme, comme l'endroit où il avait posé son stylo ou ses lunettes, puis il oublia quel jour on était, quel mois, et enfin quelle année. Des pans de sa vie s'effondrèrent, de sorte que, alors que nous progressions dans le temps, il régressait. En 1969 il devint évident pour nous qu'il vivait en 1968, parce qu'il ne cessait de secouer la tête en pensant aux assassinats de Martin Luther King et de Robert Kennedy. Lorsque nous passâmes le col des années soixante-dix, Lefty était dans les années cinquante. Il était de nouveau passionné par l'achèvement du canal du Saint-Laurent et il cessa de parler de moi parce que je n'étais pas née. Il éprouva de nouveau la frénésie du jeu et la honte d'être devenu inutile qui suivirent sa retraite, mais elles le quittèrent bientôt parce que c'étaient les années quarante et qu'il s'occupait de nouveau du bar. Desdemona était obligée d'élaborer des ruses subtiles afin de le satisfaire, lui disant que notre cuisine était la Zebra Room, redécorée, et se lamentant sur le manque de clients. Parfois elle invitait des dames rencontrées à l'église qui jouaient le jeu, commandant du café et laissant de l'argent sur le comptoir de la cuisine.

En imagination Lefty rajeunissait alors qu'en réalité il continuait à vieillir, de sorte qu'il essayait souvent de soulever des choses trop lourdes pour lui ou de monter des escaliers trop raides pour ses vieilles jambes. Il tombait. Des choses se cassaient. À ces moments, se penchant pour l'aider, Desdemona apercevait un instant de lucidité dans les yeux de son époux, comme s'il jouait lui aussi, faisant semblant de revivre son passé pour ne pas avoir à faire face au présent. Alors il se mettait à pleurer et Desdemona se couchait à côté de lui, le tenant dans ses bras jusqu'à ce qu'il se calme.

Mais bientôt il était de retour dans les années trente et cherchait à entendre les discours de Roosevelt à la radio. Il prit notre laitier noir pour Jimmy Zizmo et parfois montait dans son camion, pensant qu'ils partaient pour une de leurs expéditions. À l'aide de son ardoise, il engageait des conversations avec celui-ci à propos du whisky de contrebande, et même si elles avaient eu un sens, le laitier n'aurait pas pu le comprendre parce qu'à cette époque l'anglais de Lefty commença à se détériorer. Il faisait des fautes d'orthographe et de grammaire et bientôt il écrivit en mauvais anglais puis plus en anglais du tout. Il faisait des allusions à Bursa et Desdemona commença à s'inquiéter. Elle savait que la progression à rebours de son mari le menait droit à l'époque où il n'était pas son mari mais son frère, et, la nuit, dans son lit, elle attendait ce moment avec la plus grand inquiétude. D'une certaine manière elle aussi se mit à vivre à rebours, car elle souffrait des palpitations cardiaques de sa jeunesse. *Mon Dieu*, priait-elle, *faites-moi mourir maintenant. Avant que Lefty n'arrive au bateau.* Puis un beau matin quand elle se leva, Lefty était assis devant son petit déjeuner. Il s'était gominé les cheveux à la Valentino avec de la vaseline trouvée dans l'armoire à pharmacie. Il avait noué un torchon autour de son cou à la manière d'une écharpe. Et sur la table se trouvait l'ardoise, sur laquelle était écrit : « Bonjour, petite sœur. »

Pendant trois jours il la taquina comme il faisait par le passé, lui tira les cheveux, lui dit des insanités. Desdemona cacha l'ardoise, mais en vain. Pendant le déjeuner du dimanche il prit le stylo qui se trouvait dans la poche de chemise d'oncle Pete et écrivit sur la nappe : « Dites à ma sœur qu'elle est en train de grossir. » Desdemona devint blanche comme un linge. Elle se cacha le visage dans les mains et attendit le coup qu'elle avait toujours redouté. Mais Peter Tatakis se contenta d'empocher son stylo et dit : « Voilà maintenant que Lefty te prend pour sa sœur. » Tout le monde se mit à rire. Que faire d'autre ? *Hé, petite sœur*, ne cessa-t-on de lui dire tout l'après-midi et chaque fois Desdemona sursautait ; chaque fois elle croyait que son cœur allait s'arrêter.

Mais cette étape fut de courte durée. L'esprit de mon grand-père, prisonnier de sa tombe en spirale, accéléra à mesure qu'il se rapprochait de sa destruction et trois jours plus tard il se mit à gazouiller comme un bébé ; le lendemain il se souillait. À ce moment, alors qu'il ne subsistait pratiquement plus rien de lui, Dieu permit à Lefty de rester trois mois de plus sur terre, jusqu'à l'hiver 1970. À la fin, il devint aussi fragmentaire que les poèmes de Sapho qu'il n'était jamais parvenu à restaurer, et enfin, un matin, il leva les yeux sur le visage de la femme qui avait été le grand amour de sa vie et fut incapable de la reconnaître. Et alors il y eut une autre sorte de coup dans sa tête ; le sang s'épancha dans son cerveau pour la dernière fois, emportant jusqu'aux derniers fragments de son être.

Dès le départ il y eut entre mon grand-père et moi un étrange équilibre. Tandis que je poussai mon premier cri, Lefty était réduit au silence ; et comme il perdait progressivement la capacité de voir, de goûter, d'entendre, de penser, ou même de se souvenir, je commençais à voir, goûter, et me souvenir de tout, même de choses que je n'avais pas vues, mangées, ou faites. Déjà latente en moi, comme le futur service à deux cents kilomètres à l'heure d'un prodige du tennis, se trouvait la capacité de communiquer entre les genres, de voir non pas avec la monovision d'un sexe mais dans le stéréoscope des deux. De sorte qu'à la *makaria* qui suivit les funérailles, je parcourus la table des Jardins grecs du regard et sus ce que chacun ressentait. Milton était la proie d'une tempête d'émotions qu'il refusait de reconnaître. Il craignait de se mettre à pleurer s'il parlait, et ne dit rien de tout le repas, se bâillonnant avec de la mie de pain. Tessie était prise d'un amour désespéré pour Chapitre Onze et moi et ne cessait de nous serrer dans ses bras et de nous caresser les cheveux, parce que les enfants sont le seul baume contre la mort. Sourmelina se rappelait le jour à Grand Turk quand elle lui avait dit qu'elle reconnaîtrait son nez entre mille. Peter Tatakis regrettait de ne pas avoir de veuve pour pleurer sa mort. Le père Mike considérait avec satisfaction l'oraison funèbre qu'il avait prononcée ce matin-là, tandis que tante Zo regrettait de ne pas avoir épousé quelqu'un comme son père.

La seule dont je ne pus percer les émotions était Desdemona. En silence, présidant l'assemblée à la place d'honneur réservée à la veuve, elle picorait son poisson et buvait son verre de Mavrodaphne, mais ses pensées me demeuraient aussi obscures que son visage derrière son voile noir.

Puisque je ne peux vous dire ce que pensait ma grand-mère, je vais vous apprendre ce qui se passa ensuite. Après la makaria, mes parents, ma grand-mère, mon frère et moi montâmes dans la Fleetwood de mon père. Une flamme de deuil violette flottant à l'antenne radio, nous quittâmes Greektown et descendîmes Jefferson. La Cadillac avait maintenant trois ans, c'était la plus vieille que Milton ait jamais eue. Comme nous passions devant la vieille cimenterie Medusa, j'entendis un long sifflement et crus que ma yia yia, qui était assise à côté de moi, soupirait sur ses malheurs. Mais alors je remarquai que le siège bougeait. Desdemona était en train de couler. Elle qui avait toujours eu peur des automobiles était en train d'être avalée par le siège arrière.

C'était la suspension pneumatique. On n'était pas censé la brancher à moins de cinquante à l'heure. Distrait par la douleur, Milton roulait à trente. Il se produisit une rupture dans le système, le côté droit de la voiture s'affaissa et ne retrouva jamais la position horizontale. (Et mon père commença à changer de voiture tous les ans.)

Nous nous traînâmes à cloche-pied jusqu'à la maison. Ma mère aida Desdemona à descendre et l'accompagna jusqu'à la maison d'amis. Cela prit du temps. Desdemona s'arrêtait souvent pour s'appuyer sur sa canne. Enfin, devant sa porte, elle annonça : « Tessie, je me mets au lit.

– Okay, yia yia, dit ma mère. Reposez-vous un peu.

– Je me mets au lit », répéta Desdemona. Elle rentra. Ce matin-là, elle avait sorti la couronne de mariage de Lefty et avait coupé le lien qui la rattachait à la sienne, afin qu'il pût être enterré avec. Elle regarda un moment dans la boîte avant de la refermer. Puis elle se déshabilla. Elle enleva sa robe noire qu'elle pendit dans sa housse pleine de boules antimites. Elle remit les chaussures dans leur boîte. Après avoir enfilé sa chemise de nuit, elle rinça son collant dans la salle de bains et le pendit à la barre du rideau de douche. Puis, bien qu'il ne fût que trois heures de l'après-midi, elle se mit au lit.

Les dix années qui suivirent elle ne se leva que pour prendre son bain quotidien.

Le régime méditerranéen

Elle n'était pas contente de rester sur terre. Elle n'était pas contente de rester en Amérique. Elle était fatiguée de vivre. Elle avait de plus en plus de mal à monter les escaliers. La vie d'une femme prenait fin avec la mort de son mari. On lui avait jeté un sort.

Telles furent les réponses que nous rapporta le père Mike le troisième jour après que Desdemona eut refusé de se lever. Ma mère lui demanda d'aller lui parler et il revint de la maison d'amis avec ses sourcils à la Fra Angelico formant un accent circonflexe d'exaspération attendrie. « Ne vous en faites pas, ça lui passera, dit-il. Je n'arrête pas de voir ce genre de choses avec les veuves. »

Nous le crûmes. Mais comme les semaines défilaient, Desdemona devenait de plus en plus déprimée et silencieuse. Alors qu'elle s'était toujours levée tôt, elle se mit à dormir tard. Quand ma mère lui apportait son petit déjeuner, Desdemona ouvrait un œil et lui faisait signe de poser le plateau. Les œufs refroidissaient. Une pellicule se formait à la surface du café. La seule chose qui l'intéressait était la kyrielle quotidienne des soap operas. Elle regardait les maris infidèles et les épouses intrigantes avec la même constance que par le passé, mais elle ne les réprimandait plus, comme si elle avait renoncé à corriger les fautes du monde. Adossée à ses oreillers, son filet sanglé sur son front comme un diadème, Desdemona avait l'air aussi vénérable et indomptable que la reine Victoria. Reine d'une île pas plus grande qu'une chambre remplie d'oiseaux. Reine en exil, qui n'avait plus que deux suivantes, Tessie et moi.

« Prie pour moi, me demandait-elle. Prie pour que yia yia meure et aille rejoindre papou. »

... Mais avant de poursuivre l'histoire de Desdemona, il faut que je vous tienne au courant de ce qui se passe avec Julie Kikuchi. En ce qui concerne le point le plus important : il ne s'est rien passé. Le dernier jour de notre week-end poméranien, nous nous rapprochâmes beaucoup, Julie et moi. La Poméranie faisait partie de l'Allemagne de l'Est. Les villas d'Herringsdorf avaient été laissées à l'abandon pendant cinquante ans. Aujourd'hui, après la réunification, il y a un véritable boom immobilier. Étant américains, Julie et moi ne pouvions pas y rester indifférents. Tandis que nous déambulions sur les planches, main dans la main, nous faisions des plans pour acheter telle ou telle vieille villa, et la retaper. « On pourrait s'habituer aux nudistes, dit Julie. – On pourrait avoir un chow-chow de Poméranie », dis-je. Je ne sais pas ce qui nous prit. Ce « nous ». Nous étions aussi prodigues de ce pronom qu'insouciants de ce qu'il impliquait. Les artistes sont doués pour l'immobilier. Et Herringsdorf électrisait Julie. Nous nous renseignâmes à propos de quelques appartements en copropriété, une nouveauté ici. Nous visitâmes deux ou trois maisons imposantes. Tout cela était très marital. Sous l'influence de cette vieille station balnéaire aristocratique, Julie et moi nous comportions comme au dix-neuvième siècle. Nous parlions de nous installer sans même avoir couché ensemble. Mais évidemment il ne fut jamais question d'amour ni de mariage. Rien que de premiers versements.

Mais comme nous roulions vers Berlin, je fus pris d'une peur familière. Tout en chantonnant au volant, je me mis à considérer l'avenir. Je pensai à l'étape suivante et à ce qu'il me faudrait faire. Les préparations, les explications, la possibilité très réelle du choc, de l'horreur, du retrait, de la rebuffade. Les réactions habituelles.

« Qu'est-ce que tu as ? me demanda Julie.

– Rien.

– Tu ne dis rien.

– Je suis fatigué. »

À Berlin, je la laissai devant sa porte. Mon accolade fut froide, péremptoire. Je ne l'ai pas appelée depuis. Elle a laissé un message sur mon répondeur. Je n'ai pas répondu. Et maintenant elle n'appelle plus. Donc tout est fini avec Julie. Et au lieu de partager l'avenir avec quelqu'un, je me retrouve en compagnie du passé, avec Desdemona qui ne voulait pas avoir d'avenir du tout...

Je lui apportais son dîner, parfois son déjeuner. Je portais les plateaux sous le portique aux poteaux en métal brun. Au-dessus se trouvait le solarium, sous-utilisé, le séquoia pourrissant. À ma droite se trouvait la cabine de bain, avec ses lignes fluides. La maison d'amis était l'écho du style rectiligne et dépouillé de la maison principale. L'architecture de Middlesex était une tentative de redécouverte de la pureté des origines. À l'époque je ne savais rien de tout ça. Mais comme je poussais la porte et pénétrais dans la maison d'amis éclairée par les lucarnes, j'étais consciente des disparités. La pièce en forme de boîte, dépouillée de toute fioriture, une pièce qui aspirait à l'atemporalité et à l'anhistoricité et là, en plein milieu, la très historique grand-mère accablée par le temps. Tout dans Middlesex évoquait l'oubli et tout en Desdemona rendait évidente l'impossibilité d'échapper à la mémoire. Calée à son tas d'oreillers elle était allongée, exsudant des vapeurs de désolation, mais avec bonté. Telle était la particularité de ma grand-mère et des Grecques de sa génération : la bonté de leur désespoir. Comme elles gémissaient en vous offrant des bonbons ! Comme elles se plaignaient de leurs maladies en vous tapotant le genou ! Mes visites ragaillardissaient toujours Desdemona. « Bonjour, poupée mou », disait-elle en souriant. Je m'asseyais sur le lit tandis qu'elle me caressait les cheveux, roucoulant des mots tendres en grec. En présence de mon frère, Desdemona affichait une expression de bonheur. Mais avec moi, après dix minutes, l'entrain quittait son regard et elle me faisait ses confidences. « Je suis trop vieille maintenant. Trop vieille, mon chou. »

L'hypocondrie dont elle avait souffert toute sa vie n'avait jamais eu meilleur terrain où s'épanouir. Au tout début de sa réclusion dans les limbes du lit à colonnes en acajou, Desdemona ne se plaignait que de ses habituelles palpitations. Mais une semaine plus tard elle se mit à éprouver de la fatigue, des étourdissements et des problèmes de circulation. « J'ai encore mal aux jambes. Le sang il ne coule pas.

– Elle va très bien », déclara le Dr. Philobosian à mes parents après un examen d'une demi-heure. « Elle n'est plus jeune mais je ne vois rien de grave.

– Je peux pas respirer ! prétendit Desdemona.

– Vos poumons n'ont rien.

– Ma jambe elle est comme des aiguilles.

– Essayez de la masser. Pour stimuler la circulation. »

« Lui aussi est trop vieux, déclara Desdemona après le départ du Dr. Philobosian. Trouvez-moi un docteur qui n'est pas déjà mort. »

Mes parents s'exécutèrent. Violant la fidélité familiale au Dr. Phil, ils appelèrent d'autres médecins dans son dos. Un Dr. Tuttlesworth. Un Dr. Katz. Le malencontreusement nommé Dr. Cold. Chacun d'eux fit le même diagnostic : Desdemona n'avait rien. Ils scrutèrent les prunes ridées de ses yeux ; ils auscultèrent les abricots secs de ses oreilles ; ils écoutèrent la pompe indestructible de son cœur et la déclarèrent en parfaite santé.

Nous essayâmes à force de cajoleries de la faire sortir de son lit. Nous l'invitâmes à venir regarder *Jamais le dimanche* sur le nouveau poste de télévision. Nous appelâmes tante Lina au Nouveau-Mexique et les mîmes en communication par l'interphone. « Écoute, Des, pourquoi tu ne viens pas me voir ? Il fait si chaud que tu te croiras de retour à l'horeo.

– Je ne t'entends pas, Lina ! criait Desdemona, malgré ses poumons malades. La machine elle marche pas bien ! »

Enfin, faisant appel à la crainte de Dieu, Tessie déclara à Desdemona que c'était un péché de manquer la messe quand on était physiquement capable d'y aller. Mais Desdemona tapota le matelas. « La prochaine fois je vais à l'église c'est dans un cercueil. »

Elle se mit à faire les préparatifs ultimes. Elle demanda à ma mère de vider les placards. « Les vêtements de papou tu peux les donner à l'Armée du Salut. Mes belles robes aussi. Maintenant j'ai seulement besoin d'un linceul. » L'obligation où elle avait été de s'occuper de son mari pendant les dernières années de sa vie avait fait de Desdemona un bourreau de travail. Quelques mois auparavant elle pelait et faisait bouillir ses légumes, changeait ses couches, lavait ses draps et ses pyjamas, et tourmentait son corps à l'aide de serviettes humides et de Q-tips. Mais maintenant, avec ses soixante-dix ans, le poids de n'avoir à s'occuper que d'elle-même l'avait fait vieillir du jour au lendemain. Ses cheveux poivre et sel devinrent tout gris et sa silhouette robuste s'affaissa lentement, de sorte qu'on aurait dit qu'elle se dégonflait un peu plus chaque jour. Elle pâlit. Les veines apparurent. Sa poitrine se couvrit de minuscules points rouges. Elle cessa de se regarder dans le miroir. À cause de son mauvais dentier, Desdemona n'avait plus de lèvres depuis bien des années. Mais elle cessa de mettre le rouge à lèvres qui auparavant signalait l'endroit où elles s'étaient trouvées.

« Miltie, demanda-t-elle un jour à mon père, tu as acheté pour moi l'endroit à côté de papou ?

– Ne t'inquiète pas, ma. C'est une double concession.

– Personne il va me le prendre ?

– Il y a ton nom dessus, ma.

– Je n'ai pas mon nom, Miltie ! Pourquoi je m'inquiète. J'ai le nom de papou un côté. Autre côté il y a herbe seulement. Je veux tu mets un panneau qu'il dit cette place est pour yia yia. Une autre dame peut-être elle meurt et essaie de venir à côté de mon mari. »

Mais elle ne s'en tenait pas là des préparatifs funèbres. Non seulement Desdemona avait choisi l'endroit où elle devait être enterrée, mais elle avait également choisi son entrepreneur de pompes funèbres. George Pappas, le frère de Sophie Sassoon qui travaillait au dépôt mortuaire T. J. Thomas, arriva à Midlesex un jour d'avril alors qu'une pneumonie semblait prometteuse. Il avait apporté ses échantillons de cercueils, d'urnes et d'arrangements floraux et s'assit au chevet de Desdemona tandis qu'elle parcourait le catalogue avec l'excitation de qui examine des brochures de voyage. Elle demanda à Milton ce qu'il pouvait payer.

« Je ne veux pas parler de ça, ma. Tu n'es pas en train de mourir.

– Je ne te demande pas l'Impérial. Georgie dit l'Impérial est le mieux. Mais pour yia yia le Présidentiel suffit.

– Le temps venu, tu auras ce que tu veux. Mais...

– Et du satin à l'intérieur. S'il te plaît. Et un oreiller. Comme ici. Page huit. Numéro cinq. Écoute ! Et dis Georgie me laisser mes lunettes. »

Pour Desdemona, la mort n'était qu'une sorte d'émigration. Au lieu de se rendre en bateau de Turquie en Amérique, cette fois-ci elle irait de la terre au ciel, où Lefty avait déjà obtenu sa citoyenneté et lui gardait une place.

Progressivement nous nous habituâmes au retrait de Desdemona de la sphère familiale. Le printemps 1971 était arrivé et Milton s'était lancé dans une nouvelle aventure. Après le désastre de Pingree Street, il s'était juré de ne jamais refaire la même erreur. Comment échappe-t-on à la règle de l'emplacement, l'emplacement, l'emplacement ? C'était simple : en étant partout à la fois.

« Des kiosques à hot-dogs, nous annonça-t-il à table un beau soir. On commence par deux ou trois et on s'étend petit à petit. »

Avec ce qui restait de l'argent de l'assurance, Milton loua un emplacement dans trois centres commerciaux autour de Detroit. Sur un bloc-notes il esquissa l'enseigne. « McDonald's a ses arcades dorées ? Nous aurons les colonnes d'Hercule. »

Si vous avez jamais parcouru les autoroutes qui relient le Michigan et la Floride entre 1971 et 1978 vous avez sans doute vu les colonnes en néon blanc qui flanquaient les kiosques de la chaîne de mon père. Les colonnes combinaient son héritage grec avec l'architecture coloniale de son pays natal bien-aimé. Les colonnes de Milton étaient le Parthénon et le palais de la Cour suprême ; elles étaient l'Hercule du mythe aussi bien que l'Hercule des films hollywoodiens. Elles attiraient aussi l'attention des consommateurs.

Milton commença avec trois Hot Dogs Hercule™ mais y ajouta rapidement des franchises à mesure que rentraient les bénéfices. Il s'implanta dans le Michigan pour bientôt s'étendre à l'Ohio d'où il descendit le long de l'autoroute jusque dans le Sud profond. Les Hercule n'avaient pas grand-chose à voir avec les McDonald's. Les sièges étaient quasiment inexistants (tout au plus deux tables de pique-nique). Il n'y avait pas d'aires de jeux, pas de loteries ni d'heures au rabais, pas de cadeaux ni de promotions. Ce qu'il y avait c'était des hot dogs, style Coney Island, comme on disait à Detroit, ce qui signifiait qu'ils étaient servis avec de la sauce chili et des oignons. Les Hot Dogs Hercule étaient de petits restoroutes généralement postés sur des voies qui n'étaient pas les plus agréables. On les trouvait à côté des bowlings, des gares, dans de petites villes sur le chemin de plus grandes, partout où le terrain n'était pas cher et où passaient beaucoup de voitures ou de gens.

Je n'aimais pas les kiosques. À mes yeux ils marquaient une sévère dégringolade par rapport à l'époque romantique de la Zebra Room. Où étaient les bibelots, le juke-box, les rayonnages à tartes, les profondes banquettes marron ? Où étaient les habitués ? Je ne comprenais pas comment ces endroits pouvaient faire tellement plus d'argent que le restaurant n'en avait jamais fait. Mais, pour faire de l'argent, ils en faisaient. La première année passée, la chaîne commença à faire de mon père un homme confortablement riche. Le choix de bons emplacements n'était qu'une des raisons du succès de mon père. La seconde était un truc, ou, comme on dit aujourd'hui, une image de marque. Si les Hot Dogs Hercule se présentaient au départ comme des saucisses normales, rose pis de vache, à mesure qu'elles chauffaient, une transformation étonnante avait lieu. Tandis qu'elles grésillaient sur le gril, les saucisses gonflaient par le milieu, enflaient, et, oui, *bandaient*.

C'était la contribution de Chapitre Onze. Une nuit, mon frère, qui avait alors dix-sept ans, était descendu à la cuisine se faire un petit en-cas. Il trouva des saucisses dans le réfrigérateur. Ne voulant pas attendre que l'eau bouille, il sortit une poêle à frire. Puis il décida de couper les saucisses en deux. « Je voulais accroître la surface », m'expliqua-t-il par la suite. Plutôt que de les couper dans le sens de la longueur, Chapitre Onze essaya diverses combinaisons pour s'amuser. Il fit des entailles par-ci et des incisions par-là, puis il mit toutes les saucisses dans une poêle et attendit de voir ce qui se passerait.

Pas grand-chose, cette première nuit. Sauf que certaines saucisses avaient pris de drôles de formes. Après quoi cela devint une sorte de jeu. Mon frère se mit à manipuler les formes des saucisses et développa toute une ligne de saucisses-gags. Il y avait la saucisse qui se tenait debout, comme la tour de Pise. Il y avait l'Apollo 11, en hommage à l'alunissage, dont la peau se tendait progressivement jusqu'à ce qu'elle craque et que la saucisse semble exploser dans l'espace. Chapitre Onze faisait des saucisses qui dansaient et d'autres qui formaient les lettres L et S, bien qu'il ne soit jamais parvenu à réussir un Z correct. (Pour ses copains, il faisait faire d'autres choses aux saucisses. On entendait des rires sortir de la cuisine tard dans la nuit. Et puisque nous en sommes à ce sujet, étais-je la seule à être choquée par ces vieilles publicités Ball Park avec leurs saucisses rouges qui gonflaient et s'allongeaient ? Où étaient les censeurs ? Quelqu'un remarqua-t-il l'expression sur les visages des mères quand passaient ces publicités ? Moi j'ai remarqué, parce que j'étais une fille à l'époque, et que ces pubs étaient destinées à attirer mon attention.)

Une fois que vous aviez mangé un hot dog Hercule, vous ne l'oubliiez jamais. Très vite ils firent fureur. Une grosse société de produits alimentaires offrit d'acheter les droits et de vendre les hot-dogs dans les supermarchés, mais Milton, pensant à tort que la popularité est éternelle, rejeta la proposition.

L'invention des hot-dogs herculéens mise à part, mon frère s'intéressait peu à l'affaire familiale. « Je suis un inventeur, disait-il. Pas un vendeur de hot-dogs. » À Grosse Pointe il se lia à une bande de garçons dont le trait commun principal était l'impopularité. Pour eux, le samedi soir idéal consistait à regarder des gravures d'Escher. Pendant des heures, ils suivaient des silhouettes montant des escaliers qui descendaient également, ou regardaient des oies se changer en poissons puis de nouveau en oies. Ils mangeaient du beurre de cacahouète sur des biscuits et, les dents barbouillées de pâte marron, se posaient des colles sur les classifications périodiques. Les arguments philosophiques de Steve Munger, le meilleur ami de Chapitre Onze, mettaient mon père dans des rages noires. (« Mais comment pouvez-vous me *prouver* que vous existez, Mr. Stephanides ? ») Chaque fois que nous allions chercher mon frère à l'école, je le considérais en étrangère. Chapitre Onze avait l'air d'un débile. Son corps était une tige qui supportait la tulipe de son cerveau. Il avançait vers la voiture, la tête penchée en arrière, regardant ce qui se passait dans les arbres. Il était insensible aux modes vestimentaires. C'était Tessie qui continuait à lui acheter ses vêtements. Parce que c'était mon frère aîné, je l'admirais ; mais parce que j'étais sa sœur, je me sentais supérieure. En distribuant nos dons respectifs, Dieu m'avait donné tous ceux qui comptaient. L'aptitude aux mathématiques : à Chapitre Onze. L'aptitude à la parole : à moi. L'habileté manuelle : à Chapitre Onze. L'imagination : à moi. Le talent musical : à Chapitre Onze. La beauté : à moi.

Si j'avais été un beau bébé, j'étais encore plus belle petite fille. Pas étonnant que Clementine Stark ait voulu s'entraîner aux baisers avec moi. Tout le monde en avait envie. Les vieilles serveuses se baissaient pour prendre ma commande. Des garçons au visage empourpré apparaissaient à ma table, bégayant : « Tu-tutu as laissé tombé ta gomme. » Même Tessie, quand elle était en colère, lorsqu'elle me regardait, voyant mes yeux de Cléopâtre, oubliait la raison de son emportement. N'y avait-il pas comme un léger grondement dans l'air quand j'apportais à boire aux orateurs du dimanche ? Oncle Pete, Jimmy Fioretos, Gus Panos, des hommes de cinquante, soixante, soixante-dix ans qui levaient les yeux de leurs gros ventres et avaient des pensées qu'ils ne s'avouaient pas ? À Bithynios, où il suffisait d'avoir survécu pour être un parti acceptable, des hommes du même âge avaient réussi à obtenir la main de filles telles que moi. Se rappelaient-ils cette époque ? Pensaient-ils : « Si nous n'étions pas en Amérique, je pourrais... » ? Je l'ignore. En y repensant aujourd'hui, je me rappelle seulement un temps où le monde semblait posséder un million d'yeux, qui s'ouvraient silencieusement chaque fois que je paraissais. La plupart du temps ils étaient camouflés, comme les yeux clos des lézards verts dans les arbres verts. Mais alors ils s'ouvraient d'un coup – dans le bus, le supermarché – et je ressentais l'intensité de tous ces regards, le désir et le désespoir.

Je me contemplais dans la glace pendant des heures, me tournant de-ci de-là, ou prenant une pose dégagée pour voir à quoi je ressemblais en vrai. Je contemplais aussi mon profil, encore harmonieux à l'époque, à l'aide d'un miroir à main. Je peignais mes longs cheveux et parfois volais le mascara de ma mère pour me faire les yeux. Mais mon plaisir narcissique était de plus en plus souvent gâché par la mauvaise qualité de l'eau dans laquelle je me mirais.

« Il s'est encore percé ses boutons ! me plaignais-je à ma mère.

– Ne sois pas si délicate, Callie. C'est juste un petit peu... tiens, je vais l'essuyer.

– Dégoûtant !

– Attends d'avoir des boutons ! criait Chapitre Onze, honteux et furieux, du bout du couloir.

– Je n'en aurai pas.

– Bien sûr que si ! Tout le monde souffre de surproduction des glandes sébacées à la puberté !

– Taisez-vous, tous les deux », disait Tessie, mais c'était inutile. Je m'étais déjà tue toute seule. C'était ce mot : *puberté*. La source d'une grande quantité de questions angoissées à l'époque. Un mot qui m'épiait pour me sauter dessus de temps à autre, me terrifiant du fait que je ne savais pas exactement ce qu'il signifiait. Mais maintenant au moins je savais quelque chose : Chapitre Onze y avait affaire d'une manière ou d'une autre. Peut-être cela expliquait-il non seulement les boutons mais l'autre chose que j'avais constatée récemment.

Peu après que Desdemona se fut mise au lit, j'avais commencé à remarquer, d'une manière vague et sournoise, comme il sied à une sœur concernant un frère, que Chapitre Onze avait un passe-temps nouveau et solitaire qui se manifestait par une activité perceptible derrière la porte verrouillée de la salle de bains. Par une certaine tension dans la réponse : « Une minute » quand je frappais. Cependant, j'étais plus jeune que lui et ignorante des besoins pressants des adolescents.

Mais permettez-moi de revenir en arrière un instant. Trois ans plus tôt, quand Chapitre Onze avait quatorze ans et moi huit, mon frère m'avait joué un tour. Ça s'était passé un soir que nos parents étaient sortis dîner. Il pleuvait et il tonnait. Je regardais la télévision quand Chapitre

Onze apparut soudain. Il avait un gâteau au citron dans la main. « Regarde ce qu'on a ! » chantonna-t-il.

Magnanime, il m'en coupa une tranche. Il me regarda la manger. Puis il dit : « Je le dirai ! C'était le gâteau du dimanche.

– Pas juste ! »

Je me jetai sur lui. J'essayai de le frapper, mais il m'attrapa les bras. Nous luttâmes debout, jusqu'à ce que Chapitre Onze finisse par me proposer un marché.

Je l'ai déjà dit : à cette époque, le monde était tout yeux. Il venait de s'en ajouter deux de plus. Ils appartenaient à mon frère, qui, dans la salle de bains d'amis, parmi les serviettes de luxe, me regardait baisser ma culotte et relever ma jupe. (Si je lui montrais, il ne cafterait pas.) Il demeura à distance, fasciné. Sa pomme d'Adam montait et descendait. Il avait l'air ébahi et effrayé. Il n'avait pas beaucoup d'éléments de comparaison, mais ce qu'il vit ne l'abusa pas non plus : des replis roses, une fente. Pendant dix secondes Chapitre Onze étudia mes documents, n'y vit rien de faux, tandis que les nuages perçaient dans le ciel, et j'obtins de lui une tranche supplémentaire.

Apparemment, la curiosité de Chapitre Onze n'avait pas été satisfaite par ce que lui avait montré sa sœur. Maintenant, je soupçonnais qu'il regardait des photos de la chose en vrai.

En 1971, tous les hommes de notre vie avaient disparu. Lefty dans l'au-delà, Milton aux Hot Dogs Hercule, et Chapitre Onze dans la retraite de la salle de bains. Nous laissant, Tessie et moi, en charge de Desdemona.

Nous devions lui couper les ongles des orteils. Nous devions chasser les mouches qui avaient réussi à pénétrer dans sa chambre. Nous devions déplacer les cages des oiseaux suivant la progression de la lumière. Nous devions allumer la télévision pour les soap operas de la journée et la fermer avant les meurtres des nouvelles du soir. Desdemona ne voulait pas perdre sa dignité, toutefois. Quand les besoins naturels se faisaient sentir, elle nous appelait dans l'interphone et nous l'aidions à se lever et à aller jusqu'à la salle de bains.

Pour le dire de la manière la plus simple : les années passèrent. Tandis que les saisons se succédaient derrière la fenêtre, que les saules pleureurs perdaient leurs millions de feuilles, que la neige s'accumulait sur le toit plat et que l'angle du soleil déclinait, Desdemona demeurait au lit. Elle y était toujours quand la neige fondait et que les saules se mettaient à bourgeonner. Elle y était quand le soleil, montant plus haut, laissait tomber un rayon droit dans la lucarne, comme une échelle menant au paradis, qu'elle désirait emprunter plus que jamais.

Ce qui arriva tandis que Desdemona était au lit :

L'amie de tante Lina, Mrs. Watson, mourut, et Sourmelina, mal conseillée par la douleur, décida de vendre la maison en pisé et de se rapprocher de sa famille. Elle arriva à Detroit en février 1972. Elle fut surprise par le froid. Pire, ses années passées dans le Sud-Ouest l'avaient changée. Sourmelina était devenue américaine. Il ne restait presque plus rien du village en elle. Sa cousine recluse, au contraire, ne l'avait jamais quitté. Elles avaient toutes deux plus de soixante-dix ans, mais Desdemona était une vieille veuve aux cheveux gris tandis que Lina, un tout autre genre de veuve, était une rousse pétulante qui conduisait une Firebird et portait des jupes en jean avec des boucles de ceinture en turquoise. Après avoir vécu dans la contre-culture sexuelle, Lina jugeait l'hétérosexualité de mes parents aussi vieillotte qu'un modèle de broderie. L'acné de Chapitre Onze l'inquiéta. Elle n'aimait pas partager la douche avec lui. L'atmosphère était tendue par la présence de Sourmelina dans la maison. Dans notre salon, elle était aussi voyante et déplacée qu'une danseuse de Las Vegas à la retraite et du fait que nous ne cessions de l'épier du coin de l'œil, le moindre de ses gestes faisait trop de bruit, la fumée de sa cigarette se fourrait partout, elle buvait trop à table.

Nous fîmes connaissance avec nos nouveaux voisins. C'étaient les Pickett – Nelson, qui avait joué au football pour l'université de Géorgie et travaillait maintenant pour Parke-Davis, la société pharmaceutique, et sa femme, Bonnie, qui était toujours en train de lire les récits miraculeux de *Guideposts*. De l'autre côté de la rue habitaient Stew « Bright Eyes » Fiddler, un vendeur de pièces détachées industrielles qui avait un penchant pour le bourbon et les serveuses de bar, et sa femme, Mizzi, qui changeait de couleur de cheveux comme de chemise. Au bout de la rue il y avait Sam et Hettie Grossinger, les premiers juifs orthodoxes que je rencontrais, et leur fille unique, la timide Maxine, violoniste prodige. Sam, lui, était drôle et Hettie était grande gueule, et ils parlaient d'argent sans penser que c'était mal élevé, ce qui faisait que nous étions à l'aise avec eux. Milt et Tessie invitaient souvent les Grossinger à dîner, bien que les restrictions alimentaires auxquelles leur religion les obligeait fussent pour nous une source constante d'étonnement. Ma mère traversait la ville pour aller acheter de la viande kasher, par exemple, mais qu'elle servait avec une sauce à la crème. Ou alors elle faisait des pâtés de crabe. Bien qu'ils fussent fidèles à leur religion, les Grossinger étaient des juifs du Middle West, discrets et partisans de l'assimilation. Ils se cachaient derrière leur mur de cyprès et à Noël ils dressaient un père Noël enguirlandé d'ampoules dans le jardin.

En 1971 : le juge Stephen J. Roth de la Cour fédérale déclara que la ségrégation *de jure* existait dans les écoles de Detroit. Il ordonna la déségrégation immédiate. Il n'y avait qu'un problème : en 1971 la population scolaire était noire à quatre-vingt pour cent. « Ce juge à la noix peut bien décider ce qu'il veut, déclara Milton d'un ton triomphant en lisant le journal. Ça ne change rien aujourd'hui. Tu vois, Tessie ? Tu comprends pourquoi ton bon vieux mari ne voulait pas que les gosses aillent à l'école publique ? Parce que, sinon, à l'heure qu'il est, ce foutu Roth les enverrait à l'école à Nairobi, voilà pourquoi. »

En 1972 : S. Miyamoto, qui mesurait un mètre soixante-six, n'ayant pas été accepté dans les rangs de la police de Detroit qui requérait la taille minimale d'un mètre soixante-dix (il avait essayé les chaussures à talonnettes, etc.), se rendit à *The Tonight Show* pour plaider sa cause. Moi aussi j'écrivis une lettre au directeur de la police en faveur de Miyamoto, mais je ne reçus jamais de réponse, et Miyamoto ne fut pas accepté. Quelques mois plus tard, le directeur de la police tomba de son cheval au cours d'une parade. « Bien fait pour toi ! » dis-je.

En 1972 : H. D. Jackson et L. D. Moore, qui avaient demandé quatre millions de dommages-intérêts à la police pour brutalité, détournèrent sur Cuba un avion de la Southern Airways, indignés de s'être vu allouer vingt-cinq dollars.

En 1972 : Le maire Roman Gribbs déclara que Detroit avait tourné la page. La ville s'était remise du traumatisme des émeutes de 67. C'est pourquoi il n'avait pas l'intention de se représenter. Un nouveau candidat apparut, l'homme qui allait devenir le premier maire africain-américain de la ville, Coleman A. Young.

Et j'eus douze ans.

Quelques mois plus tôt, le jour de mon entrée en sixième, Carol Horning arriva en classe, arborant un sourire léger mais indéniablement satisfait. Sous ce sourire, comme posés sur l'étagère d'une armoire à trophées, se trouvaient les seins tout neufs qu'elle avait eus au cours de l'été. Elle n'était pas la seule. Pendant ces derniers mois de croissance, bon nombre de mes condisciples s'étaient – ainsi qu'aimaient à dire les adultes – « développées ».

Je n'étais pas complètement impréparée à ça. J'avais passé un mois de l'été précédent à Camp Ponshewaing, près de Port Huron. Durant le lent passage des jours d'été, j'avais conscience, comme on a conscience du bruit d'un tambour battant lentement de l'autre côté d'un lac, que quelque chose était en train de se dévider dans les corps de mes camarades. Les filles devenaient pudiques. Elles se détournaient pour s'habiller. Certaines avaient leur nom cousu non seulement dans leurs shorts et leurs chaussettes mais aussi dans leurs soutiens-gorge. En général, c'était un sujet privé dont on ne parlait pas. Mais de temps à autre il y avait des manifestations éclatantes. Un après-midi, au cours de l'heure de natation, la porte en tôle ondulée du vestiaire s'ouvrit et se referma avec un grand bruit qui carambola contre les troncs des pins, dépassa la maigre plage et parvint jusqu'au milieu du lac où je flottais sur une chambre à air, occupée à lire *Love Story*. (L'heure de natation était le seul moment où je pouvais lire, et bien que les monitrices essayassent de me motiver à travailler ma brasse, je persévérais chaque jour à lire le nouveau best-seller que j'avais trouvé sur la table de chevet de ma mère.) Je levai les yeux. Sur le sentier poussiéreux entre les aiguilles de pin, Jenny Simonson avançait, vêtue d'un maillot de bain rouge blanc bleu. À sa vue la nature se tut. Les oiseaux firent silence. Les cygnes du lac déroulèrent des cous prodigieux pour la voir. Même une tronçonneuse dans le lointain coupa son moteur. Je contemplai la magnificence de Jenny S. La lumière dorée de fin d'après-midi s'intensifiait autour d'elle. Son maillot patriotique était gonflé de formes à nulles autres pareilles. Les muscles de ses longues cuisses se bandèrent. Elle courut jusqu'au bout du ponton et plongea dans le lac, où une foule de naïades (ses amies de Cedar Rapids) nagèrent à sa rencontre.

Je regardai mon propre corps. Il était là, comme d'habitude : la poitrine plate, les hanches inexistantes, les jambes arquées couvertes de piqûres de moustique. L'eau du lac et le soleil me faisaient peler. Mes doigts étaient tout ridés.

Grâce à la décrépitude du Dr. Phil et à la pruderie de Tessie, j'étais parvenue à la puberté sans trop savoir à quoi m'attendre. Le Dr. Philobosian avait conservé un cabinet près du Women's Hospital, bien qu'à cette époque celui-ci eût déjà fermé. Sa clientèle avait considérablement changé. Il lui restait quelques patients âgés, qui, ayant survécu si longtemps grâce à ses soins, craignaient de changer de médecin. Le reste était composé de familles prises en charge par l'État. Rosalie, l'infirmière, faisait également office de secrétaire. Elle et le Dr. Philobosian s'étaient mariés un an après s'être rencontrés au cours de ma mise au monde. Son enfance dans les Appalaches l'avait habituée aux aides de l'État, et c'était une pro des formulaires.

À quatre-vingts ans passés, le Dr. Phil s'était mis à peindre. Les murs de son bureau étaient couverts d'huiles épaisses et tourbillonnantes. Il utilisait peu le pinceau, surtout le couteau. Et que peignait-il ? Smyrne ? Le quai à l'aube ? Le terrible incendie ? Non. Comme beaucoup d'amateurs, le Dr. Phil pensait que le seul sujet approprié à l'art était un paysage pittoresque qui n'avait rien à voir avec son expérience. Il peignait des paysages marins et des hameaux en forêt qu'il n'avait jamais vus, sans oublier le paysan fumant sa pipe assis sur une souche. Le Dr. Philobosian ne parlait jamais de Smyrne et quittait la pièce chaque fois que le sujet était abordé. Il ne parlait jamais de sa première femme, ni de ses enfants assassinés. Peut-être était-ce pour cela qu'il avait survécu.

Quoi qu'il en soit, le Dr. Phil était en train de devenir un fossile. Pour l'examen annuel qu'il pratiqua sur moi en 1972, il utilisa des méthodes de diagnostic répandues dans les années 1910. Par exemple il fit mine de me donner une gifle pour vérifier mes réflexes. Il m'ausculta à l'aide d'un verre. Quand il se pencha pour écouter les battements de mon cœur, j'eus droit à une vue aérienne des Galapagos de croûtes qui parsemaient son crâne. (L'archipel se déplaçait d'année en année, dérivant à la surface de son globe crânien sans jamais disparaître.) Le Dr. Philobosian sentait le vieux canapé, la brillantine et la soupe, les sommes improvisés. Son diplôme médical avait l'air d'avoir été écrit sur parchemin. Je n'aurais pas été surprise, si, pour soigner une fièvre, le Dr. Philobosian avait prescrit des sangsues. Il était correct avec moi, jamais amical, et s'adressait surtout à Tessie, qui était assise dans un fauteuil dans le coin. Quels souvenirs, je me demande, le Dr. Philobosian évitait-il en ne me regardant pas ? Les fantômes de jeunes Levantines hantaient-ils ces examens superficiels, suggérés par la fragilité de mes clavicules ou le cri d'oiseau de mes petits poumons congestionnés ? Essayait-il de ne pas penser à des palais d'eau et des peignoirs défaits, ou était-il seulement fatigué, vieux, à moitié aveugle, et trop fier pour l'admettre ?

Quelle que fût la réponse, année après année, Tessie m'emmenait fidèlement le voir, en souvenir d'un acte charitable accompli durant une catastrophe qu'il ne voulait plus admettre. Dans sa salle d'attente, à chaque visite, je retrouvais les mêmes numéros en lambeaux de *Highlihts*, avec ses devinettes : « Sauras-tu les retrouver ? » Et là, dans le châtaignier, se trouvaient le couteau, le chien, le poisson, la vieille femme, le chandelier – tous entourés d'un cercle par ma main, qu'un mal d'oreilles faisait trembler, des années et des années auparavant.

Ma mère évitait les sujets touchant au corps, en plus. Elle ne parlait jamais ouvertement de sexe. Elle ne se déshabillait jamais devant moi. Elle n'aimait pas les blagues salaces et la nudité au cinéma. Quant à Milton, il était incapable de parler de cigognes et de choux avec sa petite fille, et c'est ainsi qu'il me fallut me débrouiller toute seule.

D'après certaines allusions faites par tante Zo dans la cuisine, je savais que quelque chose arrivait aux femmes de temps à autre, quelque chose qui ne leur plaisait pas, quelque chose qui était épargné aux hommes (comme tout le reste). Quoi que ce fût, cela semblait être assez loin pour que je n'aie pas à m'en préoccuper, comme de se marier ou de faire des enfants. Puis un jour à Camp Ponshewaing, Rebecca Urbanus monta sur une chaise. Rebecca venait de Caroline du Sud. Elle avait des ancêtres qui avaient possédé des esclaves et elle prenait des cours de chant. Quand elle dansait avec les garçons du camp voisin, elle agitait la main devant son visage comme si elle s'éventait. Pourquoi était-elle debout sur une chaise ? Nous donnions un spectacle. Rebecca Urbanus chantait peut-être ou récitait une poésie de Walter de La Mare. Le soleil était encore haut et son short était blanc. Et puis soudain, tandis qu'elle chantait (ou récitait), l'arrière de son short s'assombrit. Tout d'abord on aurait dit une ombre projetée par les arbres environnants. Une fille qui agitait la main. Mais non : tandis que nous étions assises à la regarder, arborant le T-shirt du camp et un bandeau d'Indienne, nous vîmes ce que Rebecca Urbanus ne voyait pas. Tandis que sa moitié supérieure se donnait en spectacle, sa moitié inférieure lui volait la vedette. La tache s'étendait, et elle était rouge. Les monitrices ne savaient que faire. Rebecca chantait, bras écartés. Elle se tourna sur sa chaise devant notre théâtre en rond : nous, la fixant, perplexes et horrifiées. Certaines filles « avancées » avaient compris. Les autres, dont j'étais, pensaient : coup de couteau, griffure de grizzly. C'est alors que Rebecca Urbanus vit nos regards. Elle-même regarda. Et hurla. Et prit la fuite.

Je revins du camp brunie et amincie, avec une seule médaille (ironiquement, gagnée à un concours d'orientation). Mais cette autre médaille, que Carol Horning exhiba si fièrement le premier jour d'école, je ne l'avais toujours pas. J'avais à ce sujet des sentiments ambivalents. D'un côté, si la mésaventure de Rebecca Urbanus était une indication, il était peut-être moins risqué de demeurer telle que j'étais. Et si quelque chose de similaire m'arrivait ? Je jetai tout ce qu'il y avait de blanc dans mon placard. Je cessai complètement de chanter. Cela ne se contrôlait pas. Cela pouvait arriver n'importe quand.

Sauf que, dans mon cas, cela n'arriva pas. Peu à peu, tandis que la plupart des autres filles de ma classe se transformaient, je me mis à moins craindre les accidents et davantage d'être laissée en arrière, en dehors.

Je suis en classe de maths, un jour d'hiver de sixième. Miss Grotowski, notre jeune professeur, est en train d'écrire une équation au tableau noir. Derrière elle, assis à leurs tables, les élèves suivent ses calculs, ou sommeillent, ou se donnent des coups de pied par-derrière. Un jour gris d'hiver du Michigan. L'herbe a des airs d'étain. Au-dessus de nos têtes des lumières fluorescentes tentent de dissiper l'obscurité de saison. Une photo du grand mathématicien Ramanujan (que les filles commencèrent par prendre pour le petit ami de Miss Grotowski) est encadrée au mur. L'air est étouffant comme seul il peut l'être à l'école.

Et derrière le dos de notre professeur, sur nos tables, nous volons à travers le temps. Trente gosses, en rangées, sont emportés à une vitesse que nous sommes incapables de ressentir. Tandis que Miss Grotowski esquisse des équations au tableau, mes camarades commencent à changer autour de moi. Les cuisses de Jane Blunt, par exemple, semblent allonger chaque semaine. Son chandail gonfle sur le devant. Puis un jour Beverly Maas, qui est assise à côté de moi, lève la main et je vois quelque chose de sombre dans l'échancrure de sa manche : quelques poils brun clair. Quand sont-ils apparus ? Le jour précédent ? Les équations se font plus longues à mesure que le temps passe, plus compliquées, et peut-être sont-ce tous ces chiffres, ou les tables de multiplication ; nous apprenons à quantifier des sommes importantes tandis que, selon les mathématiques modernes, les corps parviennent à des réponses inattendues. La voix de Peter Quail est deux octaves plus basse que le mois dernier et il ne s'en rend pas compte. Pourquoi ? Il vole trop vite. Les garçons ont du duvet sur la lèvre supérieure. Les fronts et les nez se couvrent de boutons. Plus spectaculaire que tout : les filles se transforment en femmes. Pas mentalement ni même émotionnellement, mais physiquement. La nature fait ses préparatifs. Les paliers encodés dans l'espèce sont franchis.

Seule Calliope, au second rang, ne bouge pas. Sa table est en panne, de sorte qu'elle est la seule à prendre la mesure véritable des métamorphoses autour d'elle. Tout en résolvant des équations elle a conscience du sac de

Tricia Lamb posé par terre à côté d'elle, du tampon qu'elle a aperçu à l'intérieur ce matin – qu'on utilise comment, exactement ? – et à qui peut-elle demander ? Toujours jolie, Calliope se retrouve bientôt la plus petite de la classe. Elle laisse tomber sa gomme. Aucun garçon ne la ramasse. Dans le spectacle de Noël on ne lui donne pas le rôle de Marie comme les années précédentes, mais celui d'un elfe... Mais il y a encore de l'espoir, n'est-ce pas ?... parce que les tables volent, jour après jour ; formés en escadrille, les écoliers virent sur l'aile en vrombissant à travers le temps, de sorte que Calliope lève les yeux de sa copie tachée d'encre un après-midi et voit que c'est le printemps, que les fleurs bourgeonnent, que les forsythias ont éclos, que les ormes verdissent ; à la récré garçons et filles se tiennent par la main, s'embrassant parfois derrière les arbres, et Calliope se sent escroquée, flouée. « Tu te souviens de moi ? demande-t-elle à la nature. J'attends. Je suis toujours ici. »

Tout comme Desdemona. En avril 1972, sa demande de rejoindre son mari au paradis était toujours retenue quelque part dans les méandres d'une vaste bureaucratie céleste. Bien que Desdemona eût été en pleine santé quand elle s'était mise au lit, les semaines, les mois, et finalement les années d'inactivité, alliées à sa remarquable volonté de se détruire, lui valurent de se retrouver avec quasiment autant de maladies que le *Manuel du praticien* en répertorie. Desdemona avait maintenant de l'eau dans les poumons, un lumbago, de l'hygroma. Elle eut avec un demi-siècle de retard une éclampsie qui disparut, à son grand regret, aussi mystérieusement qu'elle s'était déclarée ; un zona qui donna à ses côtes et son dos la couleur et la texture de fraises mûres et la fouaillait comme un aiguillon à bœuf ; dix-neuf rhumes ; une semaine de pneumonie « galopante » purement figurative ; des ulcères ; des cataractes psychosomatiques qui lui brouillaient la vue les jours anniversaires de la mort de son mari et qu'elle soignait en pleurant ; et la maladie de

Dupuytren qui recroquevillait son pouce et trois doigts contre sa paume, laissant son médium dressé en un geste obscène.

Un médecin fit de Desdemona un sujet d'étude sur la longévité. Il écrivait un article pour une revue médicale sur « le régime méditerranéen ». Il pressa Desdemona de questions concernant la cuisine de son pays natal. Combien de yoghourts avait-elle consommés enfant ? Quelle quantité d'huile d'olive ? D'ail ? Elle répondait à chacune de ces questions parce qu'elle pensait que l'intérêt qu'on lui portait indiquait qu'il y avait quelque chose, enfin, qui clochait dans son organisme et parce qu'elle ne manquait jamais une occasion de faire un petit tour dans les parages de son enfance. Le médecin s'appelait Müller. Allemand de naissance, il reniait sa race en matière de cuisine. Faisant preuve de la culpabilité d'après-guerre qu'il partageait avec ses compatriotes, il décriait *bratwurst*, *sauerbraten* et *Königsberger Klopse* comme autant de plats proches du poison, les Hitler de la nourriture. Au contraire il considérait notre régime grec – notre *aswim* de courgettes à la sauce tomate, nos sauces au concombre et nos canapés d'œufs de poisson, nos *pilafi*, nos raisins et nos figues – comme préventivement curatif, plein qu'il était de médicaments miracle qui nettoyaient les artères et adoucissaient la peau. Et ce que disait le Dr. Müller paraissait vrai : bien qu'il n'eût que quarante-deux ans, son visage était couvert de rides et alourdi de bajoues. Il avait des cheveux blancs sur les tempes ; tandis que mon père, qui en avait quarante-huit, en dépit des taches de café sous ses yeux, était toujours l'heureux propriétaire d'un teint olivâtre sans rides et d'une chevelure épaisse, brillante et noire. On n'appelait pas ça la formule grecque pour rien. Elle était dans notre nourriture ! Une véritable fontaine de jouvence dans nos *dolmades* et nos *taramasalatas* et même dans nos *baklavas*, qui ne commettaient pas le péché de contenir du sucre raffiné, mais seulement du miel. Le Dr. Müller nous montrait des graphiques de sa main qui incluaient les noms et dates de naissance d'Italiens, de Grecs et d'un Bulgare vivant dans la région de Detroit et nous vîmes notre concurrente à nous – Desdemona Stephanides, quatre-vingt-onze ans – qui se défendait fort bien dans le peloton de tête. Parallèlement aux Polonais anéantis par les *kielbasas*, aux Belges liquidés par les frites, aux Anglo-Saxons exterminés par les puddings, aux Espagnols éliminés par le chorizo, notre ligne en pointillés grecque poursuivait sa route, laissant loin derrière les concurrents emmêlés en un fouillis de trajectoires descendantes. Qui savait ? En tant que peuple nous n'avions pas eu, ces quelques derniers millénaires, beaucoup de sujets de fierté. Ce qui explique peut-être qu'au cours des visites du Dr. Müller nous ayons évité de mentionner la troublante anomalie des multiples attaques de Lefty. Nous ne voulions pas déranger ce beau graphique avec de nouvelles données et c'est pourquoi nous passâmes sous silence le fait que Desdemona avait soixante et onze et non quatre-vingt-onze ans, et qu'elle avait toujours confondu les sept avec les neuf. Nous ne parlâmes pas de ses tantes, Thalia et Victoria, toutes deux mortes jeunes d'un cancer du sein ; et nous ne dîmes rien de l'hypertension qui mettait à l'épreuve les veines cachées derrière l'extérieur lisse et jeune de Milton. Nous en fûmes incapables. Nous ne voulions pas perdre devant les Italiens ni même l'unique Bulgare. Et le Dr. Müller, aveugle à ce qui ne concernait pas son sujet, ne remarqua pas le dépliant des services mortuaires au chevet du lit de Desdemona, la photographie du mari défunt à côté de celle de sa tombe, l'abondant attirail de la veuve abandonnée sur terre qui, loin d'appartenir à une bande d'immortels descendus de l'Olympe, n'en était que le seul membre survivant.

Entre-temps, la tension entre ma mère et moi grandissait.

« Ne ris pas !

– Excuse-moi, chérie. Mais c'est juste que tu n'as rien à... à...

– Maman !

– ... à soutenir ! »

Un hurlement proche de l'hystérie. De petits pieds grimpant l'escalier quatre à quatre tandis que Tessie criait : « Ne fais pas tant d'histoires, Callie. On t'achètera un soutien-gorge puisque tu y tiens tant. » Dans ma chambre, après avoir verrouillé la porte, j'enlevai mon T-shirt devant le miroir pour voir... que ma mère avait raison. Rien ! Rien du tout à soutenir. Et j'éclatai en sanglots de frustration et de rage.

Ce soir-là, quand je descendis enfin pour dîner, je me vengeai de la seule manière possible.

« Qu'est-ce qu'il y a ? Tu n'as pas faim ?

– Je veux quelque chose de normal à manger.

– Qu'est-ce que tu veux dire quelque chose de normal ?

– Américain.

– Je suis obligée de faire ce qu'aime yia yia.

– Et moi ?

– Tu aimes les spanikopitas. Tu as toujours aimé les spanikopitas.

– Eh bien je ne les aime plus.

– Très bien. Ne mange pas. Meurs de faim si tu veux. Si tu n'aimes pas ce qu'on te donne, tu peux rester à table jusqu'à ce qu'on ait fini. »

Confrontée à l'évidence du miroir, ridiculisée par ma mère, entourée de camarades en plein développement, j'étais parvenue à une conclusion extrême. J'avais commencé à croire que le régime méditerranéen qui conservait ma grand-mère en vie contre son gré retardait aussi ma maturité. Il n'était pas fou de penser que l'huile d'olive dont Tessie aspergeait tout avait le mystérieux pouvoir d'arrêter l'horloge du corps tandis que l'esprit, insensible aux huiles, poursuivait sa route. Voilà pourquoi Desdemona manifestait le désespoir et la fatigue d'une personne âgée de quatre-vingt-onze ans tout en ayant les artères d'une femme de cinquante. Était-il possible, songeais-je, que les acides gras et les trois légumes par repas que je consommais soient responsables du retard de ma maturité sexuelle ? Le yoghourt au petit déjeuner empêchait-il le développement de ma poitrine ? C'était possible.

« Qu'est-ce que tu as, Cal ? me demanda Milton qui dînait tout en lisant le journal. Tu ne veux pas vivre centenaire ?

– Pas si je dois toujours manger ces trucs. »

Mais c'était maintenant à Tessie d'exploser. Tessie qui pendant presque deux ans s'était occupée d'une vieille dame qui refusait de se lever. Tessie dont le mari était plus amoureux des hot-dogs que d'elle. Tessie qui contrôlait en secret les transits intestinaux de ses enfants et savait de ce fait combien les aliments gras qu'on consommait dans ce pays pouvaient perturber leur digestion. « Ce n'est pas toi qui fais les courses, dit-elle avec des larmes dans la voix. Tu ne vois pas ce que je vois. Depuis quand tu n'es pas entrée dans une pharmacie, Miss Américaine-normale ? Tu sais de quoi les étagères sont pleines ? de laxatifs ! Chaque fois que je vais à la pharmacie, la personne devant moi achète de l'Ex-Lax. Et pas une seule boîte. Au kilo.

– C'est juste les vieux.

– Ce n'est pas juste les vieux. Je vois de jeunes mères en acheter. Je vois des adolescents en acheter. Tu veux savoir la vérité ? Le pays tout entier n'arrive pas à faire la grosse commission !

– Voilà qui me donne de l'appétit.

– C'est à cause du soutien-gorge, Callie ? Parce que si c'est ça, je t'ai dit...

– Man-man ! »

Mais il était trop tard. « Quel soutien-gorge ? » demandait Chapitre Onze. Puis, souriant : « Est-ce que le Grand Lac Salé pense qu'elle a besoin d'un soutien-gorge ?

– Ta gueule.

– Attends. Mes lunettes doivent être sales. Il faut que je les nettoie. Ah, ça va mieux. Maintenant voyons voir...

– Ta *gueule* !

– Non, je ne dirais pas que le Grand Lac Salé a connu des transformations...

– C'est pas comme ta tronche, boutonneux !

– Toujours aussi plat que d'habitude. Parfait pour les records de vitesse. »

Mais alors Milton cria : « Bon Dieu ! » – nous couvrant tous deux.

Nous pensions qu'il en avait assez de nos chamailleries.

Il ne nous regardait pas. Il fixait la première page de *The Detroit News*. Il devenait tout rouge et puis – la tension dont nous n'avions pas parlé – presque violet.

Ce matin-là, à la cour fédérale, le juge Roth avait trouvé un moyen d'abolir la ségrégation raciale dans les écoles. S'il ne restait plus assez d'écoliers blancs à Detroit, il les ferait venir d'ailleurs. Le juge Roth avait obtenu que sa juridiction s'étende à toute la « région métropolitaine », savoir la ville de Detroit et les cinquante-trois banlieues environnantes, dont Grosse Pointe.

« Juste comme on vient de vous sortir de cet enfer, criait Milton, voilà que ce foutu juge Roth veut vous y renvoyer ! »

La gloutonne

« Si vous nous rejoignez seulement maintenant, nous sommes en train de vivre les ultimes secondes d'un match de hockey exceptionnel, le dernier de la saison entre ces deux éternelles rivales, les Guêpes et les Gloutonnes. Le score est de quatre buts partout. On réengage la balle en milieu de terrain et... elle est pour les Guêpes ! Chamberlain passe à O'Rourke sur l'aile. O'Rourke feinte à gauche, perce à droite... elle esquive une Gloutonne, une autre... et maintenant elle fait la passe à Amagliato de l'autre côté du terrain ! Becky Amagliato fonce le long de la ligne de touche ! Plus que dix secondes, neuf secondes ! Stephanides est dans les buts des Gloutonnes et – oh là là, elle ne voit pas Amagliato arriver ! Qu'est-ce qu'elle a ?... Elle est en train de regarder une feuille ! Callie Stephanides est occupée à admirer une magnifique feuille d'automne rouge feu, mais est-ce vraiment le moment ? Amagliato arrive. Cinq secondes ! Quatre secondes ! Nous ne sommes plus qu'à trois secondes de la fin de la saison du championnat junior interscolaire – mais attendez... Stephanides entend des pas. La voilà qui lève la tête... et Amagliato tire ! Ouhlàlà, c'est un boulet de canon ! Je sens le vent d'ici dans la cabine. La balle se dirige droit vers la tête de Stephanides ! Elle lâche la feuille ! Elle regarde la balle... la regarde... mon Dieu heureusement que vous ne voyez pas ça mes amis... »

Est-il vrai que juste avant la mort (par balle de hockey sur gazon ou d'une autre manière) votre vie défile devant vos yeux en un éclair ? Peut-être pas votre vie entière, mais des parties. Alors que la balle de Betty Amagliato se dirigeait vers mon visage en cette journée d'automne, les événements de l'année passée se déroulaient dans ma conscience peut-être sur le point d'être annihilée.

Tout d'abord, notre Cadillac – qui est alors la Fleetwood dorée –, l'été précédent, remontant la longue allée menant de l'école de filles Baker & Inglis. Sur la banquette arrière, une jeune fille de douze ans très malheureuse, moi, arrivant sous la contrainte pour une entrevue. « Je ne veux pas aller dans une école pour filles, je geins. Je préfère être avec des Noirs. »

Puis une autre voiture vient me chercher, le mois de septembre suivant, pour mon premier jour de cinquième. Jusqu'alors, je m'étais toujours rendue à pied à Trombley ; mais mon entrée dans le privé s'accompagne de toute une série de changements : mon uniforme, par exemple, avec jupette écossaise et écusson. La voiture, aussi, un break vert pâle conduit par une dame du nom de Mrs. Drexel. Elle a le cheveu gras et rare. Sur sa lèvre supérieure, premier des présages que j'apprendrai à reconnaître dans la classe d'anglais de l'année qui s'annonce, se trouve une moustache.

Et maintenant, dans le break quelques semaines plus tard. Je regarde par la vitre tandis que la cigarette de Mrs. Drexel déroule une corde de fumée. Nous arrivons au cœur de Grosse Pointe. Nous passons devant de longues allées protégées par des grilles, du genre de celles qui provoquent chez ma famille l'émerveillement et le respect craintif. Mais maintenant Mrs. Drexel emprunte ces allées. (Ce sont mes nouvelles camarades qui habitent au bout.) Nous longeons des haies privées et passons sous des arches de verdure pour arriver devant des maisons au bord du lac devant lesquelles des filles se tiennent très droites, un cartable à la main. Elles portent le même uniforme que moi, mais il paraît différent sur elles, plus net, plus élégant. De temps à autre apparaît une mère impeccablement coiffée, occupée à tailler des roses dans le jardin.

Et ensuite deux mois se sont écoulés, on approche de la fin du premier trimestre, et le break monte la colline de ce qui n'est plus mon école toute nouvelle. La voiture est pleine de filles. Mrs. Drexel allume une autre cigarette. Elle se gare et s'apprête à nous jeter un sort. Secouant la tête devant la vue – le campus vallonné, le lac au loin – elle déclare : « Vous feriez bien d'en profiter tant qu'il est temps. Le meilleur moment de la vie c'est la jeunesse. » (Je la détestais de dire ça. Je ne pouvais pas imaginer pire chose à dire à une gosse. Mais peut-être aussi, à cause de certains changements qui commençaient cette année-là, me doutais-je que la période heureuse de mon enfance arrivait à sa fin.)

Qu'est-ce qui me revenait encore, tandis que la balle de hockey s'approchait à toute vitesse ? À peu près tout ce qu'une balle de hockey peut symboliser. Le hockey sur gazon, ce sport de la Nouvelle-Angleterre, venu de la *vieille* Angleterre, comme tout ce qui concernait notre école. Le bâtiment avec ses longs couloirs résonnants et son odeur d'église, ses fenêtres plombées, son obscurité gothique. Ses livres de latin couleur de gruau. Le thé de l'après-midi. La révérence qu'on devait faire sur les courts de tennis. Nos professeurs vêtus de tweed et le programme scolaire lui-même qui commençait, d'une manière toute hellénico-byronienne, par Homère pour passer directement à Chaucer, puis Shakespeare, Donne, Swift, Wordsworth, Dickens, Tennyson, et E. M. Forster. À vous de remplir les blancs.

Miss Baker et Miss Inglis avaient fondé l'école en 1911 pour, selon les termes de la charte, « enseigner aux jeunes filles les humanités et les sciences, leur inculquer le goût du savoir, un comportement modeste, des manières gracieuses, et par-dessus tout le sens du devoir civique ». Les deux femmes habitaient « Le Cottage » à l'extrémité du campus, une chaumière qui occupait dans la mythologie de l'école la même place que la cabane en rondins de

Lincoln dans la légende nationale. Au printemps, les CM2 avaient droit à une visite. Elles pouvaient admirer les deux chambres à un lit (qui leur donnaient peut-être le change), les bureaux des fondatrices, sur lesquels se trouvaient encore leurs stylos et leurs pastilles de réglisse, et le Gramophone sur lequel elles écoutaient les marches de Sousa. Les fantômes de Miss Baker et Miss Inglis hantaient l'école, ainsi que leurs bustes et leurs portraits. Une statue érigée dans la cour éternisait les éducatrices à lunettes en un moment d'humeur légère et printanière, Miss Baker bénissant l'air d'un geste papal tandis que Miss Inglis (éternelle seconde) se tournait pour voir ce que sa collègue lui montrait. Le chapeau à bord flottant de Miss Inglis obscurcissait ses traits ordinaires. L'unique touche moderniste de l'œuvre consistait en un fil de fer qui partait de la tête de Miss Baker et à l'extrémité duquel voltigeait l'objet d'émerveillement : un colibri.

... Tout cela était suggéré par la balle de hockey tourbillonnante. Mais il y avait quelque chose d'autre, quelque chose de plus personnel, qui expliquait pourquoi j'en étais la cible. Qu'est-ce que Calliope faisait dans les buts ? Pourquoi était-elle masquée et rembourrée ? Pourquoi l'entraîneuse Stork lui hurlait-elle d'arrêter la balle ?

Pour répondre simplement : je n'étais pas très bonne en sport. Base-ball, basket-ball, tennis : j'étais nulle en tout. Le hockey était encore pire. Je n'arrivais pas à me faire aux drôles de petites crosses et aux stratégies nébuleuses bien dignes de l'Europe. À court de joueuses, l'entraîneuse Stork m'avait mise dans les buts et avait croisé les doigts. Cela arrivait rarement. Faisant preuve d'un manque d'esprit d'équipe flagrant, certaines Gloutonnes soutenaient que je n'avais aucune coordination. Cette accusation possède-t-elle quelque fondement ? Y a-t-il un lien entre mon travail de bureau actuel et un manque de grâce physique ? Je ne répondrai pas à ces questions. Mais pour ma défense, je dirai qu'aucune de mes coéquipières plus athlétiques n'avait jamais occupé un corps aussi problématique. Elles n'avaient pas, comme moi, deux testicules occupant illégalement leurs canaux inguinaux. À mon insu, ces anarchistes s'étaient installés dans mon abdomen et s'étaient même branchés sur les réseaux de distribution. Si je croisais les jambes d'une certaine façon ou que je bougeais trop vite, j'éprouvais une douleur fulgurante dans l'aine. Sur le terrain de hockey, je me retrouvais souvent pliée en deux, les larmes aux yeux, tandis que l'entraîneuse Stork me donnait une claque sur les fesses. « C'est juste une *crampe*, Stephanides. Courez et ça passera. » (Et maintenant, alors que je me préparais à arrêter le tir, c'est exactement ce genre de douleur qui m'assaillait. Mes entrailles se convulsèrent, crachant un flot de lave de douleur. Je me penchai, trébuchant sur ma crosse. Puis je poursuivis ma chute en avant...)

Mais il reste encore du temps pour enregistrer quelques changements physiques supplémentaires. À mon entrée en cinquième j'eus droit à un appareil dentaire complet. Des élastiques joignaient maintenant mes deux palais. J'avais l'impression que ma mâchoire était actionnée par des ressorts, comme celle d'une marionnette de ventriloque. Tous les soirs avant de m'endormir, j'ajustais consciencieusement ma coiffe médiévale. Mais dans l'obscurité, tandis que mes dents étaient lentement forcées à se redresser, le reste de mon visage avait commencé à obéir à une prédisposition génétique à la courbure, plus puissante. Pour paraphraser Nietzsche, il y a deux types de Grecs : l'apollinien et le dionysiaque. J'étais née apollinienne, petite fille au visage auréolé de boucles, baigné de soleil. Mais à l'approche de ma treizième année, un élément dionysien s'introduisit furtivement dans mes traits. Mon nez, d'abord délicatement, ensuite moins délicatement, commença à se courber. Mes sourcils, qui devenaient plus fournis, s'arquèrent, eux aussi. Quelque chose de sinistre, de rusé, de « satyrique », littéralement, s'empara de mon expression.

Et ainsi la dernière chose que la balle de hockey (qui se rapprochait maintenant, peu désireuse d'en entendre plus)

– la dernière chose que la balle de hockey symbolisait était le Temps lui-même, son inéluctabilité elle-même, la façon dont nous sommes enchaînés à notre corps, lequel est enchaîné au Temps.

La balle poursuivit son chemin. Elle frappa le côté de mon masque, qui la dévia en plein milieu du filet. Nous perdîmes. Les Guêpes triomphèrent.

Discréditée, comme d'habitude, je rentrai au vestiaire. Portant mon masque, j'escaladai les bords du bol vert du terrain de hockey, qui était comme un théâtre en plein air. À petits pas, je parcourus l'allée de gravier menant à l'école. Au loin, en bas de la colline, de l'autre côté de la route, s'étendait le lac St. Clair, où mon grand-père Jimmy Zizmo avait feint sa mort. Le lac gelait toujours en hiver, mais les trafiquants d'alcool ne le traversaient plus. Le lac St. Clair avait perdu son charme sinistre et, comme tout le reste, était devenu banlieusard. Les cargos empruntaient toujours le chenal mais on voyait surtout des bateaux de plaisance, Chris Craft, Santana, Flying Dutchman, 470. Sous le soleil le lac parvenait encore à avoir l'air bleu. Mais la plupart du temps il était couleur de soupe aux pois.

Mais je ne pensais à rien de tout ça. Je mesurais mes pas, essayant d'aller le plus lentement possible. Je fixais les portes du vestiaire d'un regard las et anxieux.

C'était maintenant que le match était terminé pour tout le monde qu'il commençait pour moi. Tandis que mes coéquipières reprenaient souffle, je me préparais mentalement. Il me fallait agir avec grâce, rapidité et vigueur. Il me fallait crier depuis la touche de mon être : « Haut les cœurs, Stephanides ! » Il me fallait être entraîneuse, joueuse et meneuse tout à la fois.

Car, malgré la bacchanale dionysienne qui avait éclaté dans mon corps (les pulsations de mes dents, l'abandon sauvage de mon nez), tout en moi n'avait pas changé. Une année et demie après que Carol Horning fut arrivée à l'école avec ses seins tout neufs, je n'en avais toujours pas. Le soutien-gorge que j'avais fini par obtenir de Tessie était toujours, comme la physique quantique, à usage uniquement théorique. Pas de seins. Pas de règles, non plus. Tout au long de ma sixième j'avais attendu, puis au cours de l'été suivant. Maintenant j'étais en cinquième et j'attendais toujours. Il y avait des signes encourageants. De temps à autre mes tétons me faisaient mal. Lorsque je les touchais délicatement, je sentais comme un caillou sous la chair rose et tendre. Je pensais toujours que c'était le début de quelque chose. Je pensais que j'étais en train de bourgeonner. Mais régulièrement gonflement et sensibilité disparaissaient, et rien ne s'ensuivait.

De toutes les choses auxquelles je devais m'habituer dans ma nouvelle école, la plus difficile était par conséquent le vestiaire. Même alors que la saison était terminée, l'entraîneuse était près de la porte, aboyant : « Okay, mesdemoiselles, à la douche ! Allez. On se bouge ! » Elle me vit arriver et parvint à sourire. « Bel effort », dit-elle en me tendant une serviette.

Les hiérarchies existent partout, mais particulièrement dans les vestiaires. L'atmosphère marécageuse, la nudité, nous renvoient aux conditions originelles. Permettez-moi de vous faire une brève description taxinomique de notre vestiaire. Les Bracelets se trouvaient près de la douche. Sur mon chemin, je jetai un coup d'œil dans le couloir embué de vapeur pour les voir exécuter avec sérieux leurs mouvements féminins. Un Bracelet se pencha en avant, enroulant une serviette autour de ses cheveux mouillés. Elle se redressa d'un coup, la tordant en turban. À côté d'elle un autre Bracelet fixait devant elle un regard bleu et vide tout en s'enduisant de crème. Un autre Bracelet portait une bouteille d'eau à ses lèvres, exposant la longue colonne de son cou. Ne voulant pas avoir l'air de les observer, je détournai le regard, mais je les entendais quand même s'habiller. Par-dessus le sifflement des pommes de douche et le claquement des pieds nus sur le carrelage, un tintement aigu et léger parvenait à mes oreilles, un son qui rappelait celui des flûtes de champagne s'entrechoquant avant un toast. Qu'était-ce ? Vous ne devinez pas ? Pendues aux fins poignets de ces demoiselles, de minuscules pendeloques en argent s'entrechoquaient en tintinnabulant. C'était le son de minuscules raquettes de tennis contre de minuscules paires de skis, de tours Eiffel miniatures contre des danseuses en tutu d'un centimètre de haut. C'était le bruit de grenouilles et de baleines Tiffany carillonnant de concert ; de chiots cognant contre des chatons, d'otaries avec des ballons au bout du nez frappant des singes jouant de l'orgue de Barbarie, de tranches de fromage heurtant des visages de clowns, de fraises chantant avec des encriers, de cœurs frappant les cloches pendues aux cous de vaches suisses. Au beau milieu de ce doux tintamarre, une fille montrait son poignet à sa copine, telle une dame recommandant un parfum. Son père, retour d'un voyage d'affaires, lui avait rapporté ce dernier cadeau.

Les Bracelets à pendeloques : c'étaient les reines de ma nouvelle école. Elles allaient à Baker & Inglis depuis le jardin d'enfants. Depuis la garderie ! Elles vivaient au bord de l'eau et avaient grandi, comme tous les habitants de Grosse Pointe, en faisant comme si notre lac n'était pas du tout un lac mais l'océan. L'océan Atlantique. Ou, tel était le désir secret des Bracelets et de leurs parents, de n'être pas des habitants du Middle West mais de l'Est. C'est ainsi qu'ils imitaient leur manière de s'habiller et de parler, passaient leurs étés à Martha's Vineyard, disaient, « là-bas » au lieu de « à l'est » comme si le temps passé dans le Michigan n'était qu'un bref séjour loin de chez eux.

Que puis-je dire à propos de mes camarades bien élevées, bien nanties, dotées de petits nez ? Descendantes d'industriels travailleurs et économes (il y avait deux filles dans ma classe qui portaient le même nom que des constructeurs d'automobiles), montraient-elles quelque aptitude aux sciences et aux maths ? Faisaient-elles preuve d'habileté mécanique ? De fidélité à l'éthique protestante du travail ? En un mot : non. Il n'y a pas de preuve plus évidente contre le déterminisme génétique que les enfants de riches. Les Bracelets n'étudiaient pas. Elles ne levaient jamais la main pendant les cours. Elles étaient avachies au fond de la classe et rentraient chaque soir chez elles, portant leurs cahiers comme autant d'accessoires de théâtre. (Mais peut-être les Bracelets en savaient-elles plus que moi sur la vie. Depuis leur petite enfance elles savaient le peu de valeur accordée aux livres par le monde et ne perdaient pas leur temps avec. Tandis que moi, même aujourd'hui, je persiste à croire que ces signes noirs sur le papier blanc ont la plus grande signification, que si je continue à écrire je serai peut-être capable de mettre en boîte l'arc-en-ciel de la conscience. Le seul capital que je possède est cette histoire, et au contraire d'une Wasp prudente, je pioche sans retenue dans le principal...)

Je n'étais pas consciente de tout cela alors. Je me retourne maintenant sur mon passé (sur les conseils pressants du Dr. Luce) à la recherche de ce que la Calliope de douze ans ressentait en regardant les Bracelets se déshabiller dans la lumière vaporeuse. Y avait-il en elle un frisson d'excitation ? La chair réagissait-elle sous le rembourrage de la gardienne de but ? J'essaye de me souvenir, mais ce qui me revient n'est qu'un fouillis d'émotions : l'envie, certainement, mais aussi le dédain. Infériorité et supériorité à la fois. Par-dessus tout, il y avait la panique.

Devant moi les filles entraient et sortaient des douches. Les éclairs de nudité étaient pareils à des cris lancés. Une année et quelque plus tôt ces mêmes filles étaient des porcelaines qui trempaient avec précaution leurs doigts de pied dans le bassin désinfectant de la piscine publique. Aujourd'hui c'étaient de magnifiques créatures. Tandis que je progressais dans l'atmosphère chargée d'humidité, j'avais l'impression de faire de la plongée sous-marine. Les jambes alourdies par mes protections, je contemplais, d'un regard ébahi, derrière mon masque de gardienne de but, la fantastique vie sous-marine qui m'entourait. Des anémones de mer poussaient entre les cuisses de mes camarades. Elles étaient de toutes les couleurs : noires, brunes, jaune électrique, rouge vif. Plus haut, leurs seins, aux extrémités colorées d'un rose urticant, suivaient avec langueur les mouvements de leurs corps, comme les méduses, animées de douces palpitations, se balancent entre deux eaux. Tout ondoyait dans le courant, se nourrissant de plancton microscopique, grossissant de minute en minute. Les plus grasses, timides, étaient tapies dans les profondeurs, tels des lions de mer.

La surface de la mer est un miroir, réfléchissant des trajectoires d'évolution divergentes. En haut, les créatures de l'air; en bas, celles de l'eau. Une planète, contenant deux mondes. Mes camarades étaient aussi peu étonnées de leurs traits extravagants qu'un poisson-globe l'est de ses piquants. Elles semblaient appartenir à une espèce différente. C'était comme si elles étaient pourvues de glandes à sécrétion odoriférante ou de poches marsupiales, de capacités reproductrices qui leur permettaient de féconder en pleine nature, qui n'avaient rien à voir avec la créature, sans formes ni poils, domestiquée, que j'étais. Je me dépêchais de passer, désolée, mes oreilles résonnant des bruits environnants.

Après celle des Bracelets se trouvait la zone des Épingles de kilt. Les Épingles de kilt étaient le phylum le plus nombreux de notre vestiaire et occupaient trois rangées entières de casiers. Elles étaient là, grosses ou maigres, pâles ou tachées de son, enfilant maladroitement leurs chaussettes, leurs sous-vêtements peu seyants. Elles étaient pareilles à l'accessoire qui maintenait les pans de nos kilts, quelconques, ennuyeuses, mais nécessaires à leur manière. Je ne me rappelle le nom d'aucune.

Passé les Bracelets et les Épingles, Calliope s'enfonça dans les profondeurs du vestiaire, poursuivant son chemin claudiquant jusque-là où le carrelage était fissuré et le plâtre jauni, sous les plafonniers tremblotants, près de la fontaine avec son chewing-gum préhistorique coincé dans le tuyau d'écoulement : ma niche dans l'habitat local.

Je n'étais pas seule cette année-là à voir changer mon environnement. Le spectre de la déségrégation avait incité d'autres parents à envoyer leurs enfants dans des écoles privées. Baker & Inglis, recevant peu de subventions, n'était pas contre le fait d'augmenter ses effectifs. C'est ainsi qu'à l'automne 1972, nous étions arrivées : Reetika Churaswami, avec ses énormes yeux jaunes et sa taille de moineau ; et Joanne Maria Barbara Peracchio, avec son pied bot et (il faut l'admettre) sa carte de la John Birch Society ; Norma Abdow, dont le père était allé en pèlerinage à La Mecque et n'était jamais revenu ; Tina Kubek, qui était d'ascendance tchèque ; et Lina Ramirez, moitié espagnole, moitié philippine, qui se tenait immobile en attendant que ses lunettes se désembuent. On nous appelait les filles « ethniques », mais qui ne l'est pas, quand on y regarde bien ? Les Bracelets n'étaient-elles pas tout aussi ethniques ? N'avaient-elles pas d'étranges rituels et d'étranges régimes alimentaires ? N'avaient-elles pas une langue tribale ? Elles disaient « dégueu » pour répugnant et « dément » pour formidable. Elles mangeaient de minuscules sandwiches à la mie de pain – au concombre, à la mayonnaise et à un truc appelé « cresson ». Jusqu'à notre arrivée à Baker & Inglis, mes amies et moi-même nous étions senties complètement Américaines. Mais maintenant les airs méprisants des Bracelets suggéraient qu'il y avait une autre Amérique à laquelle nous n'aurions jamais accès. Tout à coup l'Amérique n'était plus le pays des hamburgers et des bagnoles gonflées. C'était celui du *Mayflower* et du rocher de Plymouth. Il y était question de quelque chose qui s'était passé en deux minutes quatre cents ans plus tôt, au lieu de tout ce qui s'y était passé depuis. De tout ce qui s'y passait maintenant !

Contentons-nous de dire qu'en cinquième, Calliope fut recueillie, nourrie et réconfortée par les nouvelles venues de l'année. Quand j'ouvris mon casier, mes amies ne me parlèrent pas de ma défense poreuse. Au contraire, Reetika mit la conversation sur la composition de maths à venir. Joanne Maria Barbara Peracchio se débarrassa lentement d'un mi-bas. L'opération avait laissé sa cheville droite aussi fine qu'un manche à balai. Sa vue me réconfortait toujours quant à moi-même. Norma Abdow ouvrit son casier, regarda à l'intérieur, et s'écria : « Beurk ! » Je ne me pressai pas de me défaire de mes protections. Autour de moi mes amies, avec des gestes rapides et frissonnants, se déshabillaient. Elles s'enroulaient dans des serviettes. « Les filles, demanda Linda Ramirez, je peux emprunter du shampooing ? – Oui si tu fais la queue pour moi à la cantine demain. – Pas question ! – Alors pas de shampooing. – Okay, okay. – Okay qui ? – Okay, Votre Altesse. »

J'attendis qu'elles s'en aillent pour me déshabiller. Je commençai par enlever mes mi-bas. Je fis glisser mon short tout en conservant mon maillot. Après m'être ceint la taille d'une serviette, je déboutonnai les bretelles de mon maillot et l'enlevai par le haut. J'étais encore couverte de ma serviette et de mon maillot de corps. La partie difficile commençait. J'avais un soutien-gorge taille 65A. Il avait une minuscule rosette entre les bonnets et une étiquette marquée « Jeune demoiselle par Olga ». (Tessie avait voulu m'acheter un soutien-gorge de sport, mais je préférais avoir quelque chose qui ressemblât à ce que mes amies avaient, et rembourré de préférence.) J'attachai alors l'article autour de ma taille, crochets sur le devant, puis le tournai. À ce stade, je dégageai les bras de mes manches, l'un après l'autre, de sorte que j'étais couverte par mon maillot de corps comme d'une cape. Je remontai alors le soutien-gorge sur mon torse jusqu'à ce que je puisse passer les bras dans les bretelles. Cela fait, je mis mon kilt sous ma serviette, enlevai mon maillot, boutonnai mon chemisier et jetai la serviette. Pas une seconde je n'avais été nue.

Le seul témoin de ma ruse était la mascotte de l'école. Punaisée au mur derrière moi se trouvait une bannière défraîchie proclamant : « Championnes de hockey du Michigan 1955 ». En dessous, dans sa pose insouciante habituelle, se trouvait la gloutonne B&I. Avec ses yeux en bouton de bottine, ses dents acérées et son museau pointu, elle se tenait debout appuyée sur sa crosse de hockey, le pied droit croisé sur sa cheville gauche. Elle était vêtue d'un maillot bleu barré d'une écharpe rouge. Un ruban rouge était posé entre ses oreilles. Il était difficile de dire si elle souriait ou si elle grognait. Il y avait quelque chose de la ténacité du bouledogue de Yale dans notre gloutonne, mais il y avait aussi de l'élégance. La gloutonne ne jouait pas que pour gagner. Elle jouait pour garder la ligne.

Je mis le doigt sur le trou de la fontaine, faisant gicler l'eau dont je m'aspergeai la tête. L'entraîneuse Stork nous touchait toujours les cheveux avant de nous laisser partir, pour s'assurer qu'ils étaient bien mouillés.

L'année où on m'envoya dans une école privée, Chapitre Onze partit pour l'université. Bien qu'il fût hors de portée du long bras du juge Roth, d'autres bras s'étaient étendus dans sa direction. Par une chaude journée du mois de juillet précédent, comme je passais dans le couloir du premier, j'entendis une drôle de voix qui venait de la chambre de Chapitre Onze. C'était celle d'un homme qui égrenait des chiffres et des dates. « 4 février, disait la voix, trente-deux. 5 février, trois cent vingt et un. 6 février... » La porte accordéon n'étant pas verrouillée, je passai la tête.

Mon frère était allongé sur son lit, enroulé dans une vieille couverture crochetée par Tessie. Sa tête dépassait d'un bout – l'œil terne – et ses jambes blanches de l'autre. De l'autre côté de la pièce l'aiguille de la radio tressautait sur son amplificateur stéréo.

Ce printemps-là, Chapitre Onze avait reçu deux lettres, l'une de l'université du Michigan, l'informant qu'il était accepté et l'autre du gouvernement US l'informant qu'il était bon pour le service. Depuis lors mon apolitique de frère s'intéressait beaucoup à l'actualité. Tous les soirs il regardait les informations en compagnie de Milton, suivant de près les développements de la guerre et s'intéressant d'encore plus près aux déclarations prudentes d'Henry Kissinger à la conférence de Paris. « Le pouvoir est le plus puissant des aphrodisiaques », avait déclaré Kissinger et ce devait être vrai, parce que Chapitre Onze était collé à la télé tous les soirs, soudain passionné par les machinations diplomatiques. Au même moment, Milton était titillé de l'étrange désir qu'ont les parents, et particulièrement les pères, de voir leurs enfants endurer les mêmes tourments qu'eux. « Ça ne te ferait pas de mal de faire l'armée », dit-il. À quoi Chapitre Onze répliqua : « J'irai au Canada. – Tu n'iras pas au Canada. Si tu es appelé, tu serviras ton pays tout comme je l'ai servi. » Et alors Tessie : « Ne t'inquiète pas. Tout sera fini avant qu'ils t'attrapent. »

Au cours de l'été 1972, toutefois, tandis que je regardai mon frère abasourdi par les chiffres, la guerre était toujours officiellement en cours. Les bombardements de Noël de Nixon attendaient encore la saison des fêtes. Kissinger faisait encore la navette entre Paris et Washington pour entretenir son sex-appeal. En réalité, les accords de paix de Paris seraient signés le mois de janvier suivant et les derniers Américains se retireraient en mars. Mais tandis que je considérais le corps inerte de mon frère, personne ne savait cela. J'avais seulement conscience de l'étrange chose que c'est d'être un homme. La société discriminait les femmes, sans aucun doute. Mais que dire de la discrimination qui consistait à être envoyé à la guerre ? Quel était le sexe dont on jugeait qu'on pouvait se passer ? Je ressentais pour mon frère une sympathie et un sentiment protecteur que je n'avais jamais ressentis auparavant. Je m'imaginai Chapitre Onze en uniforme, accroupi dans la jungle. Je le vis blessé sur une civière, et je me mis à pleurer. La voix continuait : « 21 février – cent quarante et un. 22 février – soixante-quatorze. 23 février – deux cent six. »

J'attendis le 20 mars, anniversaire de Chapitre Onze. Quand la voix annonça le numéro inscrit sur sa feuille d'incorporation – c'était le deux cent quatre-vingt-dix, il n'irait jamais à la guerre –, je me précipitai dans sa chambre. Chapitre Onze bondit de son lit. Nous nous regardâmes et – fait rarissime – nous étreignîmes.

L'automne suivant, mon frère partit, non pour le Canada mais pour Ann Harbor. Une fois encore, comme quand l'embryon de Chapitre Onze était descendu, je restais seule. Seule à la maison pour remarquer la colère croissante suscitée chez mon père par les nouvelles, sa frustration devant la « tiédeur » avec laquelle les Américains menaient la guerre (malgré le napalm) et la sympathie grandissante qu'il éprouvait pour le président Nixon. Seule, aussi, pour détecter chez ma mère un sentiment d'inutilité qui commençait à la ronger. Avec Chapitre Onze parti et moi grandissant, Tessie se trouva désœuvrée. Elle commença à remplir ses journées en prenant des cours au War Memorial Community Center. Elle apprenait le découpage. Elle tissait des porte-pots. Notre maison commença à se remplir de ses œuvres. Il y avait des paniers peints et des rideaux de perles, des presse-papiers avec divers objets en suspension à l'intérieur, des fleurs séchées, des graines et des haricots de couleur. Elle faisait les brocanteurs et suspendit une vieille planche à laver au mur. Elle prenait des cours de yoga, aussi.

C'est la combinaison du dégoût que provoquait chez Milton le mouvement contre la guerre et du sentiment d'être inutile de Tessie qui les mena à entreprendre la lecture des cent quinze volumes de la série des « Grands Livres ». Cela faisait longtemps qu'oncle Pete se les tapait, sans parler des citations abondantes qu'il en faisait pour marquer des points au cours des débats du dimanche. Et maintenant, avec tant de savoir dans l'air – Chapitre Onze étudiait l'ingénierie et je commençais le latin avec Miss Silber, qui portait des lunettes de soleil pendant ses cours –, Milton et Tessie décidèrent qu'il était temps de parachever leur éducation. Les

« Grands Livres » arrivèrent dans dix cartons marqués de leur contenu. Aristote, Platon et Socrate dans l'un ; Cicéron, Marc Aurèle et Virgile dans l'autre. Tandis que nous rangions les volumes sur les étagères nous lisions les noms, certains connus (Shakespeare) d'autres non (Boèce). La mode n'était pas encore au dénigrement des classiques et de plus les « Grands Livres » commençaient par des noms qui ressemblaient au nôtre, donc nous ne nous sentions pas exclus. « En voilà un bon », dit Milton en nous montrant le Milton. La seule chose qui le déçut fut de ne pas trouver un livre d'Ayn Rand. Cependant, ce soir-là après le dîner, Milton se mit à faire la lecture à haute voix pour Tessie.

Ils procédèrent de manière chronologique, en commençant par le volume I. Tandis que je faisais mes devoirs dans la cuisine, j'entendais la voix sonore et martiale de Milton. « SOCRATE – Il semble qu'il y ait deux causes à la détérioration de l'art. ADIMANTE – Quelles sont-elles ? SOCRATE – La richesse, ai-je dit, et la pauvreté. » Quand ils commencèrent à éprouver des difficultés avec Platon, Milton suggéra de passer directement à Machiavel. Après quelques jours de l'auteur susdit, Tessie réclama Thomas Hardy, mais une heure plus tard, Milton reposa le livre, peu convaincu. « Trop de bruyères, se plaignit-il. Bruyère par-ci, bruyère par-là. » Puis ils lurent *Le Vieil Homme et la Mer* d'Ernest Hemingway, qui leur plut, et ensuite ils abandonnèrent.

J'évoque l'échec de mes parents pour une raison. Tout au long de mes années de formation, la collection demeura sur les rayons de notre bibliothèque, imposante et royale avec ses dos dorés. Même alors les « Grands Livres » influaient sur moi, me poussant silencieusement à poursuivre le plus futile de tous les rêves humains, celui d'écrire un livre digne de rejoindre leurs rangs, un cent seizième « Grand Livre » avec un nouveau nom grec sur la couverture : Stephanides. C'était quand j'étais jeune et plein de rêves de grandeur. Aujourd'hui j'ai abandonné tout espoir de gloire durable et de perfection littéraire. Il ne m'importe plus d'écrire un grand livre, seulement un livre qui, tout imparfait qu'il soit, laissera une trace de ma vie impossible.

La vie qui, tandis que je rangeais les livres, se révélait finalement. Car voici Calliope qui ouvre un autre carton. La voici qui sort le numéro quarante-cinq (Locke, Rousseau). La voilà qui se dresse, sans l'aide de la pointe des pieds, pour le mettre sur l'étagère supérieure. Et voilà Tessie qui lève les yeux et dit : « J'ai l'impression que tu es en train de grandir, Cal. »

Ce qui se révéla être un euphémisme. Entre le mois de janvier de ma cinquième et le mois d'août suivant, mon corps, jusqu'alors gelé, subit une poussée de croissance de proportion exceptionnelle et aux conséquences imprévisibles. Bien qu'à la maison, je suivisse toujours le régime méditerranéen, ce que je mangeais à l'école – tartes au poulet et gelée en sachet – annula ses effets de fontaine de jouvence à tous égards, excepté un : je me mis à grandir. Je poussais avec la vélocité des haricots mungo que nous étudiions en classe. Nous gardions un plateau dans le noir et un à la lumière et mesurions quotidiennement leur croissance. Tel un haricot mon corps se déployait en direction de la grande lampe dans le ciel et mon cas était encore plus significatif du fait que je continuais à pousser dans l'obscurité. La nuit, mes articulations me faisaient mal. J'avais du mal à dormir. Je m'enroulais les jambes dans une couverture chauffante, souriant malgré la douleur. Parce que, en même temps que ma croissance, quelque chose d'autre arrivait enfin. Les poils commençaient à apparaître aux endroits adéquats. Chaque soir, après avoir verrouillé la porte de ma chambre, je changeais légèrement l'orientation de ma lampe de bureau et me mettais à compter les poils. Une semaine il y en avait trois ; la suivante, six ; deux semaines plus tard, dix-sept. Ce fut un jour de grand bonheur, celui où je pus les peigner. « Il était temps », dis-je, et même cela était différent : ma voix commençait à changer.

Cela ne se passa pas du jour au lendemain. Elle ne se brisa pas. Elle entreprit seulement une lente descente qui dura deux ans. Sa qualité perçante – que j'utilisais comme arme contre mon frère – disparut. Ma mère pensa longtemps que j'avais un rhume. Les vendeuses regardaient derrière moi la dame qui avait demandé de l'aide. C'était un son qui n'était pas sans être charmant, un mélange de flûte et de basson, aux consonnes légèrement brouillées, à la prononciation précipitée et haletante. Et il y avait des signes perceptibles aux seuls linguistes, des élisions de classe moyenne, des notes d'ornement adaptées du grec en nasillement du Middle West, héritage de mes grands-parents et parents qui continuaient à vivre en moi comme tout le reste.

Je devins grande. Ma voix mûrit. Mais il n'y avait rien dans tout cela qui parût inhabituel. Mon ossature frêle, ma taille mince, la petitesse de ma tête, de mes mains et de mes pieds n'éveillaient la perplexité de personne. Il y a beaucoup de mâles génétiques élevés comme des filles qui ne passent pas si facilement inaperçus. Dès l'enfance, ils ont l'air différent, se meuvent différemment, ils n'arrivent pas à trouver de chaussures ou de gants à leur taille. Les autres gosses les traitent de garçons manqués ou pire, de femmes singes, de gorilles. Ma maigreur me protégeait. Le début des années soixante-dix était une bonne époque pour être plate. L'androgynie était à la mode. Ma hauteur branlante et mes jambes de poulain me donnaient l'allure d'un mannequin. Mes vêtements clochaient, mon visage clochait, mais pas ma maigreur. J'avais le look sloughi branché que complétaient mon tempérament rêveur et ma réputation d'intello.

Cependant il n'était pas rare que certaines filles innocentes et sensibles réagissent à ma présence d'une manière dont elles n'avaient pas conscience. Je pense à Lily Parker, qui, allongée sur un des canapés dans le hall de l'école, la tête posée sur mes genoux, levait les yeux et déclarait : « Tu as un menton absolument parfait. » Ou à June James, qui tirait mes cheveux sur sa tête, afin que nous les partagions comme une tente. Il est possible que mon corps ait produit des phéromones qui affectaient mes camarades. Comment expliquer autrement la façon dont mes amies se comportaient avec moi ? À ce stade, avant que mes caractères mâles secondaires se fussent manifestés, avant qu'on commence à chuchoter sur mon compte et que les filles y réfléchissent à deux fois avant de poser leur tête sur mes genoux – en cinquième, quand mes cheveux étaient soyeux au lieu de frisés, mes joues encore lisses, mes muscles pas encore développés et que, de manière invisible mais indubitable, je commençais à exsuder une sorte de masculinité, dans la façon dont je jetais ma gomme en l'air pour la rattraper, par exemple, ou dans la façon dont je plongeais ma cuillère dans le dessert des autres, dans l'intensité de mon front plissé ou l'empressement que je mettais, en classe, à m'opposer à tous sur tous les sujets ; quand j'étais une enfant changée, avant d'avoir changé, j'avais beaucoup de succès dans ma nouvelle école.

Mais cette époque fut brève. Bientôt ma coiffure perdit sa guerre nocturne contre les forces de la frisure. Apollon s'inclina devant Dionysos. Il est possible que la beauté ait toujours quelque chose d'un peu bizarre, mais, l'année de mes treize ans, j'étais en train de devenir plus bizarre que jamais.

Regardons l'album de l'école. Sur la photo de l'équipe de hockey, prise en automne, je suis sur un genou au premier rang. Avec ma classe au printemps, je voûte le dos au fond. Sur mon visage il y a une ombre de gêne. (Chaque année, mon expression perpétuellement embarrassée poserait problème aux photographes. Elle gâcherait les photos de classe et les cartes de vœux jusqu'à ce que, dans les photos les plus largement divulguées de moi, le problème soit finalement résolu par l'oblitération complète de mon visage.)

Si Milton souffrait de ne pas avoir une jolie fille, je ne le sus jamais. Aux mariages il me demandait toujours de danser avec lui, quelque ridicule que fût notre couple.

« Allez, kukla, on va guincher », disait-il, et nous voilà partis, le père massif et trapu, menant avec confiance sa mante religieuse de fille qui tentait tant bien que mal d'exécuter les pas du fox-trot. L'amour de mes parents ne diminua pas avec ma beauté. Je crois devoir ajouter, néanmoins, que tandis que mon apparence changeait au cours de ces années une sorte de tristesse s'infiltra dans leur amour. Ils craignaient que je n'attire pas les garçons, que je fasse tapisserie, comme tante Zo. Parfois quand nous dansions, Milton bombait le torse et regardait autour de lui, comme s'il défiait quiconque de se moquer.

Ma réaction à cette accès de croissance fut de me laisser pousser les cheveux. Contrairement au reste de moi, qui semblait décidé à n'en faire qu'à sa tête, mes cheveux demeuraient sous mon contrôle. C'est ainsi qu'à l'instar de Desdemona après sa désastreuse expérience à la YWCA, je refusai qu'on me les coupe. Pendant la cinquième et la quatrième, je poursuivis mon but. Tandis que les étudiants manifestaient contre la guerre, Calliope protestait contre les ciseaux. Tandis que les bombes tombaient secrètement sur le Cambodge, Callie faisait ce qu'elle pouvait pour garder ses propres secrets. Au printemps 1973, la guerre était officiellement terminée. Le président Nixon quitterait ses fonctions en août de l'année suivante. Le rock faisait place au disco. Dans tout le pays, les coiffures changeaient. Mais la tête de Calliope, comme une bouseuse du Middle West toujours en retard d'une mode, croyait qu'on était encore dans les années soixante.

Mes cheveux ! Les cheveux incroyablement abondants de mes treize ans ! Pareils cheveux ornèrent-ils jamais la tête d'une fille de treize ans ? Y eut-il jamais une fille qui fit klaxonner autant de camionneurs ? Tous les mois, toutes les semaines, tous les trois jours, les canalisations de notre maison se bouchaient. « Doux Jésus, se plaignait Milton en faisant un nouveau chèque, tu es pire que ces foutues racines. » Chevelure comme une boule d'amarante roulant à travers les pièces de Middlesex.

Chevelure comme une tornade noire traversant un film amateur. Chevelure si étendue qu'on aurait dit qu'elle avait son propre climat, parce que mes pointes fourchues et sèches crépitaient d'électricité statique tandis que plus près de mon cuir chevelu l'atmosphère était chaude et humide comme celle d'une forêt tropicale. Les cheveux de Desdemona étaient longs et soyeux, mais j'avais hérité de la variété plus hérissée de Jimmy Zizmo. Il n'y avait pas une pommade qui puisse les discipliner. Pas une grande dame ne les aurait achetés. C'étaient des cheveux qui pouvaient pétrifier la Méduse, des cheveux plus serpentant que toutes les fosses à serpents d'un film de Minotaure.

Ma famille souffrait. On retrouvait mes cheveux dans tous les coins, tous les tiroirs, tous les plats. Même dans les gâteaux de riz de Tessie, dont elle recouvrait chaque ramequin de papier sulfurisé avant de le mettre au réfrigérateur – même dans les desserts hermétiquement protégés mes cheveux trouvaient à s'immiscer ! Des cheveux noir de jais s'enroulaient autour des savons. Ils se retrouvaient pressés comme des fleurs séchées entre les pages des livres. Ils faisaient leur apparition dans des étuis à lunettes, des cartes d'anniversaire et une fois – je le jure – à l'intérieur d'un œuf que Tessie venait juste de casser. Un jour le chat des voisins recracha une boule de poils qui n'étaient pas les siens. « Quelle horreur ! cria Becky Turnbull. J'appelle la SPA ! » En vain Milton tenta de me faire porter la charlotte en papier dont ses employés étaient tenus par la loi de se coiffer. Tessie, comme si j'avais encore six ans, se mit un jour en devoir d'y appliquer la brosse.

« Je-ne-vois-pas-pourquoi-tu-ne-laisses-pas-Sophie-faire-quelque-chose-à tes-cheveux.

– Parce que je vois ce que ça donne sur elle.

– Sophie a une très jolie coiffure.

– Aïe !

– Qu'est-ce que tu crois ? C'est un vrai nid à rats.

– Laisse-les tranquilles.

– Ne bouge pas. » Sa brosse continua à glisser et tirer, imprimant à chaque coup une saccade à ma tête. « Aujourd'hui la mode est aux cheveux courts, Callie.

– Tu as fini ? »

Quelques coups finaux. Puis, plaintivement : « Au moins attache-les. Empêche-les de te couvrir le visage. »

Que pouvais-je lui dire ? Que c'était justement pour ça que j'avais les cheveux longs ? Pour qu'ils me cachent le visage ? Peut-être que je ne ressemblais pas à Veronica Lake. Peut-être que je commençais même à ressembler beaucoup à nos saules pleureurs. Mais ma chevelure avait ses avantages. Elle cachait des dents argentées. Elle cachait un nez de satyre. Elle cachait un teint brouillé et, mieux que tout, elle me cachait moi. Me couper les cheveux ? Jamais ! Je continuais à les laisser pousser. Mon rêve était de pouvoir un jour vivre à l'intérieur.

Imaginez-moi à l'époque malheureuse de mes treize ans quand j'entrai en quatrième. Un mètre soixante-dix-huit, soixante-cinq kilos. Mes cheveux noirs pendant comme des rideaux de chaque côté de mon nez. Les gens faisant mine de frapper à la tenture noire qui voilait mon visage en criant : « Il y a quelqu'un ? »

J'y étais. Où aurais-je pu aller ?

Intermède lyrique

J'ai repris mes vieilles habitudes. Mes promenades solitaires dans Victoriapark. Mes Romeo y Julietas, mes Davidoff grands crus. Mes réceptions à l'ambassade, mes concerts au Philharmonique, mes virées nocturnes au Felsenkeller. C'est ma période favorite de l'année, l'automne. La légère fraîcheur de l'air, qui vivifie l'esprit, et tous les souvenirs d'école rattachés à l'automne. En Europe il n'y a pas des feuilles de couleurs vives comme en Nouvelle-Angleterre. Les feuilles se consument mais ne prennent jamais feu. Il fait encore assez doux pour se déplacer à bicyclette. Hier soir je suis allé de Schöneberg à Orianenburgstrasse, dans le Mitte. J'ai pris un verre avec un ami. Au retour, comme je pédalais, je fus hélé par les péripatéticiennes intergalactiques. Vêtues de leurs costumes de manga, chaussées de leurs moon boots, elles rejetaient en arrière d'un mouvement de tête leurs cheveux de poupée cardés et appelaient : Hallohallo. C'est peut-être ce qu'il me faudrait. Rémunérées pour tolérer quasiment n'importe quoi. Choquées par rien. Et pourtant, comme je passais devant leur rang, leur *Strich*, mes sentiments envers elles n'étaient pas ceux d'un homme. Je ressentais la réprobation et le dédain d'une fille sage en même temps qu'une empathie physique. Comme elles roulaient des hanches, me harponnant de leurs yeux maquillés de noir, mon esprit n'était pas occupé par les images de ce que je pourrais faire avec elles, mais de ce que ce devait être pour elles, chaque nuit, heure après heure, de devoir le faire. Les *Hüren*, quant à elles, ne me regardaient pas de trop près. Elles voyaient mon écharpe en soie, mon pantalon Zegma, mes chaussures brillantes. Elles voyaient l'argent dans mon portefeuille. Hallo, elles appelaient. Hallo. Hallo.

C'était aussi l'automne, alors, l'automne de l'année 1973. Quelques mois me séparaient de mon treizième anniversaire. Et un dimanche après l'église Sophie Sassoon me murmura à l'oreille : « Chérie ? Tu as juste un tout petit soupçon de moustache. Demande à ta mère de t'amener. Je t'arrangerai ça. »

Une moustache ? Était-ce vrai ? Comme Mrs. Drexel ? Je me précipitai aux toilettes. Mrs. Tsilouras était en train de se remettre du rouge à lèvres, et dès qu'elle fut partie je tournai mon visage vers le miroir. Pas une vraie moustache : juste quelques poils noirâtres au-dessus de ma lèvre supérieure. Ce n'était pas aussi surprenant que cela pouvait paraître. En fait, le phénomène ne m'était pas inconnu.

Comme la ceinture du soleil ou la ceinture de la Bible, il existe, sur cette terre si diverse qui est la nôtre, une Ceinture velue. Elle commence au sud de l'Espagne, congrûment avec l'influence maure. Elle s'étend sur les régions aux yeux noirs de l'Italie, de presque toute la Grèce et d'absolument toute la Turquie. Elle s'incurve au sud pour inclure le Maroc, l'Algérie, la Tunisie et l'Égypte. Elle poursuit à l'est (en s'assombrissant comme les cartes pour indiquer les profondeurs océanes) sur la Syrie, l'Iran, et l'Afghanistan, avant de s'éclaircir graduellement en Inde. Après quoi, excepté une tache unique représentant les Aïnu au Japon, la Ceinture de poils prend fin.

Chante, Muse, les dames grecques et leur lutte contre les poils disgracieux ! Chante les crèmes dépilatoires et les pinces à épiler ! L'eau oxygénée et la cire d'abeille ! Chante comment l'importun duvet, telles les légions de Darius, envahit la terre achéenne des jeunes filles à peine pubères ! Non, Calliope n'était pas surprise par l'apparition d'une ombre sur sa lèvre supérieure. Ma tante Zo, ma mère, Sourmelina, et même ma cousine Cleo souffraient toutes de la présence de poils en des endroits où ils n'étaient pas bienvenus. Quand je ferme les yeux pour évoquer les senteurs chéries de mon enfance, est-ce que je sens l'odeur du pain d'épice en train de cuire ou des aiguilles de pin des arbres de Noël ? Pas d'abord. L'arôme qui emplit les narines de ma mémoire est celui, sulfureux et dissolvant les protéines, du Nair.

Je vois ma mère, les pieds dans la bassine, attendant que la mousse bouillonnante et puante ait fait son effet. Je vois Sourmelina faisant chauffer une boîte de cire sur la cuisinière. Le mal qu'elles se donnaient pour s'épiler ! Les rougeurs que provoquaient les crèmes ! L'inutilité de tout cela ! L'ennemi était invincible. Il était la vie elle-même.

Je demandai à ma mère de me prendre un rendez-vous à l'institut de beauté de Sophie Sassoon dans le centre commercial d'Eastland.

Coincée entre un cinéma et une sandwicherie, la Toison d'or faisait ce qu'elle pouvait pour se démarquer socialement de ses voisins. Une élégante marquise protégeait l'entrée, ornée de la silhouette d'une grande dame parisienne. Un vase de fleurs trônait sur le comptoir. Sophie Sassoon elle-même était aussi colorée que ses fleurs. Vêtue d'une tunique violette, couverte de bracelets et de pierres, elle allait de fauteuil en fauteuil. « Comment allons-nous ? Oh, vous êtes ravissante. Cette couleur vous rajeunit de dix ans. » Puis à la cliente suivante : « N'ayez pas l'air si inquiet. Faites-moi confiance. C'est comme ça qu'on se coiffe aujourd'hui. Reinaldo, dites-lui. » Et Reinaldo, dans sa salopette : « Comme Mia Farrow dans *Rosemary's Baby*. Un peu maigre peut-être, mais magnifique. » Sophie était déjà passée à la cliente suivante. « Chérie, laissez-moi vous donner un conseil. Ne vous séchez pas les cheveux au séchoir. Laissez-les sécher naturellement. Et j'ai un après-shampooing pour vous, incroyable. Je suis dépositaire agréée. » C'était pour l'attention que Sophie leur octroyait que venaient les clientes, le sentiment de sécurité que leur procurait l'institut, l'assurance qu'elles pouvaient y dévoiler leurs défauts sans gêne et que Sophie y remédierait. Ce doit être pour l'amour qu'elles venaient. Sinon les clientes auraient remarqué que Sophie elle-même aurait bien eu besoin de conseils de beauté. Elles auraient vu que ses sourcils étaient dessinés comme au feutre et que son visage, grâce aux produits Princesse Borghese sur la vente desquels elle touchait une commission, était rouge brique. Mais ce jour-là, ou les semaines qui suivirent, le vis-je moi-même ? Comme tout le monde, au lieu de juger de l'effet du travail de maquilleuse de Sophie Sassoon, j'étais impressionnée par sa complexité. Je savais, comme ma mère et les autres dames, que Sophie Sassoon ne consacrait pas moins d'une heure trois quarts tous les matins à se « faire belle ». Il lui fallait appliquer crème pour les yeux et crème contre les cernes. Il lui fallait poser plusieurs couches, comme pour vernir un violon. Il y avait, en plus de la couche finale rouge brique, des touches de vert pour atténuer les rougeurs, du rose pour rehausser les pommettes, des bleus sur les paupières. Elle utilisait de l'eye-liner sec, de l'eye-liner liquide, du lip-liner, du lip-conditioner, des paillettes microscopiques pour illuminer le teint et un produit pour contracter les pores. Le visage de Sophie Sassoon : il était créé avec la rigueur d'un mandala en sable déposé grain par grain par des moines tibétains. Il durait un jour, après quoi il disparaissait.

Ce visage nous disait maintenant : « Par ici, mesdames. » Sophie était chaleureuse, comme toujours, aimante comme toujours. Ses mains, enduites chaque soir de crème, voletaient autour de nous, massant, frottant. On aurait dit que ses boucles d'oreilles avaient été déterrées à Troie par Schliemann. Elle nous mena le long d'une rangée de femmes qui se faisaient coiffer, à travers un ghetto étouffant de sèche-cheveux, et au-delà d'un rideau bleu. Dans la vitrine de la Toison d'or, Sophie s'occupait des cheveux, dans le fond, elle s'occupait des poils. Derrière le rideau bleu, des femmes à demi nues présentaient des parties d'elles-mêmes à épiler. Une grosse dame était sur le dos, son chemisier remonté exposant son nombril. Une autre était allongée sur le ventre, lisant un magazine tandis que la cire séchait sur l'arrière de ses cuisses. Il y avait une femme assise dans un fauteuil, les pattes et le menton enduits d'une cire or sombre, et il y avait deux belles jeunes femmes étendues, nues à partir de la taille, qui se faisaient faire un maillot. L'odeur de cire d'abeille était puissante, agréable. L'atmosphère était celle d'un bain turc sans la chaleur, avec quelque chose de paresseux et d'alangui comme les volutes de fumée qui s'élevaient des pots de cire.

« Je ne vais faire que le visage, dis-je à Sophie.

– On dirait que c'est elle qui paye », fit-elle en plaisantant à ma mère.

Ma mère rit, suivie par les autres femmes. Tout le monde regardait de notre côté en souriant. Je venais de l'école et j'étais en uniforme.

« Estime-toi heureuse que ce ne soit que ton visage, dit l'une des maillots.

– Dans quelques années, dit l'autre, il faudra peut-être que tu descendes. »

Rires. Clins d'yeux. Même, à mon grand étonnement, un sourire se dessinant sur le visage de ma mère. Comme si, derrière le rideau bleu, Tessie était une autre femme. Comme si, maintenant que nous nous faisions épiler toutes les deux, elle pouvait me traiter en adulte.

« Sophie, peut-être pouvez-vous convaincre Callie de se faire couper les cheveux, dit-elle.

– Ils sont un peu broussailleux, chérie, reconnut Sophie. Par rapport à la forme de ton visage.

– Juste une épilation, s'il vous plaît, dis-je.

– Elle n'écoute personne », soupira Tessie.

C'est une Hongroise (originaire des confins de la Ceinture velue) qui nous fit les honneurs. Avec l'efficacité d'un Jimmy Papanikolas préparant un petit déjeuner, elle nous répartit dans la pièce comme de la nourriture sur une plaque chauffante : dans un coin la grosse femme rose comme une tranche de bacon ; dans le fond Tessie et moi, collées l'une à l'autre comme des frites ; en face les maillots, à plat comme les œufs du même nom. Helga surveillait notre cuisson. Son plateau en aluminium à la main, elle allait de l'une à l'autre, appliquant une couche de cire couleur de sirop d'érable là où la nécessité s'en faisait sentir avec une spatule en bois puis y posant des bandes de gaze avant qu'elle ait durci. Quand la grosse femme fut à point d'un côté, Helga la retourna. Tessie et moi, dans nos fauteuils, entendions le bruit de la cire violemment arrachée. « Ouille ! » cria la grosse dame. « Ce n'est rien, minimisa Helga. Je fais ça parfaitement. » « Aïe », jappa un maillot. Et Helga, faisant montre d'un féminisme peu compatible avec sa fonction : « Voyez ce que vous faites pour les hommes ? Vous souffrez. Ça vaut pas la peine. »

Helga s'avança alors vers moi. Elle saisit mon menton et tourna ma tête d'un côté puis de l'autre afin de m'examiner. Elle appliqua de la cire sur ma lèvre supérieure. Elle passa à ma mère pour faire de même. Trente secondes plus tard la cire avait durci.

« J'ai une surprise pour toi, dit Tessie.

– Laquelle ? » demandai-je, tandis qu'Helga arrachait. J'étais sûre que ma moustache débutante avait disparu. Avec ma lèvre supérieure.

« Ton frère vient pour Noël. »

J'avais les larmes aux yeux. Je me contentai de les fermer, rendue muette par la surprise.

« En voilà une surprise, articulai-je enfin.

– Il vient avec sa petite amie.

– Il a une petite amie ? Qui voudrait sortir avec lui ?

– Elle s'appelle... » Helga arracha. Un instant plus tard, ma mère reprit : « Meg. »

À partir de ce moment, Sophie Sassoon s'occupa de mes poils. J'y allai environ deux fois par mois, ajoutant l'épilation à la liste de procédures d'entretien qui allait s'allongeant. Je commençai à me raser les jambes et les aisselles. Je m'épilais les sourcils. Le maquillage était interdit à l'école. Mais pendant les week-ends je procédais à des expériences timides. Reetika et moi nous maquillions dans sa chambre, nous passant et repassant un miroir à main. Je ne lésinais pas sur l'eye-liner. Mon modèle en la matière était Maria Callas, ou peut-être Barbra Streisand dans *Funny Girl*. Les divas triomphantes à long nez. Chez moi je me glissais dans la salle de bains de ma mère. J'adorais les fioles en forme d'amulette, les crèmes qui sentaient si bon qu'on avait envie de les manger. J'essayai son brumisateur, aussi. On mettait son visage dans le cône en plastique pour se faire foudroyer par la chaleur. J'évitai les crèmes grasses de peur qu'elles ne me donnent des boutons.

Chapitre Onze étant à l'université – il était maintenant en deuxième année – j'avais la salle de bains pour moi toute seule, ainsi qu'en témoignait le contenu de l'armoire à pharmacie. Deux rasoirs roses se tenaient droit dans un verre, à côté d'un spray de shampooing à sec. Un tube de baume pour les lèvres Dr. Pepper, qui avait le même goût que la boisson du même nom, embrassait une bouteille de « Comme Tes Cheveux Sentent Bon ». Ma crème après-shampooing avec volumisateur promettait de faire de moi une « véritable lionne » (mais ne l'étais-je pas déjà ?). Puis on passait aux produits pour le visage : ma crème anti-acnéique, mon fer à friser ; une boîte de pilules FemFer dont j'espérais qu'elles me serviraient un jour et une boîte de talc pour bébé. Puis il y avait mon aérosol d'anti-transpirant et mes deux flacons de parfum : Woodhue, cadeau légèrement déroutant que mon frère m'avait fait pour Noël et qu'en conséquence je ne mettais jamais ; et l'Air du temps de Nina Ricci (« Seulement pour les romantiques »). J'avais également un tube de crème dépilatoire pour les raccords entre mes séances à la Toison d'or. Dispersés parmi ces produits totémiques se trouvaient des Q-tips et des boules de coton, des lip-liners, du maquillage pour les yeux Max Factor, du mascara, du rose pour les joues et tout ce que j'utilisais dans ma bataille perdue d'avance pour être belle. Finalement, cachée dans le fond de l'armoire, se trouvait la boîte de Kotex que ma mère m'avait donnée un jour. « Il vaut mieux les avoir sous la main », m'avait-elle dit, me frappant de stupeur. Pas d'autre explication que ça.

L'accolade que j'avais donnée à Chapitre Onze au cours de l'été 72 se révéla être une sorte d'adieu, parce que lorsqu'il revint à la maison après sa première année, mon frère était devenu une autre personne. Il s'était laissé pousser les cheveux (pas aussi longs que les miens mais quand même). Il avait commencé à apprendre la guitare. Il portait de petites lunettes rondes cerclées de fer et avait troqué ses pantalons droits pour des jeans délavés pattes d'éléphant. Les membres de ma famille ont toujours eu le talent de la métamorphose. Tandis que je terminais ma première année à Baker & Inglis et que je commençais ma seconde, tandis que je passais de l'état de cinquième courtaude à celui de quatrième trop grande, Chapitre Onze, à l'université, se transformait de rat de bibliothèque en sosie de John Lennon.

Il acheta une moto. Il commença la méditation. Il prétendit avoir compris *2001, l'Odyssée de l'espace*, la fin incluse. Mais ce n'est pas avant que Chapitre Onze descende au sous-sol jouer au ping-pong avec Milton que je compris ce qu'il y avait derrière tout ça. Cela faisait des années que nous avions une table de ping-pong mais jusqu'alors, malgré tous nos efforts, mon frère et moi n'avions jamais pu battre Milton. Ni ma nouvelle allonge, ni la concentration de Chapitre Onze ne suffisaient à contrer les effets pervers qu'il donnait à la balle, ou les smashes qui nous laissaient des marques rouges sur la poitrine, *à travers nos vêtements*. Mais cet été-là, quelque chose avait changé. Quand Milton lâchait son service canon, Chapitre Onze le retournait avec un minimum d'effort. Quand Milton sortait son « anglais », appris dans la marine, Chapitre Onze contre-coupait la balle. Même quand Milton lâchait son smash mortel, Chapitre Onze, faisant preuve de réflexes stupéfiants, le renvoyait à son expéditeur. Milton se mit à transpirer.

Son visage vira au rouge. Chapitre Onze demeura calme. Il avait un air bizarre et distrait. Ses pupilles étaient dilatées. « Vas-y, l'encourageai-je. Bats papa ! » 12-12. 12-14. 14-15. 17-18. 18-21 ! Chapitre Onze avait réussi. Il avait battu Milton.

« Je suis sous acide, m'expliqua-t-il plus tard.

– Quoi ?

– Du Windowpane. Trois pilules. »

L'influence de la drogue ralentissait le temps. Les services les plus rapides de Milton, ses effets les plus appuyés, ses smashes, tout semblait flotter dans l'air.

Du LSD ? Trois pilules ? Chapitre Onze avait trippé tout le temps. Il avait trippé pendant le dîner ! « C'était le moment le plus dur. Je regardais papa couper le poulet et il s'est mis à battre des ailes et à s'envoler !

– Qu'est-ce qui lui prend ? entendis-je mon père demander à ma mère à travers la cloison séparant nos chambres. Voilà qu'il parle de laisser tomber l'ingénierie. Il dit que c'est trop embêtant.

– Ça lui passera.

– Vaudrait mieux. »

Peu après, Chapitre Onze retourna à l'université. Il n'était pas rentré pour Thanksgiving. C'est ainsi que, à l'approche de Noël, nous nous demandions tous à quoi il ressemblerait à son arrivée.

Nous le découvrîmes bientôt. Ainsi que mon père le craignait, Chapitre Onze avait abandonné l'idée de devenir ingénieur. Maintenant, nous informa-t-il, sa matière principale était l'anthropologie.

Pour les besoins d'un devoir, Chapitre Onze entreprit ce qu'il appelait une « étude de terrain » durant la plus grande partie de ses vacances. Il ne se séparait pas d'un magnétophone avec lequel il enregistrait tout ce que nous disions. Il prenait des notes sur nos « systèmes idéatifs » et nos « rituels intra-communautaires ». Lui-même ne disait presque rien, prétendant ne pas vouloir influencer son matériau. De temps à autre, toutefois, alors qu'il regardait notre famille nombreuse manger, plaisanter et discuter, Chapitre Onze laissait échapper un rire, un eurêka privé qui le renversait dans sa chaise et soulevait de terre ses chaussures ergonomiques. Puis il se penchait en avant et se mettait à écrire comme un fou dans son carnet de notes.

Comme je l'ai déjà dit, mon frère ne s'était pas beaucoup intéressé à moi au cours de mon enfance. Ce week-end, toutefois, aiguillonné par sa nouvelle manie de l'observation, Chapitre Onze trouva en moi une nouvelle source d'intérêt. Le vendredi après-midi alors que je faisais mes devoirs sur la table de la cuisine, il vint s'asseoir à côté de moi. Il me fixa longuement d'un regard pensif.

« Latin, hein ? C'est ça qu'on t'apprend en classe ?

– Ça me plaît.

– Tu es nécrophile ?

– Quoi ?

– C'est quelqu'un qui est excité par les cadavres. Le latin est mort, non ?

– Je ne sais pas.

– Je sais un peu de latin.

– Vraiment ?

– *Cunnilingus.*

– Ne sois pas vulgaire.

– *Fellatio.*

– Ha ha.

– *Mons veneris.*

– Je meurs de rire. Tu me tues. Regarde, je suis morte. »

Chapitre Onze garda le silence pendant un moment. J'essayai de continuer à travailler, mais je sentais son regard sur moi. Finalement, exaspérée, je fermai mon livre. « Qu'est-ce que tu regardes ? » demandai-je.

Il y eut un silence caractéristique de mon frère. Derrière ses lunettes de grand-mère, ses yeux paraissaient vides, mais le cerveau qui était derrière fonctionnait à plein.

« Je regarde ma petite sœur, dit-il.

– Okay. Tu l'as vue. Va-t'en maintenant.

– Je regarde ma petite sœur et je pense qu'elle ne ressemble plus à ma petite sœur.

– Qu'est-ce que ça veut dire ? »

De nouveau le silence. « Je ne sais pas, dit mon frère. J'essaie de trouver.

– Eh bien, quand tu auras trouvé, tu me diras. Maintenant j'ai des trucs à faire. »

Le samedi matin, la petite amie de Chapitre Onze arriva. Meg Zemka était aussi petite que ma mère et aussi plate que moi. Ses cheveux étaient brun souris, ses dents, à cause d'une enfance pauvre, en mauvais état. C'était une enfant abandonnée, une orpheline, un avorton, une personnalité six fois plus puissante que mon frère.

« Qu'est-ce que vous étudiez à l'université, Meg ? lui demanda mon père pendant le dîner.

– Sciences-po.

– Ça a l'air intéressant.

– Je doute que vous appréciiez mon point de vue. Je suis marxiste.

– Voilà autre chose.

– Vous dirigez des restaurants ?

– C'est ça. Les Hot Dogs Hercule. Vous en avez déjà goûté ? Il faudra qu'on vous emmène.

– Meg ne mange pas de viande, lui rappela ma mère.

– Ah ouais, j'avais oublié, dit Milton. Eh bien, vous goûterez les frites. Nous vendons des frites.

– Combien vous payez vos ouvriers ? demanda Meg.

– Ceux qui sont derrière le comptoir ? Le minimum.

– Et vous habitez cette grande maison à Grosse Pointe.

– C'est parce que je dirige l'affaire de A à Z et que j'accepte les risques.

– Pour moi c'est de l'exploitation.

– Vraiment ? Milton sourit. Eh bien, si donner du boulot à quelqu'un c'est l'exploiter, alors je suppose que je suis un exploiteur. Ces boulots n'existaient pas avant que je monte l'affaire.

– C'est comme de dire que les esclaves n'avaient pas de boulot jusqu'à ce qu'on fasse des plantations.

– C'est une vraie petite bombe que tu as là, dit Milton, se tournant vers mon frère. Où est-ce que tu l'as trouvée ?

– C'est moi qui l'ai trouvé, dit Meg. Sur le toit d'un ascenseur. »

C'est ainsi que nous apprîmes comment Chapitre Onze employait son temps à l'université. Son passe-temps favori consistait à dévisser le faux plafond de l'ascenseur du dortoir pour grimper sur le toit. Il y restait des heures, montant et descendant dans l'obscurité.

« La première fois que je l'ai fait, nous avoua alors Chapitre Onze, l'ascenseur est monté au dernier étage. J'ai cru que j'allais être écrasé. Mais en fait ils ont prévu un espace.

– C'est pour ça qu'on paye tes études ? demanda Milton.

– C'est pour ça que vous exploitez vos ouvriers », dit Meg.

Tessie donna des chambres séparées à Chapitre Onze et à Meg, mais au milieu de la nuit on entendit des pas feutrés et des gloussements dans l'obscurité. Essayant d'être la grande sœur que je n'avais pas eue, Meg me donna un exemplaire de *Notre corps, nous-mêmes*.

Chapitre Onze, entraîné dans la tourmente de la révolution sexuelle, essaya, lui aussi, de m'éduquer.

« Tu te masturbes, Cal ?

– Quoi !

– Pas besoin d'être gênée. C'est naturel. Un copain m'a appris qu'on pouvait le faire avec la main. Alors je suis allé dans la salle de bains...

– Je ne veux rien entendre.

– ... et j'ai essayé. Tout d'un coup, les muscles de mon pénis se sont contractés...

– Dans notre salle de bains ?

– ... et j'ai éjaculé. C'était vraiment incroyable. Tu devrais essayer, Cal, si tu ne l'as pas déjà fait. Les filles sont un peu différentes, mais physiologiquement c'est à peu près la même chose. Je veux dire que le pénis et le clitoris sont des structures analogues. Il faut expérimenter pour voir ce qui marche. »

Je me bouchai les oreilles et me mis à chantonner.

« Tu ne dois pas te gêner avec moi, Cal, cria Chapitre Onze. Je suis ton frère. »

Le rock, l'admiration pour le Maharishi Mahesh, les noyaux d'avocat mis à mûrir sur le rebord de la fenêtre, le papier d'emballage arc-en-ciel. Quoi d'autre ? Ah oui : mon frère ne mettait plus de déodorant.

« Tu pues ! me plaignis-je un jour.

– Je suis humain, répondit-il. C'est l'odeur des humains.

– Alors les humains puent.

– Tu trouves que je pue, Meg ?

– Absolument pas – enfouissant son nez dans son aisselle. Ça m'excite.

– Vous voulez bien sortir ? J'essaie de regarder la télé.

– Hé, baby, ma petite sœur veut qu'on se casse. Qu'est-ce que tu dirais d'une petite baise ?

– Génial.

– Salut, sœurette. On sera au premier, *in flagrante delicto*. »

Où tout cela pouvait-il mener ? Seulement à la discorde familiale, aux cris, au chagrin. Le soir du premier de l'an, tandis que Milton et Tessie fêtaient l'année au champagne, Chapitre Onze et Meg se tapaient de grandes lampées de bière à la bouteille, sortant fréquemment pour fumer discrètement un joint. Milton dit : « Vous savez, j'ai pensé qu'on pourrait aller faire un tour au pays, voir le village de papou et yia yia.

– Et réparer cette église, comme tu l'as promis, ajouta Tessie.

– Qu'est-ce que tu en penses ? demanda Milton à Chapitre Onze. Peut-être qu'on pourrait y aller tous ensemble cet été.

– Sans moi, dit Chapitre Onze.

– Pourquoi ?

– Le tourisme n'est qu'une autre forme du colonialisme. »

Et ainsi de suite. Bien vite, Chapitre Onze déclara qu'il ne partageait pas les valeurs de Milton et Tessie. Milton lui demanda ce qui clochait avec leurs valeurs. Chapitre Onze répondit qu'il était contre le matérialisme. « Tu ne t'intéresses qu'à l'argent, dit-il à Milton. Je ne veux pas vivre comme ça. » Il désigna la pièce. Chapitre Onze était contre notre salon, tout ce que nous avions, tout ce pour quoi Milton avait travaillé. Il était contre Middlesex ! Puis des cris, et Chapitre Onze disant quatre mots à Milton, dont le premier commençait par un *v*, le deuxième par un *t*, le troisième par un *f* et le dernier aussi par un *f* ; puis encore des cris, et la moto de Chapitre Onze s'éloignant dans un rugissement, avec Meg à l'arrière.

Qu'était-il arrivé à Chapitre Onze ? Pourquoi avait-il tant changé ? C'était l'éloignement du foyer, déclara Tessie. C'était l'époque. C'étaient tous ces problèmes avec la guerre. Quant à moi, j'avais une réponse différente. Je soupçonnais que la transformation de Chapitre Onze était due en grande partie à ce jour où sa vie s'était jouée à la loterie. Est-ce que je projette ? Est-ce que je prête à mon frère mes propres obsessions quant au hasard et au destin ? Peut-être. Mais tandis que nous préparions un voyage – un voyage qui avait été promis quand Milton avait été épargné par une autre guerre –, il apparut que Chapitre Onze, en faisant ses voyages chimiques à lui, tentait d'échapper à ce qu'il avait vaguement perçu quand il était enroulé dans sa couverture : la possibilité que non seulement son numéro fût tiré au sort, mais qu'il en était ainsi de tout le reste. Chapitre Onze fuyait cette découverte, derrière l'acide, au sommet des ascenseurs, dans le lit de Meg, avec ses revendications multiples et ses vilaines dents. Meg Zemka qui lui sifflait à l'oreille tandis qu'ils faisaient l'amour : *Oublie ta famille, mec ! C'est des cochons de bourgeois ! Ton père est un exploiteur, mec ! Oublie-les. Ils sont morts, mec. Morts. Ce qui est vrai est ici. Viens le prendre, baby !*

L'OBSCUR OBJET

Aujourd'hui je me suis rendu compte que je n'étais pas si avancé que ça. La rédaction de mon histoire n'est pas l'acte de libération courageux que j'avais espéré qu'elle serait. Écrire est une activité solitaire et furtive et je sais tout de ce genre d'activité. Je suis un expert en vie parallèle. Est-ce vraiment mon tempérament apolitique qui fait que je me tiens à distance des mouvements pour les droits des transsexuels ? N'est-ce pas aussi la peur ? De me dévoiler. De devenir l'un d'eux.

Mais on ne peut faire que ce qu'on est capable de faire. Si cette histoire n'est écrite que pour moi-même, qu'il en soit ainsi. Je n'ai pourtant pas l'impression qu'il en est ainsi. Je te sens tout proche, lecteur. C'est le seul genre d'intimité avec laquelle je suis à l'aise. Rien que nous deux, ici dans l'obscurité.

Il n'en fut pas toujours ainsi. À l'université, j'avais une petite amie. Elle s'appelait Olivia. Nous fûmes attirés par nos blessures communes. Olivia avait été sauvagement attaquée à l'âge de treize ans, presque violée. La police avait attrapé le type et Olivia avait témoigné plusieurs fois devant le tribunal. L'épreuve avait interrompu sa croissance. Au lieu de pouvoir faire les choses normales que fait une étudiante, elle avait dû rester la fille de treize ans qu'elle avait été à la barre des témoins. Tandis qu'Olivia et moi-même étions tous deux intellectuellement au niveau, et même au-dessus, nous demeurions émotionnellement des adolescents. Nous pleurions beaucoup au lit. Je me rappelle la première fois que nous nous sommes déshabillés l'un devant l'autre. C'était comme de défaire des pansements. À cette époque Olivia n'aurait pas pu supporter plus de virilité que je n'étais capable de lui en offrir. J'étais son manuel de débutante.

Après l'université, je fis le tour du monde. J'essayai d'oublier mon corps en le déplaçant continuellement. Neuf mois plus tard, de retour au pays, je passai l'examen des Affaires étrangères et, un an après, je commençai à travailler au Département d'État. Un boulot parfait pour moi. Trois ans dans un endroit, deux dans un autre. Jamais assez longtemps pour nouer des liens durables avec quiconque. À Bruxelles, je tombai amoureux d'une barmaid qui prétendait ne pas être gênée par la manière inhabituelle dont j'étais fait. Je lui en étais si reconnaissant que je la demandai en mariage bien qu'elle fût ennuyeuse, sans ambition et grande gueule. Heureusement, elle déclina mon offre et partit avec un autre. Qu'y a-t-il eu depuis ? Quelques-unes par-ci par-là, jamais bien longtemps. C'est ainsi que j'ai pris l'habitude des séductions inachevées. Je suis bon pour engager la conversation, les verres et les dîners, les étreintes sur les pas de porte. Mais après je me défile. « J'ai rendez-vous demain matin avec l'ambassadeur », je dis. Et elles me croient. Elles croient que l'ambassadeur veut être briefé sur l'hommage à Aaron Copland qui doit bientôt avoir lieu.

Ça devient de plus en plus difficile. Avec Olivia et toutes celles qui l'ont suivie il m'a fallu affronter la connaissance de mon état. Mais lorsque nous nous rencontrâmes, l'Obscur Objet et moi, nous nous trouvions dans une bienheureuse ignorance.

Après tous ces cris, cet hiver-là, le silence régna à Middlesex. Un silence si profond que, tel le pied gauche de la secrétaire du président, il effaça une bonne partie des archives officielles. Une saison lourde et évasive, durant laquelle Milton, incapable d'admettre que l'attitude de Chapitre Onze lui avait brisé le cœur, se laissa envahir par la colère au point qu'il lui suffisait d'un rien pour exploser : un feu rouge trop long, un sorbet au lieu d'une glace pour le dessert. (C'était un silence bruyant mais un silence tout de même.) Un hiver durant lequel les soucis que lui causaient ses enfants immobilisèrent Tessie au point qu'elle en oublia de rendre les cadeaux de Noël qui n'allaient pas et se contenta de les ranger, sans se faire rembourser. À la fin de cette saison de blessures et de non-dits, comme les premiers crocus faisaient leur apparition, remontant des enfers de l'hiver, Calliope Stephanides, qui elle aussi sentait quelque chose bouger dans le sol de son être, se retrouva à lire les classiques.

Le semestre du printemps de quatrième me vit entrer dans la classe d'anglais de Mr. da Silva. Comme nous n'étions que cinq élèves, nous nous réunissions dans la serre du premier étage. Des plantes grimpantes se laissaient tomber du toit en verre. Plus près de nos têtes, des géraniums exhalaient un parfum qui était entre la réglisse et l'aluminium. En plus de moi il y avait Reetika, Tina, Joanne et Maxine. Bien que nos parents eussent été amis, je connaissais à peine Maxine. Elle ne fréquentait pas les autres filles de Middlesex. Elle jouait sans cesse du violon. Elle était la seule juive de l'école. Elle déjeunait seule, d'aliments kasher qu'elle pêchait à la cuillère dans un Tupperware. Je présumais que si elle était si pâle c'est parce qu'elle ne sortait jamais et que la veine bleue qui battait follement à sa tempe était une sorte de métronome intérieur.

Mr. da Silva était né au Brésil. On aurait eu du mal à le deviner. Il n'avait pas exactement le genre carnaval. Les détails latins de son enfance (le hamac, la baignoire à l'extérieur) avaient été effacés par une éducation américaine et un amour du roman européen. Maintenant c'était un démocrate libéral et il mettait un brassard noir chaque fois qu'il s'agissait de soutenir une cause juste. Il faisait l'école du dimanche à l'église épiscopale. Il avait un visage rose et cultivé et des cheveux châtains qui lui tombaient sur les yeux quand il récitait des poèmes. Parfois il ramassait un chardon ou une fleur sauvage qu'il mettait à sa boutonnière. Il était petit, trapu et il faisait souvent de la gymnastique entre les cours. Il jouait de la flûte, aussi. Dans sa classe, il y avait un pupitre sur lequel se trouvaient des partitions, de musique baroque pour la plupart.

C'était un professeur merveilleux, Mr. da Silva. Il nous traitait avec le plus grand sérieux, comme si nous, élèves de quatrième, nous pouvions trouver la solution à des problèmes sur lesquels les érudits débattaient depuis des siècles. Il écoutait nos gazouillis, sa frange sur les yeux. Quand il parlait, il le faisait par paragraphes. Si vous écoutiez attentivement, il était possible de relever les virgules et les tirets, même les deux-points et les points-virgules. Mr. da Silva avait une citation pour chaque occasion de sa vie, ce qui lui permettait de s'en évader. Au lieu de déjeuner, il vous décrivait le menu du déjeuner d'Oblonski et Lévine dans *Anna Karénine*. Ou, en décrivant un coucher de soleil dans *Daniel Deronda*, il ne remarquait pas celui qui était en train de tomber sur le Michigan.

Mr. da Silva avait passé un été en Grèce six ans auparavant et il n'en était toujours pas revenu. Quand il en parlait, sa voix se faisait encore plus suave que d'habitude, et ses yeux brillaient. Un soir qu'il n'avait pas trouvé d'hôtel, il avait dû dormir dehors et il s'était réveillé le lendemain matin sous un olivier. Mr. da Silva n'avait jamais oublié cet arbre. Ils avaient eu un échange fructueux, cet arbre et lui. Les oliviers sont des créatures proches de l'homme, aux contorsions éloquentes. Il n'est pas difficile de comprendre pourquoi les Anciens croyaient que des esprits pouvaient y être enfermés. Mr. da Silva l'avait ressenti, lui aussi, quand il s'était réveillé dans son sac de couchage.

J'étais curieuse de la Grèce moi aussi, bien sûr. J'avais envie de la connaître. Mr. da Silva m'encouragea à me sentir grecque.

« Miss Stephanides, m'apostropha-t-il un jour. Puisque vous êtes originaire de la patrie d'Homère, voulez-vous nous faire la lecture ? Il s'éclaircit la gorge. Page quatre-vingt-neuf. »

Ce semestre, nos sœurs les moins portées à l'étude lisaient *Une lumière dans la forêt.* Mais dans la serre nous cheminions à travers l'*Iliade.* C'était une traduction en édition de poche, abrégée, libérée de ses pieds, privée de la musique du grec ancien mais ce n'en était pas moins pour moi une œuvre fabuleuse. Dieu que j'aimais ce livre ! Depuis la bouderie d'Achille dans sa tente (qui me rappelait le refus du président de communiquer les enregistrements) jusqu'au moment où Hector est traîné autour de la cité par les pieds (ce qui me faisait pleurer), j'étais fascinée. Oubliez *Love Story.* Harvard ne valait pas Troie comme décor et de tout le roman de Segal, il n'y a qu'un personnage qui meurt. (Peut-être était-ce un indice de plus de la manifestation silencieuse de mes hormones. Car tandis que mes camarades trouvaient l'*Iliade*, interminable catalogue d'hommes se massacrant après s'être présentés dans les formes, trop sanglante pour elles, j'étais enthousiasmé par les épées pourfendant les corps, les têtes et les yeux qui sautaient, les viscères qui se répandaient.)

J'ouvris mon livre et baissai la tête. Mes cheveux tombèrent sur mon visage, me séparant de tout – Maxine, Mr. da Silva, les géraniums de la serre – excepté le livre. De derrière le rideau de velours, ma voix de chanteuse de cabaret commença à ronronner. « Aphrodite défit sa ceinture fameuse, dans laquelle tous les charmes de l'amour sont tissés, puissance, désir, doux murmures, et la force de la séduction, qui prive de prévoyance et de jugement jusqu'aux plus sensés des hommes. »

Il était une heure. Une léthargie post-prandiale régnait dans la classe. La pluie menaçait. On frappa à la porte.

« Excusez-moi, Callie. Vous pouvez arrêter un instant, s'il vous plaît ? » Mr. da Silva se tourna vers la porte. « Entrez. »

Comme tout le monde, je levai les yeux. Sur le pas de la porte se tenait une rousse. Deux nuages se croisèrent dans le ciel, laissant passer un rayon de soleil. Ce rayon frappa la verrière de la serre. Passant à travers les géraniums, il leur emprunta la lumière rosée qui maintenant, dans une sorte de membrane, enveloppait la fille. Il est également possible que ce ne fût pas le soleil qui ait fait tout cela mais une certaine intensité, un rayon d'âme, issu de mon regard.

« Nous sommes en plein milieu du cours, mon petit.

– Je suis censée être dans cette classe », dit la fille d'une voix triste. Elle tendit une feuille.

Mr. da Silva l'examina. « Vous êtes sûre que Miss Durrell veut que vous soyez transférée dans *cette* classe ? demanda-t-il.

– Mrs. Lampe ne me veut plus dans la sienne, répondit la fille.

– Asseyez-vous. Vous devrez partager un livre avec une camarade. Miss Stephanides nous lisait un passage du livre III de l'*Iliade*. »

Je me remis à lire. C'est-à-dire que mes yeux déchiffraient les phrases et mes lèvres formaient les mots. Mais mon esprit avait cessé de prêter attention à leur sens. Quand je terminai, je ne rejetai pas mes cheveux en arrière. Je les laissai pendre devant mon visage. Je jetai un coup d'œil par un interstice.

La fille s'était assise en face de moi. Elle était penchée vers Reetika comme si elle lisait avec elle, mais son regard était occupé par les plantes. L'odeur des paillis lui faisait froncer le nez.

Une partie de mon intérêt était scientifique, zoologique. Jamais auparavant je n'avais vu une créature avec autant de taches de rousseur. Il y avait eu un big-bang, dont l'origine se situait sur l'arête de son nez, et la puissance de l'explosion avait propulsé des galaxies jusqu'aux confins de son univers courbe au sang chaud. Il y avait des amas de taches sur ses avant-bras et ses poignets, toute une Voie lactée sur son front, et même quelques quasars éparpillés dans les replis de ses oreilles.

Puisque nous sommes en cours d'anglais, permettez-moi de citer un poème. « La beauté bigarrée », de Gerard Manley Hopkins qui commence ainsi : « Gloire à Dieu pour les choses mouchetées. » Quand je repense à ma première réaction, elle me paraît avoir été suscitée par l'admiration de la beauté naturelle. Je veux parler du plaisir du cœur provoqué par la vision de feuilles bariolées ou de l'écorce pareille à un palimpseste des platanes de Provence. Il y avait quelque chose d'attirant dans la combinaison de ses couleurs, les petits bouts de gingembre flottant sur la peau d'un blanc laiteux, les reflets or de la chevelure blond vénitien. C'était comme l'automne, de la regarder. C'était comme d'aller dans le Nord voir les couleurs.

Entre-temps elle restait penchée sur le côté à sa table, les jambes allongées, révélant ses talons usés. Comme elle n'avait pas assisté à toute la lecture, elle était dispensée d'interrogation, mais Mr. da Silva lui lançait des regards inquiets. Elle ne les remarquait pas. Étalée dans sa lumière orange elle ouvrait et fermait des yeux ensommeillés. Elle eut un bâillement, qu'elle réprima à mi-course, comme s'il était raté. Elle ravala quelque chose et se frappa le sternum du poing. Elle émit un rot discret et se murmura : « *Ay, caramba.* » Dès la fin du cours, elle disparut.

Qui était-ce ? D'où venait-elle ? Pourquoi ne l'avais-je jamais remarquée avant ? Il était évident qu'elle n'était pas nouvelle à Baker & Inglis. Ses oxfords étaient écrasées à l'arrière pour qu'elle puisse les enfiler comme des savates. C'était un truc des Bracelets. Elle portait aussi une bague ancienne, avec de vrais rubis. Ses lèvres étaient minces, austères, protestantes. Son nez n'était pas vraiment un nez. Ce n'était qu'un début de nez.

Elle vint en cours chaque jour avec la même expression distante et ennuyée sur le visage. Elle traînait ses oxfords-savates comme si elle patinait, ses genoux pliés et le poids du corps en avant, ce qui ajoutait à l'impression de décousu qu'elle dégageait. Généralement j'étais en train d'arroser les plantes de Mr. da Silva quand elle entrait. Il m'avait demandé de le faire avant les cours. Chaque jour commençait donc ainsi, moi à un bout de la serre, perdue dans les géraniums, et cet écho de rouge passant la porte.

La façon dont elle traînait les pieds ne laissait pas de doute quant à ce que lui inspirait le bizarre poème, vieux et mort, que nous étudiions. Elle n'était pas intéressée. Elle ne faisait jamais ses devoirs. Elle essayait de s'en tirer par le bluff. Elle bâclait interrogations et compositions. Si elle avait eu une consœur Bracelet avec elle, elle aurait pu occuper son temps à échanger des mots avec elle. Seule, elle en était réduite à se morfondre. Mr. da Silva renonça à tenter de lui apprendre quoi que ce soit et l'interrogeait le moins souvent possible.

Je l'observais en classe et hors de classe aussi. Dès que j'arrivais à l'école, j'étais aux aguets. Je m'asseyais dans un des fauteuils jaunes de l'entrée, faisant semblant de terminer mes devoirs en attendant son passage. J'étais chaque fois renversée par ses brèves apparitions. Elle était, tel un personnage de bande dessinée, auréolée d'étoiles agitées de vibrations. Elle passait le coin, mâchonnant un feutre et traînant les pieds. Étant obligée de jeter les pieds en avant pour empêcher ses chaussures de s'envoler, sa démarche avait toujours quelque chose de précipité, ce qui faisait ressortir les muscles de ses mollets. Là aussi elle avait des taches de rousseur. C'était presque comme une sorte de bronzage. Elle passait à son pas de charge glissant, conversant avec un autre Bracelet, toutes deux se mouvant avec cette hauteur paresseuse et pleine d'assurance qui les distinguait. Parfois elle me regardait mais sans paraître me reconnaître. Une paupière interne s'abaissait sur ses yeux.

Permettez-moi un anachronisme. *Cet obscur objet du désir* de Luis Buñuel ne sortit pas avant 1977. À cette époque, la rousse et moi n'étions plus en contact. Je doute qu'elle ait jamais vu le film. Néanmoins, *Cet obs-*

cur objet du désir est ce qui me vient à l'esprit quand je pense à elle. Je l'ai vu à la télévision, dans un bar, alors que j'étais en poste à Madrid. Je ne compris pas grand-chose aux dialogues. L'histoire, elle, était assez claire. Un homme âgé joué par Fernando Rey tombe amoureux d'une jeune et belle femme interprétée par Carole Bouquet. Ce n'était pas cela qui m'intéressa. C'était la touche surréaliste qui me séduisit. Dans plusieurs scènes, on voit Fernando Rey porter un sac lourd sur l'épaule. On n'explique jamais pourquoi. (Ou sinon, j'ai raté ça aussi.) Il se contente de trimballer ce sac dans les restaurants, les taxis, les parcs. C'est exactement la sensation que j'avais en suivant mon Obscur Objet. Comme si je portais un fardeau, ou un poids mystérieux, inexpliqué. C'est ainsi que je vais l'appeler, si vous voulez bien. Je vais l'appeler l'Obscur Objet. Pour des raisons sentimentales. (Je suis également obligé de taire son nom.)

La voilà en classe de gym, à faire la malade. La voilà, au réfectoire, prise d'un fou rire. Pliée en deux, elle essaie de frapper la responsable. Des bulles de lait lui sortent des lèvres. Son nez en laisse tomber quelques gouttes, ce qui provoque l'hilarité générale. Puis je la vois après les cours, sur la bicyclette d'un inconnu. Elle est assise sur la selle, le garçon est debout sur les pédales. Elle n'a pas les bras autour de sa taille. Elle ne tient que par l'équilibre. Ceci me donne de l'espoir.

Un jour, en classe, Mr. da Silva demanda à l'Objet de faire la lecture.

Elle était affalée à sa table comme d'habitude. Dans une école de filles, il n'est pas nécessaire de faire attention à garder les genoux serrés ou la jupe tirée. Les genoux de l'Objet étaient écartés et ses cuisses, un peu fortes, dénudées à moitié. Sans bouger elle déclara : « J'ai oublié mon livre. »

Mr. da Silva pinça les lèvres.

« Vous pouvez lire sur celui de Callie. »

Pour seul signe d'assentiment, elle se contenta de dégager son visage de ses cheveux. Elle posa la main sur son front et la fit remonter comme une herse sur son crâne, ses doigts laissant des sillons. Elle paracheva son mouvement d'un léger coup de tête. Sa joue, dégagée, invitait à la proximité. Je me rapprochai avec ma chaise. Je glissai le livre dans l'espace séparant nos tables. L'Objet se pencha.

« Je commence où ?

– En haut de la page cent douze. La description du bouclier d'Achille. »

Jamais auparavant je n'avais vu l'Obscur Objet de si près. C'était une épreuve pour mon organisme. Mon système nerveux se mit à exécuter le « vol du bourdon ». Les cordes raclaient dans ma colonne vertébrale. Les percussions cognaient dans ma poitrine. En même temps, dans l'espoir de cacher tout cela, je ne bougeais pas un muscle. Je respirais à peine. En gros, le deal, c'était ça : catatonie à l'extérieur ; frénésie à l'intérieur.

Je sentais le chewing-gum à la cannelle. Il était toujours quelque part dans sa bouche. Je ne la regardais pas directement. Je gardais les yeux sur le livre. Une mèche de ses cheveux rouge or tomba sur la table entre nous. La lumière du soleil y produisit un effet prismatique. Mais tandis que je contemplais l'arc-en-ciel d'un centimètre de long, elle se mit à lire.

Je m'attendais à un ton monocorde et nasal, bourré de fautes de prononciation. Je m'attendais à des à-coups, des embardées, des crissements de pneus, des hurlements de frein, des collisions frontales. Mais l'Obscur Objet avait une bonne voix. Elle était claire, puissante, souple dans ses rythmes. C'était une voix qu'elle avait ramassée chez elle, auprès d'oncles qui déclamaient des poèmes en buvant un coup de trop. Son expression changea, elle aussi. Une dignité concentrée, jusqu'alors absente, marquait ses traits. Sa tête se dressa sur un cou orgueilleux. Son menton était levé. On aurait dit qu'elle avait vingt-quatre ans plutôt que quatorze. Je me demandai ce qui était le plus étrange, de cette voix à la Eartha Kitt qui sortait de ma bouche ou de celle de Katharine Hepburn qui sortait de la sienne.

Le silence salua la fin de sa lecture. « Merci, dit Mr. da Silva, aussi surpris que nous toutes. C'était très bien. »

La cloche sonna. Immédiatement l'Obscur Objet s'écarta de moi. Elle passa de nouveau la main dans ses cheveux, comme si elle les rinçait sous la douche. Elle se glissa hors de sa chaise puis de la salle.

Certains jours que la serre était ainsi éclairée et que le chemisier de l'Obscur Objet était déboutonné de deux boutons, quand la lumière illuminait les scapulaires qui se balançaient entre les bonnets de son soutien-gorge, Calliope n'avait-elle pas une vague petite idée de sa véritable nature biologique ? Ne pensait-elle jamais, tandis que l'Obscur Objet avançait dans le couloir, que ses sentiments étaient déplacés ? Oui et non. Laissez-moi vous rappeler où tout cela se passe.

Il était parfaitement acceptable à Baker & Inglis de tomber amoureuse d'une camarade de classe. Dans une école de filles, une certaine quantité d'énergie émotionnelle, généralement dépensée avec les garçons, est redirigée vers les amitiés. Les filles marchaient bras dessus bras dessous à B&I, comme les collégiennes françaises. Il y avait des rivalités, des jalousies, des trahisons. Il n'était pas rare, en entrant dans les toilettes, d'entendre sangloter dans une stalle. Les filles pleuraient parce que une telle refusait de s'asseoir à côté d'elles au déjeuner, ou parce que leur meilleure amie avait un nouveau petit ami qui monopolisait son temps. En plus, les rituels de l'école renforçaient l'intimité. Il y avait le jour de l'Anneau, où les Grandes Sœurs accueillaient les Petites Sœurs dans leurs rangs en leur offrant fleurs et anneaux d'or. Il y avait le bal de la Quenouille, au cours duquel on dansait autour d'un mât enrubanné, entre filles, en mai. Il y avait le bimensuel « cœur à cœurs », réunion confessionnelle supervisée par le chapelain de l'école, qui ne manquait jamais de se terminer dans un paroxysme d'embrassades et de pleurs. Quoi qu'il en soit, l'éthique de l'école demeurait résolument hétérosexuelle. Mes camarades étaient peut-être tendres entre elles durant la journée, mais les garçons étaient l'activité post-scolaire numéro un. Toute fille soupçonnée d'être attirée par les filles était ostracisée. J'étais consciente de tout cela. J'avais peur.

Je ne savais pas si les sentiments que j'avais pour l'Obscur Objet étaient normaux ou non. Mes amies avaient tendance à admirer éperdument d'autres filles. Reetika était folle de la façon dont Alwyn Brier jouait *Finlandia* au piano. Linda Ramirez était amoureuse de Sofia Cracchiolo parce qu'elle apprenait trois langues étrangères à la fois. Qu'était-ce ? Le béguin que j'avais pour l'Objet résultait-il de ses talents d'élocution ? J'en doutais. Il était physique, mon béguin. Ce n'était pas un jugement mais un tumulte dans mes veines. Pour cette raison, je n'en disais rien. Je me cachais dans les toilettes du sous-sol pour y réfléchir à l'aise. Chaque jour, dès que je pouvais, je prenais l'escalier de derrière qui menait à cette pièce désertée pour m'y enfermer au moins une demi-heure.

Y a-t-il quelque chose de plus réconfortant que de bonnes vieilles toilettes d'avant-guerre ? Le genre de toilettes qu'on faisait en Amérique quand le pays était en pleine expansion. Les toilettes de Baker & Inglis étaient décorées comme une baignoire d'opéra. Elles étaient éclairées par des plafonniers edwardiens. Les vasques profondes des lavabos en porcelaine blanche étaient entourées d'ardoise bleue. Quand on se penchait pour se laver le visage, on pouvait voir de minuscules craquelures, comme sur un vase Ming. Les bondes étaient retenues par des chaînettes dorées. Sous les robinets, l'eau qui fuyait avait formé des coulées vertes.

Au-dessus de chaque lavabo était accroché un miroir ovale. Je ne voulais avoir affaire à aucun d'eux. (« La haine des miroirs qui naît à l'âge mûr » avait commencé plus tôt pour moi.) Évitant mon reflet, je me dirigeais droit vers les stalles des toilettes. Il y en avait trois, et je choisissais celle du milieu. Comme les autres, elle était en marbre. Du marbre gris de Nouvelle-Angleterre, épais de cinq centimètres et constellé de fossiles vieux de millions d'années. Je fermais la porte au loquet. Je tirais un protège-lunette en papier au distributeur et, préservée des microbes, je baissais ma culotte, soulevais mon kilt, et m'asseyais. Je sentais mon corps se relaxer instantanément. Je dégageais mon visage de mes cheveux afin d'y voir clair. Il y avait de petits fossiles en forme de fougère, et des fossiles qui ressemblaient à des scorpions qui se piquaient. Sous mes cuisses, la porcelaine teintée de rouille était vieille, elle aussi.

Les toilettes du sous-sol étaient l'opposé de notre vestiaire. Les stalles, hautes de deux mètres, descendaient jusqu'au sol. Le marbre fossilisé me cachait mieux encore que mes cheveux. Le temps des toilettes du sous-sol me convenait beaucoup mieux, ce n'était pas la bousculade de l'école mais la lente évolution de la terre, de ses plantes et de ses animaux surgissant de la boue primitive. L'eau qui fuyait goutte à goutte des robinets marquait le lent mouvement inexorable du temps et j'étais seule, et en sécurité. Loin des sentiments confus que faisait naître en moi l'Obscur Objet ; et loin, aussi, des bribes de conversation provenant de la chambre de mes parents. La nuit précédente, la voix exaspérée de mon père était parvenue à mes oreilles : « Tu as encore mal à la tête ? Bon Dieu, prends de l'aspirine. – J'en ai déjà pris, répondit ma mère. Rien n'y fait. » Puis le nom de mon frère, et mon père grommelant quelque chose que je ne distinguai pas. Puis Tessie : « Je m'inquiète pour Callie aussi. Elle n'a toujours pas eu ses règles. – Mais elle n'a que treize ans. – Elle a *quatorze* ans. Et tu as vu sa taille ? Je crois qu'il y a quelque chose qui ne va pas. » Un silence, puis mon père demande : « Que dit le Dr. Phil ? – Le Dr. Phil ! Il ne dit rien. Je veux la montrer à quelqu'un d'autre. »

Le murmure de la voix de mes parents derrière le mur

de ma chambre qui tout au long de mon enfance m'avait emplie d'un sentiment de sécurité était maintenant devenu une source d'anxiété et de panique. C'est pourquoi je préférais les murs de marbre, qui ne répercutaient que les bruits de l'eau qui dégouttait des robinets ou celui de la chasse, ou de ma voix lisant tout bas l'*Iliade*.

Et quand je me fatiguais d'Homère, je lisais les murs.

C'était un autre avantage des toilettes du sous-sol. Elles étaient couvertes de graffiti. À l'étage, les photos de classe exposaient des rangées interminables de visages d'écolières. Ici, c'était surtout des corps. Il y avait de petits bonshommes dessinés à l'encre bleue dotés de parties génitales gigantesques. Et des femmes avec des seins énormes. Aussi de nombreuses permutations : des hommes avec des pénis minuscules et des femmes avec des pénis elles aussi. Sur le marbre gris, ces esquisses maladroites de corps faisant des choses, exposant des excroissances, s'emboîtant, changeant de forme, m'apprenaient à la fois ce qui était et ce qui pourrait être. Il y avait aussi des blagues, des conseils, des confessions. « J'aime le sexe. » « Patty C. est une salope. » Où une fille comme moi cachait au monde un savoir qu'elle ne comprenait pas complètement elle-même – aurait-elle pu se sentir plus à l'aise que dans cet univers souterrain où les gens écrivaient ce qu'ils ne pouvaient pas dire, où ils prêtaient une voix à leurs désirs et leurs savoirs les plus honteux ?

Car ce printemps-là, alors que les crocus étaient en train d'éclore, que les surveillantes surveillaient les boutons des jonquilles dans les parterres, Calliope, elle aussi, sentait quelque chose qui bourgeonnait. Un obscur objet à elle, qui était une raison, en plus du besoin de solitude, de descendre aux toilettes du sous-sol. Un genre de crocus, juste avant la floraison. Une tige rose qui poussait dans la nouvelle mousse sombre. Mais une étrange sorte de fleur en vérité, parce qu'elle semblait avoir plusieurs saisons en un seul jour. Elle était en hiver quand elle dormait sous terre. Cinq minutes plus tard elle se déployait en un printemps bien à elle. En classe, assise avec un livre sur les genoux ou en voiture avec les autres filles, je sentais un réchauffement entre mes cuisses, une humidification du sol, une senteur puissante de tourbe qui s'élevait, et alors – alors que je faisais semblant d'apprendre des verbes latins – la vie soudaine qui se tortillait dans l'humus tiède sous ma jupe. Au toucher, le crocus était parfois doux et glissant, comme la chair d'un ver. À d'autres moments il était dur comme une racine.

Quels sentiments ce crocus faisait-il naître en Calliope ? C'est en même temps la chose la plus facile et la plus difficile à expliquer. D'un côté, il lui plaisait. Si elle pressait contre lui le coin d'un livre, la sensation était agréable. Ce n'était pas nouveau. Il avait toujours été agréable d'appuyer par là. Le crocus faisait partie de son corps, après tout. Inutile de poser des questions.

Mais parfois, je sentais qu'il y avait quelque chose de différent dans la façon dont j'étais faite. Au camp Ponshewaing, j'avais entendu parler, dans le dortoir au cours de certaines nuits, de selles de bicyclette et de poteaux de barrière qui avaient séduit mes compagnes à un âge encore tendre. Lizzie Barton, pendant qu'elle faisait rôtir un marshmallow au bout d'un bâton, nous avoua qu'elle était tombée amoureuse du pommeau d'une selle. Margaret Thomson fut la première en ville dont les parents possédèrent un pommeau de douche réglable. J'ajoutai mes propres données sensorielles à ces histoires cliniques (c'était l'année où je m'amourachai de cordes lisses), mais il demeurait une vague différence indéfinissable entre les enthousiasmes rapportés par mes amies et l'extase de mes spasmes secs. Parfois, la moitié du corps pendant hors de la couchette supérieure du lit superposé, le visage éclairé par le rayon d'une lampe de poche tenue par une camarade, je terminais ma petite révélation par un « Vous savez ? ». Et dans la semi-obscurité trois ou quatre filles aux cheveux pauvres hochaient la tête, une fois, et se mordaient le coin des lèvres avant de détourner les yeux. Elles ne savaient pas.

Je craignais parfois que mon crocus fût une excroissance trop élaborée, non pas une plante vivace commune mais une fleur de serre, un hybride portant le nom de son inventeur comme les roses. Hellène iridescente. Pâle Olympe. Feu grec. Mais non – ce n'était pas ça. Mon crocus n'était pas prêt pour l'exposition. Il était en devenir et, si j'étais patiente, tout se passerait peut-être bien. Peut-être en était-il ainsi pour tout le monde. Entre-temps il valait mieux taire tout cela. Ce que je faisais dans le sous-sol.

Une autre tradition à Baker & Inglis : chaque année, les quatrième montaient une pièce grecque. À l'origine, ces pièces étaient jouées dans l'auditorium. Mais après son voyage en Grèce, Mr. da Silva avait eu l'idée de convertir le terrain de hockey en théâtre. Avec ses bancs disposés sur le plan incliné et son acoustique naturelle, c'était un mini-Épidaure parfait. L'équipe d'entretien construisait une scène en planches sur la pelouse.

L'année où je tombai amoureuse de l'Obscur Objet, la pièce choisie par Mr. da Silva était *Antigone*. Il n'y eut pas d'auditions. Mr. da Silva attribua les rôles principaux aux chouchoutes de sa classe d'anglais renforcé. Il fourra le reste dans le chœur. La distribution était donc la suivante : Créon, Joanne Maria Barbara Peracchio ; Eurydice, Tina Kubek ; Ismène, Maxine Grossinger. Le rôle d'Antigone elle-même – la seule possibilité ne fût-ce que d'un point de vue physique – était tenu par l'Obscur Objet. Elle n'avait eu qu'un C moins en milieu de semestre. Mais Mr. da Silva était capable de reconnaître une star.

« Il faut apprendre tout ça ? » demanda Joanne Maria Barbara Peracchio lors de notre première répétition. « En deux semaines ?

– Apprenez ce que vous pourrez, dit Mr. da Silva. Tout le monde portera une toge. Vous pourrez garder votre texte en dessous. Et il y aura aussi Miss Fagles qui fera le souffleur dans la fosse d'orchestre.

– Il va y avoir un orchestre ? demanda Maxine Grossinger.

– L'orchestre, répondit Mr. da Silva en désignant sa flûte, c'est moi.

– J'espère qu'il ne pleuvra pas, dit l'Objet.

– Est-ce qu'il pleuvra vendredi en huit ? dit Mr. da Silva. Demandez à Tirésias. »

Et il se tourna vers moi.

Vous vous attendiez à quelqu'un d'autre ? Non, si l'Obscur Objet était parfaite pour le rôle de la sœur vengeresse, j'étais la personne idéale pour interpréter le vieux devin aveugle. Mes cheveux fous suggéraient le don de seconde vue. Mon dos voûté me donnait l'air âgé. Ma voix à moitié muée avait quelque chose de désincarné et d'inspiré. Tirésias aussi avait été une femme, bien sûr. Mais je ne le savais pas alors. Et il n'en était pas fait mention dans la pièce.

Peu m'importait le rôle qui m'était attribué. Tout ce qui comptait, tout ce à quoi j'étais capable de penser, c'était que maintenant je serais près de l'Obscur Objet. Pas près d'elle comme en classe, alors qu'il était impossible de parler. Pas près d'elle comme au réfectoire, alors qu'elle crachait du lait en direction d'une autre table. Mais près d'elle aux répétitions, avec toute l'attente que cela impliquait, toute l'intimité de la coulisse, tout l'abandon intense, tendu, vertigineux, causé par le fait d'assumer une identité d'emprunt.

« Je ne pense pas qu'on devrait avoir le texte sur nous », déclara l'Obscur Objet. Elle était arrivée à la répétition en vraie professionnelle, avec tout son texte surligné en jaune. Son chandail était attaché sur ses épaules comme une cape. « Je pense que nous devrions le savoir par cœur. » Son regard alla d'un visage à l'autre. « Sinon ça fera trop chiqué. »

Mr. da Silva souriait. Pour apprendre son texte, l'Objet devrait faire des efforts. C'était nouveau. « Le rôle d'Antigone est de loin le plus long, dit-il. Alors si Antigone veut le connaître par cœur, je pense que vous devriez toutes faire de même. »

Les filles grommelèrent. Mais Tirésias, qui voyait déjà

l'avenir, se tourna vers l'Objet. « Je te ferai répéter. Si tu veux. »

L'avenir. Il était déjà en train d'arriver. L'Objet me regarda. Les paupières internes se soulevèrent. « Okay », dit-elle d'un air distant.

Nous prîmes rendez-vous pour le lendemain, qui était un mardi, dans la soirée. L'Obscur Objet m'écrivit son adresse et Tessie me conduisit. Elle était installée dans un canapé en velours vert quand je fus introduite dans la bibliothèque. Elle avait enlevé ses oxfords mais elle avait gardé son uniforme. Ses longs cheveux roux étaient attachés dans son dos, ce qui valait mieux pour ce qu'elle était en train de faire, qui était d'allumer une cigarette. Assise en tailleur, l'Objet était penchée en avant, tenant la cigarette entre ses lèvres au-dessus d'un briquet en céramique verte en forme d'artichaut. Le briquet n'avait presque plus de gaz. Elle le secoua et donna de petits coups de pouce à sa base jusqu'à ce qu'elle obtienne une courte flamme.

« Tes parents te laissent fumer ? » demandai-je.

Elle leva les yeux, surprise, puis retourna à ce qu'elle faisait. Elle alluma la cigarette, inhala profondément et expira la fumée avec lenteur et satisfaction. « Ils fument, répondit-elle. Ce seraient de sacrés hypocrites s'ils ne me laissaient pas fumer.

– Mais ce sont des adultes.

– Maman et papa savent que je fumerai si j'en ai envie. S'ils ne me le permettent pas, je le ferai en cachette. »

D'après ce que je voyais, cette dispense avait cours depuis un certain temps. L'Objet n'était pas une fumeuse novice. C'était déjà une professionnelle. Tandis qu'elle me toisait, les yeux à demi fermés, la cigarette pendait de travers à ses lèvres. La fumée effleurait son visage. C'était un contraste étrange que cette expression de détective privé dur à cuire sur le visage d'une fille en uniforme d'écolière. Finalement elle enleva la cigarette de ses lèvres. Elle la tapota, sans regarder le cendrier. La cendre y tomba.

« Je doute qu'une gosse comme toi fume, dit-elle.

– Tu ne te trompes pas.

– Tu veux commencer ? » Elle me tendit le paquet de Tareyton.

« Je ne veux pas attraper le cancer. »

Elle lâcha le paquet avec un haussement d'épaules. « Je présume qu'on saura le guérir quand je l'attraperai.

– J'espère pour toi. »

Elle inhala de nouveau, encore plus profondément. Elle garda la fumée, me présenta un profil de cinéma, et la rejeta.

« Tu n'as pas de mauvaises habitudes, je parierais, dit-elle.

– J'ai des tonnes de mauvaises habitudes.

– Commc quoi ?

– Comme de me mâcher les cheveux.

– Je me ronge les ongles », contre-attaqua-t-elle. Elle leva une main pour me montrer. « Maman m'a acheté un truc à mettre dessus. Ça a un goût horrible. C'est censé t'aider à arrêter.

– Ça marche ?

– Au début oui. Mais maintenant je me suis faite au goût. » Elle sourit. Je souris. Puis, brièvement, comme un galop d'essai, nous nous mîmes à rire ensemble.

« Ça n'est pas aussi mal que de se mâcher les cheveux, repris-je.

– Et pourquoi ?

– Parce que quand tu te mâches les cheveux ils se mettent à sentir genre ce que tu as mangé au déjeuner. »

Elle fit la grimace et dit : « Beurk. »

À l'école ça nous aurait semblé bizarre de parler ensemble, mais ici on ne pouvait pas nous voir. À grande échelle, considérées du dehors, nous étions plus semblables que différentes. Nous étions toutes deux des adolescentes des quartiers chics. Je posai mon sac et m'approchai du canapé. L'Objet se mit sa Tareyton entre les lèvres. Plantant les paumes de chaque côté de ses jambes croisées, elle se souleva, comme un yogi en lévitation, et se déplaça pour me faire de la place.

« J'ai une compo d'histoire demain, dit-elle.

– Qui tu as en histoire ?

– Miss Schuyler.

– Miss Schuyler a un vibromasseur dans son bureau.

– Un quoi !

– Un vibromasseur. Liz Clark l'a vu. Il est dans le tiroir du bas.

– C'est incroyable ! » L'Objet était choquée et amusée. Mais alors elle plissa les yeux et réfléchit. D'un ton de confidence, elle demanda : « Ça sert à quoi, au fait ?

– Un vibromasseur ?

– Ouais. » Elle savait qu'elle était censée savoir. Mais elle savait que je ne me moquerais pas d'elle. Tel était le pacte que nous fîmes ce jour-là : je m'occuperais des questions intellectuelles et profondes, comme les vibromasseurs, et elle se chargerait du côté social.

« La plupart des femmes ne peuvent pas avoir d'orgasme au cours d'un acte sexuel normal ; dis-je, citant *Notre corps, nous-mêmes* que m'avait donné Meg Zemka. Elles ont besoin d'une stimulation clitoridienne. »

Derrière ses taches de rousseur, le visage de l'Objet rougit. Elle était évidemment fascinée par une telle information. Je parlais dans son oreille gauche. La rougeur se répandit sur son visage depuis ce côté, comme si mes mots laissaient une trace visible.

« Je ne peux pas croire que tu sais tous ces trucs-là.

– Miss Schuyler, elle en tout cas, elle en connaît un bout. »

Le rire, le hurlement, sortit de sa bouche comme un geyser et l'Objet se laissa tomber en arrière sur le canapé. Elle hurlait, de ravissement, d'horreur. Elle donna des coups de pied qui firent tomber ses cigarettes de la table. De nouveau elle avait quatorze ans, au lieu de vingt-quatre, et contre toute attente nous étions en train de devenir amies.

« *Privée des pleurs du deuil, privée d'amis, sans époux, me voici entraînée pour mon désespoir...*

– *... malheur...*

– *pour mon malheur...*

– *... pour mon malheur dans ce voyage qui ne peut plus être retardé. Plus jamais...*

– *... infortunée...*

– *Infortunée !* Je déteste ce mot ! *Plus jamais, infortunée, je ne pourrai contempler l'œil sacré de cette étoile du jour ; mais sur mon sort nul ne pleure, pas... pas...*

– *Pas un ami ne gémit.*

– *Pas un ami ne gémit.* »

Nous étions de nouveau chez l'Objet, répétant nos rôles. Nous étions dans le solarium, étalées sur les canapés. Les perroquets formaient une masse compacte derrière la tête de l'Objet tandis qu'elle récitait, les yeux fermés. Cela faisait deux heures que nous étions au travail. L'Objet avait déjà fumé près d'un paquet. Beulah, la femme de chambre, nous apporta des sandwiches sur un plateau avec deux bouteilles de limonade. Les sandwiches étaient au pain de mie, mais sans concombre ni cresson. Une pâte couleur de saumon imprégnait la mie spongieuse.

Nous faisions de fréquentes pauses. L'Objet devait se restaurer souvent. Je n'étais toujours pas à l'aise ici. Je ne m'habituais pas à être servie. Je ne cessais de bondir pour me servir. Beulah était noire, en plus, ce qui ne facilitait pas les choses.

« Je suis vraiment contente qu'on soit toutes les deux dans cette pièce, dit l'Objet, tout en mâchant. Je n'aurais jamais parlé à une gosse comme toi. » Elle s'interrompit, consciente de sa gaffe. « Je veux dire, je ne savais pas que tu étais si cool. »

Cool ? Calliope, cool ? Je n'avais jamais rêvé une pareille chose. Mais j'étais prête à accepter le jugement de l'Objet.

« Je peux te dire quelque chose ? demanda-t-elle. À propos de ton rôle ?

– Bien sûr.

– Tu sais genre tu es censée être aveugle et tout ? Eh bien, là où on va, aux Bermudes il y a un type qui dirige un hôtel. Et il est aveugle. Et c'est comme si ses oreilles étaient ses yeux. Genre si quelqu'un entre dans la pièce, il tourne une oreille de son côté. Quand toi, tu le fais » – elle se tut soudain et me prit la main. « Tu ne m'en veux pas, hein ?

– Non.

– Tu as un drôle d'air, Callie !

– Vraiment ? »

Elle tenait ma main. Elle ne la lâchait pas. « Tu es sûre que tu n'es pas fâchée ?

– Je ne suis pas fâchée.

– Eh bien, toi, pour faire semblant d'être aveugle tu trébuches. Mais en fait, cet aveugle aux Bermudes, il ne trébuche jamais. Il se tient vraiment droit et sait où tout se trouve. Et ses oreilles n'arrêtent pas de se concentrer sur des trucs. »

Je détournai le visage.

« Tu vois, tu es fâchée !

– Non.

– Si.

– Je suis aveugle, dis-je. Je te regarde avec mon oreille.

– Oh. C'est bien. Ouais, comme ça. C'est vraiment bien. »

Sans lâcher ma main, elle se pencha et j'entendis, sentis, très doucement, son souffle chaud dans mon oreille : « Salut, Tirésias, dit-elle en pouffant. C'est moi, Antigone. »

Le jour de la représentation arriva (« la première », nous l'appelions, bien qu'il ne dût pas y avoir de seconde). Dans une « loge » improvisée derrière la scène nous autres premiers rôles étions assis sur des chaises pliantes. Le restant des quatrième était déjà debout sur scène, disposé en un large demi-cercle. La pièce devait commencer à sept heures et se terminer avant le coucher du soleil. Il était 6 h 55. Derrière les bâches nous entendions les bruits du terrain de hockey qui se remplissait. Le grondement montait régulièrement – voix, pas, le craquement des bancs, et les portières des voitures qui claquaient dans le parking. Chacune de nous portait une tunique qui lui descendait jusqu'aux pieds, marbrée de noir, de gris et de blanc. L'Obscur Objet, quant à elle, portait une tunique toute blanche. Le concept de Mr. da Silva était minimal : ni maquillage ni masques.

« Il y a beaucoup de spectateurs ? » demanda Tina Kubek.

Maxine Grossinger jeta un œil. « Des tonnes.

– Tu dois être habituée, Maxine, dis-je. Avec tous tes récitals.

– Je ne suis pas nerveuse quand je joue du violon. Ici c'est bien pire.

– Je suis teeellement nerveuse », dit l'Objet.

Sur ses genoux elle tenait un bocal de pastilles contre les brûlures d'estomac dont elle souffrait de manière plus ou moins chronique. Je comprenais maintenant pourquoi elle s'était frappé le sternum la première fois que je l'avais vue. C'était pire quand elle était stressée. Quelques minutes plus tôt, elle était allée fumer la dernière cigarette avant l'entrée en scène. Maintenant elle mâchait ses comprimés. Apparemment, dans les familles anciennes, on héritait aussi d'habitudes de vieux, de ces besoins d'adultes grossiers et de palliatifs désespérés. L'Objet était encore trop jeune pour que les effets s'en fassent sentir sur elle. Elle n'avait pas encore des poches sous les yeux ni les doigts jaunes. Mais l'attrait de la déchéance sophistiquée était déjà là. Elle sentait la fumée, si on s'approchait. Son estomac était en capilotade. Mais son visage continuait à diffuser son rayonnement automnal. Les yeux de chat au-dessus du petit nez retroussé, alertes, clignaient et portaient leur attention sur le bruit grandissant derrière les bâches.

« Voilà maman et papa ! » s'écria Maxine Grossinger.

Elle se tourna vers nous avec un grand sourire. Je n'avais jamais vu Maxine sourire. Ses dents étaient irrégulières et espacées. Elle portait un appareil, en plus. La joie qu'elle laissait éclater me permit de la comprendre. Elle avait une vie en dehors de l'école. Maxine était heureuse dans sa maison derrière les cyprès. Entre-temps, ses cheveux bouclés jaillissaient de sa tête fragile d'enfant prodige.

« Oh mon Dieu », Maxine jetait un nouveau coup d'œil. « Ils sont assis au premier rang. »

Nous allâmes toutes regarder. Seul l'Obscur Objet ne bougea pas de sa chaise. Je vis mes parents arriver. Milton s'arrêta au sommet du plan incliné pour regarder le terrain de hockey. Son expression suggérait que le spectacle qui s'offrait à ses yeux, le gazon émeraude, les bancs peints en blanc, l'école au loin avec son toit en ardoise bleue et ses murs couverts de lierre, lui plaisait. En Amérique, l'Angleterre est le lieu où l'on va se laver de ses origines ethniques. Milton avait un blazer bleu et un pantalon crème. On aurait dit le capitaine d'un bateau de croisière. Un bras dans le creux du dos de Tessie, il la faisait descendre vers les premiers rangs.

Nous entendîmes le silence se faire. Puis une flûte de Pan – celle de Mr. da Silva.

J'allai à l'Objet et lui dis : « Ne t'en fais pas. Tu seras très bien. »

Jusqu'alors elle avait répété silencieusement son texte.

« Tu es vraiment une très bonne actrice », poursuivis-je.

Elle se détourna et baissa la tête, tandis que ses lèvres se remettaient à bouger.

« Tu n'oublieras pas ton texte. On l'a répété des millions de fois. Tu le savais parfaitement hier...

– Tu veux arrêter de m'emmerder une minute ? lâcha l'Objet. J'essaie de me mettre en condition. » Elle me lança un regard furieux. Puis elle se détourna et s'éloigna.

Je restai là à la regarder, l'air penaud, me détestant. Cool ? J'étais tout sauf cool. J'avais déjà dégoûté l'Objet de moi. Sentant monter les larmes, je saisis un des rideaux noirs et m'enroulai dedans. Debout dans l'obscurité, j'aurais voulu être morte.

Je ne la flattais pas. Elle était vraiment bonne. Sur scène la nervosité de l'Objet disparaissait. Elle se tenait mieux. Et bien sûr il y avait le simple fait de sa présence, la lame sanglante qu'elle était, l'explosion de couleurs qui attirait l'attention de tous. La flûte de Pan se tut et le terrain de hockey retomba dans le silence. Les gens toussèrent. Je déplaçai légèrement le rideau pour regarder au-dehors et vis l'Objet qui attendait d'entrer en scène. Elle se tenait sous l'arcade centrale, à moins de trois mètres de moi. Jamais je ne l'avais vue si sérieuse, si concentrée. Le talent est une sorte d'intelligence. Tandis qu'elle attendait, l'Obscur Objet était en train d'acquérir la sienne. Ses lèvres bougeaient comme si elle disait le texte de Sophocle à Sophocle lui-même, comme si, contrairement à toute évidence, elle comprenait les raisons de sa pérennité. C'est ainsi que l'Objet se tenait là, attendant son entrée en scène. Loin de ses cigarettes et de son snobisme, de sa clique d'amies, de son orthographe déplorable. C'est pour ça qu'elle était bonne : apparaître devant les gens. Entrer, se tenir là et parler. Elle était juste en train d'en prendre conscience. Ce à quoi j'assistais était un soi découvrant le soi qu'il pouvait être.

Au signal, notre Antigone respira profondément et entra en scène. Sa tunique blanche était serrée contre son torse par un lien argenté. Celle-ci voleta quand elle sortit dans la brise tiède.

« *Aideras-tu cette main à relever le mort ?* »

Maxine-Ismène répliqua : « *Tu veux l'ensevelir en dépit de la défense faite à tout Thèbes ?*

– *J'accomplirai mon devoir, si toi tu t'y refuses, envers un frère. Jamais on ne pourra m'accuser de l'avoir trahi.* »

Je ne devais pas entrer en scène avant un certain temps. Le rôle de Tirésias n'était pas très important. Je refermai donc le rideau autour de moi et attendis. J'avais un bâton en main. C'était mon unique accessoire, une canne en plastique peinte façon bois.

C'est alors que j'entendis un petit bruit, comme de quelqu'un qui étouffe. De nouveau l'Objet prononça : « Jamais on ne pourra m'accuser de l'avoir trahi. » Le silence suivit. Je jetai un œil. L'Objet me présentait son dos. Face à elle se tenait Maxine Grossinger, le regard vide. Elle avait la bouche ouverte, bien qu'aucun son n'en sortît. Plus loin, juste au-dessus du bord de la scène, apparaissait le visage rubicond de Miss Fagles, qui murmurait la réplique de Maxine.

Ce n'était pas le trac. Un anévrisme s'était rompu dans le cerveau de Maxine Grossinger. Au début, le public pensa que son vacillement et l'expression choquée de son visage faisaient partie de son jeu. Elle semblait en faire des tonnes et on commençait à ricaner. Mais la mère de Maxine, sachant exactement à quoi ressemblait la douleur sur le visage de sa fille, se dressa brusquement. « Non, cria-t-elle. Non ! » À trois mètres de là, éclairée par la lumière du couchant, Maxine Grossinger était toujours muette. Un gargouillement s'échappa de sa gorge. Aussi soudainement que s'il avait été éclairé par un projecteur, son visage vira au bleu. Même dans le fond les spectateurs pouvaient voir l'oxygène quitter son sang. La roseur abandonnait son front, ses joues, son cou. Ensuite l'Obscur Objet jurerait que Maxine lui avait jeté un regard implorant, qu'elle avait vu la lumière quitter ses yeux. D'après les médecins, toutefois, ce n'était probablement pas vrai. Enveloppée dans sa tunique sombre, toujours debout, Maxine Grossinger était déjà morte. Elle bascula en avant quelques secondes plus tard.

Mrs. Grossinger monta sur scène. Elle ne disait plus rien. Personne ne parlait. En silence elle se dirigea vers Maxine et déchira sa tunique. En silence la mère commença à faire du bouche-à-bouche à sa fille. Je me figeai. Je laissai les rideaux retomber autour de moi, m'avançai et restai là à regarder, bouche bée. Soudain je vis passer un éclair blanc. L'Obscur Objet fuyait la scène. Pendant un instant une idée folle me traversa l'esprit. Je crus que Mr. da Silva nous avait caché ses intentions. Il suivait la tradition après tout. Parce que l'Obscur Objet portait un masque. Le masque de la tragédie, avec ses yeux comme des entailles faites au couteau, sa bouche tel un boomerang de douleur. Avec ce visage hideux elle se jeta sur moi. « Oh mon Dieu ! sanglota-t-elle. Oh mon Dieu, Callie », elle tremblait, elle avait besoin de moi.

Ce qui m'amène à la confession terrible que voici. Tandis que Mrs. Grossinger tentait de redonner vie au corps de Maxine, tandis que le soleil se couchait mélodramatiquement sur une mort qui n'était pas dans le texte, je sentis une vague de pur bonheur inonder mon corps. Chacun de mes nerfs, chacun de mes corpuscules, s'éclaira. Je tenais l'Obscur Objet dans mes bras.

TIRÉSIAS AMOUREUX

« Je t'ai pris un rendez-vous chez le médecin.
– Je viens d'aller chez le médecin.
– Pas avec le Dr. Phil. C'est le Dr. Bauer.
– Qui est le Dr. Bauer ?
– C'est... un médecin pour les femmes. »

Une sorte de bouillonnement brûlant se produisit dans ma poitrine. Mais je la jouai cool, le regard fixé sur le lac.

« Qui a dit que j'étais une femme ?
– Très drôle.
– Je viens d'aller chez le médecin, m'man.
– C'était pour ton bilan de santé.
– Et maintenant c'est pour quoi ?
– Quand les filles arrivent à un certain âge, Callie, elles doivent subir des examens.
– Pourquoi ?
– Pour s'assurer que tout va bien.
– Qu'est-ce que tu veux dire, tout ?
– Eh bien – tout. »

Nous étions en voiture. La deuxième Cadillac. Quand Milton achetait une voiture il donnait l'ancienne à Tessie. L'Obscur Objet m'avait invitée à passer la journée à son club et ma mère m'emmenait chez elle.

C'était l'été maintenant ; deux semaines avaient passé depuis que Maxine Grossinger s'était écroulée sur scène. L'école était finie. Nous nous préparions à partir pour la Turquie. Déterminé à ne pas laisser la condamnation du tourisme prononcée par Chapitre Onze ruiner nos projets,

Milton était en train de prendre des billets d'avion et de marchander avec les agences de location de voitures. Chaque matin il nous tenait au courant du temps qu'il faisait à Istanbul. « Vingt-huit degrés. Ensoleillé. Qu'est-ce que tu dis de ça, Cal ? » En réponse à quoi je me contentais généralement d'un geste évasif. Je n'étais plus très chaude pour visiter la patrie. Je ne voulais pas gâcher mon été à repeindre une église. La Grèce, l'Asie Mineure, l'Olympe, qu'est-ce que j'avais à voir avec tout ça ? Je venais juste de découvrir tout un continent à quelques kilomètres de là.

À l'été 1974, la Turquie et la Grèce allaient bientôt faire de nouveau la une. Mais je ne prêtais pas attention à la tension croissante. J'avais mes problèmes personnels. Plus que ça, j'étais amoureuse. Secrètement, honteusement, pas totalement consciemment, mais follement amoureuse.

Notre joli lac était couvert de cochonneries, l'habituelle écume d'éphémères. Il y avait aussi une nouvelle barrière de sécurité, qui me fit frissonner tandis que nous le longions. Maxine Grossinger n'était pas la seule fille de l'école qui était morte cette année. Carol Henkel, une élève de première, était morte dans un accident de voiture. Un samedi soir son copain, alors qu'il était ivre, un type qui s'appelait Rex Reese, avait jeté la voiture de ses parents dans le lac. Rex avait pu rejoindre la rive à la nage. Mais Carol était restée emprisonnée dans la voiture.

Nous passâmes devant Baker & Inglis, fermée pour les vacances et succombant à l'irréalité des écoles durant l'été. Nous tournâmes dans Kerby Road. L'Objet habitait sur Tonnacour une maison en pierre grise et bardeaux ornée d'une girouette. Une conduite intérieure Ford qui ne payait pas de mine était garée sur le gravier. J'avais honte d'être dans la Cadillac dont je sortis au plus vite.

Beulah vint m'ouvrir. Elle me conduisit au pied de l'escalier et se contenta de désigner l'étage de l'index. Je montai au premier. Je n'y avais encore jamais été. Il était en plus mauvais état que le nôtre. La moquette n'était pas neuve et le plafond n'avait pas été repeint depuis des années. Mais les meubles étaient anciens, lourds, et signalaient la permanence autant que le bon goût.

J'essayai trois chambres avant de trouver celle de l'Objet. Ses stores étaient tirés. Il y avait des vêtements partout sur la moquette à poils longs et il me fallut patauger dedans avant d'arriver au lit. Et elle était là, dormant, vêtue d'un T-shirt. Je l'appelai. Je la secouai légèrement. Elle finit par se redresser contre ses oreillers en clignant des yeux.

« Je dois être horrible », dit-elle.

Je ne répondis rien. La laisser dans le doute renforçait ma position.

Nous prîmes le petit déjeuner dans le coin repas. Beulah nous servit sans chichis, se contentant d'apporter et de remporter les plats. Elle était en uniforme, noir avec un tablier blanc. Ses lunettes suggéraient son autre vie, plus élégante. Son prénom courait en lettres d'or sur le verre gauche.

Mrs. Objet arriva, faisant claquer des talons d'une hauteur modérée. « Bonjour, Beulah. Je vais chez le vétérinaire. On arrache une dent à Sheba. Je la ramènerai, mais après je ressors déjeuner. Ils disent qu'elle sera dans les vapes. Oh... et on vient prendre les rideaux aujourd'hui. Ouvrez-leur et donnez-leur le chèque qui est sur le comptoir. Bonjour les filles ! Je ne vous avais pas vues. Vous devez avoir une bonne influence, Callie. Elle est déjà debout à neuf heures et demie ? » Elle ébouriffa les cheveux de l'Objet. « Tu passes la journée au Petit Club, chérie ? Bien. Ton père et moi allons chez les Peter ce soir. Beulah te laissera quelque chose dans le frigidaire. Salut tout le monde ! »

Pendant ce temps, Beulah rinçait des verres, ne pipant mot, fidèle à sa stratégie.

L'Objet mit en branle le plateau tournant. Confitures françaises, marmelade anglaise, un beurrier sale, des bouteilles de ketchup et de condiments divers défilèrent avant que ne paraisse ce que l'Objet recherchait : une bonbonne de comprimés pour les brûlures d'estomac. Elle en fit tomber trois.

« Qu'est-ce que c'est d'ailleurs les brûlures d'estomac ? demandai-je.

– Tu n'en as jamais eu ? » L'Objet était sidérée.

Le Petit Club n'était qu'un surnom. Son nom officiel est le Club Grosse Pointe. Bien que la propriété fût sur le lac, il n'y avait ni quais ni bateaux, rien qu'un grand club-house, deux courts de paddle-tennis, et une piscine. C'est allongées au bord de cette piscine que nous devions passer chaque journée de juin et de juillet.

Pour ce qui était des maillots, l'Obscur Objet préférait les bikinis. Elle était jolie dedans mais absolument pas parfaite. Comme ses cuisses, ses hanches étaient plutôt grosses. Elle prétendait m'envier mes longues jambes fines, mais ce n'était que pure politesse. Calliope fit son apparition à la piscine, ce premier jour et tous ceux qui suivirent, vêtue d'un une-pièce à jupette qui avait appartenu à Sourmelina dans les années cinquante. Je l'avais trouvé dans une vieille malle. Officiellement, je le portais pour avoir l'air rétro, mais le fait d'être entièrement couverte ne me gênait pas. Je portais aussi une serviette de bain autour du cou ou une chemise sur mon maillot. Le corsage était un plus, aussi, avec ses bonnets rembourrés et pointus qui sous une serviette ou une chemise suggéraient un buste que je ne possédais pas.

Plus loin, des dames à ventre de pélican coiffées de bonnets de caoutchouc faisaient des allers-retours accrochées à des planches. Leurs maillots de bain ressemblaient beaucoup au mien. Des enfants barbotaient dans le petit bain. Les filles qui ont des taches de rousseurs n'ont pas beaucoup d'occasions de bronzer. L'Objet en profitait. À mesure que nous nous tournions et retournions sur nos serviettes cet été-là les taches de rousseur de l'Objet s'assombrirent, passant du caramel au brun. La peau entre elles s'assombrit, elle aussi, homogénéisant ses taches en un costume d'Arlequin tacheté. Seul le bout de son nez demeura rose. La raie de ses cheveux était rouge de coups de soleil.

Des club-sandwiches, sur des plateaux aux bords en forme de vague, glissaient vers nous. Si nous nous sentions sophistiquées, nous commandions des amuse-gueules. Parfois des milk-shakes aussi, de la glace, des frites. L'Objet signait toutes les notes du nom de son père. Elle me parla de Petoskey, où sa famille possédait une maison de vacances. « On y va en août. Peut-être que tu pourrais venir avec nous.

– On va en Turquie, dis-je d'un ton lugubre.

– Oh c'est vrai. J'avais oublié. » Puis : « Pourquoi tu dois repeindre une église ?

– Mon père a fait une promesse.

– Comment ça se fait ? »

Derrière nous des couples mariés jouaient au paddle-tennis. Les fanions flottaient au-dessus du toit du club-house. Était-ce bien le lieu de parler de saint Christophe ? Des histoires de guerre de mon père ? Des superstitions de mes grands-parents ?

« Tu sais à quoi je n'arrête pas de penser ? dis-je.

– Quoi ?

– Je n'arrête pas de penser à Maxine. Je n'arrive pas à croire qu'elle est morte.

– Je sais. On ne dirait pas qu'elle est vraiment morte. C'est plutôt comme si je l'avais rêvé.

– On sait que c'est vrai parce qu'on l'a rêvé toutes les deux. C'est ça la réalité. Un rêve qu'on fait tous ensemble.

– C'est profond », dit l'Objet.

Je lui donnai une tape.

« Aïe !

– Tu ne l'as pas volé. »

Les insectes étaient attirés par notre huile de noix de coco. Nous les écrasions sans pitié. L'Objet faisait une lecture lente et scandalisée de *La Femme seule* d'Harold Robins. Toutes les deux trois pages, elle secouait la tête et annonçait : « Ce livre est vraiment dégoûtant. » Je lisais *Oliver Twist*, un des livres qui faisait partie de notre liste de lectures de l'été.

Soudain le soleil disparut. Une goutte d'eau vint s'écraser sur ma page. Mais ce n'était rien en comparaison de la cascade qui tombait sur l'Obscur Objet. Un garçon était au-dessus d'elle, secouant sa tignasse trempée.

« Arrête, bordel ! dit-elle.

– Qu'est-ce qui te prend ? je te rafraîchis.

– Arrête ! »

Il finit par s'arrêter et se redressa. Son maillot de bain tombait sur ses hanches maigres, exposant une procession de fourmis descendant de son nombril. La procession était rousse. Mais ses cheveux étaient noir de jais.

« Qui est la dernière victime de ton hospitalité ? demanda le garçon.

– Je te présente Callie », dit l'Objet. Puis à moi : « Je te présente mon frère. Jerome. »

La ressemblance était frappante. La même palette de couleurs avait servi à la composition du visage de Jerome (surtout les orange et les bleu pâle) mais le dessin général était plus grossier, le nez avait quelque chose de bulbeux, les yeux louchaient presque. Ce qui m'étonna dès l'abord c'étaient les cheveux sombres et ternes, dont je compris bientôt qu'ils étaient teints.

« C'est toi qui jouais dans la pièce, c'est ça ?

– Oui. »

Jerome hocha la tête. Les yeux à demi fermés et brillants, il déclara : « Une tragédienne comme toi, hein petite sœur ?

– Mon frère a beaucoup de problèmes, dit l'Objet.

– Puisque vous êtes dans le théâââtre, les filles, peut-être que vous voudrez bien jouer dans mon prochain film. » Il me regarda. « Je fais un film de vampires. Tu ferais un vampire formidable.

– Vraiment ?

– Laisse-moi voir tes dents. »

Je ne m'exécutai pas, considérant la mise en garde que venait de me faire l'Objet.

« Jerome est dans les films de monstres, dit-elle.

– Le cinéma d'horreur, corrigea-t-il, continuant à s'adresser à moi. Pas les films de monstres. Ma sœur, comme d'habitude, rabaisse mon médium de prédilection. Tu veux connaître le titre ?

– Non, dit l'Objet.

– *Les Vampires du privé*. C'est l'histoire d'un vampire, joué par *moi*, qui est envoyé dans une école privée parce que ses parents riches mais terriblement malheureux sont en train de divorcer. La pension ne lui convient pas trop. Il n'a pas les bons vêtements. Il n'a pas la bonne coupe de cheveux. Mais un jour qu'il se balade sur le campus, il est attaqué par un vampire. Et – c'est là le truc – le vampire fume la pipe. Il porte une veste en tweed. C'est le directeur ! Alors le lendemain matin, notre héros va droit acheter un blazer et des mocassins et le voilà changé en parfait petit élève du privé !

– Pousse-toi, tu me caches le soleil.

– C'est une métaphore du passage par l'école privée, dit Jerome. Chaque génération inocule la suivante pour en faire des morts vivants.

– Jerome a été viré de deux écoles.

– Et je me vengerai ! » proclama Jerome d'une voix rauque en secouant le poing. Puis sans transition il courut sauter à l'eau en pivotant au dernier moment afin de nous faire face. Il demeura ainsi quelques instants en l'air, maigre, la poitrine creuse, blanc comme un navet, avec son visage déformé, se tenant les couilles d'une main. Il garda la pose jusqu'au fond de la piscine.

J'étais trop jeune pour me demander ce qu'il y avait derrière notre soudaine intimité. Au cours des semaines suivantes, je ne me préoccupai pas des motivations de l'Objet, de son besoin d'amour. Sa mère était absente toute la journée. Son père partait pour le bureau à 6 h 45. Jerome était un frère, et de ce fait inutile. L'Objet n'ai-

mait pas la solitude. Elle n'avait jamais su s
seule. Et c'est ainsi qu'un soir, comme j'allai
ma bicyclette, elle suggéra que je reste couche

« Je n'ai pas de brosse à dents.

– Tu prendras la mienne.

– C'est dégoûtant.

– Je t'en donnerai une neuve. On en a une boîte pleine. Quelle chichiteuse tu fais. »

Cette délicatesse excessive n'était que feinte. En réalité je n'aurais pas détesté partager la brosse à dents de l'Objet. Je n'aurais pas détesté *être* la brosse à dents de l'Objet. Je connaissais déjà à fond les splendeurs de sa bouche. La cigarette mettait en valeur tous ses mouvements et même ceux de la langue, qui apparaissait pour débarrasser les lèvres des dépôts laissés par le filtre. Parfois un peu de papier reste collé à la lèvre inférieure et la fumeuse, en l'enlevant, révèle la porcelaine des dents du bas contre la pulpe des gencives. Et si la fumeuse est une adepte du rond de fumée, on a l'occasion de voir jusqu'au velours sombre de l'intérieur des joues.

C'est ainsi qu'il en allait pour l'Obscur Objet. Une cigarette au lit était la pierre tombale qui marquait la fin de chaque journée et le roseau à travers lequel elle aspirait les premières bouffées du matin suivant. Vous avez entendu parler des artistes qui font des installations ? Eh bien, l'Objet elle, faisait des *exhalaisons*. Elle en avait tout un répertoire. Il y avait la Commissure, quand elle déviait poliment la fumée de côté afin d'épargner son interlocuteur. Il y avait le Geyser quand elle était en colère. Il y avait le Dragon, avec un panache sortant de chaque narine. Il y avait le Recyclage, quand elle aspirait par les narines la fumée sortie de sa bouche. Et il y avait l'Avalement. L'Avalement était réservé aux situations de crise. Un jour, dans les toilettes de l'aile des sciences, l'Objet venait juste d'aspirer une grande bouffée quand un professeur surgit à l'improviste. Mon amie eut le temps de jeter sa cigarette dans les toilettes et de tirer la chasse. Mais la fumée ? Où pouvait-elle aller ?

« Qui a fumé ici ? » demanda le professeur.

L'Objet haussa les épaules, gardant la bouche fermée. Le professeur se pencha vers elle en reniflant. Et l'Objet avala. Nulle fumée ne sortit. Pas un filet. Pas une bouffée. Seule une légère humidité de l'œil trahit le Tchernobyl de ses poumons.

J'acceptai l'invitation de l'Objet à rester dormir. Mrs. Objet appela Tessie et à onze heures mon amie et moi nous mîmes au lit. Elle me prêta un T-shirt. Lorsque je l'eus passé l'Objet poussa un petit hennissement.

« Qu'est-ce qu'il y a ?

– Il est à Jerome. Il ne pue pas ?

– Pourquoi tu m'as donné ce T-shirt ? dis-je, me raidissant comme pour échapper au contact du coton.

– Les miens sont trop petits. Tu en veux un à papa ? Ils sentent l'eau de Cologne.

– Ton père met de l'eau de Cologne ?

– Il a habité Paris après la guerre. Il a toutes sortes de drôles d'habitudes. » Elle était en train de grimper sur le grand lit. « Et il a couché avec un million de prostituées françaises.

– Il te l'a dit ?

– Pas vraiment. Mais chaque fois que papa parle de la France il est tout excité. Il était dans l'armée là-bas. Il dirigeait Paris après la guerre ou un truc du genre. Et maman se met toujours en rogne quand il en parle. "Assez de francophilie pour ce soir, mon cher" », dit-elle en imitant sa mère. Comme d'habitude, quand elle faisait quelque chose de théâtral, son QI grimpait instantanément. Puis elle se laissa tomber sur le ventre. « Il a tué des gens aussi.

– Vraiment ?

– Ouais, dit l'Objet, ajoutant en manière d'explication : des nazis. »

Je grimpai dans le lit. Chez moi j'avais un oreiller. Ici il y en avait six.

« Massage du dos, s'écria l'Objet avec entrain.

– Je t'en fais un si tu m'en fais un.

– D'accord. »

Je l'enfourchai, me mettant en selle sur ses hanches et commençai par ses épaules. Ses cheveux me gênaient, je les poussai. Nous demeurâmes silencieuses un moment puis je demandai : « Tu as déjà été voir un gynécologue ? »

L'Objet acquiesça dans son oreiller.

« C'est comment ?

– Horrible. Je déteste.

– Qu'est-ce qu'on te fait ?

– D'abord tu te déshabilles et tu mets une petite chemise de nuit en papier qui laisse passer tout l'air. Tu gèles. Après tu t'allonges sur la table, les jambes écartées.

– Les jambes écartées ?

– Ouais. Tu dois mettre les jambes dans ces trucs en métal. Et puis le gynéco te fait un examen pelvien, qui te fait un mal de chien.

– C'est quoi un examen pelvien ?

– Je croyais que c'était toi la grande spécialiste du sexe.

– Arrête.

– Un examen pelvien c'est, tu sais, *à l'intérieur*. On te fourre ce petit bidule pour t'ouvrir et tout.

– Je n'arrive pas à le croire.

– Ça te fait un mal de chien. Et c'est glacé. Et en plus il y a le gynéco qui fait des blagues nulles pendant qu'il est en train de regarder là-dedans. Mais le pire, c'est ce qu'il fait avec ses mains.

– Quoi ?

– En gros il s'enfonce jusqu'à ce qu'il puisse te chatouiller les amygdales. »

J'étais sans voix. Absolument paralysée par la surprise et l'effroi.

« Qui tu vas voir ?

– Quelqu'un qui s'appelle le Dr. Bauer.

– Bauer ! c'est le père de Renee. C'est un pervers d'enfer !

– Qu'est-ce que tu veux dire ?

– J'ai été nager chez Renee un jour. Ils ont une piscine. Le Dr. Bauer est arrivé et il est resté là à nous regarder. Et le voilà qui dit : "Vos jambes sont parfaitement proportionnées. Parfaitement." Dieu, quel pervers ! Le Dr. Bauer. Je te plains. »

Elle souleva le ventre pour libérer son T-shirt. Je massai ses reins, puis passai sous le tissu pour atteindre ses omoplates.

L'Objet se tut après ces dernières paroles. Moi aussi. Je tentai d'oublier la gynécologie en me concentrant sur le massage. Ce n'était pas difficile. Son dos couleur de miel ou d'abricot s'effilait à la taille d'une façon différente du mien. Il y avait des taches blanches de-ci de-là, des anti-taches de rousseur. Sa peau rougissait sous mes mains. J'avais conscience du sang qui circulait sous la surface. Ses aisselles étaient rugueuses comme la langue d'un chat. En dessous, les côtés de ses seins bombaient, écrasés contre le matelas.

« Okay, dis-je après un bon moment. À mon tour. »

Mais cette nuit fut pareille à toutes les autres. Elle s'était endormie.

Ce ne fut jamais mon tour avec l'Objet.

Ils me reviennent, les jours épars de cet été avec l'Objet, chacun pris dans un globe neigeux de souvenirs. Permettez-moi de les secouer de nouveau. Regardez les flocons redescendre :

Nous sommes au lit un samedi matin. L'Objet est sur le dos. Je suis plantée sur un coude, me penchant pour inspecter son visage.

« Tu sais ce que c'est que le sommeil ? je demande.

– Quoi ?

– De la morve.

– Non.

– Si. C'est du mucus qui te sort des yeux.

– C'est dégueulasse !

– Tu as un peu de sommeil dans les yeux, ma chère »,

dis-je d'une voix affectée et profonde. Du bout du doigt, j'enlève une croûte des cils de l'Objet.

« Je ne peux pas croire que je te laisse faire ça, dit-elle. Tu touches ma morve. »

Nous nous regardons un instant.

« Je touche ta morve ! » je hurle. Et nous nous trémoussons, nous jetant des oreillers et hurlant de plus belle.

Un autre jour, l'Objet est dans son bain. Elle a sa salle de bains à elle. Je suis sur le lit, occupée à lire un magazine people.

« On voit que Jane Fonda n'est pas vraiment nue dans ce film, dis-je.

– Pourquoi ?

– Elle a un collant. Ça se voit. »

J'entre dans la salle de bains pour le lui montrer. Dans la baignoire aux pieds en forme de pattes, sous une couche de crème fouettée, l'Objet se prélasse, se ponçant un talon.

Elle regarde la photographie et déclare : « Toi non plus tu n'es jamais nue. »

Je me fige, incapable de dire un mot.

« Tu as un complexe ?

– Non, je n'ai pas de complexe.

– De quoi est-ce que tu as peur, alors ?

– Je n'ai pas peur. »

L'Objet sait que c'est faux. Mais ses intentions ne sont pas mauvaises. Elle n'essaie pas de me prendre en défaut, seulement de me mettre à l'aise. Ma pudeur l'étonne.

« Je ne vois pas ce qui te gêne, dit-elle. Tu es ma meilleure amie. »

Je fais semblant d'être plongée dans le magazine. Je n'arrive pas à en détacher les yeux. À l'intérieur, toutefois, j'explose de bonheur. Je suis envahie par la joie, mais je continue à fixer le magazine comme si j'étais en colère contre lui.

Il est tard. Nous avons regardé la télé. L'Objet se brosse les dents quand j'entre dans la salle de bains. Je baisse mon slip et je m'assieds sur les toilettes. J'utilise de temps à autre cette tactique compensatoire. Le T-shirt est assez long pour me couvrir les cuisses. Je pisse tandis que l'Objet brosse.

C'est alors que je sens la fumée. Levant les yeux, je vois, à côté d'un manche de brosse à dents entre les lèvres de l'Objet, une cigarette.

« Tu fumes *même* en te brossant les dents ? »

Elle me lance un regard de côté. « Menthol », dit-elle.

Le problème avec les souvenirs c'est qu'ils se ternissent vite.

Un mot collé sur le réfrigérateur me ramena à la réalité : « Dr. Bauer 22 juillet, 14 h. »

J'avais une peur bleue. Peur du gynécologue pervers et de ses instruments de torture. Peur des machins en métal qui m'écarteraient les jambes et du truc qui m'écarterait autre chose. Et peur de ce que tous ces écartements pourraient révéler.

C'est dans cet état, cette impasse émotionnelle, que je me remis à aller à l'église. Un dimanche ma mère et moi nous mîmes sur notre trente et un (Tessie chaussa des talons hauts, pas moi) et nous rendîmes à l'Assomption. Tessie, elle aussi, souffrait. Cela faisait six mois que Chapitre Onze avait quitté Middlesex sur sa moto et il n'était pas revenu depuis. Pire, en avril il avait fait savoir qu'il quittait l'université. Il avait l'intention de s'installer dans le nord de la péninsule pour cultiver la terre. « Tu ne penses pas qu'il ferait quelque chose d'aussi bête que d'épouser cette Meg ? » demanda Tessie à Milton. « Espérons que non », répondit-il. Tessie s'inquiétait également de ce que Chapitre Onze se négligeait. Il n'allait pas régulièrement chez le dentiste. Son régime végétarien le rendait pâlot. Et il perdait ses cheveux. À l'âge de vingt ans. Soudain Tessie se sentait vieille.

Unies dans l'anxiété, cherchant un réconfort à nos

peines (Tessie voulant être délivrée de ses douleurs tandis que je voulais que les miennes commencent), nous entrâmes dans l'église. Pour autant que je puisse m'en rendre compte, ce qui se passait tous les dimanches à l'église grecque orthodoxe de l'Assomption c'est que les prêtres se réunissaient pour lire la Bible. Ils commençaient par la Genèse et continuaient par les Nombres et le Deutéronome. Puis ils passaient aux Psaumes et aux Proverbes, à l'Ecclésiaste, Isaïe, Jérémie, Ézéchiel, jusqu'au Nouveau Testament. Vu la longueur de nos services, je ne voyais pas d'autre possibilité.

Ils psalmodiaient tandis que l'église se remplissait lentement. Finalement le lustre central s'allumait et le père Mike, comme une marionnette grandeur nature, surgissait de derrière l'iconostase. J'étais sidérée par la métamorphose que mon oncle subissait chaque dimanche. À l'église, le père Mike apparaissait et disparaissait avec l'imprévisibilité d'une divinité. Il était au balcon, chantant de sa voix tendre et fausse puis, la minute suivante, il se retrouvait au rez-de-chaussée, balançant son encensoir. Scintillant de tous ses bijoux et parures sacerdotales, aussi chargé qu'un œuf de Fabergé, il se promenait dans l'église en distribuant la bénédiction de Dieu. Parfois son encensoir produisait tant de fumée qu'on aurait dit que le père Mike avait la capacité de disparaître dans le brouillard. Mais l'après-midi venu et le brouillard dissipé, dans notre salon, il était de nouveau un petit homme timide portant un costume noir en polyester mélangé et un col en plastique.

L'autorité de tante Zoë allait en direction opposée. À l'église, elle était douce comme un agneau. Le chapeau gris et rond qu'elle portait ressemblait à la tête d'une vis qui la maintenait à sa place. Elle n'arrêtait pas de pincer ses fils pour les empêcher de s'endormir. J'avais du mal à faire la relation entre cette dame inquiète, assise voûtée devant nous, et la femme drôle qui, sous l'effet du vin, faisait des numéros comiques dans la cuisine. « Les hommes n'entrent pas ! criait-elle tout en dansant avec ma mère. On a des couteaux. »

Le contraste entre la Zoë de l'église et celle de la cuisine était tel que je ne la quittais pas des yeux pendant le service. La plupart des dimanches, quand ma mère lui tapotait l'épaule pour la saluer, tante Zoë répondait par un faible sourire. Son grand nez semblait gonflé par la douleur. Puis elle se retournait, se signait et ne bougeait plus de toute la cérémonie.

Ainsi donc : église de l'Assomption ce matin de juillet. L'encens s'élevant avec la senteur âcre de l'espoir irrationnel. Plus proche (au-dehors il bruinait) l'odeur de la laine mouillée. L'eau s'écoulant des parapluies planqués sous les bancs, formant des ruisselets et des flaques sur le sol inégal de notre église bâclée. L'odeur de la laque et du parfum, des cigares bon marché, et le lent tic-tac des montres. Le gargouillement de ventres de plus en plus nombreux. Et les bâillements. Les têtes qui tombent et les ronflements et les réveils brusques à coups de coude.

Notre liturgie, interminable ; mon propre corps insensible aux effets du temps. Et juste devant moi, Zoë Antoniou, sur qui aussi le temps avait fait son œuvre.

La vie d'une femme de prêtre avait été encore pire que tante Zo ne l'avait imaginé. Elle avait détesté les années passées dans le Péloponnèse. Ils habitaient une petite maison en pierre sans chauffage. Les femmes du village étendaient des couvertures sous les oliviers et battaient les branches pour faire tomber les olives. « Elles ne peuvent pas arrêter ce boucan infernal ! » se plaignait Zoë. En quatre ans, au bruit incessant des oliviers battus à mort, elle avait donné naissance à quatre enfants. Dans ses lettres à ma mère, elle détaillait ses épreuves : pas de machine à laver, pas de voiture, pas de télévision, un jardin plein de pierres et de chèvres. Elle signait ses lettres : « Sainte Zoë, martyre de l'Église. »

Le père Mike avait mieux apprécié la Grèce. Les années qu'il y avait passées étaient les plus heureuses de sa prêtrise. Dans ce minuscule village du Péloponnèse, les anciennes superstitions survivaient. Les gens continuaient à croire au mauvais œil. Personne ne le plaignait d'être prêtre, tandis qu'ensuite en Amérique ses paroissiens devaient le traiter avec une condescendance discrète qui n'en était pas moins indubitable, comme un fou dont il faut ménager les illusions. L'humiliation de la vie de prêtre dans une économie de marché avait été épargnée au père Mike tant qu'il avait été en Grèce où, de surcroît, il avait pu oublier ma mère, qui l'avait laissé tomber, et il échappait à la comparaison avec mon père, qui gagnait tellement plus d'argent. Les plaintes incessantes de son épouse n'avaient pas commencé à induire le père Mike à quitter la prêtrise et ne l'avaient pas conduit à ce geste désespéré...

En 1956, on avait confié au père Mike une église à Cleveland. En 1958 il fut nommé prêtre à l'Assomption. Zoë était heureuse de retourner chez elle, mais elle ne put jamais s'habituer à son statut de *presvytera*. Le rôle de modèle ne lui convenait pas. Elle éprouvait les plus grandes difficultés à habiller décemment ses enfants. « Avec quel argent ? criait-elle à son mari. Peut-être que si on ne te payait pas un demi-salaire de misère tes enfants auraient meilleure allure. » Mes cousins – Aristote, Socrate, Cléopâtre, et Platon – avaient l'air contrarié et trop bien peigné des enfants d'ecclésiastique. Les garçons étaient vêtus de costumes croisés bon marché aux couleurs criardes. Ils étaient coiffés à l'afro. Cleo, qui avait la beauté et les yeux en amande de son homonyme, devait se contenter de robes achetées en grande surface. Elle parlait rarement et faisait des figures avec de la ficelle en compagnie de son frère pendant le service.

J'ai toujours aimé tante Zo. J'aimais sa voix de stentor. J'aimais son sens de l'humour. Elle était plus grande gueule que la plupart des hommes ; elle faisait rire ma mère comme personne.

Ce dimanche, par exemple, pendant l'une des nombreuses pauses de service, tante Zo se tourna vers nous et osa plaisanter : « Moi je suis obligée d'être là. Mais toi, quelle excuse as-tu ?

– Callie et moi nous avons juste eu envie de venir à l'église », répondit ma mère.

Platon, qui était petit comme son père, chantonna, affectant la sévérité : « Honte à toi, Callie. Qu'est-ce que tu as fait ? » Il passa son index droit sur le gauche à plusieurs reprises.

« Rien, dis-je.

– Hé, Soc, murmura Platon à son frère. Est-ce que cousine Callie est en train de rougir ?

– Elle doit avoir fait quelque chose qu'elle ne veut pas nous dire.

– Taisez-vous, les enfants », dit tante Zo, car le père Mike approchait avec l'encensoir. Mes cousins se retournèrent. Ma mère inclina la tête pour prier. Moi aussi. Tessie priait pour que Chapitre Onze revienne à la raison. Et moi ? Facile. Je priais pour avoir mes règles. Je priais pour recevoir les stigmates de la femme.

L'été passait. Milton sortit nos valises du sous-sol et nous dit de commencer à les faire. Je me bronzais avec l'Objet au Petit Club. Je ne cessais de m'imaginer le Dr. Bauer occupé à estimer les proportions de mes jambes. Il ne resta plus qu'une semaine, puis quatre jours, puis deux avant le rendez-vous.

C'est ainsi que nous en venons à la soirée du samedi précédent, le 20 juillet 1974. Une soirée pleine de départs et de plans secrets. Aux petites heures du dimanche matin (qui était encore la nuit du samedi dans le Michigan), des avions à réaction turcs décollèrent de leurs bases en Turquie. Ils se dirigèrent au-dessus de la Méditerranée en direction du sud vers l'île de Chypre. Dans les mythes anciens, les dieux dérobent souvent les mortels aux yeux de leurs semblables. Aphrodite l'a fait pour sauver Pâris d'une mort certaine des mains de Ménélas. Elle a enroulé Énée dans un manteau pour lui faire quitter discrètement le champ de bataille. De même, tandis que les avions à réaction turcs filaient au-dessus de la mer, ils étaient cachés. Cette nuit-là, les contrôleurs rapportèrent une défaillance mystérieuse de leurs radars. L'écran était rempli de milliers de petits points blancs : un nuage électromagnétique. Cachés à l'intérieur, les avions turcs atteignirent l'île et se mirent à lâcher leurs bombes.

Entre-temps, à Grosse Pointe, Fred et Phyllis Mooney eux aussi quittaient leur base pour aller à Chicago. Sur la véranda, leurs enfants Woody et Jane, qui leur faisaient au revoir de la main, avaient leurs plans secrets à eux. En ce moment même des bombardiers argentés de tonnelets de bière et des formations serrées de packs de six se dirigeaient vers la maison des Mooney à bord de voitures pleines d'adolescents. Tout comme l'Objet et moi-même. Poudrées et maquillées, les cheveux plaqués en forme d'aile sur le côté, nous nous étions mises en route. Vêtues de jupes en velours léger et chaussées de sabots, nous nous engageâmes sur la pelouse. Mais devant la porte l'Objet m'arrêta. Elle se mordit la lèvre.

« Tu es ma meilleure amie, non ?

– Oui.

– Okay. Parfois j'ai l'impression d'avoir mauvaise haleine. » Elle s'interrompit. « Le problème c'est qu'on ne peut jamais savoir soi-même si on a mauvaise haleine ou non. Alors – elle fit une nouvelle pause – je voudrais que tu vérifies pour moi. »

Ne sachant que dire je ne dis rien.

« Tu trouves ça trop dégoûtant ?

– Non, finis-je par dire.

– Okay, allons-y. » Elle se pencha vers moi et me souffla dans le visage.

« Ça va, dis-je.

– Bien. Maintenant à toi. »

Je me penchai à mon tour.

« Tout va bien, dit-elle d'un ton ferme. Maintenant on peut y aller. »

Je n'avais jamais encore été à une soirée. Je plaignais les parents. Comme nous nous glissions dans la foule, je pensais aux dégâts. De la cendre de cigarette tombait sur les canapés. Des boîtes de bière se renversaient sur les tapis. Dans le bureau, je vis deux garçons qui pissaient en riant dans une coupe de tennis. La plupart des gosses étaient plus vieux que nous. Quelques couples montaient les escaliers pour disparaître dans les chambres.

L'Objet faisait de son mieux pour paraître plus vieille. Elle copiait l'expression supérieure et ennuyée des étudiantes. Elle me précéda en direction de la véranda côté jardin où se trouvaient les tonnelets de bière et se mit dans la queue.

« Qu'est-ce que tu fais ? demandai-je.

– Je vais me chercher une bière. Qu'est-ce que tu crois ? »

Il faisait plutôt sombre à l'extérieur. Comme la plupart du temps quand j'étais en société, je laissai mes cheveux tomber devant mon visage. J'attendais dans la queue derrière l'Objet quand quelqu'un me mit les mains sur les yeux.

« Qui c'est ?

– Jerome. »

J'enlevai ses mains de mon visage et me retournai.

« Comment tu as deviné ?

– L'odeur.

– Aïe », dit quelqu'un derrière Jerome. Je me penchai et reconnus avec surprise Rex Reese, le type qui avait plongé Carol Henkel dans le lac. Rex Reese, notre Teddy Kennedy local. Il n'avait pas l'air particulièrement sobre ce soir-là non plus. Ses cheveux noirs couvraient ses oreilles et il portait un bout de corail bleu attaché à un lacet de cuir autour du cou. Je cherchai des signes de remords ou de repentir sur son visage. Rex ne cherchait rien sur mon visage, quant à lui. Il zieutait l'Objet, ses cheveux tombant dans ses yeux au-dessus d'un sourire hautain.

Adroitement, les deux garçons se glissèrent entre nous, se tournant le dos. J'entrevis l'Obscur Objet une dernière fois. Elle avait les mains dans les poches arrière de sa jupe en velours. Cette attitude décontractée avait pour effet de faire bomber ses seins. Elle regardait Rex avec un sourire.

« Je commence le tournage demain », dit Jerome.

Je ne réagis pas.

« Mon film. Mon film de vampires. Tu es sûre que tu ne veux pas jouer dedans ?

– On part en vacances la semaine prochaine.

– Merde, dit Jerome. Mon film va être génial. »

Il y eut un silence. Puis je finis par déclarer : « Les vrais génies ne se prennent jamais pour des génies.

– Qui dit ça ?

– Moi.

– Parce que quoi ?

– Parce que le génie c'est neuf dixièmes de transpiration. Tu n'as jamais entendu dire ça ? Dès que tu *penses* que tu es un génie, tu te laisses aller. Tu crois que tout ce que tu fais est génial et tout.

– Je veux juste faire des films qui font peur, répliqua Jerome. Avec du nu de temps à autre.

– N'essaie pas d'être un génie et peut-être que tu le seras par hasard », dis-je.

Il me regardait intensément, un grand sourire sur le visage.

« Quoi ?

– Rien.

– Pourquoi tu me regardes comme ça ?

– Je te regarde comme quoi ? »

Dans l'obscurité, la ressemblance de Jerome avec l'Obscur Objet était encore plus prononcée. Les sourcils fauves, le teint de caramel – étaient de nouveau présents, sous forme permise.

« Tu es beaucoup plus intelligente que la plupart des copines de ma sœur.

– Tu es beaucoup plus intelligent que la plupart des copains de mon frère. »

Il se pencha vers moi. Il était plus grand. C'était la différence essentielle entre sa sœur et lui. Cela suffit à me sortir de mon état de transe. Je me détournai. Je le contournai pour retourner près de l'Objet. Elle était toujours en train de fixer Rex, le visage radieux.

« Viens, dis-je. Il faut qu'on fasse ce truc.

– Quel truc ?

– Tu sais. Ce truc. »

Je parvins à l'emmener tandis qu'elle laissait traîner derrière elle des sourires et des regards éloquents.

« Où est-ce que tu m'emmènes ? demanda-t-elle, fâchée.

– Loin de ce salaud.

– Tu ne peux pas me laisser tranquille une minute ?

– Tu veux que je te laisse tranquille ? dis-je. Okay. Je vais te laisser tranquille. » Je ne bougeai pas.

« Je ne peux même pas parler à un garçon dans une soirée ? demanda l'Objet.

– Je t'emmenais avant qu'il ne soit trop tard.

– Qu'est-ce que tu veux dire ?

– Tu as mauvaise haleine. »

Touché. Son visage se décomposa. « Vraiment ? demanda-t-elle.

– Tu sens juste un peu l'oignon », répondis-je.

Nous étions sur la pelouse derrière la maison. Il y avait des gosses assis sur le parapet en pierre de la véranda, l'extrémité de leurs cigarettes brillant dans l'obscurité.

« Qu'est-ce que tu penses de Rex ? murmura l'Objet.

– Quoi ? Ne me dis pas qu'il te plaît.

– Je n'ai pas dit qu'il me plaisait. »

Je scrutai son visage à la recherche de la réponse. Elle le remarqua et s'éloigna. Je la suivis. J'ai dit plus haut que la plupart de mes émotions étaient hybrides. Mais pas toutes. Certaines sont pures et non frelatées. La jalousie, par exemple.

« Rex est okay, dis-je quand je l'eus rattrapée. Si on aime les meurtriers.

– C'était un accident », dit l'Objet.

La lune était pleine aux trois quarts. Elle argentait les grosses feuilles des arbres. L'herbe était humide. Nous

nous débarrassâmes de nos sabots pour la sentir sous nos pieds. Après un moment, avec un soupir, l'Objet posa la tête sur mon épaule.

« C'est bien que tu t'en ailles, dit-elle.

– Pourquoi ?

– Parce que c'est trop bizarre. » Je regardai derrière moi pour vérifier si quelqu'un nous voyait. Personne. Je passai donc mon bras autour de ses épaules.

Pendant les quelques minutes qui suivirent nous restâmes, là, sous les arbres blanchis par la lune, à écouter la musique diffusée à pleine puissance qui parvenait de la maison. Les flics arriveraient bientôt. Les flics arrivaient toujours. C'était une chose sur laquelle on pouvait compter à Grosse Pointe.

Le lendemain matin, j'allai à l'église avec Tessie. Comme d'habitude, tante Zo était au premier rang, donnant l'exemple. Aristote, Socrate et Platon avaient leurs costumes de gangsters. Cleo, planquée sous sa crinière noire, s'apprêtait à s'endormir.

Le fond et les côtés de l'église étaient obscurs. Les icônes, suspendues aux portiques ou aux doigts levés dans les chapelles brillantes, y jetaient leur ombre mélancolique. Sous la coupole, la lumière tombait en rayons crayeux. L'air était déjà chargé d'encens. Allant et venant, les prêtres avaient l'air d'être dans un hammam.

Puis vint l'heure du spectacle. Un prêtre appuya sur un bouton. Le tiers inférieur de l'énorme lustre s'illumina. Le père Mike surgit de derrière l'iconostase. Il portait une tunique turquoise vif brodée d'un cœur rouge dans le dos. Il traversa la solea et descendit parmi les fidèles. La fumée de son encensoir s'élevait en volutes au parfum d'antiquité. « *Kyrie eleison*, entonna le père Mike, *Kyrie eleison.* » Et bien que les mots ne signifiassent rien pour moi, ou quasiment rien, je sentis leur poids, le sillon profond qu'ils creusaient dans l'air du temps ; Tessie se signa, pensant à Chapitre Onze.

D'abord le père Mike fit le côté gauche de l'église. En

vagues bleues, l'encens roulait au-dessus des têtes. Il nimbait les lumières circulaires du lustre. Il aggravait l'état pulmonaire des fenêtres. Il atténuait le chatoiement des costumes de mes cousins. Comme il m'enveloppait dans sa couverture de sucre glace, je l'inhalai et me mis à prier à mon tour. *Je t'en prie mon Dieu, fais que le Dr. Bauer me trouve normale. Et fais que je sois seulement amie avec l'Objet. Et ne la laisse pas m'oublier pendant que nous serons en Turquie. Et aide ma mère à moins s'inquiéter à propos de mon frère. Et fais que Chapitre Onze retourne à l'université.*

L'encens a plusieurs fonctions dans l'Église orthodoxe. Symboliquement, c'est une offrande à Dieu. Comme dans les sacrifices de l'époque païenne, son parfum monte au ciel. Avant que les techniques modernes d'embaumement ne fassent leur apparition, l'encens avait une fonction pratique. Il masquait l'odeur des cadavres au cours des funérailles. Il peut également, inhalé en quantité suffisante, provoquer un vertige qui évoque la rêverie mystique. Et si vous en respirez suffisamment, il peut vous rendre malade.

« Qu'est-ce qu'il y a ? » La voix de Tessie à mon oreille. « Tu es toute pâle. »

J'interrompis ma prière pour ouvrir les yeux.

« Vraiment ?

– Ça va ? »

Je m'apprêtais à répondre par l'affirmative, mais je me tus.

« Tu as vraiment l'air pâle, Callie », dit à nouveau Tessie. Elle posa la main sur mon front.

La maladie, la rêverie, la dévotion, l'autosuggestion – tout arriva ensemble. Si le ciel ne vous aide pas, vous devez vous aider vous-même.

« C'est l'estomac, dis-je.

– Qu'est-ce que tu as mangé ?

– Pas exactement l'estomac. C'est plus bas. »

Le père Mike repassa de nouveau. Il balançait l'encensoir si haut qu'il me toucha presque le bout du nez. Et je dilatai les narines pour respirer autant de fumée que possible et me faire encore plus pâle que je n'étais déjà.

« C'est comme si on me tordait quelque chose à l'intérieur », hasardai-je.

Ce qui devait être plus ou moins juste. Parce que Tessie souriait maintenant. « Oh, mon chou, dit-elle. Oh, Dieu merci.

– Tu es contente que je sois malade ? Merci beaucoup.

– Tu n'es pas malade, chérie.

– Alors qu'est-ce que je suis ? Je ne me sens pas bien. Ça fait *mal*. »

Ma mère me prit la main, rayonnante. « Viens vite, dit-elle, avant qu'on ait un accident. »

Alors que je m'enfermais dans les toilettes de l'église, la nouvelle de l'invasion de Chypre par les Turcs avait atteint les États-Unis. Quand Tessie et moi rentrâmes à la maison, le salon était plein d'hommes qui criaient.

« Nos navires de guerre attendent au large pour intimider les Grecs, hurlait Jimmy Fioretos.

– Et alors ? » – Milton maintenant. « À quoi tu t'attendais ? La junte renverse Makarios. Les Turcs ont peur. C'est une situation explosive.

– Ouais, mais pour aider les Turcs...

– Les États-Unis n'aident pas les Turcs, poursuivit Milton. Ils veulent juste contrôler la junte. »

En 1922, alors que Smyrne brûlait, les navires de guerre américains n'avaient pas bougé. Cinquante-deux ans plus tard, au large des côtes de Chypre, ils ne faisaient toujours rien. Du moins ostensiblement.

« Ne sois pas si naïf, Milt... » De nouveau Jimmy Fioretos. « Qui tu crois a brouillé les radars ? Ce sont les Américains, Milt. C'est nous.

– Comment tu sais ça ? » rétorqua mon père.

Et maintenant Gus Panos, par le trou dans sa gorge : « C'est ce maudit – sssss – Kissinger. Il doit avoir fait un pacte – sssss – avec les Turcs.

– Évidemment. » Peter Tatakis hocha la tête tout en

sirotant son Pepsi. « Maintenant que la guerre du Viêt-nam est finie, Herr Doktor Kissinger peut de nouveau jouer les Bismarck. Il voulait avoir des bases de l'OTAN en Turquie ? Voilà comment les obtenir. »

Ces accusations étaient-elles fondées ? Je n'en suis pas sûr. Voici tout ce que je sais : ce matin-là, quelqu'un brouilla les radars chypriotes, assurant le succès de l'invasion turque. Les Turcs possédaient-ils cette technologie ? Non. Les navires de guerre américains ? Oui. Mais ce n'est pas le genre de chose qu'on peut prouver...

En plus, cela m'était égal. Les hommes juraient, pointaient sur la télévision un index accusateur, tapaient du poing sur la radio, jusqu'à ce que tante Zo les débranche. Malheureusement, elle ne pouvait pas débrancher les hommes. Du début à la fin du déjeuner ils se crièrent dessus. Couteaux et fourchettes furent agités en l'air. Les disputes à propos de Chypre durèrent des semaines et finirent par causer la fin de ces déjeuners du dimanche. Mais pour moi, l'invasion n'avait qu'un seul sens.

Dès que je pus, je m'excusai et courus appeler l'Objet. « Tu sais quoi ? m'écriai-je, tout excitée. On ne part pas en vacances. Il y a la guerre ! »

Puis je lui dis que j'avais des crampes et que j'arrivais.

EN CHAIR ET EN OS

J'approche rapidement du moment de la découverte : de moi-même par moi-même, qui était une chose que j'avais toujours sue et que pourtant je ne savais pas ; et de la découverte par le pauvre Dr. Philobosian, à moitié aveugle, de ce qu'il n'avait pas su remarquer à ma naissance et avait continué à ne pas voir au cours de chacune des visites médicales annuelles ; et de la découverte par mes parents du genre d'enfant auquel ils avaient donné naissance (réponse : le même enfant, seulement différent) ; et finalement de la découverte du gène muté qui était resté enfoui dans notre lignée pendant deux cent cinquante ans, attendant patiemment qu'Atatürk attaque et qu'Hajienestis se métamorphose en verre, qu'une clarinette donne la sérénade, jusqu'à ce que, rencontrant son jumeau indispensable, il provoque la chaîne de réactions qui mène jusqu'à moi, ici, qui suis en train d'écrire à Berlin.

Cet été – tandis que les mensonges du président devenaient eux aussi plus élaborés –, je commençai à feindre mes règles. Avec une fourberie toute nixonienne, Calliope ouvrait et jetait dans les toilettes une flottille de Tampax inutilisés. Je feignais des symptômes allant de la migraine à l'épuisement. Je contrefaisais les crampes comme Meryl Streep les accents. Il y avait l'élancement, la douleur sourde, le coup de poing qui me tordait de douleur sur mon lit. Mon cycle, bien qu'imaginaire, était rigoureusement noté sur mon calendrier de bureau. J'utilisais le symbole chrétien du poisson ><> pour marquer les jours. Je prévis mes règles jusqu'au mois de décembre, époque à laquelle j'étais sûre que la première serait arrivée.

Ma ruse fut efficace. Elle calma l'inquiétude de ma mère et même la mienne. Je sentais que j'avais pris les choses en main. Je n'étais plus à la merci de la nature. Mieux encore : avec l'annulation de notre voyage – et celle de mon rendez-vous avec le Dr. Bauer –, j'étais libre d'accepter l'invitation de l'Objet à venir dans sa maison de vacances. Je me préparai en achetant un chapeau de paille, des sandales et une salopette rustique.

Je n'étais pas particulièrement intéressée par les événements politiques qui se déroulèrent cet été-là. Mais il était impossible de ne pas savoir ce qui se passait. L'identification de mon père à Nixon ne fit que se renforcer à mesure que les ennuis du président s'accumulaient. Dans les manifestants pacifistes à longs cheveux, Milton avait vu son propre fils, hirsute et accusateur. Maintenant, dans le scandale du Watergate, Milton reconnaissait sa conduite douteuse durant les émeutes. Il pensait que le cambriolage avait été une erreur, mais jugeait aussi que ce n'était pas si grave. « Vous ne croyez pas que les démocrates font la même chose ? » demandait Milton aux dialecticiens du dimanche. « Les libéraux veulent le baiser. Alors ils jouent les saintes-nitouches. » Milton commentait les nouvelles du soir en direct. « Ah ouais ? disait-il, mon cul. » Ou : « Ce Proxmire est un zéro absolu. » Ou : « Ces têtes d'œuf d'intellos feraient mieux de s'occuper des Russes et des Chinois plutôt que de se tordre les mains pour un malheureux cambriolage dans un bureau de campagne sans intérêt. » Courbé sur son plateau-télé, Milton faisait la gueule à la presse de gauche, et sa ressemblance de plus en plus marquée avec le président ne pouvait plus être ignorée.

Les soirs de semaine il débattait avec la télévision, mais le dimanche il était face à un vrai public. Oncle Pete, que la digestion plongeait habituellement dans l'hébétude, était maintenant animé et jovial. « Même du point de vue du chiropracteur, Nixon est un personnage contestable, il a un squelette de chimpanzé. »

Le père Mike faisait chorus. « Qu'est-ce que tu penses de notre ami Tricky Dicky maintenant, Milt ?

– Je pense qu'on fait beaucoup de bruit pour rien. »

Les choses s'envenimaient quand on se mettait à parler de Chypre. Pour ce qui était des affaires intérieures, Milton avait Jimmy Fioretos de son côté. Mais sur Chypre, ils étaient divisés. Un mois après l'invasion, juste comme les Nations unies allaient aboutir à la paix, l'armée turque lança une seconde attaque. Cette fois-ci les Turcs revendiquaient une grande partie de l'île. Les barbelés montaient. On dressait des miradors. Chypre était coupée en deux comme Berlin, comme la Corée, comme tous les endroits du monde qui n'étaient plus une chose ou l'autre.

« Voilà qu'ils se démasquent, disait Jimmy Fioretos. Les Turcs ont toujours voulu envahir. Cette histoire de "protection de la Constitution" n'était qu'un prétexte.

– Ils nous ont frappés... ssss... dans le dos », croassa Gus Panos.

Milton grogna. « Qu'est-ce que tu veux dire par "nous" ? Où est-ce que tu es né, Gus, à Chypre ?

– Tu sais très bien... ssss... ce que je veux dire.

– L'Amérique a trahi les Grecs ! » Jimmy Fioretos troua l'air de l'index. « C'est ce fils de pute de Kissinger. Pendant qu'il te serre la main, il te pisse dans la poche ! »

Milton secoua la tête. Il baissa le menton d'une manière agressive et émit un petit bruit de gorge, un jappement de désapprobation. « Il faut considérer avant tout l'intérêt de la nation. »

Puis il releva le menton et le dit : « Que les Grecs aillent se faire foutre. »

En 1974, au lieu de retrouver ses racines en retournant à Bursa, mon père les renia. Obligé de choisir entre son pays natal et celui de ses ancêtres, il n'hésita pas. Entretemps, on entendait tout cela jusque dans la cuisine : les cris, une soucoupe qui se cassait ; des jurons en anglais et en grec ; des pas lourds dans le couloir.

« Mets ton manteau, Phyllis, on s'en va, dit Jimmy Fioretos.

– On est en été, dit Phyllis. Je n'ai pas de manteau.

– Nous aussi on s'en va... ssss... j'ai perdu l'appétit. »

Même oncle Pete, l'amateur d'opéra autodidacte, rompit. « Peut-être que Gus n'est pas né en Grèce, dit-il, mais je suis sûr que tu te rappelles que moi, si. Tu parles de mon pays natal, Milton. Et du véritable foyer de tes parents. »

Les invités partirent. Ils ne revinrent pas. Jimmy et Phyllis Fioretos. Gus et Helen Panos. Peter Tatakis. Les Buick démarrèrent, laissant un vide dans notre salon. Après quoi il n'y eut plus de déjeuners du dimanche. Plus d'hommes au gros nez se mouchant avec des bruits de trompette bouchée. Plus de femmes qui me pinçaient la joue et qui ressemblaient à Melina Mercouri vieille. Surtout, plus de débats de salon. Plus d'arguments et de citations, d'éloges des morts et de condamnations des vivants. Plus de conseil des ministres autour de notre table basse. Plus de réorganisation des finances ni de débats philosophiques sur le rôle du gouvernement, la sécurité sociale, le système de santé suédois (inventé par un Dr. Fioretos, rien à voir). La fin d'une époque. Plus jamais. Jamais le dimanche.

Les seuls à rester furent tante Zo, le père Mike et nos cousins, parce que c'étaient nos parents. Tessie en voulait à Milton. Elle le lui dit, il explosa, et elle ne lui adressa plus la parole de toute la journée. Le père Mike saisit cette occasion pour entraîner Tessie sur la toiture en terrasse. Milton monta dans sa voiture et démarra. Avec tante Zo nous montâmes des rafraîchissements sur la terrasse. Je venais de mettre le pied sur le gravier quand je vis Tessie et le père Mike assis sur les fauteuils de jardin en fonte noire. Le père Mike tenait la main de ma mère, approchant son visage barbu près du sien tandis qu'il parlait à voix douce. Ma mère avait pleuré, apparemment.

Elle avait un mouchoir en papier roulé en boule dans une main. « Callie a apporté du thé glacé, annonça tante Zo, et moi l'alcool. » Mais alors elle vit la manière dont le père Mike regardait ma mère et elle se tut. Ma mère se leva en rougissant. « Je vais opter pour l'alcool, Zo. » Tout le monde rit nerveusement. Tante Zo remplit les verres. « Ne regarde pas, Mike, dit-elle. La presvytera se soûle le dimanche. »

Le vendredi suivant j'allai avec le père de l'Objet dans leur maison de vacances près de Petoskey. Je fus éblouie par la vision de l'imposante bâtisse victorienne tarabiscotée, peinte en vert pistache, entourée de hauts pins, dominant Little Traverse Bay, d'autant que toutes ses fenêtres étaient éclairées.

J'étais bonne avec les parents. Les parents étaient ma spécialité. Tout au long du trajet, j'avais soutenu une conversation pleine d'entrain et portant sur une grande variété de sujets avec le père de l'Objet. C'est de lui qu'elle tenait ses couleurs. Mr. Objet était dans les tons celtiques. Cependant il approchait la soixantaine et ses cheveux roux avaient perdu presque toute leur couleur, comme un pissenlit monté en graine. Sa peau elle aussi avait l'air surexposée. Il portait un costume kaki en gabardine et une cravate. Nous nous arrêtâmes avant l'autoroute pour acheter un pack de six cocktails Smirnoff.

« On trouve le Martini-vodka en boîte, maintenant, Callie. Nous vivons une époque formidable. »

Cinq heures plus tard, pas du tout sobre, il s'engagea sur la route en terre menant à la maison. Il était alors dix heures du soir. À la lumière de la lune nous portâmes nos bagages jusqu'à la porte de derrière. Des champignons parsemaient le sentier jonché d'aiguilles entre les pins gris et élancés. Près de la maison, un puits artésien se fondait parmi les rochers moussus.

Quand nous entrâmes dans la cuisine, Jerome était assis à table, en train de lire le *Weekly World News*. La pâleur de son visage suggérait qu'il avait dû y passer la majeure partie du mois. Ses cheveux noirs et ternes avaient l'air particulièrement inertes. Il portait un T-shirt Frankenstein, un short en seersucker et des tennis en toile blanche sans chaussettes.

« Je te présente Miss Stephanides, dit Mr. Objet.

– Bienvenue chez les sauvages. » Jerome se leva et serra la main de son père. Ils esquissèrent une vague étreinte.

« Où est ta mère ?

– Elle s'habille dans sa chambre pour la soirée à laquelle vous êtes incroyablement en retard. Son humeur s'en ressent.

– Pourquoi tu n'emmènes pas Callie dans sa chambre et faire un tour de la maison ?

– Échec et mat », dit Jerome.

Nous montâmes par l'escalier de service. « On est en train de repeindre la chambre d'amis, m'apprit Jerome. Donc tu dors avec ma sœur.

– Où est-elle ?

– Elle est sur la véranda de derrière avec Rex. »

Mon sang se figea. « Rex *Reese* ?

– Ses vieux ont une maison dans le coin. »

Puis Jerome me montra l'essentiel : serviettes, toilettes, interrupteurs. Mais ses manières ne faisaient aucun effet sur moi. Je me demandais pourquoi l'Objet ne m'avait pas parlé de Rex au téléphone. Cela faisait trois semaines qu'elle était là et elle n'avait rien dit.

Nous entrâmes dans sa chambre. Ses vêtements froissés étaient éparpillés sur le lit défait. Il y avait un cendrier plein sur un oreiller.

« Ma petite sœur est une souillon, dit Jerome en jetant un coup d'œil circulaire. Tu es rangée ? »

Je hochai la tête.

« Moi aussi. C'est la seule façon d'être. Hé. » Il se retourna pour me faire face. « Qu'est-ce qui est arrivé à ton voyage en Turquie ?

– Il a été annulé.

– Excellent. Tu vas pouvoir jouer dans le film. Je le tourne ici. Tu te sens à la hauteur ?

– Je croyais que ça se passait dans un pensionnat.

– J'ai décidé que ça serait un pensionnat chez les bouseux. » Jerome était plutôt près de moi. Ses mains s'agitaient dans ses poches tandis qu'il louchait sur ma personne et se balançait sur ses talons.

« On descend ? suggérai-je enfin.

– Quoi ? Oh, d'accord. Ouais. Allons-y. » Jerome se tourna et bondit vers la porte. Comme nous traversions le salon j'entendis des voix sur la véranda.

« Donc Selfridge, ce poids plume, *dégueule*, disait Rex Reese. Il n'arrive même pas jusqu'aux toilettes. Il dégueule sur le bar.

– Incroyable ! Selfridge ! s'exclama l'Objet, ravie.

– Il a recraché des morceaux dans son verre. Je n'en croyais pas mes yeux. C'était comme les chutes du Niagara du dégueulis. Selfridge gerbe sur le bar et tout le monde bondit de son tabouret, tu vois ça ? Selfridge a la tête dans son vomi. Pendant une minute, il y a un silence total. Puis une fille se met à dégobiller... et c'est comme une réaction en chaîne. Le bar entier se met à dégobiller, le vomi dégouline de partout, et le barman est vraiment énervé. Il est énorme, en plus. Il est *incroyablement* baraqué. Il s'approche et il regarde Selfridge. Moi je fais le mec qui ne le connaît pas. Qui ne l'a jamais vu de sa vie. Et puis devine.

– Quoi ?

– Le barman prend Selfridge. Il le tient par le col et la ceinture, tu vois ? Et il soulève Selfridge genre de trente centimètres et – essuie le bar avec !

– Je te crois pas.

– Je ne blague pas. Il frotte le mec dans son propre dégueulis ! »

Nous étions maintenant sur la véranda. L'Objet et Rex étaient assis côte à côte dans un grand canapé en osier. Il faisait sombre, frisquet, mais l'Objet était encore en maillot de bain, un bikini vert irlandais. Elle avait une serviette de bain enroulée autour des jambes.

« Salut », dis-je.

L'Objet se retourna. Elle fixa sur moi un regard vide. « Hé, dit-elle.

– Elle est arrivée, dit Jerome. Saine et sauve. Papa n'est pas rentré dans le décor.

– Papa n'est pas si mauvais conducteur que ça, dit l'Objet.

– Pas quand il ne boit pas. Mais ce soir je parierais qu'il avait la bonne vieille Thermos de Martini à portée de main.

– Ton vieux aime faire la fête ! dit Rex d'une voix rauque.

– Est-ce que mon père a eu l'occasion d'étancher sa soif en chemin ? demanda Jerome.

– Plus d'une », répondis-je.

Jerome rit : tout son corps se détendit tandis qu'il frappait dans ses mains.

Entre-temps Rex disait à l'Objet : « Okay. Elle est arrivée. Maintenant on peut faire la fête.

– Où est-ce qu'on va ? demanda l'Objet.

– Hé, l'artiste, tu n'as pas dit qu'il y avait un vieux relais de chasse dans la forêt ?

– Ouais. À environ sept cents mètres.

– Tu crois que tu pourrais le trouver dans le noir ?

– Avec une torche peut-être.

– Allons-y. » Rex se leva. « Prenons des bières et allons-y. »

L'Objet se leva aussi. « Laissez-moi mettre un pantalon. » Rex la regarda traverser la véranda dans son bikini. « Viens Callie, dit-elle. Tu es dans ma chambre. »

Je suivis l'Objet. Elle allait vite, courant presque, sans me regarder. Comme elle montait l'escalier, je lui donnai une tape sur les fesses.

« Je te déteste, dis-je.

– Quoi ?

– Tu es tellement bronzée ! »

Elle me jeta un sourire par-dessus son épaule.

Tandis que l'Objet s'habillait, je furetai dans la chambre. Les meubles étaient en osier blanc ici aussi. Il y avait des gravures marines sur les murs et sur les étagères des galets, des pommes de pin, de vieux livres de poche qui sentaient le moisi.

« Qu'est-ce qu'on va faire dans la forêt ? » demandai-je d'une voix chagrine.

L'Objet ne répondit pas.

« Qu'est-ce qu'on va faire dans la forêt ? répétai-je.

– On va se promener, dit-elle.

– Tu veux juste que Rex te saute dessus.

– Qu'est-ce que tu as l'esprit mal placé.

– Ne le nie pas. »

Elle se tourna et sourit. « Je sais moi qui aimerait te sauter dessus », dit-elle.

Pendant un instant, une joie irrépressible m'envahit.

« Jerome, compléta-t-elle.

– Je ne veux pas aller dans la forêt, dis-je. Il y a des insectes.

– Ne fais pas ta pimbêche. » Je ne l'avais jamais entendue employer ce terme. C'était un mot que disaient les garçons ; des garçons comme Rex. Maintenant vêtue, l'Objet se tenait devant le miroir, s'enlevant de petits bouts de peau morte sur la joue. Elle se passa un peigne dans les cheveux et du lip-gloss sur les lèvres. Puis elle vint vers moi. Elle vint tout près. Elle ouvrit la bouche et me souffla dans le visage.

« Parfait, dis-je, et je m'éloignai.

– Tu ne veux pas que je sente la tienne ?

– Aucune importance », dis-je.

Je décidai que si l'Objet devait m'ignorer pour flirter avec Rex, je l'ignorerais pour flirter avec Jerome. Après son départ, je me peignis. Je pris un des nombreux atomiseurs qui se trouvaient sur la commode et appuyai sur la valve, mais il n'en sortit aucun parfum. J'allai dans la salle de bains et défis les bretelles de ma salopette. Je soulevai mon T-shirt et fourrai quelques mouchoirs en papier dans mon soutien-gorge. Puis je rejetai mes cheveux en arrière, remontai ma salopette et me dépêchai de sortir.

Ils m'attendaient sur la véranda, sous une ampoule jaune anti-moustiques. Jerome tenait une torche électrique argentée. Un sac à dos des surplus de l'armée bourré de bières pendait à l'épaule de Rex. Nous descendîmes les marches. Le sol était inégal, plein de racines, mais les aiguilles de pin étaient souples sous les pieds. Pendant un instant, malgré ma mauvaise humeur, je le sentis : le charme du nord du Michigan. Une légère fraîcheur dans l'air, même en août, quelque chose de quasi russe. Le ciel indigo au-dessus de la baie noire. L'odeur des cèdres et des pins.

À l'orée de la forêt, l'Objet s'arrêta. « Est-ce que ça va être mouillé ? Je n'ai que mes tennis.

– Allez, dit Rex Reese en la tirant par la main. Mouille-toi. »

Elle poussa un cri théâtral. Résistant comme si elle était sur un remonte-pente, elle fut immédiatement attirée à l'intérieur de la forêt. Je m'arrêtai, moi aussi, jetant un regard prudent dans l'obscurité, m'attendant à ce que Jerome fasse de même. Mais il n'en fit rien. Il entra droit dans le marais et ploya lentement les genoux. « Des sables mouvants ! cria-t-il. Au secours ! je coule ! Par pitié, quelqu'un, aidez-moi... glub glub glub glub. » Devant, déjà invisibles, Rex et l'Objet riaient.

Le marais aux cèdres était très ancien. On n'avait jamais touché aux arbres. Le sol était trop mou pour qu'on puisse y construire. Les arbres avaient plusieurs centaines d'années et quand ils tombaient, ils tombaient pour de bon. Ici dans le marais, la verticalité n'était pas une propriété essentielle aux arbres. De nombreux cèdres étaient droits, mais beaucoup d'autres étaient penchés. D'autres étaient tombés sur leurs voisins ou par terre, laissant apparaître leurs racines. On se serait cru dans un cimetière, avec tous ces squelettes gris. La lumière de la lune qui filtrait éclairait des flaques argentées et des toiles d'araignée. Elle ricochait sur la chevelure rousse de l'Objet qui avançait devant moi.

Nous progressions maladroitement. Rex jetait des cris d'animaux qui ne ressemblaient pas à des cris d'animaux. Les boîtes de bière s'entrechoquaient dans son sac à dos. Nos pieds déracinés avançaient lourdement dans la boue.

Vingt minutes plus tard, nous la trouvâmes : une cabane en planches brutes. Le toit n'était pas beaucoup plus haut que moi. Le faisceau circulaire de la torche découvrit le papier goudronné dont l'étroite porte était enduite.

« C'est fermé. Merde, dit Rex.

– Essayons la fenêtre », suggéra Jerome. Ils disparurent, me laissant seule avec l'Objet. Je la regardai. Pour la première fois depuis mon arrivée, elle me regarda vraiment. Il y avait juste assez de lumière pour que nos yeux accomplissent cet échange silencieux.

« Il fait sombre, dis-je.

– Je sais », répondit l'Objet.

On entendit un grand bruit derrière la cabane, suivi de rires. L'Objet fit un pas vers moi. « Qu'est-ce qu'ils font là-dedans ?

– Je ne sais pas. »

Soudain la petite fenêtre de la cabane s'éclaira. Les garçons avaient allumé la lampe à pétrole qui se trouvait à l'intérieur. Puis la porte s'ouvrit et Rex apparut. Il avait un sourire de représentant de commerce. « Il y a quelqu'un là-dedans qui voudrait faire votre connaissance. » Sur quoi il nous tendit un piège à souris auquel se balançait un rongeur à moitié putréfié.

L'Objet hurla. « Rex ! » Elle fit un saut en arrière et s'accrocha à moi. « Enlève ça ! »

Rex continua quelques instants à nous balancer la bête sous le nez tout en riant puis la jeta dans les fourrés. « Okay, okay. Tu vas pas nous faire un caca nerveux. » Il retourna à l'intérieur.

L'Objet était toujours accrochée à moi.

« Peut-être qu'on devrait rentrer, hasardai-je.

– Tu connais le chemin ? Je suis complètement perdue.
– Je peux le retrouver. »

Elle se tourna pour regarder la forêt sombre. Elle réfléchissait. Mais alors Rex réapparut sur le pas de la porte. « Entrez, dit-il. Faites comme chez vous. »

Et maintenant il était trop tard. L'Objet me lâcha. Jetant l'écharpe rousse de ses cheveux sur son épaule, elle se baissa pour pénétrer à l'intérieur.

Il y avait deux lits de camp recouverts d'un plaid. Ils étaient aux deux extrémités du petit espace, séparés par une cuisine sommaire équipée d'un fourneau de campagne. Des bouteilles de bourbon vides étaient alignées sur l'appui de la fenêtre. Les murs étaient tapissés de coupures jaunies du journal local, relatant des concours de pêche, des courses en sac. Il y avait aussi un brochet naturalisé, mâchoire ouverte. La lampe, qui n'avait plus beaucoup d'huile, bredouillait. La lumière était couleur de beurre, le filet de fumée graissant l'air. C'était une lumière de fumerie d'opium, tout à fait appropriée, puisque déjà Rex avait tiré un joint de sa poche et l'allumait à l'aide d'une allumette.

Rex était sur un lit, Jerome sur l'autre. Nonchalamment, l'Objet s'assit à côté de Rex. Je restai au milieu de la pièce. Je sentais sur moi le regard de Jerome. Je fis mine d'examiner la cabane puis me tournai, m'attendant à rencontrer son regard. Ce qui n'arriva pas, toutefois, car les yeux de Jerome étaient fixés sur ma poitrine. Sur mes faux nénés. Je lui plaisais déjà, mais il découvrait maintenant un appât de plus, comme un point supplémentaire attribué pour application.

J'aurais peut-être dû être flattée par l'état de transe où il se trouvait. Mais mon fantasme de vengeance avait déjà fait long feu. Le cœur n'y était pas. Cependant, n'ayant pas d'autre choix, j'allai m'asseoir à côté de Jerome. En face de nous, Rex avait le joint entre les lèvres.

Rex portait un short et une chemise à initiales, déchirée à l'épaule, montrant sa peau bronzée. Il y avait une marque rouge sur son cou de danseur de flamenco : une piqûre de moustique, un vieux suçon. Il ferma les yeux en inhalant profondément, ses longs cils se joignirent. Ses cheveux étaient aussi épais et huilés que la fourrure d'une loutre. Finalement il ouvrit les yeux et passa le joint à l'Objet.

À ma grande surprise, elle le prit. Comme si c'était une de ses Tareyton chéries, elle la mit entre ses lèvres et inhala.

« Ça ne va pas te rendre paranoïaque ? demandai-je.

– Non.

– Je croyais que tu m'avais dit que l'herbe te rendait toujours paranoïaque.

– Pas quand je suis dans la nature », répondit l'Objet. Elle me jeta un regard froid. Puis elle prit une autre bouffée.

« Ne le monopolise pas », dit Jerome. Il se leva pour lui prendre le joint. Il fuma à moitié debout puis se tourna pour me le tendre. Je regardai le joint. Une extrémité était incandescente, l'autre était écrasée et mouillée. J'avais la vague idée que tout cela faisait partie d'un plan élaboré par les garçons : la forêt, la cabane, les lits, les drogues, l'échange de salive. Voici une question à laquelle je ne peux toujours pas répondre : y voyais-je clair dans le jeu des mâles parce que j'étais destinée à penser moi-même de cette manière ? Ou est-ce que les filles, elles aussi, remarquent ces manèges et font juste semblant d'être naïves ?

Pendant un instant je pensai à Chapitre Onze. Il vivait dans une cabane dans les bois comme celle-ci. Je me demandai si mon frère me manquait. J'étais incapable de le dire. Je ne sais jamais ce que je ressens avant qu'il ne soit trop tard. Chapitre Onze avait fumé son premier joint à l'université. J'avais quatre ans d'avance sur lui.

« Garde la fumée dans tes poumons, me conseilla Rex.

– Il faut laisser le temps au tétrahydrocannabinol de passer dans le sang », dit Jerome.

Il y eut un bruit de branchages cassés au-dehors. L'Objet agrippa le bras de Rex. « Qu'est-ce que c'est ?

– Peut-être un ours, dit Jerome.

– J'espère qu'aucune de vous n'a ses ragnagnas, dit Rex.

– Rex ! protesta l'Objet.

– Hé, je suis sérieux. Les ours le sentent. Je faisais du camping dans le parc de Yellowstone un jour et il y a eu une femme qui a été tuée par un grizzly. Ils sont attirés par l'odeur du sang.

– C'est faux !

– Je te jure. C'est un type qui me l'a dit. C'était un guide.

– Je ne sais pas pour Callie, mais moi ça va », dit l'Objet.

Tous les regards se tournèrent vers moi. « Moi aussi, dis-je.

– Bonne nouvelle pour toi, Roman », dit Rex, qui se mit à rire.

L'Objet était toujours accrochée à lui. « Tu veux une soufflette ? lui demanda-t-il.

– Qu'est-ce que c'est ?

– Tiens. » Il se tourna pour lui faire face. « Il y en a un qui ouvre la bouche et l'autre lui souffle la fumée dedans. Ça te défonce à mort. C'est génial. »

Rex mit dans sa bouche l'extrémité incandescente du joint. Il se pencha vers l'Objet qui se pencha elle aussi en avant. Elle ouvrit la bouche. Et Rex se mit à souffler. Les lèvres de l'Obscur Objet formaient un ovale parfait et, au centre de cette cible, Rex Reese dirigea le jet de fumée musquée. Je vis la colonne se précipiter dans la bouche de l'Objet. Elle disparut dans sa gorge comme l'écume d'une cataracte. Enfin elle toussa et il s'arrêta.

« Bien joué. Maintenant à moi. »

Les yeux verts de l'Objet étaient larmoyants. Mais elle prit le joint et l'inséra entre ses lèvres. Elle se pencha vers Rex Reese, qui ouvrit grand la bouche.

Lorsqu'ils eurent terminé, Jerome prit le joint à sa sœur. « Voyons voir si je peux maîtriser la technique », dit-il. Puis je vis son visage tout près du mien. Et moi aussi je le fis. Me penchai, fermai les yeux, ouvris les lèvres et laissai Jerome souffler dans ma bouche un long panache sale de fumée.

La fumée m'emplit les poumons qui se mirent à brûler. Je toussai et la recrachai. Quand je rouvris les yeux, Rex avait le bras autour des épaules de l'Objet. Elle essayait de faire comme si de rien n'était. Rex termina sa bière. Il en ouvrit deux autres. Une pour lui et une pour elle. Il se tourna vers l'Objet. Il sourit. Il dit quelque chose. Je n'entendis pas. Et alors tandis que je battais encore des paupières il couvrit les lèvres de l'Objet de sa belle bouche amère de fumeur d'herbe.

Dans notre coin, Jerome et moi n'avions plus qu'à faire semblant de ne rien remarquer. Maintenant nous pouvions monopoliser le joint autant que nous voulions. Nous nous le passâmes en silence tout en sirotant nos bières.

« J'ai l'impression que mes pieds sont extrêmement loin, dit Jerome après un certain temps. Est-ce que tes pieds te semblent extrêmement loin ?

– Je ne les vois pas, dis-je. Il fait trop sombre. »

Il me passa de nouveau le joint et je le pris. J'inhalai et gardai la fumée. Je la laissai me brûler les poumons parce que je voulais me distraire de ma souffrance. Rex et l'Objet continuaient à s'embrasser. Je détournai le regard vers la fenêtre sombre et encrassée.

« Tout a l'air bleu, dis-je. Tu as remarqué ?

– Absolument, dit Jerome. Tout un tas d'épiphénomènes étranges. »

La Pythie de Delphes était une fille d'à peu près mon âge. Toute la journée elle était assise dans un trou, l'*omphalos*, le nombril du monde, respirant des vapeurs pétrochimiques qui s'en échappaient. Cette vierge adolescente prédisait l'avenir, utilisant pour ce faire les premiers vers métriques de l'histoire de l'humanité. Pourquoi est-ce que je vous parle de ça ? Parce que Calliope était aussi une vierge ce soir-là (encore pour quelque temps du moins). Et elle aussi avait inhalé des substances hallucinogènes. Le marais des cèdres exhalait de l'éthylène. Vêtue non pas d'une tunique diaphane mais d'une salopette, Calliope commença à se sentir vraiment toute drôle.

« Tu veux une autre bière ? demanda Jerome.

– Okay. »

Il me tendit une boîte dorée de Stroh. Je portai la boîte perlée de gouttes de condensation à mes lèvres et bus. Puis je bus encore. Jerome et moi sentions peser sur nous le poids de l'obligation. Nous nous souriions nerveusement. Je baissai les yeux et me frottai les genoux. Et quand je relevai les yeux le visage de Jerome était proche. Ses yeux étaient fermés, comme ceux d'un petit garçon qui saute du plus haut plongeoir. Avant que j'aie pris conscience de ce qui se passait, il m'embrassait. Il embrassait la fille qu'on n'avait jamais embrassée. (Pas depuis Clementine Stark en tout cas.) Je ne l'arrêtai pas. Je demeurai absolument immobile tandis qu'il faisait son numéro. Malgré mon état, je sentais tout. L'humidité choquante de sa bouche. La barbe naissante qui me grattait. Sa langue indiscrète. Certaines saveurs aussi, la bière, l'herbe, un restant de menthe, et sous tout cela le goût animal d'une bouche de garçon. Je percevais l'arôme puissant et faisandé des hormones de Jerome et le goût métallique de ses plombages. J'ouvris un œil. Ils étaient là, les beaux cheveux que j'avais passé tant de temps à admirer sur une autre tête. Elles étaient là, les taches de rousseur sur le front, sur l'arête du nez, le long des oreilles. Mais ce n'était pas le bon visage ; ce n'étaient pas les bonnes taches de rousseur, et les cheveux étaient teints en noir. Derrière mon visage impassible, mon âme se recroquevilla en boule, attendant que ça passe.

Nous étions encore assis. Il pressait son visage contre le mien. En manœuvrant un peu, je voyais Rex et l'Objet. Ils étaient allongés maintenant. Les pans de la chemise bleue de Rex semblaient voleter dans la lumière vacillante. Sous lui une des jambes de l'Objet pendait hors du lit, le bas de son pantalon plein de boue. Je les entendis murmurer et rire, puis le silence retomba. Je regardai la jambe tachée de boue de l'Objet qui dansait. Je me concentrai sur cette jambe, de sorte que je remarquai à peine que Jerome s'était mis à me pousser. Je le laissai faire ; je m'abandonnai à notre lente chute, tout en continuant à observer Rex Reese et l'Objet du coin de l'œil. Les mains de Rex bougeaient sur le corps de l'Objet maintenant. Elles sortaient sa chemise de son pantalon, se glissaient en dessous. Puis leurs corps se déplacèrent et je vis leurs visages de profil. Celui de l'Objet, immobile comme un masque mortuaire, attendait, les yeux fermés. Le profil de Rex était dressé comme un animal héraldique, empourpré. Entre-temps les mains de Jerome se déplaçaient sur moi. Il frottait ma salopette, mais je n'étais plus vraiment à l'intérieur. J'étais trop intensément concentrée sur l'Objet.

L'extase. Du grec *ekstasis*. Qui ne signifie pas ce que vous croyez. Qui ne signifie pas l'euphorie ni la jouissance sexuelle ni même le bonheur. Qui signifie, littéralement : un état de déplacement, l'état de qui est chassé de ses propres sens. Il y a trois mille ans à Delphes la Pythie entrait en extase à chaque heure ouvrée. Cette nuit-là, dans une cabane du nord du Michigan, Calliope aussi. Défoncée pour la première fois, bourrée pour la première fois, je me sentis me dissoudre, me transformer en vapeur. Comme l'encens à l'église, mon âme s'éleva vers la coupole de mon crâne – et passa au travers. Je dérivai au-dessus du plancher. Je flottai au-dessus du petit fourneau de camping. Je glissai le long des bouteilles de bourbon et planai au-dessus du lit de camp, regardant l'Objet en contrebas. Et alors, parce que je savais soudain que je pouvais le faire, je me glissai à l'intérieur du corps de Rex Reese. J'entrai en lui tel un dieu de sorte que c'était moi, et non Rex, qui l'embrassait.

Une chouette hulula dans un arbre. Les insectes, attirés par la lumière, assaillaient la vitre. Dans mon état delphien j'étais simultanément consciente de ce qui se passait sur les deux théâtres des opérations. Par le truchement du corps de Rex, je pressais contre moi le corps de l'Objet, fourrais mon nez dans son oreille... tandis qu'au même moment j'étais également consciente des mains de Jerome explorant mon corps, celui que j'avais laissé sur l'autre lit. Il était sur moi, m'écrasant une jambe, que je déplaçai, écartant les cuisses, entre lesquelles il glissa. Il émettait de petits bruits. Je refermai les bras autour de lui, épouvantée et émue par sa maigreur. Il était encore plus décharné que moi. Maintenant Jerome m'embrassait le cou. Maintenant, instruit par la lecture de quelque magazine féminin, il s'occupait du lobe de mon oreille. Ses mains montèrent. Elles se dirigeaient vers ma poitrine. « Non », dis-je, craignant qu'il ne trouve mes mouchoirs en papier. Et Jerome m'obéit...

... tandis que sur l'autre lit, Rex ne rencontrait pas pareille résistance. Avec une habileté consommée, il avait dégrafé le soutien-gorge de l'Objet d'une seule main. Parce qu'il était plus expérimenté que moi, je le laissai s'occuper des boutons de la chemise mais ce furent mes mains qui saisirent son soutien-gorge et, comme relevant un store d'un coup sec, laissai entrer dans la pièce la lumière pâle des seins de l'Objet. Je les vis ; je les touchai ; et puisque ce n'était pas moi qui agissais mais Rex Reese, je n'eus pas à me sentir coupable, je n'eus pas à me demander si je n'avais pas des désirs contre nature. Comment cela eût-il été possible puisque j'étais sur l'autre lit en train de batifoler avec Jerome ?... et donc, juste pour m'en assurer, je reportai mon attention sur lui. Il souffrait mille morts. Il se frotta contre moi puis il s'arrêta et sa main descendit. J'entendis un bruit de fermeture Éclair. J'ouvris un œil et le vis qui réfléchissait, se concentrant sur le problème de ma salopette.

Comme il ne semblait pas progresser beaucoup, je retraversai la pièce et entrai de nouveau dans le corps de Rex Reese. Pendant une minute, je sentis l'Objet qui réagissait à mon toucher, la surprise, le désir, qui faisaient frissonner sa peau et tendaient ses muscles. Et alors je sentis quelque chose d'autre : Rex, ou moi, qui s'allongeait, se dilatait. Cela ne dura qu'une seconde car ensuite quelque chose me tira en arrière...

Jerome avait les mains sur mon ventre nu. Tandis que j'étais occupée dans le corps de Rex, Jerome en avait profité pour défaire mes bretelles. Il avait défait les boutons argentés qui fermaient la salopette à la ceinture. Maintenant il était en train de baisser ma salopette et j'essayais de me réveiller. Maintenant il tirait sur mon slip et je prenais conscience du degré d'ébriété où je me trouvais. Maintenant il était à l'intérieur de mon slip et maintenant il était... *à l'intérieur de moi !*

Et puis : la douleur. La douleur comme un couteau, la douleur comme du feu. Elle me déchira, montant de mon ventre jusqu'à mes tétons. J'avais le souffle coupé ; j'ouvris les yeux ; je les levai et vis Jerome qui me regardait. Nous échangeâmes un regard ébahi et je sus qu'il savait. Jerome savait ce que j'étais, aussi soudain que j'avais moi-même pris clairement conscience que je n'étais pas une fille mais quelque chose entre les deux. J'avais compris cela parce qu'il avait été naturel, *évident*, pour moi, de pénétrer dans le corps de Rex Reese, et à cause du choc que je lisais sur le visage de Jerome. Tout cela ne prit qu'un instant. Puis je repoussai Jerome. Il se dégagea, se retira et glissa du lit sur le plancher.

Silence. Rien que nous deux, reprenant souffle. Je restai étendue sur le dos. Sous les coupures de presse. Avec pour seul témoin un brochet empaillé. Je remontai ma salopette, totalement dessoûlée.

C'était fini maintenant. Il n'y avait rien que je puisse faire. Jerome le dirait à Rex. Rex le dirait à l'Objet. Elle ne serait plus mon amie. Le premier jour de la rentrée tout le monde à Baker & Inglis saurait que Calliope Stephanides était un monstre. J'attendais que Jerome saute sur ses pieds et prenne ses jambes à son cou. J'étais paniquée et, en même temps, étrangement calme. Je récapitulais les événements. Clementine Stark et les leçons de baisers ; les ébats dans l'eau chaude ; un cœur amphibien et l'éclosion d'un crocus ; le sang et les seins qui n'arrivaient pas ; et un béguin pour l'Objet qui avait tout l'air d'être sérieux.

Quelques instants de clairvoyance et puis la panique revint me siffler aux oreilles. Moi aussi je voulais fuir. Avant que Jerome ait pu parler. Avant que quiconque ait découvert la vérité. Je pouvais partir cette nuit même. Je pouvais retrouver mon chemin jusqu'à la maison. Je pouvais voler la voiture des parents de l'Objet. Je pouvais prendre la route du Canada, où Chapitre Onze avait naguère pensé se réfugier pour échapper à la conscription. Tandis que j'imaginais ma vie de fugitive, je jetai un œil pour voir ce que faisait Jerome.

Il était allongé sur le dos, les yeux fermés. Et il souriait.

Il souriait ? Souriait de quoi ? Du grotesque de la situation ? Non. De surprise ? Non plus. De quoi donc alors ? *De contentement*. Jerome avait le sourire d'un garçon qui, par une nuit d'été, était parvenu à ses fins. Il avait le sourire d'un type qui brûlait d'impatience de tout raconter à ses copains.

Lecteur, crois-le si tu peux : il n'avait absolument rien remarqué.

LE FUSIL AU MUR

Je me réveillai dans ma chambre. J'avais un vague souvenir de la façon dont j'étais rentrée. J'étais toujours vêtue de ma salopette. Mon entrecuisse encore humide me brûlait. L'Objet était déjà levée ou avait dormi ailleurs. Je détachai dc ma peau le tissu du slip. Cette action, la petite bouffée d'air, l'odeur qui s'éleva, ravivèrent la nouveauté du fait me concernant. Mais ce n'était pas vraiment un fait. Cela n'avait pas encore la solidité du fait. Ce n'était qu'une intuition que j'avais à mon propos, à laquelle la venue du matin n'apportait pas plus de clarté. Ce n'était qu'une idée qui commençait déjà à s'estomper, à s'intégrer à la soûlerie de la nuit précédente.

Quand la Pythie se réveillait après une de ses folles nuits de prophétie, elle n'avait probablement aucun souvenir de ce qu'elle avait dit. Les vérités qu'elle avait peut-être proférées passaient bien après les sensations immédiates : la migraine, l'irritation de la gorge. C'était la même chose pour Calliope. J'avais le sentiment d'avoir été souillée et initiée. Je me sentais adulte. Mais surtout je me sentais mal et je ne voulais pas du tout penser à ce qui s'était passé.

Sous la douche, j'essayai de me débarrasser de la nuit passée en même temps que de ses traces. Je me frottai méthodiquement, offrant mon visage au jet. La vapeur emplissait l'air. Le miroir et les fenêtres étaient couverts de buée. Les serviettes étaient humides. J'utilisai tous les savons disponibles, Lifebuoy, Ivory, plus une marque locale et rustique, proche du papier de verre. Je m'habillai et descendis silencieusement l'escalier.

En traversant le salon, je remarquai un vieux fusil de chasse au-dessus de la cheminée. Encore un fusil au mur. Je le dépassai sur la pointe des pieds. Dans la cuisine, je trouvai l'Objet en train de manger des céréales tout en lisant un magazine. Elle ne leva pas les yeux à mon entrée. Je pris un bol et m'assis en face d'elle. Peut-être que je fis une grimace.

« Qu'est-ce qui t'arrive ? demanda l'Objet d'un ton railleur. Tu as mal quelque part ? » Son visage sarcastique reposait sur sa paume. Elle n'avait pas non plus l'air très en forme. Elle avait des poches sous les yeux. À certains moments, ses taches de rousseur perdaient leur qualité solaire et évoquaient plutôt la corrosion ou la rouille.

« C'est toi qui dois avoir mal quelque part, répliquai-je.

– Je n'ai mal nulle part, dit l'Objet. Si tu veux savoir.

– J'avais oublié, dis-je. Tu as l'habitude. »

Soudain son visage tremblait de colère. Des tendons jouaient sous sa peau, la ridant. « Tu t'es conduite comme une traînée hier soir, lança-t-elle.

– Moi ? et toi alors ? Tu n'as pas arrêté de te jeter dans les bras de Rex.

– Absolument pas. On n'a même pas fait grand-chose.

– Ben voyons.

– Au moins ce n'est pas ton frère. » Elle se leva ; ses yeux lançaient des éclairs. Elle paraissait sur le point de pleurer. Elle ne s'était pas essuyé la bouche. Elle avait de la confiture et des miettes sur les lèvres. J'étais atterrée par la vue de ce visage bien-aimé sur lequel se lisait ce qui ressemblait à de la haine. Mon visage, lui non plus, ne devait pas être impassible. Je sentais mes yeux qui s'écarquillaient de peur. L'Objet attendait que je dise quelque chose mais il ne me venait rien à l'esprit. Elle finit donc par repousser sa chaise et déclara : « Jerome est en haut. Pourquoi tu ne vas pas te mettre dans son lit ? » Et elle disparut en coup de vent.

Un moment d'abattement suivit. Le regret, qui pesait

déjà lourd sur moi, déferla de toute sa puissance, me dégoulinant dans les jambes, s'amoncelant dans mon cœur. Non seulement j'étais paniquée d'avoir perdu mon amie, mais en plus j'étais inquiète pour ma réputation. Étais-je vraiment une traînée ? Ça ne m'avait même pas plu. Mais je l'avais fait, non ? Je l'avais laissé faire. La crainte du châtiment apparut alors. Et si je tombais enceinte ? Qu'est-ce qui se passerait ? À cet instant, je devais faire la tête que font toutes les filles lorsqu'elles comptent les jours et mesurent les liquides. Il me fallut au moins une minute pour me rappeler que je ne pouvais pas tomber enceinte. C'était l'avantage de n'être pas encore réglée. Mais j'étais quand même terriblement abattue. J'étais sûre que l'Objet ne m'adresserait plus jamais la parole.

Je remontai me mettre au lit avec un oreiller sur la tête pour me protéger de la lumière. Mais il n'était pas possible de se soustraire à la réalité ce matin-là. Cinq minutes n'étaient pas passées que les ressorts ployèrent sous un nouveau poids. Je jetai un œil de dessous ma cachette pour découvrir que Jerome était venu me rendre visite.

Il était allongé sur le dos, très à l'aise, déjà installé. En guise de robe de chambre, il portait une canadienne. L'ourlet élimé de son caleçon était visible en dessous. Il avait un gobelet de café à la main et je remarquai que ses ongles étaient vernis de noir. La lumière matinale qui venait de la fenêtre de côté révélait une barbe naissante sur son menton et sa lèvre supérieure. Contre les cheveux ternes, abîmés et teints, ces pousses orange faisaient l'effet d'un paysage ravagé par un incendie.

« Bonjour, ma chérie, dit-il.

– Salut.

– On se sent un peu patraque ?

– Ouais, dis-je. J'étais sacrément bourrée la nuit dernière.

– Tu ne m'as pas paru si bourrée que ça, ma chérie.

– Eh bien je l'étais. »

Jerome n'insista pas. Il se renversa contre les oreillers pour siroter son café tout en soupirant. Il se tapota le front de l'index pendant un moment. Puis il parla. « Juste au cas où tu aurais des regrets, tu dois savoir que je continue à te respecter et tout le tralala. »

Je ne réagis pas. Réagir n'aurait que confirmé les faits alors que je voulais jeter le doute sur leur réalité. Après un certain temps, Jerome posa son gobelet et se tourna sur le côté. Il se tortilla vers moi pour poser la tête contre mon épaule. Il resta là à respirer. Puis, les yeux fermés, il fourra la tête sous mon oreiller. Je commençai à sentir ses cheveux sur mon cou, puis ses cils firent des baisers de papillon à mon menton, son nez s'insinua dans le creux de ma gorge. Enfin ses lèvres arrivèrent, avides, maladroites. Je ne pensais qu'à m'en débarrasser et en même temps je me demandais si je m'étais brossé les dents. Jerome était en train de me monter dessus et je sentis, comme la nuit précédente, un poids écrasant. C'est ainsi que les garçons et les hommes annoncent leurs intentions. Ils vous couvrent comme un couvercle de sarcophage. Et ils appellent ça l'amour.

Pendant une minute, ce fut tolérable. Mais bientôt la canadienne se souleva et le désir de Jerome se pressa contre moi. Il essayait de s'insinuer de nouveau sous ma chemise. Je n'avais pas de soutien-gorge. Après avoir pris ma douche, je ne l'avais pas remis et j'avais jeté les Kleenex dans les toilettes. Je n'en avais plus que faire. Les mains de Jerome remontèrent. Cela m'était égal. Je le laissais me peloter. Pour ce qu'il y avait à peloter. Mais si j'avais espéré le décevoir, j'en fus pour mes frais. Il caressait et pressait mes appas tandis que la moitié inférieure de son corps s'agitait comme la queue d'un crocodile. Et puis il dit quelque chose qui n'avait rien d'ironique. Il murmura avec ferveur : « Tu me bottes vraiment. »

Ses lèvres se refermèrent, cherchant les miennes. Sa langue entra. La première pénétration qui annonçait la seconde. Mais pas maintenant, pas cette fois-ci.

« Arrête, dis-je.
– Quoi ?
– Arrête.
– Pourquoi ?
– Parce que.
– Parce que quoi ?
– Parce que je n'aime pas quand tu es comme ça. »

Il se dressa sur son séant. Comme le héros d'un film comique, celui qui essaie de s'allonger sur le lit pliant qui ne cesse de se replier, Jerome se dressa d'un coup, complètement réveillé. Puis il sauta hors du lit.

« Ne sois pas fâché, dis-je.
– Qui a dit que j'étais fâché ? » répliqua Jerome, et il quitta la pièce.

La suite de la journée se déroula avec lenteur. Je restai dans ma chambre jusqu'à ce que je voie Jerome quitter la maison avec sa caméra. Je supposai que je ne faisais plus partie de la distribution. Les parents de l'Objet rentrèrent de leur double matinal. Mrs. Objet entra dans sa salle de bains. De ma fenêtre, je vis Mr. Objet s'installer dans le hamac avec un livre. J'attendis d'entendre le bruit de la douche pour descendre l'escalier et sortir par la porte de la cuisine. Je marchai jusqu'à la baie, d'humeur mélancolique.

Le marais se trouvait d'un côté de la maison. De l'autre il y avait une route en terre qui traversait un champ couvert d'herbe jaune. Intriguée par l'absence de tout arbre, j'allai fouiner et tombai sur une sorte de stèle à demi enfouie qui marquait l'emplacement d'un ancien fort ou commémorait un massacre, je ne me rappelle plus bien. La mousse recouvrait les lettres gravées et je ne lus pas toute la plaque. Je restai là un moment, pensant aux premiers occupants qui s'étaient entre-tués pour des peaux de castor et de renard. Je m'amusai à faire sauter la mousse à coups de pied jusqu'à ce que j'en aie assez. Il était maintenant presque midi. La baie était d'un bleu vif. À l'horizon je voyais la ville de Petoskey et la fumée des cheminées qui s'en échappait. Près de l'eau, le terrain devenait spongieux. Je montai sur un muret et fis des allers-retours en équilibre, les bras tendus, levant haut les genoux comme une gymnaste. Mais le cœur n'y était pas, et j'étais bien trop grande pour être gymnaste. Un peu plus tard j'entendis un bruit de moteur. Je mis ma main en visière pour scruter l'étendue scintillante sur laquelle filait un hors-bord, conduit par Rex Reese. Torse nu, portant des lunettes de soleil et buvant une bière, il tirait une skieuse. C'était l'Objet, bien sûr, vêtue de son bikini vert irlandais. Elle semblait presque nue contre l'étendue de l'eau, avec seules ces deux bandes, une au-dessus, l'autre en dessous, qui la séparaient de son Éden. Ses cheveux battaient comme un pavillon. Ce n'était pas une bonne skieuse. Elle était penchée trop en avant et ses genoux étaient trop pliés. Mais elle ne tombait pas. Rex se retournait continuellement pour la surveiller tout en sirotant sa bière. Finalement le bateau vira brutalement et l'Objet sortit du sillon, filant le long de la rive.

Il y a une chose terrible qui se passe quand on fait du ski nautique. Après avoir lâché la corde, on continue à glisser quelque temps, libre. Mais vient le moment inévitable où la vitesse ne soutient plus votre progression. La surface de l'eau se brise comme du verre. Les profondeurs s'ouvrent pour vous engloutir. Telles étaient mes sensations tandis que je regardais passer l'Objet. Ce même sentiment de plongeon désespéré, cette physique de l'émotion.

Quand je rentrai pour le dîner, l'Objet n'était toujours pas là. Sa mère était en colère, jugeant que l'Objet faisait preuve de grossièreté à mon égard. Jerome, lui aussi, était absent. Je dînai donc avec les parents de l'Objet. J'étais trop malheureuse pour charmer les adultes ce soir-là. Je mangeai en silence puis j'allai faire semblant de lire dans le salon. La pendule tictaquait interminablement, la soirée avançait à grand-peine avec force craquements. Quand j'eus peur de fondre en larmes, j'allai me mettre de l'eau sur le visage dans la salle de bains. Je me tamponnai les yeux avec un gant imbibé d'eau chaude et pressai mes mains contre mes tempes. Je me demandais ce que faisaient Rex et l'Objet. Je m'imaginais ses chaussettes dans l'air, ses petites chaussettes de tennis avec les boules derrière, ces petites boules ensanglantées, qui tressautaient.

Il était évident que Mr. et Mrs. Objet n'allaient pas se coucher uniquement pour me tenir compagnie. Je finis donc par leur souhaiter bonne nuit et montai dans ma chambre. Dès que je fus au lit, je me mis à pleurer. Je pleurai longtemps, le plus silencieusement que je pus. Tout en sanglotant je murmurais désespérément : « Pourquoi est-ce que tu ne m'aimes pas ? » et : « Excuse-moi, excuse-moi ! » Je ne me souciais pas de ce dont j'avais l'air. Il y avait un poison dans mon organisme et j'avais besoin de m'en purger. Cependant j'entendis la porte moustiquaire qui cognait au rez-de-chaussée. Je m'essuyai le nez sur les draps et essayai de me calmer pour écouter. Des pas montèrent l'escalier, puis la porte de la chambre s'ouvrit et se referma. L'Objet demeura sur le seuil dans l'obscurité. Elle attendait peut-être que ses yeux s'accoutument. J'étais sur le côté, faisant semblant de dormir. Le parquet craqua sous ses pas tandis qu'elle venait de mon côté. Je la sentis au-dessus de moi qui m'observait. Puis elle passa de l'autre côté du lit, enleva ses chaussures et son short, enfila un T-shirt, et se coucha.

L'Objet dormait sur le dos. Elle m'avait affirmé un jour que ceux qui dorment sur le dos sont des leaders-nés, qu'ils soient acteurs ou exhibitionnistes. Ceux qui dorment sur le ventre comme moi étaient en retrait du réel, enclins à la rumination et doués pour les arts méditatifs. Cette théorie s'appliquait en l'occurrence. J'étais à plat ventre, le nez et les yeux rougis par les pleurs. L'Objet, allongée sur le dos, bâillait et (telle une actrice-née, peut-être) s'endormit bientôt.

J'attendis environ dix minutes, pour être sûre. Puis, comme si je me retournais dans mon sommeil, je m'approchai pour faire face à l'Objet. La lune gibbeuse emplissait la pièce d'une lumière bleuâtre. L'Objet était là, dormant dans son lit d'osier. Le haut de son T-shirt était visible. C'était un vieux T-shirt de son père, avec quelques trous. Elle avait un bras sur le visage, comme une barre sur un écriteau signifiant : « Défense de toucher ». Je me contentai donc de regarder. Ses cheveux défaits recouvraient l'oreiller. Elle avait les lèvres ouvertes. Quelque chose brillait à l'intérieur de son oreille, du sable peut-être. Au-delà, sur la commode, luisaient les atomiseurs. Le plafond était quelque part au-dessus. Je sentais les araignées qui travaillaient dans les coins. Les draps étaient frais. La grosse couette roulée à nos pieds perdait ses plumes. J'avais grandi dans l'odeur ambiante de la moquette neuve et des chemises en polyester encore chaudes du sèche-linge. Ici les draps en coton égyptien sentaient la haie, les oreillers le gibier d'eau. À trente centimètres de là, l'Objet faisait partie de tout cela. Ses couleurs semblaient en harmonie avec le paysage américain, ses cheveux citrouille, sa peau cidre. Elle émit un bruit puis retomba dans le silence.

Doucement, je soulevai le drap qui la recouvrait. Dans la semi-obscurité, son contour apparut, le monticule de ses seins sous le T-shirt, la douce colline de son ventre, puis le brillant de son slip, convergeant en V. Elle ne bougeait pas. Sa poitrine se soulevait et s'abaissait au rythme de son souffle. Doucement, tâchant de ne pas faire de bruit, je me rapprochai. De minuscules muscles dans mes flancs, des muscles que je ne me savais pas posséder, me proposèrent soudain leur concours. Ils me propulsèrent millimètre par millimètre sur l'étendue du matelas. Les vieux ressorts me posaient problème. Tandis que je tentais de progresser nonchalamment, ils me lançaient des encouragements paillards. Ils m'acclamaient, ils chantaient. Je m'arrêtais constamment, l'œil aux aguets. C'était dur. Je respirais par la bouche pour faire moins de bruit.

Au bout de dix minutes je pus enfin sentir la chaleur de

son corps tout au long du mien. Nous n'étions toujours pas en contact, nous contentant d'échanger nos radiations. Elle respirait profondément. Moi aussi. Nous respirions ensemble. Finalement, rassemblant tout mon courage, j'allongeai le bras sur sa taille.

Puis rien de plus pendant un long moment. Arrivée à ce point, j'avais peur d'aller plus loin. Je demeurai donc immobile, la tenant à moitié contre moi. Mon bras s'ankylosait. Telle qu'elle était, l'Objet aurait pu être droguée ou dans le coma. Cependant je sentais quelque chose d'éveillé dans sa peau, ses muscles. Après un autre long intervalle, je me jetai à l'eau. Je saisis son T-shirt et le soulevai. Je contemplai longuement son ventre nu et enfin, avec une sorte de désolation, j'inclinai la tête. J'inclinai la tête devant le dieu du désir sans espoir. J'embrassai le ventre de l'Objet puis lentement, prenant confiance, je remontai.

Vous vous rappelez mon cœur batracien? Dans la chambre de Clementine Stark, il s'était dégagé de la boue du rivage, se déplaçant entre deux éléments. Maintenant il faisait une chose encore plus étonnante – il progressait sur la terre ferme. Concentrant des millénaires en trente secondes, il acquit la conscience. Alors que j'embrassais le ventre de l'Objet, je ne réagissais pas à des *stimuli* de plaisir, comme j'avais fait avec Clementine. Je ne quittais pas mon corps, comme j'avais fait avec Jerome. Maintenant j'étais consciente de ce qui se passait. J'y pensais.

Je pensais que c'était cela que j'avais toujours voulu. Je comprenais que je n'étais pas la seule à faire semblant. Je me demandais ce qui arriverait si quelqu'un découvrait ce que nous étions en train de faire. Je pensais que tout cela était très compliqué et ne ferait que se compliquer encore.

Ma main atteignit sa hanche. Mes doigts se faufilèrent sous l'élastique de son slip. Je commençai à le faire glisser. Juste à ce moment, l'Objet souleva seulement les hanches pour me faciliter la tâche. Ce fut son unique contribution.

Le lendemain nous n'en parlâmes pas. Quand je me levai, l'Objet était déjà dans la cuisine, regardant son père exécuter son rituel du dimanche matin : la préparation du hachis de porc au maïs. Il surveillait l'ébullition de la graisse et du gras tandis que l'Objet contemplait périodiquement le contenu de la poêle en déclarant : « C'est tellement dégoûtant. » Bientôt elle attaquait son assiette et m'obligeait à en manger moi aussi. « Je vais avoir de ces brûlures d'estomac », dit-elle.

Je compris immédiatement le message implicite. L'Objet ne voulait ni drame ni culpabilité. Pas de romantisme non plus. Elle dissertait sur le hachis afin de séparer la nuit du jour, de signifier clairement que ce qui se passait la nuit, ce que nous faisions la nuit, n'avait rien à voir avec les heures de la journée. C'était une bonne actrice, aussi, et parfois je me demandais si au fond elle n'avait pas dormi tout le temps. Ou si je n'avais pas fait que rêver tout ça.

Au cours de la journée, elle ne laissa échapper que deux indices du fait que quelque chose avait changé entre nous. Dans l'après-midi, l'équipe de tournage de Jerome arriva. Elle était formée de deux de ses amis, porteurs de boîtes et de câbles et d'un long micro poilu qui ressemblait à une descente de bain sale roulée. Jerome ne m'adressait ostensiblement pas la parole. Ils se mirent en devoir de construire un petit abri pour le matériel. L'Objet et moi décidâmes d'aller voir ce qu'ils fabriquaient. Jerome nous avait interdit de nous approcher, alors nous ne pouvions résister. Nous approchâmes discrètement, progressant d'arbre en arbre. Nous étions obligées de nous arrêter fréquemment pour contenir nos fous rires en nous donnant des claques sans nous regarder jusqu'à ce que nous ayons repris le contrôle de nous-mêmes. Nous arrivâmes à la fenêtre de l'abri. Il ne se passait pas grand-chose à l'intérieur. Un des amis de Jerome était en train de scotcher une lampe au mur. Nous avions du mal à regarder côte à côte par la petite ouverture et l'Objet se plaça devant moi. Elle posa mes mains sur son ventre et me tint les poignets. Cependant son attention était officiellement tournée vers ce qui se passait dans l'abri.

Jerome apparut, portant son costume de vampire de l'enseignement privé. Au lieu du traditionnel gilet de Dracula, il portait une Lacoste rose. La lavallière était remplacée par un ascot. Ses cheveux noirs étaient plaqués en arrière et son visage couvert d'un fond de teint blanc. Il portait un shaker. Un de ses amis tenait un manche à balai au bout duquel se balançait une chauve-souris en caoutchouc. L'autre tenait la caméra. « Action », dit Jerome. Il se mit à secouer le shaker à deux mains tandis que la chauve-souris voletait au-dessus de sa tête. Il enleva le couvercle du shaker et versa le sang dans deux verres à cocktail. Il en tendit un à son amie la chauve-souris, qui plongea aussitôt dedans. Puis il se mit à siroter son verre. « Exactement comme tu l'aimes, Muffie, dit-il à la chauve-souris. *Très* sec. »

Sous mes mains le ventre de l'Objet tressautait de rire. Elle se laissa aller contre moi et la chair capturée entre mes bras trembla et céda. Je pressai mon bassin contre elle. Tout cela se passa secrètement derrière la cabane, comme on se fait du pied sous une table. Mais alors le cameraman baissa sa caméra. Il tendit un doigt dans notre direction et Jerome se retourna. Ses yeux se fixèrent sur mes mains puis remontèrent jusqu'à mes yeux. Il montra ses crocs, me brûlant du regard. Puis il cria de sa voix normale : « Foutez-moi le camp, conasses ! On tourne. » Il alla à la fenêtre qu'il frappa du plat de la main, mais nous étions déjà loin.

Alors que le soir tombait, le téléphone sonna. C'est la mère de l'Objet qui répondit. « C'est Rex », annonça-t-elle. L'Objet se leva du canapé où nous étions en train de jouer au trictrac. Je me donnai une contenance en entassant mes pions. Je ne cessai d'égaliser les tas tandis que l'Objet parlait à Rex, me tournant le dos. Elle allait et venait tout en parlant, jouant avec le fil. Les yeux fixés sur les pions, je ne perdais rien de la conversation. « Pas grand-chose, on joue au trictrac... avec Callie... il est en train de tourner son film idiot... je ne peux pas, on va dîner bientôt... Je ne sais pas, peut-être plus tard... Je suis plutôt crevée, en fait. » Soudain elle pivota pour me faire face. Je fis un effort pour lever les yeux. L'Objet désigna le téléphone et alors, ouvrant grand la bouche, elle se mit un doigt au fond de la gorge. Mon cœur déborda.

La nuit revint. Nous accomplîmes les préliminaires consistant à retaper nos oreillers tout en bâillant. Nous nous tournâmes et retournâmes. Puis après un intervalle de silence approprié l'Objet émit un bruit. C'était un murmure, un cri arrêté dans sa gorge, comme si elle parlait dans son sommeil. Puis sa respiration se fit plus profonde. Et, interprétant cela comme un acquiescement, Calliope commença sa longue traversée du lit.

Telle fut notre histoire d'amour. Muette, borgne, fille de la nuit et du rêve. J'avais moi aussi mes raisons. Je préférais que ce que j'étais fût révélé lentement, sous un jour flatteur. Ce qui signifiait un jour plutôt sombre. Et puis, c'est ainsi que se passe l'adolescence. À tenter des choses à l'aveuglette. On se soûle ou on se défonce et on improvise. Rappelez-vous vos banquettes arrière, vos tentes, vos veillées autour d'un feu de camp. Ne vous êtes-vous jamais retrouvée, sans l'admettre, emmêlée avec votre meilleure amie ? Ou dans le lit d'un dortoir avec deux personnes au lieu d'une, tandis que la musique de Bach orchestre la fugue ? Qu'est-ce que l'éveil du sexe, d'ailleurs, sinon un état de fugue ? Avant que ne s'installe la routine ou l'amour. Jusqu'alors on procède par tâtonnements anonymes. Ce sexe de bac à sable commence à l'adolescence et dure jusqu'à vingt ou vingt et un ans. Il s'agit d'apprendre à partager. À partager ses jouets.

Parfois, quand je m'allongeais sur l'Objet, elle se réveillait presque. Elle bougeait pour m'accueillir, écartant les jambes ou passant un bras autour de mes épaules. Elle remontait à la surface de la conscience avant de replonger. Ses paupières frémissaient. Une réaction venait habiter son corps, son abdomen se creusait en rythme avec le mien, sa tête rejetée en arrière pour offrir sa gorge. J'attendais plus. Je voulais qu'elle reconnaisse ce que nous étions en train de faire, mais je le craignais, en même temps. C'est ainsi que le dauphin faisait surface, sautait à travers le cerceau de mes jambes, et disparaissait de nouveau, tandis que, ballottée à la surface des flots, j'essayais de garder mon équilibre. Plus bas, tout était humide. Je ne savais si c'était elle ou moi. Je posais la tête sur sa poitrine sous le T-shirt remonté. Ses aisselles sentaient le fruit trop mûr. Il y avait très peu de poils. Au cours de notre vie diurne je lui aurais dit : « Tu as de la veine, tu n'as même pas besoin de te raser. » Mais la Calliope nocturne se contentait de caresser les poils, ou de les goûter. Une nuit, tandis que je faisais cela et d'autres choses, je remarquai une ombre sur le mur, que je pris pour un insecte. Mais, y regardant de plus près, je vis que c'était la main de l'Objet, levée derrière ma tête. Sa main était complètement éveillée. Elle s'ouvrait et se refermait, aspirant toute l'extase de son corps en ces épanouissements secrets.

Ce que nous faisions l'Objet et moi était régi par ces règles lâches. Nous ne nous embarrassions pas des détails. Ce qui requérait notre attention c'était ce qui avait lieu : le sexe avait lieu. C'était ça l'important. Comment cela se passait exactement, qu'est-ce qui entrait et où était secondaire. Et puis, nous n'avions pas beaucoup de points de comparaison, hormis notre nuit dans la cabane avec Rex et Jerome.

Pour ce qui était du crocus, c'était moins une partie de moi qu'un objet de découverte et de plaisir communs. Le Dr. Luce vous dira que les singes femelles, lorsqu'on leur administre des hormones mâles, ont un comportement dominant. Elles saisissent, elles poussent. Pas moi. Ou du moins pas au début. La floraison du crocus était un phénomène impersonnel. C'était une sorte de crochet qui nous unissait, plus un stimulant des parties extérieures de l'Objet qu'une pénétration de ses parties intérieures.

Mais, apparemment, d'une efficacité satisfaisante. Parce que, après les premières nuits, elle s'en montrait avide. Avide, c'est-à-dire, tout en demeurant ostensiblement inconsciente. Tandis que je la serrais contre moi, que nous nouions et dénouions des liens langoureux, les attitudes d'insensibilité de l'Objet n'empêchaient pas qu'elle prît des positions favorables à notre plaisir. Sans que rien ne fût directement offert ou caressé, sans que rien ne semblât jamais délibéré, nos ébats prétendument inconscients acquirent bientôt une fluidité qui n'avait rien à envier à celle des couples éveillés. Jamais l'Objet n'ouvrait les yeux ; sa tête était la plupart du temps légèrement détournée. Elle bougeait sous moi comme une dormeuse visitée par un incube. On aurait dit qu'elle faisait un rêve érotique et qu'elle prenait son oreiller pour un amant.

Parfois, avant ou après, j'allumais la lampe de chevet. Je remontais son T-shirt aussi haut que possible et descendais sa culotte jusque sous ses genoux. Puis je restais là, laissant mes yeux se repaître tout leur soûl. Qu'y a-t-il de comparable à cela ? De la limaille d'or bougeait autour de l'aimant de son nombril. Ses côtes étaient aussi minces que des cannes de sucre candi. L'envergure de ses hanches, si différentes des miennes, ressemblait à une coupe présentant un fruit rouge. Puis il y avait mon endroit favori, là où sa cage thoracique faisait place au doux renflement de sa poitrine.

J'éteignais. Je me pressais contre l'Objet. Je prenais l'arrière de ses cuisses dans mes mains, ajustant ses jambes autour de ma taille. Je passais les bras sous elles. Je l'attirais contre moi. Et alors mon corps, comme une cathédrale, se mettait à carillonner. Le bossu, dans sa tour, s'était jeté dans le vide et se balançait follement au bout de sa corde.

Tout cela ne m'amenait pas à tirer des conclusions durables quant à moi. Je sais que c'est difficile à croire, mais c'est ainsi que ça fonctionne. L'esprit s'autocensure. L'esprit passe le réel à l'aérographe ; ce n'est pas la même chose d'être à l'intérieur qu'à l'extérieur d'un corps. De l'extérieur, on peut regarder, inspecter, comparer. De l'intérieur, il n'y a pas de comparaison. Au cours de l'année passée, le crocus s'était considérablement allongé. Dans son état le plus démonstratif, il atteignait maintenant cinq centimètres, même s'il demeurait presque entièrement caché par les plis de la peau d'où il sortait. Puis il y avait les poils. Au repos, le crocus était à peine visible. Ce que je voyais quand je baissais les yeux n'était que la médaille sombre et triangulaire de la puberté. Quand je touchais le crocus, il se développait, gonflant jusqu'à ce que, avec une sorte de bruit rappelant celui d'une bouteille qu'on débouche, il se libère de la poche qui le contenait. Il passait la tête au-dehors. Pas très loin, cependant. Pas plus de deux centimètres après l'orée du bois. Qu'est-ce que cela signifiait ? Je savais par expérience que l'Objet avait elle aussi un crocus. Il gonflait, lui aussi, quand on le touchait. Le mien était seulement plus gros, plus expansif. Mon crocus ne cachait pas ses sentiments.

Le point crucial était le suivant : le crocus n'avait pas de trou au bout. Ce n'était certainement pas ce qu'avaient les garçons. Mets-toi à ma place, lecteur, et demande-toi quelles conclusions tu aurais tirées si tu avais ce que j'avais, si tu ressemblais à ce à quoi je ressemblais. Pour pisser je devais m'asseoir. Le jet sortait de dessous. J'avais un intérieur comme une fille. C'était tendre au-dedans, presque douloureux quand j'y mettais le doigt. Certes, ma poitrine était absolument plate. Mais je n'étais pas la seule planche à repasser de l'école. Et Tessie disait que c'était d'elle que je tenais. Des muscles ? Pas beaucoup. Pas de hanches non plus, pas de taille. Une fille plate comme une assiette. Le menu basses Cal-ories.

Pourquoi aurais-je pensé que j'étais autre chose qu'une fille ? Parce que j'étais *attirée* par une fille ? Ça arrivait tous les jours. Et plus que jamais en 1974. C'était devenu un passe-temps national. Mon intuition extatique me concernant était maintenant profondément refoulée. Personne ne peut dire combien de temps j'aurais pu la garder secrète. Mais en réalité cela ne dépendait pas de moi. Comme toutes les choses importantes. Je veux parler de la naissance et de la mort. Et de l'amour. Et de ce que l'amour nous lègue avant notre naissance.

Il faisait chaud le jeudi suivant. C'était une de ces journées humides où l'atmosphère ne sait plus où elle en est. On sentait que l'air aurait voulu être de l'eau. La chaleur abattait l'Objet. Elle prétendait que ses chevilles gonflaient. Toute la matinée elle avait été insupportable, exigeante, bougonne. Pendant que je m'habillais elle était sortie de la salle de bains pour me lancer, du pas de la porte de notre chambre : « Qu'est-ce que tu as fait du shampooing ?

– Je n'y ai pas touché.

– Je l'avais laissé sur le rebord de la fenêtre. Il n'y a que toi qui l'utilises. »

Je me glissai entre elle et le montant de la porte et allai dans la salle de bains. « Il est dans la baignoire », dis-je.

L'Objet me le prit des mains. « Je me sens absolument dégueu et gluante », me lança-t-elle en guise d'excuse. Puis elle entra dans la douche tandis que je me lavais les dents. Une minute plus tard, l'ovale de son visage apparut, encadré par le rideau de la douche. Sans cheveux, avec ses grands yeux, on aurait dit une Martienne. « Excuse-moi d'être chiante comme ça », dit-elle.

Je continuai à me brosser les dents, la laissant souffrir un peu.

Son front se rida et ses yeux se firent implorants. « Tu me détestes ?

– Je ne sais pas encore.

– Tu es tellement méchante ! » dit-elle avec un froncement des sourcils comique avant de refermer le rideau d'un coup sec.

Après le petit déjeuner nous nous installâmes sur la balancelle de la véranda avec un verre de limonade. Les pieds posés sur la balustrade, je nous balançais pour faire un peu d'air tandis que l'Objet était allongée, les jambes sur mes cuisses, la tête posée sur le bras de la balancelle. Elle était vêtue d'un jean coupé en short et de son haut de bikini. Je portais un short kaki et une chemise blanche.

Devant nous la baie miroitait d'argent. Elle avait des écailles, comme les poissons qui étaient en dessous.

« Il y a des jours où je suis fatiguée d'avoir un corps, déclara l'Objet.

– Moi aussi.

– Toi aussi ?

– Surtout quand il fait chaud comme ça. C'est une torture rien que de bouger.

– En plus je déteste transpirer.

– Je ne supporte pas de transpirer, renchéris-je. Je préférerais haleter comme les chiens. »

L'Objet rit. Elle me souriait, tout étonnée. « Tu comprends tout ce que je dis », poursuivit-elle. Elle secoua la tête. « Pourquoi est-ce que tu ne peux pas être un mec ? »

Je haussai les épaules pour signifier que je n'avais pas de réponse à cela. Pas plus que l'Objet, je n'avais conscience de l'ironie de sa question.

Elle me regardait, paupières à demi fermées. Ses yeux, dans la lumière crue de cette journée, avec les vagues de chaleur qui faisaient trembler l'herbe brûlante, évoquaient des croissants très verts, bien qu'ils ne fussent que des fentes. Comme sa tête était inclinée, elle devait lever les yeux pour me voir, ce qui lui donnait l'air d'une renarde. Sans cesser de me fixer, elle ouvrit légèrement les jambes.

« Tu as des yeux incroyables, dit-elle.

– Les tiens sont vraiment verts. On dirait qu'ils sont faux.

– Ils sont faux.

– Tu as des yeux de verre ?

– Ouais, je suis aveugle. Je suis Tirésias. »

C'était une nouvelle façon de faire que nous venions de découvrir. Nous fixer dans les yeux était une nouvelle façon de les garder fermés, ou détournés des détails qui nous entouraient, du moins. Nous continuâmes à nous fixer ainsi. Entre-temps, l'Objet pliait imperceptiblement les jambes. J'avais conscience du mont sous le jean qui s'élevait vers moi, juste un peu, s'élevait et se suggérait. Je posai la main sur sa cuisse. Et tandis que nous continuions à nous balancer tout en nous regardant, tandis que les criquets faisaient grincer leurs crincrins dans l'herbe, je glissai ma main en direction de l'endroit où les cuisses de l'Objet se rejoignaient. Mon pouce s'insinua sous le jean. Son visage ne trahit rien. Ses yeux verts sous ses lourdes paupières demeuraient fixés sur les miens. Je sentis le tissu pelucheux de son slip et j'enfonçai le pouce dans sa chair pour passer sous l'élastique. Et alors, avec les yeux grands ouverts mais ainsi confinés, mon pouce glissa en elle. Elle cligna des paupières, ses yeux se fermèrent, ses hanches s'élevèrent plus haut, et je le refis. Et de nouveau ensuite. Les bateaux sur la baie en faisaient partie, et les cordes des criquets dans l'herbe brûlante, et la glace qui fondait dans nos verres. La balancelle allait et venait, grinçant sur sa chaîne rouillée, et c'était comme cette vieille comptine : « *Le petit Jack Horner assis dans son coin mangeait de la tarte. Il y enfonça le pouce et en sortit une prune* »... Après que ses paupières se furent involontairement fermées, l'Objet posa de nouveau son regard sur moi et alors ce qu'elle ressentit ne fut plus visible que là, dans la profondeur verte de ses yeux révélés. Sinon, elle était immobile. Seule ma main bougeait, et mes pieds sur la balustrade, poussant la balancelle. Cela dura trois minutes, ou cinq, ou quinze. Je n'en ai aucune idée. Le temps disparut. Cependant nous n'étions toujours pas totalement conscientes de ce que nous faisions. La sensation se dissolvait directement dans l'oubli.

Quand le plancher de la véranda grinça derrière nous, je sursautai. Je retirai mon pouce du slip de l'Objet et me redressai. Je vis quelque chose du coin de l'œil et me tournai. Perché sur la balustrade à notre droite se trouvait

Jerome. Il était dans son costume de vampire, malgré la chaleur. La poudre avait disparu par endroits de son visage, mais il était quand même très pâle. Il nous regardait avec son air égaré du *Tour d'écrou*. Le jeune maître dévoyé par le jardinier. Le garçon en redingote qui s'était noyé dans le puits. Tout était mort excepté les yeux. Ses yeux fixés sur nous – sur les jambes nues de l'Objet posées sur mes cuisses – tandis que son visage demeurait comme embaumé.

Puis l'apparition parla.

« Brouteuses de moquette.

– Ne fais pas attention à lui, dit l'Objet.

– Brouuuteuses de mooquette, répéta Jerome en une sorte de coassement.

– Ta gueule ! »

Jerome demeura immobile et vampirique sur sa balustrade. Ses cheveux n'étaient pas plaqués mais tombaient droit de chaque côté de son visage. Il agissait avec délibération ; on aurait dit qu'il suivait une procédure ancienne qui avait fait ses preuves. « Tu es une brouteuse de moquette, répéta-t-il. Brouteuse de moquette, brouteuse de moquette. » Ce singulier était destiné à sa sœur.

« J'ai dit ça suffit, Jerome. » L'Objet était trop fatiguée pour se lever. Elle souleva les jambes et se mit à rouler à bas de la balancelle. Mais Jerome fut plus rapide. Il déploya sa veste comme une paire d'ailes et sauta de la balustrade. Il fondit sur l'Objet. Son visage était toujours parfaitement impassible. Seuls les muscles de ses lèvres bougeaient. Au visage de l'Objet, à ses oreilles, il continuait de siffler : « Brouteuse de moquette, brouteuse de moquette, brouteuse de moquette, brouteuse de moquette.

– Arrête ! »

Elle essaya de le frapper mais il lui attrapa les bras. Tenant ses deux poignets d'une seule main, faisant le V de deux doigts de l'autre, il pressa le V contre sa bouche et fit aller et venir sa langue à l'intérieur de ce triangle suggestif. Devant la crudité de ce geste, le calme de l'Objet commença à se fissurer. Un sanglot prit naissance au fond de sa gorge. Jerome le sentit. Cela faisait dix ans qu'il faisait pleurer sa sœur ; il savait s'y prendre ; il était comme un gosse qui brûle une fourmi à l'aide d'une loupe, concentrant peu à peu le rayon de lumière.

« Brouteuse de moquette, brouteuse de moquette, brouteuse de moquette... »

Et la chose eut lieu. L'Objet craqua. Elle se mit à brailler comme une petite fille. Elle devint toute rouge et frappa le vide de ses poings avant de finir par s'enfuir.

Alors Jerome s'arrêta. Il ajusta sa veste. Il se recoiffa et, s'appuyant à la balustrade, se mit à contempler la baie d'un air paisible.

« Ne t'inquiète pas, dit-il. Je ne le dirai à personne.

– Dire quoi à personne ?

– Vous avez de la veine que je sois un type aux idées larges, poursuivit-il. La plupart des mecs ne seraient pas si heureux de découvrir qu'ils ont été trompés par une lesbienne avec leur propre sœur. C'est plutôt gênant, tu ne trouves pas ? Mais j'ai l'esprit si large que je suis prêt à fermer les yeux sur vos penchants.

– Pourquoi tu ne fermes pas plutôt ta gueule, Jerome ?

– Je la fermerai quand je voudrai », répliqua-t-il. Puis il tourna la tête pour me regarder. « Tu sais où tu es maintenant, Stephanides ? À Foulecamp. Tire-toi d'ici et ne reviens pas. Et ne touche plus à ma sœur. »

J'avais déjà bondi. Mon sang bouillonnait. Il monta en flèche le long de ma colonne vertébrale et percuta une cloche dans mon crâne. Et je chargeai Jerome comme une forcenée. Il était plus grand que moi mais je le pris au dépourvu. Je le frappai au visage. Il essaya de se dégager mais l'énergie de ma vitesse acquise le jeta à terre. J'enfourchai sa poitrine, immobilisant ses bras sous mes genoux. Plutôt que de continuer à résister inutilement, il préféra affecter l'air amusé.

« Tu me diras quand tu voudras qu'on arrête », dit-il.

C'était une sensation exaltante que de le dominer. Chapitre Onze m'avait tenue ainsi sous lui durant toute ma vie. C'était la première fois que je le faisais à mon tour, et en plus à un garçon plus âgé que moi. Mes cheveux tombaient sur le visage de Jerome. Je bougeai la tête pour le chatouiller. Puis je me rappelai une autre chose que faisait mon frère.

« Non, cria Jerome. Non, arrête ! »

Je le laissai tomber. Comme une goutte de pluie. Comme une larme. Mais ce n'était ni l'un ni l'autre. Le crachat s'écrasa juste entre les deux yeux de Jerome. Puis la terre s'entrouvrit sous nos corps. Avec un rugissement Jerome se redressa, m'envoyant bouler. Ma suprématie avait été de courte durée. Maintenant il était temps de courir.

Je sautai au bas des marches et décampai, pieds nus, sur la pelouse avec Jerome sur mes talons dans son déguisement de Dracula. Il s'arrêta pour se débarrasser de sa veste, ce qui me permit d'accroître mon avance. Je traversai les jardins des maisons voisines, baissant la tête pour éviter les branches des sapins. J'évitai buissons et barbecues. Les aiguilles de pin accroissaient l'élasticité de mes foulées. Je finis par atteindre le champ. En me retournant je constatai que Jerome était en train de gagner du terrain.

Nous filions à travers les hautes herbes jaunes. Je me cognai le pied en sautant par-dessus la borne commémorative et, après avoir claudiqué quelques pas, je repris ma course. Jerome négocia l'obstacle sans peine. Derrière la montée à l'extrémité du champ, passait la route qui menait à la maison. Si je la franchissais, je pourrais faire demi-tour sans que Jerome me voie. L'Objet et moi pourrions nous barricader dans notre chambre. J'attaquai la pente, cependant que Jerome continuait à gagner du terrain.

Nous étions pareils à des coureurs sculptés en bas-relief. De profil, les cuisses haut levées, les bras fauchant l'air, nous tracions au travers de l'herbe qui nous fouettait les mollets. Lorsque j'atteignis le pied de la colline, il me sembla que Jerome avait ralenti. Il agitait la main en signe de défaite tout en criant quelque chose que je n'arrivais pas à entendre...

Le tracteur venait de s'engager sur la route. De la hauteur de son siège, le fermier ne me voyait pas. J'avais la tête tournée en direction de Jerome. Quand je finis par me retourner, il était trop tard. La roue du tracteur était juste devant moi. Je la heurtai de plein fouet. Dans une gerbe de poussière couleur de terre cuite je fus projetée en l'air. À l'apogée de ma trajectoire je vis les socs de la charrue, le métal tirebouchonné couvert de boue, puis la course fut terminée.

Je me réveillai sur la banquette d'une vieille guimbarde avec des couvertures sur les sièges. Sur la lunette arrière il y avait une décalcomanie représentant une truite se tortillant au bout d'un hameçon. Le chauffeur portait une casquette rouge. L'espace libre au-dessus du bandeau réglable laissait apparaître les rides profondes de sa nuque.

J'avais l'impression d'avoir la tête entourée de gaze. J'étais enroulée dans une vieille couverture raide et piquetée de foin. Je tournai la tête, levai les yeux et j'eus une vision béatifique. Je vis le visage de l'Objet en contre-plongée. J'avais la tête sur ses genoux. Ma joue droite était pressée contre le tiède rembourrage de son ventre. Elle portait toujours son short et son haut de bikini. Ses cuisses étaient écartées et ses cheveux rouges me recouvraient, assombrissant ma vision. À travers ce rideau bordeaux ou lie-de-vin je contemplai ce qui m'était visible d'elle, la bretelle sombre de son maillot, ses clavicules qui ressortaient. Elle se rongeait une envie. Si elle continuait elle se ferait saigner. « Dépêchez-vous, disait-elle, de l'autre côté de la cascade de ses cheveux. Dépêchez-vous, Mr. Burt. »

C'était le fermier qui était au volant. Le fermier sur le tracteur duquel je m'étais précipitée. J'espérais qu'il n'entendait pas. Je ne voulais pas qu'il se dépêche. Je voulais que ce trajet dure aussi longtemps que possible.

L'Objet me caressait la tête. Jamais elle n'avait fait cela en plein jour.

« J'ai battu ton frère », dis-je tout d'un coup.

L'Objet balaya ses cheveux d'une main. La lumière fit pénétrer ses poignards dans mes yeux.

« Callie ? Ça va ? »

Je lui adressai un sourire. « Je lui ai filé une raclée.

– Oh mon Dieu, dit-elle. J'ai eu si peur. J'ai cru que tu étais morte. Tu étais là a... a... » Sa voix se brisa : « *llongée* sur la route ! »

Les larmes vinrent, larmes de gratitude, et non plus de colère. L'Objet sanglotait. C'est avec un effroi mêlé de respect que je contemplai la tempête d'émotion qui la secouait. Elle baissa la tête, pressant son visage trempé contre le mien et, pour la première et dernière fois, nous échangeâmes un baiser. Nous étions cachées par le siège, par le mur de ses cheveux, et à qui le fermier l'aurait-il dit de toute façon ? Les lèvres tremblantes de l'Objet rencontrèrent les miennes et il y eut un goût sucré et un goût salé.

« J'ai le nez qui coule », dit-elle en relevant la tête. Elle se força à rire.

Mais la voiture s'arrêtait déjà. Le fermier en bondissait, criant des choses. Il ouvrit la portière. Deux infirmiers apparurent qui m'allongèrent sur un brancard à roulettes et me firent passer les portes de l'hôpital. L'Objet demeura à mes côtés. Elle me prit la main. Pendant un instant elle sembla prendre conscience de sa quasi-nudité. Elle baissa les yeux au moment où ses pieds nus touchèrent le linoléum glacé. Mais elle haussa les épaules. Tout le long du couloir, jusqu'à ce que les infirmiers l'arrêtent, elle tint ma main. Comme si c'était le fil d'Ariane. « Vous ne pouvez pas entrer, mademoiselle, dirent les infirmiers. Vous devez attendre ici. » Et elle obéit. Mais elle ne lâchait toujours pas ma main. Alors que la civière s'éloignait mon bras s'allongeait. J'avais déjà commencé ma traversée en direction d'un autre pays. Maintenant mon bras avait six mètres, huit mètres, dix mètres, vingt mètres de long. Je levai la tête pour regarder l'Objet. Regarder l'Obscur Objet. Car une fois de plus elle était en train de devenir un mystère pour moi. Qu'est-elle devenue ? Où est-elle aujourd'hui ? Elle se tenait à l'autre extrémité du couloir, tenant toujours ma main au bout de mon bras qui continuait à se dérouler. Et avait l'air frigorifié, maigrichon, déplacé, perdu. C'était presque comme si elle savait que nous ne devions plus jamais nous revoir. La civière prenait de la vitesse. Mon bras n'était plus qu'un fil arachnéen maintenant. Enfin arriva le moment inévitable. L'Objet lâcha. Ma main s'envola, libre, vide.

Des lumières au-dessus de ma tête, puissantes et rondes, comme à ma naissance. Le même couinement de chaussures blanches. Mais le Dr. Philobosian n'était nulle part. Le docteur qui me souriait aujourd'hui était jeune et blond. Il avait l'accent campagnard. « Je vais te poser quelques questions. D'accord ?

– D'accord.

– On va commencer par ton nom.

– Callie.

– Quel âge as-tu, Callie ?

– Quatorze ans.

– Combien de doigts tu vois ?

– Deux.

– Je veux que tu comptes à l'envers pour moi. À partir de dix.

– Dix, neuf, huit... »

Durant tout ce temps, il me palpait à la recherche de fractures. « Ça fait mal ?

– Non.

– Et là ?

– Non-non.

– Et maintenant ici ? »

Soudain ça fit mal. Un coup de foudre, une morsure de cobra, sous mon nombril. Le cri que je laissai échapper fut une réponse suffisante.

« D'accord, je vais y aller doucement. Il faut juste que je jette un coup d'œil. Ne bouge plus. »

Le médecin fit signe des yeux à l'infirmière. Chacun d'un côté, ils commencèrent à me déshabiller. L'infirmière passa ma chemise au-dessus de ma tête, découvrant ma poitrine, verte et désolée. Ils n'y prêtèrent aucune attention. Moi non plus. Entre-temps le médecin avait défait ma ceinture. Il déboutonnait mon pantalon. Je le laissai faire. Je le regardai dénuder mes jambes comme de très loin. Je pensais à autre chose. Je me rappelais comment l'Objet soulevait ses hanches pour m'aider à enlever son slip. Ce petit indice de consentement, de désir. Je songeais à combien j'aimais ce moment. Maintenant l'infirmière passait la main sous mon bassin. Je soulevai donc les hanches.

Ils se saisirent de mon slip. Ils le tirèrent. L'élastique tint un instant contre ma taille, puis lâcha prise.

Le médecin se pencha, marmonnant quelque chose. L'infirmière, en un geste qui manquait de professionnalisme, porta la main à sa gorge puis fit mine d'ajuster son col.

Tchekhov avait raison. S'il y a un fusil au mur, il faut qu'il tire. Dans la vie, toutefois, on ne sait jamais où se trouve le fusil. L'arme que mon père gardait sous son oreiller n'a jamais servi. Pas plus que le fusil de chasse au-dessus de la cheminée de l'Objet. Mais dans la salle des urgences les choses en allèrent différemment. Il n'y eut ni fumée, ni odeur de poudre, absolument aucun bruit. Ce n'est qu'à la réaction du médecin et de l'infirmière qu'il devint évident que mon corps avait rempli sa fonction narrative.

Une scène de cette partie de ma vie reste à décrire. Elle a lieu une semaine plus tard, à Middlesex et me représente en compagnie d'une valise et d'un arbre. J'étais dans ma chambre, assise sur la banquette de la fenêtre. C'était juste avant midi. Je portais une tenue de voyage, un tailleur-pantalon gris avec un chemisier blanc. J'étais penchée au-dehors, occupée à cueillir des mûres au mûrier qui poussait devant ma fenêtre. Cela faisait une heure que je m'en gavais pour me distraire du bruit provenant de la chambre de mes parents.

C'est la semaine précédente que les mûres avaient fini de mûrir. Elles étaient grosses et juteuses. Leur jus me tachait les doigts. Le trottoir était moucheté de violet, tout comme l'herbe, et les cailloux du parterre de fleurs. Le bruit provenant de la chambre de mes parents était celui que ma mère faisait en pleurant.

Je me levai. J'allai regarder dans la valise si je n'avais rien oublié. Mes parents et moi partions dans une heure. Nous allions à New York consulter un médecin célèbre. Je ne savais ni combien de temps nous resterions partis ni ce qui n'allait pas avec moi. Je n'accordais pas beaucoup d'attention aux détails. Je savais seulement que je n'étais plus une fille comme les autres filles.

Ce sont des moines orthodoxes qui ont sorti clandestinement la soie de Chine au sixième siècle. Ils l'ont apportée en Asie Mineure. De là elle s'est répandue en Europe et elle a finalement traversé l'océan pour arriver en Amérique du Nord. Benjamin Franklin a favorisé l'industrie de la soie en Pennsylvanie avant la révolution. On planta des mûriers dans tous les États-Unis. Tandis que je cueillais ces mûres depuis la fenêtre de ma chambre, je ne savais absolument pas que notre mûrier avait un quelconque rapport avec le commerce de la soie, ni que ma grand-mère avait eu des arbres tout comme celui-ci derrière sa maison en Turquie. Le mûrier était resté devant ma fenêtre sur Middlesex sans jamais me divulguer sa signification. Mais aujourd'hui les choses sont différentes. Aujourd'hui tous les objets muets de ma vie semblent raconter mon histoire en s'étendant dans le passé, si j'y regarde bien. Je ne peux donc pas mettre un terme à cette partie de ma vie sans mentionner le fait suivant :

Le ver à soie le plus répandu, la larve du *Bombyx mori*, n'existe plus à l'état naturel. Pour reprendre les termes poignants de mon encyclopédie : « Les pattes de la larve ont dégénéré, et les adultes ne volent pas. »

LIVRE QUATRIÈME

La vulve oraculaire

Depuis ma naissance où elles ne furent pas détectées, en passant par mon baptême où elles volèrent la vedette au prêtre, jusqu'à mon adolescence troublée où elles commencèrent par ne pas faire grand-chose pour tout faire d'un seul coup, mes parties génitales ont été la chose la plus significative qui me soit jamais arrivée. Il y a des gens qui héritent de maisons, d'autres de tableaux ou d'archets de violons assurés pour une fortune. D'autres encore d'un bonzaï ou d'un nom célèbre. J'ai hérité d'un gène récessif sur mon cinquième chromosome et de bijoux de famille d'une extrême rareté.

Mes parents avaient tout d'abord refusé de croire ce que le médecin des urgences leur avait déclaré sur mon anatomie. Le diagnostic, délivré au téléphone en des termes incompréhensibles pour Milton, qui en transmit une version expurgée à Tessie, se résumait à une vague inquiétude quant à la formation de mes voies urinaires et une possible déficience hormonale. Le médecin de Petoskey n'avait pas fait de caryotype. Son travail se bornait à soigner mes commotions et contusions et, cela fait, il m'avait laissée partir.

Mes parents voulaient avoir un deuxième avis. Sur l'insistance de Milton, j'avais été conduite une dernière fois chez le Dr. Phil.

En 1974, le Dr. Nishan Philobosian avait quatre-vingt-huit ans. Il portait toujours un nœud papillon, mais son cou n'emplissait plus le col de sa chemise. Il était réduit en toutes ses parties, lyophilisé. Cependant, les jambes vert pomme d'un pantalon de golf dépassaient de sa blouse blanche et une paire de lunettes style aviateur enserrait ses tempes chauves.

« Bonjour Callie, comment vas-tu ?

– Très bien, Dr. Phil.

– C'est bientôt la rentrée ? Tu es en quelle classe maintenant ?

– J'entre en troisième.

– Déjà ? Je dois me faire vieux. »

Ses manières courtoises étaient toujours les mêmes. Les bruits étrangers qui sortaient de sa bouche, ses dents qui portaient encore trace de l'ancien monde, me mettaient à l'aise. Toute ma vie j'avais été le chouchou de dignes étrangers. Je n'avais jamais pu résister aux témoignages d'affection caressants de style levantin. Petite fille, je m'asseyais sur le genou du Dr. Philobosian tandis que ses doigts remontaient ma colonne, comptant les vertèbres. Maintenant j'étais plus grande que lui, dégingandée, ébouriffée, sorte de Tiny Tim féminin, assise en blouse, soutien-gorge et slip au bord d'une vieille table d'examen pourvue de marches tiroirs en caoutchouc vulcanisé. Il ausculta mon cœur et mes poumons tandis que son crâne chauve, au bout de son long cou de brontosaure, perdait ses feuilles.

« Comment va ton père, Callie ?

– Très bien.

– Comment marche son affaire ?

– Bien.

– Combien de restaurants a ton père maintenant ?

– Genre cinquante et quelques.

– Il y en a un pas loin de là où nous allons Rosalie et moi en hiver, à Pompano Beach. »

Il examina mes yeux et mes oreilles puis il me demanda poliment de me lever et de baisser mon slip. Cinquante ans plus tôt le Dr. Philobosian avait gagné sa vie en soignant les dames ottomanes de Smyrne. Il savait s'y prendre.

Je n'étais pas dans les vapes comme à Petoskey. J'étais

parfaitement consciente de ce qui se passait et de l'objet principal de la curiosité médicale. Après que j'eus baissé mon slip sur mes genoux, une vague brûlante de honte me submergea et instinctivement je me couvris de ma main. Le Dr. Philobosian, d'un geste qui n'était pas complètement doux, la poussa de côté. Il y avait là quelque chose de l'impatience des vieillards. Il s'oublia momentanément et ses yeux lancèrent des éclairs derrière ses lunettes d'aviateur. Cependant, il ne baissa pas le regard. Il fixa galamment le point le plus éloigné du mur tout en tâtant à la recherche des informations. Nous étions aussi proches que deux danseurs. Le Dr. Phil respirait bruyamment ; ses mains tremblaient. Je ne baissai les yeux qu'une fois. Ma gêne m'avait rétractée. De mon point de vue, j'étais de nouveau une fille, ventre blanc, triangle sombre, jambes douces et rasées. Mon soutien-gorge pendait en bandoulière sur ma poitrine.

Il ne fallut pas plus d'une minute. Le vieil Arménien, courbé, effleura mes parties génitales de ses doigts jaunis. Rien de surprenant à ce que le Dr. Philobosian n'ait jamais rien remarqué. Même aujourd'hui, alors que son attention était en alerte, il ne semblait pas avoir envie de savoir.

« Tu peux te rhabiller », fut tout ce qu'il dit. Il se dirigea avec grande précaution jusqu'au lavabo. Il ouvrit le robinet et passa ses mains sous le jet. Elles paraissaient trembler plus que jamais. Il utilisa le savon antibactérien avec libéralité. « Salue ton papa pour moi », dit-il avant que je sorte.

Le Dr. Phil m'adressa à un endocrinologue de l'hôpital Henry Ford. L'endocrinologue emplit un nombre alarmant d'éprouvettes avec le sang qu'il me tira d'une veine du bras. Pourquoi il avait besoin de tout ce sang, il ne le dit pas. J'étais trop effrayée pour le lui demander. Mais ce soir-là, je collai l'oreille à la cloison de ma chambre dans l'espoir d'en savoir plus sur ce qui se passait. « Alors qu'est-ce que le docteur a dit ? » demandait Milton. « Il a dit que le Dr. Philobosian aurait dû remarquer quelque chose à la naissance, répondit Tessie. Tout aurait pu être arrangé à l'époque. » Puis Milton de nouveau : « Je ne peux pas croire qu'il n'aurait pas vu une chose comme ça. » (« Comme quoi ? » demandai-je silencieusement au mur, sans rien spécifier.)

Trois jours plus tard nous arrivâmes à New York.

Milton avait réservé dans un hôtel appelé le Lochmoor qui se trouvait dans les trentièmes Est. Il y était descendu vingt-trois ans plus tôt alors qu'il était enseigne de vaisseau. Voyageur économe comme toujours, il avait été également encouragé par le prix des chambres. Nous ne savions pas quand nous allions repartir. Le médecin à qui Milton avait parlé – le spécialiste – avait refusé d'entrer dans les détails avant de m'avoir vue. « Ça vous plaira, nous avait assuré Milton. Je me souviens que c'est sacrément chic. »

Ce ne l'était pas. Le taxi nous déposa devant un établissement qui avait déchu de sa gloire passée. Le réceptionniste était protégé par une vitre pare-balles. La moquette était humide sous les radiateurs qui coulaient et les miroirs avaient disparu, laissant derrière eux des rectangles fantomatiques de plâtre et des vis décoratives. L'ascenseur qui datait d'avant-guerre ressemblait à une cage à oiseaux avec son grillage doré. Jadis il y avait eu un liftier ; plus maintenant. Nous bourrâmes l'espace réduit de nos valises et je fis coulisser la porte qui ne cessait de sortir de son rail. Je dus m'y reprendre à trois fois. Finalement l'ascenseur s'éleva et à travers le grillage peint à la bombe nous regardâmes passer les étages, tous sombres et identiques, avec quelques variantes fournies par une femme de chambre ou un plateau devant une porte ou une paire de chaussures. Cependant, le fait d'être dans cette vieille boîte conférait la sensation d'être hissé hors d'un puits vers la lumière, et nous fûmes déçus d'arriver à notre étage, le huitième, et de découvrir qu'il était aussi sinistre que le hall.

Notre chambre avait été aménagée dans une ancienne suite et les angles des murs n'étaient pas droits. Même

Tessie, qui n'était pas bien grosse, se sentait à l'étroit. La salle de bains était presque aussi grande que la chambre. Les toilettes, perdues au milieu des carreaux disjoints, coulaient constamment. L'eau avait laissé un filet brun dans la baignoire.

Il y avait un lit double pour mes parents et, dans un coin, un lit de camp pour moi. J'y posai ma valise. Cette valise était une pomme de discorde entre Tessie et moi. Elle me l'avait achetée pour notre voyage en Turquie. Elle était couverte de fleurs turquoise et vertes que je trouvais hideuses. Depuis que j'étais dans une école privée, et que je fréquentais l'Objet, mes goûts avaient changé et s'étaient, pensais-je, raffinés. La pauvre Tessie ne savait plus quoi m'acheter. Tout ce qu'elle choisissait était accueilli avec des cris d'horreur. J'étais absolument opposée à tout ce qui était synthétique ou à coutures apparentes. Mes parents s'amusaient de ce nouveau besoin de pureté. Souvent mon père frottait entre deux doigts le tissu de ma chemise en me demandant : « C'est assez chic ? »

Tessie n'avait pas eu le temps de me consulter avant l'achat de la valise et elle se trouvait là, décorée comme un set de table. Je me sentis mieux quand je l'eus ouverte. À l'intérieur il y avait tous les vêtements que j'avais choisis moi-même : les chandails ras du cou de couleurs primaires, les chemises Lacoste, les pantalons en velours à grosses côtes. Mon manteau de chez Papagallo était vert citron avec des boutons en corne.

« Il faut qu'on défasse les valises ou on peut laisser nos affaires dedans ? demandai-je.

– On ferait mieux de les défaire et de les mettre dans le placard, répondit Milton. Ça nous fera un peu de place. »

Je rangeai mes chandails avec soin dans les tiroirs de la commode, ainsi que mes chaussettes et mes slips, et je pendis mes pantalons. Je posai ma trousse de toilette sur la tablette de la salle de bains. J'avais emporté du lip gloss et du parfum. Je n'étais pas sûre de ne plus en avoir besoin.

Je fermai la porte de la salle de bains et me penchai sur le miroir pour examiner mon visage. Deux poils noirs, encore courts, étaient visibles sur ma lèvre supérieure. Je sortis une pince à épiler de ma trousse et les arrachai. Mes yeux s'emplirent de larmes. Mes vêtements me serraient. Les manches de mon chandail étaient trop courtes. Je me donnai un coup de brosse et m'adressai un sourire optimiste et désespéré.

Je savais que je me trouvais dans une situation de crise, quelle qu'elle pût être. Le comportement faussement enjoué de mes parents et notre départ précipité en étaient l'indice. Cependant personne ne m'avait encore dit un mot. Milton et Tessie me traitaient exactement comme ils l'avaient toujours fait – en d'autres termes, comme leur fille. Ils se comportaient comme si mon problème était médical et, par conséquent, réglable. C'est ainsi que je me mis à l'espérer, moi aussi. Comme un malade en phase terminale, je voulais ignorer les symptômes immédiats, mettant tous mes espoirs dans une guérison de dernière minute. J'oscillais entre l'espoir et son opposé, la certitude grandissante qu'il y avait quelque chose qui n'allait pas. Mais rien ne me désespérait plus que de me regarder dans la glace.

J'entrai dans la chambre. « Je déteste cet hôtel, dis-je. Il est dégueu.

– Il n'est pas très agréable, concéda Tessie.

– Il l'était plus dans le temps, dit Milton. Je ne comprends pas ce qui s'est passé.

– La moquette sent mauvais.

– Ouvrons une fenêtre.

– Peut-être qu'on ne restera pas longtemps », dit Tessie, avec espoir, et lassitude.

Le soir venu, nous nous aventurâmes au-dehors, à la recherche de quelque chose à manger, puis rentrâmes regarder la télé. Plus tard, une fois la lumière éteinte, je demandai, de mon lit de camp : « Qu'est-ce qu'on fait demain ?

– On va chez le médecin dans la matinée, dit Tessie.

– Après ça on pourra aller acheter des tickets pour Broadway, dit Milton. Qu'est-ce que tu veux voir, Cal ?

– Je m'en fous, dis-je d'un ton sinistre.

– Je pense qu'on devrait aller voir une comédie musicale, dit Tessie.

– J'ai vu Ethel Merman dans *Mame*, se rappela Milton. Elle descendait un grand escalier en chantant. À la fin de la chanson, le public a applaudi à tout rompre. L'orchestre a dû arrêter de jouer. Alors elle est remontée et elle a refait son numéro.

– Tu aimerais voir une comédie musicale, Callie ?

– Comme vous voulez.

– Le truc le plus formidable que j'aie jamais vu, dit Milton. Cette Ethel Merman a une voix à tout casser. »

Puis tout le monde se tut. Nous demeurâmes allongés dans l'obscurité, et ces lits étrangers, jusqu'à ce que nous nous endormions.

Le lendemain matin après le petit déjeuner nous nous rendîmes chez le spécialiste. Sur le chemin, dans le taxi, mes parents essayaient d'avoir l'air intéressé par ce qui se présentait à leur vue. Milton affichait la gaieté bruyante qu'il réservait pour les situations difficiles. « Regarde-moi ça, dit-il comme nous passions devant l'hôpital de New York. Quelle vue ils ont. J'y prendrais bien une chambre. »

Comme toute adolescente, je ne me rendais pas compte de ce à quoi je ressemblais. Mes mouvements d'échassier, mes bras qui partaient en tous sens, mes longues jambes agitant mes pieds trop petits de mouvements saccadés – toute cette machinerie bringuebalait sous la tour d'observation de ma tête, et j'étais trop près pour la voir. Pas mes parents. Ils étaient attristés en me regardant avancer sur le trottoir en direction de l'entrée de l'hôpital. Il était terrifiant de voir son enfant en proie à des forces inconnues. Cela faisait un an qu'ils reniaient les changements qui se produisaient en moi, qu'ils mettaient sur le compte de l'âge ingrat. « Ça finira par passer », ne cessait de dire Milton à ma mère. Mais maintenant ils étaient étreints par la crainte que ça finisse par mal se passer.

Nous montâmes au quatrième étage puis suivîmes les flèches indiquant le service psycho-hormonal. Milton avait un numéro écrit sur une carte. Nous trouvâmes enfin le cabinet que nous cherchions. La porte grise n'arborait qu'une toute petite plaque très discrète sur laquelle était écrit :

Clinique des désordres sexuels et d'identité de genre

Si mes parents la virent, ils firent semblant de ne pas l'avoir vue. Milton baissa la tête comme un taureau et poussa la porte.

La réceptionniste nous accueillit et nous fit asseoir. La salle d'attente n'avait rien de particulier. Des fauteuils le long des murs, également divisés par des tables basses chargées de revues, sans oublier le caoutchouc en train d'expirer dans un coin. Le motif trépidant de la moquette fonctionnelle était destiné à camoufler les taches. L'air lui-même était chargé d'une rassurante odeur médicinale. Après que ma mère eut rempli les formulaires d'assurance, on nous fit entrer dans le cabinet. Lui aussi inspirait confiance. Il y avait un fauteuil de Charles Eames derrière le bureau et une chaise longue de Le Corbusier, en chrome, recouverte de peau de vache, près de la fenêtre. Les rayons de la bibliothèque étaient pleins de revues et de livres médicaux et des œuvres de goût étaient accrochées aux murs. La sophistication de la grande ville accordée à la sensibilité européenne. Le décor d'une vision du monde psychanalytique triomphante. Sans parler de la vue sur l'East River. Nous étions loin du cabinet du Dr. Phil avec ses huiles d'amateur et ses patients pris en charge par l'État.

Il nous fallut deux ou trois minutes avant de remarquer quoi que ce soit qui sortît de l'ordinaire. Tout d'abord, les bibelots et les gravures n'avaient fait qu'un avec le désordre étudié qui régnait dans la pièce. Mais tandis que nous attendions dans nos fauteuils, nous prîmes conscience que nous nous trouvions au milieu d'un grouillement silencieux. C'était comme de s'apercevoir soudain que le sol sous nos pieds était couvert de fourmis. Le paisible cabinet du médecin regorgeait d'activité. Le presse-papiers sur son bureau, par exemple, n'était pas un simple caillou inerte mais un minuscule phallus. À seconde vue, les miniatures accrochées au mur révélaient leur sujet. Sous des tentes en soie jaune, sur des coussins en cachemire, des princes mongols copulaient de manière acrobatique avec de multiples partenaires, sans déranger leur turban. Tessie rougit tandis que Milton jetait des regards de côté et que je me cachai dans mes cheveux comme d'habitude. Nous essayâmes de regarder autre part et nous concentrâmes sur les rayonnages. Mais l'endroit n'était pas plus sûr. Parmi l'environnement engourdissant des numéros de la *Revue de l'association des médecins* et de la *Revue médicale de la Nouvelle-Angleterre* se trouvaient des titres à faire sortir les yeux de la tête. *La Formation des liens érotico-sexuels* annonçait un dos représentant des serpents entrelacés. Une plaquette violette était intitulée *Rites homosexuels : trois études de terrain*. Sur le bureau lui-même était posé un manuel dont le titre était : *La Chirurgie de réassignation femelle-mâle*. Si la plaque sur la porte ne l'avait pas déjà fait, le cabinet du Dr. Luce signifiait clairement quel genre de spécialiste mes parents m'avaient emmenée voir. (Et, ce qui était pire, pour qu'il me voie.) Il y avait des sculptures aussi. Des moulages de celles du temple de Kujaraho occupaient des coins de la pièce à côté d'immenses plantes vert jade. Contre le feuillage d'un vert cireux, des hindoues aux seins pareils à des melons se penchaient jusqu'à terre, offrant leurs orifices, telles des prières, à des hommes bien équipés pour les exaucer. Nous étions littéralement assaillis de cochonneries.

« Quel endroit, murmura Tessie.

– La décoration est inhabituelle », concéda Milton.

Et moi : « Qu'est-ce qu'on fait ici ? »

C'est juste alors que la porte s'ouvrit et que le Dr. Luce se présenta.

J'ignorais encore la réputation dont il jouissait dans son domaine. Je n'avais aucune idée du nombre de fois où son nom était cité dans les revues et articles ayant trait à ses activités. Mais je vis immédiatement que le Dr. Luce n'était pas un médecin comme les autres. Au lieu de la blouse blanche, il portait une veste en daim à franges. Ses cheveux argentés cachaient l'arrière de son col roulé beige. Il portait un pantalon évasé en bas et des bottines à fermetures Éclair. Il avait des lunettes aussi, à fine monture en argent, et une moustache.

« Bienvenue à New York, dit-il. Je suis le Dr. Luce. » Il serra la main de mon père, puis celle de ma mère et enfin la mienne. « Tu dois être Calliope. Il était souriant et détendu. Voyons si je me rappelle ma mythologie. Calliope était une muse, juste ?

– Juste.

– Responsable de quoi ?

– De la poésie épique.

– Formidable », dit Luce. Il essayait d'avoir l'air décontracté, mais je voyais qu'il était excité. J'étais un cas extraordinaire, après tout. Il prenait son temps, me savourant. Pour un scientifique tel que Luce je n'étais rien de moins qu'un Kaspar Hauser sexuel ou génétique. Il était là, ce sexologue célèbre, invité régulièrement à la télévision et dans les colonnes de *Playboy*, et soudain, sur le pas de sa porte, sortie des bois de Detroit comme un enfant sauvage de l'Aveyron, il y avait moi, Calliope Stephanides, quatorze ans. J'étais une expérience vivante vêtue d'un pantalon en velours blanc et d'un shetland ras du cou. Ce chandail jaune pâle dont le col s'ornait d'une guirlande de fleurs apprit à Luce que je réfutais la nature tout juste comme sa théorie l'avait prévu. Il devait avoir du mal à se contenir. C'était un homme brillant, charmant, obsédé par son travail, qui m'observait d'un œil perçant de derrière son bureau. Tout en bavardant, s'adressant surtout à mes parents, gagnant leur confiance, il prenait mentalement des notes. Il remarqua ma voix de ténor, et que j'étais assise avec une jambe sous moi. Il vit que je me regardais les ongles en fermant les doigts sur ma paume. Il enregistra la façon dont je toussais, riais, me grattais la tête, parlais ; en somme, toutes les manifestations extérieures de ce qu'il appelait mon identité de genre.

Il conserva tout son calme, comme si j'étais venue le consulter pour une entorse à la cheville. « La première chose que j'aimerais faire serait d'examiner brièvement Calliope. Si vous voulez bien attendre à côté, Mr. et Mrs. Stephanides. » Il se leva. « Tu veux bien venir avec moi, Calliope ? »

Je me levai à mon tour. Luce nota la façon dont les différents segments, comme ceux d'un mètre pliant, se dépliaient avant que je n'atteigne ma taille entière, supérieure à la sienne de trois centimètres.

« Nous serons à côté, mon chou, dit Tessie.

– On ne bougera pas », renchérit Milton.

Peter Luce était considéré comme le plus grand spécialiste mondial de l'hermaphrodisme humain. La clinique des désordres sexuels et de l'identité de genre qu'il avait fondée en 1968 était devenue le premier organisme au monde pour l'étude et le traitement des ambiguïtés de genre. Il était l'auteur d'un livre de sexologie majeur, *La Vulve oraculaire*, qui était un modèle indépassable dans des disciplines aussi variées que la génétique, la psychologie et la pédiatrie. Sous le même titre, il avait tenu, d'août 1972 à décembre 1973, pour *Playboy*, une rubrique dans laquelle une vulve personnifiée et omnisciente répondait aux questions des lecteurs d'une manière spirituelle et parfois sibylline. Hugh Hefner était tombé sur le nom du Dr. Luce dans un article relatant une manifestation en faveur de la liberté sexuelle. Sous une tente plantée sur la pelouse centrale du campus de Columbia, six étudiants avaient organisé une orgie interrompue par la police et lorsqu'on lui avait demandé ce qu'il pensait d'une telle activité sur un campus, le Pr. Peter Luce, quarante-six ans, avait répondu : « Je suis pour les orgies, où qu'elles aient lieu. » Cela avait attiré l'œil de Hef. Avec Luce, afin de se démarquer de la rubrique de Xaviera Hollander « Appelez-moi madame », dans *Penthouse*, Hefner avait voulu traiter du sexe d'un point de vue historique et scientifique. C'est ainsi que dans les trois premières livraisons, la « Vulve oraculaire » avait disserté sur l'art du peintre Hiroshi Yamamoto, l'épidémiologie de la syphilis et la vie sexuelle de saint Augustin. La rubrique eut du succès, bien que peu fournie en questions intelligentes, le lectorat étant plus intéressé par les conseils sur le cunnilingus ou les remèdes à l'éjaculation précoce dispensés par le « conseiller Playboy ». Finalement, Hefner demanda à Luce de répondre à ses propres questions, ce qu'il fit bien volontiers.

Peter Luce avait participé à l'émission de Phil Donahue en compagnie de deux hermaphrodites et d'un transsexuel pour traiter des aspects tant psychiques que médicaux de leur état. Au cours de cette émission, Phil Donahue avait déclaré : « Lynn Harris est née et a grandi fille. Vous avez été élue Miss Newport Beach 1964, en Californie ? Mais attendez ce qui va suivre. Vous avez vécu comme une femme jusqu'à l'âge de vingt-neuf ans et ensuite vous avez vécu comme un homme. Il possède les caractères anatomiques de l'homme et de la femme. Croix de bois croix de fer, si je mens je vais en enfer. »

Il avait également déclaré : « Voilà qui est moins drôle. Ces fils et filles de Dieu, ces êtres humains irremplaçables veulent que vous sachiez, entre autres choses, que c'est exactement cela qu'ils sont, des êtres humains. »

Certaines conditions génétiques et hormonales rendaient parfois difficile de déterminer le sexe d'un nouveau-né. Confrontés à ce problème, les Spartiates abandonnaient l'enfant sur une colline rocailleuse. Les propres ancêtres de Luce, les Anglais, n'aimaient pas aborder le sujet et ne l'auraient peut-être jamais fait si le problème posé par des organes génitaux mystérieux n'avait pas été un grain de sable dans les rouages bien huilés du droit de succession. Lord Coke, le grand juriste du dix-septième siècle, tâcha d'éclaircir la question de savoir à qui iraient les propriétés terriennes en déclarant qu'une personne devait « être soit mâle soit femelle, et qu'elle hériterait selon le sexe qui prédomine ». Bien sûr, il ne spécifia aucune méthode pour déterminer quel sexe prédominait. Pendant la plus grande partie du vingtième siècle, la médecine avait eu recours au même critère primitif formulé par Klebs en 1876. Klebs soutenait que ce sont les gonades qui déterminent le sexe. Lorsqu'on se trouvait devant un genre ambigu, on étudiait le tissu gonadique au microscope. S'il était testiculaire, l'individu était mâle, s'il était ovarien, femelle. L'idée étant que ce sont les gonades qui orchestrent le développement sexuel, particulièrement à la puberté. Mais la chose se révéla plus compliquée. Klebs avait commencé le travail, mais le monde devrait attendre un siècle avant que Peter Luce ne vienne l'achever.

En 1955, Luce publia un article intitulé : « Tous les chemins mènent à Rome : les concepts sexuels de l'hermaphrodisme humain ». En vingt-cinq pages d'une prose directe et carrée, Luce expliquait que le genre est déterminé par diverses influences : le sexe chromosomique ; le sexe gonadique ; les hormones ; les structures génitales internes ; les parties sexuelles externes ; et, plus important que tout, le sexe d'élevage. S'appuyant sur des études réalisées sur des patients à la clinique d'endocrinologie pédiatrique de l'hôpital de New York, Luce produisit une série de diagrammes démontrant la façon dont ces divers facteurs agissaient et prouvant que le sexe gonadique ne détermine pas l'identité du genre dans nombre de cas. L'article fut un coup de tonnerre. Quelques mois plus tard, presque tout le monde avait abandonné le critère de Klebs pour les critères de Luce.

Son succès permit à Luce de créer un service psychohormonal à l'hôpital de New York. À cette époque, il recevait surtout des enfants souffrant du syndrome adrénogénital, la forme la plus répandue d'hermaphrodisme féminin. On avait découvert que le cortisol, récemment synthétisé en laboratoire, inhibait la virilisation et permettait aux filles de se développer normalement. Les endocrinologues administraient le cortisol et Luce surveillait le développement psycho-sexuel des patientes. Il apprit beaucoup. Après dix ans de recherches acharnées, Luce fit sa seconde grande découverte : l'identité de genre se constitue très tôt, aux environs de la deuxième année. Le genre est comme une langue maternelle ; il n'existe pas avant la naissance et s'imprime dans le cerveau au cours de l'enfance. Les enfants apprennent à parler masculin ou féminin comme on apprend à parler l'anglais ou le français.

Il fit connaître sa théorie dans un article qui parut en 1967 dans la *Revue médicale de la Nouvelle-Angleterre* intitulé : « La constitution de l'identité de genre : les deux terminaux. » Après quoi sa réputation atteignit la stratosphère. L'argent de la Fondation Rockefeller, de la Fondation Ford et de l'État arriva à flots. La révolution sexuelle lui offrit de nouvelles occasions. Le mécanisme de l'orgasme féminin devint, pendant quelques années, un sujet d'intérêt national, tout comme les motivations des exhibitionnistes. En 1968, le Dr. Luce fonda la Clinique des désordres sexuels et de l'identité de genre. Luce traitait tout le monde : les adolescentes souffrant du syndrome de Turner, qui n'avaient qu'un chromosome sexuel, un X solitaire ; les beautés à longues jambes atteintes d'insensibilité aux androgènes ; ou les garçons XYY, rêveurs et solitaires. Quand des bébés aux caractères génitaux ambigus naissaient à l'hôpital, on appelait le Dr. Luce pour rassurer les parents éberlués. Les transsexuels venaient eux aussi. Tout le monde venait à la clinique, offrant à Luce une quantité de cas d'étude dont aucun scientifique avant lui n'avait disposé.

Et maintenant Luce m'avait, moi. Dans la salle d'examen, il me demanda de me déshabiller et d'enfiler une chemise en papier. Après m'avoir pris du sang (une seule éprouvette, Dieu merci), il me fit m'allonger sur une table, les pieds posés sur des étriers. Il y avait un rideau vert pâle, de la même couleur que ma chemise, qui pouvait être tiré en travers de la table, me divisant en deux parties. Ce jour-là, Luce ne le tira pas. Plus tard seulement, quand il y eut du public.

« Ça ne va pas te faire mal, juste te faire un peu bizarre. »

Je fixai le plafonnier. Luce disposait d'une autre lampe, sur pied, qu'il inclina pour y mieux voir. Je sentais sa chaleur entre mes cuisses tandis qu'il me palpait.

Pendant les premières minutes, je me concentrai sur la lampe ronde qui me surplombait mais je finis par baisser la tête et vis alors que Luce tenait le crocus entre son pouce et son index. Il le tirait d'une main et le mesurait de l'autre. Puis il reposa la règle et prit des notes. Il ne paraissait ni surpris ni épouvanté. Il m'examinait avec la curiosité de l'expert. Il y avait comme une sorte de respect ou d'admiration sur son visage. Il notait, très concentré.

Après un moment, toujours penché entre mes cuisses, Luce tourna la tête pour chercher un autre instrument. Entre mes genoux, son oreille apparut, un organe étonnant quand on le considère en soi, avec ses volutes et ses bourrelets, translucide sous la lumière puissante. Pendant un instant on aurait dit que Luce écoutait ma source. Comme si d'entre mes cuisses sortait une énigme. Mais alors il trouva ce qu'il cherchait et se retourna.

Il se mit à me sonder.

« Détends-toi », dit-il.

Il appliqua un lubrifiant, se rapprocha.

« *Détends*-toi. »

Il y avait un brin d'énervement dans sa voix. Je respirai un grand coup et fis de mon mieux. Luce farfouilla à l'intérieur. Pendant un moment cela me fit bizarre, comme il avait dit. Mais alors une douleur aiguë me transperça. Je sursautai, laissant échapper un cri.

« Désolé. »

Ce qui ne l'empêcha pas de continuer. Il posa une main sur mon bassin pour m'empêcher de remuer et pénétra plus profondément, en évitant la zone douloureuse. J'avais les yeux pleins de larmes.

« J'ai presque fini », dit-il.

Mais il ne faisait que commencer.

La première chose à faire dans un cas comme le mien c'est de ne laisser paraître aucun doute quant au genre de l'enfant en question. On ne dit pas aux parents du nouveau-né : « Votre enfant est un hermaphrodite », mais : « Votre fille est née avec un clitoris qui est un peu plus développé que la normale. Il va falloir l'opérer pour lui donner la bonne taille. » Luce jugeait que mes parents auraient du mal à accepter une assignation de genre ambigu. Il fallait leur dire s'ils avaient un garçon ou une fille. Ce qui signifiait qu'avant de parler, il fallait être sûr du genre qui prédominait.

Luce ne pouvait pas l'être encore en ce qui me concernait. Il avait reçu les résultats des examens endocrinologiques faits à l'hôpital Henry Ford, révélant mon caryotype XY, le taux élevé de testostérone dans mon plasma, et l'absence de dihydrotestostérone dans mon sang. En d'autres termes, avant même de m'avoir vue, Luce pouvait supposer que j'étais un pseudohermaphrodite masculin – mâle génétiquement mais pas apparemment, avec un syndrome de déficit en 5-alpha-réductase. Ce qui, d'après la théorie de Luce, ne signifiait pas que j'avais une identité de genre masculine.

Le fait que j'étais une adolescente compliquait les choses. En plus des facteurs chromosomiques et hormonaux, Luce devait prendre en compte mon sexe d'élevage, qui avait été féminin. Il soupçonnait que la masse de tissus qu'il avait palpée à l'intérieur était testiculaire. Mais il ne pouvait pas en être sûr avant d'en avoir examiné un échantillon au microscope.

C'est à tout cela que Luce devait penser tout en me raccompagnant dans la salle d'attente. Il me dit qu'il voulait parler à mes parents. Il était moins concentré et plus aimable. Il me sourit et me tapota le dos.

Assis dans son fauteuil Eames derrière son bureau, Luce leva les yeux sur Milton et Tessie puis ajusta ses lunettes.

« Mr. Stephanides, Mrs. Stephanides, je vais être franc. C'est un cas compliqué. Mais compliqué ne signifie pas incurable. Nous disposons de toutes sortes de traitements efficaces pour ce genre de cas. Mais avant de commencer il y a un certain nombre de questions auxquelles je dois répondre. »

Mon père et ma mère n'étaient distants que de quelques centimètres, mais chacun entendit quelque chose de différent. Milton entendit les mots qui avaient été prononcés. Il entendit : « traitements » et « efficaces ». Tessie, elle, entendit les mots qui n'avaient pas été prononcés. Le médecin n'avait pas dit mon nom, par exemple. Il n'avait dit ni « Calliope », ni « Callie ». Il n'avait pas dit : « fille », non plus. Il n'avait utilisé aucun pronom.

« Je vais devoir faire d'autres examens, poursuivit Luce. Je vais devoir dresser un portrait psychologique complet. Une fois que je disposerai des informations nécessaires, alors nous pourrons évoquer en détail le traitement approprié. »

Milton acquiesçait déjà. « Vous pensez que ce sera long, docteur ? »

Luce avança une lèvre inférieure pensive. « Je veux refaire les examens, juste pour être sûr. J'aurai les résultats demain. L'évaluation psychologique sera plus longue. Il faudra que je voie votre enfant tous les jours pendant une semaine au moins, deux peut-être. Ça m'aiderait aussi si vous me fournissiez les photos ou les films de famille que vous pourriez avoir en votre possession. »

Milton se tourna vers Tessie. « Quand est-ce que Callie rentre à l'école ? »

Tessie ne l'entendit pas. Elle était distraite par le « votre enfant » utilisé par Luce.

« Quel genre d'informations voulez-vous obtenir, docteur ? demanda-t-elle.

– Les examens de sang nous révéleront la concentration hormonale. Quant aux tests psychologiques, nous en faisons toujours pour des cas comme celui-ci.

– Vous pensez que c'est un problème d'hormones ? demanda Milton. Une ambivalence hormonale ?

– Nous le saurons une fois que j'aurai eu le temps de faire le nécessaire. »

Milton se leva et serra la main du médecin. La consultation était terminée.

N'oubliez pas : ni Milton ni Tessie ne m'avait vue nue depuis des années. Comment auraient-ils pu savoir ? Et ne sachant pas, comment auraient-ils pu imaginer ? Ils ne disposaient que des informations de seconde main – ma voix rauque, ma poitrine plate – qui étaient loin d'être probantes. Un problème d'hormones. Ç'aurait pu n'être pas plus grave que ça. C'est ce que mon père pensait, ou voulait croire, et c'est ainsi qu'il essaya d'en convaincre Tessie.

J'avais mes propres réticences. « Pourquoi est-ce qu'il veut faire une évaluation psychologique, demandai-je. Je ne suis pas folle, quand même.

– Le docteur a dit qu'ils en faisaient toujours.

– Mais pourquoi ? »

Avec cette question, j'avais touché le cœur du problème. Ma mère me confia par la suite qu'elle en avait deviné la raison véritable mais avait choisi de n'en rien dire. Ou plutôt n'avait pas choisi, laissant Milton choisir pour elle. Milton préférait traiter le problème de manière pragmatique. Il n'y avait aucune raison de s'inquiéter pour des tests psychologiques qui ne pouvaient que confirmer l'évidence : que j'étais une fille normale et équilibrée. « C'est probablement une façon d'augmenter sa note, dit Milton. Désolé, Cal, mais il faudra en passer par là. Peut-être qu'il pourra te guérir de tes névroses. Tu as des névroses ? Eh bien le moment est venu de lâcher le morceau. » Il me prit dans ses bras, me serra fort et posa sur ma tempe un baiser maladroit.

Milton était tellement sûr que tout irait bien qu'il prit l'avion le mardi matin pour la Floride où l'attendaient ses affaires. « Pas de raison que je poireaute dans cet hôtel, expliqua-t-il.

– En fait tu veux sortir de ce trou à rats, dis-je.

– Pour la peine, pourquoi est-ce que toi et ta mère vous ne vous offririez pas un bon gueuleton ce soir ? Allez où vous voulez. On économise avec cet hôtel, alors vous pouvez faire des folies. Pourquoi est-ce que tu ne l'emmènerais pas chez Delmonico's, Tess ?

– C'est quoi Delmonico's ? demandai-je.

– C'est un restaurant où on mange des steaks.

– Je veux du homard. Et une omelette norvégienne, déclarai-je.

– Une omelette norvégienne ! Peut-être qu'ils ont ça, aussi. »

Milton parti, ma mère et moi essayâmes de dépenser son argent. Nous allâmes faire des courses chez Bloomingdale's. Nous prîmes le thé au Plaza. Mais nous préférâmes à Delmonico's un italien plus abordable près du Lochmoor, où nous nous sentirions plus à l'aise. C'est là que nous dînions tous les soirs, nous efforçant de faire comme si nous étions en vacances. Tessie buvait plus de vin que d'habitude, ce qui la rendait un peu pompette, et quand elle allait aux toilettes je buvais dans son verre.

Généralement ce que le visage de ma mère avait de plus expressif était l'espace entre ses deux dents de devant. Quand elle m'écoutait, la langue de Tessie venait souvent recouvrir cette sorte de grille d'entrée. C'était l'indice de son attention. Ma mère faisait toujours très attention à ce que je disais. Si c'était drôle, sa langue disparaissait, sa tête se renversait, sa bouche s'ouvrait toute grande, révélant ses dents de devant, disjointes et ascendantes.

Tous les soirs, dans ce restaurant italien, j'essayais de susciter ce phénomène.

Le matin, Tessie m'accompagnait à la clinique.

« Quels sont tes passe-temps, Callie ?

– Passe-temps ?

– Il y a quelque chose que tu aimes faire particulièrement ?

– Je ne suis pas vraiment le genre à avoir des passe-temps.

– Et le sport ? Tu aimes le sport ?

– Est-ce que le ping-pong compte ?

– Je le marque. » Luce sourit derrière son bureau. J'étais allongée sur la peau de vache de la chaise longue Le Corbusier.

« Et les garçons ?

– Les garçons ?

– Est-ce qu'il y a un garçon à l'école que tu aimes bien ?

– On voit que vous ne connaissez pas mon école, docteur. »

Il jeta un œil dans son dossier. « Oh c'est une école de filles, n'est-ce pas ?

– Ouais.

– Est-ce que tu es sexuellement attirée par les filles ? » Luce dit cela rapidement. Ce fut comme un coup de marteau en caoutchouc. Mais il ne suscita pas mes réflexes.

Il posa son stylo et croisa les doigts. Il se pencha et dit d'une voix douce : « Je veux que tu saches que tout ça restera entre nous, Callie. Je ne dirai rien de ce que tu me racontes ici à tes parents. »

J'étais tiraillée. Luce, dans son fauteuil en cuir, avec ses cheveux mi-longs et ses bottines, était le genre d'adulte à qui une adolescente pouvait se confier. Il était aussi vieux que mon père, mais allié à la génération suivante. J'avais une envie folle de lui parler de l'Objet.

D'en parler à quelqu'un, n'importe qui. Mon amour pour elle était encore si fort qu'il me montait dans la gorge. Mais je le contins. Je ne pensais pas que tout ce que nous disions était confidentiel.

« Ta mère m'a dit que tu es très proche d'une de tes amies », reprit Luce. Il prononça le nom de l'Objet. « Est-ce que tu te sens sexuellement attirée par elle ? Ou as-tu des relations sexuelles avec elle ?

– Nous sommes amies, c'est tout », répondis-je, un peu trop haut. Le sourcil droit de Luce s'éleva au-dessus de ses lunettes. Il sortait de sa cachette comme si lui aussi voulait me voir de plus près. Puis je trouvai une issue de secours.

« J'ai couché avec son frère, confessai-je. Il est au lycée. »

De nouveau Luce ne manifesta ni surprise, ni désapprobation, ni intérêt. Il nota quelque chose sur son bloc, avec un signe de tête. « Et ça t'a plu ? »

Là je pouvais dire la vérité. « Ça m'a fait mal, dis-je. Et en plus j'avais peur de tomber enceinte. »

Luce se sourit à lui-même tout en prenant une nouvelle note. « Tu n'as pas à t'en faire pour ça », dit-il.

C'est ainsi que ça se passait. Tous les jours pendant une heure je parlais à Luce de ma vie, de mes sentiments, de mes goûts et dégoûts. Luce me posait toutes sortes de questions. Souvent mes réponses importaient moins que la façon dont je répondais. Il surveillait mon visage ; il notait mon comportement. Les femmes ont tendance à sourire plus à leurs interlocuteurs que les hommes. Elles s'interrompent dans l'attente de signes d'assentiment avant de continuer. Les hommes se contentent de regarder dans le vague et de poursuivre. Les femmes préfèrent l'anecdotique, les hommes le déductif. Sous le regard de Luce, il était impossible d'échapper à de tels stéréotypes. Luce en connaissait les limites. Mais ils étaient cliniquement utiles.

Quand je ne répondais pas à des questions sur ma vie et mes sentiments, j'écrivais dessus. Presque chaque jour je m'asseyais devant ma machine à écrire pour taper ce que Luce appelait mon « histoire psychologique ». Cette première biographie ne commençait pas par les mots : « J'ai eu deux naissances. » Je ne maîtrisais pas encore les effets rhétoriques. Je commençai simplement ainsi : « Je m'appelle Calliope Stephanides. J'ai quatorze ans. Je vais sur mes quinze ans. » Je commençai par les faits et les suivis aussi loin que je pus.

Chante, Muse, les ruses dont usait Calliope lorsqu'elle écrivait avec cette vieille Smith Corona ! Chante les bourdonnements et tremblements de la machine suscités par ses révélations ! Chante ses deux cartouches, une pour taper, l'autre pour effacer, éloquente allégorie de la situation où elle se trouvait, coincée entre l'impression de la génétique et la suppression de la chirurgie. Chante l'étrange odeur de la machine, mélange de déodorant et de salami, et la décalcomanie de fleur fluo laissée par son précédent utilisateur ainsi que la touche *f* qui coinçait. Sur cette machine sophistiquée mais bientôt vouée à être dépassée, j'écrivais moins comme une gosse du Middle West que comme la fille d'un pasteur du Shropshire. J'ai gardé quelque part une copie de mon œuvre. Luce l'a publiée avec ses travaux, en omettant mon nom. « J'aimerais parler de ma vie, est-il écrit quelque part, et des expériences qui firent la myriade de mes joies et de mes peines sur cette planète que nous appelons la Terre. » Voici la description de ma mère : « Sa beauté était de celles que la douleur exalte. » Quelques pages plus loin nous arrivons au paragraphe : « Les caustiques calomnies de Callie ». La moitié de ma prose était du mauvais George Eliot et l'autre moitié du mauvais Salinger. « S'il y a une chose que je déteste c'est la télévision. » Faux : j'adorais la télévision ! Mais sur cette Smith Corona je découvris rapidement qu'il était beaucoup moins amusant de dire la vérité que d'inventer ce qui vous passait par la tête. Je savais également que j'écrivais pour un lectorat – le Dr. Luce – et que si je donnais l'impression d'être suffisamment normale, je pourrais rentrer chez moi. Cela explique le passage touchant mon amour des chats (« affection féline »), les recettes de tarte, et mes sentiments profonds pour la nature.

Luce goba tout. C'est vrai ; il faut rendre à César ce qui est à César. Luce fut le premier à m'encourager à écrire. Chaque soir il lisait ce que j'avais tapé dans la journée. Il ignorait, bien sûr, que j'inventais la plus grande partie de ce que j'écrivais pour donner l'impression d'être la petite Américaine moyenne que mes parents voulaient que je sois. Je fictionnai mes premiers « jeux de touche-pipi » et mes béguins pour les garçons ; je transférai mes sentiments pour l'Objet sur Jerome et tout cela marcha d'une façon étonnante : les plus petites bribes de vérité rendaient crédibles les mensonges les plus gros.

Luce était intéressé par mes fautes de genre, évidemment. Il mesurait ma *jouissance* à l'aune de mes changements de paragraphe. Il relevait mes fioritures victoriennes, mes archaïsmes, mon style de bonne élève. Tout cela devait peser lourd dans son jugement.

Il y eut aussi le test de la pornographie. Un après-midi je trouvai un projecteur en arrivant dans son bureau. Un écran avait été déployé devant la bibliothèque et les stores avaient été tirés. Un Luce tout sourire sirupeux était occupé à ajuster l'amorce du film dans le pignon d'engrenage.

« Vous allez encore me montrer les films que mon père a pris quand j'étais petite ?

– Aujourd'hui j'ai quelque chose d'un peu différent », répondit Luce.

Je pris ma position habituelle dans la chaise longue, les bras croisés dans mon dos. Le Dr. Luce éteignit les lumières et bientôt la projection commença.

C'était l'histoire d'une livreuse de pizzas. Le titre était, en fait : *Annie livre à domicile*. Dans la première scène, Annie, vêtue d'un jean coupé au ras des fesses et d'un chemisier au décolleté plongeant, sort de sa voiture devant une maison au bord de la mer. Elle sonne à la porte. Il n'y a personne. Ne voulant pas que la pizza se perde, elle s'assied au bord de la piscine et commence à manger.

Les critères de qualité n'étaient pas très élevés. Le garçon chargé de l'entretien de la piscine, lorsqu'il fit son apparition, était mal éclairé. On entendait à peine ce qu'il disait. Mais bientôt il ne disait plus rien. Annie avait commencé à se déshabiller. Elle était à genoux. Le garçon était nu lui aussi et ensuite ils étaient sur les marches, dans la piscine, sur le plongeoir à s'agiter comme des forcenés. Je fermai les yeux. Je n'aimais pas les couleurs de viande crue du film. Ce n'était pas du tout beau comme les petits tableaux dans le bureau de Luce.

La voix de Luce se fit entendre dans l'obscurité : « Lequel des deux t'excite ? » demanda-t-il d'un ton direct.

« Pardon ?

– Lequel des deux t'excite ? La femme ou l'homme ? »

La vraie réponse était : aucun. Mais la vérité n'aurait pas convenu.

M'en tenant à mon scénario, je parvins à articuler, très bas : « Le garçon.

– Le garçon ? C'est bien. Moi c'est la fille qui me plaît. Elle a un corps magnifique. » Luce, qui avait été élevé par des parents presbytériens, était maintenant libéré. « Elle a des nichons incroyables, dit-il. Tu aimes ses nichons. Ils t'excitent ?

– Non.

– La bite du type t'excite ? »

J'acquiesçai de la tête, à peine, priant pour que la fin arrive bientôt. Mais la fin était encore loin. Annie avait d'autres pizzas à livrer. Luce voulait les voir toutes.

Parfois il amenait d'autres médecins. Cela se passait toujours à peu près de la même manière. Je ne relaterai donc qu'une de ces séances. On vint me chercher dans mon bureau installé à l'arrière de la clinique. Deux hommes en costume m'attendaient dans le bureau de Luce. Ils se levèrent à mon entrée. « Callie, dit le Dr. Luce, je te présente le Dr. Craig et le Dr. Winters. »

Nous nous serrâmes la main. C'était leur première donnée : ma poignée de main. Le Dr. Craig serra fort, Winters, moins. Ils prenaient garde à ne pas paraître trop curieux. Comme si j'étais un mannequin, ils détournaient le regard de mon corps et faisaient mine de s'intéresser à ma personne. Luce dit : « Ça fait juste une semaine que Callie est à la clinique.

– Vous aimez New York ? demanda le Dr. Craig.

– Je n'ai rien vu. »

Ils me suggérèrent des choses à voir. L'atmosphère était détendue et chaleureuse. Luce posa la main dans le creux de mes reins. Les hommes ont une façon énervante de faire ça. Ils vous touchent les reins comme s'il y avait là une poignée et vous dirigent où ils veulent vous faire aller. Ou ils vous mettent la main sur le haut du crâne, en un geste tout paternel. Les hommes et leurs mains. On ne peut pas les quitter un instant du regard. Les mains de Luce proclamaient alors : « La voilà, mon attraction principale. » Le plus terrible c'est que je jouais le jeu. J'aimais sentir la main de Luce sur mes reins. J'aimais l'attention dont j'étais le centre. Tous ces gens voulaient me rencontrer.

Bientôt Luce m'escorta dans le couloir en direction de la salle d'examen. J'étais habituée à la manœuvre. Derrière le paravent, je me déshabillai pendant que les médecins patientaient. La chemise en papier vert était pliée sur une chaise.

« D'où vient la famille, Peter ?

– De Turquie. À l'origine.

– Je ne connais que l'étude sur la Papouasie-Nouvelle-Guinée, dit Craig.

– Les Sambia, c'est ça ? demanda Winters.

– Oui, répondit Luce. Là-bas aussi il y a un taux élevé de mutations. Les Sambia sont aussi intéressants du point de vue de la sexologie. Ils pratiquent l'homosexualité ritualisée. Les mâles jugent le contact avec les femelles extrêmement polluant. Ils ont donc organisé leurs structures sociales afin de le limiter au minimum. Les hommes et les garçons dorment à un bout du village, les femmes et les filles à l'autre. Les hommes n'entrent dans la maison commune des femmes que pour procréer. En fait, le mot qui signifie chez eux "vagin" se traduit littéralement par : "cette chose qui n'est vraiment pas bonne." »

J'entendis de petits rires discrets.

Je sortis, très gênée. J'étais plus grande qu'eux tous, bien que je fusse beaucoup plus légère. Le carrelage était froid sous mes pieds tandis que je me dirigeai vers la table d'examen sur laquelle je sautai.

Je m'étendis. Sans attendre, je levai les jambes et posai les pieds dans les étriers. Il régnait maintenant dans la pièce un silence inquiétant. Les trois médecins s'approchèrent et baissèrent les yeux. Leurs têtes formaient une trinité qui me dominait. Luce tira le rideau en travers de la table.

Luce faisait la visite guidée. J'ignorais la signification de la plupart des termes mais après la troisième ou quatrième fois, je pouvais réciter la liste par cœur : « Habitus musculaire... pas de gynécomastie... hypospadias... sinus urogénital... cavité vaginale borgne... » C'étaient mes titres de gloire. La tête ne m'en tournait pas pour autant. En fait, derrière mon rideau, je n'avais plus l'impression d'être dans la pièce.

« Quel âge a-t-elle ? demanda le Dr. Winters.

– Quatorze ans, répondit Luce. Elle aura quinze ans en janvier.

– Donc d'après toi l'élevage a complètement occulté le statut chromosomique ?

– Je pense que c'est évident. »

Tandis que je laissais Luce faire ce qu'il avait à faire, je compris ce qui se passait. Luce cherchait à impressionner ses interlocuteurs de l'importance de ses travaux. Il avait besoin de fonds pour sa clinique. Les opérations qu'il pratiquait sur les transsexuels n'étaient pas du genre à soulever l'enthousiasme des foules. Pour intéresser les bailleurs de fonds il fallait jouer de la corde sensible. Faire ressortir la souffrance des patients. C'était ce que

Luce essayait de faire avec moi. J'étais parfaite pour le rôle ; si polie, si typiquement américaine. Je n'évoquais en rien les bars de travestis ni les petites annonces dans les dernières pages des magazines louches.

Le Dr. Craig n'était pas convaincu. « Un cas fascinant, Peter. Ça ne fait pas de doute. Mais mes clients vont vouloir connaître les applications.

– C'est un cas très rare, reconnut Luce. Excessivement rare. Mais en termes de recherche, son importance est considérable. Pour les raisons que j'ai dites tout à l'heure. » Ma présence obligeait Luce à s'exprimer en termes vagues qui n'en étaient pas moins persuasifs pour ses confrères. Il n'était pas arrivé là où il était sans l'argent des lobbyistes. Entre-temps j'étais là sans y être, supportant stoïquement les palpations de Luce, avec la chair de poule et des inquiétudes quant à ma propreté.

Je me rappelle également ceci. Une longue pièce étroite à un autre étage de l'hôpital. Une estrade devant un projecteur. Le photographe qui chargeait son appareil.

« Okay, je suis prêt », dit-il.

Je laissai tomber ma chemise. Presque habituée maintenant, je montai sur l'estrade devant la toise.

« Ouvrez un peu les bras.

– Comme ça ?

– C'est bon. Je ne veux pas d'ombre. »

Il ne me dit pas de sourire. Mon visage ne serait pas visible sur la photo dans les manuels scolaires. Le rectangle noir : la feuille de vigne à l'envers, cachant l'identité tout en exposant la honte.

Tous les soirs Milton nous appelait à l'hôtel. Tessie lui répondait d'une voix enjouée. Milton essayait d'avoir l'air heureux quand ma mère me le passait. Mais je ne manquais pas l'occasion de geindre et de me plaindre.

« J'en ai marre de cet hôtel. Quand est-ce qu'on rentre ?

– Dès que tu iras mieux », disait Milton.

Quand le moment était venu de se coucher, nous tirions les rideaux et fermions la lumière.

« Bonne nuit ma chérie. À demain matin.

– n'nuit. »

Mais je n'arrivais pas à dormir. Je pensais sans cesse à ce : « mieux ». Qu'est-ce que mon père voulait dire par là ? Qu'est-ce qu'on allait me faire ? Les bruits de la rue, répercutés par le bâtiment d'en face, me parvenaient avec une netteté étrange. J'écoutais les sirènes de police, les klaxons rageurs. Mon oreiller était mince. Il sentait la cigarette. À l'autre extrémité de la chambre, ma mère dormait. Avant ma conception, elle avait accepté l'idée saugrenue qu'avait eue mon père de déterminer mon sexe. Elle l'avait fait pour n'être pas seule, pour avoir une amie près d'elle. Et j'avais été cette amie. J'avais toujours été proche de ma mère. Nous avions le même caractère. Nous n'aimions rien tant que nous asseoir sur un banc dans un jardin pour regarder le visage des passants. Maintenant le visage que je regardais était celui de ma mère dans son lit. Il était blanc et sans expression, comme si son démaquillant, avec son fond de teint, avait aussi fait disparaître sa personnalité. Ses yeux bougeaient, cependant ; ils glissaient de droite et de gauche sous ses paupières. Callie ne pouvait pas imaginer ce que Tessie voyait dans ses rêves à l'époque. Mais moi je le peux. Tessie rêvait un rêve familial. Une version des cauchemars que faisait Desdemona après avoir entendu les sermons de Fard. *Des cauchemars où des gamètes bouillonnaient, se séparaient. D'écume blanche prenant forme de créatures hideuses.* Tessie ne se laissait pas aller à de telles pensées pendant la journée, c'est pourquoi elles venaient la visiter de nuit. Était-ce sa faute ? Aurait-elle dû résister à Milton quand il avait voulu plier la nature à sa volonté ? Y avait-il vraiment un Dieu après tout, et punissait-Il les habitants de la Terre ? Ces superstitions de l'ancien monde avaient été bannies du conscient de ma mère, mais elles étaient toujours efficaces dans ses rêves. Depuis l'autre lit, je contemplais le jeu de ces puissances ténébreuses sur le visage de ma mère endormie.

Je me cherche dans le dictionnaire

Toutes les nuits je me tournais et me retournais dans mon lit, incapable de dormir d'une traite. J'étais comme la princesse au petit pois. Parfois je me réveillais avec l'impression que j'avais dormi sous la lumière d'un projecteur. C'était comme si mon corps éthéré avait conversé avec les anges, quelque part près du plafond. Ils s'enfuyaient quand j'ouvrais les yeux. Mais j'entendais encore des traces de la communication, les échos lointains de la cloche en cristal. Une information essentielle s'élevait des profondeurs de mon être. Je l'avais sur le bout de la langue, mais elle n'allait jamais plus loin. Une chose était certaine : elle avait trait à l'Objet. Les yeux ouverts dans l'obscurité, je pensais à elle, me demandant où elle se trouvait et me languissant.

Je pensais à Detroit, aussi, à ses terrains vagues envahis d'herbes folles s'étendant entre les maisons condamnées et celles qui ne l'étaient pas encore, et à la rivière charriant le fer et les carpes mortes flottant à sa surface, ventre en l'air. Je pensais aux pêcheurs debout sur les quais en béton avec leurs seaux d'appâts et leurs radios qui diffusaient des retransmissions de match de base-ball. On dit qu'une expérience traumatisante vécue dans les premières années de l'existence marque à jamais, qu'elle vous met à part, ordonnant : « Reste ici. Ne bouge plus. » C'est l'effet qu'eut sur moi mon séjour à la clinique. Je sens une ligne directe qui va de cette fille avec ses genoux relevés sous la couverture de son lit d'hôtel à cette personne qui écrit en ce moment, assis dans son fauteuil de bureau. Son devoir était de vivre une vie mythique dans le monde réel et le mien est d'en rendre compte aujourd'hui. À quatorze ans, je n'en avais pas la capacité, je n'en savais pas assez, je n'avais pas été voir ces monts d'Anatolie que les Grecs appellent l'Olympe et les Turcs Uludag, comme leur boisson gazeuse. Je n'étais pas assez âgée pour avoir compris que la vie ne nous projette pas dans l'avenir mais dans le passé, l'enfance et le temps qui a précédé notre naissance, enfin, pour communier avec les morts. On vieillit, on peine à monter les escaliers, on entre dans le corps de son père. De là il n'y a qu'un pas vers nos grands-parents et alors avant même de s'en être rendu compte, on commence le voyage dans le temps. Dans cette vie, nous grandissons à l'envers. Dans les bus, en Italie, ce sont toujours les touristes à cheveux gris qui sont capables de vous parler des Étrusques.

Il fallut deux semaines à Luce pour se décider. Il prit rendez-vous avec mes parents pour le lundi suivant.

Durant ces deux semaines, Milton avait été d'une franchise Hercule à l'autre, mais le vendredi précédant le rendez-vous, il retourna à New York. Nous passâmes le week-end à visiter la ville, l'esprit ailleurs, assaillis par une inquiétude que chacun gardait pour soi. Le lundi matin, mes parents me déposèrent à la bibliothèque publique de New York et allèrent à leur rendez-vous avec Luce.

Mon père se protégeait de l'appréhension inhabituelle qui l'assaillait en se parant de ses atours les plus impressionnants : un costume gris à rayures, une cravate Countess Mara, et ses boutons de manchettes « Tragédie grecque » porte-bonheur. Tout comme notre veilleuse Acropole, ils provenaient de la boutique de souvenirs de Jackie Halas dans Greektown. Milton les portait chaque fois qu'il allait voir son banquier ou les inspecteurs des impôts. Ce lundi matin, toutefois, il eut du mal à les mettre : ses mains tremblaient. Exaspéré, il finit par demander à Tessie de l'aider. « Ça ne va pas ? » s'enquit-elle gentiment. Mais Milton lui répondit d'un ton brusque : « Mets-les juste, veux-tu ? » Il tendit les bras, détournant le regard, gêné par la trahison de son corps.

Tessie passa les boutons en silence, la Tragédie d'un côté, la Comédie de l'autre. Comme nous sortions de l'hôtel, ils brillaient dans la lumière matinale, et sous l'influence de ces accessoires ambivalents, la suite se déroula de manière contrastée. Il y avait de la tragédie, certainement, dans l'expression de Milton lorsqu'ils me laissèrent devant la bibliothèque. Durant son absence, il m'avait vue telle que j'étais un an plus tôt. Maintenant, que, assis à l'arrière du taxi, il regardait ma silhouette dégingandée aux larges épaules gravir les marches, il était confronté de nouveau à la réalité. Il se retrouvait nez à nez avec l'essence de la tragédie, qui est une chose déterminée avant notre naissance, une chose à laquelle on ne peut échapper, malgré tous nos efforts. Et Tessie, tellement habituée à appréhender le monde à travers les yeux de son mari, vit que mon problème s'aggravait, s'accélérait. Leurs cœurs étaient serrés par l'angoisse, l'angoisse d'avoir des enfants, une vulnérabilité aussi étonnante que la capacité d'aimer qu'apporte la procréation, dans son écrin à boutons de manchettes particulier...

... Mais voilà que le taxi s'éloignait, Milton s'essuyait le front avec son mouchoir ; et le visage grimaçant qui fermait son poignet droit apparut, car il y avait un aspect comique aux événements de cette journée, également. Il y avait de la comédie dans la façon dont Milton, alors qu'il continuait à s'inquiéter pour moi, gardait l'œil sur le taximètre qui défilait à toute allure. À la clinique, il y avait de la comédie dans la façon dont Tessie, prenant au hasard un magazine dans la salle d'attente, tomba sur un article concernant les jeux sexuels des jeunes singes rhésus. Il y avait aussi quelque chose de la satire dans la quête de mes parents elle-même, typique de la confiance américaine en la toute-puissance de la médecine. Mais cette comédie est rétrospective. Alors que Milton et Tessie se préparaient à voir le Dr. Luce, l'angoisse leur nouant l'estomac, Milton repensait à son temps dans la marine, à ses exercices de débarquement. C'était exactement pareil. Bientôt la trappe avant allait s'ouvrir et ils devraient plonger dans le ressac sombre et bouillonnant.

Luce alla droit au fait. « Je vais vous faire un bref exposé des éléments du dossier de votre fille », déclara-t-il. Tessie nota immédiatement la différence. Fille. Il avait dit : « fille ».

Le sexologue avait une apparence médicale très rassurante ce matin-là. Sur son col roulé en cachemire, il portait une blouse blanche. À la main il tenait un carnet de croquis. Son stylo à bille portait le nom d'un laboratoire pharmaceutique. Les stores étaient tirés, la lumière tamisée. Les couples des miniatures mongoles s'étaient modestement vêtus d'ombre. Installé dans son élégant fauteuil, avec les volumes et les revues derrière lui, le Dr. Luce semblait aussi sérieux et savant que l'était son discours. « Ce que je suis en train de dessiner, commença-t-il, sont les structures génitales du fœtus. En d'autres termes, voilà à quoi ressemblent les parties génitales d'un bébé dans l'utérus, dans les premières semaines qui suivent la conception. Mâle ou femelle, c'est pareil. Ces deux cercles sont ce qu'on appelle les gonades. Ce petit gribouillis ici est le canal de Wolff. Et cet autre gribouillis est le canal de Müller. Okay ? Ce qu'il faut garder à l'esprit, c'est que tout le monde commence comme ça. Nous naissons tous potentiellement garçon ou fille. Vous, Mr. Stephanides, Mrs. Stephanides, moi – tout le monde. Maintenant » – il se remit à dessiner – « pendant que le fœtus se développe dans l'utérus, ce qui se passe c'est que les hormones et les enzymes sont sécrétées – donnons-leur la forme de flèches. Que font ces hormones et ces enzymes ? Eh bien elles transforment ces cercles et ces gribouillis soit en parties génitales masculines soit en parties génitales féminines. Vous voyez ce cercle, la gonade ? Elle peut devenir soit un ovaire, soit un testicule. Et ce tortillon de canal de Müller peut soit dépérir » – il le biffa – « soit devenir un utérus, des trompes de Fallope, et l'intérieur d'un vagin. Ce canal de Wolff peut soit disparaître, soit devenir une vésicule séminale, un épididyme, et un canal déférent. Selon les influences hormonales. Ce qu'il faut se rappeler c'est cela : chaque bébé possède des structures müllériennes, qui sont des parties génitales potentielles féminines, et des structures wolffiennes, qui sont des parties génitales potentielles masculines. Ce sont les organes génitaux internes. Mais la chose est valable pour les organes génitaux *externes*. Un pénis n'est qu'un grand clitoris. Leur racine est la même. »

Le Dr. Luce s'interrompit de nouveau. Il croisa les doigts. Mes parents, penchés en avant, attendirent.

« Comme je vous l'ai expliqué, il y a un grand nombre de facteurs qui entrent en compte dans la détermination de l'identité de genre. Le plus important, dans le cas de votre fille » – de nouveau le mot était confidentiellement proclamé – « c'est qu'elle a été élevée pendant quatorze ans comme une fille et se considère elle-même comme telle. Ses intérêts, ses attitudes, son caractère psychosexuel – tout cela est féminin. Vous me suivez jusqu'à maintenant ? »

Milton et Tessie hochèrent la tête.

« Du fait de son déficit en 5-alpha-réductase, le corps de Callie ne réagit pas à la dihydrotestostérone. Ce qui signifie que, *in utero*, elle a commencé par se développer comme une fille. Particulièrement en ce qui concerne les organes génitaux extérieurs. Cela, ajouté au fait qu'elle a reçu une éducation féminine, a eu pour résultat qu'elle a les pensées, les agissements et l'apparence d'une fille. Le problème est arrivé quand elle a commencé sa puberté. À la puberté, l'autre androgène – la testostérone – a commencé à exercer un effet puissant. Pour le dire de la manière la plus simple : Callie est une fille qui a un peu trop d'hormones mâles. Nous devons corriger cela. »

Ni Milton ni Tessie ne prononcèrent un mot. Ils ne suivaient pas tout ce que leur disait le médecin mais, comme les gens en général font avec les médecins, ils étaient attentifs à son attitude, ils essayaient de comprendre à quel point la chose était sérieuse. Luce avait l'air optimiste et confiant, et mes parents se mirent à espérer.

« Voilà pour la biologie. C'est un cas génétique très rare, à propos. Les seules autres populations où nous savons que cette mutation s'exprime se trouvent en République dominicaine, en Papouasie-Nouvelle-Guinée et en Turquie du Sud-Est. Pas loin du village d'où sont venus vos parents. À environ cinq cents kilomètres de là en fait. » Luce enleva ses lunettes. « Avez-vous entendu parler d'un autre membre de la famille qui pourrait avoir des traits génitaux similaires à ceux de votre fille ?

– Pas à notre connaissance, dit mon père.

– Quand vos parents ont-ils immigré ?

– En 1922.

– Vous avez encore des parents qui vivent en Turquie ?

– Non. »

Luce parut déçu. Il mâchonnait une branche de ses lunettes. Il était peut-être en train d'imaginer à quoi cela pouvait ressembler de découvrir une nouvelle population de porteurs de la mutation 5-alpha-réductase. Il devrait se contenter de m'avoir découverte.

Il remit ses lunettes. « Le traitement que je recommanderais pour votre fille est à deux volets. D'abord, des injections d'hormones. Ensuite, de la chirurgie esthétique. Les hormones déclencheront le développement de la poitrine et favoriseront celui des caractères sexuels secondaires. La chirurgie donnera à Callie l'apparence de la fille qu'elle se sent être. En fait elle sera cette fille. Son extérieur et son intérieur seront en conformité. Elle ressemblera à une fille normale. Personne ne verra la différence. Et Callie pourra continuer à vivre comme tout le monde. »

Le front de Milton était encore assombri par la concentration, mais dans ses yeux apparaissait la lumière du soulagement. Il se tourna vers Tessie pour lui tapoter la jambe.

Mais d'une voix timide et hésitante, celle-ci demanda : « Elle pourra avoir des enfants ? »

Luce n'attendit pas plus d'une seconde pour répondre : « Je crains que non, Mrs. Stephanides. Callie n'aura jamais ses règles.

– Mais ça fait déjà plusieurs mois qu'elle les a, objecta Tessie.

– Je crains que cela ne soit impossible. Il est possible que des saignements soient provenus d'une autre source. »

Les yeux de Tessie s'emplirent de larmes. Elle détourna les yeux.

« Je viens de recevoir une carte postale d'une ancienne patiente, dit Luce en manière de consolation. Son état était similaire à celui de votre fille. Elle est mariée aujourd'hui. Elle et son mari ont adopté deux enfants et ils sont heureux comme tout. Elle joue dans l'orchestre de Cleveland. Du basson. »

Il y eut un silence jusqu'à ce que Milton demande : « C'est tout, docteur ? Vous faites cette opération et nous pouvons la ramener à la maison ?

– Il se peut que nous ayons à procéder à une seconde opération plus tard. Mais la réponse immédiate à votre question est oui. Après l'intervention, elle pourra rentrer chez elle.

– Combien de temps restera-t-elle à l'hôpital ?

– Rien qu'une nuit. »

Ce n'était pas une décision difficile, surtout vu la façon dont Luce présentait les choses. Une seule opération et quelques injections mettraient fin au cauchemar et rendraient à mes parents leur fille, leur Calliope, intacte. La même tentation qui avait conduit mes grands-parents à faire l'impensable s'offrait maintenant à Milton et à Tessie. Personne ne saurait rien. Personne ne saurait jamais rien.

Tandis que mes parents suivaient un cours accéléré sur la différenciation sexuelle, moi aussi – qui demeurais officiellement Calliope –, je m'instruisais. Dans la salle de lecture de la bibliothèque publique de New York, je cherchais quelque chose dans le dictionnaire. Le Dr. Luce avait raison de penser que ses conversations avec ses collègues et étudiants me passaient au-dessus de la tête. Je ne savais pas ce que « 5-alpha-réductase » signifiait, ni « gynécomastie », ni « canal inguinal ». Mais Luce avait sous-estimé mes capacités. Il n'avait pas pris en considération l'enseignement rigoureux dispensé par mon école. Il n'avait pas considéré mes talents pour la recherche et l'étude. Surtout, il ignorait la qualité de mes professeurs de latin, Miss Barrie et Miss Silber. Ainsi donc, tandis que mes semelles de crêpe couinaient entre les tables et que quelques hommes levaient les yeux de leurs livres pour voir qui arrivait et les baissaient de nouveau (le monde n'était plus rempli d'yeux), j'entendais la voix de Miss Barrie dans mon oreille : « Les enfants, définissez-moi le mot : *hypospadias* en utilisant vos racines grecques et latines. »

La petite écolière dans ma tête se trémoussa sur sa chaise, la main levée haut. « Oui, Calliope ? dit Miss Barrie.

– *Hypo*. Au-dessous ou en deçà. Comme dans "hypodermique".

– Très bien. Et *spadias* ?

– Heu... heu...

– Quelqu'un peut-il aider notre muse ? »

Mais, dans la salle de classe de mon cerveau, personne ne put. C'était pourquoi j'étais ici. Parce que je savais que j'avais quelque chose au-dessous ou en deçà mais je ne savais pas ce qu'était ce quelque chose.

Je n'avais encore jamais vu de dictionnaire aussi gros. Le Webster de la bibliothèque publique de New York était aux dictionnaires de ma connaissance comme l'Empire State Building était aux autres bâtiments. C'était une chose ancienne aux allures médiévales, reliée en un cuir brun qui faisait penser à un gant de fauconnier. Les pages étaient dorées sur tranche comme celles d'une Bible.

Je tournai les pages, passant de *cantabile* à *érysipèle*,

de *fandango* à *formication* (avec un *m*), d'*hypertonie* à *hyposidérose* et le trouvai enfin :

Hypospadias (néol. latin du grec, individu affecté d'hypospadias de *hypo* + prob. de *spadon*, eunuque, de *span*, déchirer). – Malformation de l'urètre caractérisée par un méat urinaire situé à la face inférieure de la verge. V. *syn.* EUNUQUE.

Je suivis les instructions et trouvai :

Eunuque – 1. Homme châtré ; particulièrement, qui gardait les femmes dans les harems ou fonctionnaire à certaines cours orientales. 2. Homme dont les testicules ne se sont pas développés. V. *syn.* HERMAPHRODITE.

En suivant la piste j'atteignis finalement :

Hermaphrodite – 1. Être humain qui a les organes sexuels et de nombreux caractères sexuels secondaires de l'homme et de la femme. 2. Tout ce qui consiste en une combinaison d'éléments divers ou contradictoires. V. *syn.* MONSTRE.

Et c'est là que j'arrêtai. Et levai les yeux, pour voir si on me regardait. La grande salle de lecture bourdonnait de l'énergie silencieuse dégagée par les lecteurs et penseurs. Le plafond peint se gonflait comme une voile et les lampes de bureau vertes éclairaient les visages penchés sur des livres. J'étais courbée sur le mien, mes cheveux tombant sur les pages, recouvrant la définition de moi-même. Mon manteau vert citron était ouvert. Comme je devais voir Luce plus tard dans la journée, je m'étais lavé les cheveux et j'avais mis un slip frais lavé. Ma vessie était pleine et je croisai les jambes, remettant à plus tard une visite aux toilettes. J'étais transie de peur. J'avais besoin d'être prise dans des bras, caressée, et c'était impossible. Je posai ma main sur le dictionnaire et la considérai. Fine, en forme de feuille, elle portait un anneau en corde tressée à un doigt, cadeau de l'Objet. La corde était sale. Je regardai ma jolie main puis la retirai pour faire de nouveau face au mot.

Il était là, *monstre*, en noir et blanc, dans un dictionnaire fatigué dans la bibliothèque d'une grande ville. Un vieux livre vénérable, de la taille et de la forme d'une pierre tombale, avec des pages jaunies qui portaient la trace des milliers de personnes qui les avaient consultées avant moi. Il y avait des griffonnages et des taches d'encre, du sang séché, des miettes ; et la reliure en cuir était attachée au lutrin par une chaîne. Voilà un livre qui contenait le savoir rassemblé du passé tout en donnant des indices des conditions sociales actuelles. La chaîne suggérait que certains visiteurs pourraient juger bon de faire circuler le livre. Le dictionnaire contenait tous les mots de la langue, mais la chaîne n'en connaissait que quelques-uns. Elle connaissait *voleur* et *voler* et, peut-être, *dérobé*. La chaîne évoquait *pauvreté*, *méfiance*, *inégalité* et *décadence*. Callie elle-même se tenait à la chaîne maintenant. Elle en avait entouré sa main et tirait dessus, de sorte que ses doigts étaient tout blancs, tandis qu'elle fixait le mot. *Monstre*. Toujours là. Il n'avait pas bougé. Et ce n'est pas sur le mur de ses vieilles toilettes à l'école qu'elle lisait le mot. Il y avait des graffiti dans le dictionnaire mais le synonyme n'en faisait pas partie. Le synonyme était officiel, il faisait autorité ; c'était le jugement que la société portait sur une personne comme elle. *Monstre*. Voilà ce qu'elle était. Voilà ce que le Dr. Luce et ses collègues disaient d'elle. Ce mot expliquait bien des choses. Il expliquait les pleurs de sa mère derrière le mur de sa chambre. Il expliquait l'enjouement forcé dans la voix de Milton. Il expliquait pourquoi ses parents l'avaient amenée à New York, pour que les médecins puissent travailler en secret. Il expliquait les photographies, aussi. Que faisaient les gens quand ils tombaient sur le yéti ou le monstre du loch Ness ? Ils essayaient de prendre une photo. Pendant un instant Callie se vit ainsi.

Telle une créature hirsute et maladroite hésitant à l'orée d'un bois. Tel un liseron bossu sortant sa tête de dragon de l'eau glacée d'un lac. Ses yeux s'emplissaient de larmes, faisant danser les caractères, et elle se détourna et quitta précipitamment la salle de lecture.

Mais le synonyme la poursuivait. Tandis qu'elle gagnait la porte et descendait les marches entre les lions en pierre, le dictionnaire lui criait : *Monstre, monstre !* Les bannières aux vives couleurs suspendues au tympan proclamaient le mot. La définition se glissait dans les affiches et les publicités aux flancs des autobus. Sur la Cinquième Avenue, un taxi s'arrêta. Son père en sortit, souriant et faisant de grands gestes de la main. Quand Callie le vit, son cœur s'allégea. La voix du dictionnaire cessa de parler dans sa tête. Son père ne sourirait pas ainsi si les nouvelles n'étaient pas bonnes. Callie rit et descendit les marches de la bibliothèque en courant, manquant de tomber. Son bonheur dura le temps d'atteindre le trottoir, peut-être cinq ou huit secondes. Mais en approchant de Milton, elle apprit quelque chose sur les diagnostics. Plus les gens souriaient, pires étaient les nouvelles. Milton lui adressa un large sourire, transpirant dans son rayé tennis, et de nouveau le bouton de manchette de la tragédie brilla au soleil.

Ils savaient. Ses parents savaient qu'elle était un monstre. Et pourtant Milton était là, qui lui tenait la porte du taxi ; et Tessie était à l'intérieur, lui souriant tandis qu'elle montait. Le taxi les emmena au restaurant et bientôt tous trois consultaient le menu et passaient commande.

Milton attendit que les boissons soient sur la table. Puis, dans un style formel qui lui était inhabituel, il commença : « Ta mère et moi avons eu une petite conversation avec le docteur ce matin, comme tu sais. La bonne nouvelle est que tu seras rentrée à la maison cette semaine. Tu n'auras pas beaucoup manqué l'école. Maintenant, la mauvaise nouvelle. Tu es prête pour la mauvaise nouvelle, Cal ? »

Les yeux de Milton disaient que la mauvaise nouvelle n'était pas si mauvaise que ça.

« La mauvaise nouvelle est qu'il va falloir que tu subisses une petite opération. Très bénigne. "Opération" n'est pas vraiment le bon mot. Je crois que le docteur a parlé d'"intervention". On va devoir t'endormir et tu passeras une nuit à l'hôpital. C'est tout. Tu auras un peu mal, mais on te donnera des analgésiques. »

Après quoi, Milton se reposa. Tessie tapota la main de Callie. « Tout ira bien, ma chérie », dit-elle d'une voix enrouée. Ses yeux étaient embués et rouges.

« Quel genre d'opération ? demanda Callie à son père.

– Juste un peu de chirurgie esthétique. Comme de se faire enlever une verrue. » Il prit le nez de Callie entre les jointures de l'index et du médium. « Ou de se faire refaire le nez. »

Callie se dégagea. « Arrête ! s'écria-t-elle d'une voix irritée.

– Excuse-moi », dit Milton. Il se racla la gorge en clignant des yeux.

« Qu'est-ce que j'ai ? » demanda Calliope et alors sa voix se brisa. Les larmes coulaient sur ses joues. « Qu'est-ce que j'ai, papa ? »

Le visage de Milton s'assombrit. Il avala avec difficulté. Callie attendit qu'il dise le mot, qu'il cite le dictionnaire, mais il n'en fit rien. Il se contenta de la fixer, tête basse, le regard sombre, chaleureux, triste, et plein d'amour. Il y avait tant d'amour dans le regard de Milton qu'il était impossible d'y chercher la vérité.

« C'est un truc hormonal que tu as, dit-il. J'ai toujours pensé que les hommes avaient des hormones mâles et les femmes des hormones femelles. Mais tout le monde a les deux, apparemment. »

Callie attendait toujours.

« Ce que tu as, c'est que tu as un peu trop d'hormones mâles et pas tout à fait assez d'hormones femelles. Donc ce que le docteur veut faire, c'est une piqûre de temps à autre pour rétablir tout ça. »

Il ne dit pas le mot. Je ne l'obligeai pas à le dire.

« C'est un truc hormonal, répéta Milton. Pas grand-chose, en réalité. »

Luce jugeait qu'une patiente de mon âge était capable de comprendre l'essentiel. Et donc, cet après-midi-là, il ne mâcha pas ses mots. De sa voix douce et bien élevée, me regardant droit dans les yeux, Luce déclara que j'étais une fille dont le clitoris était simplement plus grand que celui des autres filles. Il fit pour moi les mêmes dessins que pour mes parents. Quand j'insistai pour avoir des détails sur l'opération, il ne dit que ceci : « Nous allons faire une opération pour achever tes organes génitaux. Ils ne sont pas encore complètement achevés et nous voulons les achever. »

Il ne parla pas d'hypospadias, et je me mis à espérer que le terme ne s'appliquait pas à moi. Peut-être que je l'avais sorti de son contexte ou que le Dr. Luce parlait d'un autre patient. Le dictionnaire disait que l'hypospadias était une anormalité du pénis. Mais le Dr. Luce était en train de me dire que j'avais un clitoris. Je compris que ces deux choses étaient issues de la même gonade, mais cela n'avait pas d'importance. Si j'avais un clitoris – et un spécialiste était en train de me dire que c'était ce que j'avais – que pouvais-je être sinon une fille ?

L'ego adolescent est une chose vague, amorphe, semblable à un nuage. Il ne m'était pas difficile de verser mon identité dans différents contenants. D'une certaine façon, j'étais capable de prendre la forme qu'on me demandait de prendre. Je voulais seulement connaître les dimensions. Luce me les fournissait. Mes parents le soutenaient. De plus, l'idée de voir tous mes problèmes résolus était terriblement séduisante et, allongée dans ma chaise longue, je ne me demandais pas que faire de mes sentiments pour l'Objet. Je voulais seulement que cette affaire se termine. Je voulais rentrer chez moi et tout oublier. J'écoutai donc Luce sans faire d'objections.

Il m'expliqua que les injections d'œstrogène feraient

grossir ma poitrine. « Tu ne seras pas Raquel Welch, mais tu ne seras pas Twiggy non plus. » J'aurais moins de poils sur le visage. Ma voix passerait de ténor à alto. Mais quand je demandai si j'aurais enfin mes règles, le Dr. Luce fut franc : « Non. Tu n'en auras pas. Jamais. Tu ne pourras pas avoir d'enfants, Callie. Si tu veux avoir une famille, il faudra que tu en adoptes. »

Je pris la chose avec calme. À quatorze ans, l'idée d'avoir un enfant ne me taraudait pas.

On frappa à la porte, et l'hôtesse passa la tête. « Désolée, Dr. Luce. Je peux vous déranger une minute ?

– Cela dépend de Callie. » Il me sourit. « Ça t'ennuie si on fait une petite interruption ? Je reviens tout de suite.

– Si vous voulez.

– Reste ici une minute et pense aux questions que tu pourrais avoir envie de me poser. » Il sortit.

Pendant son absence, je ne pensai pas à d'autres questions. Je restai allongée, sans penser à rien. Mon esprit était étrangement vide. C'était le vide de la soumission. Avec l'instinct infaillible des enfants, j'avais deviné ce que mes parents voulaient de moi. Ils voulaient que je reste telle que j'étais. Et c'était ce que le Dr. Luce me promettait.

Je fus tirée de mon état d'abstraction par un nuage saumon qui passait bas dans le ciel. Je me levai pour aller regarder le fleuve par la fenêtre. Je pressai ma joue contre le verre pour voir aussi loin que possible en direction du sud, là où les gratte-ciel s'élevaient. Je me dis que quand je serais grande je vivrais à New York. « Voilà une ville pour moi », articulai-je. Je m'étais remise à pleurer. J'essayai de m'arrêter. Tout en me tamponnant les yeux, j'allais et venais dans la pièce et finis par me trouver devant une miniature mongole. Dans le petit cadre en ébène, deux minuscules personnages faisaient l'amour. En dépit des efforts exigés par leur activité, leurs visages étaient paisibles, n'exprimant ni tension ni extase. Mais évidemment les visages n'étaient pas le point de convergence. La géométrie des corps, la gracieuse calligraphie de leurs membres dirigeaient le regard droit sur leurs organes génitaux. Les poils pubiens de la femme étaient pareils à une touffe d'herbe sur la neige d'où le membre de l'homme surgissait tel un séquoia. Je regardai. Je regardai de nouveau pour voir comment les autres étaient faits. Sans prendre parti. Je comprenais aussi bien le désir de l'homme que le plaisir de la femme. Mon esprit n'était plus vide. Il était en train de s'emplir d'un noir savoir.

Je me retournai d'un coup et regardai le bureau du Dr. Luce sur lequel se trouvait un dossier qu'il avait laissé ouvert dans sa hâte.

ÉTUDE PRÉLIMINAIRE
SUJET XY (MASC.) SEXE D'ÉLEVAGE FÉMININ

Le cas suivant illustre bien qu'il n'y a pas de corrélation prédéfinie entre la structure génétique et la structure génitale, ni entre le comportement masculin et féminin et le statut chromosomique.

SUJET: Calliope Stephanides.
INTERVENANT: Dr. Peter Luce.

DONNÉES PRÉLIMINAIRES: La patiente est âgée de quatorze ans. Elle a vécu comme une fille jusqu'à maintenant. À la naissance, elle était dotée d'un pénis si petit qu'il pouvait sembler être un clitoris. Le caryotype XY du sujet n'a pas été établi avant la puberté, quand il a commencé à se viriliser. D'abord les parents de la fille ont refusé de croire le médecin qui leur a annoncé la nouvelle et ont demandé en conséquence deux autres avis avant de se présenter à la Clinique d'Identité de Genre et à la Clinique de l'Hôpital de New York.
La palpation a révélé la présence de testicules non descendus. Le «pénis» présentait de légers caractères d'hypospadias, avec l'urètre ouvrant sur la face inférieure. La fille a toujours uriné en position assise, comme toutes les filles. Les examens sanguins ont confirmé un statut chromosomique XY. De plus, ils ont révélé que le sujet souffrait du syndrome de

déficit en 5-alpha-réductase. Il n'a pas été procédé à une laparotomie.
Sur une photographie (voir documents ci-joints) prise à l'âge de douze ans, elle a l'apparence d'une petite fille heureuse et saine, sans airs de garçon manqué, malgré son caryotype XY.
PREMIÈRE IMPRESSION: L'expression faciale du sujet, bien que parfois un peu sombre, est dans l'ensemble agréable et ouverte, avec de fréquents sourires. Elle baisse souvent les yeux, de manière pudique ou timide. Elle est féminine dans ses mouvements et attitudes, et le caractère légèrement disgracieux de sa démarche est commun aux individus de sa génération.
Bien que sa taille puisse donner l'impression à première vue que le genre du sujet est quelque peu indéterminé, toute observation prolongée ne peut manquer de conduire à la conclusion qu'il s'agit bien d'une fille. Sa voix, en fait, a quelque chose de doux et d'un peu faible. Elle incline la tête pour écouter et ne présente ni ne défend ses opinions de la manière brutale caractéristique des garçons. Elle fait souvent des remarques humoristiques.
LA FAMILLE: Les parents du sujet sont assez typiques des habitants du Middle West de la génération de la Seconde Guerre mondiale. Le père se présente comme républicain. La mère est une personne chaleureuse, intelligente et aimante, peut-être légèrement encline à la dépression ou la névrose. Elle assume le rôle de l'épouse soumise typique de sa génération. Le père n'est venu que deux fois à la Clinique, du fait, dit-il, d'obligations professionnelles, mais il ressort de ces deux entrevues que c'est une personnalité dominatrice, un «self-made man», ancien officier de marine. De plus, le sujet a été élevé dans la foi orthodoxe, qui enseigne une répartition rigoureuse des rôles selon le sexe. Si les parents donnent l'apparence d'«Américains moyens» bien assimilés, il ne faut pas négliger l'influence d'une identité ethnique sous-jacente.
COMPORTEMENT SEXUEL: Le sujet affirme avoir participé à des jeux sexuels avec d'autres enfants, toujours dans le rôle féminin, consistant généralement à relever sa jupe et laisser un garçon s'allonger sur elle pour simuler le coït. Elle a éprouvé des sensations

érotico-sexuelles agréables en s'exposant aux jets sous-marins de la piscine d'une voisine. Elle se masturbe fréquemment depuis le plus jeune âge.
Le sujet n'a pas eu de petit ami attitré, mais cela peut être dû au fait qu'elle est dans une école pour filles. Elle a conscience de l'apparence anormale de ses organes génitaux et s'est donné beaucoup de mal pour éviter d'être vue nue dans le vestiaire de son école et autres lieux du même genre. Néanmoins elle dit avoir eu une relation sexuelle, unique, avec le frère de sa meilleure amie, expérience qu'elle a jugée douloureuse mais réussie du point de vue des explorations romantiques de l'adolescence.
ENTRETIEN: L'élocution est rapide, claire et articulée, parfois interrompue par un essoufflement dû à l'anxiété. Les oscillations du ton et le contact visuel indiquent un discours d'apparence féminine dans sa structure comme dans ses caractéristiques. Elle manifeste un intérêt sexuel pour les mâles exclusivement.
CONCLUSION: Dans sa manière de parler, de se comporter, de se vêtir, le sujet manifeste une identité de genre féminine, en dépit d'un statut chromosomique contraire.
Cela démontre clairement que le sexe d'élevage joue un rôle plus important dans l'établissement de l'identité de genre que les déterminants génétiques.
Étant donné que l'identité de genre du sujet était fermement établie au moment de la découverte des faits, la décision d'utiliser la chirurgie féminisante en plus du traitement hormonal correspondant semble s'imposer. Laisser les organes génitaux dans leur état actuel l'exposerait à toutes sortes d'humiliations. Bien qu'il soit possible que l'intervention provoque la perte partielle ou totale des sensations érotico-sexuelles, le plaisir sexuel ne représente qu'un parmi les éléments qui permettent de mener une existence heureuse. La possibilité de se marier et de passer en société pour une femme normale sont des objectifs importants, qui ne pourraient être atteints ni l'un ni l'autre sans chirurgie féminisante et traitement hormonal. On peut espérer, de surcroît, que les nouvelles méthodes chirurgicales minimiseront les effets de dysfonction érotico-sexuelle induits

`par les méthodes anciennes, à l'époque où la chirurgie féminisante en était à ses balbutiements.`

Ce soir-là, quand je rentrai à l'hôtel avec ma mère, Milton avait une surprise pour nous. Des billets pour une comédie musicale. Je fis mine d'être toute contente mais, après le dîner, je m'écroulai sur le lit de mes parents, déclarant que j'étais trop fatiguée pour sortir.

« Trop fatiguée ? dit Milton. Qu'est-ce que tu veux dire trop fatiguée ?

– Ne t'inquiète pas, ma chérie, déclara Tessie. Tu n'es pas obligée de venir.

– C'est censé être un bon spectacle, Cal.

– Est-ce qu'Ethel Merman joue dedans ? demandai-je.

– Non, petite maligne, répondit Milton en souriant. Ethel Merman ne joue pas dedans. Elle n'est pas sur Broadway en ce moment. On va voir Carol Channing à la place. Elle est bonne, elle aussi. Pourquoi tu ne viens pas ?

– Non merci, dis-je.

– Très bien. Mais tu rates quelque chose. »

Ils se dirigèrent vers la porte. « À plus tard, chérie », dit ma mère.

Je sautai soudain du lit et courus à Tessie, que je serrai dans mes bras.

« Qu'est-ce qui me vaut ça ? » demanda-t-elle.

J'avais les larmes aux yeux. Tessie y vit le soulagement après les épreuves que nous avions traversées. Dans l'étroite entrée biscornue et mal éclairée, nous échangeâmes étreintes et pleurs.

Après leur départ, je sortis ma valise du placard. Puis, considérant les fleurs turquoise, je l'échangeai pour la Samsonite grise de mon père. Je laissai ma jupe et mon chandail à fleurs dans les tiroirs de la commode. Je ne pris que les vêtements les plus sombres, un ras du cou bleu, les chemises, et mes pantalons en velours. J'abandonnai également le soutien-gorge. Pour le moment je gardai mes chaussettes et mon slip et je déversai toutes mes affaires de toilette dans la valise. Cela fait, je fouillai le portemanteau de Milton à la recherche du liquide qu'il y avait caché. Le rouleau était plutôt épais et la somme s'élevait à près de trois cents dollars.

Ce n'était pas entièrement la faute du Dr. Luce. Je lui avais menti sur beaucoup de points. Sa décision était fondée sur de fausses données. Mais lui aussi s'était montré faux.

Sur le papier à lettres de l'hôtel, je laissai le mot suivant à l'intention de mes parents :

Chers maman et papa,

Je sais que vous essayez toujours de faire ce qui est le mieux pour moi, mais je ne crois pas que quelqu'un sache vraiment ce qui est le mieux pour moi. Je vous aime et je ne veux pas être un problème pour vous. Donc j'ai décidé de m'en aller. Je sais que vous allez répondre que je ne suis pas un problème, mais je sais que ce n'est pas vrai. Si vous voulez savoir pourquoi je fais ça, demandez au Dr. Luce qui est un gros menteur ! Je ne suis pas une fille. Je suis un garçon. C'est ce que j'ai découvert aujourd'hui. Donc je vais où personne ne me connaît. À Grosse Pointe tout le monde se moquerait de moi.

Excuse-moi d'avoir pris ton argent, papa, mais je te promets que je te rembourserai un jour, avec intérêt.

Je vous en prie ne vous en faites pas pour moi. TOUT IRA BIEN !

Malgré son contenu, je signai cette déclaration à mes parents : Callie.

C'était la dernière fois que j'étais leur fille.

Allez à l'ouest, jeune homme

Une fois encore, à Berlin, un Stephanides vit parmi les Turcs. Je me sens bien ici à Schöneberg. Les boutiques turques qui bordent la Hauptstrasse ressemblent à celles où m'emmenait mon grand-père. On y trouve aussi des figues sèches, du halva, des feuilles de vigne fourrées. Les visages, eux aussi, sont les mêmes, avec leurs rides, leurs yeux noirs, leur ossature caractéristique. Malgré l'histoire familiale, je me sens attiré par la Turquie. J'aimerais aller en poste à l'ambassade d'Istanbul. J'ai fait une demande dans ce sens. Ainsi j'aurais bouclé la boucle.

En attendant, voici comment je remplis mon rôle. J'observe le boulanger qui travaille au döner en bas de chez moi. Il enfourne le pain dans un four en pierre comme ceux qu'on utilisait jadis à Smyrne, à l'aide d'une spatule à long manche. Tous les jours il travaille, quatorze, seize heures, avec une concentration sans faille, ses sandales laissant leur empreinte sur la poussière de farine qui recouvre le sol. Un artiste de la boulange. Stephanides, un Américain, petit-fils de Grecs, admire cet émigré turc, ce *Gästarbeiter*, tandis qu'il cuit son pain sur la Hauptstrasse en l'année 2001. Tous, nous sommes faits de nombreuses parties, d'autres moitiés. Il n'y a pas que moi.

La porte de la boutique du coiffeur installée dans la gare routière de Scranton fit tinter joyeusement sa sonnette. Ed – tel était le nom peint sur son enseigne – leva la tête de son journal pour accueillir son prochain client.

Il y eut un moment de silence. Puis Ed dit : « Qu'est-ce qui s'est passé ? Vous avez perdu un pari ? »

Sur le pas de la porte, mais semblant prêt à rebrousser chemin, se tenait un adolescent, grand, filiforme, un drôle de mélange comme Ed n'en avait jamais vu. Il avait des cheveux de hippie qui lui descendaient au-dessous des épaules. Mais il portait un costume sombre. La veste était trop large et le pantalon trop court s'arrêtait bien au-dessus de ses grosses chaussures à bouts carrés. Même de là où il était Ed détectait l'odeur musquée de la boutique de fripier. Pourtant la valise du gosse, grande et grise, était celle d'un homme d'affaires.

« J'en ai marre de cette coupe, se contenta de répondre le gosse.

– Vous n'êtes pas le seul », répliqua Ed le coiffeur.

Il m'indiqua un fauteuil. L'adolescent fugueur, qui n'avait pas dû chercher bien loin pour se trouver le nom de Cal Stephanides, posa sa valise par terre et accrocha sa veste à la patère. Je traversai le salon, m'appliquant à affecter la démarche d'un garçon. Comme si je me relevais d'une attaque d'hémiplégie, il me fallait réapprendre tous les gestes moteurs. Pour ce qui était de marcher, ce n'était pas trop compliqué. L'époque où les élèves de Baker & Inglis déambulaient avec un livre en équilibre sur la tête était révolue depuis longtemps. Le caractère légèrement disgracieux de ma démarche relevé par le Dr. Luce me prédisposait à rejoindre le sexe dénué de grâce. Mon squelette d'homme, avec son centre de gravité situé plus haut, favorisait une nette inclinaison vers l'avant. C'étaient mes genoux qui me posaient problème : trop rapprochés, ils faisaient tanguer mes hanches et onduler mon derrière. J'essayais de ne pas bouger le bassin maintenant. Pour marcher comme un garçon, ce sont les épaules qu'il faut balancer, pas les hanches. Et vous gardez les pieds bien écartés. Tout cela, je dus l'apprendre en un jour et demi de route.

Je grimpai sur le fauteuil, soulagé de n'avoir plus à me déplacer. Ed le coiffeur m'attacha un bavoir en papier autour du cou, puis me couvrit d'un tablier, sans cesser de me détailler en hochant la tête. « Je n'ai jamais compris pourquoi vous autres les jeunes vous aimiez tant les cheveux longs. Vous avez failli me couler. Je n'ai presque plus que des retraités. Les types qui viennent se faire couper les cheveux chez moi n'en ont plus. » Il émit un bref gloussement. « Okay, alors maintenant la mode revient aux cheveux un peu plus courts. Je me dis, bon, je vais pouvoir gagner ma vie. Mais non. Maintenant tout le monde veut la coupe unisexe. Ils veulent un *shampooing*. Il se pencha vers moi d'un air soupçonneux. Vous ne voulez pas un shampooing, vous aussi ?

– Juste une coupe. »

Il hocha la tête, satisfait. « Une coupe comment ?

– Courte, hasardai-je.

– Court court ? demanda-t-il.

– Court, précisai-je, mais pas trop.

– Okay. Court mais pas trop. Bonne idée. Juste histoire de voir comment c'est de l'autre côté. »

Je me figeai, craignant qu'il n'insinue quelque chose. Mais ce n'était qu'une blague.

Quant à lui, Ed était partisan de la netteté. Le peu de cheveux qu'il avait était plaqué en arrière. Il avait un visage brutal et pugnace. Ses narines palpitaient de manière féroce tandis qu'il s'affairait à régler la hauteur de mon fauteuil et à affûter son rasoir.

« Votre père était d'accord ?

– Jusqu'à maintenant.

– Le vieux reprend les rênes alors. Écoutez, vous ne le regretterez pas. Les femmes ne veulent pas de types qui ressemblent à des nanas. Ne les croyez pas quand elles vous racontent qu'elles préfèrent les hommes sensibles. Mon cul ! »

Les gros mots, les rasoirs, les blaireaux, c'est ainsi que j'étais accueilli dans le monde masculin. À la télévision, il y avait un match de football. Le calendrier était orné d'une bouteille de vodka et d'une jolie fille en bikini de fourrure blanche. Je plantai mes pieds sur la grille en fonte du repose-pied tandis qu'il me faisait pivoter d'arrière en avant et d'avant en arrière devant les miroirs scintillants.

« Bon Dieu, c'est quand la dernière fois qu'on vous a coupé les cheveux ?

– Vous vous rappelez le jour où on a marché sur la lune ?

– Ouais. C'est ce que je pensais. »

Il me tourna face au miroir. Elle était là, pour la dernière fois, dans le verre argenté : Calliope. Elle n'avait pas encore disparu. Comme un esprit captif, elle jetait un coup d'œil furtif à l'extérieur.

Ed le coiffeur me passa un peigne dans les cheveux. Il les souleva tout en faisant jouer ses ciseaux à vide, histoire de se chauffer. Cela me donna le temps de réfléchir. Qu'est-ce que j'étais en train de faire ? Et si le Dr. Luce avait raison ? Et si la fille que je voyais dans la glace *était* moi en réalité ? Comment pouvais-je croire que je pouvais passer si facilement dans l'autre camp ? Que savais-je des garçons, des hommes ? Je ne les aimais même pas tant que ça.

« C'est comme d'abattre un arbre, avança Ned. D'abord il faut couper les branches. Après on scie le tronc. »

Je fermai les yeux. Je refusai de rendre son regard à Calliope. J'agrippai les accoudoirs et attendis que le coiffeur fasse son office. Mais la seconde suivante, j'entendis le bruit des ciseaux qu'on pose contre le verre de la tablette. Avec un bourdonnement, la tondeuse se mit en marche. Elle tournait autour de ma tête comme une guêpe. De nouveau Ed le coiffeur souleva mes cheveux avec son peigne et j'entendis l'instrument qui piquait en direction de mon crâne. « C'est parti », dit-il.

J'avais toujours les yeux fermés. Mais je savais maintenant qu'il n'était plus question de faire marche arrière. La tondeuse traçait ses sillons. Je tins bon. Les cheveux tombaient en longues bandes.

« Je devrais vous faire payer plus », dit Ed.

L'inquiétude me fit ouvrir les yeux. « Combien ça va coûter ?
– Ne vous bilez pas. Je plaisantais. C'est ma bonne action patriotique de la journée. Je concours à l'établissement de la démocratie dans le monde. »

Mes grands-parents avaient fui leur pays à cause de la guerre. Maintenant, quelque cinquante-deux années plus tard, je me fuyais. Je sentis que je me sauvais aussi sûrement qu'ils s'étaient sauvés. Je fuyais sans beaucoup d'argent en poche et sous le pseudonyme d'un autre genre. Ce n'est pas un bateau qui me porta de l'autre côté de l'océan mais une série de voitures qui me firent traverser un continent. J'étais en train de devenir une nouvelle personne, moi aussi, tout comme Lefty et Desdemona, et je ne savais pas ce qui allait m'arriver dans le nouveau monde auquel j'abordais.

J'avais peur, aussi. C'était la première fois que j'étais livré à moi-même. Je ne savais pas comment fonctionnait le monde, ni ce que coûtaient les choses. J'avais pris un taxi de l'hôtel Lochmoor jusqu'à la gare routière, ne sachant comment y aller autrement. J'avais erré au milieu des boutiques de cravates et des fast-foods à la recherche des guichets où j'avais fini par acheter un ticket pour Scranton, Pennsylvanie, par mesure d'économie, même si le bus allait jusqu'à Chicago. Les clochards et les drogués qui occupaient les bancs me toisaient, sifflant ou faisant claquer leurs lèvres. J'avais si peur que je faillis revenir sur ma décision. En me dépêchant, je pouvais rentrer à l'hôtel avant le retour de mes parents. Assis dans la salle d'attente, pesant le pour et le contre, la Samsonite coincée entre mes genoux, comme si quelqu'un pouvait essayer de me l'arracher à tout instant, je m'imaginais déclarant mon intention de vivre comme un garçon à mes parents, qui commençaient par s'insurger, puis finissaient par m'accepter. Un policier passa. Après qu'il eut disparu, j'allai m'asseoir à côté d'une femme entre deux âges, espérant me faire passer pour sa fille. On annonça le départ de mon bus. Je considérai mes compagnons de voyage, les pauvres qui voyagent de nuit. Il y avait un cow-boy sur le retour, qui portait un sac marin et une statuette de Louis Armstrong ; il y avait deux prêtres catholiques ceylanais ; il n'y avait pas moins de trois mères obèses chargées d'enfants et de couvertures, et un petit homme qui se révéla être jockey, avec des rides dues au tabac et des dents marron. Ils faisaient la queue pour monter dans le bus tandis que je commençais à perdre le contrôle de la scène qui se déroulait dans ma tête. Maintenant Milton faisait non de la tête et le Dr. Luce mettait un masque chirurgical et mes camarades de classe me montraient du doigt en riant, le visage éclairé par une joie mauvaise.

Transi de peur et néanmoins tremblant, je pénétrai dans l'intérieur ténébreux du bus. Par prudence, je m'assis à côté de la dame entre deux âges. Les autres passagers, habitués aux voyages de nuit, sortaient déjà leurs Thermos et déballaient leurs sandwiches. L'odeur de poulet frit commença à monter des sièges arrière. J'avais soudain très faim. J'aurais aimé pouvoir décrocher le téléphone de ma chambre d'hôtel pour appeler le service d'étage. Bientôt il me faudrait des vêtements. Il me fallait paraître plus vieille et moins vulnérable. Il fallait que je commence à m'habiller en garçon. Le bus démarra et, terrifiée par ce que je faisais et pourtant incapable de m'arrêter, je regardai défiler le paysage, tandis que nous quittions la ville et nous engagions dans le long tunnel aux lumières jaunes qui, à travers le roc, sous la vase et les détritus du lit du fleuve et le ventre des poissons nageant dans les eaux noires de l'autre côté des carreaux de la voûte, menait dans le New Jersey.

Dans un magasin de l'Armée du Salut de Scranton, non loin de la gare routière, je me mis à la recherche d'un costume. Je déclarai l'acheter pour mon frère, même si personne ne me posa de questions. J'étais perdue dans les tailles homme. Discrètement, je tenais les vestes contre moi pour voir laquelle m'irait. Je finis par trouver un costume qui semblait m'aller plus ou moins et dont le tissu solide convenait à tous les temps. L'étiquette à l'intérieur était marquée : « Durenmatt, tailleur pour hommes, Pittsburgh ». J'enlevai mon manteau vert citron. Vérifiant que personne ne regardait, j'enfilai la veste. Je ne ressentis pas ce qu'un garçon aurait ressenti. Ce n'était pas comme de mettre la veste de votre père et de devenir un homme. C'était comme d'avoir froid et de se faire prêter sa veste par votre petit ami. Comme elle s'installait sur mes épaules, la veste me donna l'impression d'un réconfort chaleureux et étranger. (Et qui était mon petit ami en l'occurrence ? Le capitaine de l'équipe de foot ? Non. Mon fiancé était un ancien combattant de la Seconde Guerre mondiale, mort d'une crise cardiaque.)

Le costume n'était qu'un élément de ma nouvelle identité. C'était la coupe de cheveux le plus important. Maintenant Ed était occupé à appliquer le coup de brosse final. Comme les soies m'effleuraient le visage, je fermai les yeux. Je sentis que le fauteuil tournait de nouveau et le coiffeur déclara : « Et voilà le travail. »

J'ouvris les yeux. Et dans le miroir je ne me vis pas. Ce n'était plus la Monna Lisa au sourire énigmatique. Plus la fille timide avec ses cheveux ébouriffés dans le visage. Maintenant que le rideau de ma chevelure avait été tiré, les récents changements de ma physionomie devenaient beaucoup plus évidents. Ma mâchoire était plus carrée et plus large, mon cou plus épais, avec la pomme d'Adam saillant au milieu. C'était incontestablement un visage masculin, mais derrière cette façade les sentiments étaient encore ceux d'une fille. Se couper les cheveux après une rupture était une réaction féminine. C'était une façon de recommencer à zéro, de renoncer à la vanité, de dire adieu à l'amour. Je savais que je ne reverrais plus jamais l'Objet. Malgré des problèmes et des soucis bien plus importants, c'est d'un grand chagrin que je fus saisi en découvrant mon visage dans le miroir. Je pensai : c'est fini. En me coupant les cheveux je me punissais d'avoir tant aimé. J'essayais de m'endurcir.

Lorsque je ressortis de chez Ed, j'étais une nouvelle

création. Les passants qui traversaient la gare routière, s'ils me remarquaient, devaient me prendre pour un élève de l'école toute proche, un peu artiste sur les bords, vêtu d'un costume de vieux, et sans doute amateur de Camus ou de Kerouac. Ce vêtement avait une touche beatnik, avec son pantalon brillant d'usure. Vu ma taille on pouvait me donner dix-sept ou dix-huit ans. Sous le costume, il y avait un chandail ras du cou, une chemise, et deux couches protectrices d'argent paternel contre ma peau. Puis il y avait mes grosses chaussures dorées. Bref, j'étais déguisé en adolescent.

À l'intérieur de ces vêtements, mon cœur continuait à battre follement. Je ne savais quoi faire. Soudain, il me fallait être vigilant à des choses que jusqu'alors j'ignorais. Aux horaires et aux tarifs des bus, à l'argent, à *économiser*, à choisir dans le menu ce qui serait le moins cher et le plus nourrissant, qui, ce jour-là à Scranton, se trouva être le chili. J'en mangeai un bol, accompagné d'un grand nombre de biscuits, et étudiai les itinéraires des bus. La meilleure chose à faire, puisque nous étions en automne, était d'aller passer l'hiver au sud ou à l'ouest, et parce que je ne voulais pas aller au sud je me décidai pour l'ouest. La Californie. Pourquoi pas ? Je cherchai le prix du billet, qui était trop élevé, ainsi que je l'avais craint.

Toute la matinée il était tombé de la neige fondue, mais à présent le ciel se dégageait. Au-delà du café-restaurant désolé, à travers les vitres graisseuses et par-delà la bretelle dont l'herbe de l'accotement était jonchée de détritus, passait l'autoroute. Je regardai les voitures filer, moins affamé maintenant, mais toujours aussi seul et effrayé. La serveuse vint me demander si je voulais du café. Bien que je n'en aie jamais bu auparavant, je dis oui. Je l'édulcorai avec deux sachets de lait en poudre et quatre de sucre. Quand j'eus obtenu un goût qui rappelait vaguement celui de la glace au café, je le bus.

Les bus quittaient régulièrement la gare, laissant derrière eux un panache de fumée. J'avais envie de prendre une douche, de m'allonger dans des draps propres et de m'endormir. La chambre de motel coûtait 9,95 dollars mais je ne voulais pas faire cela avant d'avoir couvert plus de chemin. Je restai assis à ma place un long moment. Je ne voyais pas quoi faire maintenant. Finalement, j'eus une idée. Je payai ma note et quittai la gare routière. Je traversai la bretelle. Je balançai ma valise par-dessus mon épaule et, me plantant sur l'accotement, levai le pouce.

Mes parents m'avaient toujours dit de ne pas faire de stop. Milton ne manquait jamais de nous lire les articles relatant la fin épouvantable réservée aux étudiantes qui avaient commis cette erreur. Mon pouce n'était pas levé très haut. Les voitures passaient. Personne ne s'arrêtait. Mon pouce hésitant tremblait.

Je m'étais trompé pour Luce. J'avais pensé qu'après avoir parlé avec moi il déciderait que j'étais normale et me laisserait tranquille. Mais je commençais à comprendre quelque chose à propos de la normalité. La normalité n'était pas normale. Elle ne pouvait pas l'être. Si la normalité était normale, personne ne s'en soucierait. On pourrait la laisser se manifester d'elle-même. Mais les gens – et particulièrement les médecins – avaient des doutes quant à la normalité. Ils n'étaient pas sûrs que la normalité fût à la hauteur de sa tâche. Ils se sentaient donc enclins à lui donner un coup de pouce.

Quant à mes parents, je ne leur en voulais pas. Ils ne faisaient qu'essayer de m'épargner l'humiliation, la solitude et même la mort. J'appris plus tard que le Dr. Luce leur avait dit qu'il était dangereux de ne pas me traiter, du fait que le « tissu gonadique », ainsi qu'il désignait mes testicules non descendus, devenait souvent cancéreux avec l'âge. (J'ai aujourd'hui quarante et un ans, et jusqu'alors tout se passe bien.)

Un semi-remorque apparut dans le tournant, crachant une fumée noire par son pot d'échappement vertical. À la vitre de la cabine rouge, la tête du chauffeur bougeait comme celle d'une poupée au bout d'un ressort. Son visage se tourna dans ma direction, et tandis que l'énorme camion passait en rugissant, il appuya sur la pédale de frein. Les roues arrière fumèrent un peu, couinèrent, et puis, à vingt mètres de là, le camion m'attendait.

Saisissant ma valise, je me mis à courir, mais je m'arrêtai quand j'eus atteint la portière. Elle était si haut. Le colossal véhicule grondait et vibrait. Je ne voyais pas le chauffeur de là où j'étais et demeurai paralysé par l'indécision. Puis soudain le visage du camionneur apparut à la vitre, me surprenant. Il ouvrit la portière.

« Tu montes ou quoi ?

– Je monte », dis-je.

La cabine n'était pas propre. Il voyageait depuis un certain temps et des boîtes en carton qui avaient contenu de la nourriture ainsi que des bouteilles vides jonchaient le plancher.

« Ton boulot est de m'empêcher de m'endormir », déclara le camionneur.

Comme je ne réagissais pas tout de suite, il me lança un coup d'œil. Ses yeux étaient rouges. Rouges, également, étaient la fine moustache et les longs favoris. « N'arrête pas de parler, c'est tout, dit-il.

– De quoi est-ce que vous voulez parler ?

– Qu'est-ce que j'en sais ! » cria-t-il d'un ton courroucé. Mais tout aussi soudainement : « Des Indiens ! Tu sais quelque chose à propos des Indiens ?

– Des Indiens d'Amérique ?

– Ouais. J'en ramasse un tas quand je reviens de l'Ouest. C'est les types les plus dingues que je connais. Ils ont tout un tas de théories et de trucs.

– Comme quoi ?

– Comme il y en a qui disent qu'ils ne sont pas venus par le détroit de Béring. Tu connais ? C'est en Alaska. C'est de l'eau. Un petit bout d'eau de rien du tout entre l'Alaska et la Russie. Il y a longtemps, c'était de la terre, et c'est par là que les Indiens sont venus. De Chine ou de Mongolie. En fait les Indiens sont des Jaunes.

– Je ne savais pas », dis-je. J'avais moins peur, maintenant. Apparemment le camionneur me jugeait sur mon apparence.

« Mais il y en a qui me disent qu'ils ne sont pas venus par là. Ils disent qu'ils viennent d'une île engloutie, genre Atlantide.

– C'est pas les seuls.

– Tu sais ce qu'ils disent aussi ?

– Quoi ?

– Ils disent que c'est des Indiens qui ont écrit la Constitution. La Constitution des États-Unis ! »

En fait, c'est lui qui parla la plupart du temps. Je ne dis que quelques mots. Mais ma présence suffisait à le tenir éveillé. Les Indiens lui rappelèrent les météorites. Il y avait une météorite dans le Montana qui était sacrée pour les Indiens et bientôt il dissertait sur les paysages célestes auquel un camionneur est accoutumé, les étoiles filantes, les comètes et les rayons verts. « T'as déjà vu un rayon vert ? me demanda-t-il.

– Non.

– On dit qu'on ne peut pas photographier un rayon vert, mais moi je l'ai fait. J'ai toujours un appareil photo avec moi au cas où je tombe sur un truc dément de ce genre. Et un jour j'ai vu un rayon vert et j'ai sauté sur mon appareil et je l'ai eu. J'ai la photo chez moi.

– C'est quoi un rayon vert ?

– C'est la couleur que fait le soleil quand il se lève et qu'il se couche. Pendant deux secondes. C'est à la montagne qu'on le voit le mieux. »

Il m'emmena jusqu'en Ohio où il me laissa devant un motel. Je le remerciai et portai ma valise jusqu'à la réception. Ici aussi le costume me fut utile. Sans compter la valise luxueuse. Je n'avais pas l'air d'un fugueur. Le réceptionniste eut peut-être des doutes quant à mon âge, mais je posai immédiatement l'argent sur le comptoir, et la clé suivit.

Après l'Ohio vint l'Indiana, l'Illinois, et le Nebraska. J'empruntai des breaks, des voitures de sport, des camionnettes de location. Les femmes seules ne me prenaient jamais, rien que les hommes, ou des hommes accompagnés de femmes. Un couple de touristes hollandais me chargea, qui se plaignit du manque de goût de la bière américaine. J'étais une aubaine pour les couples qui se disputaient et en avaient assez d'être en tête à tête. Chaque fois, on me prit pour l'adolescent que je devenais chaque minute de manière plus concluante. Sophie Sassoon n'étant plus là pour m'épiler la moustache, une sorte de tache commençait à apparaître au-dessus de ma lèvre supérieure. Ma voix continuait à devenir plus grave. Chaque secousse sur la route faisait descendre un peu plus ma pomme d'Adam.

Quand on me le demandait, je répondais que j'allais entrer en première année d'université en Californie. Je ne savais pas grand-chose du monde, mais j'en savais un peu sur les universités, ou du moins sur l'école, et je racontais que j'allais être interne à Stanford. Pour être franc, mes chauffeurs n'étaient pas très soupçonneux. Ce que j'allais faire ne les intéressait pas. Ils avaient leurs propres soucis. Ils s'ennuyaient, ou ils étaient seuls, et avaient besoin de quelqu'un à qui parler.

Tel un nouveau converti, au début j'en faisais trop. Quelque part près de Gay, dans l'Indiana, j'adoptai une démarche chaloupée. Je souriais peu. Je traversai tout l'Illinois avec les yeux à demi fermés de Clint Eastwood. Je bluffais, mais pas plus que la plupart des hommes. Nous nous regardions tous les yeux à demi fermés. Ma démarche n'était pas différente de celle de bien des adolescents qui essaient de paraître plus virils qu'ils ne le sont. C'est pourquoi elle était convaincante. Sa fausseté même la rendait crédible. De temps à autre je m'oubliais. Sentant que j'avais quelque chose sous la semelle, je pliais le genou et regardais par-dessus mon épaule, plutôt que de croiser la jambe devant moi et de tourner mon pied. Je préparais ma monnaie dans ma main plutôt que de la sortir de ma poche. De telles erreurs me faisaient paniquer, mais bien à tort. Personne ne les remarquait. Ce qui m'aidait, c'est qu'en général, les gens ne remarquent pas grand-chose.

Vous affirmer que je comprenais tout ce que je ressentais serait mentir. À quatorze ans, ce n'est pas le cas. L'instinct de préservation m'avait enjoint de me sauver, et je me sauvais. La peur me poursuivait. Mes parents me manquaient. Je me sentais coupable de l'inquiétude que je leur causais. Le rapport du Dr. Luce me hantait. La nuit, dans les motels, je m'endormais en pleurant. Je ne me sentais pas moins un monstre du fait que je fuyais. Devant moi je ne voyais que l'humiliation et le rejet, et je pleurais sur mon sort.

Mais au réveil je me sentais mieux. Je quittais ma chambre et allais humer l'air du monde. J'étais jeune et, malgré ma peur, plein de vitalité. Il m'était impossible de rester longtemps pessimiste. J'étais capable de m'oublier durant de longues périodes. Au petit déjeuner, je prenais des beignets arrosés d'un café très sucré avec beaucoup de lait. Pour me remonter le moral, je faisais des choses que mes parents m'auraient interdites, comme de commander deux et parfois trois desserts et de ne jamais manger de salade. J'étais maintenant libre de laisser pourrir mes dents ou de poser les pieds sur le dos des fauteuils. Parfois, je rencontrais d'autres fugueurs rassemblés à l'abri d'un pont ou d'une canalisation asséchée, qui fumaient, la capuche de leur sweat-shirt sur la tête. Ils étaient plus endurcis que moi, et je me tenais à l'écart. Ils venaient de foyers désunis, avaient été maltraités et maltraitaient maintenant les autres. Je n'avais rien en commun avec eux. Je poursuivais ma route seul.

Et maintenant, au milieu de la Prairie, apparaît le mobile home de Myron et Sylvia Bresnick, de Pelham, New York. Tel un chariot des temps modernes, il surgit des hautes herbes ondulant au vent et s'arrête. Une porte s'ouvre, pareille à celle d'une maison et à l'intérieur apparaît une femme vive d'environ soixante-dix ans.

« Je pense que nous avons de la place pour toi », déclare-t-elle.

J'étais au bord de la route 80 dans l'ouest de l'Iowa et soudain je me retrouve dans le salon des Bresnick. Sur les murs, des photos encadrées de leurs enfants voisinent avec des gravures de Chagall. Sur la table basse est posée la biographie de Winston Churchill que Myron lit le soir, à l'étape.

Myron est un représentant en pièces détachées à la retraite. Sylvia était assistante sociale. De profil, on dirait un gentil Polichinelle, avec ses joues maquillées de rouge et son nez comique. Myron mâchonne son cigare.

Tandis que Myron conduit, Sylvia me fait visiter : les lits, la douche, le coin salon. À quelle université suis-je ? Qu'est-ce que je veux faire plus tard ? Elle me bombarde de questions.

Myron se détourne pour déclarer d'une voix tonnante : « Stanford ! Bonne université ! »

Et c'est juste à ce moment que ça se produit. Soudain un déclic se fait dans ma tête et je sens que j'ai trouvé le truc. Myron et Sylvia me traitent comme un fils. Sous l'influence de cette illusion collective, c'est ce que je deviens, du moins pour un moment. Identifié à un garçon, je m'identifie à un garçon.

Mais il doit rester en moi quelque chose de la fille. Car bientôt Sylvia me prend à part pour se plaindre de son mari. « Je sais bien que c'est vulgaire, les mobile homes. Tu devrais voir les gens qu'on rencontre aux haltes. Ils appellent ça le "style de vie mobile home". Oh, ils sont gentils – mais d'un ennui ! Ça me manque de ne pas pouvoir aller au spectacle. Myron dit qu'il a passé sa vie à sillonner le pays sans avoir le temps de le voir. Alors maintenant, il refait le parcours – lentement. Et devine qui doit suivre ?

– Mon cœur ? » Myron appelle. « Tu pourrais apporter un thé glacé à ton mari ? Il a la gorge desséchée. »

Ils me lâchèrent dans le Nebraska. Il me restait deux cent trente dollars. Je trouvai une chambre dans une sorte de pension où je passai la nuit. J'avais encore trop peur pour faire du stop la nuit.

Sur le chemin j'eus le temps de faire quelques petites retouches. La plupart des chaussettes que j'avais emportées étaient de la mauvaise couleur : roses, blanches, ou couvertes de baleines. Mes slips clochaient eux aussi. Dans un Woolworth de Nebraska City, j'achetai un lot de trois caleçons. Ma taille de fille était « large ». Ma taille de garçon, « médium ». J'en profitai pour visiter le rayon des articles de toilette. Le marché des produits pour hommes n'était pas développé comme aujourd'hui, avec ses doux onguents cachés sous des appellations rugueuses, et je ne trouvai qu'une étagère d'articles de première nécessité. Je pris un déodorant, un paquet de rasoirs jetables et une bombe de crème à raser. J'étais attiré par les bouteilles multicolores d'eau de Cologne, mais le seul mot me rappelait trop les professeurs de diction, les maîtres d'hôtel et les vieux qui vous serraient contre eux. Je pris un portefeuille aussi. J'étais gêné comme si j'avais acheté des préservatifs et j'évitai le regard du caissier, qui n'était pas beaucoup plus âgé que moi. Il avait des cheveux blonds et brillants. L'Amérique profonde.

Le plus difficile fut de m'habituer aux toilettes des hommes, avec leur saleté, leur odeur, les bruits de porcherie provenant de derrière les portes. Il y avait toujours des flaques d'urine par terre, des bouts de papier souillés collés aux cuvettes. La plupart du temps, en entrant dans un W-C, on était accueilli par un problème de plomberie, une marée brune, une soupe de cadavres de grenouilles. Penser que ce type d'endroit avait naguère été un refuge pour moi ! C'était bien fini maintenant. Au premier coup d'œil j'avais compris que les toilettes des hommes, contrairement à celles des femmes, n'étaient pas un lieu où trouver le réconfort. Il n'y avait souvent pas de miroir, ni de savon. Et tandis que derrière les portes, les hommes ne se gênaient pas pour faire entendre toutes sortes de bruits, ceux qui étaient aux urinoirs étaient nerveux. Ils regardaient devant eux comme s'ils avaient eu des œillères.

C'est à des moments pareils que je comprenais ce que je laissais derrière moi : la solidarité d'une physiologie partagée. Les femmes savent ce que signifie avoir un corps. Elles comprennent ses difficultés et ses fragilités, ses gloires et ses plaisirs. Les hommes jugent que leur corps n'est qu'à eux. Leur rapport à lui demeure privé, même en public.

Un mot sur les pénis. Quelle était la position officielle de Cal sur les pénis ? Alors qu'il se trouvait cerné par eux, il réagissait comme s'il avait été une fille : avec autant d'horreur que de fascination. Les pénis n'avaient pas beaucoup fait pour moi. Mes copines et moi en avions une vision comique. Nous cachions notre intérêt coupable sous les gloussements ou le dégoût affecté. Comme toute écolière, j'avais rougi devant les statues romaines auxquelles les sorties en groupe m'avaient confrontée, attendant que la maîtresse ait le dos tourné pour jeter des regards furtifs. Est-ce que ça n'est pas notre premier cours sur l'art ? Les nus sont vêtus. Ils sont vêtus de pensées élevées. Étant mon aîné de six ans, mon frère n'avait jamais partagé la baignoire avec moi. Les aperçus que j'avais pu avoir de ses organes génitaux au cours des ans étaient d'autant plus brefs que j'avais toujours détourné les yeux. Même quand Jerome m'avait pénétrée je n'avais rien vu de ce qui se passait. J'aurais été intriguée par toute réalité qui me fût demeurée cachée si longtemps. Mais les révélations que m'offraient les toilettes pour hommes étaient décevantes dans l'ensemble. Nulle part le fier phallus n'était visible ; rien que chipolatas fripées, escargots sans coquille.

J'avais une peur bleue de me faire surprendre en train de regarder. Malgré mon costume, ma coupe de cheveux et ma taille, chaque fois que j'entrais aux toilettes, un cri retentissait dans ma tête : « Tu es chez les hommes ! » Mais chez les hommes était là où j'étais censé être. Personne ne me disait rien. Personne n'objectait à ma présence. Et donc je cherchais un siège qui eût l'air vaguement propre. J'étais obligé de m'asseoir pour uriner. C'est le cas aujourd'hui encore.

Le soir, sur les tapis moisis des chambres de motel, je

faisais des pompes et des abdominaux. Vêtu de mon seul caleçon, je m'examinais dans la glace. Ma poitrine plate, qui naguère m'avait désespéré, n'était plus pour moi un sujet d'inquiétude. Ne plus avoir à satisfaire à ces critères impossibles était un grand soulagement. Mais j'éprouvais parfois, à la vue de mon corps en pleine mutation, le sentiment d'avoir été délogé, comme si ce n'était pas le mien. Il était dur, osseux, blanc. Beau, à sa manière, supposais-je, mais spartiate. Pas réceptif ni accueillant du tout. Plutôt le genre conteneur.

C'est dans ces chambres d'hôtel que j'appris à connaître mon nouveau corps, ses exigences et contradictions particulières. L'Objet et moi-même avions travaillé dans le noir. Elle n'avait jamais vraiment exploré mon équipement. La clinique avait médicalisé mes organes génitaux. Tout le temps que j'y étais resté, ils avaient été insensibles ou légèrement irrités par les examens constants. Mon corps s'était barricadé afin de supporter l'épreuve. Mais le voyage le réveilla. La porte verrouillée et la chaîne accrochée, je faisais des expériences sur moi-même. Je me mettais des oreillers entre les jambes et, tandis que je regardais vaguement Johnny Carson, ma main prospectait. L'inquiétude que j'avais toujours ressentie quant à ma constitution m'avait empêché de procéder aux explorations que font la plupart des gosses. Ce n'est donc qu'à présent, alors que j'étais perdu pour le monde et tous ceux que je connaissais, que j'en avais le courage. Je ne peux pas minimiser l'importance de tout cela. Si j'avais des doutes quant à ma décision, si je songeais parfois à faire demi-tour, à aller retrouver mes parents et la clinique, ce qui m'en empêchait était cette extase privée entre mes jambes. Je savais qu'elle me serait enlevée. Loin de moi de surestimer le sexuel. Mais c'était une grande force pour moi, surtout à cet âge, où les nerfs sont prêts à répondre à la moindre provocation. C'est ainsi que Cal se découvrait, en des apogées voluptueux, liquides et stériles, allongé sur deux ou trois oreillers déformés, avec les stores tirés, la piscine vide et les voitures qui défilaient toute la nuit derrière la fenêtre.

À la sortie de Nebraska City, un coupé Nova argent à hayon arrière s'arrêta. J'accourus et ouvris la porte côté passager. Au volant se trouvait un bel homme d'une petite trentaine d'années. Il portait une veste en tweed et un chandail avec un col en v. Sa chemise écossaise était ouverte, mais le col était amidonné. Ses vêtements contrastaient avec ses manières décontractées.

« Salut, dit-il. Merci de vous être arrêté. »

Il alluma une cigarette et se présenta en tendant la main. « Ben Scheer.

– Je m'appelle Cal. »

Il ne posa pas les questions habituelles sur mon point de départ et ma destination. Il se contenta de démarrer en demandant : « Où est-ce que tu as trouvé ce costume ?

– À l'Armée du Salut.

– Chouette.

– Vraiment ? » dis-je. Puis, après un instant de réflexion : « Vous vous moquez de moi.

– Pas du tout, répondit Scheer. J'aime l'idée de porter un costume dans lequel quelqu'un est mort. C'est très existentiel.

– Qu'est-ce que ça veut dire ?

– Quoi ?

– Existentiel. »

Il tourna le regard vers moi. « Un existentialiste est quelqu'un qui vit pour l'instant. »

Personne ne m'avait encore jamais parlé ainsi. Cela me plut. Tandis que nous traversions le paysage jaune, Scheer m'apprit d'autres choses intéressantes. Il me révéla l'existence de Ionesco et du théâtre de l'absurde. Et aussi d'Andy Warhol et du Velvet Underground. Il est difficile de rendre compte de l'excitation que de telles informations provoquent chez un gosse comme moi qui sort tout juste de sa cambrousse. Les Bracelets voulaient faire croire qu'elles étaient de l'Est et je crois que moi aussi, j'avais attrapé cette maladie.

« Vous avez vécu à New York ? lui demandai-je.
– Dans le passé.
– J'en viens. J'aimerais y vivre un jour.
– J'y ai vécu dix ans.
– Pourquoi vous êtes parti ? »

De nouveau il me regarda. « Un beau matin je me suis levé et je me suis rendu compte que si je ne partais pas, dans un an je serais mort. »

Cela aussi me sembla merveilleux.

Scheer avait un beau visage, à la peau pâle, avec quelque chose d'asiatique dans ses yeux gris. Ses cheveux frisés brun clair étaient scrupuleusement brossés et la raie qui les séparait méticuleusement tirée. Je remarquai bientôt d'autres raffinements dans sa manière de s'habiller, comme ses manchettes à initiales et ses mocassins italiens. Je fus immédiatement conquis. Scheer était le genre d'homme que j'aurais aimé être.

Soudain, du hayon arrière, parvint un soupir magnifique, d'une nostalgie à fendre l'âme.

« Comment ça va, Franklin ? » demanda Scheer.

À l'appel de son nom, Franklin leva son chef royal et tourmenté et je vis les taches blanc et noir d'un setter anglais. Il me considéra une fois d'un œil chassieux et blasé avant de retomber hors de vue.

Entre-temps Scheer quitta l'autoroute. Sa conduite en croisière était nonchalante, mais lorsqu'il exécutait une manœuvre, il le faisait de manière militaire, pétrissant vigoureusement le volant. Il s'arrêta sur le parking d'une supérette. « Je reviens tout de suite. »

Tenant sa cigarette à la hanche comme une cravache, il se dirigea à pas raccourcis vers le magasin. Durant son absence j'inspectai la voiture. Elle était d'une propreté immaculée. La boîte à gants contenait des cartes routières et des cassettes de Mabel Mercer. Scheer réapparut avec deux sacs pleins.

« Je crois qu'un petit coup pour la route s'impose. »

Ça aussi, c'était de la sophistication : on buvait du vin blanc de mauvaise qualité en guise de cocktail dans des gobelets en plastique, accompagné de cheddar coupé en petits morceaux au couteau suisse, sans oublier les olives. Nous reprîmes la route à travers le no man's land, tandis que Scheer me faisait ouvrir la bouteille et lui servir les hors-d'œuvre. J'étais devenu son page. Il avait mis une cassette de Mabel Mercer puis avait entrepris de m'expliquer son phrasé méticuleux.

Soudain il éleva la voix : « Les flics. Planque ton verre. »

Nous nous laissâmes dépasser par la voiture de patrouille, l'air de rien.

Scheer se mit à faire le flic : « Les p'tits malins d'la ville j'les renifle à cent mètres et en voilà deux ou j'm'appelle pas Jack. J'parierais qu'ils préparent quequ'chose de louche. »

À quoi je répondis par des rires, heureux de faire partie de ceux que rejetait un monde hypocrite et donneur de leçons.

Quand le jour se mit à tomber, Scheer s'arrêta devant un restaurant. Je craignais qu'il ne fût au-dessus de mes moyens mais Scheer me rassura : « Ce soir c'est moi qui invite. »

La salle était bondée et la seule table libre se trouvait près du bar.

Scheer passa la commande à la serveuse : « Une vodka-Martini, très sec, avec deux olives pour moi et une bière pour mon fils. »

La serveuse me regarda.

« Vous avez une pièce d'identité ?

– Pas sur moi, répondis-je.

– Peux pas vous servir, alors.

– J'ai assisté à sa naissance. Je me porte garant de son âge.

– Désolée, pas de pièce d'identité, pas d'alcool.

– Très bien, répliqua Scheer. Je prendrai une vodka-Martini, très sec, avec deux olives, et une bière. »

Les lèvres pincées, la serveuse déclara : « Si vous laissez votre ami boire la bière je ne peux pas vous la servir.

– Les deux sont pour moi », lui assura Scheer. Il baissa

un peu la voix, y injecta un ton grande université de l'Est dont l'autorité se fit sentir même dans ce boui-boui perdu au milieu des plaines. À contrecœur, la serveuse s'exécuta.

Comme elle s'éloignait, Scheer se pencha vers moi, retrouvant l'accent péquenot qu'il avait utilisé pour contrefaire le flic : « C'te p'tite a juste besoin d'se faire renverser dans l'foin. Et c'est toi, mon p'tit gars, qui vas lui mettre un bon coup. » Il ne semblait pas ivre, mais cette grossièreté était nouvelle. Ses mouvements, aussi, étaient moins précis, et sa voix plus forte. « Ouais, poursuivit-il, je crois que tu lui as tapé dans l'œil. Vous pourriez être heureux ensemble, toi et Mayella. » Moi aussi, la tête me tournait un peu sous l'effet du vin.

La serveuse apporta les boissons, qu'elle posa ostensiblement du côté de Scheer. Dès qu'elle eut disparu, il poussa la bière vers moi.

Je la bus à petites gorgées, la repoussant de l'autre côté de la table chaque fois que la serveuse apparaissait. C'était amusant.

Mais je ne passais pas inaperçu. Un homme assis au bar, vêtu d'une chemise hawaïenne et portant des lunettes de soleil, m'observait d'un air qui semblait désapprobateur. Mais alors son visage s'éclaira d'un sourire de connivence. Ce sourire me gêna et je détournai le regard.

Quand nous sortîmes du restaurant, le ciel s'était totalement obscurci. Avant de partir, Scheer ouvrit le hayon pour sortir Franklin. Le vieux chien ne pouvait plus marcher et Scheer le prit dans ses bras. « Allons-y, Franks », dit-il, avec une tendresse bourrue et, une cigarette entre les dents, le dos élégamment arqué d'une manière qui n'était pas sans rappeler la silhouette de Franklin Roosevelt soi-même, avec ses mocassins Gucci, sa veste en tweed aux tons dorés, les muscles puissants de ses jambes de joueur de polo bandés sous le poids de l'animal, il alla déposer son vieux compagnon dans les hautes herbes.

Avant de reprendre l'autoroute nous fîmes une nouvelle halte pour acheter de la bière. Durant l'heure qui suivit, Scheer en avala une grande quantité ; quant à moi je vidai une ou deux bouteilles. Je n'étais pas du tout sobre et j'avais très sommeil. Je m'appuyai contre la portière, jetant sur le paysage un œil vague. Une grosse voiture blanche nous dépassa, dont le conducteur me regarda en souriant, mais j'étais déjà en train de m'endormir.

Scheer me réveilla en me secouant l'épaule. « Je suis trop bourré pour conduire. Je m'arrête. »

Je ne répondis pas.

« Je vais trouver un motel. Je te paye une chambre. »

Je n'y fis pas d'objection. Bientôt apparurent les lumières d'un motel. Scheer descendit et revint avec ma clé. Il me conduisit à ma chambre, portant ma valise, et ouvrit la porte. Je m'écroulai sur le lit.

La tête me tournait. Je parvins tout juste à tirer le couvre-lit et à atteindre les oreillers.

« Tu vas dormir tout habillé ? » me demanda Scheer comme si l'idée l'amusait.

Je sentis sa main qui se promenait sur mon dos. « Il faut que tu enlèves tes vêtements », dit-il. Il commença à me déshabiller, mais je me redressai. « Laisse-moi dormir », marmonnai-je.

Scheer se pencha sur moi. D'une voix épaisse, il demanda : « Tes parents t'ont viré, Cal ? C'est ça ? » Soudain il avait l'air très ivre, comme si tout l'alcool absorbé au cours de la journée avait enfin fait son effet.

« Je vais dormir, dis-je.

– Allez, murmura-t-il, laisse-moi m'occuper de toi. »

Je me contractai sur moi-même, gardant les yeux fermés. Scheer fourra son nez contre ma joue, mais, n'obtenant pas de réaction, il n'insista pas. Je l'entendis qui ouvrait la porte et la refermait derrière lui.

Quand je me réveillai, la lumière de l'aube entrait par les fenêtres. Et Scheer était à côté de moi. Il me tenait maladroitement dans ses bras, les yeux fermés. « Je voulais juste dormir ici, dit-il d'une voix pâteuse. Juste dormir. » Ma chemise était déboutonnée. Scheer ne portait que ses sous-vêtements. La télévision était allumée, avec des bouteilles de bière vides posées dessus.

Il se mit à me serrer contre lui, pressant son visage contre le mien, soupirant. Je le laissai faire, me sentant obligé envers lui. Mais quand ses attentions devinrent plus pressantes et précises, je le repoussai. Il ne protesta pas. Il se roula en boule et s'endormit bientôt.

Je me levai et allai dans la salle de bains. Longtemps, je restai assis sur les toilettes, les genoux dans les bras. Quand je jetai un œil dans la chambre, Scheer dormait toujours à poings fermés. Il n'y avait pas de verrou à la porte de la salle de bains mais j'avais terriblement envie de prendre une douche. Je finis par me décider et me lavai rapidement, avec le rideau ouvert, sans quitter la porte des yeux. Puis j'enfilai une chemise propre, remis mon costume et quittai la chambre.

Il était encore très tôt. La route était vide. Je m'éloignai du motel et m'assis sur ma Samsonite. Le ciel immense. Quelques oiseaux. J'avais de nouveau faim. Et mal au crâne. Je sortis mon portefeuille et comptai le peu qui me restait. Pour la centième fois, je pensai appeler mes parents. Je commençai à pleurer, mais m'arrêtai bientôt. Puis j'entendis le bruit d'une voiture. Du parking du motel émergea une Lincoln Continental blanche. Je levai le pouce. La voiture s'arrêta devant moi et la vitre électrique s'abaissa lentement. Au volant se trouvait l'homme que j'avais vu la veille au restaurant.

« Où tu vas ?

– En Californie. »

De nouveau le sourire. Comme quelque chose qui éclate.

« Eh bien, c'est ton jour de chance. J'y vais moi aussi. »

Je n'hésitai qu'un instant. Puis j'ouvris la portière arrière et posai ma valise sur la banquette. Je n'avais pas tellement le choix.

Dysphorie de genre à San Francisco

Il s'appelait Bob Presto. Il avait de grosses mains douces et blanches et le visage poupin et portait une chemise mexicaine en coton blanc rebrodé d'or. Il était fier de sa belle voix, ayant été speaker à la radio pendant de nombreuses années. Ce qu'il faisait aujourd'hui, il ne le précisa pas, mais la nature lucrative de son activité, à voir la Continentale blanche aux sièges en cuir rouge, sa montre en or et ses bagues serties de pierres précieuses, sa coiffure de présentateur télé, ne faisait pas de doute. Malgré ces touches adultes, Presto avait quelque chose du fils à sa maman. Il avait un corps de petit gros, bien qu'il fût grand, et devait peser pas moins de cent kilos.

Notre conversation débuta comme à l'accoutumée, Presto me posant des questions sur moi et moi lui répondant par les mensonges habituels.

« Où tu vas en Californie ?

– À l'université.

– Laquelle ?

– Stanford.

– Impressionnant. J'ai un beau-frère qui est allé à Stanford. Il se prend pas pour de la merde. Où est-ce déjà ?

– Stanford ?

– Ouais, quelle ville ?

– J'ai oublié.

– T'as oublié. Je pensais que les étudiants de Stanford étaient censés être malins. Comment tu vas y aller si tu ne sais pas où c'est ?

– Je dois retrouver un ami. Il a tous les détails.

– C'est chouette d'avoir des amis », déclara Presto. Il se tourna pour me faire un clin d'œil. Je ne savais pas comment l'interpréter. Je me contentai de fixer la route devant moi.

La banquette entre nous ressemblait à un buffet, jonchée qu'elle était de bouteilles de boissons diverses, de paquets de chips et de petits gâteaux. Presto m'invita à y piocher. J'avais trop faim pour refuser et pris quelques gâteaux que j'essayai de ne pas avaler trop goulûment.

« Je vais te dire, reprit Presto, plus je vieillis, plus les étudiants ont l'air jeune. J'aurais juré que tu étais encore au lycée. T'es en quelle année ?

– Première. »

De nouveau le visage de Presto s'éclaira de son grand sourire. « J'aimerais bien être à ta place. L'université c'est les meilleures années de la vie. J'espère que tu es prêt à te taper toutes ces filles. »

Cette phrase fut accompagnée d'un gloussement, auquel je me crus obligé de faire écho. « J'ai eu un tas de petites amies à l'université, Cal. Je travaillais à la radio. J'avais plein de disques à l'œil. Et quand une fille me plaisait, je lui dédiais des morceaux. » Il me donna un échantillon de son style en susurrant d'une voix de crooner : « Pour Jennifer, l'anthropologue la plus intéressante que j'aie jamais rencontrée. Tu m'invites à potasser avec toi ce soir, chérie ? »

Presto baissa la tête et leva les sourcils d'un air modeste. « Laisse-moi te donner un petit conseil à propos des femmes, Cal. La voix. La voix excite terriblement les femmes. Ne sous-estime jamais le pouvoir de la voix. » Celle de Presto, profonde, était effectivement un bel exemple de dimorphisme masculin. La graisse de sa gorge accentuait sa résonance, ainsi qu'il me l'expliqua. « Prends mon ex-femme, par exemple. Quand on s'est rencontrés, la moindre chose que je lui disais la rendait folle. Quand on baisait je lui disais : "marrons chauds" – et elle jouissait. »

Comme je ne répondais pas, Presto demanda : « Tu n'es pas choqué, au moins ? Tu n'es pas un mormon en mission, quand même ? Avec ton costume ?

– Non.

– Bien. Je me suis inquiété un instant. Fais-moi encore entendre ta voix. Vas-y, donne tout ce que tu as.

– Qu'est-ce que vous voulez que je dise ?

– Dis : “Marrons chauds.”

– Marrons chauds.

– Je ne travaille plus à la radio. Je ne suis pas un professionnel. Mais à mon humble avis, tu n'as pas l'étoffe d'un DJ. Toi, tu es un ténor. Si tu veux baiser, tu ferais bien t'apprendre à chanter. » Il rit mais, malgré le grand sourire qu'il m'adressa, il m'examinait d'un œil froid. Il conduisait d'une main, mangeant des chips de l'autre.

« Ta voix n'est pas banale pourtant. Difficile à définir. »

Je jugeai préférable de garder le silence.

« Quel âge as-tu, Cal ?

– Je vous l'ai dit.

– Non, tu ne me l'as pas dit.

– Je viens d'avoir dix-huit ans.

– Quel âge tu crois que j'ai ?

– Je ne sais pas. Soixante ?

– Okay. Descends tout de suite. Soixante ! J'ai cinquante-deux ans, putain !

– J'allais dire cinquante.

– C'est tous ces kilos. » Il secoua la tête. « Je n'avais pas l'air vieux jusqu'à ce que je grossisse. Un maigrelet comme toi ne peut pas se rendre compte. D'abord, quand je t'ai vu sur le bord de la route, je t'ai pris pour une fille. J'avais pas remarqué le costume. J'ai vu que ta silhouette. Et j'ai pensé : “Bon Dieu, qu'est-ce qu'une petite jeune comme ça fait là ?” »

Maintenant j'étais incapable de regarder Presto en face. Je commençais à me sentir très mal à l'aise.

« Et après je t'ai reconnu. Je t'avais déjà vu. Au resto. Tu étais avec ce pédé ? » Il y eut un silence. Je l'avais pris pour un amateur de jeunettes. « Tu es gay, Cal ?

– Quoi ?

– Tu peux me le dire, tu sais. Je ne suis pas gay, mais je n'ai rien contre.

– Je voudrais descendre s'il vous plaît. Vous pouvez vous arrêter ? »

Presto lâcha le volant et leva les deux mains paumes en l'air. « Désolé. Excuse-moi. Plus d'interrogatoire. Je ne dirai plus un mot.

– Laissez-moi descendre.

– Si c'est vraiment ce que tu veux, okay. Mais c'est idiot. Nous allons tous les deux au même endroit, Cal. Je t'emmène à San Francisco. » Il ne ralentit pas et je ne le lui redemandai pas. Il tint sa parole et dès lors demeura silencieux, se contentant de chantonner avec la radio. Toutes les heures il s'arrêtait pour aller aux toilettes et acheter d'autres bouteilles géantes de Pepsi, d'autres petits gâteaux au chocolat, d'autres bâtons de réglisse et d'autres chips au maïs. Dès qu'il redémarrait, il recommençait à s'empiffrer. Il mâchait la tête renversée pour ne pas mettre de miettes sur sa chemise. Le liquide descendait en glougloutant dans sa gorge. Notre conversation demeurait générale. Nous traversâmes la Sierra, quittâmes le Nevada, et entrâmes en Californie. Nous nous arrêtâmes pour déjeuner dans un drive-thru. Presto paya les hamburgers et les milk-shakes et je conclus qu'il était plutôt sympathique et que je n'avais rien à craindre de lui.

« C'est le moment de prendre mes pilules, dit-il après le déjeuner. Cal, tu peux me passer mes flacons ? Ils sont dans la boîte à gants. »

Il y en avait cinq ou six. Je les tendis un à un à Presto qui essayait de lire les étiquettes de côté. « Tiens, finit-il par dire, conduis une minute. » Je me penchai pour prendre le volant, plus près de Bob Presto que je n'aurais voulu l'être, tandis qu'il s'escrimait avec les capsules et faisait tomber les pilules dans sa paume. « J'ai le foie bousillé. À cause de cette hépatite que j'ai attrapée en Thaïlande. Ce foutu pays a failli avoir ma peau. » Il me montra une pilule bleue. « C'est celle-là pour le foie. J'en ai aussi pour la circulation. Et pour l'hypertension. Mon sang est foutu. Je ne devrais pas manger autant. »

C'est ainsi que nous roulâmes toute la journée, atteignant San Francisco en début de soirée. Quand je vis la ville, gros gâteau de mariage rose et blanc disposé sur les collines, une anxiété nouvelle me saisit. Jusqu'alors j'avais été absorbé par la nécessité d'arriver à destination. Maintenant que je l'avais atteinte, je ne savais quoi faire ni comment survivre.

« Je te lâche où tu veux, dit Presto. Tu as une adresse, Cal, celle de ton ami ?

– N'importe où fera l'affaire.

– Je vais t'emmener à Haight Ashbury. De là tu pourras te repérer facilement. » Nous entrâmes en ville et finalement Bob Presto s'arrêta et j'ouvris la portière.

« Merci pour la balade, dis-je.

– Je t'en prie », répondit Presto. Il me tendit la main. « À propos, c'est Palo Alto.

– Quoi ?

– Stanford est à Palo Alto. Tu ferais bien de t'en souvenir si tu veux qu'on croie que tu es à l'université. » Il attendit que je réponde. Puis, d'une voix étonnamment tendre, un truc professionnel, nul doute, mais non sans effet, il me demanda : « Dis-moi, petit, tu as un endroit où aller ?

– Ne vous en faites pas pour moi.

– Je peux te poser une question, Cal ? Qu'est-ce que tu es, en fin de compte ? »

Sans répondre je sortis de la voiture et ouvris la portière arrière. Presto se retourna sur son siège, une manœuvre délicate pour lui. Sa voix était toujours douce, profonde, paternelle : « Allez. Je suis de la partie. Je pourrais t'aider. Tu es un transsexuel ?

– Salut.

– Ne sois pas vexé. J'en connais un sacré bout là-dessus.

– Je ne sais pas de quoi vous parlez. » Je sortis ma valise.

« Hé, pas si vite. Tiens. Au moins prends mon numéro. Un gosse comme toi pourrait m'être utile. Quoi que tu sois. Tu as besoin d'argent, non ? Si tu veux gagner facilement un paquet de blé, passe un coup de fil à ton vieil ami Presto. »

Je pris le numéro pour me débarrasser de lui. Puis je me mis en marche comme si je savais où j'allais.

« Fais gaffe au parc la nuit, me cria Presto de sa voix de stentor. C'est pas un endroit très recommandable. »

Ma mère disait que le cordon ombilical qui la reliait à ses enfants n'avait jamais été complètement coupé. Dès que le Dr. Philobosian eut tranché le lien charnel, un autre, spirituel, s'était mis à pousser à sa place. Après ma disparition, Tessie avait plus que jamais ressenti la vérité de cette idée fantasque. La nuit, tandis qu'allongée dans son lit, elle attendait que les tranquillisants fassent leur effet, elle posait la main sur son nombril, comme un pêcheur qui vérifie la tension de sa ligne. Il semblait à Tessie qu'elle sentait quelque chose comme de légères vibrations qui lui indiquaient que j'étais encore en vie, bien que loin d'elle, affamé et, peut-être, mal en point. Tout cela lui parvenait en une sorte de chantonnement le long du cordon invisible, un peu comme le chant qu'échangent les baleines dans les profondeurs de la mer.

Pendant presque une semaine, mes parents étaient restés au Lochmoor, espérant que j'y retourne. Finalement, le policier chargé de l'enquête leur conseilla de rentrer chez eux. « Votre fille appellera peut-être. Ou réapparaîtra là-bas. C'est ce qu'ils font généralement. Nous vous préviendrons tout de suite si nous la retrouvons. Croyez-moi. La meilleure chose à faire est de rentrer chez vous et de rester près du téléphone. » À contrecœur, mes parents suivirent son conseil.

Avant leur départ, toutefois, ils allèrent voir le Dr. Luce. « Mieux vaut ne rien savoir qu'en savoir un peu, leur déclara le Dr. Luce en guise d'explication. Il est possible que Callie ait regardé son dossier pendant que j'étais sorti. Mais elle n'a pas compris ce qu'elle a lu.

– Mais qu'est-ce qui a pu la faire fuir ? demanda Tessie.

– Elle a mal interprété les faits, répondit Luce. Elle les a trop simplifiés.

– Je vais être franc avec vous, Dr. Luce, dit Milton. Notre fille vous traite de menteur dans le mot qu'elle nous a laissé. J'aimerais que vous m'expliquiez pourquoi elle a écrit une chose pareille. »

Luce eut un sourire indulgent. « Elle a quatorze ans. Elle ne fait pas confiance aux adultes.

– Est-ce qu'on peut jeter un coup d'œil sur le dossier ?

– Ça ne vous aidera en rien. L'identité de genre est une chose très complexe. Ce n'est pas une simple question de génétique. Ni une question de facteurs environnants. Gènes et environnement convergent à un moment critique. Cela fait trois paramètres à prendre en compte.

– Je voudrais qu'une chose soit claire, l'interrompit Milton. Êtes-vous toujours d'avis que Callie devrait rester telle qu'elle est ?

– D'après le profil psychologique que j'ai pu dresser durant la brève période où j'ai traité Callie, je dirais oui, mon avis est que son identité de genre est féminine. »

N'y tenant plus, Tessie s'écria : « Alors pourquoi est-ce qu'elle dit qu'elle est un garçon ?

– Elle ne me l'a jamais dit à moi, répliqua Luce. C'est une nouvelle pièce du puzzle.

– Je veux voir ce dossier, exigea Milton.

– J'ai peur que ce soit impossible. Ce dossier est ma propriété privée. Vous pouvez voir les résultats des examens de sang et des autres examens. »

Milton explosa et se mit à insulter Luce à grands cris. « Je vous tiens pour responsable. Vous entendez ? Notre fille n'est pas du genre à s'enfuir comme ça. Vous avez dû lui faire quelque chose. L'effrayer.

– C'est sa situation qui l'a effrayée, Mr. Stephanides, répondit Luce. Et il faut que je vous dise quelque chose. » Il tapota le bureau de ses jointures. « Il est de la plus haute importance que vous la retrouviez le plus tôt possible. Les répercussions pourraient être graves.

– De quoi parlez-vous ?

– De dysphorie. De dépression. Elle est psychologiquement très fragile.

– Tessie. » Milton regarda sa femme. « Tu veux voir le dossier ou est-ce qu'on s'en va et qu'on laisse ce salopard se baiser tout seul ?

– Je veux voir le dossier, dit-elle en reniflant. Et ne sois pas grossier, s'il te plaît. Essayons de rester en bons termes. »

Finalement, Luce avait cédé. Après qu'ils eurent lu le dossier, il leur proposa d'étudier de nouveau mon cas dans l'avenir et exprima le souhait qu'on me retrouve bientôt.

« Pour rien au monde je ne lui ramènerai Callie, dit ma mère alors qu'ils quittaient la clinique.

– Je ne sais pas ce qu'il a fait pour effrayer Callie, répondit mon père, mais il a fait quelque chose. »

Ils rentrèrent à Middlesex à la fin du mois de septembre. Les feuilles tombaient des hêtres, laissant les rues sans protection. Il se mit à faire froid, et la nuit, dans son lit, Tessie écoutait le vent et les feuilles qui bruissaient, se demandant où je dormais et si j'étais en sécurité. Les tranquillisants réduisaient moins sa panique qu'ils ne la déplaçaient. Sous leur effet sédatif, Tessie se retira dans un coin secret d'elle-même, une sorte de plate-forme d'observation d'où elle pouvait considérer son anxiété. À ces moments, la peur la quittait un peu. Les pilules lui asséchaient la bouche, elle avait l'impression d'avoir la tête dans du coton et sa vision périphérique était constellée d'étoiles. Elle était supposée ne prendre qu'une pilule à la fois, mais souvent elle en prenait deux.

C'est à mi-chemin entre conscience et inconscience que Tessie était le plus à son aise pour réfléchir. Pendant la journée, elle s'étourdissait de compagnie – il y avait sans cesse des gens qui arrivaient avec de la nourriture et elle devait leur préparer des plateaux et nettoyer après eux –

mais la nuit, alors qu'elle approchait de la stupéfaction, elle avait le courage de s'affronter au mot que j'avais laissé derrière moi.

Ma mère ne pouvait m'imaginer autrement qu'étant sa fille. Ses pensées tournaient toujours dans le même cercle. Les yeux mi-ouverts, Tessie laissait errer son regard sur la chambre obscure aux recoins scintillants, et voyait devant elle tous les vêtements et objets qui avaient été les miens. On aurait dit qu'ils étaient entassés au pied de son lit, les chaussettes à rubans, les poupées, les barrettes, la collection des aventures de Madeline, les robes à volants, la cuisinière miniature, le hula hoop. Ces choses étaient la piste qui menait à moi. Comment une telle piste pouvait-elle mener à un garçon ?

Et pourtant, apparemment, tel était le cas. Tessie revenait sur les événements des derniers dix-huit mois écoulés, à la recherche d'indices qui avaient pu lui échapper. Ce n'était pas si différent de ce que toute mère, confrontée à une terrible nouvelle concernant sa fille, aurait fait. Si j'étais mort d'une overdose ou si j'étais entré dans une secte, les pensées de ma mère auraient pris à peu près la même forme. La réévaluation était la même, mais les questions étaient différentes. Était-ce pour ça que j'étais si grande ? Que je n'avais pas eu mes règles ? Elle pensait à nos séances d'épilation à la Toison d'or et à mon alto voilé – à tout, en réalité : le fait que mes robes ne tombaient pas bien, que je ne trouvais plus ma taille dans les gants de femme. Tout ce que jusqu'alors Tessie mettait sur le compte de l'âge ingrat lui semblait maintenant avoir été des signes de mauvais augure. Comment avait-elle pu s'aveugler à ce point ! C'était ma mère, elle m'avait donné le jour, elle était plus proche de moi que je ne l'étais moi-même. Mes peines et mes joies étaient les siennes. Mais est-ce que le visage de Callie n'était pas bizarre parfois ? Si intense, si... masculin. Et pas un pouce de graisse, nulle part, que la peau et les os, pas de hanches. Mais ce n'était pas possible... et le Dr. Luce avait déclaré que Callie était... et pourquoi n'avait-il pas parlé des chromosomes... et comment cela pouvait-il être possible ? Ainsi défilaient les pensées de ma mère, à mesure que son esprit s'obscurcissait et que les étoiles s'éteignaient. Et après avoir pensé toutes ces choses, Tessie pensait à l'Objet, à mon amitié avec l'Objet. Elle se rappelait le jour où cette fille était morte sur scène, se rappelait s'être précipitée en coulisse pour me trouver tenant l'Objet dans mes bras, la réconfortant, caressant ses cheveux, et l'expression sur mon visage, qui n'avait rien à voir avec la tristesse...

Arrivée à la dernière pensée, Tessie faisait demi-tour.

Milton, lui, ne perdait pas de temps à réévaluer les indices. Callie avait déclaré : « Je ne suis *pas* une fille. » Mais Callie n'était qu'une gosse. Que savait-elle ? Les gosses disent tout un tas d'âneries. Mon père ne comprenait pas ce qui m'avait fait fuir l'opération. Il était incapable d'imaginer pourquoi je ne voulais pas être guérie. Pour lui, spéculer sur les raisons de ma fuite était inutile. D'abord il fallait me retrouver. Me ramener saine et sauve. On s'occuperait de mon cas plus tard.

C'était à quoi il s'était attelé. Il passait une grande partie de la journée au téléphone avec les polices de divers États. Il harcelait l'inspecteur de la police de New York. Il consulta les annuaires téléphoniques à la bibliothèque publique, relevant les numéros de téléphone des commissariats de police et des abris pour fugueurs, puis il appela chaque numéro pour demander si on avait vu quelqu'un correspondant à ma description. Il envoya ma photographie à tous ces commissariats et la fit afficher dans tous les restaurants Hercule. Bien avant que mon corps nu n'apparaisse dans les manuels de médecine, mon visage apparut sur les tableaux d'affichage et les vitrines dans tout le pays. Le commissariat de San Francisco reçut une de ces photographies, mais il y avait peu de chances qu'elle serve à mon identification. Tel un véritable hors-la-loi, j'avais déjà changé mon apparence. Et la nature, de son côté, perfectionnait mon déguisement un peu plus chaque jour.

De nouveau, Middlesex se remplit de parents et d'amis. Tante Zo et nos cousins venaient apporter leur soutien moral à mes parents. Un jour, Peter Tatakis ferma plus tôt son cabinet de chiropractie et vint de Birmingham dîner avec Milt et Tessie. Jimmy et Phyllis Fioretos apportèrent du koulouria et des glaces. C'était comme si l'invasion de Chypre n'avait jamais eu lieu. Les femmes cuisinaient ensemble tandis que les hommes parlaient à voix basse au salon. Milton sortit du bar les bouteilles d'alcool poussiéreuses. Notre vieux damier de trictrac fit sa réapparition et quelques-unes parmi les femmes les plus âgées se mirent à égrener leur chapelet. Tout le monde savait que j'avais fugué mais personne ne savait pourquoi. Entre eux ils se demandaient : « Vous croyez qu'elle est enccinte ? » Et : « Est-ce que Callie avait un petit ami ? » Et : « Elle avait l'air d'être une brave gosse. Qui aurait dit qu'elle ferait une chose pareille ? » Et : « Ils étaient fiers de ses bonnes notes et de son école chic. Eh bien, maintenant, ils sont moins fiers. »

Le père Mike tenait la main de Tessie allongée sur son lit de douleurs. Vêtu de sa seule chemise noire à manches courtes et col en celluloïd, il l'assura qu'il prierait pour mon retour et lui conseilla d'aller mettre un cierge à l'église. Je me demande aujourd'hui quelle était l'expression du père Mike tandis qu'il tenait la main de ma mère dans sa chambre. Y avait-il un soupçon de *Schadenfreude*, de plaisir à contempler le malheur de son ex-fiancée ? De satisfaction à voir que l'argent de son beau-frère ne le protégeait pas des travers de l'existence ? Ou de soulagement à l'idée que pour une fois, sur la route du retour, Zoë ne pourrait pas le comparer à Milton à son désavantage ? Je suis incapable de répondre à ces questions. Quant à ma mère, elle était sous sédatifs, et se souvient seulement que la pression dans ses yeux allongeait bizarrement le visage du père Mike, lui donnant un air de personnage du Greco.

Le sommeil de Tessie était agité. La panique la réveillait constamment. Le matin, elle faisait son lit, mais après le petit déjeuner, elle allait souvent se recoucher. Ses orbites étaient sombres et on voyait les veines battre sur ses tempes. Quand le téléphone sonnait, elle avait l'impression que sa tête allait exploser.

« Allô ?

– Des nouvelles ? » C'était tante Zo. La déception étreignait le cœur de Tessie.

« Non.

– Ne t'inquiète pas. Elle reviendra. »

Elles parlèrent pendant une minute avant que Tessie ne dise qu'elle devait raccrocher. « Il ne faut pas que j'occupe la ligne trop longtemps. »

Tous les matins, un grand mur de brouillard descend sur la ville de San Francisco. Il prend naissance loin au large. Il se forme au-dessus des Farallons, couvrant les lions de mer sur leurs rochers, puis glisse sur Ocean Beach, emplissant le long bol vert de Golden Gate Park. Le brouillard cache les joggers matinaux et les pratiquants solitaires de tai-chi. Il embrume les fenêtres du pavillon de Verre. Il avance lentement sur la ville, sur les monuments et les cinémas, sur les repaires de drogués de Panhandle et les asiles de nuit de Tenderlion. Le brouillard cache les villas victoriennes aux couleurs pastel de Pacific Heights et voile les maisons couleur arc-en-ciel de Chinatown ; il monte dans les tramways, faisant sonner leurs cloches comme des balises flottantes ; il escalade le sommet de Coit Tower jusqu'à ce qu'on ne puisse plus la voir ; il se dirige sur Mission, où les mariachis dorment encore ; et il embête les touristes. Le brouillard de San Francisco, cette brume froide qui chaque matin débarbouille chacun de son identité, explique mieux que tout pourquoi cette ville est ce qu'elle est. Après la Seconde Guerre mondiale, c'est à San Francisco que débarquèrent la plupart des marins de retour du Pacifique. En mer, une grande partie de ces hommes avaient pris des habitudes mal vues sur la terre ferme. C'est pourquoi ces marins restaient à San Francisco, chaque jour plus nombreux et en attirant d'autres, jusqu'à ce que la ville devienne la capitale gay, la *Hauptstadt* homosexuelle. (Une nouvelle preuve du caractère imprévisible des choses : le quartier de Castro est le produit direct du complexe militaro-industriel.) C'est le brouillard qui plaisait à ces marins du fait qu'il prêtait à la ville cette atmosphère anonyme et changeante de la pleine mer, où il était beaucoup plus facile de changer d'identité. Parfois on ne sait si c'est le brouillard qui roule sur la ville ou si c'est la ville qui dérive à la rencontre du brouillard. Dans les années quarante, le brouillard cachait les activités des marins à leurs concitoyens. Et sa mission ne s'arrêta pas là. Dans les années cinquante il emplit la tête des beatniks comme la mousse de leurs cappuccinos. Dans les années soixante il embruma la tête des hippies comme la fumée de marijuana qu'ils aspiraient à pleins poumons. Et dans les années soixante-dix, quand Cal Stephanides arriva, le brouillard me cachait, moi et mes nouveaux amis, dans le parc.

Trois jours après mon arrivée dans le quartier de Haight Hashbury, je me trouvais dans un café, en train de manger mon second banana split. Je commençais à trouver moins de charme à ma nouvelle liberté. La consommation débridée de sucreries ne suffisait pas à chasser le blues comme la semaine précédente.

« T'as pas un peu de monnaie ? »

Je levai les yeux. Le dos voûté et les bras ballants, un spécimen d'un genre bien connu se tenait à côté de ma petite table au plateau de marbre. C'était un de ces fugueurs que j'évitais si soigneusement. Le capuchon de son sweat-shirt était relevé, encadrant une face rougeaude pleine de boutons.

« Désolé », dis-je.

Il se pencha, rapprochant son visage du mien. « T'as pas un peu de monnaie ? » répéta-t-il.

Je lui jetai un regard noir et déclarai : « Je pourrais te poser la même question.

– C'est pas moi qui me bâfre d'une glace.

– Je t'ai dit que je n'avais pas de monnaie. »

Il jeta un regard derrière moi et demanda d'un ton plus affable : « Comment ça se fait que tu trimbales cette énorme valoche ?

– C'est mon affaire.

– Je t'ai vu hier avec ce machin.

– J'ai assez d'argent pour cette glace mais c'est tout.

– T'as pas d'endroit où crécher ?

– J'en ai des tonnes.

– Tu m'offres un hamburger et je t'en indique un bon.

– Je t'ai dit que j'en avais des tonnes.

– Je connais un bon endroit dans le parc.

– Je peux aller tout seul dans le parc. N'importe qui peut aller dans le parc.

– Pas s'il veut pas se faire piquer son blé. T'es pas au courant, mec. Il y a des endroits sûrs et d'autres qui le sont pas dans le parc. Moi et mes potes, on a un bon endroit. Bien planqué. Même les flics savent pas où c'est. On peut faire la fête sans arrêt. Je pourrais te laisser t'y installer mais d'abord j'ai besoin d'un double cheese.

– C'était un hamburger il y a une minute.

– Faut pas traîner. Les prix montent sans arrêt. T'as pas dix-huit ans. J'ai seize ans et t'es pas plus vieux que moi. T'es de Marin ? »

Je secouai la tête. Cela faisait un bout de temps que je n'avais pas parlé à quelqu'un de mon âge. Ça faisait du bien. Je me sentais moins seul. Mais j'étais toujours sur mes gardes.

« T'es un gosse de riche, quand même, hein ? »

Je me tus. Et soudain il se fit implorant. Ses genoux se mirent à trembler. « Allez, mec, j'ai faim. Okay, oublie le double cheese. Un burger suffira.

– D'accord.

– Cool. Un burger. Et des frites. T'as dit des frites non ? Tu ne le croiras pas, mais mes parents sont riches, eux aussi. »

C'est ainsi que commença ma période Golden Gate

Park. Il se révéla que mon nouveau copain, Matt, ne mentait pas à propos de ses parents. Son père était un avocat spécialiste des divorces à Philadelphie. Matt était le plus jeune d'une famille de quatre enfants. Trapu, la mâchoire carrée, avec une voix de gorge voilée par la cigarette, il était parti l'été précédent pour suivre les Grateful Dead mais n'était pas rentré. Il vendait des T-shirts à leurs concerts, et de la marijuana ou de l'acide quand il en avait. Dans les profondeurs du parc il me mena à sa bande.

« C'est Cal, annonça Matt. Il va se poser ici un petit moment.

– C'est cool.

– T'es croque-mort, mec ?

– D'abord je l'ai pris pour Lincoln.

– Non, c'est juste son costume de voyage, expliqua Matt. Il a d'autres fringues dans sa valise, pas vrai ? »

J'acquiesçai.

« Tu veux acheter un T-shirt ? J'ai des T-shirts.

– D'accord. »

Le camp était situé dans un bosquet de mimosas dont les fleurs rouges duveteuses ressemblaient à des cure-pipes. Le long des dunes s'étendaient d'énormes buissons qui formaient des huttes naturelles. L'intérieur était creux, assez haut pour qu'on puisse s'y tenir assis, le sol sec. Les buissons protégeaient du vent et, la plupart du temps, de la pluie. Chacun contenait quelques sacs de couchage, on prenait celui qui était libre quand on avait envie de dormir. On vivait sous la loi de la communauté. Il y avait un brassage permanent, ceux qui partaient étant remplacés par ceux qui arrivaient. Le camp était équipé de tout le matériel que les partants laissaient derrière eux : un camping-gaz, une marmite, des couverts de toutes sortes, des bocaux, du matériel de couchage, et un frisbee fluo avec lequel les gars jouaient, m'enrôlant parfois dans une équipe quand il manquait un membre. (« Bon Dieu, tu lances comme une nana, mec. ») Leur équipement en matériel de fumerie et fioles de nitrate d'amyle était complet mais ils manquaient de serviettes, de sous-vêtements, de dentifrice. Un fossé à trente mètres et quelques de là servait de latrines. On pouvait se laver dans la fontaine près de l'aquarium, mais la nuit seulement, pour éviter la police.

Parfois un type amenait une copine. Je me tenais à distance, craignant qu'elle ne devine mon secret. J'étais pareil à un émigré qui se donne de grands airs et qui tombe sur un compatriote. Je ne voulais pas être démasqué, je gardais le silence. Mais de toute façon j'eusse été laconique. Tous étaient des fans du Grateful Dead et ils ne parlaient que de ça. Qui avait vu Jerry à quel concert. Qui avait un enregistrement pirate de tel concert. Matt n'avait pas terminé ses études secondaires mais il gardait en tête une quantité impressionnante de données concernant le Grateful Dead. Dates et itinéraires de leurs tournées, paroles de chacun de leurs titres, lieux, dates et nombre de leurs exécutions et lesquels ils n'avaient joués qu'une fois. Il vivait dans l'attente de l'exécution de certains titres comme le croyant attend le Messie. Un jour ils joueraient « Cosmic Charlie » et Matt Larson voulait être là pour assister au rachat de l'humanité. Il avait rencontré une fois Mountain Girl, la femme de Jerry. « Elle était tellement cool, déclara-t-il. Qu'est-ce que j'aimerais avoir une nana comme ça. Si je trouvais une fille aussi cool que Moutain Girl, je l'épouserais et j'aurais des enfants et tout le bazar.

– Tu travaillerais, aussi ?

– On pourrait suivre la tournée. On porterait nos bébés dans de petits sacs, comme des papooses, et on vendrait de l'herbe. »

Nous n'étions pas les seuls à vivre dans le parc. Des sans-abri à longue barbe, le visage brun de soleil et de crasse, occupaient des dunes de l'autre côté du champ. Ils étaient connus pour piller les camps et nous laissions toujours un gardien. C'était à peu près la seule règle que nous ayons.

Je restais avec les fans du Grateful Dead parce que

j'avais peur d'être seul. Avoir été sur la route me faisait comprendre l'intérêt d'appartenir à une bande. Nous étions partis pour différentes raisons. En temps normal, ces gosses n'auraient pas été mes amis, mais je m'en contentais, parce que je n'avais nulle part où aller. Avec eux, je n'étais jamais à l'aise. Mais ils n'étaient pas particulièrement cruels. S'ils se battaient quand ils avaient bu, ils étaient *a priori* non violents. Tout le monde lisait *Siddharta*, dont un vieil exemplaire de poche passait de main en main. Moi aussi je le lus. C'est une des choses que je me rappelle le mieux de cette époque : Cal assis sur un rocher, lisant Hermann Hesse et découvrant le Bouddha.

« On m'a dit que le Bouddha avait arrêté l'acide, déclara un jour un de mes camarades de fortune. C'était ça son illumination.

– Il n'y avait pas d'acide à l'époque.

– Non, c'était, genre, tu sais, un champignon.

– Pour moi, le Bouddha, c'est Jerry, mec.

– Ouais !

– Genre quand j'ai vu Jerry jouer ce pont de quarante-cinq minutes dans *Truckin in Santa Fe*, j'ai *su* que c'était le Bouddha. »

Je ne prenais part à aucune de ces conversations. Représentez-vous Cal au second plan tandis que tous les fans du Dead s'endorment progressivement.

J'avais fui sans penser à ce que serait ma vie. J'étais parti sans avoir nulle part où aller. Maintenant j'étais sale, je commençais à manquer d'argent. Tôt ou tard je serais obligé d'appeler mes parents. Mais pour la première fois de ma vie, je savais qu'il n'y avait rien qu'ils puissent faire pour m'aider. Rien que personne puisse faire.

Chaque jour j'emmenais la bande chez Ali Baba et leur payais à chacun un veggie burger à soixante-quinze cents. Je refusais de faire la manche et de dealer. Au début, j'allais parfois m'asseoir au bord de la mer, mais j'arrêtai bientôt. La Nature ne m'apportait aucune consolation. Il n'y avait plus d'extérieur. Je n'avais nulle part où aller qu'en moi-même.

Pour mes parents, c'était le contraire. Où qu'ils aillent, quoi qu'ils fassent, ils étaient accueillis par mon absence. Après la troisième semaine, l'afflux d'amis et de parents se tarit. La maison retomba dans le silence. Le téléphone ne sonna plus. Milton appela Chapitre Onze, qui vivait maintenant dans la Upper Peninsula, et lui dit : « C'est dur pour ta mère, nous ne savons toujours pas où est ta sœur. Je suis sûr que ça ferait du bien à ta mère de te voir. Pourquoi tu ne viens pas passer le week-end ? » Milton ne lui parla pas du mot que j'avais laissé. Durant mon séjour à la clinique il lui avait rendu compte de la situation en termes vagues. Chapitre Onze comprit, au ton de son père, que la situation était grave et accepta de venir passer les week-ends à la maison. Peu à peu, il apprit les détails de ma condition, réagissant de façon plus mesurée que mes parents ce qui leur permit, à Tessie du moins, de commencer à accepter la réalité. C'est au cours de ces week-ends que Milton, qui désirait tant renouer les liens avec son fils, le pressa une nouvelle fois d'entrer dans l'affaire familiale. « Tu ne sors plus avec cette Meg, n'est-ce pas ?

– Non.

– Eh bien, tu as lâché tes études d'ingénieur. Et qu'est-ce que tu fais maintenant ? Ta mère et moi n'avons pas une idée très claire de ta vie à Marquette.

– Je travaille dans un bar.

– Dans un bar ? Qu'est-ce que tu fais ?

– La cuisine. »

Milton se tut quelques instants. « Qu'est-ce que tu préfères : rester aux fourneaux ou diriger les Hot Dogs Hercule ? Après tout, c'est toi qui les as inventés. »

Chapitre Onze ne dit pas oui. Mais il ne dit pas non. Il avait été un fou de science, mais les années soixante étaient passées par là. Sous l'influence de cette décennie, il était devenu végétarien, étudiant en méditation transcendantale, mâcheur de boutons de peyotl. Jadis, il avait scié les balles de golf en deux pour voir ce qu'il y avait à l'intérieur ; mais ensuite mon frère s'était passionné pour ce qui était à l'intérieur de l'esprit. Convaincu de l'inefficacité des institutions pédagogiques, il s'était retiré de la civilisation. Tous deux nous eûmes notre période de retour à la nature, Chapitre Onze dans la Upper Peninsula, moi dans mon buisson de Golden Gate Park. Cependant, lorsque mon père lui fit sa proposition, Chapitre Onze avait commencé à se lasser des bois.

« Allez, dit Milton, allons manger un Hercule.

– Je ne mange pas de viande, objecta Chapitre Onze. Comment est-ce que je pourrais diriger l'affaire si je ne mange pas de viande ?

– J'ai pensé à ajouter des bars à salades, répliqua Milton. Il y a beaucoup de gens qui veulent garder la ligne aujourd'hui.

– Bonne idée.

– Ouais ? Tu trouves ? Tu pourrais t'occuper de ça alors. » Milton poussa son fils du coude. « Tu commenceras par être vice-président chargé des bars à salades. »

Ils allèrent à l'Hercule du centre ville. Il était plein. Milton salua le gérant, Gus Zaras, d'un « *Yasou* ».

Gus leva les yeux et, avec une seconde de retard, fit un grand sourire. « Hé, Milt. Comment va ?

– Très bien, très bien. J'ai amené le futur patron, dit-il en désignant Chapitre Onze.

– Bienvenu dans la dynastie familiale », plaisanta Gus en ouvrant les bras. Il riait trop fort. Il parut s'en rendre compte et s'arrêta. Il y eut un silence gêné. Puis Gus demanda : « Alors, Milt, qu'est-ce que tu prends ?

– Deux Hercule avec tout. Et qu'est-ce qu'on a qui est végétarien ?

– On a de la soupe aux pois.

– Okay. Donne un bol de soupe à mon fils.

– C'est parti. »

Milton et Chapitre Onze prirent deux tabourets. Après

un autre long silence, Milton dit : « Tu sais combien d'endroits comme celui-ci ton vieux possède aujourd'hui ?

– Combien ?

– Soixante-six. Huit en Floride. »

Milton n'alla pas plus loin et mangea ses Hercule en silence. Il savait parfaitement pourquoi Gus était si chaleureux. C'était parce qu'il pensait ce que tout le monde pense quand une fille disparaît. Il pensait au pire. Il y avait des moments où Milton pensait la même chose, lui aussi. Il ne l'avouait à personne, lui en premier. Mais chaque fois que Tessie parlait du cordon ombilical, quand elle prétendait qu'elle me sentait quelque part, Milton avait du mal à la croire.

Un dimanche, au moment où Tessie partait pour l'église, Milton lui tendit un gros billet. « Allume un cierge pour Callie. Prends-en une poignée. » Il haussa les épaules. « Ça peut pas faire de mal. »

Mais après son départ, il secoua la tête. « Qu'est-ce qui me prend ? Mettre des cierges ! Bon Dieu ! » Il était furieux de s'abandonner à de telles superstitions. Il se jura une nouvelle fois de me retrouver. De me ramener à la maison. D'une manière ou d'une autre. Un jour, l'occasion se présenterait et Milton Stephanides ne la raterait pas.

Le Grateful Dead vint à Berkeley. Matt et les autres allèrent en groupe au concert. Je reçus la mission de garder le campement.

Il est minuit dans le bosquet de mimosas. Je suis réveillé par du bruit. Des lumières bougent dans les buissons. Des voix murmurent. Les feuilles au-dessus de ma tête deviennent blanches et je vois l'armature des branches. Des lumières mouchettent le sol, mon corps, mon visage. La seconde suivante, une torche vient illuminer mon repaire.

Les hommes sont immédiatement sur moi. Le premier m'éclaire le visage tandis que le second saute sur ma poitrine en m'immobilisant les bras.

« Coucou, c'est l'heure de se lever », dit celui qui tient la torche.

Ce sont deux sans-abri venus des dunes. Tandis que l'un me maintient immobile, l'autre se met à fouiller.

« Qu'est-ce que vous gardez de bon ici, petits enculés ?

– Regarde-le, dit l'autre. Le petit enculé va chier dans son froc. »

Je presse mes jambes l'une contre l'autre sous l'emprise de la peur féminine.

Ils cherchent surtout de la drogue. Celui qui tient la torche secoue les sacs de couchage et fouille ma valise. Puis il s'accroupit près de moi.

« Où sont tous tes potes ? Ils t'ont laissé tout seul ? »

Il s'est mis à fouiller mes poches. Bientôt il trouve mon portefeuille qu'il vide, faisant tomber ma carte d'écolière. Il l'éclaire.

« Qui c'est ? Ta copine ? »

Il examine la photo avec un grand sourire. « Ta copine aime sucer les bites ? Je parierais que oui. » Il tient la carte d'identité devant sa braguette en bougeant les hanches. « Ah ouais, et comment !

– Fais voir », dit celui qui est sur moi.

Celui qui tient la lampe jette la carte d'identité sur ma poitrine. L'autre approche son visage du mien et dit d'une voix profonde : « Ne bouge pas, petit enculé. » Il lâche mes bras et prend la carte.

Je vois son visage maintenant. Une barbe en broussaille, des dents gâtées, le nez de travers. Il contemple la photo. « Maigrichonne. » Son regard se porte sur moi et son expression change.

« C'est une nana !

– Tu piges vite, mec. Je l'ai toujours su.

– Non, je veux dire *lui.* » Il me désigne du doigt. « C'est elle. Lui c'est une elle. » Il tend la carte à l'autre. De nouveau la torche éclaire Calliope vêtue de son chemiser et de son blazer.

L'homme assis sur moi m'adresse un grand sourire. « Petite cachottière. Tu voulais pas qu'on voie ce que tu planques dans ton pantalon, hein ? Tiens-la », ordonne-t-il. L'homme qui me chevauche plaque de nouveau mes bras au sol tandis que l'autre défait ma ceinture.

J'essayai de me défendre. Je me tortillai et donnai des coups de pied. Mais ils étaient trop forts. Il baissa mon pantalon sur mes genoux. Puis il dirigea la lampe sur l'endroit ainsi dévoilé et fit un bond en arrière.

« Bon Dieu !

– Quoi ?

– Putain !

– Quoi ?

– C'est un putain de monstre.

– Quoi ?

– Je vais gerber. Regarde ! »

Dès qu'il l'eut fait il me lâcha comme si j'étais contagieux. Il se releva, furieux. Sans s'être concertés, ils se mirent à me donner des coups de pied en jurant. J'attrapai la jambe de celui qui m'avait maintenu à terre et ne la lâchai pas.

« Lâche-moi, putain de monstre ! »

L'autre me donnait des coups de pied dans la tête. Il m'en donna trois ou quatre avant que je m'évanouisse.

Quand je revins à moi, tout était silencieux. J'avais l'impression qu'ils étaient partis. Puis j'entendis un gloussement. « Croisons le fer », dit une voix. Les deux jets jaunes, scintillants, croisés, me trempant.

« Retourne dans ton trou, monstre. »

Ils me laissèrent là.

Il faisait encore nuit quand j'arrivai à la fontaine près de l'aquarium et m'y baignai. Apparemment je ne saignais de nulle part. Mon œil droit était si enflé que je ne pouvais pas l'ouvrir. J'avais mal aux côtes si je respirais fort. J'avais la Samsonite de mon père avec moi et soixante-quinze cents en poche. J'avais envie plus que tout d'appeler à la maison. Au lieu de quoi, j'appelai Bob Presto. Il dit qu'il venait me chercher immédiatement.

Hermaphrodite

Il n'est pas surprenant que la théorie de Luce sur l'identité de genre ait eu tant de succès au début des années soixante-dix. À l'époque, selon les termes de mon premier coiffeur, tout le monde voulait être unisexe. Le consensus en allait ainsi : la personnalité était surtout déterminée par l'environnement. Chaque enfant était une page blanche. Ma propre histoire médicale n'était que le reflet de ce qui arrivait psychologiquement à tout le monde dans ces années-là. Les femmes devenaient plus comme des hommes et les hommes devenaient plus comme des femmes. Pendant un bref moment il sembla que la différence sexuelle avait fait son temps. Mais alors il arriva autre chose.

Cela s'appelait la biologie évolutionniste. Sous son influence, les sexes se retrouvèrent de nouveau séparés, les hommes en chasseurs et les femmes en cueilleuses. Ce n'était plus la culture, mais la nature qui nous formait. Les impulsions des hominidés datant de 20 000 ans av. J.-C. continuaient à nous contrôler. C'est ainsi que la télévision et les magazines aujourd'hui nous servent les simplifications à la mode. Pourquoi les hommes sont-ils incapables de communiquer ? (Parce qu'il faut se taire quand on chasse.) Pourquoi les femmes communiquent-elles si bien ? (Parce qu'il faut s'indiquer où se trouvent les fruits et les baies.) Pourquoi les hommes ne trouvent-ils jamais rien dans une maison ? (Parce que leur champ de vision est étroit, pour suivre les traces du gibier.) Pourquoi les femmes les trouvent-elles si facilement ?

(Parce que la protection du nid force à élargir le champ de vision). Pourquoi les hommes rechignent-ils à demander leur chemin ? (Parce que demander son chemin est un signe de faiblesse, et que le chasseur ne montre jamais sa faiblesse.) Voilà où nous en sommes aujourd'hui. Hommes et femmes, fatigués d'être identiques, veulent de nouveau être différents.

Il n'est donc pas surprenant que la théorie du Dr. Luce ait subi de nombreuses attaques dans les années quatre-vingt-dix. L'enfant n'était plus une page blanche ; chaque nouveau-né avait été gravé par la génétique et l'évolution. Ma vie se trouve au centre de ces débats. Je suis, dans un sens, leur solution. D'abord, quand je disparus, le Dr. Luce fut désespéré. Il avait perdu sa plus grande trouvaille. Mais ensuite, prenant peut-être conscience de la raison de ma fuite, il en vint à la conclusion que je n'étais pas une preuve à l'appui de sa théorie, mais contre elle. Il espéra que je resterais dans mon coin. Il publia ses articles sur moi en priant pour que je ne refasse pas surface pour les réfuter.

Mais ce n'est pas aussi simple que ça, bien sûr. Je ne colle avec aucune de ces théories. Ni celle des évolutionnistes ni celle de Luce. Mon profil psychologique ne s'accorde pas non plus avec l'essentialisme en faveur au sein du mouvement Intersex. Contrairement à d'autres pseudohermaphrodites masculins sur lesquels a écrit la presse, je ne me suis jamais senti mal dans ma peau de fille. Je ne me sens toujours pas complètement chez moi parmi les hommes. Le désir m'a fait passer dans le camp opposé, le désir et mon corps. Au vingtième siècle, la génétique a mis la notion grecque de destin dans nos cellules mêmes. Ce nouveau siècle que nous venons juste d'inaugurer a trouvé quelque chose de différent. Contrairement à toutes les attentes, le code qui sous-tend notre être est effroyablement inadéquat. Au lieu des 200 000 gènes attendus, nous n'en avons que 30 000. Pas beaucoup plus qu'une souris.

Et c'est ainsi qu'une nouvelle possibilité se fait jour.

Compromis, vague, esquissé mais pas entièrement oblitéré : le libre arbitre fait un come-back. La nature vous donne un cerveau. La vie en fait un esprit.

Quoi qu'il en soit, en 1974 à San Francisco, je travaille dur à m'en faire un.

La revoilà : l'odeur de chlore. Sous le parfum de la fille assise à califourchon sur ses genoux, distincte, même de celle de pop-corn qui colle encore aux sièges de l'ancien cinéma, Mr. Go détecte l'effluve reconnaissable entre tous de la piscine. Ici ? Au Soixante-Neuf ? Il renifle. Flora, la fille qui est sur ses genoux, demande : « Tu aimes mon parfum ? » Mais Mr. Go ne répond pas. Mr. Go a sa façon bien à lui d'ignorer les filles qu'il paye pour se trémousser sur ses genoux. Ce qu'il préfère c'est avoir une fille qui saute sur ses cuisses pendant qu'il en regarde une autre danser autour de la colonne scintillante au milieu de la scène. Mr. Go est capable de diviser son attention. Mais pas ce soir. L'odeur de piscine le distrait. Cela fait une semaine que ça dure. Tournant sa tête, doucement ballottée par les exercices de Flora, Mr. Go regarde la file d'attente qui est en train de se former derrière le cordon de velours. Les quelque cinquante sièges de la salle de spectacle sont presque tous vides. Dans la lueur bleue seule apparaît la tête de quelques spectateurs, certains solitaires, quelques-uns, comme Mr. Go, chevauchés par une compagne : ces amazones peroxydées.

Derrière le cordon de velours se trouve un escalier bordé de lumières clignotantes. Pour monter cet escalier il faut payer cinq dollars. Lorsque vous vous trouvez au premier étage du club (d'après ce que Mr. Go a entendu dire), vous n'avez pas d'autre choix que d'entrer dans une cabine, où il est alors nécessaire d'introduire des jetons, que vous devez acheter au rez-de-chaussée pour vingt-cinq cents pièce. Si vous faites tout cela, vous aurez le droit d'apercevoir quelque chose que Mr. Go ne comprend pas vraiment. L'anglais de Mr. Go est plus que passable. Cela fait cinquante-trois ans qu'il vit en Amérique. Mais l'affiche annonçant l'attraction du premier étage ne signifie pas grand-chose pour lui. C'est pour cette raison qu'il est curieux. L'odeur de chlore ne fait que le rendre plus curieux encore.

En dépit de l'affluence grandissante au premier étage depuis quelques semaines, Mr. Go n'est pas encore monté. Il est demeuré fidèle au rez-de-chaussée où, pour le prix de dix dollars, il a tout un choix d'activités. Mr. Go pourrait, s'il le désire, quitter la salle de spectacle pour pénétrer dans la chambre Noire au bout du couloir. Dans la chambre Noire se trouvent des torches électriques diffusant un faisceau de faible rayon. Là, sont entassés des hommes munis desdites torches. Si vous avancez suffisamment, vous trouvez une fille, parfois deux, étendues sur une scène recouverte de caoutchouc mousse. Bien sûr c'est un acte de foi que de postuler l'existence d'une fille réelle, ou même de deux. On ne voit jamais une fille entière dans la chambre Noire. On ne voit que des bouts. On voit ce que votre torche éclaire. Un genou, par exemple, ou un téton. Ou, ce qui intéresse particulièrement Mr. Go et ses compagnons, on voit la source de vie, la chose suprême, purifiée, abstraite du désordre de la personne qui y est associée.

Mr. Go pourrait aussi s'aventurer dans la salle de bal. Dans la salle de bal il y a des filles qui meurent d'envie de danser langoureusement avec Mr. Go. Cependant, il n'aime pas le disco et à son âge il se fatigue vite. C'est un trop gros effort de presser la fille contre les murs capitonnés de la salle de bal. Mr. Go préfère de beaucoup s'asseoir dans les sièges Art déco tachés de la salle de spectacle, qui faisaient partie à l'origine du mobilier d'un cinéma d'Oakland, aujourd'hui démoli.

Mr. Go a soixante-treize ans. Tous les matins, pour conserver sa virilité, il boit une infusion de poudre de corne de rhinocéros. Il mange aussi de la vésicule biliaire d'ours quand il en trouve à la pharmacie proche de son appartement. Ces aphrodisiaques semblent efficaces. Mr. Go va presque tous les soirs au Soixante-Neuf.

Si le club n'est pas bourré – ce qui est rarement le cas au rez-de-chaussée maintenant –, Flora favorisera Mr. Go de sa compagnie le temps de trois ou quatre chansons. Pour un dollar, elle le chevauchera le temps d'une chanson, mais elle peut rester une ou deux chansons supplémentaires, gratuitement. C'est un des avantages de Flora aux yeux de Mr. Go. Elle n'est pas jeune, Flora, mais elle a une jolie peau claire. Mr. Go sent qu'elle est en bonne santé.

Ce soir, toutefois, après seulement deux chansons, Flora quitte les genoux de Mr. Go en grommelant : « Je ne suis pas une agence de crédit, tu sais. » Elle s'éloigne d'un air digne. Mr. Go se lève, rajuste son pantalon et l'odeur de piscine parvient de nouveau à ses narines et sa curiosité prend le dessus. Il quitte la salle de spectacle d'un pas traînant et lève les yeux sur la pancarte en haut de l'escalier :

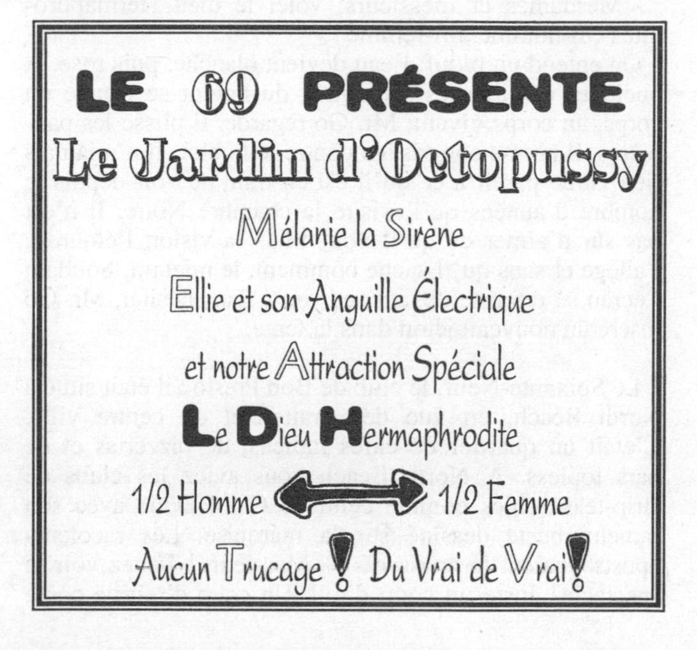

Et maintenant la curiosité de Mr. Go l'emporte. Il achète un ticket et une poignée de jetons et prend sa place dans la queue. Quand le videur le fait passer, il grimpe l'escalier clignotant. Les cabines ne sont pas numérotées, seules des lumières indiquent si elles sont occupées. Il en trouve une libre, ferme la porte derrière lui et insère un jeton dans la fente. Immédiatement, l'écran glisse pour révéler un hublot donnant sur les profondeurs marines. Un haut-parleur au plafond diffuse de la musique et une voix profonde commence à raconter une histoire :

« Il était une fois, dans la Grèce antique, un bassin magique. Ce bassin était voué à Salmacis, la nymphe des eaux. Et un jour Hermaphrodite, un beau garçon, alla s'y baigner. » La voix poursuit, mais Mr. Go n'a plus d'oreilles pour elle. Il regarde la piscine, qui est bleue et vide. Il se demande où sont les filles. Il commence à regretter l'achat du ticket. Mais alors la voix claironne :

« Mesdames et messieurs, voici le dieu Hermaphrodite ! Mi-homme, mi-femme ! »

On entend un plouf, l'eau devient blanche, puis rose. À quelques centimètres seulement du hublot se trouve un corps, un corps vivant. Mr. Go regarde. Il plisse les paupières. Il presse son visage contre le hublot. Il n'a jamais rien vu de pareil à ce qu'il est en train de voir depuis le nombre d'années qu'il visite la chambre Noire. Il n'est pas sûr d'aimer ce qu'il voit. Mais la vision l'étourdit, l'allège et sans qu'il sache comment, le rajeunit. Soudain l'écran se referme devant ses yeux. Sans hésiter, Mr. Go insère un nouveau jeton dans la fente.

Le Soixante-Neuf, le club de Bob Presto : il était situé à North Beach, en vue des gratte-ciel du centre ville. C'était un quartier de cafés italiens, de pizzerias et de bars topless. À North Beach vous aviez les clubs de strip-tease chics comme celui de Carol Doda avec son fameux buste dessiné sur la marquise. Les racoleurs apostrophaient les passants : « Messieurs ! Venez voir le spectacle ! Juste un coup d'œil. Un coup d'œil ne coûte rien. » Tandis que celui qui se tenait à la porte du club suivant criait : « Nos filles sont les plus belles, par ici, messieurs ! » Et le suivant : « Show érotique live, messieurs, et en plus chez nous vous pouvez regarder le football à la télé ! » Les racoleurs étaient tous des types intéressants, des poètes manqués, la plupart, qui passaient leur temps libre à feuilleter les livres de poche de New Directions à la librairie City Lights. Ils portaient des pantalons rayés, des cravates voyantes, des favoris, des boucs. Ils avaient tendance à ressembler à Tom Waits, ou peut-être est-ce l'inverse. Tels des personnages de David Mamet, ils peuplaient une Amérique qui n'avait jamais existé, l'idée qu'un gosse peut se faire des filous, marlous et autres figures du milieu.

On dit que San Francisco est la ville où les jeunes viennent prendre leur retraite. Et bien que je sois conscient que je rehausserais mon histoire par la description haute en couleur d'une descente dans les bas-fonds, je ne peux passer sous silence le fait que le North Beach Strip ne s'étend que sur quelques rues. San Francisco est une trop belle ville pour que puissent s'y installer des bas-fonds, et c'est ainsi que ces racoleurs étaient noyés dans la foule des touristes porteurs de miches de pain au levain et de paquets de chocolats de chez Ghirardelli. Dans la journée, les parcs étaient fréquentés par les patineurs et les joueurs de hockey. Mais le soir ils prenaient quand même une petite allure de bas-fonds, et de neuf heures du soir à trois heures du matin, des flots d'hommes entraient au Soixante-Neuf.

Qui était l'endroit où, à l'évidence, je travaillais maintenant. Cinq nuits par semaine, six heures par jour, pendant quatre mois – et, heureusement, plus jamais ensuite – je gagnai ma vie en exhibant la manière particulière dont j'étais formé. La clinique m'y avait préparé en émoussant ma pudeur et, de plus, j'avais absolument besoin d'argent. Et puis, l'entourage était réconfortant, du fait que j'y travaillais en compagnie de deux autres filles, soi-disant – Carmen et Zora.

Presto était un exploiteur, un chien du porno, un porc du sexe, mais j'aurais pu faire pire. Sans lui je ne me serais peut-être jamais trouvé. Après qu'il m'eut ramassé dans le parc, couvert de contusions et de bleus, Presto me ramena chez lui. Sa copine namibienne, Wilhelmina, pansa mes blessures. Je m'évanouis de nouveau et ils me déshabillèrent pour me mettre au lit. C'est alors que Presto prit conscience de l'étendue de son aubaine.

De temps à autre, je revenais à moi avant de retomber dans l'inconscience, attrapant des bribes de leur dialogue.

« Je le savais. Je l'ai su en le voyant au restaurant.

– Tu ne savais rien du tout, Bob. Tu croyais que c'était un transsexuel.

– Je savais que c'était une mine d'or. »

Et, plus tard, Wilhelmina : « Quel âge a-t-il ?

– Dix-huit.

– On ne le dirait pas.

– C'est lui qui le dit.

– Et tu as tout intérêt à le croire, n'est-ce pas, Bob ? Tu veux le faire travailler au club.

– C'est lui qui m'a appelé. Alors je lui ai fait une proposition. »

Plus tard encore : « Pourquoi tu ne téléphones pas à ses parents, Bob ?

– C'est un fugueur. Il ne veut pas que je téléphone à ses parents. »

Le jardin d'Octopussy datait d'avant mon apparition. Presto en avait eu l'idée six mois plus tôt. Carmen et Zora y travaillaient depuis le début, sous les noms de scène respectifs d'Ellie et Melanie. Mais Presto était sans cesse à la recherche de numéros toujours plus exceptionnels et savait que je lui donnerais un avantage sur ses concurrents du Strip. Rien ne pouvait se comparer à moi.

Le réservoir lui-même n'était pas très grand. Pas plus qu'une de ces piscines qu'on voit posées dans les jardins de banlieue. Quatre mètres cinquante de long sur trois mètres de large à peu près. Nous descendions dans l'eau chaude par une échelle. Des cabines, on avait une vue directe sur le réservoir ; il était impossible de voir au-dessus de la surface. Ainsi nous pouvions, si nous le voulions, garder la tête hors de l'eau et parler tout en travaillant. Tant que nous étions immergés jusqu'à la taille, les clients étaient satisfaits. « Ils ne viennent pas voir vos jolies gueules », comme me l'avait dit Presto. Cela rendait la chose beaucoup plus facile. Je ne crois pas que j'aurais pu travailler dans un peep-show normal, face à face avec les voyeurs. Leur regard m'eût aspiré l'âme. Mais quand j'étais sous l'eau, je fermais les yeux. J'ondulais dans le silence des profondeurs. Quand je me pressais contre un hublot, je sortais le visage de l'eau et n'avais donc pas conscience des yeux qui étudiaient mes mollusques. Comment est-ce que j'ai dit ? La surface de l'eau est un miroir, reflétant les cours divergents de l'évolution. Au-dessus, les créatures de l'air ; au-dessous, celles de l'eau. Une planète, contenant deux mondes. Les clients étaient les créatures de l'eau ; Zora, Carmen et moi demeurions essentiellement des créatures de l'air. Allongée sur la moquette mouillée dans son costume de sirène, Zora attendait son tour. De temps à autre elle me tendait son joint de sorte que je puisse tirer une bouffée en me tenant au rebord de la piscine. Après mes dix minutes, je sortais et me séchais. Dans les haut-parleurs la voix de Bob Presto se faisait entendre : « On applaudit bien fort Hermaphrodite, mesdames et messieurs ! Seulement ici dans le jardin d'Octopussy, où le genre a toujours mauvais genre ! »

Échouée sur le côté, Zora aux yeux bleus et aux cheveux d'or me demanda : « Ma fermeture Éclair est bien remontée ? »

Je vérifiai.

« Ce réservoir me congestionne. Je suis toujours congestionnée.

– Tu veux quelque chose à boire ?

– Apporte-moi un Negroni, Cal. Merci.

– Messieurs et mesdames, voici venu le moment de notre

attraction suivante. Oui, je vois les gars de l'aquarium qui l'apportent. Introduisez vos jetons dans les fentes, mesdames et messieurs, vous ne voudriez pas rater ce qui vient. Puis-je avoir un roulement de tambour, s'il vous plaît ? En fait, non, après tout, un roulement de hanches suffira. »

La musique de Zora commençait. Son ouverture.

« Mesdames et messieurs, depuis des temps immémoriaux les marins racontent avoir vu d'incroyables créatures, mi-femmes, mi-poissons, qui nageaient dans les mers. Ici, au Soixante-Neuf, nous n'accordions pas crédit à ces histoires. Mais un pêcheur de thon de nos amis nous a apporté une prise étonnante l'autre jour. Et maintenant nous savons que ces histoires sont vraies. Mesdames et messieurs, vous ne sentez pas... une odeur... de poisson ? »

À ce signal, Zora dans sa combinaison de plongée brodée de sequins verts scintillants se laissait tomber dans l'eau. Le costume s'arrêtait à sa taille, laissant sa poitrine et ses épaules nues. Dans la lumière aquatique, Zora glissait, ouvrant les yeux sous l'eau, contrairement à moi, souriant aux hommes et aux femmes dans leurs cabines, ses longs cheveux blonds flottant derrière elle comme des algues, les petites bulles d'oxygène emperlant ses seins, tandis qu'elle battait de sa queue émeraude. Elle n'avait pas besoin de recourir à l'obscénité. Zora était d'une telle beauté que tout le monde se contentait de contempler sa peau blanche, ses seins superbes, son ventre plat dont le nombril leur adressait des clins d'yeux, la courbe magnifique de ses reins ondulant là où la peau se perdait dans les écailles. Elle évoluait les bras collés au corps, fluctuant voluptueusement. Son visage, aux yeux d'un bleu des mers caraïbes, était serein. Au rez-de-chaussée, la musique disco cognait sans discontinuer, mais dans le jardin d'Octopussy la musique, éthérée, était en soi une sorte de bouillonnement mélodieux.

Considéré sous un certain angle, c'était une sorte de spectacle artistique. Si le Soixante-Neuf était un théâtre porno, l'atmosphère du jardin était plus exotique que cochonne. On pouvait y voir des choses étranges, des corps exceptionnels, mais le plus intéressant était le dépaysement. Les spectateurs regardaient des corps réels faire des choses que les corps font parfois en rêve. Il y avait des hommes, des hétérosexuels mariés qui rêvaient parfois de faire l'amour à des femmes qui avaient un pénis, pas un pénis masculin, mais une fine tige fuselée, comme une étamine, un clitoris qu'un désir excessif eût formidablement allongé. Il y avait des homosexuels qui rêvaient de garçons qui fussent presque des femmes, à la peau douce et glabre. Il y avait des lesbiennes qui rêvaient de femmes pourvues de pénis, pas de pénis masculins mais d'érections féminines, possédant la sensibilité et la vie interdites aux godemichés. Il est impossible de déterminer quel pourcentage de la population fait de tels rêves de transmigration sexuelle. Mais ils venaient dans notre jardin sous-marin tous les soirs et se succédaient sans interruption dans les cabines pour nous regarder.

Après Melanie la sirène venait Ellie l'anguille électrique. Cette anguille n'apparaissait pas tout de suite. Ce qui plongeait dans les profondeurs bleu-vert était à première vue une mince Hawaïenne vêtue d'un bikini orné de nénuphars. Tout en nageant, elle enlevait son soutien-gorge et c'était encore une fille. Mais quand elle faisait le poirier pour enlever le bas – ah, alors c'était la grande surprise. Car apparaissait sur le corps gracile de la jeune fille, là où elle n'aurait pas dû être, une anguille brune à l'air grincheux de membre d'une espèce menacée, et tandis qu'Ellie se frottait contre le verre, l'anguille devenait de plus en plus longue ; elle fixait les clients de son œil cyclopéen ; et leurs yeux retournaient à ses seins, sa taille fine, puis se posaient de nouveau sur l'anguille, ils allaient d'Ellie à l'anguille et de l'anguille à Ellie, et ils étaient électrifiés par l'union des contraires.

Carmen était un transsexuel en attente de l'opération qui le transformerait en femme. Elle était originaire du Bronx. Petite, dotée d'une ossature délicate, elle choisissait eye-liners et rouge à lèvres avec le plus grand soin. Elle était constamment au régime. Elle évitait la bière, qui donne du ventre. Pour moi, elle en faisait trop ; l'espace autour d'elle était trop occupé par le balancement de ses hanches et l'envolée de sa chevelure. Elle avait un joli visage de naïade, une fille à la surface avec un garçon qui retenait son souffle juste en dessous. Parfois les hormones qu'elle prenait la couvraient de boutons. Son médecin (le fameux Dr. Mel de San Bruno) devait ajuster sans cesse le dosage. Seules sa voix, qui demeurait rauque malgré les œstrogènes et la progestérone, et ses mains trahissaient Carmen. Mais les hommes ne le remarquaient jamais. Et ils voulaient que Carmen fût impure. C'était ce qui était excitant, en fait.

Son histoire était plus traditionnelle que la mienne. Depuis le plus jeune âge, Carmen sentait qu'elle était née dans le mauvais corps. Un jour, dans le vestiaire, elle me déclara, avec son accent du South Bronx : « Je me disais : merde, qui m'a mis cette bite ? Je n'en ai pas demandé. » Elle était toujours là, cependant, en attendant. C'était ce que venaient voir les hommes. Zora, qui avait l'esprit d'analyse, pensait que les admirateurs de Carmen étaient des homosexuels latents. Mais Carmen n'était pas d'accord. « Mes copains sont tous normaux. Ils veulent une *femme*.

– À l'évidence, non, répliqua Zora.

– Dès que j'ai l'argent, je me fais refaire le cul. Après on verra. Je serai plus une femme que toi, Z.

– Je m'en fous, répondit Zora. Je ne veux rien être en particulier. »

Zora était insensible aux androgènes. Son corps était immunisé contre les hormones mâles. Bien qu'elle fût un XY comme moi, elle s'était développée du côté femme. Mais Zora l'avait fait bien mieux que moi. Non seulement elle était blonde, mais elle avait des formes généreuses et les lèvres pleines, les pommettes saillantes. Quand elle parlait, on voyait la peau se tendre sur elles et se creuser sur les joues, lui faisant un masque de lutin derrière lequel perçait le bleu de ses yeux. Puis il y avait son corps, les seins de laitière, le ventre de nageuse olympique, les jambes de sprinter ou de danseuse. Même nue, Zora était femme des pieds à la tête. Le syndrome de l'insensibilité aux androgènes créait la femme parfaite, m'apprit Zora. Plusieurs top-models en souffraient. « Tu connais beaucoup de femmes qui font un mètre quatre-vingt-cinq, sont maigres et ont de gros nénés ? C'est normal, oui, mais pour quelqu'un comme moi. »

Belle ou pas, Zora ne voulait pas être une femme. Elle préférait s'identifier à un hermaphrodite. C'était le premier que je rencontrai. La première personne comme moi. Même en 1974, elle utilisait le terme « intersexuel », qui était rare à l'époque. L'émeute du Stonewall avait à peine cinq ans. Le Mouvement pour les droits des gays était en train de se former. Il ouvrait la voie à toutes les luttes qui suivirent, la nôtre y compris. La Société Intersex d'Amérique du Nord ne devait pas voir le jour avant 1993. Je considère donc Zora Khyber comme une pionnière, une sorte de saint Jean Baptiste criant dans le désert. Si, d'un point de vue général, ce désert était l'Amérique, et même le monde entier, d'un point de vue plus particulier c'était le bungalow en séquoia qu'habitait Zora dans Noe Valley et où moi aussi j'habitais alors. C'était Bob Presto qui m'avait amené chez elle. Zora recueillait les chiens perdus comme moi. Cela faisait partie de sa vocation. Le brouillard de San Francico abritait les hermaphrodites aussi. Pas étonnant que la SIAN ait été fondée à San Francisco et pas ailleurs. Zora était mêlée à tout cela à une époque très désorganisée. Avant que n'émergent les mouvements, il y a des centres d'énergie, et Zora était l'un d'eux. Son engagement politique consistait principalement à faire des recherches et à écrire. Et, pendant les mois où je partageai sa maison, à m'éduquer, à me sortir de ce qu'elle jugeait être l'obscurité du Middle West.

« Tu n'es pas obligé de travailler pour Bob, me dit-elle.

Je vais bientôt partir de toute façon. Je n'ai pas l'intention d'en faire mon métier.

– J'ai besoin d'argent. On m'a volé tout mon pognon.

– Et tes parents ?

– Je ne veux pas leur en demander », répondis-je. Je baissai les yeux et avouai : « Je ne peux pas les appeler.

– Qu'est-ce qui s'est passé, Cal ? Si je peux me permettre. Qu'est-ce que tu fais ici ?

– Ils m'ont emmené voir un médecin à New York qui a voulu m'opérer.

– Et tu t'es enfui. »

J'acquiesçai.

« Tu as de la chance. Moi je n'ai rien su avant d'avoir vingt ans. »

Tout cela se passait le jour où je m'installai chez Zora. Je n'avais pas encore commencé à travailler au club. Il fallait d'abord que mes bleus disparaissent. Je n'étais pas surpris de me retrouver là. Quand on voyage comme je l'avais fait, sans idée précise de destination, on est vite pris par un détachement qui pourrait passer pour une sorte de résignation mystique. C'est la raison pour laquelle les premiers philosophes étaient péripatéticiens. Le Christ, aussi. Je me revois ce jour-là, assis en tailleur sur un coussin en batik posé par terre, buvant du thé vert dans un bol japonais, et levant sur Zora de grands yeux pleins d'espoir, de curiosité et d'attention. Avec mes cheveux courts, mes yeux avaient l'air encore plus grands, ils ressemblaient plus que jamais à ceux d'une icône byzantine, de l'un de ces personnages qui montent à l'échelle menant au paradis, le regard vers le haut, tandis que ses compagnons tombent aux mains des démons qui les attendent en bas. Après tout ce que j'avais enduré, n'avais-je pas le droit d'espérer une récompense sous forme de connaissance ou de révélation ? Dans la maison de Zora avec ses paravents en papier de riz, éclairée par un soleil que filtrait la brume, j'étais comme une toile vierge attendant de recevoir son enseignement.

« Il y a toujours eu des hermaphrodites, Cal. Toujours.

D'après Platon, le premier homme était un hermaphrodite. Tu savais ça ? Il était moitié homme moitié femme. Puis les deux parties se sont séparées. C'est pourquoi tout le monde recherche son autre moitié. Sauf nous. Nous avons déjà nos deux moitiés. »

Je ne jugeai pas nécessaire d'évoquer l'existence de l'Objet.

« Okay, certaines cultures nous considèrent comme des monstres, poursuivit-elle. Mais pour d'autres c'est tout le contraire. Les Navajos ont une catégorie d'individus qu'ils appellent *berdaches*. Un berdache c'est, en gros, une personne qui choisit un genre autre que son genre biologique. N'oublie pas, Cal : le sexe est biologique, le genre est culturel. Les Navajos l'ont compris. Si quelqu'un veut changer de genre, ils l'y autorisent. Et ils ne méprisent pas cette personne – ils l'honorent au contraire. Les berdaches sont les chamans de la tribu. Ce sont les guérisseurs, les grands tisserands, les artistes. »

Je n'étais pas le seul ! C'est surtout cela que je retenais des paroles de Zora. Je sus alors qu'il fallait que je reste à San Francisco. Le destin ou la chance m'y avait amené et je devais profiter du don qu'il me faisait. Ce que je devrais faire pour gagner de l'argent n'importait pas. Je voulais juste rester avec Zora, l'écouter et être moins seul au monde. Déjà je faisais mes premiers pas dans l'univers enchanté de drogues et de fêtes de ma jeunesse. Ce premier après-midi, mes côtes me faisaient déjà moins mal. Même l'air semblait enflammé, grésillant subtilement d'énergie, comme il est quand on est jeune, que les synapses font feu à volonté et que la mort est une autre histoire.

Zora écrivait un livre. Elle disait qu'il allait être publié par une petite maison d'édition de Berkeley dont elle me montra le catalogue. Il était très éclectique : il y avait des ouvrages sur le bouddhisme, le culte de Mithra et même un étrange bouquin mêlant génétique, biologie cellulaire et mysticisme hindou. Celui de Zora y aurait sans doute trouvé sa place. Mais bien que je l'aie cherché depuis, je n'ai jamais trouvé nulle part *L'Hermaphrodite sacré*. Si elle ne l'a pas terminé, ce n'est pas faute de compétence. J'en ai lu la plus grande partie. À l'âge que j'avais, je n'étais pas très qualifié pour juger de ses qualités de style ou d'érudition, mais le savoir de Zora était réel. Elle s'était donnée à fond à son sujet et le connaissait par cœur. Sa bibliothèque était pleine d'ouvrages d'anthropologie et des œuvres des structuralistes et déconstructionnistes français. Assise à son bureau couvert de papiers et de livres, elle prenait des notes et tapait à la machine presque chaque jour.

« J'ai une question, lui demandai-je un beau jour. Pourquoi est-ce que tu l'as dit ?

– Je ne comprends pas.

– Regarde-toi. Personne ne peut savoir.

– Mais je veux que les gens sachent, Cal.

– Pourquoi ? »

Zora replia ses longues jambes sous elle. Ses yeux de fée en amande, d'un bleu glacial, rivés aux miens, elle déclara : « Parce que nous sommes l'avenir de l'humanité. »

« Il était une fois, dans la Grèce antique, un bassin magique. Ce bassin était voué à Salmacis, la nymphe des eaux. Et un jour Hermaphrodite, un beau garçon, alla s'y baigner. »

C'est alors que je mettais les pieds dans l'eau. Je les faisais aller et venir tandis que la narration se poursuivait. « Salmacis vit le beau garçon et son désir fut éveillé. Elle s'approcha pour le voir de plus près. » Maintenant je commençais à pénétrer dans l'eau centimètre par centimètre : mollets, genoux, cuisses. Si je suivais le rythme prescrit par Presto, les hublots se fermaient à ce moment. Certains clients partaient, mais la plupart mettaient un jeton. Les écrans se relevaient.

« La nymphe essaya de se contrôler. Mais la beauté du garçon était trop pour elle. Il ne lui suffisait pas de regarder. Salmacis s'approcha de plus en plus. Et alors, submergée par le désir, elle attrapa le garçon par-derrière, l'entourant de ses bras. » Je commençais à battre des jambes, brouillant l'eau de sorte que les clients n'y voyaient presque plus. « Hermaphrodite lutta pour se dégager de l'emprise de la nymphe, mesdames et messieurs. Mais Salmacis était la plus forte. Son désir était tel que les deux ne firent plus qu'un. Leurs corps fusionnèrent, le mâle pénétrant la femelle, la femelle pénétrant le mâle. Et voici maintenant le dieu Hermaphrodite ! » C'est alors que je plongeais tout entier dans la piscine et m'exposais des pieds à la tête.

Et les hublots se refermaient.

Personne ne quittait la cabine. Chacun prolongeait son adhésion au jardin. J'entendais les jetons tomber dans les boîtes. Cela me rappelait quand, dans ma baignoire, je plongeais la tête sous l'eau et entendais tinter les canalisations. J'essayais de penser à des choses comme ça pour repousser la réalité. Je me disais que j'étais dans ma salle de bains à Middlesex. Entre-temps, les visages se collaient aux hublots, empreints de surprise, de curiosité, de dégoût, de désir.

Nous étions toujours défoncés pour travailler. C'était indispensable. Au moment où nous entrions dans la loge Zora et moi allumions un joint. Zora apportait une Thermos de vodka glacée que je buvais comme de l'eau. Notre but était d'atteindre un état de semi-oubli, une humeur festive, qui rendait la présence des clients moins réelle, moins remarquable. Sans Zora, je ne sais pas ce que j'aurais fait. Notre petit bungalow dans le brouillard et les arbres, entouré des plantes basses typiques de la végétation californienne, le minuscule bassin plein de poissons rouges, le temple bouddhiste en granit bleu – c'était un refuge pour moi, une étape où j'attendais de retourner dans le monde. Ma vie durant ces mois était aussi divisée que mon corps. Nous passions les nuits au Soixante-Neuf, attendant autour du réservoir, ennuyés, défoncés, gloussant, malheureux. Mais on s'y habituait. On apprenait à se soigner contre cet état et à le chasser de son esprit.

Le jour, Zora et moi ne touchions jamais à rien. Elle

avait déjà écrit cent quatre-vingts feuillets de son livre, tapés sur le papier pelure le plus fin que j'aie jamais vu, ce qui faisait du manuscrit un objet périssable. Il fallait le manier avec la plus grande délicatesse. Zora me faisait asseoir à la table de la cuisine et l'apportait comme un bibliothécaire le ferait d'un in-folio de Shakespeare. Sinon, Zora ne me traitait pas comme un gosse. Je faisais ce que je voulais quand je voulais. Je payais ma part du loyer. Nous passions la plupart de nos journées à aller et venir dans la maison en kimono. Z. travaillait, l'air sombre. Je m'installais sur la terrasse pour lire les livres que je prenais dans sa bibliothèque : Kate Chopin, Jane Bowles et la poésie de Gary Snyder. Bien que nous n'ayons rien de semblable, Zora jugeait que nous étions solidaires. Nous luttions contre les mêmes préjugés et les mêmes malentendus. Si j'en étais heureux, je n'éprouvais cependant pas pour Zora de sentiments fraternels. Je n'arrivais jamais à oublier ce que cachait son kimono. Je détournais toujours les yeux et prenais garde à ne pas la fixer. Dans la rue on me prenait pour un garçon. Zora faisait tourner les têtes. Les hommes la sifflaient. Mais elle ne les aimait pas. Que les lesbiennes.

Elle n'avait pas que des qualités. Elle buvait énormément et il lui arrivait de se conduire mal. Elle piquait des colères contre le football, la domination masculine, les bébés, les agriculteurs, les politiciens, et les hommes en général. Elle avait été la beauté de son lycée. Elle avait dû supporter des caresses qui la laissaient insensible et d'impossibles soupirants. Comme beaucoup de beautés, elle avait attiré les pires types. Les débiles sportifs, les premiers de classe boutonneux. Pas surprenant qu'elle eût une piètre opinion des hommes. J'étais épargné. Elle me jugeait acceptable. Je n'étais pas un vrai homme. Je partageais tout à fait son opinion.

Les parents d'Hermaphrodite étaient Hermès et Aphrodite. Ovide ne nous dit pas ce qu'ils ressentirent à la disparition de leur enfant. Quant à mes parents, ils continuaient à ne pas s'éloigner du téléphone, de sorte qu'il y en avait toujours un des deux à la maison. Mais maintenant ils avaient peur de décrocher, craignant les mauvaises nouvelles. L'ignorance semblait préférable à la souffrance. Chaque fois que le téléphone sonnait, ils attendaient la troisième ou quatrième sonnerie avant de répondre.

Leurs inquiétudes étaient en harmonie. Milton et Tessie avaient les mêmes crises d'angoisse, les mêmes espoirs fous, les mêmes insomnies. Cela faisait des années que leurs émotions n'avaient pas été synchronisées à ce point et cela eut pour résultat de leur faire revivre les premiers temps de leur amour.

Ils se mirent à faire l'amour avec une fréquence perdue depuis des années. Si Chapitre Onze n'était pas là, ils n'attendaient même pas d'être dans leur chambre et passaient à l'action là où ils se trouvaient. Ils essayèrent le canapé en cuir rouge de la petite pièce ; ils s'étendirent sur les oiseaux bleus et les baies rouges du canapé du salon ; et il leur arriva même parfois d'utiliser le linoléum de la cuisine. Le seul endroit qu'ils évitaient était le sous-sol, parce qu'il n'y avait pas de téléphone. Leur façon de faire l'amour n'était pas passionnée, mais lente et élégiaque, rythmée par le tempo magistral de la souffrance. Ils n'étaient plus tout jeunes, leurs corps n'étaient plus beaux. Parfois Tessie pleurait ensuite. Milton gardait les yeux fermés. Leurs efforts n'apportaient ni l'épanouissement des sensations ni la libération, ou rarement.

Puis un jour, trois mois après ma disparition, ma mère cessa de recevoir les signaux de son cordon ombilical spirituel. Tessie était au lit quand le léger bourdonnement ou ronronnement ne se fit plus sentir dans son nombril. Elle se dressa sur son séant. Elle porta les mains à son ventre.

« Je ne la sens plus ! s'écria-t-elle.

– Quoi ?

– Le cordon est coupé. Quelqu'un a coupé le cordon ! »

Milton tenta de raisonner sa femme, mais en vain. À

partir de ce moment, ma mère fut convaincue que quelque chose de terrible m'était arrivé.

C'est ainsi que s'introduisit la discorde dans l'harmonie de leur souffrance. Tandis que Milton luttait pour conserver une attitude positive, Tessie se laissait aller de plus en plus au désespoir. Ils se mirent à se quereller. De temps à autre, l'optimisme de Milton gagnait ma mère et elle était gaie pendant un ou deux jours. Elle se disait que, après tout, ils ne savaient rien de précis. Mais de telles humeurs étaient passagères. Quand elle était seule, Tessie interrogeait son cordon ombilical mais il ne lui communiquait rien, pas même un signal de détresse.

Cela faisait quatre mois que j'avais disparu. Nous étions en janvier 1975. Mon quinzième anniversaire avait passé sans qu'on m'ait retrouvé. Un dimanche matin, alors que Tessie était allée à l'église prier pour mon retour, le téléphone sonna. Milton décrocha.

« Allô ? »

D'abord il n'y eut pas de réponse. Milton entendait de la musique dans le fond, peut-être une radio dans une pièce adjacente. Puis une voix assourdie se fit entendre.

« Je parie que ta fille te manque, Milton.

– Qui est à l'appareil ?

– C'est quelque chose de très spécial, une fille.

– Qui est à l'appareil ? » répéta Milton, et la tonalité fut coupée.

Il ne dit rien à Tessie. Pour lui c'était un dingue. Ou un employé mécontent. C'était une période de récession économique et Milton avait été obligé de fermer quelques franchises. Le dimanche suivant le téléphone sonna à nouveau. Cette fois-ci Milton décrocha à la première sonnerie.

« Allô ?

– Bonjour, Milton. J'ai une question pour toi ce matin. Tu veux savoir laquelle, Milton ?

– Dites-moi qui vous êtes ou je raccroche.

– J'en doute, Milton. Je suis ta seule chance de récupérer ta fille. »

Milton eut alors une réaction caractéristique. Il avala, bomba le torse, et avec un petit hochement de tête se prépara à ce qui allait suivre.

« Okay, dit-il, j'écoute. »

Et son correspondant raccrocha.

« Il était une fois, dans la Grèce antique, un bassin magique... » J'aurais pu le faire en dormant maintenant. Et je dormais, d'ailleurs, si on considère nos festivités de coulisse, la vodka qui coulait à flots, les joints tranquillisants. Halloween était passé. Thanksgiving aussi, puis Noël. Pour le jour de l'an, Bob Presto fit une grande fête. Avec Zora je bus du champagne. Quand vint mon tour, je plongeai dans le bassin. J'étais défoncé, soûl, et je fis alors quelque chose qu'habituellement je ne faisais pas. J'ouvris les yeux sous l'eau. Je vis les visages de ceux qui me regardaient et je vis qu'ils n'étaient pas horrifiés. Je m'amusai dans le bassin ce soir-là. D'une certaine manière cela me fit le plus grand bien. Ce fut même *thérapeutique*. À l'intérieur d'Hermaphrodite de vieilles tensions essayaient de se résoudre. Les traumas du vestiaire remontaient à la surface. La honte de n'avoir pas un corps comme les autres était en train de disparaître. Le sentiment d'être un monstre faiblissait. Et avec la honte et le dégoût de soi une autre blessure était en train de cicatriser. Hermaphrodite commençait à oublier l'Obscur Objet.

Au cours des dernières semaines que je passai à San Francisco, je lus tout ce que Zora me donna. J'appris ainsi combien il y avait de variétés d'hermaphrodites. J'appris ce qu'était l'hyperadrénocorticisme et les testicules féminisants et une chose appelée cryptorchidie, qui s'appliquait à moi. J'appris ce qu'était le syndrome de Klinefelter : un chromosome X supplémentaire qui fait grandir, confère un aspect eunuchoïde et un caractère irascible. L'histoire m'intéressait plus que la médecine. Le manuscrit de Zora me fit connaître les hijras de l'Inde, les *kwoluaatmwols* de Papouasie et les *guevedoches* de République dominicaine. Karl Heinrich Ulrichs évoque, dans un ouvrage publié en Allemagne en 1860, *Das dritte Geschlecht*, le troisième genre. Il se qualifiait d'uraniste et pensait qu'il avait une âme de femme dans un corps d'homme. De nombreuses cultures connaissaient non pas deux, mais trois genres. Et le troisième était toujours paré de qualités rares et de dons particuliers.

Un soir froid et bruineux, je fis une tentative. Zora n'était pas là. C'était un dimanche, jour de congé. Je m'assis par terre en demi-lotus et fermai les yeux. Je me concentrai en attendant que mon âme quitte mon corps. J'essayai d'entrer en transe ou de devenir un animal. Je fis de mon mieux, mais il ne se passa rien. Pour ce qui était des pouvoirs extraordinaires, je ne semblais pas en posséder. Je n'étais pas Tirésias.

Tout cela m'amène à un vendredi soir de la fin du mois de janvier, un peu après minuit. Carmen était dans l'eau, jouant les Esther Williams. Zora et moi étions dans la loge, perpétuant la tradition (Thermos, cannabis). Engoncée dans son costume de sirène, Z. était allongée sur le canapé, telle une odalisque des profondeurs, sa queue mouillée reposant sur le bras du canapé. Elle portait un T-shirt orné d'un portrait d'Emily Dickinson.

Les canalisations nous apportaient les bruits provenant du bassin. Bob Presto faisait son boniment : « Mesdames et messieurs, êtes-vous prêts pour une expérience véritablement électrifiante ? »

Nous articulâmes muettement la phrase suivante : « Êtes-vous prêts à recevoir un choc de plusieurs milliers de volts ? »

« J'en ai assez de cet endroit, dit Zora. Vraiment.

– On s'en va ?

– On s'en va.

– Et qu'est-ce qu'on fera ?

– Banquiers. »

On entendit un plouf. « Mais où est passée l'anguille d'Ellie aujourd'hui ? On dirait qu'elle se cache, mesdames et messieurs. Aurait-elle disparu ? Peut-être qu'elle a été attrapée par un pêcheur. C'est ça, mesdames et messieurs, l'anguille d'Ellie doit être à vendre sur les quais. »

« Bob se croit drôle », dit Zora.

« Mais ne vous inquiétez pas, mesdames et messieurs. Ellie ne nous laisserait pas tomber. La voilà, mes amis. L'anguille électrique d'Ellie ! »

Il y eut un bruit bizarre dans le haut-parleur. Une porte qui claque. Bob Presto qui crie : « Hé, qu'est-ce qui se passe ? Vous n'avez pas le droit d'entrer ici. »

Puis plus rien.

Huit ans auparavant, la police avait fait une descente dans un speakeasy de la 12e Rue de Detroit. Aujourd'hui, au début de l'année 1975, elle faisait une descente au Soixante-Neuf. L'opération ne provoqua pas d'émeute. Les clients vidèrent rapidement les cabines, s'éparpillèrent sur le trottoir et disparurent dans la nuit. Nous fûmes conduits au rez-de-chaussée et alignés avec les autres filles.

« Eh bien ! eh bien ! dit l'officier quand il arriva devant moi. Quel âge peux-tu avoir ? »

Au commissariat on me permit de donner un coup de fil. C'est ainsi que je finis par craquer, renoncer, et le faire : j'appelai à la maison.

C'est mon frère qui décrocha. « C'est moi, dis-je. Cal. » Avant que Chapitre Onze ait eu le temps de répondre je lui appris d'un trait où j'étais et ce qui s'était passé. « Ne dis rien à maman et papa, conclus-je.

– Je ne peux pas, dit Chapitre Onze. Je ne peux pas le dire à papa. » Et alors, d'un ton interrogateur qui prouvait que lui-même avait de la peine à le croire, mon frère m'apprit que Milton avait eu un accident et qu'il était mort.

SUSPENSION PNEUMATIQUE

En ma capacité officielle d'assistant de l'attaché culturel, mais de manière non officielle, j'assistai au vernissage de l'exposition Warhol à la Neue National-gallerie. Dans le fameux bâtiment de Mies van der Rohe, je passai devant les fameux visages sérigraphiés du fameux artiste pop. La Neue Nationalgallerie est un merveilleux musée à l'exception d'une chose : il n'y a nulle part où accrocher les tableaux. Cela m'importait peu. Je regardai Berlin à travers les murs de verre et me sentais stupide. Pensais-je qu'il y aurait des artistes à un vernissage ? Il n'y avait que des mécènes, des journalistes, des critiques et des mondains.

Après avoir pris un verre de vin sur le plateau d'un serveur, je m'assis dans l'un des fauteuils en cuir et chrome disposés tout autour du périmètre. Les fauteuils sont de Mies, eux aussi. On peut voir des copies partout, mais ceux-ci sont les originaux, bien usés, avec le cuir noir qui brunit sur les bords. J'allumai un cigare et fumai, essayant de me redonner courage.

La foule bavardait, circulant parmi les Mao et les Marilyn. La hauteur du plafond brouillait les sons. Des hommes minces au crâne rasé passaient en coup de vent. Des femmes à cheveux gris drapés dans des châles couleur naturelle montraient leurs dents jaunes. La nouvelle Potsdamer Platz ressemblait à un centre commercial à Vancouver. Au loin des projecteurs illuminaient le squelette des grues. Je tirai une bouffée de mon cigare, les yeux à demi fermés, et aperçus mon reflet sur le verre de la baie.

J'ai déjà dit que je ressemble à un mousquetaire. Mais j'ai aussi tendance à ressembler (particulièrement tard le soir dans les miroirs) à un faune. Les sourcils arqués, le sourire malicieux, la lueur dans les yeux. Le cigare entre les dents n'aidait pas.

On me donnait une petite tape sur l'épaule. Une voix de femme déclara : « La mode du cigare. »

Dans le verre noir de Mies, je reconnus Julie Kikuchi.

« Hé, on est en Europe, répliquai-je avec un sourire. Ici le cigare n'est pas une mode.

– Je fumais le cigare à l'université.

– Ah bon, la provoquai-je. Je t'en offre un alors. »

Elle s'assit dans le fauteuil voisin du mien et tendit la main. Je sortis un cigare de ma veste et l'y posai, avec un coupe-cigare et des allumettes. Julie tint le cigare sous son nez pour en humer l'arôme. Elle le roula entre les doigts pour en tester le degré d'humidité. Puis elle coupa le bout, le mit en bouche, frotta une allumette et l'alluma, tirant plusieurs bouffées à la suite.

« Mies van der Rohe fumait le cigare, dis-je, histoire de me faire valoir.

– Tu as déjà vu une photo de Mies van der Rohe ? demanda Julie.

– Zéro-quinze », reconnus-je.

Nous restâmes silencieux, nous contentant de fumer, face à l'intérieur du musée. Le genou de Julie n'arrêtait pas de tressauter. Après un moment je me tournai pour lui faire face. Elle fit de même.

« C'est un bon cigare », admit-elle.

Je me penchai vers elle. Julie se pencha vers moi. Nos visages se rapprochèrent jusqu'à ce que nos fronts se touchent presque. Nous demeurâmes ainsi pendant environ dix secondes. Puis je déclarai : « Je vais te dire pourquoi je ne t'ai pas rappelée. »

Je respirai à fond et commençai : « Il y a quelque chose qu'il faut que tu saches. »

Mon histoire commence en 1922, lorsque l'approvisionnement en pétrole posait des problèmes. En 1975, quand elle se termine, la raréfaction du pétrole inquiétait de nouveau les gens. Deux années auparavant, l'Organisation des pays exportateurs de pétrole avait décrété l'embargo. Il y avait des pannes partielles de lumière dans le pays et de longues queues aux pompes. Le président annonça que l'arbre de Noël de la Maison-Blanche ne serait pas éclairé, et la serrure fit son apparition sur les bouchons de réservoir.

La pénurie pesait sur tous les esprits à cette époque. L'économie était en récession. On dînait dans le noir, comme nous l'avions fait à Seminole sous une unique ampoule. Mais mon père n'appréciait pas du tout les économies d'énergie. Cela faisait bien longtemps qu'il ne comptait plus les kilowatts. C'est ainsi que la nuit où il partit payer ma rançon, il était encore au volant d'une énorme Cadillac.

La dernière Cadillac de mon père : une Eldorado 1975. D'un bleu nuit presque noir, elle ressemblait beaucoup à la Batmobile. Milton avait verrouillé toutes les portières. Il était deux heures du matin passées. Les routes, dans ce quartier proche de la rivière, étaient pleines de nids-de-poule, les caniveaux engorgés d'herbe et de détritus. Les puissants phares éclairaient du verre brisé, des clous, des bouts de métal, de vieux enjoliveurs, des boîtes de conserve, un caleçon écrasé. Sous un pont, il y avait une voiture sans roues ni moteur, le pare-brise éclaté, les chromes rouillés. Milton appuya sur l'accélérateur, ignorant la pénurie non seulement d'essence mais également de bien d'autres choses. Il y avait, par exemple, pénurie d'espoir à Middlesex, où sa femme ne sentait plus rien dans son ombilic spirituel. Il y avait pénurie de nourriture dans le réfrigérateur, d'amuse-gueules dans les placards, et de chemises repassées ainsi que de chaussettes dans son armoire. Il y avait pénurie d'invitations et d'appels téléphoniques, les amis de mes parents hésitant à joindre un foyer où on vivait dans les limbes entre exaltation et désespoir. Pour résister à la pression de ces pénuries, Milton noyait le moteur de l'Eldorado, et quand cela ne suffisait pas, il ouvrait la mallette posée sur le siège du passager et regardait à la lumière du tableau de bord les vingt-cinq mille dollars en billets qu'elle contenait.

Ma mère était réveillée quand Milton s'était glissé hors du lit moins d'une heure auparavant. Elle l'avait entendu s'habiller dans le noir. Elle ne lui avait pas demandé pourquoi il se levait en pleine nuit. Naguère, elle l'eût fait, mais plus maintenant. Depuis ma disparition, les habitudes avaient disparu. Milton et Tessie se retrouvaient souvent en train de boire du café dans la cuisine à quatre heures du matin. Ce n'est que quand elle avait entendu la porte d'entrée se fermer que Tessie s'était inquiétée. Puis la voiture démarra et descendit l'allée en marche arrière. Ma mère tendit l'oreille jusqu'à ce que le bruit du moteur soit inaudible. Elle pensa, avec un calme qui la surprit : « Peut-être qu'il part pour de bon. » À sa liste de père et de fille fugueurs, elle ajoutait maintenant une possibilité de plus : le mari fugueur.

Milton n'avait pas dit à Tessie où il allait pour plusieurs raisons. D'abord il craignait qu'elle ne l'en empêche. Elle lui dirait d'appeler la police, et il ne voulait pas appeler la police. Le kidnappeur lui avait dit de ne pas le faire. De plus, Milton en avait par-dessus la tête des flics et de leur attitude blasée. La seule manière d'arriver à quelque chose c'était de le faire soi-même. En plus de tout ça, il était possible que le type le mène en bateau. S'il en parlait à Tessie, elle ne ferait que s'inquiéter. Elle appellerait peut-être Zoë et il se ferait engueuler par sa sœur. En bref, Milton faisait ce qu'il faisait toujours quand il s'agissait de prendre une décision importante. Comme quand il était entré dans la marine, ou quand nous avions déménagé à Grosse Pointe, Milton faisait comme bon lui semblait, sûr qu'il était d'en savoir plus que tout le monde.

Après le dernier appel mystérieux, Milton en avait attendu un autre. Le dimanche d'après il arriva.

« Allô ?

– Bonjour, Milton.

– Écoutez, qui que vous soyez. Je veux des réponses.

– Je n'appelle pas pour savoir ce que tu veux, Milton. Ce qui importe, c'est ce que je veux.

– Je veux ma fille. Où est-elle ?

– Elle est ici avec moi. »

La musique, ou le chant, était encore audible dans le fond. Elle rappelait un vieux souvenir à Milton.

« Comment est-ce que je sais que c'est vrai ?

– Pourquoi est-ce que tu ne me poses pas une question. Elle m'en a dit beaucoup sur sa famille. Beaucoup. »

La rage qui saisit Milton à ce moment était presque insupportable. Il dut se retenir pour ne pas briser le téléphone contre la table. En même temps il réfléchissait, calculait.

« Quel est le nom du village de ses grands-parents ?

– Une minute. » On couvrit le microphone. Puis la voix articula : « Bithynios. »

Les genoux de Milton faiblirent. Il s'assit devant le bureau.

« Tu me crois maintenant, Milton ?

– Un jour on a visité des grottes dans le Tennessee. Un vrai piège à touristes. Comment elles s'appellent ? »

De nouveau le microphone fut couvert. Puis la voix répondit : « Les cavernes des Mammouths. »

Milton bondit de son siège. Son visage s'assombrit tandis qu'il tirait sur son col pour se donner de l'air.

« Maintenant à moi de poser une question, Milton.

– Laquelle ?

– Combien tu crois que vaut ta fille ?

– Combien vous voulez ?

– On est en affaires maintenant ? On négocie ?

– Je suis prêt à négocier.

– Comme c'est excitant.

– Combien vous voulez ?

– Vingt-cinq mille dollars.
– D'accord.
– Non, Milton, tu ne comprends pas. Je veux marchander.
– Quoi ?
– Chicaner, Milton. On est en affaires. »

Milton fut surpris par la bizarrerie de cette exigence. Il secoua la tête puis finit par s'exécuter.

« Okay. Vingt-cinq mille c'est trop. Je veux bien aller jusqu'à treize mille.
– C'est de ta fille qu'il s'agit, Milton. Pas de hot-dogs.
– Je ne dispose pas d'une telle somme.
– Je peux accepter vingt-deux mille.
– Je vous en donne quinze.
– Je ne peux pas descendre sous vingt.
– Dix-sept. C'est mon dernier prix.
– Dix-neuf ?
– Dix-huit.
– Dix-huit mille cinq cents.
– D'accord. »

Il entendit un rire. « On s'est bien marrés, Milt. » Puis la voix se fit dure : « Mais je veux vingt-cinq. » Et son correspondant raccrocha.

En 1933, une voix désincarnée avait parlé à ma grand-mère à travers la grille de chauffage. Aujourd'hui, quarante-deux ans plus tard, une voix déguisée parlait à mon père au téléphone.

« Bonjour, Milton. »

De nouveau la musique, la chanson lointaine.

« J'ai l'argent, dit Milton. Maintenant je veux ma fille.
– Demain soir », dit le kidnappeur. Puis il dit à Milton où laisser l'argent et où attendre que je sois relâché.

Grand Turk surgit de la plaine devant la Cadillac de Milton. La gare était encore en activité en 1975, mais à peine. Le bâtiment jadis opulent et grouillant d'animation n'était plus qu'une coquille vide. Des fausses façades masquaient les murs décrépis. La plupart des couloirs étaient condamnés. Entre-temps, autour de la zone encore en activité, l'imposante bâtisse continuait à tomber en ruine. Les tuiles romaines jonchaient le sol de Palm Court, l'immense boutique de coiffeur était devenue un débarras aux lucarnes effondrées. La tour de bureaux était maintenant un pigeonnier de treize étages dont les cinq cents fenêtres, comme par un fait exprès, étaient toutes cassées. C'est là que mes grands-parents étaient arrivés un demi-siècle auparavant. Ici, Lefty et Desdemona, pour la seule et unique fois, avaient révélé leur secret à Sourmelina ; et aujourd'hui leur fils, qui l'avait toujours ignoré, s'arrêtait derrière la gare, tout aussi secrètement.

Une scène pareille, une scène de remise de rançon, exige une atmosphère sombre : des ombres, des silhouettes sinistres. Mais le ciel n'était pas coopérant. C'était une de nos nuits roses. Elles arrivaient de temps à autre, selon la température et le taux de pollution. Quand celui-ci était suffisant, la lumière qui s'élevait du sol y était renvoyée et tout le ciel de Detroit virait au rose barbe à papa. Il ne faisait jamais noir pendant les nuits roses, mais la lumière n'avait rien à voir avec celle du jour. Nos nuits roses diffusaient la lumière crue des usines fonctionnant vingt-quatre heures sur vingt-quatre. Personne ne trouvait cela étrange. Personne n'en parlait. Nous avions tous grandi avec les nuits roses. Ce n'était pas un phénomène naturel, mais il l'était pour nous.

Sous cet étrange ciel nocturne, Milton se gara aussi près que possible du quai. Sa mallette à la main, il sortit dans l'air immobile et cristallin de l'hiver. Le monde entier était gelé, les arbres au loin, les lignes téléphoniques, l'herbe des jardins des maisons en contrebas, et même le sol. Sur la rivière un cargo mugit. Ici il n'y avait pas un bruit, la gare étant absolument déserte la nuit. Milton était chaussé de ses mocassins noirs à glands. Dans le noir, c'était ce qu'il y avait de plus facile à mettre. Il portait aussi son manteau trois quarts beige avec un col en fourrure et il était coiffé d'un borsalino démodé en feutre gris, dont le ruban noir était orné d'une plume rouge. Ainsi chaussé, chapeauté et chargé de sa mallette, Milton aurait pu se rendre au bureau. Et certainement il marchait vite. Il cherchait des yeux la poubelle au couvercle marqué d'un X tracé à la craie où il devait laisser la mallette.

Milton avançait à pas rapides le long du quai, les glands de ses mocassins bondissant, la plume à son chapeau frémissant au vent glacé. Il n'aurait pas été strictement véridique de dire qu'il avait peur. Milton Stephanides n'avouait jamais qu'il avait peur. Les manifestations physiologiques de la peur : le cœur battant, les aisselles transpirantes, ne bénéficiaient pas de la reconnaissance officielle. En cela, il n'était pas le seul de sa génération. Il y avait beaucoup de pères qui gueulaient quand ils avaient peur ou grondaient leurs enfants pour rejeter la faute sur eux. Il est possible que de telles qualités aient été indispensables à la génération qui avait gagné la guerre. Le défaut d'introspection est une bonne chose pour se donner du courage, mais ces derniers mois, il avait été néfaste à Milton. Depuis ma disparition, Milton avait fait bonne figure tandis que les doutes œuvraient invisiblement en lui. Il était comme une statue qu'on vide de l'intérieur. Plus ses pensées le faisaient souffrir, plus il les refoulait, se concentrant sur celles qui le réconfortaient. Milton, tout simplement, avait cessé de réfléchir. Que faisait-il ici sur ce quai sombre ? Pourquoi était-il venu seul ? Nous ne pourrons jamais connaître la réponse.

Il ne lui fallut pas longtemps pour trouver la poubelle. Il souleva le couvercle vert triangulaire et posa la mallette à l'intérieur. Mais quand il essaya de retirer son bras, quelque chose l'en empêcha : c'était sa main. Depuis que Milton avait cessé de réfléchir, son corps avait pris le relais. Il était en train d'émettre des réserves. « Et si le kidnappeur ne relâche pas Callie ? » disait la main. Mais Milton répondit : « Pas le temps de réfléchir à ça maintenant. » Il essaya de nouveau de sortir le bras de la poubelle, mais sa main résistait : « Et si le kidnappeur demande une rallonge après avoir touché la rançon ? »

demanda la main. « C'est un risque que nous devons prendre », rétorqua sèchement Milton, et de toute sa force il retira le bras de la poubelle. La main relâcha son étreinte ; la mallette tomba sur les détritus. Milton rebroussa rapidement chemin (tirant sa main derrière lui) et remonta dans la Cadillac.

Il mit le contact. Il alluma le chauffage en prévision de mon arrivée. Il se pencha en avant pour regarder à travers le pare-brise, s'attendant à me voir apparaître à tout instant. Sa main continuait à grommeler. Milton pensa à la mallette dans la poubelle. L'image de l'argent qu'elle contenait se présenta à son esprit. Vingt-cinq mille dollars ! Il vit les liasses de billets de cent ; le visage de Benjamin Franklin répété dans le miroir à deux faces de tout ce liquide. La gorge de Milton devint sèche ; un spasme d'anxiété commun à tous les bébés de la Dépression l'étreignit ; et la seconde suivante, il bondissait hors de la voiture et courait en direction du quai.

Ce type voulait faire des affaires ? Eh bien Milton allait lui montrer comment on fait des affaires ! Il voulait négocier ? Il allait voir ! (Milton montait l'escalier maintenant, ses mocassins tintant contre le métal.) Au lieu de laisser vingt-cinq mille dollars, pourquoi ne pas en laisser douze mille cinq cents ? *Comme ça je garde prise sur lui. La moitié maintenant la moitié après.* Pourquoi n'y avait-il pas pensé avant ? Qu'est-ce qu'il avait ? C'était la pression... Mais à peine eut-il mis le pied sur le quai, mon père s'arrêta net. À moins de vingt mètres de là, une silhouette sombre coiffée d'un bonnet plongeait le bras dans la poubelle. Le sang de Milton se figea dans ses veines. Il ne savait s'il devait faire demi-tour ou continuer à avancer. Le kidnappeur essaya de sortir la mallette mais elle ne passait pas à travers le rabat d'ouverture. Il fit le tour pour soulever le couvercle. Dans le halo de lumière chimique Milton vit la barbe patriarcale, les joues pâles et cireuses et – plus parlant que tout – le mètre soixante-trois de hauteur. Le père Mike.

Le père *Mike*? Le père Mike était le kidnappeur? Impossible. Incroyable! Mais il n'y avait aucun doute. Sur le quai se trouvait l'homme qui avait jadis été fiancé à ma mère et qui se l'était fait voler par mon père. Celui qui était en train de s'emparer de la rançon était l'ancien séminariste qui avait épousé la sœur de Milton, Zoë, à la place, faisant un choix qui l'avait condamné à une vie de comparaisons défavorables, où Zoë demandait toujours pourquoi il n'avait pas investi en Bourse comme Milton, ou acheté de l'or comme Milton, ou planqué son argent aux îles Caïmans, comme Milton; un choix qui avait voué le père Mike à demeurer le parent pauvre, obligé de souffrir le mépris de Milton tout en acceptant son hospitalité, d'aller chercher une chaise dans la salle à manger s'il voulait s'asseoir au salon. Oui, la présence de son beau-frère sur le quai de la gare était un grand choc pour Milton. Mais elle expliquait beaucoup de choses. Pourquoi le kidnappeur avait voulu marchander, jouer les hommes d'affaires une fois dans sa vie, et, hélas, pourquoi il connaissait l'existence de Bithynios. Elle expliquait aussi pourquoi les coups de téléphone avaient lieu le dimanche, chaque fois que Tessie était à l'église, et la musique de fond, dont Milton saisissait maintenant qu'elle provenait de la voix des prêtres psalmodiant la liturgie. Jadis, mon père avait volé la fiancée du père Mike et l'avait épousée. L'enfant de leur union, moi, avait retourné le couteau dans la plaie en baptisant le prêtre en retour. Maintenant le père Mike essayait de prendre sa revanche.

Mais pas si Milton pouvait l'en empêcher. « Hé! cria-t-il, les mains sur les hanches, qu'est-ce que tu fabriques, Mike? » Le père Mike ne répondit pas. Il leva les yeux et, par habitude sacerdotale, adressa à Milton un sourire affable qui découvrit ses dents au milieu du gros buisson de sa barbe noire. Mais déjà il reculait, marchant sur des gobelets écrasés et autres détritus, tenant la mallette contre sa poitrine comme un parachute fermé. Deux ou trois pas en arrière, souriant de ce doux sourire, avant de tourner les talons et fuir pour de bon. Il était petit mais rapide. Il disparut comme une flèche dans l'escalier à l'autre extrémité du quai. Dans la lumière rose, Milton le vit traverser la voie en direction de sa voiture, une Gremlin économique vert vif (« vert grec », d'après le catalogue). Et Milton courut à la Cadillac pour le suivre.

Ce ne fut pas une poursuite comme dans les films. Nul dérapage plus ou moins contrôlé, nulle collision évitée de justesse. C'était, après tout, une poursuite entre un prêtre grec orthodoxe et un républicain d'âge mûr. Tandis qu'ils filaient (façon de parler) en direction de la rivière, le père Mike et Milton ne dépassèrent jamais la vitesse limite de quinze kilomètres à l'heure. Le père Mike ne voulait pas attirer l'attention de la police. Milton, comprenant que son beau-frère n'avait nulle part où aller, se contentait de le suivre. Ainsi allaient-ils à petite allure, la Gremlin ralentissant aux croisements et l'Eldorado, un peu plus tard, faisant de même. Empruntant des rues sans noms, longeant des entrepôts, traversant les terrains vagues coincés entre l'autoroute et la rivière, le père Mike tentait bêtement de s'échapper. C'était comme toujours, aurait braillé tante Zo si elle avait été là : seul un idiot se serait dirigé vers la rivière au lieu de l'autoroute. Chacune des rues qui s'ouvrait devant lui ne menait nulle part. « Je te tiens maintenant », exultait Milton. La Gremlin prenait à droite. L'Eldorado prenait à droite. La Gremlin prenait à gauche, et la Cadillac faisait de même. Le réservoir de Milton était plein. Il pouvait suivre le père Mike toute la nuit s'il le fallait.

Confiant en la suite des événements, Milton baissa un peu le chauffage. Il alluma la radio. Il laissa la Gremlin prendre un peu d'avance. Quand il releva les yeux, la Gremlin tournait de nouveau à droite. Trente secondes plus tard, lorsque Milton eut pris le tournant à son tour, apparut devant lui la vaste étendue du pont Ambassador. Et sa confiance disparut d'un coup. Ce n'était pas comme toujours. Cette nuit, pour une fois, son beau-frère le prêtre, qui passait sa vie déguisé en femme dans l'univers de contes de fées de l'Église, avait prévu son coup. Dès que Milton vit le pont tendu comme une harpe géante et scintillante au-dessus de la rivière, la panique saisit son âme. Horrifié, il comprit le plan du père Mike. Ainsi que Chapitre Onze avait prévu de le faire à l'époque où il voulait échapper à la conscription, le père Mike se dirigeait droit sur le Canada ! Comme Jimmy Zizmo le trafiquant d'alcool, il allait se planquer à l'abri de la loi ! Il voulait sortir l'argent du pays. Et il ne roulait plus si lentement.

Oui, en dépit du moteur pas plus gros qu'un dé qui faisait un bruit de machine à coudre, la Gremlin parvenait à accélérer. Quittant le no man's land qui entourait Grand Turk, elle avait maintenant pénétré dans la zone frontalière, brillamment éclairée, et très fréquentée, qui séparait les États-Unis du Canada. Les hauts lampadaires à gaz irradiaient la Gremlin, dont le vert vif semblait maintenant plus acide que jamais. Mettant de la distance entre elle et l'Eldorado (comme la voiture de Joker semant la Batmobile), la Gremlin se joignit aux camions et voitures convergeant vers l'entrée du grand pont suspendu. Milton appuya sur le champignon. L'énorme moteur de la Cadillac rugit ; un grand panache de fumée blanche s'éleva du pot d'échappement. À ce moment, les deux voitures étaient ce que les voitures sont censées être : le prolongement de leurs propriétaires. La Gremlin, petite et agile, comme le père Mike, disparaissait et réapparaissait entre les voitures comme lui-même derrière l'iconostase à l'église. L'Eldorado, imposante – comme l'était Milton –, se révélait difficile à manœuvrer dans le flot d'énormes semi-remorques et de voitures en route pour les casinos et clubs de strip-tease de Windsor. Milton finit par perdre la Gremlin de vue. Il se mit dans une file et attendit. Soudain, six voitures devant lui, il vit le père Mike débouler d'une file, couper la route à une voiture et se glisser jusqu'à une guérite. Milton abaissa la vitre automatique, sortit la tête dans l'air glacial embué par les gaz d'échappement et cria : « Arrêtez cet homme ! Il a mon argent ! »

Mais le douanier ne l'entendit pas. Milton le vit qui posait quelques questions au père Mike et puis – Non ! Arrêtez ! – lui faisait signe de passer. C'est alors que Milton se mit à marteler son klaxon.

Les sons stridents qui s'échappaient du capot de l'Eldorado auraient pu sortir de la poitrine de Milton. Sa pression montait et sous son manteau son corps se mit à dégouliner de sueur. Il n'avait pas douté de pouvoir traîner le père Mike devant les tribunaux américains. Mais qui savait ce qui pouvait se passer maintenant qu'il était au Canada ? Le Canada avec son pacifisme et sa Sécurité sociale ! Le Canada avec ses millions de francophones ! C'était comme... comme... comme un pays étranger ! Le père Mike pouvait y disparaître et vivre la grande vie au Québec, ou errer en compagnie de l'élan dans les plaines du Saskatchewan. Ce n'était pas que l'argent perdu qui faisait enrager Milton. En plus de disparaître avec vingt-cinq mille dollars et de lui avoir donné le faux espoir de me retrouver, le père Mike abandonnait sa propre famille. Les sentiments fraternels se mêlaient à la douleur pécuniaire et paternelle dans la poitrine haletante de Milton. « On ne fait pas ça à ma sœur, tu m'entends ? » hurlait inutilement Milton derrière le volant de son énorme voiture immobilisée dans la queue. Puis : « Hé, connard. Tu as entendu parler des commissions ? Dès que tu changeras cet argent tu auras perdu cinq pour cent ! » Fulminant, coincé entre un semi-remorque et une voiture de fêtards, Milton se tortillait en gueulant sous l'aiguillon d'une fureur insupportable.

Mais ses coups de klaxon n'étaient pas passés inaperçus. Habitués à ce que les automobilistes manifestent ainsi leur impatience, les douaniers avaient leur façon à eux de les traiter. Dès que Milton s'arrêta devant la guérite, le douanier lui fit signe de se ranger sur le côté.

Milton hurla à la portière : « Il y a un type qui vient de passer. Il m'a volé de l'argent. Vous pouvez le faire arrêter à l'autre bout du pont ? Il conduit une Gremlin.

– Rangez-vous ici, monsieur.

– Il m'a volé vingt-cinq mille dollars !

– Nous en parlerons dès que vous vous serez garé et que vous serez sorti de votre voiture, monsieur.

– Il essaie de le faire sortir du pays ! » tenta Milton une dernière fois. Mais le douanier se contenta de lui indiquer l'aire d'inspection. Milton abandonna. Il saisit le volant et démarra. Dès qu'il eut franchi la barrière, il écrasa un mocassin à glands sur la pédale d'accélérateur et la Cadillac bondit dans un crissement de pneus.

Maintenant ça ressemblait à une course poursuite. Car sur le pont, le père Mike, lui aussi, avait appuyé sur le champignon. Zigzaguant entre les camions et les voitures il filait vers la zone internationale, poursuivi par Milton qui faisait des appels de phares pour dégager la route devant lui. Le pont s'élevait au-dessus de la rivière en une gracieuse parabole, ses câbles d'acier garnis de petites lumières rouges. Les pneus de la Cadillac chantonnaient sur le bitume strié. Milton avait le pied au plancher. Et maintenant la différence entre une automobile de luxe et une petite bagnole à trois sous se faisait sentir. Le moteur de la Cadillac rugissait, ses huit cylindres fonctionnaient à plein régime, le carburateur aspirait de vastes quantités d'essence. Les pistons cognaient et sautaient et le volant tournait à toute vitesse tandis que la longue voiture de super-héros dépassait les autres comme si elles étaient à l'arrêt. Voyant l'Eldorado arriver à toute allure, les automobilistes se rangeaient. Milton coupa droit dans la circulation jusqu'à ce qu'enfin la Gremlin apparaisse devant lui. « Te voilà bien avec tes économies d'essence, s'écria Milton. De temps en temps on a besoin d'un peu de puissance ! »

Le père Mike avait vu l'Eldorado arriver. Il écrasa l'accélérateur mais le moteur donnait déjà tout ce qu'il pouvait. La voiture vibrait de toutes parts, sans pour autant prendre de la vitesse. La Cadillac se rapprochait. Milton ne leva pas le pied avant que son pare-chocs avant ne touche presque le pare-chocs arrière de la Gremlin. Ils filaient alors à cent dix kilomètres à l'heure. Le père

Mike leva les yeux et vit le regard vengeur de Milton dans son rétroviseur. Milton, lui, vit un bout du visage du père Mike. On aurait dit que le prêtre demandait pardon, ou voulait s'expliquer. Il y avait une étrange tristesse dans son regard, une faiblesse, dont le sens échappait à Milton.

... Et maintenant je crains qu'il ne me faille entrer dans la tête du père Mike. Je me sens irrésistiblement attiré. En surface, il y a un mélange chaotique de peur, d'avidité et d'espoir fou. Rien à quoi on ne puisse s'attendre. Mais en profondeur, je découvre des choses que j'ignorais. Il n'y a pas de sérénité par exemple, absolument pas, aucune proximité à Dieu. La douceur du père Mike, son silence souriant au cours des repas familiaux, la façon dont il se penchait pour se mettre à la hauteur des enfants (qui n'étaient pas si loin de lui, mais quand même) – ces attributs existaient à part de toute communication avec un univers de transcendance. Ils n'étaient qu'une méthode passive-agressive de survie, éprouvée au contact d'une épouse forte en gueule comme tante Zo. Oui, dans la tête du père Mike résonnent tous les cris poussés par tante Zo depuis qu'elle n'avait cessé d'être enceinte en Grèce, sans machine à laver ni sèche-linge. J'entends : « Tu appelles ça une vie ? » Et : « Peut-être que ce sont les catholiques qui ont raison. Les prêtres ne devraient pas se marier. » À l'église on appelle Michael Antoniou « mon père ». On le traite avec déférence, on est aux petits soins avec lui. À l'église, il a le pouvoir de pardonner les péchés et de consacrer l'hostie. Mais dès qu'il passe la porte de leur duplex d'Harper Woods, la position sociale du père Mike dégringole en chute libre. Chez lui il n'est personne. Chez lui on lui crie dessus, on se plaint, on l'ignore. Pas difficile, alors, de comprendre pourquoi le père Mike a décidé de fuir son foyer et pourquoi il avait besoin d'argent...

... rien, toutefois, que Milton ait pu lire dans les yeux de son beau-frère. Et l'instant suivant ces yeux changèrent de nouveau. Le père Mike avait reporté le regard sur la route, où l'attendait une vision terrifiante. Les feux de stop de la voiture devant lui brillaient de tout leur rouge. Le père Mike allait trop vite pour pouvoir s'arrêter à temps. Il écrasa la pédale de frein, mais il était trop tard : la Gremlin vert grec percuta la voiture qui le précédait. L'Eldorado arrivait. Milton se prépara à l'impact. Mais c'est alors qu'advint une chose étonnante. Il entendit le bruit des tôles froissées et du verre brisé, mais ce bruit provenait des voitures devant lui. Quant à la Cadillac, elle continua à aller de l'avant, escaladant pour ce faire la voiture du père Mike dont l'arrière pentu agit comme un tremplin, et la seconde suivante Milton prit conscience qu'il était dans les airs. L'Eldorado bleu nuit s'éleva au-dessus des voitures accidentées. Elle sauta les rails de sécurité, traversa le réseau des câbles, et quitta la portion médiane du pont Ambassador.

L'Eldorado plongea nez en avant. À travers le pare-brise teinté, Milton vit la rivière de Detroit sous lui ; mais rien qu'un instant. En ces ultimes secondes où la vie se prépare à quitter le corps, elle lui retire ses lois, aussi. Au lieu de tomber dans l'eau la Cadillac se redressa. Milton fut surpris mais très content. Il ne se rappelait pas que le vendeur lui eût parlé d'une fonction vol. Qui plus est, il n'avait pas payé de supplément. Tandis que la voiture s'éloignait dans les airs, il souriait. « Eh bien ! voilà ce que j'appelle une suspension pneumatique », se dit-il. L'Eldorado était haut au-dessus de la rivière, consommant Dieu sait combien d'essence. Le ciel était rose tandis que les lumières du tableau de bord étaient vertes. Il y avait toutes sortes de boutons et de jauges, dont la plupart avaient jusqu'alors échappé à Milton. On se serait cru plus dans le cockpit d'un avion que dans une voiture, et Milton était aux commandes de la Cadillac volant au-dessus de la rivière de Detroit. Ce que les témoins oculaires virent n'importe pas, ni les comptes rendus des journaux qui comptèrent la Cadillac au nombre des dix voitures qui s'étaient carambolées sur le pont. Confortablement installé dans son siège baquet en cuir, Milton

Stephanides voyait approcher les gratte-ciel du centre ville. La radio diffusait un vieil air d'Artie Shaw, pourquoi pas, et Milton regarda la lumière rouge qui clignotait au sommet du Penobscot Building. Après avoir tâtonné un certain temps, il commençait à maîtriser la machine. Il ne s'agissait pas de manœuvrer le volant mais de la diriger par l'opération de la volonté, comme dans un rêve lucide. Milton descendit à basse altitude, survolant le Cobo Hall, décrivant un cercle autour du Top of the Pontch, où jadis il m'avait emmenée déjeuner. Bizarrement, Milton n'avait plus peur de l'altitude. Il supposa que c'était parce que sa mort était imminente et qu'il n'y avait plus rien à craindre. Sans vertige ni sueurs froides, il regarda le Grand Circus Park à ses pieds, cherchant ce qui restait des roues de Detroit ; après quoi il prit la direction du West Side et de la Zebra Room. Le crâne de mon père s'était écrasé contre le volant. Le policier qui vint annoncer la nouvelle à ma mère se contenta de répondre, quand il lui fut demandé dans quel état se trouvait le corps de mon père qu'il « était comme celui du conducteur d'un véhicule qui en percute un autre à plus de cent dix kilomètres à l'heure ». Le cerveau de Milton ne fonctionnant plus, on comprend aisément pourquoi, voguant dans sa Cadillac, il avait oublié que la Zebra Room avait brûlé depuis longtemps. Il fut stupéfait de ne pas arriver à la repérer. Il ne restait plus du vieux quartier que des terrains vagues. On aurait dit que la plus grande partie de la ville avait disparu, faisant place au désert. Mais Milton se trompait là-dessus, aussi. Il poussait du blé par endroits et l'herbe refaisait son apparition. On aurait dit la campagne. « On ferait aussi bien de la rendre aux Indiens, pensa Milton. Peut-être que les Potowatomies en voudraient. Ils pourraient y installer un casino. » Le ciel s'était métamorphosé en barbe à papa et la ville était redevenue plaine. Mais une autre lumière rouge clignotait maintenant. Pas au sommet du Penobscot Building ; à l'intérieur de la voiture. C'était une des jauges que Milton n'avait jamais vues auparavant. Il savait ce qu'elle indiquait.

Alors Milton se mit à pleurer. Tout d'un coup, son visage était humide et il le toucha, reniflant et pleurnichant. Il s'affaissa sur son siège et, comme personne n'était là pour le voir, il ouvrit la bouche pour donner libre cours à la douleur qui le submergeait. Il n'avait pas pleuré depuis qu'il était enfant. Le bruit que faisait sa grosse voix d'adulte le surprit. On aurait dit un ours blessé ou mourant. Milton beuglait dans la Cadillac tandis que celle-ci commençait à descendre. Il pleurait non parce qu'il allait mourir mais parce que moi, Calliope, j'étais toujours absente, parce qu'il n'avait pas réussi à me sauver, parce qu'il avait fait tout ce qu'il pouvait pour me ramener et que je n'étais toujours pas revenue.

Comme la voiture piquait du nez, la rivière refit son apparition. Milton Stephanides, en vieux marin, se prépara à la recevoir. Je dois à la vérité de dire qu'à la toute fin, il ne pensait plus à moi. À la toute fin, il ne pensait ni à moi ni à Tessie ni à aucun de nous. Il n'en avait plus le temps. Tandis que la voiture plongeait, Milton n'eut que le temps de s'étonner de la façon dont les choses avaient tourné. Toute sa vie, il avait donné des leçons à tout le monde sur la bonne manière d'agir et maintenant il avait fait ça, la chose la plus bête du monde. Il avait peine à croire qu'il avait tout foutu en l'air de manière si stupide. C'est ainsi que son dernier mot fut prononcé tout bas, sans colère ni crainte, mais avec surprise et un brin de courage : « Imbécile », se dit Milton, au volant de sa dernière Cadillac. Puis l'eau l'engloutit.

Un véritable mythe grec finit sur une note tragique. Mais les Américains ne perdent jamais le moral. Ces derniers temps, chaque fois que nous parlons de Milton, ma mère et moi en venons à la conclusion qu'il est parti juste à temps. Il est parti avant que Chapitre Onze n'eût ruiné l'affaire familiale en moins de cinq ans. Avant que Chapitre Onze, reprenant, dans un autre registre, les activités divinatoires de Desdemona quant au sexe des enfants à naître, ne se mette à porter une minuscule cuillère en argent autour du cou. Il est parti avant l'épuisement des comptes en banque et la suppression des cartes de crédit. Avant que Tessie ne soit obligée de vendre Middlesex et d'aller vivre en Floride avec tante Zo. Et il est parti trois mois avant que Cadillac, en avril 1975, ne sorte la Seville, une voiture économique qui avait l'air d'avoir perdu son pantalon, après quoi les Cadillac ne furent plus jamais ce qu'elles avaient été. Milton est parti avant bien des choses dont je ne parlerai pas, qui sont les banales tragédies de la vie américaine, et comme telles n'ont pas leur place dans ce récit singulier et hors du commun. Il est parti avant la fin de la Guerre froide, avant les boucliers anti-missiles et le réchauffement de la planète et le 11 septembre et un second président avec un nom à une seule voyelle.

Plus important que tout : Milton est parti sans me revoir. Cela n'aurait pas été facile. J'aime à penser que l'amour que mon père me portait était suffisamment fort pour qu'il m'accepte tel que j'étais. Mais d'une certaine manière il vaut mieux que nous n'ayons pas été confrontés à cette situation, lui et moi. Pour ce qui est de mon père, je demeure une fille à jamais. Il y a là une sorte de pureté, la pureté de l'enfance.

La dernière étape

« C'est presque la même chose, dit Julie Kikuchi.
– Pas du tout, rétorquai-je.
– C'est du même genre.
– Ce que je t'ai dit n'a absolument rien à voir avec le fait d'être gay ou cryptogay. J'ai toujours aimé les filles. J'aimais les filles quand *j'étais* une fille.
– Ça ne serait pas une sorte de dernière étape pour toi ?
– Plus comme une première étape. »

Elle rit. Elle n'avait toujours pas pris sa décision. J'attendais. Puis elle finit par déclarer : « D'accord.
– D'accord ? » demandai-je.

Elle acquiesça.

« D'accord ! » dis-je.

Nous quittâmes donc le musée et nous rendîmes à mon appartement. Nous bûmes un autre verre. Nous dansâmes le slow dans le salon. Puis je menai Julie à ma chambre, où je n'avais mené personne depuis bien longtemps.

Elle éteignit la lumière.

« Attends un peu, dis-je. Est-ce que tu éteins à cause de toi ou à cause de moi ?
– À cause de moi.
– Pourquoi ?
– Parce que je suis une Orientale timide et prude. Seulement ne t'attends pas à ce que je te donne un bain.
– Pas de bain ?
– À moins que tu ne danses le sirtaki.
– Qu'est-ce que j'ai fait de mon bouzouki ? » J'essayais de poursuivre la plaisanterie en même temps que

je me déshabillais. Julie faisait de même. C'était comme de plonger dans l'eau froide. Il fallait le faire sans trop réfléchir. Nous entrâmes dans le lit et nous enlaçâmes, pétrifiés, heureux.

« Moi aussi je pourrais être ta dernière étape, dis-je, toujours accroché à elle. Tu y as déjà pensé ? »

Et Julie Kikuchi répondit : « Ça m'a traversé l'esprit. »

C'est Chapitre Onze qui prit l'avion pour venir me tirer de prison, muni d'une lettre de ma mère demandant que je sois confié à la garde de mon frère. Le procès serait fixé à une date ultérieure, mais, étant mineur et avec un casier judiciaire vierge, il était probable que je m'en tirerais avec un sursis. (Le délit n'apparut pas sur mon casier, ce qui me permit d'entrer au Département d'État, bien qu'à l'époque de tels détails fussent bien loin de mon esprit. Je ne pensais qu'à rentrer à la maison.)

À ma sortie, mon frère m'attendait, assis sur un long banc en bois. Il me fixa en clignant des yeux, le regard vide. C'était comme ça qu'était Chapitre Onze. Tout chez lui se passait à l'intérieur. Dans sa boîte crânienne, les sensations étaient examinées et évaluées avant de recevoir leur bon de sortie. J'y étais habitué, bien sûr. Quoi de plus naturel que les tics et particularités de ses proches ? Il y a des années de cela, Chapitre Onze m'avait fait baisser ma culotte pour regarder ce qu'elle cachait. Aujourd'hui son regard était dirigé plus haut mais non moins rivé à moi. Il contemplait mon visage déforesté. Il examinait le complet de croque-mort. Tant mieux si mon frère avait pris autant de LSD. Cela faisait longtemps que Chapitre Onze s'attachait à élargir le champ de sa conscience. Le voile de Maya, les différents plans de l'être, n'avaient plus de secrets pour lui. Pour une personnalité ainsi préparée, il était plus facile de se faire à l'idée que votre sœur était devenue votre frère. Il y avait des hermaphrodites tels que moi depuis la naissance du monde. Mais à l'époque où je sortis de taule, il est possible qu'il n'y ait pas eu de génération plus disposée à m'accepter que celle de mon frère. Cependant, ce n'était pas rien que d'assister à un tel changement. Les yeux de Chapitre Onze s'ouvrirent tout grands.

Cela faisait plus d'un an que nous ne nous étions pas vus. Chapitre Onze avait changé, lui aussi. Ses cheveux étaient plus courts et avaient reculé. La petite amie de son copain lui avait fait une permanente maison. Ses cheveux jusqu'alors raides et ternes ondulaient en une crinière léonine à partir d'un front plus haut. Il ne ressemblait plus à John Lennon. Ses jeans pattes d'ef délavés et ses lunettes de grand-mère avaient disparu. Il portait un pantalon en toile marron taille haute et une chemise à grand col qui miroitait dans la lumière fluorescente. Les années soixante n'ont jamais vraiment pris fin. Elles continuent aujourd'hui même à Goa. Mais en 1975 les années soixante étaient terminées pour mon frère.

À tout autre moment nous nous serions attardés sur ces détails. Mais nous ne pouvions nous offrir ce luxe. Je traversai le hall. Chapitre Onze se leva et nous nous retrouvâmes dans les bras l'un de l'autre, nous balançant de gauche à droite. « Papa est mort, me chuchota mon frère à l'oreille. Il est mort. »

Il me raconta ce qui s'était passé. Milton avait forcé la douane. Le père Mike était aussi sur le pont. Il était maintenant à l'hôpital. On avait retrouvé la vieille mallette de Milton dans la Gremlin, pleine d'argent. Le père Mike avait tout avoué à la police, le faux kidnapping, la rançon.

Une fois que j'eus enregistré tout ça, je demandai : « Comment va maman ?

– Ça va. Elle tient le coup. Elle en veut à Milt.

– Quoi ?

– D'être allé là-bas. De ne lui avoir rien dit. Elle est contente que tu rentres. C'est sur ça qu'elle se concentre. Ton retour pour l'enterrement. Donc ça va. »

Nous devions prendre le vol de nuit. L'enterrement avait lieu le lendemain matin. Chapitre Onze s'était occupé des formalités, d'obtenir le certificat de décès, de faire publier les annonces. Il ne me demanda pas ce que j'avais fait à San Francisco ni au Soixante-Neuf. Ce n'est que lorsque nous fûmes dans l'avion et après quelques bières qu'il fit allusion à mon état. « Donc, je présume que je ne peux plus t'appeler Callie.

– Appelle-moi comme tu veux.

– Qu'est-ce que tu penses de "frérot" ?

– Ça me va très bien. »

Il se tut, clignant des yeux, réfléchissant. « Je n'ai jamais vraiment su ce qui s'était passé à cette clinique. J'étais à Marquette. Je ne parlais pas beaucoup aux parents à l'époque.

– J'ai fugué.

– Pourquoi ?

– Ils voulaient m'émasculer. »

Je sentais peser sur moi un regard qui cachait une activité mentale considérable. « C'est un peu bizarre pour moi, dit-il.

– Pour moi aussi. »

Un instant plus tard il laissa échapper un rire. « Ha ! Bizarre ! Foutrement bizarre ! »

Confrontés que nous étions à l'impossible, il n'y avait pour nous d'autre solution que de faire comme si nous nous trouvions dans la situation la plus normale qui soit. Nous n'avions pas de registre supérieur, pour ainsi dire, rien que la gamme médiane de notre expérience commune et de nos façons d'être, de plaisanter. Mais cela nous suffit.

« Il y a au moins un truc de bien avec le gène que j'ai, dis-je.

– Quoi ?

– Je ne serai jamais chauve.

– Pourquoi ?

– Pour être chauve il faut avoir du DHT.

– Hum, dit Chapitre Onze en se tâtant le crâne. Je crois que moi j'en ai un peu trop. »

Nous atterrîmes un peu après six heures. L'épave de l'Eldorado étant à la fourrière c'est la voiture de notre mère, la Florida Special, qui nous attendait sur le parking. La Cadillac jaune citron était tout ce qui nous restait de Milton. Elle commençait déjà à ressembler à une relique. Le siège du conducteur avait épousé la forme de son derrière et Tessie était obligée de combler le creux avec trois coussins pour pouvoir être à la hauteur du volant. Chapitre Onze avait jeté les coussins sur la banquette arrière.

Dans cette voiture qui n'était pas de saison, nous nous mîmes en route. Nous passâmes devant le pneu Uniroyal géant et le bois clairsemé d'Inkster.

« À quelle heure est l'enterrement ? demandai-je.

– Onze heures. »

Il commençait à faire jour. Le soleil se levait de là où il se levait, derrière les usines au loin peut-être, ou au-dessus de la rivière aveugle. À mesure que la lumière croissait, elle était absorbée par la terre, comme une fuite d'eau ou une inondation.

« Passe par le centre-ville, dis-je à mon frère.

– Ça serait trop long.

– On a du temps. J'ai envie de le revoir. »

Chapitre Onze s'exécuta. Nous prîmes la I-94, longeant la rivière Rouge et le stade Olympia puis nous obliquâmes en direction de la rivière par le Lodge Freeway et entrâmes en ville par le nord.

Quand on a grandi à Detroit on comprend tout. Dès le plus jeune âge on est mis en relation étroite avec l'entropie. En émergeant de l'autoroute nous vîmes les maisons condamnées, dont beaucoup avaient été incendiées, ainsi que la beauté brute des terrains vagues, gris et gelés. Des bâtiments jadis élégants se dressaient à côté de décharges, et des banques du sang, des cliniques de méthadone et des missions évangélisatrices avaient pris la place des boutiques de fourreurs et des cinémas. Si j'étais généralement déprimé de quitter les climats ensoleillés pour revenir à Detroit, aujourd'hui, j'étais content. La rouille, en donnant à la mort de mon père une apparence banale, allégeait ma douleur. Au moins la ville ne se moquait-elle pas de mon chagrin en me présentant un visage enjoué.

Le centre-ville n'avait pas changé, il était seulement un peu plus vide. Comme on ne pouvait pas démolir les gratte-ciel après le départ de leurs occupants, leurs ouvertures étaient obturées par des planches, et les grandes coquilles du commerce étaient mises en chambre froide. Le long de la rivière le Renaissance Center était en construction, inaugurant une renaissance qui n'eut jamais lieu. « Passons par Greektown », dis-je. Mon frère accéda de nouveau à mes désirs. Nous atteignîmes bientôt la rue des restaurants et des boutiques de souvenirs. Parmi le kitsch folklorique, il y avait encore quelques cafés authentiques, fréquentés par des vieillards de soixante-dix ou quatre-vingts ans dont certains étaient déjà en train de prendre leur café en jouant au trictrac et en lisant les journaux grecs. Quand ces vieillards seraient morts, les cafés déclineraient et finiraient par fermer. Peu à peu les restaurants eux aussi déclineraient, leurs auvents seraient déchirés, la grosse ampoule jaune de la marquise du Laïkon ne serait pas remplacée, la boulangerie grecque au coin serait reprise par des Yéménites du Sud originaires de Dearborn. Mais rien de tout cela n'était encore arrivé. Sur Monroe Street, nous passâmes devant les Jardins grecs, où avait eu lieu la makaria de Lefty.

« On fait une makaria pour papa ? demandai-je.

– Ouais. Tout le tremblement.

– Où ? Aux Jardins grecs ? »

Chapitre Onze rit. « Tu plaisantes. Personne ne voudrait venir ici.

– Moi j'aime, dis-je. J'adore Detroit.

– Ouais ? Alors bienvenu. »

Il avait pris Jefferson pour traverser l'East Side dévasté. Un magasin de perruques. Vanity Dancing, le vieux club, à louer maintenant. Un magasin de disques d'occasion, avec une enseigne peinte à la main représentant des couples dansant parmi une explosion de notes de musique. Les vieux « Tout à dix cents » et magasins de friandises étaient fermés, Kresge, Woolworth, Sanders Ice Cream. Du fait du froid, les passants étaient rares. Au coin d'une rue un homme debout découpait sur le ciel d'hiver une silhouette impassible avec son manteau en cuir qui descendait jusqu'à ses chevilles. Il portait des lunettes d'aviateur et son visage digne à la mâchoire proéminente était surmonté du galion espagnol d'un chapeau en velours marron. Si ce personnage qui ne faisait pas partie de mon paysage suburbain me parut exotique, il m'était également familier du fait qu'il représentait l'énergie créative particulière à ma ville natale. Sa vue me réconforta ; je n'arrivais pas à en détacher les yeux.

Quand j'étais enfant, de tels personnages abaissaient parfois leurs lunettes pour cligner de l'œil à la petite Blanche assise à l'arrière de la voiture qui passait. Rien de tout cela aujourd'hui dans la réaction que je provoquai. Il ne toucha pas à ses lunettes de soleil : sa bouche, ses larges narines et son hochement de tête suffirent à indiquer la méfiance, la haine même. C'est alors que je pris conscience de ce fait : je ne pouvais pas devenir un homme sans devenir l'homme blanc. Même si je ne le voulais pas.

Je fis passer Chapitre Onze par l'Indian Village pour voir notre ancienne maison. Je voulais prendre un bain de nostalgie pour calmer mes nerfs avant de voir ma mère. Les rues étaient toujours plantées d'arbres, dont les branches nues me permettaient de voir jusqu'à la rivière gelée. Je pensais combien il était étonnant que le monde contienne tant de vies. Dans ces rues, les gens étaient occupés par des milliers de soucis, d'argent, d'amour, d'éducation. Les gens tombaient amoureux, se mariaient, décrochaient de la drogue, apprenaient le patin à glace, achetaient leurs premières lunettes à double foyer, préparaient des examens, essayaient des vêtements, se faisaient couper les cheveux, naissaient. Et dans certaines maisons des gens devenaient vieux et malades et mouraient, laissant derrière eux des parents éplorés. Ça ne cessait d'arriver, sans qu'on s'en aperçoive, et c'était cela qui comptait vraiment. Ce qui comptait vraiment dans la vie, ce qui lui donnait son poids, c'était la mort. Vue sous cet angle, la métamorphose de mon corps était un événement minuscule, qui n'eût intéressé que les maquereaux.

Nous arrivâmes bientôt à Grosse Pointe. Les ormes dénudés étendaient leurs branches des deux côtés de notre rue, se touchant du bout des doigts, et la neige recouvrait les parterres devant les maisons en hibernation bien chauffées. Mon corps réagissait à la vue de notre maison. Des étincelles de bonheur me parcouraient. J'étais comme un chien, qui ne ressent que l'amour pour ses maîtres et demeure insensible à la tragédie. C'était là Middlesex, ma maison. Là-haut à cette fenêtre, assis sur la banquette, je lisais pendant des heures tout en cueillant des mûres à l'arbre qui poussait devant.

Personne n'avait eu le temps de penser à enlever la neige de l'allée. Chapitre Onze s'y engagea à moyenne vitesse, nous faisant sauter sur nos sièges et cogner le pot d'échappement. Il ouvrit le coffre arrière pour sortir ma valise, mais il se ravisa. « Hé, frérot, dit-il. Tu peux porter ta valise toi-même. » Il eut un sourire malicieux. On voyait qu'il s'amusait du changement de paradigme. Ma métamorphose était pour lui l'occasion d'un exercice intellectuel, comme les jeux qu'il trouvait au dos de ses magazines de science-fiction.

« N'allons pas trop vite, répondis-je. Je ne voudrais pas te priver de ce plaisir.

– Attrape ! » cria Chapitre Onze en me lançant ma valise, que je bloquai en chancelant. Alors la porte de la maison s'ouvrit et ma mère, en pantoufles, sortit dans l'air poudré de gel.

Tessie Stephanides, qui en une autre vie, à l'époque où on commençait à voyager dans l'espace, avait décidé de suivre son mari et de créer une fille par des moyens détournés se trouvait maintenant en présence du fruit de cette machination. Ce n'était plus du tout une fille mais, au moins en apparence, un garçon. Elle était fatiguée et triste et n'avait pas l'énergie nécessaire à affronter ce nouvel événement. Elle n'acceptait pas que je vive maintenant en homme. Pour elle, ce n'était pas à moi de décider. Elle m'avait donné le jour, élevée et éduquée. Elle m'avait connue avant que je ne me connaisse et voilà qu'elle n'avait plus voix au chapitre. La vie commençait d'une certaine façon puis soudain prenait un tournant et devenait autre chose. Tessie ne comprenait pas comment cela avait pu se passer. Bien qu'elle pût encore voir Calliope sur mon visage, chacun de mes traits lui paraissait changé, épaissi, et il y avait des poils sur mon menton et ma lèvre supérieure. Mon apparence avait quelque chose de louche. Elle ne pouvait s'empêcher de penser que mon arrivée faisait partie d'une sorte de règlement de comptes, que Milton avait été puni et que sa punition à elle ne faisait que commencer. Pour toutes ces raisons, elle se tenait immobile, les yeux rouges, sur le pas de la porte.

« Salut, m'man, dis-je. Je suis revenu. »

Je m'avançai. Je posai ma valise, et, lorsque je relevai les yeux, le visage de Tessie avait changé. Cela faisait des mois qu'elle se préparait à cet instant. Maintenant ses sourcils se haussaient, les coins de sa bouche se relevaient, chiffonnant ses joues blêmes. Son expression était celle, faussement optimiste, d'une mère qui regarde le médecin enlever les pansements de son enfant gravement brûlé. Mais il n'en disait pas moins ce que j'avais besoin de savoir. Tessie allait essayer d'accepter la réalité. Elle était dévastée par ce qui m'était arrivé mais elle allait endurer son malheur pour l'amour de moi.

Je la pris dans mes bras. Grand comme j'étais, je posai la tête sur l'épaule de ma mère et elle me caressa les cheveux tandis que je sanglotais.

« Pourquoi, pleurait-elle doucement tout en secouant la tête. Pourquoi ? » Je pensais qu'elle parlait de Milton. Mais alors elle précisa : « Pourquoi t'es-tu enfui mon petit ?

– Il le fallait.

– Tu ne crois pas que ç'aurait été plus facile si tu étais resté comme tu étais ? »

Je levai la tête et la regardai dans les yeux. Et je lui dis : « C'est comme ça que j'étais. »

Vous allez vouloir savoir : Comment nous nous sommes habitués au nouvel ordre des choses ? Qu'est-il arrivé à nos souvenirs ? Fallait-il que Calliope meure pour laisser la place à Cal ? À toutes ces questions je réponds par un seul truisme : c'est fou à quoi on peut s'habituer. Après que je fus revenu de San Francisco et que je me fus mis à vivre en garçon, ma famille découvrit que, contrairement à la croyance répandue, le genre n'était pas si important que ça. En passant de fille à garçon, je subissais un changement beaucoup moins important que celui qui consiste à passer de l'enfance à l'âge adulte. Pour la plupart des choses, je demeurais la personne que j'avais toujours été. Même aujourd'hui que je vis comme un homme, je reste essentiellement la fille de Tessie. Je suis toujours celui qui n'oublie jamais de l'appeler tous les dimanches. Je suis celui à qui elle confie la liste de ses maux chaque jour plus longue. Comme toute bonne fille, je serai celui qui s'occupera d'elle quand elle sera vieille. Nous dissertons toujours sur les défauts des hommes et lorsque nous sommes à Detroit, nous allons toujours ensemble chez le coiffeur. L'époque a changé et la Toison d'or accueille les clients des deux sexes, et j'ai finalement laissé cette chère vieille Sophie me couper les cheveux aussi court qu'elle le voulait.

Mais tout cela est arrivé plus tard. Sur le moment, nous étions pressés. Il était presque dix heures. Dans trente-cinq minutes, les limousines des pompes funèbres allaient arriver. « Tu ferais bien d'aller prendre une douche », me dit Tessie. L'enterrement faisait ce que les enterrements sont censés faire : il ne nous laissait pas le temps de nous appesantir sur nos sentiments. Passant son bras sous le mien, Tessie me fit entrer. La maison, elle aussi, était en deuil. Le miroir de l'entrée était recouvert d'un tissu noir et il y avait des banderoles noires sur les portes coulissantes, comme en Grèce. À part cela il régnait un silence et une obscurité surnaturels. Comme toujours, les immenses fenêtres laissaient pénétrer l'extérieur de sorte que dans le salon c'était l'hiver ; la neige nous entourait de toutes parts.

« Je présume que tu peux garder ton costume, me dit Chapitre Onze. Il est tout à fait approprié.

– Je doute que tu aies un costume.

– Effectivement. Moi je n'ai pas été dans une école chic. Où est-ce que tu l'as dégoté d'ailleurs ? Il sent bizarre.

– Au moins c'est un costume. »

Tandis que mon frère et moi nous taquinions, Tessie nous observait attentivement. L'attitude de mon frère lui suggérait que ce qui m'était arrivé pouvait être traité à la légère. Elle n'était pas sûre d'y parvenir, mais elle prenait des leçons de la jeune génération.

Soudain un bruit étrange qui ressemblait au cri d'un aigle se fit entendre. L'interphone du salon grésilla. Une voix cria : « You-hou, Tessie ! »

Les voiles noirs, bien sûr, n'étaient pas le fait de Tessie. La personne qui hurlait dans l'interphone n'était autre que Desdemona.

Patient lecteur, il se peut que tu te sois demandé ce qui était arrivé à ma grand-mère. Il se peut que tu aies remarqué que, peu après qu'elle se fut mise au lit pour toujours, Desdemona avait commencé à disparaître. Mais cela était intentionnel. J'ai permis à Desdemona de s'éclipser de mon récit parce que, pour être franc, au cours des années riches en événements de ma transformation, elle avait été peu présente à mon esprit. Ces cinq dernières années, elle était restée alitée dans la maison d'amis. Pendant ma scolarité à Baker & Inglis, pendant mon histoire d'amour avec l'Objet, l'existence de ma grand-mère était demeurée pour moi extrêmement vague. Je voyais Tessie préparer ses repas et porter les plateaux dans la maison d'amis et mon père qui, tous les soirs, allait rendre visite à la malade perpétuelle avec qui il avait de plus en plus de mal à communiquer. Desdemona n'avait pas appris à son fils à écrire le grec. Et à mesure que le temps passait elle se rendait compte avec horreur qu'il le parlait de moins en moins bien. De temps à autre c'est moi qui lui portais ses repas et à cette occasion je reprenais contact avec l'intérieur de sa capsule temporelle. Elle avait toujours sur sa table de chevet la photo encadrée de sa concession au cimetière.

Tessie se dirigea vers l'interphone. « Oui, yia yia, dit-elle, vous avez besoin de quelque chose ?

– Mes pieds ils sont terribles aujourd'hui. Tu as acheté des sels Epsom ?

– Oui. Je vous les apporte.

– Pourquoi Dieu ne laisse pas mourir yia yia, Tessie ? Tout le monde est mort ! Tout le monde sauf yia yia ! Yia yia elle est trop vieille pour vivre maintenant. Et que fait Dieu ? Rien.

– Vous avez terminé votre petit déjeuner ?

– Oui, merci, chérie. Mais les pruneaux ils n'étaient pas bons aujourd'hui.

– Ce sont les mêmes que d'habitude.

– Quelque chose peut-être il leur est arrivé. Achète une nouvelle boîte, s'il te plaît, Tessie. Des Sunkist.

– Très bien.

– Okay, chérie mou. Merci, ma chérie. »

Ma mère fit taire l'interphone et se retourna vers moi. « Yia yia va moins bien qu'avant. Elle perd la tête. Depuis ton départ, elle a beaucoup baissé. Nous lui avons dit pour Milt – Tessie hésita, au bord des larmes – ce qui lui est arrivé. Yia yia n'arrêtait pas de pleurer. J'ai cru qu'elle allait mourir sur le coup. Et puis quelques heures après elle m'a demandé où était Milt. Elle avait tout oublié. C'est peut-être mieux comme ça.

– Elle va à l'enterrement ?

– Elle peut à peine marcher. Mrs. Papanikolas vient la garder. La moitié du temps elle ne sait pas où elle est. » Tessie eut un sourire triste et secoua la tête. « Qui aurait cru qu'elle survivrait à Milt ?

– Je peux aller la voir ?

– Tu as envie ?
– Oui. »
Tessie avait l'air inquiet. « Qu'est-ce que tu vas lui dire ?
– Qu'est-ce que je dois lui dire ? »
Ma mère réfléchit quelques instants en silence puis elle haussa les épaules. « Ça n'a pas d'importance. De toute façon elle ne se souviendra pas de ce que tu lui diras. Apporte-lui ça. Elle veut prendre un bain de pieds. »
Chargé des sels Epsom et d'un morceau de baklava enveloppé dans de la cellophane, je sortis de la maison, longeai le portique, traversai la cour, dépassai la cabine de bain et arrivai à la maison d'amis. La porte n'était pas fermée. Je l'ouvris et entrai. La seule lumière de la pièce provenait de la télévision, dont le son était extrêmement fort. Face à moi quand j'entrai se trouvait le vieux portrait du patriarche Athenagoras que Desdemona avait sauvé de la vente bien des années auparavant. Dans une cage près de la fenêtre, un perroquet vert, le dernier membre survivant de l'ancienne volière de mes grands-parents, allait et venait sur son perchoir en balsa. D'autres objets et meubles familiers étaient encore en évidence : les disques de rebetika de Lefty, la table basse en cuivre, et, bien sûr, la boîte à vers à soie, placée au milieu du plateau circulaire gravé. Elle était maintenant tellement bourrée de souvenirs qu'elle ne fermait plus. À l'intérieur il y avait des photos, de vieilles lettres, des boutons, des chapelets. Quelque part sous tout cela, je le savais, se trouvaient deux longues tresses de cheveux, nouées avec des rubans noirs qui tombaient en poussière, et une couronne de mariée en cordage. Je voulais regarder ces choses, mais comme j'avançais, mon attention fut détournée par ce que je vis sur le lit.

Desdemona trônait, adossée contre un coussin en velours beige dont les accoudoirs l'encerclaient. Un respirateur, ainsi que deux ou trois flacons de pilules, dépassait de la poche élastique située sur le côté d'un des bras. Desdemona était vêtue d'une chemise de nuit blanche, les draps remontés jusqu'à sa taille, et sur ses genoux était posé un de ses éventails dépeignant les atrocités turques. Rien de tout cela n'était surprenant. C'était ce que Desdemona avait fait de ses cheveux qui me causa un choc. À l'annonce de la mort de Milton, elle avait enlevé son filet pour se tirer les cheveux qui lui tombaient maintenant sur les épaules et couvraient une partie de son corps tels ceux de la Vénus de Botticelli. Ils étaient entièrement gris, bien que très beaux encore et, à la lumière de la télévision, paraissaient presque blonds. Le visage encadré par cette cascade étonnante, toutefois, n'était pas celui d'une belle jeune femme mais celui d'une vieille veuve à la tête carrée et aux lèvres desséchées. Dans l'air immobile de la pièce chargé des odeurs des médicaments et des crèmes, je sentais le poids du temps qu'elle avait passé au lit à attendre et espérer la mort. Je ne suis pas sûr, avec une grand-mère telle que la mienne, qu'on puisse jamais devenir un vrai Américain au sens où les citoyens de cette nation croient que la vie consiste en la poursuite du bonheur. Les souffrances de Desdemona et son rejet de la vie enseignaient plutôt que la vieillesse n'était pas une continuation des plaisirs divers et variés de la jeunesse, mais au contraire une longue épreuve qui dépouillait lentement la vie de ses joies les plus simples. Chacun lutte contre le désespoir, mais il finit toujours par gagner. Il le faut. Sinon, comment aurions-nous le courage de partir ?

Alors que j'étais là, contemplant ma grand-mère, Desdemona tourna soudain la tête et remarqua ma présence. Elle porta la main à sa poitrine. Elle eut un mouvement de recul et s'écria : « Lefty ! »

Maintenant c'était à moi d'être surpris. « Non, yia yia, ce n'est pas papou. C'est moi, Cal.

– Qui ?

– Cal. » J'observai un temps d'arrêt. « Ton petit-fils. »

Certes, ce n'était pas très fair-play. Car si la mémoire de Desdemona n'était plus très bonne, je ne lui facilitais pas non plus les choses.

« Cal ?

– On m'appelait Calliope quand j'étais petit.

– Tu ressembles à mon Lefty, dit-elle.

– Vraiment ?

– Je t'ai pris pour mon mari venu m'emporter au paradis. » Elle rit.

« Je suis le fils de Milt et Tessie. »

Aussi vite qu'elle était venue, la gaieté quitta le visage de Desdemona, qui prit un air triste et contrit. « Excuse-moi. Je ne me rappelle pas de toi, mon petit.

– Je t'ai apporté ça. » Je lui tendis les sels et le baklava.

« Pourquoi Tessie ne vient pas ?

– Elle doit s'habiller.

– S'habiller pour quoi ?

– Pour l'enterrement. »

Desdemona laissa échapper un cri et se pressa de nouveau la poitrine. « Qui est mort ? »

Au lieu de répondre je baissai le son de la télévision. Puis, désignant la cage, je dis : « Je me rappelle l'époque où tu en avais une vingtaine. »

Elle regarda la cage sans rien dire.

« Tu habitais le grenier. À Seminole. Tu te souviens ? C'est à cette époque que tu as acheté tous ces oiseaux. Tu disais qu'ils te rappelaient Bursa. »

À l'énoncé de ce nom, Desdemona sourit de nouveau. « À Bursa, on a toutes sortes d'oiseaux. Verts, jaunes, rouges. Toutes sortes. Petits oiseaux mais très beaux. Comme en verre.

– J'aimerais aller là-bas. Tu te rappelles l'église ? J'aimerais aller la réparer un jour.

– Milton va la réparer. Je n'arrête pas de lui dire.

– S'il ne le fait pas, je le ferai. »

Desdemona me fixa un instant comme si elle évaluait ma capacité à remplir ma promesse. Puis elle dit : « Je ne me souviens pas de toi, mon petit, mais s'il te plaît tu peux préparer pour yia yia les sels ? »

J'allai remplir la bassine d'eau chaude au robinet de la baignoire. Je la saupoudrai de sels et la rapportai dans la chambre.

« Mets-la à côté du fauteuil, poupée mou. »

Je m'exécutai.

« Maintenant aide yia yia à sortir du lit. »

Je m'approchai et me penchai. Je fis glisser ses jambes hors des draps. Puis je lui passai un bras sur mes épaules et la tirai sur ses pieds pour les quelques pas qui la séparaient du fauteuil. Tout en traînant les pieds elle se lamenta : « Je n'arrive plus à rien faire. Je suis trop vieille, mon petit.

– Tu te débrouilles très bien.

– Non je ne me rappelle rien. J'ai mal partout. Mon cœur il n'est pas bon. »

Nous avions maintenant atteint le fauteuil. Je l'aidai à s'asseoir puis je soulevai ses pieds gonflés veinés de bleu pour les plonger dans l'eau mousseuse. Desdemona murmura de plaisir en fermant les yeux. Pendant quelques minutes elle savoura en silence les bienfaits de l'eau chaude. La couleur revint dans ses chevilles et monta le long de ses jambes, disparaissant sous l'ourlet de sa chemise de nuit et réapparaissant quelques minutes plus tard au-dessus de son col avant de se répandre sur son visage ; et quand elle rouvrit les yeux, ils étaient empreints d'une clarté nouvelle. Elle me fixa. Et alors elle s'écria : « Calliope ! »

Elle mit sa main devant sa bouche. « Mana ! Qu'est-ce qui t'est arrivé ? »

Je me contentai de répondre : « J'ai grandi. » Je n'avais pas eu l'intention de le lui dire mais il était trop tard. Je me doutais que cela ne changerait rien et qu'elle oublierait vite cette conversation.

Elle gardait sur moi ses yeux agrandis par les verres de ses lunettes. Si elle avait eu toute sa tête, Desdemona n'aurait pas pu comprendre ce que je lui avais dit. Mais sa sénilité lui fit entrevoir la réalité. Elle vivait maintenant dans ses souvenirs et ses rêves, où les vieilles histoires du village étaient toujours actuelles.

« Tu es un garçon maintenant, Calliope ?

– Plus ou moins. »

Elle réfléchit. « Ma mère, elle me racontait une drôle d'histoire, dit-elle enfin. Dans le village, il y a longtemps, parfois il y avait des bébés qui ressemblaient à des filles. Puis – à quinze, seize ans – voilà qu'ils ressemblent à des garçons ! Ma mère me raconte ça, mais je ne la crois jamais.

– C'est une chose génétique. Le médecin m'a dit que ça arrive dans les petits villages où les gens se marient entre eux.

– Le Dr. Phil en parlait aussi.

– Vraiment ?

– C'est ma faute, dit-elle en secouant la tête.

– Quoi ? Qu'est-ce qui est ta faute ? »

Elle ne pleurait pas vraiment. Ses canaux lacrymaux étaient asséchés et il n'y avait pas de larmes sur ses joues. Mais son visage grimaçait et ses épaules tressautaient.

« Les prêtres disent que même les cousins germains ne doivent pas se marier, reprit-elle. Les cousins issus de germains ça va, mais il faut demander à l'archevêque. » Le regard dans le lointain, elle tentait de rappeler ses souvenirs. « Même si tu veux épouser le fils de tes parrain et marraine, tu ne peux pas. Je croyais que c'était juste quelque chose pour l'Église. Je ne savais pas que c'était à cause de ce qui peut arriver aux bébés. J'étais juste une paysanne ignorante. » Elle continua dans la même veine pendant un temps. Elle avait oublié que j'étais ici et qu'elle parlait tout haut. « Et puis le Dr. Phil il me dit des choses terribles. J'ai eu si peur que je me suis fait opérer. Plus de bébés. Alors Milton il a des enfants et encore une fois j'ai peur. Mais rien n'arrive. Alors je pense, après si longtemps, tout va bien.

– Qu'est-ce que tu dis, yia yia ? Papou était ton cousin ?

– Cousin au troisième degré.

– Ça va.

– Pas seulement cousin. Aussi frère. »

Mon cœur bondit dans ma poitrine. « Papou était ton frère ?

– Oui, mon petit, articula Desdemona avec une lassitude infinie. Il y a longtemps. Dans un autre pays. »

C'est alors qu'on entendit dans l'interphone : « Callie ? » Tessie toussa, puis corrigea : « Cal ?

– Ouais ?

– Tu ferais bien de te préparer. La voiture arrive dans dix minutes.

– Je n'y vais pas. » Je marquai un temps. « Je reste ici avec yia yia.

– Tu dois venir, mon chou », dit Tessie.

J'allai jusqu'à l'interphone et, la bouche devant la grille, dis de ma voix la plus basse : « Je ne mets pas les pieds dans cette église.

– Pourquoi ?

– Tu as vu ce qu'ils font payer pour ces foutus cierges ? »

Tessie rit. Elle en avait besoin. Je poursuivis donc, imitant la voix de mon père : « Deux dollars le cierge ? Quel racket ! Peut-être que tu peux convaincre un Grec de raquer pour ce genre de truc, mais pas un Américain ! »

L'imitation de Milton était contagieuse. Ce fut au tour de Tessie de déclarer d'une voix grave : « Quelle arnaque ! » Nous comprîmes alors que c'est ainsi que nous ferions. C'est ainsi que nous conserverions Milton en vie.

« Tu es sûr que tu ne veux pas venir ? reprit ma mère.

– Ça serait trop compliqué, m'man. Je ne veux pas avoir à tout expliquer à tout le monde. Pas tout de suite. Ça serait trop de distraction. C'est mieux que je ne sois pas là. »

Dans son for intérieur Tessie était d'accord et elle ne fut pas longue à se laisser fléchir. « Je vais dire à Mrs. Papanikolas qu'elle n'a pas besoin de venir garder yia yia. »

Desdemona continuait à me fixer mais ses yeux étaient devenus rêveurs. Elle souriait. Puis elle dit : « Ma cuillère ne s'était pas trompée.

– Je suppose.

– Je suis désolée, mon chéri. Je suis désolée que ça soit tombé sur toi.

– C'est pas grave.

– Je suis désolée, chéri mou.

– Ma vie me plaît, répondis-je. Je vais avoir une bonne vie. »

Comme elle avait toujours l'air triste, je lui pris la main.

« Ne t'en fais pas, yia yia. Je ne le dirai à personne.

– À qui tu veux le dire ? Tout le monde est mort.

– Pas toi. J'attendrai que tu sois partie.

– Okay. Quand je meurs, tu peux tout raconter.

– Je le ferai.

– Bravo, chéri mou. Bravo. »

À l'église de l'Assomption, nul doute contre sa volonté, Milton Stephanides eut droit à un enterrement orthodoxe dans les règles célébré par le frère Greg. Quant à Michael Antoniou, il devait être condamné à deux ans de prison pour vol qualifié. Tante Zo divorça et s'installa en Floride avec Desdemona. Où cela exactement ? À New Smyrna Beach. Où sinon ? Quelques années plus tard, quand ma mère fut obligée de vendre sa maison, elle alla elle aussi en Floride et toutes trois habitèrent ensemble comme elles avaient fait sur Hurlbut Street, jusqu'à la mort de Desdemona en 1980. Tessie et Zoë vivent encore seules en Floride aujourd'hui.

Le cercueil de Milton demeura fermé pendant la cérémonie. Tessie avait donné à George Pappas, l'entrepreneur des pompes funèbres, la couronne de mariage de son mari, pour qu'on puisse l'enterrer avec. Quand le moment fut venu de donner au mort le dernier baiser, tout le monde défila devant le cercueil pour poser les lèvres sur son couvercle poli. Il vint moins de monde que prévu. Aucun des propriétaires des franchises Hercule ne se montra, aucun des hommes que Milton avait côtoyés pendant tant d'années ; et c'est ainsi que nous comprîmes que, en dépit de sa bonhomie, Milton n'avait jamais eu d'amis, que des associés. Peter Tatakis, le chiropracteur, arriva dans sa Buick lie-de-vin, et Bart Skiotis vint faire ses condoléances dans l'église dont il avait construit les fondations avec des matériaux de qualité inférieure aux normes exigées. Gus et Helen Panos étaient présents également et, du fait qu'on était à un enterrement, la trachéotomie de Gus donnait à sa voix un ton encore plus mortuaire que d'habitude. Tante Zo et nos cousins ne s'assirent pas au premier rang, qui était réservé à ma mère et à mon frère.

C'est donc moi qui, obéissant à une vieille coutume grecque oubliée de tous, restai à Middlesex pour garder la porte afin que l'esprit de Milton ne puisse rentrer à la maison. C'était toujours un homme qui était chargé de cela, j'étais donc maintenant qualifié pour le faire. Dans mon costume noir, avec mes grosses grolles sales, je me tins dans l'encadrement de la porte ouverte au vent d'hiver. Même sans feuilles, les saules pleureurs étaient massifs et telles des pleureuses levaient au ciel leurs branches tordues. Le cube jaune pastel de notre maison se détachait nettement sur le blanc de la neige. Middlesex avait maintenant près de soixante-dix ans. Bien que nous l'ayons gâtée avec nos meubles de style colonial, la maison demeurait le phare qu'elle était à l'origine, un endroit avec peu de murs intérieurs, libéré des formalités de la vie bourgeoise, destiné à un nouveau genre d'êtres humains qui habiteraient un monde nouveau. Je ne pouvais m'empêcher de penser, bien sûr, que cette personne était moi, moi et tous ceux qui étaient comme moi.

Après la cérémonie, tout le monde remonta en voiture pour se rendre au cimetière. Des fanions violets voletaient aux antennes radio tandis que le cortège traversait lentement les rues du vieil East Side où mon père avait grandi, où jadis il avait donné la sérénade à ma mère depuis la fenêtre de sa chambre. Les voitures descendirent Mack Avenue et quand elles passèrent devant Hurlbut, Tessie chercha des yeux la vieille maison. Mais elle ne la trouva pas. La végétation avait poussé, les jardins étaient jonchés de détritus et les maisons décrépies se ressemblaient toutes. Un peu plus tard, le corbillard et les limousines croisèrent une file de motos et ma mère remarqua que tous les motards portaient des fez. C'étaient des membres de l'ordre de la Sainte Châsse venus assister à un congrès. Ils s'arrêtèrent pour laisser passer le convoi.

J'étais toujours sur le pas de la porte. Je prenais ma mission au sérieux et ne bougeais pas, malgré le vent glacé. Milton, l'enfant apostat, avait sans doute été confirmé dans son scepticisme, car son esprit n'essaya pas de revenir ce jour-là. Le mûrier était sans feuilles. Le vent soufflait sur mon visage byzantin, qui était celui de mon grand-père et de la petite Américaine que j'avais été. Je restai là pendant une heure, deux peut-être. J'avais perdu le sens du temps, heureux d'être rentré chez moi, pleurant mon père, et songeant à ce qui m'attendait.

TABLE

Livre Premier 9
La cuillère en argent 11
Le mariage arrangé 31
Une proposition inconvenante 58
La route de la soie 87

Livre Deuxième 105
Le melting-pot de l'anglais selon Henry Ford 107
Minotaures 142
Mariage sur lit de glace 168
Charlatanerie 197
Sérénade pour clarinette 218
Nouvelles du monde 239
Ex ovo omnia 258

Livre Troisième 277
Cinéma amateur 279
Opa ! 301
Middlesex 326
Le régime méditerranéen 351
La gloutonne 377
Intermède lyrique 399
L'Obscur Objet 413
Tirésias amoureux 440
En chair et en os 465
Le fusil au mur 485

Livre Quatrième 511
La vulve oraculaire 513
Je me cherche dans le dictionnaire 541
Allez à l'ouest, jeune homme 560
Dysphorie de genre à San Francisco 583
Hermaphrodite 605
Suspension pneumatique 628
La dernière étape 647

RÉALISATION : GRAPHIC HAINAUT À CONDÉ-SUR-L'ESCAUT

Achevé d'imprimer en mars 2008
par **BUSSIÈRE**
à Saint-Amand-Montrond (Cher)
N° d'édition : 66961-4. - N° d'impression : 80545.
Dépôt légal : juin 2004.
Imprimé en France